Evan Hunter: Saat der Gewalt

Roman

Knaur

ISBN 3-426-01249-9 880

Für meine Frau Anita –
die mich auf jedem Schritt meines Weges
begleitet hat

ERSTER TEIL

1

Die Schule bot kein unerfreuliches architektonisches Bild mit den Reihen breiter Fenster, in denen sich goldenes Sonnenlicht spiegelte, der gebräunten, verwitterten Backsteinfassade und dem Efeu, der an der Mauer rankte und die Fenster rahmte. Sein Blick schweifte über die Türmchen an jeder Ecke, die grün gedeckt im Sonnenlicht lagen. Ein hübsches Gebäude, dachte er.

Er trat durch die Einfriedung aus Maschendraht auf den leeren Hof, der sich als endloser, eintöniger Betonboden vor ihm erstreckte. Für September war es noch heiß, und die Sonne prallte auf den Beton, außer am Aufgang, wo das Gebäude einen spitztürmigen schwarzen Schatten warf. Er war leicht nervös, wußte aber, daß es vorbeiging, wenn die Unterredung erst einmal begonnen hatte. Er war immer nervös vor Unterredungen. Er fühlte sich, bis die ersten Worte gesprochen waren, wie auf Flaschen gezogen. Dann sprang der Kork ab, die ganze Nervosität spritzte heraus und ließ nur das Selbstvertrauen übrig, das stets dicht unter der verkorkten Nervosität saß.

Er blieb auf den schattigen Stufen stehen, einmal, um erneut Selbstvertrauen zu schöpfen, und dann, um sich die gemeißelte Inschrift in dem Türgiebel über dem Eingang anzuschauen.

NORTH MANUAL TRADES HIGH SCHOOL

Auf in den Kampf! dachte er.

Er atmete tief ein wie ein Kunstspringer vor dem Absprung und ging dann die Stufen hinauf. Oben zog er die Holztür auf, hinter der er zu seiner Überraschung eine Marmortreppe vorfand. Er ging die Marmortreppe hinauf zu dem Schild mit der Aufschrift HAUPTBÜRO. Unter das Schild hatte jemand mit Kreide einen zeitlosen Kraftausdruck gekritzelt, und einem eifrigen Sommer-Hausmeister war es gelungen, die einzelnen Buchstaben halbwegs abzuscheuern, bis auf das deutliche schwarze L des ersten Wortes. Lächelnd folgte er dem Pfeil unter dem Schild und betrat einen kühlen, düsteren Flur. In dem Flur hing ein weiteres Schild mit einem weiteren Pfeil, und er folgte ihm gehorsam. Die Wände waren frisch getüncht und fleckenlos sauber. Er bewunderte es mit Besitzermiene, fast als habe er die Stellung schon bekommen. *Eine saubere Schule ist eine gute Schule* sinnierte er und überlegte dann, in welchem Pädagogikkurs er das aufgeschnappt hatte.

Am Ende des Ganges machte er eine scharfe Rechtswendung, folgte dem Hinweis eines neuen Schildes und trat dann schnell auf eine offene Tür zu, durch die das Sonnenlicht hereinfiel. Ein Schild rechts neben der Tür verriet: HAUPTBÜRO.

Weiß Gott, sie haben's mit den Schildern hier, dachte er. Es hätte ihn nicht gewundert, in dem Raum einen Schreibtisch mit dem Schild SCHREIBTISCH und einen Stuhl mit dem Schild STUHL vorzufinden. Mr. Stanley würde zweifellos eine Papptafel um den Hals tragen, auf der MR. STANLEY geschrieben stand. Vielleicht steckte er sich besser einen kleinen Knopf ans Revers, wie man sie auf Tee-Empfängen für erste Semester bekam.

Ich heiße Richard Dadier; und Sie?

Josephine von Frankreich.

Nicht heute abend, Josephine.

Er seufzte ungeduldig und betrat den Raum. Es war ein langes, rechteckiges Zimmer mit der Eingangstür an der einen Breitseite. Die andere Breitseite gegenüber war ganz von Fenstern eingenommen. Anderthalb Meter vor der Wand mit der Tür teilte ein Geländer den Raum der Länge nach. Hinter dem Geländer sah er eine Schreibtischgruppe. An dem einen Schreibtisch sprach ein vornehm wirkender Mann mit einem ängstlich wirkenden Mann. An der linken Wand hing eine Kontrolluhr, darunter ein Kartengestell, doch waren die meisten Schlitze leer.

Er blieb einen Augenblick in der Tür stehen und trat dann an das Geländer. Auf dem Geländer lief ein Schaltertisch entlang, bis auf eine Aussparung für die Pforte in Nähe der Kontrolluhr. Eine Blondine mit hochgekämmter Frisur und einem ins Haar gebohrten Bleistift kritzelte eifrig etwas auf ein amtlich aussehendes Formular; die Ellbogen hatte sie auf den Schalter gestützt. Er ging zu ihr, wobei er einen Blick auf die Fächer mit der Aufschrift LEHRERPOST warf.

Sie sah nicht auf. Er räusperte sich, aber sie sah trotzdem nicht auf. Sie kritzelte weiter auf das amtlich aussehende Formular und geruhte ihn nicht eher zu bemerken, als bis sie fertig war. Dann blickte sie ihn genau so an, wie sie auf das amtlich aussehende Formular geblickt hatte.

»Ja?« sagte sie.

»Ich habe eine Verabredung mit Mr. Stanley«, sagte er lächelnd.

»Ihren Namen, bitte.«

»Dadier.«

»Wenn Sie so lange Platz nehmen wollen, Mr. Dadier? Er ist gleich soweit.«

Sie sah an ihm vorbei auf eine Bank neben den Postfächern.

»Danke«, sagte er.

»Bitte«, antwortete sie, und er schätzte sie sofort als eine jener tüchtigen Frauen ein, die immer das letzte Wort behalten müssen. Er hatte mal so einen Beamten gekannt. Wenn der einen Brief bekam, in dem es hieß: »Vielen Dank für Ihr Entgegenkommen«, schrieb er sofort einen Brief zurück, in dem es hieß: »Vielen Dank für Ihren Dank für mein Entgegenkommen.« Man biete zwei solcher Leute gegeneinander auf, und man erhält eine endlose Runde von »vielen Dank für Ihren Dank für meinen Dank für Ihren Dank ...« Was wahrscheinlich die beste Lösung war, zwei derartige Spinner zu beschäftigen.

Nachdem er dieses scharfsinnige Urteil gefällt hatte, schritt Richard Dadier, Kenner von Frauen, aus deren Kopf Bleistifte wachsen, stracks zu der Bank und nahm Platz. Am anderen Ende der Bank saß noch ein Mann, er schenkte ihm aber nur einen flüchtigen Blick und wandte seine Aufmerksamkeit dann den beiden jenseits der Barriere sitzenden Männern zu.

Der vornehm aussehende war zweifellos Stanley, und der, dessen Gesicht eine einzige Angst war, bewarb sich unzweifelhaft um die offene Stelle als Englischlehrer. Stanley schien äußerst gelangweilt. Er war ein hellhäutiger Typ mit dünnem, spitzem Gesicht und scharf gezogenem Schnurrbart, der ein unaufdringliches Polster für seine schmale Nase bildete. Die Augenbrauen waren blond und jetzt leicht gezückt wie bei jemandem, der höflich einem Witz lauscht, den er schon einmal gehört hat.

Der Mann ihm gegenüber quasselte endlos und benutzte seine schinkengleichen Hände, um entsprechende Punkte seiner ohne Zweifel glänzenden Laufbahn zu unterstreichen. Jedesmal, wenn der Mann die Hand schwenkte, fuhr Stanley zurück, und Rick nahm sich vor, seine Hände fest geschlossen im Schoß zu halten.

Er hörte das etwas lauter gesprochene Wort ›Studentenpraktikum‹, und Stanley nickte mit noch immer hochgezogenen Augenbrauen in höflicher Erwartung einer Pointe, die er schon kannte. Der Mann redete weiter, Stanley warf hastig ein paar Bleistiftnotizen auf den Block vor sich, sah dann auf seine Uhr – die goldenen Manschettenknöpfe glitzerten im Sonnenlicht, als seine Jackettärmel sich zurückschoben – und lehnte sich dann lächelnd vor:

»Rufen Sie nicht an, wir rufen Sie an.«

Rick konnte die Worte von Stanleys fast femininem Mund beinah ablesen. Diese Worte oder einen ›entsprechenden Ersatz‹, wie es auf den Verpackungsschachteln immer hieß. Er überlegte, was damit wohl gemeint war. Zehn Cent und den Deckel dieser Schachtel oder einen entsprechenden Ersatz. Bedeutete es, daß man den Deckel auf ein Stück Pappe zeichnen und zusammen mit der Münze einsenden konnte? Er war sich nicht sicher. Er war sich schon nicht sicher gewesen, als er noch ein fanatischer Einsender war. Besonders für die Tom Mix Sachen. Er hatte ein Vergrößerungsglas erhalten, einen Ring, durch den man die Leute hinter sich sehen konnte, und einen sechsschüssigen Revolver. Dabei konnte er sich überhaupt nicht erinnern, eine Schachtel Ralston aufgebraucht zu haben. Er hatte auch den Klein-Annie-Shaker erhalten, weil er das Aluminiumsiegel einer Ovaltinebüchse und fünfundzwanzig Cent eingeschickt hatte. Nie würde er den Klein-Annie-Shaker vergessen, denn es war ein Bild der kleinen Waisen darauf, und auf dem Bild hielten sie einen Klein-Annie-Shaker in der Hand mit einem Bild Klein-Annies, die einen Klein-Annie-Shaker hält. Er hatte sich gefragt, ob die Sache wohl endlos so weiterging. Waisenkinder, die Shaker halten mit Bildern von Waisenkindern, die Shaker halten. Er hatte seine Tom Mix Lupe auf Klein-Annie gerichtet und war tief enttäuscht, daß die Reihe der Bilder auf Bildern nach wenigen Malen aufhörte.

Er sah jetzt wieder zum Schreibtisch hinüber. Der furchtsam dreinblickende Mann hatte sich noch immer nicht vom Fleck gerührt. Er beugte sich eifrig vor und ging nun zum zweiten Abschnitt seiner

glänzenden Karriere über, wobei Stanley noch gelangweilter aussah als vorher.
»Richie?« fragte eine Stimme.
Er war verdutzt, denn seit er fünfzehn war, hatte ihn niemand mehr Richie genannt. Er drehte sich nach rechts; der Mann am Ende der Bank strahlte über das ganze Gesicht und streckte ihm zögernd die Hand hin wie jemand, der nicht sicher ist, ob er die richtige Person angesprochen hat.
»Richie Dadier?«
»Ja«, antwortete Rick und strengte sich an, den Mann am anderen Ende der Bank zu erkennen. Er war klein, hatte dicht gewelltes Haar und eine breite Nase. Seine Augen, um die sich jetzt ein Lächeln kräuselte, waren blau. Rick musterte die Augen und darauf das Lächeln, und plötzlich wußte er, wer es war, weil die Falten von ihm abfielen ebenso wie die dunklen Ringe unter den Augen und nur das junge Gesicht zurückließen, das er vor vielen Jahren gekannt hatte.
»Jerome Lefkowitz«, sagte er, nannte den vollen Namen, als sei ihm der Name auf diese Weise wieder in Erinnerung gekommen. Er ergriff die ausgestreckte Hand und rutschte auf der Bank ein Stück näher. »Menschenskind! Wie geht's dir, Jerry?«
»Gut, gut«, antwortete Jerry, und Rick bemerkte, daß er noch immer das gleiche freundliche Wesen wie auf der Schule hatte.
»Was machst du denn hier?«
»Hoffe auf eine Anstellung«, antwortete Rick. »Mann, wieviel Jahre ist das jetzt her? Ich habe dich seit der Penne nicht gesehen.«
»Stimmt«, sagte Jerry, immer noch lächelnd.
»Spielst du noch Geige?«
»Ab und zu«, sagte Jerry.
»Du spieltest wirklich gut, aber sag, was machst denn *du* hier?«
»Hier ist eine Stelle als Englischlehrer frei«, sagte Jerry.
»O nein! Das kann doch nicht wahr sein.«
»Bewirbst du dich etwa um dieselbe Stelle?«
»Ja«, sagte Rick, ganz erschlagen von diesem Zusammentreffen.
»Vielleicht sind es zwei«, sagte Jerry lächelnd.
Rick nickte. »Sicher, kann gut sein.« Irgendwie schien es ihm unfair, daß er zu jemandem, den er so viele Jahre so gern gemocht hatte, in Konkurrenz treten sollte. Es schien doppelt unfair, weil er überzeugt

war, daß er die Stelle bekam und nicht Jerry, und weil er das wußte, verspürte er ein leichtes Schuldgefühl.
»Bestimmt sind es zwei Stellen«, sagte er hastig. »Berufsfachschulen brauchen ständig Lehrer.«
»Klar«, sagte Jerry.
Er wollte nicht gern weiter über die Stelle sprechen, weil Jerry ein so prächtiger Junge war, freundlich und ausgeglichen, und Berufsfachschulen legen keinen Wert auf prächtige Jungen, die freundlich und ausgeglichen sind. Er wollte das Thema möglichst umgehen, die unfaire Konkurrenz hatte ihm nämlich einen harten Knoten im Magen verursacht, und er war schon nervös genug, ohne sich auch noch mit harten Knoten zu plagen.
»Wie ist es dir so ergangen?« sagte er.
»Ich bin verheiratet«, sagte Jerry lächelnd.
»Oh, das ist fein. Wen hast du geheiratet? Eine, die ich kenne?«
»Nicht daß ich wüßte. Shirley Levine, hast du sie gekannt?
»Nein, ich glaube nicht. Jedenfalls prima. Ich bin auch verheiratet. Ich glaube nicht, daß du das Mädchen kennst.«
»Gratuliere«, sagte Jerry lächelnd.
»Etwas spät dafür«, antwortete Rick freundlich und wünschte, er stände nicht in Konkurrenz mit Jerry, den er ehrlich und aufrichtig schätzte. »Wir sind bald zwei Jahre verheiratet.«
»Oh, das ist wundervoll«, sagte Jerry. »Ich habe übrigens zwei Kinder.«
»Zwei Kinder! Nein, nein sowas, zwei Kinder!« Er freute sich sehr darüber, einfach weil Jerry Lefkowitz genau der Typ des netten Jungen war, der zwei Kinder haben sollte, doch fiel ihm gleichzeitig ein, daß er sich mit Jerry um ein und dieselbe Stelle bewarb, und die beiden Kinder machten ihn nicht froher über die ganze verdammt verfahrene Geschichte . . . »Jungen oder Mädchen?«
»Je eins«, sagte Jerry, jetzt mit jenem väterlichen Lächeln, das dem Vorzeigen von Schnappschüssen aus der Brieftasche vorangeht.
Rick wechselte rasch das Thema, denn er wollte die Kinderfotos nicht sehen. Es war schlimm genug, daß er von ihrer Existenz wußte. Wenn er ihre Bilder sah, würden sie für ihn zu Fleisch und Blut werden, und das machte es ihm nur noch saurer, Jerry die Stelle wegzunehmen.

»Mann«, sagte er, »erinnerst du dich noch, als wir gegen Monroe spielten. Erinnerst du dich noch an das Fußballspiel, Jerry? Mann, haben wir einen Wirbel veranstaltet!«
»Die Schule hatte eine gute Mannschaft«, sagte Jerry lächelnd.
»Eine Stadtmeisterschaft nach der anderen«, fügte Rick überschwenglich hinzu. »Erinnerst du dich noch an den Elf? Mensch, konnte der laufen!«
»Er war sehr gut«, sagte Jerry freundlich.
Hinter der Barriere entstand Bewegung, und Rick sah den furchtsam dreinblickenden Mann aufstehen und Stanleys Hand schütteln. Er glaubte zu sehen, wie Stanley einen tiefen Seufzer ausstieß, war aber nicht sicher. Die Blonde mit dem Bleistift im Haar kam an die Barriere und sagte: »Mr. Lefkowitz?« und Jerry erhob sich schnell.
»Ich warte auf dich, Richie.«
»Gut«, sagte Rick. Er wollte, Jerry hätte nicht den Wunsch geäußert, sich nach der Vorstellung noch weiter mit ihm zu unterhalten. »Viel Glück, alter Junge.«
»Danke«, sagte Jerry lächelnd. Er ging durch die Pforte und dann direkt auf Stanleys Schreibtisch zu. Er ging immer noch wie eine Ente, hatte diesen Watschelgang mit auswärts gestellten Füßen, und Rick beobachtete, wie Stanley seinen Gang mit leicht erhobenen Augenbrauen würdigte. *Er schätzt Männer mit stolzem Gang,* dachte er und schämte sich augenblicklich seiner Feststellung. Es war irgendwie unfair von ihm, Jerrys Fehler auszunutzen. Wenn schon Konkurrenz, dann eine völlig ehrliche. Nachdem er sich in Gedanken strenge Spielregeln gegeben hatte, drehte er sich auf der Bank zur Seite, damit er nicht sehen konnte, wie die Unterredung hinter der Barriere verlief.
Die Zeit kam ihm sehr kurz vor, aber das mag nur Einbildung von ihm gewesen sein. Die Blonde sagte: »Mr. Dadier?« und Rick drehte sich um, stand auf und sah Jerry hinter der Barriere durch den Raum gehen. Jerry lächelte, zwinkerte ihm zu und deutete mit einer leichten Kopfbewegung auf den Korridor. Rick wußte, er würde da draußen auf ihn warten.
Rick fuhr sich mit der Zunge über die Lippen, die auf Flaschen gezogene Nervosität drängte nach oben gegen den Korken, schwoll im Nacken an und brodelte schäumend hoch. Er warf die Schultern

zurück, da ihm der stolze Gang einfiel; zwar ermahnte er sich, aus Jerrys Fehlern keinen Vorteil zu schlagen, sagte sich aber, daß er das ja gemerkt habe, bevor er die Spielregeln aufstellte. Stanley musterte ihn abschätzend, als er sich dem Schreibtisch näherte, und Rick hielt die Hände fest zusammengepreßt, denn er wußte, wenn er sie loßließ, würden sie zittern. Stanley verfolgte ihn den ganzen Weg durchs Zimmer mit forschenden Augen.

»Mr. Dadier?« sagte er, und seine Stimme war sehr leise wie fernes Donnergrollen über purpurroten Hügeln.

»Ja, Sir«, sagte Rick.

»Nehmen Sie bitte Platz.«

Er setzte sich steif und richtete sofort den Blick auf Stanleys Gesicht. Stanleys Augen waren grau, blaßgrau. Sein Haar war nicht so blond, wie es von der anderen Seite her gewirkt hatte. Er trug einen weichen Kragen mit aufgeknöpften Ecken, und eine schlichte goldene Nadel heftete die schmale Krawatte ans Hemd. Sein Anzug war teure Maßarbeit, und so bot er das vollkommene Bild des Leiters eines Englischen Seminars in Princeton oder Harvard.

Rick vermerkte es im stillen, die Nervosität brodelte jetzt mit Macht in ihm hoch. Er wollte es hinter sich bringen, wollte, daß der Kork absprang.

»Warum wollen Sie hier unterrichten?« fragte Stanley plötzlich. Seine grauen Augen verengten sich kurz, und dann gingen die blonden Augenbrauen forschend in die Höhe, als sei er von seiner eigenen Frage überrascht.

»Ich muß auf einer Berufsfachschule unterrichten«, sagte Rick ehrlich.

»Sie möchten wohl lieber auf einer anderen Schule unterrichten?« fragte Stanley mißtrauisch.

Rick lächelte ein wenig zittrig, im Zweifel, ob er den richtigen Kurs einschlug. »Sir«, sagte er, »ich möchte lieber in Princeton unterrichten . . . aber das möchten viele.«

Stanley lächelte flüchtig, und Rick wußte, er hatte die richtige Stelle getroffen, und plötzlich flog der Kork ab. Die Nervosität floß über den Flaschenrand, eine grüne gallige Masse, die sich in der Luft verflüchtigte. Er fühlte, wie seine Hände sich entkrampften, und wußte, er konnte parieren was immer Stanley jetzt noch vorzubringen hatte. *Schieß los*, dachte er und wartete ungeduldig.

»Sie sagten, Sie müßten an einer Berufsfachschule unterrichten. Das heißt wohl, Sie haben Ihr Diplom im Rahmen des Hilfsprogramms erworben?« fragte Stanley.

»Ja, Sir« sagte Rick. »Ich muß ein Jahr an einer Berufsfachschule unterrichten, um für die übrigen höheren Schulen zugelassen zu werden.«

»Eine gute Maßnahme der Behörde«, bemerkte Stanley trocken. »Wir brauchen Lehrer an den Berufsfachschulen.« Er schwieg und strich sich den dünnen Schnurrbart glatt, der ungleichmäßig war, wie Rick beim näheren Hinsehen jetzt feststellte. Es ist wahrscheinlich ein neuer Schnurrbart. Ein Abteilungsleiter muß älter wirken, und er schätzte Stanley höchstens auf acht- oder neununddreißig.

»Welche Universität haben Sie besucht?«

»Hunter, Sir.«

»Oh?« Stanley zog interessiert die Augenbrauen hoch. Alle Leute zogen jedesmal interessiert die Augenbrauen hoch. Das war mehr wert als ein Harvard-Examen. Es erregte jedesmal Aufmerksamkeit, und Aufmerksamkeit trennt die Spreu vom Weizen, Aufmerksamkeit hebt ein Gesicht aus tausend anderen hoffnungsvollen Gesichtern heraus.

»Ist das nicht eine reine Frauenuniversität?«

»Früher, Sir. Sie nahmen nach dem Krieg auch Kriegsteilnehmer auf. Es herrschte Mangel an Universitäten, weil so viele von uns auf einmal heimkehrten.«

»Sie sind also Kriegsteilnehmer?« fragte Stanley.

»Ja, Sir. Marine.«

»Aha.« Er merkte Stanley an, daß er ihm gefiel. Die Kriegsteilnehmermasche gefiel den Leuten immer. Pflichterfüllung gegenüber den Jungen und so weiter.

»Wo haben Sie Ihr Studentenpraktikum gemacht?«

Stanley artikulierte sorgfältig, Rick mußte plötzlich an seine Aussprache denken und rief sich die Vortragsübungen I und II in Erinnerung. Er wußte, er hatte ein gezischtes S, und ermahnte sich, auf das S zu achten, und als er sprach, war seine Redeweise äußerst korrekt, als wenn Stanleys Beispiel ihm eine Belebungsspritze gegeben hätte.

»Ich unterrichtete ...«, und er meisterte die R's vollendet, indem er

sie rasch und munter rollen ließ, »an der Machine and Metal Trades, Sir.«
»Ah! Also schon an einer Berufsfachschule. Das war weitblickend.«
»Ja, Sir«, und er achtete sorgfältig auf das S, brach es ab, bevor es zu zischen anfing.
»Wie hat es Ihnen gefallen?«
»Es hat mir Freude gemacht, Sir. Es war durchaus nicht so schlimm, wie man es mir geschildert hatte.«
»Wenn Ihnen die Machine and Metal gefallen hat, wird es Ihnen hier auch gefallen. Wer war dort Ihr Abteilungsleiter?«
»Mr. Ackerman, Sir.«
»O ja, ein guter Mann.«
»Er hat mir sehr geholfen, Sir.«
»Sie sprechen ziemlich leise«, sagte Stanley plötzlich und zog wieder die Augenbrauen hoch. »Kann man Sie hinten in der Klasse eigentlich noch hören?«
»Oh, ich habe auf der Universität viel Theater gespielt, und man konnte mich in der letzten Reihe immer noch gut verstehen.«
»Tatsächlich?« fragte Stanley, scheinbar ehrlich interessiert. »Soll ich Ihnen etwas vortragen?« fragte Rick lächelnd.
Stanley lehnte sich zurück und lächelte gleichfalls. »Bitte, tragen Sie vor.«
Rick tastete in der Grube seines Zwerchfells nach Stimme: *»Noch einmal stürmt, noch einmal, liebe Freunde!«* rezitierte er laut und heftig, *»sonst füllt mit toten Englischen die Mauer. Im Frieden kann so wohl nichts einen Mann als Demut und bescheidne Stille kleiden, doch bläst des Krieges Wetter euch ins Ohr, dann ahmt den Tiger nach in seinem Tun.«*
Hier hielt er inne, hoffte, Stanley würde ihn nicht fortfahren lassen, weil er nämlich nicht weiter wußte. Die Blonde an der Barriere hatte sich umgedreht und sah ihn neugierig an.
»Ein geschickt gewähltes Zitat für diesen besonderen Anlaß«, sagte Stanley lächelnd, erfreut. »Heinrich IV., nicht wahr?«
Zum erstenmal während dieser Unterhaltung stockte Rick. Die zitierte Stelle stammte aus Heinrich V., Heini fünf, wie sie auf der Schule gesagt hatten. War es möglich, daß Stanley, Leiter der Englischen Abteilung, das nicht wußte?

»Ich glaube, es ist Heinrich V.«, sagte Rick höflich lächelnd, und baute darauf, daß Stanley es wußte und ihn bloß auf die Probe stellen wollte.
Stanley nickte verschmitzt und freute sich noch mehr. »Das will ich meinen«, sagte er. Er hörte nicht, wie Rick seufzte. »Können Sie am Freitag zu einer vorbereitenden Lehrerkonferenz hier sein, Mr. Dadier?«
»Selbstverständlich, Sir«, sagte Rick, der immer noch nicht erfaßte, daß die Stelle sein war.
»Fein. Geben Sie Ihr Diplom Miss Brady im Büro nebenan. Sie wird Sie in die Bücher eintragen und Ihnen eine Kontrollkarte ausstellen. Sie wissen, wie man die Uhrzeit locht?«
»Ja, Sir«, sagte er freudestrahlend.
»Fein. Die Konferenz ist am Freitag um zwölf, doch wäre mir lieb, wenn Sie schon gegen elf hier sein könnten. Ich werde Sie dann Mr. Small, unserem neuen Direktor, vorstellen. Melden Sie sich in der englischen Abteilung. Das ist im vierten Stock, Zimmer 439. Noch irgendwelche Fragen?«
»Nur eine, Sir«, sagte Rick. Er zögerte und fragte dann: »Die Disziplinfrage hier. Ist sie . . .«
Stanleys Augen wurden schmaler. »Es gibt hier keine Disziplinfrage«, sagte er rasch. »Ich erwarte Sie dann am Freitag.«
Er erhob sich schnell und ergriff Ricks Hand, und Rick stand unsicher auf.
»Ja, Sir«, sagte er. »Vielen Dank, Sir.«
Er ging mit großen Schritten vom Schreibtisch weg und durch die Pforte, erinnerte sich daran, die Schultern zurückzunehmen und den Kopf hochzuhalten. Er ging gleich in das Zimmer nebenan und fragte nach Miss Brady, die sich als eine altjüngferliche Person mit maus braunem Haar entpuppte, das in ihrem dünnen Nacken zu einem strammen Knoten gezogen war. Er händigte ihr sein Diplom aus, und sie fragte ihn nach dem Buch, das die Schulbehörde ihm mitgegeben habe, das, in dem sämtliche Daten ständen, das, in dem seine Arbeitstage eingetragen seien. Er gab es ihr, und sie erklärte, sie werde es in ihre Obhut nehmen, obgleich das Eintragen der Daten bei fester Anstellung eine reine Formalität sei im Unterschied zu einer vorübergehenden Beschäftigung. Sie sagte ihm ferner, er könne sein

Diplom in etwa zehn Minuten zurück haben, falls er warten wolle, doch fiel ihm plötzlich ein, daß Jerry draußen auf dem Flur stand, und er sagte ihr, er hole es Freitag wieder ab. Sie nickte unverbindlich, und ihr vogelartiges Achselzucken besagte deutlich: »Es ist Ihr Diplom, mein Herr.«

Ungern verließ er den Schutz ihres Büros, und Jerry wollte er schon gar nicht treffen. Noch immer fühlte er sich wider alle Vernunft schuldig, weil er seinem alten Freund die Stelle weggenommen hatte. Doch entschied er, daß ein Hinauszögern die Sache nur verschlimmere. Er reckte die Schultern und trat auf den Flur hinaus.

Jerry kam mit lächelndem Gesicht und ausgestreckter Hand auf ihn zu. »Du hast sie, stimmt's?« sagte er glücklich. »Gratuliere.«

Rick nahm die Hand und fühlte sich angesichts Jerrys neidloser Freude erst recht schuldbewußt. »Danke. Es tut mir leid, daß ich ...«

»Sag mal, was mußtest du da drinnen machen? Gedichte aufsagen?«

»Er wollte sehen, ob ich vortragen kann«, sagte Rick verlegen.

»Ich wußte in dem Augenblick, als wir anfingen, uns zu unterhalten, daß ich es nicht schaffe«, sagte Jerry verzagt. »Ich merkte, daß er mich nicht mochte.«

»Ach weißt du, es gibt genug andere Stellen«, sagte Rick.

»Aber sicher«. Jerry lächelte. »Ich werde schon was finden.«

»Hast du es an der New York Vocational versucht?«

»Nein«, sagte Jerry. »Wo ist das?«

»Ecke 138te Fifth Avenue. Ich hatte vor, gleich von hier aus dorthin zu gehen. Ich glaube, sie haben eine Stelle frei.«

Ihm war wohler nach diesem Hinweis. Er wußte, sie hatten eine Vakanz, und irgendwie befreite es ihn von dem Onus, Jerry die Stelle hier gestohlen zu haben.

»Ich versuche es dort«, sagte Jerry glücklich, dankbar, froh.

»Und ich glaube, an der Samuel Gompers könnte auch etwas frei sein. Ich kenne jemand, der letzte Woche dort eingestellt wurde, und der sagte, sie suchten verzweifelt.«

»Ich versuche es bei beiden«, sagte Jerry dankbar. »Hast du auf einer Berufsfachschule dein Praktikum gemacht?« Sie gingen jetzt den trüben Flur entlang auf die Tür zu, durch die Rick zum erstenmal das Gebäude betreten hatte. Ihre Absätze klapperten auf dem Marmorboden, und der Flur wirkte sehr einsam und sehr trübe.

»Ja«, sagte er.
»Da hast du Glück gehabt. Ich habe an der Taft oben in der Bronx unterrichtet.«
»Das ist doch auch eine gute Schule«, sagt Rick.
»Ja«, stimmte Jerry zu, »aber sie richtet einen nicht auf jugendliche Verbrecher ab.«
»Na, so schlimm ist es nun auch wieder nicht«, sagte Rick. »Ich kam gut zurecht an der Machine and Metal Trades.«
Jerry sah ihn bewundernd an. »Hast du dort als Student unterrichtet? Ich habe gehört, es soll eine sehr üble Schule sein.«
»Ich habe nie Schwierigkeiten gehabt«, sagte Rick und sonnte sich im Glanz der Bewunderung auf Jerrys Gesicht.
»Trotzdem ist es eine verrufene Schule.« Sie gingen jetzt die Marmorstufen hinab, Jerry drückte die verschrammte und von Kerben verunzierte Holztür auf und hielt sie für Rick offen. Er deutete mit dem Kopf auf den Flur, den sie eben verlassen hatten, und sagte: »Dies ist auch nicht gerade eine ideale Schule, weißt du.«
»Stanley sagte, es gebe hier keine Disziplinfrage«, erzählte ihm Rick und trat in den Sonnenschein hinaus. »Ja, ja«, Jerry nickte ernst, »an der Alcatraz gibt es auch keine Disziplinfrage.«
Die Tür schlug hinter ihnen zu, und sie gingen über den Schulhof. *Dies ist mein Schulhof,* dachte Rick. *Meine Schüler werden auf diesem Schulhof spielen.*
»Ich habe ziemlich viel Gutes über diese Schule hier gehört«, sagte er, verwirrt über Jerrys Anspielung auf Alcatraz.
»Tatsächlich?« sagte Jerry liebenswürdig. »Nun, vielleicht habe ich unrecht.«
»Ich werde es vermutlich bald herausfinden«, sagte Rick.
»Ja.«
Sie schritten schweigend zur Third Avenue, und dann sagte Jerry: »Ich nehme ein Taxi zur New York Vocational. Es ist schon spät, und wenn dort etwas zu machen ist, möchte ich es nicht verpassen. Kann ich dich irgendwo absetzen?«
»Nein«, sagte Rick. »Ich habe über die Straße einen Bus. Dank' dir aber.«
»Wir sollten wieder mal zusammenkommen«, sagte Jerry lächelnd.
»Ja, das sollten wir.« Er schwieg und platzte dann in plötzlicher Er-

leuchtung heraus: »Hör zu, gib mir doch Nachricht, was du an der New York erreicht hast, ja? Ruf mich an.«
»In Ordnung«, sagte Jerry glücklich. »Mache ich.«
»Die Nummer ist Tyrone wie Tyrone Power 2-9970«, sagte Rick. »Eine lustige Nummer.«
Jerry notierte die Nummer in ein kleines schwarzes Notizbuch.
»Ich rufe dich an«, sagte er. »Es war wirklich prima, dir wieder einmal über den Weg zu laufen, Richie.«
»Freue mich auch. Hals- und Beinbruch, Jerry.«
Sie schüttelten sich verlegen die Hand, wie zwei Leute es tun, wenn sie eine alte Freundschaft nur für eine kurze Weile erneuert haben und im Begriff stehen, sie in die Vergessenheit zurücksinken zu lassen, aus der sie aufgetaucht war.
»Da ist mein Bus«, sagte Rick.
»Lauf zu«, sagte Jerry lächelnd. »Du kannst ihn noch erwischen.«
Sie beendeten den Händedruck hastig, und Rick rannte unter der Hochbahn über die Straße. Er erwischte den Bus an der Ecke, und als er saß und durch die Scheiben blickte, sah er Jerry auf der anderen Straßenseite winken und lächeln.
Erst jetzt fiel ihm ein, daß er Anne nicht angerufen hatte, aber er sagte sich, es sei so besser, er würde sie überraschen.

Als die altmodische Drehklingel in der Metalltür ertönte, stand sie am Ausguß und hatte die Hände in Seifenwasser. Es wehte eine angenehme Prise hier im elften Stock, die den buntkarierten Küchenvorhang bewegte, sacht durch ihr blondes Haar fuhr und eine Strähne am Hals löste.
Sie rief: »Einen Augenblick bitte«, öffnete dann einen Schrank neben dem Ausguß, nahm ein Geschirrtuch vom Haken und trocknete sich rasch die Hände ab. Sie legte das Geschirrtuch auf den Küchentisch, ging über den langen Flur am Wohnzimmer vorbei zur Korridortür. Sie hob die Metallklappe vom Guckloch ab und sagte: »Ach, du bist es, Rick.« Sie sagte es freudig überrascht, klappte dann das Guckloch wieder zu und schloß die Tür auf, wunderte sich, warum er seinen Schlüssel nicht benutzt hatte. Er stand dort mit dem Gesichtsausdruck eines kleinen Jungen, beide Hände auf dem Rücken. Das Licht der Treppenhauslampe fiel auf die Flächen seines Gesichts, umspielte die

hohen Backenknochen und die kräftige Nase und warf einen Lichtpunkt in jedes seiner tiefbraunen Augen. Er strahlte über das ganze Gesicht wie ein Kind am Weihnachtsabend, und da wußte sie, daß er die Stelle bekommen hatte, aber um nichts in der Welt hätte sie ihm die Überraschung verdorben.
»Hallo, Anne«, sagte er leise und geheimnisvoll.
»Hallo«, antwortete sie lächelnd, fast außerstande, die Tatsache, daß sie sein Geheimnis schon erriet, für sich zu behalten. »Warum hast du nicht deinen Schlüssel genommen?«
»Das ging leider nicht«, sagte er bedeutungsvoll und mit einem spitzbübischen Aufblitzen in den Augen. Sein Haar war immer noch militärisch kurz zu einem Bürstenschnitt geschoren, den er die ganze Universitätszeit über getragen hatte. Das verstärkte noch den heimlichtuerischen Klein-Jungen-Anblick, und sie hatte nicht übel Lust, ihn an die Brust zu drücken, und dachte: *O Gott, ich kriege wahrhaftig den Muttertrieb.*
»Warum nicht?« fragte sie und spielte das Spiel mit, stand noch immer in der Tür und wartete, daß er mit seiner Überraschung herausrückte.
»Meine Hände sind voll«, sagte er. *»Voilà!«* stieß er aus und nahm eine Hand hinter dem Rücken hervor, und die Hand hielt einen Strauß roter Rosen, sechs Stück mit Asperagus und grünem Krepppapier.
»Und *voilà!«* rief er noch einmal und zog die andere Hand hervor, und sie erblickte eine Flasche Sekt und konnte das elegant geschriebene *Domestic* lesen, aber das war ihr ganz egal.
»Du hast die Stelle!« sagte sie überschwenglich, heuchelte zwar die Überraschung, brauchte aber ihre unbändige Freude nicht zu heucheln, denn sie war ehrlich begeistert, so wie sie nur selten im Leben begeistert gewesen war.
»Meinst du? Meinst du?« Er stürzte durch die Tür und schloß sie in die Arme, hob sie in die Luft und hielt Sekt und Rosen in ihrem Rücken fest umklammert. »Meinst du, Schatz? Meinst du?«
Er schwenkte sie herum, und sie kreischte wie ein kleines Mädchen und jammerte: »Rick, dein Sohn und Erbe«, und er antwortete: »Was schert mich mein Sohn und Erbe!«
Aber dann – da ihm einfiel, daß sie im sechsten Monat war, da ihm

einfiel, daß man eine Frau im sechsten Monat nicht in der Luft herumschwenkt, auch nicht, wenn man eine Stelle an der Manual Trades bekommen hat, und auch nicht, wenn dies die erste Mords-Chance ist, die man seit der Uni gehabt hat, daß man auch dann eine schwangere Frau nicht in der Luft herumschwenkt, nicht, wenn man in der Tat einen Sohn und Erben will oder eine Tochter und Erbin, obwohl er bei weitem einen Sohn und Erben vorgezogen hätte — setzte er sie ab.

Er setzte sie ab, und als ihre Füße den Linoleum-Fußboden berührten, küßte er sie schallend auf den Mund, dachte, wie süß ihre Lippen seien, und dachte, daß es niemanden auf Erden gebe, zu dem er lieber mit der Nachricht von der Manual Trades heimkam als zu ihr. Niemand auf Erden, und zwar einschließlich Hedy Lamarrs und Rita Hayworths und aller sonstigen, die man ihm noch nennen mochte.

»O Rick«, sagte sie, »das ist wundervoll, wirklich wundervoll!«

»Und wirst du aufhören, dir noch Geldsorgen zu machen?«

»Ja«, sagte sie leise, froh, lächelnd.

»Und wirst du aufhören, mich einen Faulpelz zu nennen?«

»Rick, ich habe nie ...«

»Und wirst du mich lieben?«

»Ich liebe dich, Rick«, sagte sie.

»Wirst du mich wirklich und wahrhaftig lieben?«

»Ich liebe dich wirklich und wahrhaftig, Liebster.«

»Hast du das Abendessen schon gekocht?«

»Nein, ich ...« Sie legte die Hand an die Lippen, weil sie mit dem Abendessen noch nicht einmal angefangen hatte, und nun kam Rick mit dieser wundervollen Nachricht nach Hause, einer Nachricht, die zumindest ein begonnenes Abendessen wert war. Ihre grünen Augen trübten sich. »Ich ...«

»Gut! Weil *ich* nämlich das Abendessen besorge. Ich werde dir ein Essen heimbringen, wie es sich ziemt für die Frau eines frischgebackenen Englischlehrers an der North Manual Trades High School, Incorporated, of America.«

»Rick«, sagte sie, halb scheltend, halb lachend, und sie fühlte das Glück wie eine Blüte in sich aufbrechen.

»Wie wär's mit Ravioli?« fragte er, seine Augen funkelten erregt. »Wie wär' das? Das paßt doch gut zu Sekt oder nicht?« fragte er.

»Ravioli und eine gute Vorspeise. Und wir stellen Kerzen auf den Tisch und diese Rosen, jawohl, diese guten amerikanischen Beauty Rosen.«

»Gut, Rick«, sagte sie, sah, wie glücklich er war, liebte die Erregung in seinen Augen und seine hochroten Backen. »Gut, Rick.«

»Und ich möchte, daß du dein schwarzes, trägerloses Kleid anziehst, und ich werde meinen blauen ...«

»Rick, da passe ich nie mehr hinein«, klagte sie.

»Was du nicht sagst, du ätherisches Wesen!« Er schloß sie wieder in die Arme und küßte sie wieder, diesmal leidenschaftlich, und sie preßte die Arme um seinen Hals, wollte ihn nicht loslassen, hätte diesen Strudel vollkommenen Glücks am liebsten für immer festgehalten, ihn am liebsten in Bronze gegossen und auf das Sofatischchen im Wohnzimmer gestellt, so wie Leute das erste Paar Schuhe eines Babys auf Sofatischchen im Wohnzimmer stellen.

Er gab sie plötzlich frei und hielt sie in Armeslänge von sich.

»Dann das neue Umstandskleid, das rosane. Ich möchte einen Galaanzug, Anne. Verstehst du?«

»Ja, Liebster«, sagte sie. »Ich verstehe.«

»Gut. Bist du glücklich, Anne?«

»Ja, ich bin sehr glücklich.« Sie konnte das Glück nicht aus ihrem Gesicht tilgen und wußte, er mußte es darin gesehen haben, denn es strahlte von seinem eigenen Gesicht, seinen Augen, dem Lächeln seiner Lippen zurück.

»Gut. Deck jetzt den Tisch, und vergiß die Kerzen nicht. Du kannst die fürchterlichen Messingleuchter nehmen, die wir von deiner Mutter haben. Bei Gott, ich wußte, die würden eines Tages zu Ehren kommen.« Er lachte lauthals und tanzte einen kleinen Swing auf dem Küchenboden, dann zeigte er mit dem Finger auf sie wie ein vorgesetzter Offizier und sagte: »Nun aber dalli, Mädchen. Ich hole die Fressalien.«

Er küßte sie wieder, flüchtig diesmal, und sie sagte: »Sei vorsichtig, Liebster«, und er brauste aus der Wohnung wie ein Wirbelwind, eine merkwürdig leere Stille hinter sich zurücklassend.

Der Abend hätte nicht schöner sein können.

Die Kerzen warfen einen warmen Schimmer über die steife Regelmäßigkeit einer Stadthausküche, und das Essen sah einladend und verführerisch aus. Sie aßen mit Genuß, und er erzählte ihr, noch immer erregt, die Unterredung von Anfang bis Ende, ließ nichts aus, erzählte ihr alles, von dem ängstlichen Mann, der dort saß, als er hereinkam und dann alles über Jerry und wie schuldbewußt er gewesen sei (wozu Anne bemerkte: »Das ist töricht, Rick. Irgend jemand mußte ja die Stelle kriegen«), und dann wie er Heini fünf vorgetragen und Stanley es als Heinrich IV. ausgegeben hatte, um ihn hereinzulegen. Alles erzählte er ihr, und sie lauschte, während sie aß, lauschte erregt und genoß das Erlebnis im Nachhinein, weil er es so wundervoll erzählte, ohne eine Einzelheit auszulassen.

Und hinterher stellten sie das Radio an und tanzten im Wohnzimmer, und die kühle Brise wehte vom East River herüber über den Bruckner Boulevard und die Soundview Avenue hinauf in ihr Fenster im elften Stock. Sie tanzten, ihr Bauch wölbte sich dick gegen ihn, er hielt sie fest, sie sprachen nicht, lauschten nur auf die Musik, spürten die Brise und waren zufrieden in dem dichten kleinen Raum von Glück, den sie um sich gebaut hatten. Im Bett liebten sie sich harmonisch und gelöst. Es war im letzten Monat mühsam geworden, manchmal so mühsam, daß alles Vergnügen bei den wilden, wie in jugendlicher Unerfahrenheit geführten Kämpfen verloren ging. Sie hatte ihr Gebirge von Bauch verwünscht, denn sie hatte immer so gern mit Rick geschlafen, und nun wurde es rasch alles andere als ein Vergnügen. Aber heute nacht gab es nichts Störendes. Es war etwas in ihnen beiden heute nacht, etwas, das den Fleischhügel, der die Dinge hätte schwierig machen können, transzendierte. Sie war wieder schlank für ihn heute nacht, so wie sie es immer gewesen war, und es war ihr nicht einmal bewußt, daß sie schwanger war, dieses Etwas in ihnen beiden verwandelte alles.

Sie wußten nicht, was das war. Sie nahmen das Geschenk dankbar entgegen, bewegten sich mit der ungezwungenen Hingabe erfahrener Ballettänzer, aber ohne deren berechnete Verhaltenheit. Dieses Etwas, das sie in wunderbarer Weise einhüllte, hing mit Ricks Erfolg zusammen und dem improvisierten Abendessen und dem Tanzen hinterher und nun der Erotik in dieser wundervoll zarten Weise, die sie fast vergessen hatten.

Sie nahmen sich nicht die Zeit, darüber nachzudenken, daß dieses Etwas in ihnen einfach ihre Liebe war.

2

Solly Klein nahm nicht zum erstenmal an einer Lehrerkonferenz teil. Während seiner zwölf Dienstjahre an der Manual Trades hatte er an vielen Konferenzen teilgenommen. Und nach seinen eigenen Worten taugten sie gerade soviel wie Pferdemist. Der Direx würde auftreten wie der Trainer einer Fußballmannschaft in der Halbzeit und ihnen erzählen, daß sie hingehen und kämpfen sollten. Er würde ihnen erzählen, was für eine schöne Schule dies sei, als ob nicht jeder wüßte, daß dies keine schöne, sondern eine elende Schule war, und dann würde er wiederholen, sie sollten hingehen und kämpfen.
Zwölf Jahre lang war Solly hingegangen und hatte gekämpft, und er brüstete sich damit, daß er immer noch auf den Beinen stand. Er wußte nicht wieso, bildete sich aber ein, es habe etwas mit seiner Einstellung zu tun, und seine Einstellung wurde wahrhaftig nicht von irgendeiner idiotischen Lehrerkonferenz bestimmt. Es erstaunte ihn immer wieder, wie der Direx vor alle diese leidlich rechtschaffenen Leute hintreten und ihnen dreist das Blaue vom Himmel vorlügen konnte. Es war vermutlich die vorweggenommene Form von Orwells doppelter Moral, aber er bezweifelte stets, ob der Direx wirklich alles glaubte, was er über das Berufsfachschulsystem sagte, und den Platz, den die Manual Trades innerhalb dieses vielseitigen und verwickelten Systems ausfülle.
In diesem Jahr gab es einen neuen Direx, und somit würden die Halbzeitgespräche wahrscheinlich lebhafter sein. Er dachte an die Zeit zurück, da Ginzer als neuer Direktor gekommen war und die Besprechung dann richtiggehend einen Zug von Lebhaftigkeit bekommen hatte. Ginzer war frisch von einer Verwaltungsstelle an der Evander Childs, einer ganz passablen Oberschule, auf die Manual Trades übergewechselt. Er hatte sämtliche Bücher über das Berufsfachschulwesen gelesen und sich angeschickt, der versammelten Lehrerschaft — von denen einige schon an die zwanzig Jahre auf der Manual Trades waren — darüber einen Vortrag zu halten. Sie waren sehr höflich und lachten nicht über ihn. Vielleicht, weil seine Rede so lebhaft war. Außerdem kamen sie alle aus den Sommerferien, und wenn man nach den Sommerferien das Herbstsemester vor sich hat, so ist das nicht zum Lachen. Nicht an der Manual Trades.

Allerdings kam dieser neue Direx, Small hieß er, von einer anderen Berufsfachschule und müßte eigentlich wissen, wie der Hase lief. Er hatte heute morgen einen flüchtigen Blick auf ihn erhascht, als Small ins Büro ging, und kurz darauf hatte Stanley die Schar seiner neuen Englischlehrer hineingeführt, durch die Bank geschniegelt und gebügelt, so wie neue Englischlehrer alle Jahre aussehen. Auf Stanley folgte Kalbenstedt mit einem neuen Lehrer für Naturwissenschaften, und beiden auf den Fersen Morley mit den zwei Neuen für Geschichte, und das dürfte vermutlich die diesjährige Herbstkollektion gewesen sein.

Die Konferenz war für zwölf Uhr angesetzt, und jetzt war es schon eine Viertelstunde darüber, aber diese verdammten Dinger fingen nie pünktlich an. Die Tische in der Bibliothek waren zu einem annähernden Halbkreis um einen Tisch in Nähe der Abteilung Romane zusammengerückt. An dem Tisch saß natürlich der Direx zusammen mit Mike Angelico und ein paar anderen großen Tieren. Solly hatte die alten Kollegen alle begrüßt, und mit ihnen das übliche ›Wie geht's, wie steht's‹ ausgetauscht, und fand dann einen unauffälligen Platz seitlich vom Direktortisch. Er fand außerdem eine ältere Ausgabe der *Frau von heute*. Er blätterte sie durch, sann über den Quatsch nach, den Frauen so lesen, und wunderte sich noch, was die Nummer einer Frauenzeitschrift auf der Manuel Trades verloren hatte, als Stanley mit seinem Schwarm von Englischlehrern hereinkam.

Er wies ihnen einen Tisch in seiner Nähe zu und plazierte sie dann mit der ganzen mütterlichen Betulichkeit einer Glucke, während Solly ihm mit der ganzen Teilnahmslosigkeit des Dorfgockels zusah. Erst als er das Mädchen bemerkte, legte er die Zeitschrift hin und holte seine Brille heraus, die er sich fachmännisch auf die breite, platte Nase setzte.

Das kurz geschorene Kinder-Kollegium hatte ihn nicht interessiert, auch der erwartungsvoll dreinschauende bebrillte junge Mann mit dem dunklen Haar und den ernsten Augen nicht. Aber das Mädchen war nun etwas anderes.

Sie hatte tief dunkles Haar und trug es dicht um Gesicht und Hals fallend, der Hals war sanft geschwungen und sehr weiß. Das Gesicht war ebenfalls mattweiß wie makelloser Alabaster oder ein glattes, rundes Stück Balsam. Sie hatte große, glänzend braune

Augen, die ihr blasses Gesicht beherrschten, und benutzte einen hellroten Lippenstift, der das Zarte und Durchsichtige ihrer Züge noch unterstrich.
An ihrem Körper hingegen war nichts zart oder durchsichtig, und Solly erforschte ihn von der uneinnehmbar sicheren Höhe des Mannes in mittleren Jahren herab. Sie war starkbusig, bei schmaler Taille, und trug eine dünne Nylonbluse, durch die die zarte Spitze des Unterrocks und die schmalen Bänder des Büstenhalters deutlich zu sehen waren. Solly war gespannt, ob sie diese Bluse auch am Montag tragen würde, denn falls ja, würde es bestimmt zu einer Vergewaltigung kommen. Entweder seitens der Schüler oder seitens der Lehrer oder vielleicht beider. Es sei denn, man sperrte sie ins Bücherzimmer, wo niemandem ihr Anblick etwas nutzte.
Sie hatte einen glatten schwarzen Rock an, der der Linie ihrer fleischigen Hüften folgte. Der Rock war sehr eng, und der Saum des Schlüpfers zeichnete sich an der Stelle ab, wo der Rock stramm über dem Hinterteil saß. *Die da,* dachte Solly, *hat das Wort Berufsfachschule noch nie im Leben gehört.*
Oder vielleicht ist das nur für heute, nur damit sie der Star des kleinen Picknicks ist, des Augen- und Ohrenschmauses, genannt Lehrerkonferenz. Am Montag, dem Beginn des Schulsemesters, würde sie vielleicht ein Kleid tragen, das bis auf die Knöchel hinab und bis zur Kehle hinauf reichte. Würde ferner eine goldgeränderte Brille tragen und keinen Lippenstift auflegen, und die Jungens würden in ihr eine spinnige Tante sehen, vorausgesetzt, sie täte etwas gegen den Saum ihres Schlüpfers, der sich über dem Hintern spannte.
Das hatte noch gefehlt, ein so junges und hübsches Mädchen wie die auf einer Berufsfachschule. Solly schüttelte in stummer Verwunderung den Kopf.
Hinten in der Bibliothek entstand ein leises Geraune, und dann ging die Tür auf, und Mike Angelico eilte in den Raum wie ein Page in königliche Gemächer. Er schritt munter den Gang entlang, der zwischen den Tischen freigelassen war, und Miss Brady, die Sekretärin des Direx', folgte ihm nach. Hawkner, der schon fast siebzehn Jahre an der Schule war, kam mit einem breiten Lächeln auf dem breiten Gesicht herein und hinter ihm William Small, der neue Direktor, Gott segne und beschütze ihn und erleuchte seinen Geist.

Die Herren erhoben sich, und Small nahm die kleine Huldigung mit einem flüchtigen Nicken des ziemlich großen Kopfes entgegen. Er war in jeder Hinsicht ziemlich groß. Er wirkte wie der Verteidiger in einer Fußballmannschaft, und Solly hoffte, er wäre so eisern wie er aussah. Er erinnerte sich noch daran, wie Juan Garza, ein übler kleiner Strolch, einmal ein Tintenfaß durch Ginzers Bürofenster gefeuert und Ginzer beinah hinterher geworfen hatte. Small zu irgend welchen Fenstern hinauszuwerfen wäre ein saures Stück Arbeit, es sei denn, sein Fleisch bestände nur aus Fleisch ohne Knochen. Er beobachtete, wie Small seine Notizen auf den Tisch legte, Mike Angelico zur Linken und Miss Brady zur Rechten. Eine dünne Narbe lief von Smalls rechter Schläfe bis unter den Backenknochen, und Solly überlegte, ob sie wohl von einem Berufsunfall herrühre.
Small setzte sich nicht. Er blieb stehen, und als es ganz still im Raum geworden war, sagte er: »Nun also«, und weiter nichts.
Martha Riley, eine Dame von etwa fünfzig und seit Urzeiten als Mathelehrerin an der Manual Trades, kicherte und unterdrückte es dann. Small lächelte wie ein gnädiger Despot und räusperte sich.
»Zunächst heiße ich die alten Gesichter aufs neue willkommen«, sagte er geschwollen, »und heiße zum erstenmal die neuen Gesichter willkommen. Da ich selbst ein neues Gesicht bin, heiße ich auch mich willkommen.«
Die versammelten Lehrer waren unschlüssig, wie sie reagieren sollten, eingedenk Martha Rilays vorausgegangenem Patzer. Dann gab Mike Angelico mit einem herzigen Kichern das Zeichen, und das Manual Trades Kollegium nahm das als Stichwort und erkannte den messerscharfen Witz des Direx' mit einer höflichen Runde verhaltenen Gelächters an.
»Ich meine es ehrlich, wenn ich sage ›wilkommen‹«, sagte Small. »Ich meine es insofern ehrlich, als ich diese Schule zu einer der besten Schulen im gesamten Berufsschulwesen machen möchte, das heißt zu einer Schule, an der Wissen und praktische Fähigkeiten immer willkommen sind.«
Es entstand ein lähmendes Schweigen, und dann nickte Mike Angelico mit dem Kopf Zustimmung, und das Kollegium brummte zustimmend, zeigte damit, daß es Mikes zustimmendem Nicken zustimmte.

»Oh, ich weiß, was Berufsfachschulen sind«, sagte Small. »Ich habe zwei Jahre an der Bronx Vocational unterrichtet und drei Jahre an der Manhattan Aviation und drei Jahre an der Manual Training in Brooklyn, und ich habe sogar an der Benjamin Franklin unterrichtet, die keine Berufsfachschule ist, die mir aber einen kleinen Denkzettel gab und mich dankbar dafür machte, daß es solche Dinge wie Berufsfachschulen überhaupt gibt.« Hier berührte er die dünne Narbe an seinem Gesicht, und alle nickten in Würdigung seiner Tapferkeit vor dem Feind.
»Ich habe an der New York Vocational unterrichtet«, fuhr Small fort, »und an der Central Commercial und der Brooklyn Automative.« Hier machte er, beifallheischend, eine Pause, denn die Brooklyn Automative war womöglich die übelste Schule im gesamten Bereich. Als der Beifall ausblieb, sagte Small mit einer Stimme wie dumpfes Geschützfeuer: »Sieben Jahre war ich in einer Verwaltungsstelle an der Brooklyn Automative.«
Mike Angelico zuckte bei dieser Eröffnung zusammen, aber nicht etwa, weil er den Mut oder die Fähigkeiten des neuen Direktors bewunderte. Mike Angelico war seit achtzehn Jahren an der North Manual Trades. Seit ungefähr zehn Jahren arbeitete er an dieser Schule in der Verwaltung. Er arbeitete schon in der Verwaltung, als Anderson noch Direktor war, und er tat es noch, als sie Panucci von der Chelsea Vocational für den Direktorposten herbeischleppten, und später, als sie Ginzer von der Evander Childs holten. Er arbeitete die ganzen Jahre in der Verwaltung, und nun setzten sie ihm wieder einen Außenseiter vor die Nase; Solly wußte, daß Mike diese unstreitige Tatsache nicht sonderlich schätzte.
Immerhin, dachte Solly, *die Brooklyn Automative ist weiß Gott kein Zuckerschlecken, und vielleicht ist Small am Ende doch ein guter Mann, trotz seiner lahmarschigen Witze.*
»Ich weiß also, was Berufsfachschulen sind«, sagte Small. »Ich weiß es sehr gut. Ich weiß, was sie innerhalb der Gemeinde unserer Stadt eigentlich sein sollen, und ich weiß auch, was sie tatsächlich sind. Und nun lassen Sie sich bitte folgendes sagen. Es ist mir gleichgültig, was die North Manual *war,* aber ich weiß ganz genau, was sie sein *soll,* und das *wird* sie auch sein, und zwar von diesem Semester an, von diesem Tage an, von dieser Minute an.«

Mike Angelico wollte Beifall klatschen, aber Small unterband es mit einem vernichtenden Blick. Es war offensichtlich, daß der Direx noch nicht fertig war.
»Wir haben ein gutes Kollegium hier«, fuhr Small fort. »Die Lehrkräfte, die in all diesen Jahren hier unterrichtet haben, gehören zu den besten, die es gibt. Ich habe die Berichte der Neuen geprüft, und ich glaube, wir sind ein prächtiger Haufen nüchtern denkender Leute, die mit jeder brenzligen Lage fertig werden können ... Der springende Punkt ist nun folgender«, und hier bohrte er seinen gewaltigen Zeigefinger in die Luft. »Ich wünsche nicht, daß brenzlige Lagen überhaupt entstehen ... Wenn die Jungens am Montag in die Schule kommen, möchte ich, daß sie sofort wissen, wer Herr im Haus ist. Herr im Haus ist der Lehrer, und ich möchte, daß sie das wissen, denn wir sind hier nicht in irgendeinem Kindergarten, sondern wir sind in einer Schule, auf der diese Jungens zu nützlichen Bürgern eines verdammt anständigen Staates erzogen werden sollen, verzeihen Sie den offenen Ton, meine Damen, aber genauso sehe ich die Sache an.«
Die anwesenden Damen, vier an der Zahl, lächelten auf eine züchtige solcher-Sprache-ungewohnte-Ohren Weise, und die Männer kicherten leise, und darauf schnitt Small den Unsinn mit einem scharfen Wink seiner schinkengleichen Hand ab.
»Ich möchte also folgendes: Ich möchte eine disziplinierte Schule, denn einen rüpelhaften Pöbel können wir nicht unterrichten. Das bedeutet Gehorsam, unverzüglichen Gehorsam. Es bedeutet nicht aufgeschobenen Gehorsam oder Gehorsam am nächsten Tag oder Gehorsam in der nächsten Woche. Es bedeutet unverzüglichen Gehorsam. Es bedeutet aufs Wort ausgeführte Befehle. Der Lehrer ist der Herr im Haus, vergessen Sie das nicht! Und ich bin sicher, die meisten von ihnen brauche ich daran nicht zu erinnern.« Er machte eine Pause, um seine Notizen zu Rate zu ziehen, und rief dann: »Unruhestifter? Ich wünsche, daß Unruhestifter auf der Stelle ausgemerzt werden! Wenn eine Lehrkraft mit einem Unruhestifter nicht fertig wird, wünsche ich, daß er zum Abteilungsleiter geschickt wird. Dazu sind Abteilungsleiter da. Und wenn der Abteilungsleiter mit dem Unruhestifter nicht fertig wird, dann wünsche ich, daß der Bengel entweder zu Mike oder zu mir geschickt wird, und Sie können

Gift darauf nehmen, daß wir mit ihnen umzugehen wissen, Sie können Ihren Kopf darauf wetten. Ich wünsche keine Unruhestifter auf meiner Schule. Es gibt Erziehungsheime für Unruhestifter, und dorthin werde ich sie schicken, so wahr ich hier stehe, und so wahr ich der Direktor der North Manual Trades High School bin.«
Small nickte nachdrücklich mit dem Kopf, und Mike Angelico nickte unbewußt im gleichen Rhythmus.
»Stellen Sie sich also von vornherein auf Scherereien ein, wenn Sie am Montagmorgen herkommen. Gibt es keine, um so besser. Gibt es welche, dann zertreten wir sie auf der Stelle. Wir zertreten sie genauso, wie wir Küchenschaben zertreten würden. Ich wünsche keine Küchenschaben auf meiner Schule, sowenig wie ich Küchenschaben in meiner Küche wünsche. Nach Schluß dieser Konferenz, und ich verspreche Ihnen, ich werde Sie nicht mehr lange aufhalten, finden Besprechungen innerhalb der einzelnen Fachgruppen statt, auf denen die Unterrichtspläne verteilt werden. Ich wünsche nun keinerlei Klagen über die Pläne zu hören. Ich bin ein alter Hase auf dem Gebiet und weiß, daß Freistunden und Tischzeiten gekoppelt werden können und daß es beliebte und unbeliebte Klassen gibt, und ich kenne alle die kleinen Tricks, glauben Sie mir.
Aber unsere Abteilungsleiter und der Leiter des für den Unterrichtsplan zuständigen Ausschusses haben diese Pläne nach bestem Wissen und Gewissen aufgestellt; wir haben uns bemüht, Gut und Schlecht gerecht zu verteilen, und wenn Sie irgendwo ein dickes Ende erwischt haben, finden Sie dafür anderswo ein dünnes. Also bitte keine Klagen über die Pläne. Es hat viel Zeit gekostet, das Lehrprogramm zusammenzustellen, und ich kann Ihnen versichern, daß jetzt keine Änderungen mehr vorgenommen werden, gleichgültig, wie die Dinge früher gehandhabt wurden.
Am Montag werden wir also die Schüler in der Aula begrüßen, bei der Gelegenheit wird jeder Lehrer die Namensliste seiner eigenen Klasse verlesen und die Schüler dann in sein Klassenzimmer führen. Ich nehme an, das wird den größten Teil der ersten beiden Stunden beanspruchen, wenn nicht gar die dritte Stunde auch noch.
Wir wollen uns genügend Spielraum lassen und einmal annehmen, daß die dritte Stunde auch noch gebraucht wird. Am Ende der dritten Stunde wird zweimal mit der Feuerglocke geläutet. Es handelt

sich nicht um einen Probealarm, und bitte, setzen Sie Ihre Schüler vorher davon in Kenntnis, damit es nicht ein Wahnsinnsgerenne aus dem Haus gibt, wozu sie nur zu gern die Gelegenheit ergreifen. Es ist vielmehr das Zeichen zum Klassenwechsel und dem Beginn der vierten Stunde. Sie würden gut tun, dies den Schülern Ihrer Klasse klar zu machen, sonst gehen sie zur ersten Stunde, und es entsteht ein großes Durcheinander.

Ich denke, das ist fürs erste alles. Ich werde mich nicht damit aufhalten, hier jeden mit jedem bekannt zu machen, denn ich zweifle nicht, daß Sie alle einander in wenigen Tagen kennen werden, und ich weiß, daß ich auf die älteren Lehrkräfte rechnen kann, wenn es darum geht, den neuen die nötige Orientierungshilfe zu geben.

Wenn wir uns nun dann alle unseren jeweiligen Abteilungsleitern anschließen, so können wir die Formalitäten erledigen, die Lehrpläne verteilen und dafür sorgen, daß unsere Klassenzimmer für Montag fix und fertig sind. Darauf können wir alle heimgehen, nur ich Ärmster nicht«, und hier lächelte er kurz, »denn Montag ist der große Tag, und ich möchte, daß Sie sich über das Wochenende entspannen, nicht mehr an die Manual Trades denken und am Montag frisch und für alles Kommende gewappnet antreten. Das wär's.«

Er wandte sich zum Gehen, und die Lehrer klatschten, bis auf Solly Klein, der Small nachsah, wie er nach hinten hinausging, gefolgt von Mike Angelico, Miss Brady und Hawkner.

Ihr Leibwächter! dachte Solly. *Und ich wette, das dickste Ende habe ich erwischt.*

Ob Solly Klein das dickste Ende erwischte oder nicht, war von untergeordneter Bedeutung. Er unterrichtete nun schon zwölf Jahre an der Manual Trades, und ein dickes Ende mehr oder weniger würde ihn nicht umwerfen nach so langer Zeit.

Richard Dadier jedoch war ein neuer Lehrer, ein Englischlehrer an einer Berufsfachschule, und das Ende, das er erwischte, konnte ihn sehr wohl stützen oder umwerfen.

Er untersuchte seinen Unterrichtsplan mit mehr als bloßer Neugier, und nachdem er ihn studiert hatte, mußte er zugeben, daß er gerecht und gut war, tatsächlich besser als er befürchtet hatte. Er begriff nicht, daß er das allerdickste Ende erwischt hatte und daß

sein Plan der schlimmste war, der an der Abteilung Englisch ausgegeben worden war.
Er hatte natürlich schon viele Lehrpläne von unterschiedlichem Charakter und Umfang im Lauf seiner vielen Studienjahre gesehen, Jahre, die ihn für seine jetzige verantwortliche Stellung vorbereitet hatten. Es *war* eine verantwortliche Stellung für ihn, denn noch im Juni, als er auf die Hunter-Universität ging, war er Schüler gewesen, und andere Leute waren Lehrer. Jetzt war er Lehrer, die Rollen waren vertauscht, und über diesen Rollentausch fühlte er sich mordswohl.
Erst recht über den Unterrichtsplan.
Der Plan war in acht Stunden zu je fünfundvierzig Minuten aufgeteilt. Zwischen den Stunden lagen fünf Minuten Pause, und vor Unterrichtsbeginn war täglich eine Viertelstunde vorgesehen, die der Klassenlehrer seiner Klasse widmete. Mit einem Wort, er meldete sich morgens um 8.30 zum Dienst, und sein Tag endete um 3.25 Uhr nachmittags. Ein kurzer Tag, selbst wenn man berücksichtigte, daß der Unterricht abends in der Freizeit vorbereitet werden mußte, und selbst wenn man die Fahrzeit berücksichtigte und selbst wenn man die Tatsache in Betracht zog, daß er um 8.15 Uhr in der Schule sein mußte und wahrscheinlich nicht vor 4 Uhr gehen würde. Selbst dann war es ein kurzer Tag.
Das ihm zugeteilte Klassenzimmer hatte die Nr. 206; in diesem Raum unterrichtete er den ganzen Tag. Er war Klassenlehrer eines zweiten Semesters. Nun gab es auf der North Manual Trades School aber neun zweite Semester; sie wurden zweistellig numeriert: Die Ziffer 2 bedeutete die Semesterzahl, hinzu kam eine der Ziffern von 1 bis 9 zur Unterscheidung innerhalb der Gruppe. Seine Klasse hatte also die offizielle Bezeichnung 27, wobei Semesterziffer und Gruppenziffer in holder Eintracht lebten. Auf seinem Plan war für die einzelnen Stunden jeweils in entsprechenden Spalten eine Ziffer eingetragen, die das Semester bezeichnete, kombiniert mit einer zweiten, die die laufende Stunde angab, und schließlich noch – weil viele Lehrer tagsüber in mehreren Räumen unterrichteten – die Nummer des Klassenzimmers. Wenn er also ein zweites Semester in der zweiten Stunde in Zimmer 206 unterrichtete (was der Fall war), enthielt die Spalte auf seinem Plan die Ziffern 22–206.

Sein Unterrichtsplan sah nun folgendermaßen aus:

	8.30– 8.45	Klassenzimmer	
1 –	8.50– 9.35	Englisch	21–206
2 –	9.40–10.25	Englisch	22–206
3 –	10.30–11.15	Aufsicht	
4 –	11.20–12.05	Tischzeit	
5 –	12.10–12.55	Englisch	55–206
6 –	1.00– 1.45	Freistunde	
7 –	1.50– 2.35	Englisch	77–206
8 –	2.40– 3.25	Englisch	78–206

Und das war es, und es schien ihm nicht übel.

Er machte sich nicht klar, daß es lästig war, zwei zweite Semester Englisch zu haben. Es war deshalb lästig, weil erste und zweite Semester auf der North Manual Trades einen Einheitsunterricht erhielten, einen sogenannten Probeunterricht. Das heißt, daß die Schüler, im Gegensatz zu den höheren Semestern, nicht individuell verschiedene Stundenpläne hatten. Sie traten als geschlossene Gruppe auf, und diese Gruppe war ein handfestes solides Ding. Es war ferner lästig, weil zweite Semester langsam der Hafer sticht, weil sie langsam in der Schule heimisch werden, langsam den Dreh kennen, weil ihre ›Probezeit‹ fast zu Ende ist. Die ersten Semester sind noch nicht trocken hinter den Ohren und nehmen alles hin, was man ihnen vorsetzt. Die zweiten Semester sind aber durchaus trocken hinter den Ohren und mausern sich. Sie warten nur darauf, daß sie sechzehn werden und Arbeitspapiere bekommen, dann können sie den ganzen Krempel hinschmeißen, indem sie Geld verdienen und auf die Fortbildungsschule gehen. Die zweiten Semester sind vierzehn und fünfzehn, und man kann einem Vierzehnjährigen keine mehr runterhauen, ohne sich wie ein Tyrann vorzukommen. Mit einem Wort, zweite Semester pfeifen darauf, einen Beruf zu erlernen, geschweige denn Englisch.

Rick machte sich das nicht klar. Er war tatsächlich froh, daß er zwei zweite Semester Englisch hatte, und er war besonders froh über die Tatsache, daß er bei der einen, der 27, Klassenlehrer war. Er wußte nicht, daß auch das lästig war, denn aus dem einfachen Grund, weil ein Prophet in seinem Vaterland nichts gilt, und seine Klasse würde ihn nie als Englischlehrer gelten lassen, selbst wenn er der beste

Englischlehrer der Schule oder aller Schulen oder der ganzen Welt wäre — was er nicht war.
Die Stunde Fluraufsicht störte ihn ebenfalls nicht. Er wußte, daß es sogenannte Pflichtstunden auf jeder Schule gab, und eine Aufsicht war eine hübsche Gelegenheit, sich hinzusetzen und Unterrichtspläne vorzubereiten, während die als Monitoren eingesetzten älteren Schüler alle Arbeit machten.
Er wußte noch nicht, daß er diese Aufsicht in dem kurzen Flügel des L-förmigen Flurs im ersten Stock hatte und daß dort ein Eingang am Ende des L's lag nebst einer Toilette. Selbst wenn er es gewußt hätte, würde es ihn nicht gestört haben, denn er ahnte nicht, daß die Schlösser an beiden Eingangstüren kaputt waren und ausgerechnet diese Toilette ein Sammelplatz für Schüler war, die eine Messerstecherei austrugen oder rauchten oder die Zeit totschlugen.
Er war froh, daß sie ihm ein fünftes Semester Englisch gegeben hatten. Vielleicht wäre er auch noch froh gewesen, wenn er ein wenig mehr über die 55—206 gewußt hätte, aber das steht dahin! Die meisten Jungen in der 55—206 hatten im ersten Semester während Ginzers Amtszeit angefangen und den Einheitsunterricht gemeinsam mit einem Neuling namens Juan Garza absolviert, und Juan Garza hatte allen möglichen fabelhaften Unfug an der Manual Trades gestiftet, der darin gipfelte, daß er ein Tintenfaß durch Ginzers geschlossenes Fenster warf und versuchte, Ginzer hinterherzuwerfen. Auch hatte Juan Garza gelehrige Schüler, und die meisten dieser Schüler saßen in der 55—206 und standen in dem Ruf, einige der schlimmsten Rüpel auf der Manuel Trades zu sein, selbst jetzt, da Garza in einem Erziehungsheim sicher untergebracht war. Rick wußte das alles nicht.
Er hatte den leisen Verdacht, es wäre günstiger gewesen, wenn seine Freistunde unmittelbar auf die Tischzeit gefolgt wäre, und die Vorstellung, um 11.20 Mittag zu essen, behagte ihm nicht. Es wäre besser gewesen, wenn die Englischstunde in der 55—206 diese beiden Freizeiten nicht getrennt hätte. Jedoch konnte er immer noch in seiner Freistunde essen, die er um eins hatte. Millionen Menschen aßen um eins zu Mittag, und außerdem konnte man nicht alles auf einmal verlangen. Sein Plan gefiel ihm besonders, als er sah, daß er zwei siebte Semester Englisch hatte.

Jeder weiß, daß siebte Semester ideal sind. Sie hatten es bis zum Abgangssemester geschafft und wollten nicht um die Welt in diesem Endspurt noch wegen irgendeiner Flegelei von der Schule fliegen.
Im allgemeinen traf das zu.
Es traf leider nicht im gegenwärtigen Zeitpunkt zu.
Denn in Ricks siebten Englischklassen saßen meistens achtzehn- und neunzehnjährige Jungen, und die meisten von ihnen warteten darauf, jeden Tag zum Militär eingezogen zu werden. Sie hatten wirklich kein Interesse an Englisch oder einer Berufsausbildung, denn sie würden schon bald Gewehre tragen – eine Aussicht, der sie zumeist erwartungsvoll entgegensahen –, und wenn es irgendwo auf dem Erdball wieder knallte, konnte es gut sein, daß sie den Kopf hinhalten mußten.
In der Zwischenzeit arbeiteten viele von ihnen nach der Schule, und so traf es sich doppelt unglücklich, daß die eine Englisch 7 die achte und letzte Stunde hatte. In der letzten Stunde ist jede Klasse unruhig, und wenn ein Junge mit seinen Gedanken schon bei dem Geld ist, das er draußen verdient, kann es zu einer Qual werden, selbst wenn der Englischlehrer der beste Englischlehrer von der Welt ist, was Rick nicht war.
Auch kann man mit einem Neunzehnjährigen nicht so einfach umspringen, wenn er manchmal schwerer und kräftiger und größer ist als man selbst.
Rick dachte an alle diese Dinge nicht. Rick war ungeheuer erfreut über seinen Unterrichtsplan, und nachdem Stanley zu den versammelten Englischlehrern gesprochen hatte, unter ihnen die bezaubernde Brünette in der Lochstickereibluse – eine Bluse, die Stanley die Fassung zu rauben schien, so daß er der Kollegin schließlich den Rat gab, am kommenden Montag etwas ›weniger Feminines‹ zu tragen – nachdem also Stanley zu ihnen über die Bücher gesprochen hatte, die sie benutzen würden, über die Schulordnung und die Besprechung, die er gern mit jedem einzelnen von ihnen vor Ablauf der nächsten Woche führen möchte, nachdem das alles vorbei war, ging Rick ins Hauptbüro hinunter und holte sich das Klassenbuch seiner Klasse, um zu sehen, was für eine Mannschaft er bekam.
Die älteren Lehrer standen in langer Reihe wie Landstreicher bei der Heilsarmee, und Rick wunderte sich, was das Ganze sollte, bis ihm

aufging, daß sie wahrscheinlich auf ihr Augustgehalt warteten, der wahre und einzige Grund, weshalb sie alle der Freitagskonferenz erwartungsfroh entgegensahen. Er holte das Klassenbuch, einen schweren ledernen Aktendeckel mit den Ziffern 27 in weißer Tinte außen daraufgeschrieben, und ging dann von dem Metallregal, in dem die Klassenbücher aufbewahrt wurden, zum Schlüsselbrett neben der Kontrolluhr. Er nahm den Schlüssel für sein Klassenzimmer und ging wieder hinaus auf den Flur, an den aufgereihten, schnatternden Lehrern vorbei.

»Was halten Sie von dem neuen Direx?« fragt ein Dünner mit randloser Brille den kleineren und kräftigeren Mann neben ihm.

»So la-la«, entgegnete der Kleine und rieb sich die breite flache Nase mit den spatelförmigen Fingern.

»Gefiel er Ihnen nicht, Solly?« fragte der erste.

Der Solly genannte zuckte die Achseln. »Der kocht auch nur mit Wasser, oder nicht?« fragte er philosophisch.

Rick lächelte und ging den Flur hinab zum Aufzug, der ihm vorher gezeigt worden war. Er drückte auf den Knopf, sagte sich aber, daß er wahrscheinlich nicht vor Montag in Betrieb gesetzt würde, und so benutzte er den nächstbesten Treppenaufgang und ging hinauf in den zweiten Stock. Zimmer 206 lag an dem langen Arm des L, das den Grundriß der North Manual Trades High School bildete. Es lag in der Nähe von Aufzug und Treppenhaus und empfing das Sonnenlicht durch sechs breite Fenster zur Straße. Es lag außerdem genau unter einem Werksaal im dritten Stock, eine Tatsache, die Rick sehr bald entdecken sollte. Die Maschinen liefen nicht, weil das Schulsemester noch nicht begonnen hatte, und so war es im Flur völlig ruhig, als er den Schlüssel ins Schloß steckte und umdrehte.

Er stieß die Tür weit auf und hakte sie an einem Halter in der Wand fest. Er bemerkte, daß die obere Hälfte der Tür aus vier Fensterscheiben bestand, und sah darin eine für Berufsfachschulen kluge und weise Maßnahme, denn jeder Vorübergehende konnte durch die Scheiben blicken und feststellen, ob der Lehrer nicht vielleicht gerade an die Wand genagelt oder auf dem Boden zerstampft wurde.

Der Raum war völlig still. Die Sonne flutete durch die Fenster, und Staubteilchen schwebten träge auf den breiten goldenen Strahlen. Die Klasse hatte in diesem Augenblick beinah etwas Weihevolles, und

Rick schritt ernst zu seinem Tisch, blickte auf die Reihen leerer Sitze und kam sich vor wie der Priester eines neuen Pfarrbezirks in Erwartung seiner Sonntagsgemeinde. Er zog vorsichtig den Stuhl zurück, öffnete dann die Tischschubladen und sah in jede hinein. In einer lag ein Bleistift, sonst waren sie leer.
Er legte das lederne Klassenbuch auf den Tisch und schlug es auf. Für jeden Schüler steckte eine weiße Karte in einer Plastikhülle. Die Plastikhüllen waren übereinander angeordnet. Am unteren Rand jeder Karte standen die Namen. Die einzige voll sichtbare Karte war die oberste. Darunter waren nur jeweils die Namen der Jungen zu sehen, und zwar untereinander in ganzer Länge des Buches. Rick warf rasch einen Blick auf das Namensregister

Abrahams, Morris
Arretti, Louis
Bonneli, George
Casey, Frank
Diaz, Alonso

Es waren noch mehr, sehr viel mehr. Doch hielt er sich nicht damit auf, sie sich jetzt anzusehen. Er würde, ehe er heute die Schule verließ, eine Namensliste anlegen und sie daheim studieren. Er klappte die Plastikhüllen auf, wählte eine beliebige aus der Mitte. Die weiße Karte hatte für jeden Monat eine Spalte und jede Spalte eine Reihe Kästchen für die einzelnen Tage. Darin wurde die Teilnahme am Unterricht eingetragen. Eine ganz einfache Sache.
Rick klappte die Hüllen zurück und machte dann das Buch zu.
Er saß still an seinem Tisch und blickte in das leere Klassenzimmer. Als die Stimme von der Tür kam, erschrak er.
»Ist ein schönes Gefühl, nicht?«
Er sah zu Tür und Stimme hinüber und erkannte den neuen Lehrer, den Stanley ihm vorhin vorgestellt hatte. Es war ein kleiner, bescheiden aussehender Mann mit tiefbraunen Augen und dicken Brillengläsern. Irgend etwas brannte jetzt in diesen braunen Augen, und auf dem runden, breiten Gesicht lag ein Lächeln. Rick versuchte, sich an seinen Namen zu erinnern, kam aber nicht darauf. Auch fühlte er sich leicht verlegen, daß man ihn dabei ertappt hatte, wie er ein leeres Klassenzimmer anstarrte.

»Ja«, sagte er und gab sich Mühe, es nicht allzu abweisend klingen zu lassen. »Es ist ein gutes Gefühl.«
Das Männlein kam, immer noch freudestrahlend, herein, als wenn Ricks Worte so etwas wie eine Einladung gewesen wären und er ohne diese Worte den Raum nicht betreten hätte.
»Ich hätte nicht gedacht, daß es mich so sehr berühren würde«, sagte der Kleine mitteilsam. »Ich meine, schließlich ist es eine Stelle wie jede andere.«
»Ja«, sagte Rick. Er schätzte den Neuen auf etwa achtundzwanzig und wünschte, er könnte sich an den Namen des Mannes erinnern. Verdammt unangenehm, wenn man nicht weiß, mit wem man spricht.
»Aber in dem Augenblick, in dem ich mein Klassenzimmer betrat, wurde mir ganz anders zumute. So als hätte ich ein Ziel erreicht. Wie – wie: nun ist's geschafft!«
Der Kleine grinste übers ganze Gesicht. »Wenn das kein gutes Gefühl ist, dann weiß ich's nicht.«
Etwas von der Begeisterung des Kleinen begann trotz seiner anfänglichen Verstimmung auf Rick abzufärben. »Ich fürchte, ich habe Ihren Namen vergessen«, sagte er.
»Edwards«, sagte der Kleine. »Joshua Edwards. Der Mann mit den zwei Vornamen wie Harry James. Mögen Sie Swing?«
»Ja, schon.«
»Ich auch. Ich habe eine schöne Sammlung. Ich habe vor, den Jungens mal ein paar Platten vorzuspielen. Glauben Sie, das würde ihnen Spaß machen?«
»O ja, das glaube ich bestimmt.«
»Sie können mich Josh nennen«, sagte der Kleine. »Ihr Name ist Dadier, nicht? Richard, glaube ich. Wie werden Sie genannt, Dick, Rick, Rickey oder Richard oder wie sonst?«
»Rick.«
Josh streckte ihm die Hand hin, und Rick nahm sie. »Ich hause genau gegenüber«, sagte Josh, »falls Sie mal Hilfe brauchen.«
Rick lächelte. »Ich will nicht hoffen, daß ich Schwierigkeiten bekomme.«
Josh zog seine Hand zurück. »Ich auch nicht. Mein Gott, bin ich aufgeregt. Sind Sie aufgeregt?«
»Ja, in gewisser Weise.«

»Ich bin sehr aufgeregt. Ich kann mich nicht erinnern, jemals so aufgeregt gewesen zu sein, außer als ich fast ertrunken wäre, und das war was anderes. Mann, ich kann kaum still stehen.«
»Das gibt sich. Warten Sie bis Montag.«
»Haben Sie schon früher unterrichtet?« fragte Josh.
»Nein. Nur Praktikum.«
»Ich auch. Mein Gott, ich kann es kaum erwarten.« Seine braunen Augen glühten wie die Augen eines Menschen, der seinen Glauben gefunden hat. »Meinen Sie, es geht gut?«
»Ich denke, doch. Der neue Direktor scheint allerhand auf dem Kasten zu haben.«
»O ja, das hat er. Der ist in Ordnung. Mit dem ist was anzufangen.«
»Ja, das finde ich auch.«
»Aber ich rechne sowieso nicht mit Schwierigkeiten.«
»Haben Sie Ihr Praktikum auf einer Berufs-«
»Ja, auf der Central Commercial, kennen Sie die?«
»Ein netter Haufen dort, nicht?«
»Ja, sehr nett. Hier sind sie wahrscheinlich rüder. Ich meine, ach sagen Sie, es macht Ihnen doch nichts aus, wenn ich hier etwas herumhopse? Ich schwöre, ich kann nicht still stehen.«
»Nur zu«, sagte Rick. Er mußte lächeln, weil er anfing, diesen kleinen Mann mit den zappelnden Füßen und dem runden, strahlenden Gesicht gern zu mögen.
»Ich meine, wenn man überhaupt mit Kindern umgehen kann . . .«
»Kann man mit allen Kindern umgehen«, vollendete Rick seinen Satz.
»Ja, sehr richtig«, sagte Josh strahlend. »So ist es. Man muß nur mit ihnen umgehen können, weiter nichts. Ich kann den Montag kaum erwarten. Sie?«
»Ich freue mich darauf«, sagte Rick, dessen eigene Begeisterung von der Joshs noch in den Schatten gestellt wurde.
»Ich auch. Glauben Sie, wir werden Schwierigkeiten haben?«
»Ich bezweifle es«, sagte Rick. »Ich stelle mich einfach hin und unterrichte. Ich bin wahrhaftig nicht darauf versessen, Heldentaten zu vollbringen.«

3

Rick vollbrachte gewiß keine Heldentat, als er am Montagmorgen um 8.30 Uhr zusammen mit dem Schwarm der übrigen Lehrer, die auszogen, das Fürchten zu lernen, die Aula betrat. Noch ahnte er auch nicht, daß er eine vollbringen würde, wenn man einmal den Tagesereignissen vorgreifen will.
Er hatte das Gebäude um 8.15 Uhr betreten, mit einem merkwürdigen Gefühl von Tüchtigkeit die Kontrolluhr gezogen, dann sein Klassenbuch geholt und voll Selbstbewußtsein die Aula aufgesucht, dabei ein paar Schülern zulächelnd, denen er auf dem Flur begegnete. Sein Selbstvertrauen schwankte für einen Moment, als er den mit Schülern angefüllten hohen Saal betrat und einen Stimmenlärm vernahm, den er für aufsässiges Gemurmel hielt. Doch sagte er sich, daß dies wohl der unter Schülern übliche Herbstaustausch von Sommererlebnissen sei, der wahrscheinlich die Aula jeder höheren Schule am ersten Tag des Semesters erfüllte.
Er ging auf die linke Seite des breiten Raumes und den seitlichen Gang entlang nach vorn, wo sich anscheinend die Lehrer versammelt hatten. Er sah Josh Edwards dort sitzen, der die Hände nervös auf seinem Klassenbuch ballte, begrüßte ihn, nickte der hübschen jungen Lehrerin freundlich zu, mit der Stanley ihn gestern bekannt gemacht hatte, und bemerkte mit amüsierter Befriedigung, daß sie ihre durchsichtige Bluse mit einem strengen sandfarbenen Kostüm vertauscht hatte, das aber ihren ersichtlich üppigen Busen nicht ganz verbarg.
»Wann fängt es an?« wollte Josh wissen.
Rick zuckte die Achseln. Nun, da der Augenblick tatsächlich gekommen war, verspürte er keine wirkliche Aufregung.
»Schauen Sie, da geht jemand hinauf«, sagte Josh.
Irgend jemand oder irgend etwas hatte in der Tat die Stufen zur Bühne erklommen und fummelte an dem Mikrophon herum. Jedesmal, wenn dieser Jemand an dem Mikrophon drehte, quiekte es. Und jedesmal, wenn das Mikrophon quiekte, zuckte Rick zusammen.
Er besah sich den Jemand voll Interesse. Der Jemand war sehr groß. Er hatte einen wirren Haarschopf, der wie Gras von seiner Stirn sproß. Die Augenbrauen waren dicke Buschen Sandkraut, der Mund glich der Scheibe einer reifen Wassermelone, und die Nase hätte eine

Banane sein können, obwohl Rick vor der sich anbietenden Metapher zurückschreckte.

›Mr. Wie-man-Leute-auf-der-Farm-in-Schach-hält‹ taufte Rick ihn. Er beobachtete, wie des Mannes lange, fahrige Arme mit dem vertrackten Mechanismus des Mikrophons kämpften. Der Mann warf sein spitzes Kinn dichter an den Mikrophonkopf heran und sagte dann: »Also eine Probe, eins-zwei-drei-vier, eins-zwei-drei-vier.«

Ein Junge rief von unten: »Fünf mal fünf, Mr. Halloran«, und löste eine Reihe von Rufen, Schreien, Gelächter und Pfiffen aus, die, das spürte Richard, bald ausarten würden, wenn nicht jemand die Sache in die Hand nahm.

Jemand tat es. Es war Herr Jemand persönlich, der es tat. Herr Jemand oder Mr. Halloran, um genau zu sein, nahm das Mikrophon in seine fleischigen roten Hände und brüllte: »Ruhä!«

Rick war selbst ganz erschrocken über diesen Ausbruch, und so wunderte es ihn nicht, daß die ganze Gesellschaft sofort still war.

»Und nun«, sagte Mr. Halloran mit seiner normalen, klotzigen Holzfällerstimme. »Und nun is' Schluß mit dem Unsinn, verstanden? Hört ja auf damit, sind hier nämlich inner Schule.«

»Wer ist das denn?« flüsterte Josh hinter vorgehaltener Hand.

»Vermutlich der Oberschulrat«, sagte Rick lächelnd.

»Nein«, meinte Josh, »ich könnte mir denken, daß er Sprechunterricht gibt.«

»Inzwischen habter euch alle begrüßt, und nun wollnwer ruhig sein und uns anne vor uns liegende Arbeit machen«, sagte Halloran. »Wir sind hier, um zu arbeiten und nicht um'n ganzen Tag rumzutrödeln, darum wollnwer uns anne Arbeit machen und zusehen, daß wer die Arbeit schaffen.«

Die Schüler waren jetzt ganz still, und Rick fragte sich, welche Macht Halloran wohl über sie besäße.

»Mitte nächster Woche findet aus'm dringenden Anlaß 'ne Schülerversammlung statt, da lernter nämlich unsern neuen Direktor, Mr. Small, kennen, darum brauchenwer uns nich'n Kopf zerbrechen, opper heute kommt oder nich'. Er kommt nich', und damit is' der Fall erledigt. Wir haben hier nun zweierlei zu tun. Das eine is', euch alle wieder auf der Manual Trades Schule willkommen zu heißen ...«

Und hier buhten die Schüler vernehmlich.

»... und das tuich hiermit. Ich heiße euch willkommen und hoffe, es wird eins der besten Semester, daswer je hatten. Das wär' das. Und nu' kommen wir zum zweiten Punkt, weshalbwer heute hier sind, nämlich um das Schulsemester zu beginnen. Darum wollnwer ohne viele Umstände anfangen. Und zwar damit, daß alle Lehrer die Namen ihrer Klassen verlesen. Wenn euer Name aufgerufen wird, stellter euch in'n Mittelgang zu den annern Jungen eurer Klasse, und euer Lehrer bringt euch dann in eure Klasse rauf. Irgend'n Affentheater wollenwer gar nich' erst machen, weilwer so schnell wie möglich mit'm Schulbetrieb anfangen wollen. Und laßt euch gesagt sein, ich mache kurzen Prozeß mit denen, die aus der Reihe tanzen, das wißter ja wohl.«

Die Schüler lachten, und Rick mußte Halloran immer nur anstarren; er überlegte sich, ob seine Sprechweise wohl einfach angenommen war, um sich den Jungen anzubiedern.

»Wir fangen mit'n Oberklassen an«, sagte Halloran, »weil die älteren den Vortritt haben, und dann gehnwer runter bis zu den Neuen. Irgendwelche Klagen könnter bei euern Klassenlehrern inner Klasse vorbringen, fangt also nich' hier davon an, damitwer vorankommen. Wir beginnen mit einem Lehrer, dener alle gut kennt, und das is' Mr. Clancy, unsere Lehrkraft für Zimmerei und Holzverarbeitung. Sie haben das Wort, Mr. Clancy.«

Rick sah den rotschopfigen rundlichen Mr. Clancy die Stufen zur Bühne hinaufgehen und vernahm ein Gezischel, aus dem er »Clancy, der Eiserne« heraushören konnte. Dann dröhnte Clancys Stimme in vergleichsweise blendender Diktion über die versammelte Schülerschaft, und die aufgerufenen älteren Semester stellten sich in einer Reihe im Gang auf, gaben sich gelegentlich einen Klaps auf den Rücken oder schüttelten sich die Hand, lauter freundliche Gesten unter Klassenkameraden. Und dann verstummte Clancys Stimme so plötzlich, wie sie ertönt war, und er ging von der Bühne herunter zu seiner Klasse, die sich, sowie er näherkam, ruhig verhielt.

Halloran trat wieder ans Mikrophon und brüllte: »Ruhä! Ruhä!« und die Schüler, denen es beliebt hatte, den Mund aufzumachen, hielten ihn schnell wieder. »Die nächste Lehrerin is' neu aufer Schule und wird es mit der annern Seniorklasse aufnehmen. Miss Hammond bitte.«

Vielleicht war Hallorans Sprache unbeabsichtigt, oder vielleicht gehörte sie zu seinem Ton gegenüber den Jungen, dem wir-sind-alle-Brüder-Ton und ich-kenne-eure-Probleme-gut-Jungs. Rick verhehlte sich aber nicht, daß es ein unglücklicher Ton war. Nachdem Halloran nämlich die Frau, die ›es mit der annern Seniorklasse aufnehmen wird‹, vorgestellt hatte, trat er zurück, und die neue Englischlehrerin erklomm die Stufen zur Bühne. Ihr Rock, obwohl Teil eines streng geschnittenen Kostüms, saß glatt und vielleicht zu knapp. Jedenfalls rutschte er die Waden und die tadellosgeraden Strumpfnähte hinauf, als sie die Stufen hochging, und ein lauter Bewunderungspfiff erscholl von mehreren tausend Lippen gleichzeitig.
Sie war eine hübsche Person, und Hallorans unkluge Wortwahl hatte ihr schon jetzt eine aufgeregte Röte in das blasse Gesicht gejagt.
Zu allem Unglück ließ sie auch noch ihr Klassenbuch fallen, wollte sich schon danach bücken, schien dann aber zu merken, was solches Bücken für ihren rutschfreudigen Rock bedeutete. So zog sie die Hand zurück, sah Halloran hilfeflehend an und mußte dann verlegen daneben stehen, als er das störrische Klassenbuch für sie aufhob.
Halloran machte daraus eine große Nummer. Er überreichte ihr das Buch, verbeugte sich von der Taille ab und grinste dann auf die Jungen hinunter, die in Bewunderung für Hallorans galantes Benehmen Pfiffe und Bravorufe ausstießen und denen allen völlig klar war, warum Miss Hammond sich nicht nach dem Buch bücken wollte.
Miß Hammond schien plötzlich ihre Fassung, die sie nahezu verloren hatte, wiederzugewinnen. Gleich einer Revue-Schönheit, deren Busen von einem betrunkenen Zwischenrufer aus der dritten Reihe geschmäht wird, warf sie trotzig die Schultern zurück, schüttelte ungestüm das schwarze Haar und steuerte entschlossen auf das Mikrophon los.
Sie öffnete das Klassenbuch, und die zum Bersten volle Aula war totenstill, als sie zu sprechen anhub. Dann öffnete sie den Mund, aber ihr blieb die Stimme im Halse stecken, und sie brachte nur ein mauseähnliches Quieken heraus, das die Jungen buchstäblich von den Stühlen warf. Mann, dagegen war Bob Hope ein Dreck. Dies war einer der herrlichsten Schulanfänge seit Menschengedenken.
Rick dachte an Stanleys Behauptung, es gäbe keine Disziplinfrage

an der Manual Trades. Vielleicht war das so; vielleicht deshalb, weil Leute, die im Grund vor solchen Fragen standen, zufällig keine Notiz von ihnen nahmen. Als die völlig verwirrte Miss Hammond, die kaum noch sprechen konnte und deren wiedererlangte Fassung nun restlos dahin war, endlich den Namen des ersten Jungen ihrer Klasse herausbrachte, brauste eine Ovation von Bravorufen durch die Aula.

Der aufgerufene Oberkläßler sprang auf den Gang und rief: »Schwein muß man haben!« was eine neue Lachsalve auslöste. Mann, das war 'ne Wucht. Das war Klasse. Bleiben wir am besten den ganzen Tag hier sitzen und lachen uns krumm über diese scharfe Pfanne. Rick rutschte unruhig auf seinem Stuhl hin und her, fragte sich, wann Halloran endlich eingreifen und die Sache in die Hand nehmen würde.

Ein gedehntes Ruuuuuhä! barst von Hallorans Wassermelonenlippen, die Jungen hörten das Grollen eines drohenden Verhängnisses heraus und verstummten auf der Stelle wie artige kleine Buben. Halloran hielt seine Lippen fest zusammengepreßt und warf einen bitterbösen Blick auf den Saal. Er nickte einmal nachdrücklich mit dem Kopf, ein Nicken, das den Schülern unmißverständlich bedeutete, sie verhielten sich besser ruhig, oder sie könnten etwas erleben. Miss Hammond lächelte zitternd und fing dann an, die Namen mit sehr ruhiger Stimme aufzurufen, während die Jungen respektvoll und eingeschüchtert zuhörten.

Als die etwa zwei Dutzend älterer Schüler ihrer Klasse aufgerufen waren, schritt sie von der Bühne herab, und alle Augen in der Aula hingen an der Nylonglätte ihrer Knie . . . Sie ging steifbeinig zu ihrer Klasse, versuchte, ihren sehr weiblichen Gang zu verbergen, erreichte aber nur, daß sie den eindrucksvollen Schwung ihrer gut gepolsterten Hüften noch betonte. Als sie endlich die Aula mit ihrer Klasse verließ, stieß Rick einen Seufzer der Erleichterung aus und nickte angewidert, als Josh sagte: »Die reinste Exhibition, finden Sie nicht?«

Das Fest war nun vorbei, und die Jungen beruhigten sich und lauschten den eintönigen Stimmen der weniger aufregenden Lehrer, die nun die Namen einer nach dem anderen verlasen. Rick unterhielt sich leise mit Josh, bis Josh mit seiner Klasse, einem vierten Semester, an der Reihe war. Nachdem Josh fort war, saß Rick gelangweilt auf seinem

Sitz und döste fast ein. Als Halloran seinen Namen aufrief, in einer Weise verstümmelt, wie es nur Halloran fertigbrachte, nahm er sein Klassenbuch und seine Aktenmappe, ging zu der Treppe und stieg mit zurückgeworfenen Schultern und erhobenem Kopf auf die Bühne. Er machte eine kleine dramatische Pause und fing dann an, in seiner besten Sir-Laurence-Oliver-Stimme die Namen aufzurufen.

»Abrahams«, und er gewahrte eine Bewegung unten in den Sitzreihen, machte aber keine Pause, um sich zu vergewissern.

»Arretti«, und wieder eine verschwommene Bewegung.

»Bonneli« und »Casey« und »Diaz« und »Di Zeffolo« und »Donato« und »Dover« und »Estes« und so weiter und so fort, bis er die letzte Karte in dem Buch umgeschlagen hatte. Es wurde nicht einmal geflüstert, solange er sprach, und er war befriedigt, daß man ihm den einem neuen Englischlehrer schuldigen Respekt erwiesen hatte. Er klappte das Klassenbuch zu, ging die Treppe hinab zum Mittelgang und war sich bewußt, daß ihn neugierige Augen verfolgten.

Als er zu seiner Klasse kam, spiegelte sich die gleiche Neugier auch in ihren Augen.

»Ich gehe voraus«, sagte er, ohne zu lächeln. »Es wird nicht gesprochen beim Hinaufgehen.«

Das, meinte er, war der korrekte erste Schritt. Zeig ihnen von Anfang an, wer der Herr im Haus ist, genau wie Small es empfohlen hatte.

»He, Chef«, sagte einer der Jungen, »was hat Mr. Halloran gesagt, wie war Ihr Name?«

Rick drehte scharf den Kopf um. Der Junge, der gesprochen hatte, war blond, und auf seinem Gesicht lag ein nichtssagendes Lächeln, das nicht ganz seine Augen erreichte.

»Wenn ich sage, es wird nicht gesprochen, dann heißt das, es wird nicht gesprochen«, fauchte Rick.

Der Junge war eine Sekunde lang still, und dann hörte Rick, wie er sagte: »Den Typ kennen wir, der geht ran.«

Rick zog es vor, die Bemerkung zu überhören. Er ging seiner Klasse voran, spürte jetzt die innere Aufregung, spürte die gleiche Aufregung wie bei seiner Bewerbung, nur war sie jetzt größer, stärker, ähnlich der Aufregung, die er bei Schulaufführungen verspürt hatte, wenn er in den Kulissen auf sein Stichwort wartete. Genau so, nur ohne die komischen Schmetterlinge im Magen und ohne die unbewußte Furcht, daß er seinen Text vergaß, wenn er auf die Bühne vor die Leute trat. Er fühlte sich völlig Herr der Lage, und doch war diese rasende Aufregung in ihm, als gäbe es etwas, das er tun müsse und als könne er nicht abwarten, es zu tun.

Es ließ sich am besten mit der Aufregung vergleichen, die er vor langer, langer Zeit einmal gehabt hatte, als er frisch auf die Hunter-Universität gekommen war und sich vorgenommen hatte, Fran Oresschi zu verführen. Genau wie in jener Nacht war es, jener entscheidenden Nacht, als er herausfinden wollte, ob seine Pläne Erfolg haben würden oder nicht. Genau so, nur frei von jeder List oder dem Gefühl einer Verschwörung.

Er führte die Klasse zum Treppenaufgang, und abgesehen von etwas Geflüster dann und wann waren sie sehr folgsam, und er hatte das Gefühl, es ginge alles glatt. Er konnte kaum die innere Erregung unterdrücken und wünschte, Anne wäre da, um sie mit ihm zu teilen. Und bei dem Gedanken an Anne dachte er daran, wie er ihr dieses alles, seinen ersten Tag, erzählen würde, wenn er abends heimkam, und das ließ seine innere Erregung hell auflodern.

Als sie die Tür zu Zimmer 206 erreichten, steckte er mit sicherer Hand den Schlüssel ins Schloß, drehte ihn um, zog ihn heraus und stieß dann die Tür auf.

»Setzt euch irgendwo hin«, sagte er barsch. »Wir machen die Sitzordnung später.«

Die Jungen marschierten hinein, immer noch neugierig, immer noch gespannt, was für eine Sorte Mäuse dieser neue Pauker mit dem Bürstenhaarschnitt wohl war. Sie setzten sich rasch und ruhig, und Rick fand: Das geht sogar noch besser, als ich dachte.

Er ging eilends zu seinem Tisch, zog den Stuhl zurück, setzte sich aber nicht. Er betrachtete die Gesichter auf den Plätzen vor ihm und schnupperte dann gebieterisch die Luft ein wie ein Bluthund hinter der Beute. Er zog eine Augenbraue hoch und warf einen Blick auf die Fenster. Dann wandte er sich zur Klasse und zeigte auf einen Negerjungen, der vorn nahe seinem Schreibtisch saß.

»Wie heißt du?« fragte er.

Der Junge machte ein erschrockenes Gesicht, als habe man ihn einer Tat bezichtigt, die er nicht begangen hatte. »Ich?«

»Ja, wie heißt du?«

»Dover. Ich habe nix gemacht, Chef. Jesses . . .«
»Mach ein oder zwei Fenster auf, Dover. Es ist etwas stickig hier drinnen.«
Dover lächelte, seine Lippen entblößten strahlend weiße Zähne. Er stand auf und ging hinter Ricks Tisch her. Rick beglückwünschte sich, daß er es so vortrefflich angestellt hatte. Er hatte nicht einfach einen Befehl erteilt, der ein wildes Gerenne zu den Fenstern zur Folge gehabt hätte. Er hatte zuerst einen Jungen ausgewählt und dann den Befehl erteilt. Ganz nach Vorschrift. Ganz prima. Wäre doch gelacht, wenn die Dinge nicht klappten. Er drehte sich um und ging an die Tafel, entdeckte ein Stück Kreide auf dem Tafelrand und schrieb seinen Namen in großen Buchstaben auf die schwarze Fläche.
MR. DADIER
»Das ist mein Name«, sagte er, »falls ihr ihn in der Aula nicht verstanden habt.« Er machte eine Pause. »Mr. Dad-ee-yay«, artikulierte er deutlich.
»Ist das Französisch, Chef?« fragte ein Junge.
»Ja«, sagte Rick. »Wer etwas zu sagen hat, hebt die Hand. Und dann wollen wir gleich jetzt ein paar Dinge klarstellen. Zunächst möchte ich, daß ihr die Karten für den Sitzplan ausfüllt. Während ihr das tut, werde ich euch sagen, wie ich mir den Betrieb in meiner Klasse denke.« Er schwang seine Aktentasche auf den Schreibtisch und langte hinein nach dem Stapel Karteikarten. Er gab den Flügelmännern jeder Reihe einen kleinen Packen und bat, ihm die nicht benötigten zurückzugeben.
»Unsere Klasse hat die Nummer 27«, sagte er, ging dann an die Tafel und schrieb eine 27 unter seinen Namen. »Füllt bitte die Karten mit Tinte aus.«
»Ich habe keine Feder«, sagte Dover.
»Dann nimm einen Bleistift.«
»Habe ich auch nicht.«
»Ich habe welche«, sagte Rick gelassen. Er ging zurück zu seiner Aktenmappe und beglückwünschte sich insgeheim, daß er an so einen Notfall gedacht hatte. Er zog acht gespitzte Bleistifte heraus, gab Dover einen und fragte dann: »Braucht noch jemand etwas zum Schreiben?«
Ein stämmiger Junge an der Rückwand sagte: »Ich, Chef.«

»Mit diesem ›Chef‹-Gerede wollen wir gleich Schluß machen«, sagte Rick ärgerlich, und sein plötzlicher Zorn überraschte die Klasse. »Mein Name ist Dadier. Entweder redet ihr mich so an, oder ihr werdet lernen, was extra Hausaufgaben sind.«
»Jawohl, Mr. Dadier«, sagte der Junge an der Rückwand.
»Komm, hol dir deinen Bleistift.«
Der Junge stand lässig auf. Er war älter als die übrigen, und Rick erkannte in ihm sofort den Rüpel, einen Unruhestifter von der Art, vor der Small sie gewarnt hatte. Der Junge trug ein weißes Sporthemd und enge Drillichhosen. Er ließ die Hände in den Gesäßtaschen, stelzte nach vorn und nahm behutsam den Bleistift aus Ricks Hand.
»Danke, Chef«, sagte er lächelnd.
»Wie heißt du?« fragte Rick.
»Sullivan«, sagte der Junge lächelnd. Er hatte rotes Haar, und ein paar Spritzer Sommersprossen überzogen sein Nasenbein. Dazu gehörte ein freundliches Lächeln und freundliche grüne Augen.
»Was hieltest du davon, heute nach der Schule zu mir zu kommen, Sullivan?«
»Gar nix«, sagte der Junge, immer noch lächelnd.
»Dann merk dir gefälligst meinen Namen.«
»Jawohl«, sagte Sullivan.
Wieder lächelte er, ein breites, freches Lächeln, drehte Rick dann den Rücken zu und latschte nach hinten an seinen Platz.
»Ich möchte die Bleistifte zurück haben«, sagte Rick mürrisch, denn er fühlte, daß er bei dem Zusammenstoß mit Sullivan etwas an Boden verloren hatte. »Füllt die Karten möglichst rasch aus.«
Er räusperte sich, ging zu einem der Jungen, blickte ihm über die Schulter, um zu sehen, ob er die Karte auch sauber ausfülle, und wandte sich dann wieder von ihm ab.
»Zunächst einmal, wie ich euch schon gesagt habe, gibt es in meiner Klasse diesen ›Chef‹-Unsinn nicht. Ich rede euch mit eurem Namen an, und ihr werdet mich mit meinem anreden. Eine selbstverständliche Höflichkeit.« Er machte eine Pause, damit sich ihnen dieser Punkt einpräge, und dabei fiel ihm Bob Canning ein, der ein Semester vor ihm von der Hunter-Universität abgegangen war und auch an einer Berufsfachschule unterrichtete, aber die Stelle schon nach fünf Monaten wieder aufgab. Bob hatte den Jungen erlaubt, ihn »Bob« zu

nennen, eine wirklich nette, kameradschaftliche Geste. Die Jungen liebten ihren guten »Bob« förmlich. Die Jungen liebten den guten »Bob« so sehr, daß sie ihm eines Abends, als er zur Untergrundbahn ging, auflauerten, ihn niederwarfen und ihm den linken Arm aufschlitzten. Der gute »Bob« blutete. Rick wollte nicht den gleichen Fehler machen.

»Ich habe euch außerdem gesagt, daß nicht in die Klasse gerufen wird. Wer etwas zu sagen hat, hebt die Hand. Es wird nicht gesprochen, bevor ich einen aufrufe. Ist das klar?«

Die Jungen machten keine Bemerkung, und Rick nahm ihr Schweigen für Zustimmung. Sämtliche Köpfe waren jetzt gebeugt, da sie nun eifrig ihre Karteikarten ausfüllten.

»Wir versammeln uns hier jeden Morgen von 8.30 Uhr bis 8.45 Uhr. Später kehrt ihr, wie ihr wahrscheinlich wißt, in der zweiten Stunde zum Englischunterricht, den ich gebe, in diese Klasse zurück.«

Die Köpfe der Jungen fuhren hoch, und er las in den verdutzten Blicken, daß er ihnen ihren Stundenplan noch nicht gegeben hatte. Sie wußten nicht, daß sie bei ihm Englisch hatten, und er war auf dümmste Weise mit der Tür ins Haus gefallen.

Um sich zu verteidigen, lächelte er liebenswürdig. »Ja, ja«, sagte er. »Ich bin euer Englischlehrer, und ich bin überzeugt, daß wir gut miteinander auskommen.« Er machte eine Pause. »Ich gebe euch jetzt, solange ihr noch die Karten ausfüllt, eure Stundenpläne. Ich möchte noch hinzufügen, daß ihr in diesem Semester einen sehr guten Stundenplan habt.« Er hatte kaum einen Blick auf die einzelnen Stundenpläne geworfen; es waren lauter Durchschläge, denn die Jungen waren zweites Semester und bestanden noch geschlossen ihr Probeabenteuer. Er wußte wahrhaftig nicht, ob er gut, schlecht oder mittelmäßig war. Aber er hatte das Gefühl, es klinge väterlich, wenn er den Jungen sagte, sie hätten einen guten Stundenplan. Er nahm die Stundenpläne aus seiner Aktenmappe und verteilte sie rasch, indem er die Namen aufrief und den Plan zu jedem Tisch brachte, während sie schrieben.

»Ihr kennt alle die Bestimmungen über Zuspätkommen«, sagte er. »Ich dulde kein Zuspätkommen. Wenn ihr eine Sekunde nach dem letzten Schellen kommt, marschiert ihr sofort ins Hauptbüro hinunter, um euch einen Verspätungseintrag zu holen. Und ich werde

mir keine Rührgeschichten bei unentschuldigtem Fehlen anhören. Die könnt ihr ebenfalls im Hauptbüro erzählen.«
Er blickte die Klasse an, deren Interesse zwischen den Karteikarten und den Stundenplänen geteilt war.
»Ihr könnt euch die Stundenpläne später ansehen«, sagte er. »Wir wollen erst die Karten für den Sitzplan fertigschreiben.
Nach einer Weile sagte er: »Wenn ihr die Klasse betretet, hängt ihr eure Mäntel, Jacken und Mützen, oder was ihr sonst anhabt, da hinten in den Wandschrank. Ich wünsche nicht, daß jemand seinen Mantel oder seine Jacke anbehält. Ich wünsche keine Lungenentzündungen in meiner Klasse.«
»He, welches ist unsere Klassennummer?« fragte einer.
»Siebenundzwanzig«, sagte Rick, »und es wird nicht in die Klasse gerufen.« Er kehrte den Jungen den Rücken und schrieb die Ziffer 27 nochmals an die Tafel, dabei fiel ihm ein an Berufsfachschulen umgehendes Wort ein, das schlichtweg warnte: Kehre nie der Klasse den Rücken. Aber er war offensichtlich Herr der Lage und sah keinen Grund, in diesem frühen Stadium der Dinge Mißtrauen zu zeigen. Er legte die Kreide auf den Tafelrand zurück und sagte: »Dover, du hast den Auftrag, jeden Morgen, wenn du kommst, dafür zu sorgen, daß ausreichend gelüftet ist.«
»Jawohl, Sir«, sagte Dover beflissen, und Rick war leicht verblüfft, aber ungeheuer befriedigt. Er erinnerte sich an etwas, das er in einer Pädagogik-Vorlesung einmal gehört hatte, daß man nämlich schwierigen Schülern in der Klasse Aufgaben wie Fensteröffnen, Tafelabwischen, Schwammauswaschen oder Botengänge überträgt. Dover schien kein schwieriger Schüler zu sein, und vielleicht war es falsch gewesen, ihm die Fenster zu übertragen. Dann fiel ihm ein, daß einer jeden Morgen das Klassenbuch hinunterbringen mußte, wenn die Fehlenden eingetragen waren, und er entschied, daß Sullivan, sein guter Freund aus der letzten Reihe, der ideale Mann dafür sei.
»Und du, Sullivan«, sagte er und sah den Jungen scharf an, »wirst jeden Morgen das Klassenbuch hinunterbringen.«
»Wird gemacht«, sagte Sullivan lächelnd, als habe er einen großen Sieg errungen.
Rick wunderte sich über Sullivans Ton, beschloß aber, sich dadurch nicht aus der Ruhe bringen zu lassen. Er rief einen blonden Jungen

aus der dritten Reihe auf und sagte: »Würdest du bitte die Sitzkarten einsammeln?«
»Jawohl, Chef«, sagte der Junge, und Rick wurde klar, daß er einen Fehler gemacht hatte. Er hätte die Karten nach vorn durchgeben und dann von jeder Reihe einsammeln lassen sollen. Nun gut, jetzt war es zu spät. Der Blonde machte schon die Runde und sammelte die Karten pflichteifrig ein.
»Wie heißt du?« fragte ihn Rick.
»Ich?«
Die Antwort ärgerte ihn etwas, aber nur, weil er noch nicht wußte, daß »Ich???« die Standardantwort an der Manual Trades High School war, wo ein Schüler immer ein schlechtes Gewissen hatte, auch wenn er sich nicht das mindeste hatte zuschulden kommen lassen.
»Ja«, sagte Rick. »Du.«
»Foster, Chef.«
»Mr. Dadier«, verbesserte Rick.
»Ach ja, richtig.«
»Beeil dich mit den Karten, Foster.«
»Jawohl, Chef.«
Rick starrte den Jungen ungläubig an. »Ich möchte es nicht noch einmal sagen. Der nächste, der mich Chef nennt, sitzt bis vier Uhr heute nach. Schreibt euch das hinter die Ohren.«
Die Jungen starrten ihn ernst an, und eine Mauer von Feindseligkeit richtete sich plötzlich zwischen Ricks Tisch und ihren Sitzen auf. Er spürte die Wand und wünschte, er könne etwas sagen, das sie sofort zum Einsturz brächte. Aber er wollte bei diesem ungehörigen ›Chef‹ nicht nachgeben, und so blieb er auf seiner Seite der Mauer und blickte die Jungen streng an.
Plötzlich öffnete sich die Tür, und ein dünner Junge mit dunklem Haar, das ihm wirr in die Stirn fiel, steckte den Kopf in die Klasse.
»Mr. Dadier?« fragte er.
»Ja?«
Der Junge schob seinen Körper herein, schritt munter zu Ricks Tisch und übergab ihm ein hektographiertes Blatt. »Eine Aktennotiz«, sagte der Junge.
»Danke.«

»Bitte sehr«, antwortete er, drehte sich um und steuerte unverzüglich auf die Tür zu. Rick war von der Gewandtheit und dem offensichtlich guten Benehmen des Jungen beeindruckt. Der Junge trat durch die offene Tür auf den Flur und steckte dann den Kopf noch einmal herein. Grinsend sagte er zu einem der vorn Sitzenden:
»He, Charlie, wie gefällt dir Mr. Daddy-oh?«
Sprach's, schlug die Tür zu und war fort, ehe Rick noch richtig auf die Bemerkung reagiert hatte. Hinten murmelte jemand: »Daddy-oh, oh Daddy-oh«, und Rick drehte sich wütend zur Klasse.
»Jetzt langt's mir aber«, brüllte er.
Die Jungen machten ein scheinheiliges Gesicht. Er sah sie noch einen Augenblick streng an und beschäftigte sich dann mit der Büronotiz. Darin wurde mitgeteilt, daß das Aufrufen der Namen viel schneller gegangen sei als erwartet und daß um halb elf zur dritten und nicht zur vierten Stunde, wie ursprünglich vorgesehen, geläutet würde. Es wurde angeregt, der Klasse mitzuteilen, daß sie sich sogleich zum Unterricht der dritten Stunde einfinden solle, ungeachtet etwaiger früherer Anordnungen bezüglich der vierten Stunde.
Glücklicherweise hatte Rick überhaupt noch keine Anordnungen zum Unterrichtsbeginn getroffen. Er wurde sich der plötzlichen Aufmerksamkeit in der Klasse bewußt und begriff, daß die Jungen wissen wollten, was auf dem Zettel stand. Er warf einen Blick auf seine Armbanduhr. Es war Viertel nach zehn.
»In fünfzehn Minuten wird geläutet«, sagte er. »Das Läuten gilt als Zeichen zum Beginn der dritten Stunde. Wenn es also läutet, verlaßt ihr diese Klasse und geht direkt zur dritten Stunde, ist das klar?«
Die Jungen beschwatzten es und sahen auf ihren Stundenplan, wonach sie in der dritten Stunde Staatsbürgerkunde hatten.
Einer aus der vierten Reihe hob die Hand.
»Ja?« fragte Rick.
»Heißt das, daß wir heute nicht bei Ihnen Englisch haben, Mr. Dadier?« fragte er.
»Jawohl, sehr richtig. Ihr geht gleich von hier zur Bürgerkunde«, sagte Rick, der seine Kopie des Stundenplans zu Rate zog. Er lächelte, freute sich, weil der Junge ihn mit Namen angeredet und die Hand gehoben hatte. »Hört mal«, sagte er, »wir wollen uns beeilen, wenn wir rechtzeitig mit der Sitzordnung fertig werden wollen.«

Er klappte erst seinen Sitzplan auf, ein Register, in das die von den Jungen ausgefüllten Karten in der Reihenfolge ihrer Sitzplätze hineingesteckt wurden, und darauf das Klassenbuch; er rief die Namen alphabetisch auf und setzte die Jungen der Reihe nach. Einige beschwerten sich, als sie von uralten Kumpeln getrennt wurden, aber er überging ihre Beschwerde und fuhr mit seinem Sitzplan fort. Zu spät erkannte er, daß es einfacher gewesen wäre, den Jungen ihre Sitzkarten so lange zu lassen, bis sie richtig saßen. Dann hätte er sie einfach Reihe für Reihe einsammeln und gleich in den Plan einordnen können. So aber mußte er die Karten alphabetisch ordnen, jeweils den ersten Namen pro Reihe aufschreiben und dann die Karten später in seiner Freizeit einordnen. Nun schön, den Fehler würde er nicht noch einmal machen.
Er ließ den Jungen Zeit, den Stundenplan untereinander zu diskutieren und fing an, die Karten alphabetisch zu ordnen. Als er damit fertig war und sich eben anschickte, sie schon einzustecken, läutete es. Er stand rasch auf.
»Ihr geht jetzt zur dritten Stunde«, sagte er. »Vergeßt das nicht. Staatsbürgerkunde, Klasse 411.« Nach einer Pause fügte er hinzu: »Denkt daran, euren Stundenplan von allen Fachlehrern abzeichnen zu lassen.« Er lächelte. »Wir sehen uns also morgen früh wieder.«
Ein paar waren schon auf den Flur geschlüpft und trieben sich vor der offenen Tür herum. Rick hörte einen rufen: »Das ist noch gar nicht raus, Daddy-oh!« Aber als er sich zur Tür wandte, waren sie verschwunden. Er stieß einen tiefen Seufzer aus, während nun die übrigen sich aus der Klasse drängten, und warf dann einen Blick auf seinen eigenen Stundenplan.
Fluraufsicht.
Schnell packte er seine Sachen in die Aktenmappe. Er war ein kleiner Cäsar gewesen, wahrhaftig, gleich von Anfang an, ein kleiner Cäsar, wie er im Buch steht. Und zwar in voller Absicht, denn der erste Tag war der entscheidende. Wenn man mit einer eisernen Faust anfing, konnte man später die Faust immer noch öffnen und die samtene Handfläche hervorkehren. Wenn man sich aber am Anfang von ihnen auf der Nase herumtanzen ließ, bekam man sie nie wieder in die Gewalt. Obwohl das Auftreten als kleiner Cäsar zu seiner gewöhnlich etwas lässigen Art in Widerspruch stand, hielt er es doch

für notwendig und war sich keiner Schuld bewußt. Wie Small ihm geraten hatte, zeigte er den Jungen, wer Herr im Haus war. Als er mit Einpacken fertig war, schloß er die Tür ab und ging dann zum Hauptbüro, wo, laut Stanley, ein Plan über die Fluraufsichten hing.

Er bahnte sich durch die Horde Schüler auf dem Flur einen Weg, und plötzlich fiel ihm ein, daß Dover und Sullivan ihm die geliehenen Bleistifte nicht zurückgegeben hatten. Er verwünschte seine Nachlässigkeit und ging zum Treppenhaus. Zwar meinte er verschiedentliche Daddy-oh-Rufe auf dem überfüllten Flur zu hören, konnte es aber nicht mit Sicherheit sagen. Als er die nach unten führende Treppe gefunden hatte, ging er schnell ins Erdgeschoß zum Hauptbüro. Der Plan hing neben der Kontrolluhr, er studierte ihn sorgfältig, suchte auf dem danebenhängenden Diagramm die Stelle, wo er Aufsicht hatte, und bezog seinen Posten.

Das Hauptbüro lag ungefähr in der Mitte des langen L-Flügels. Er ging in Richtung auf den kurzen Flügel, dann rechts und dann geradeaus weiter bis ans Flurende. Dort, gegenüber den Eingangstüren, hatte er Aufsicht. Zwei Jungen standen zu beiden Seiten des breiten Eingangs, und an den gelben Armbinden um ihren Oberarm erkannte Rick, daß sie Monitoren waren. Er ging zu ihnen und sagte freundlich: »Hallo, Jungs. Mein Name ist Dadier. Wir arbeiten jeden Tag in der dritten Stunde auf diesem Posten zusammen.«

Die beiden nickten ehrerbietig, und Rick wußte, mit denen würde er keine Schwierigkeiten haben. Monitoren wurden aus der vorhandenen Elite der Schule ausgewählt.

Einer der beiden, ein Dicker in gestreiften Arbeitshosen und gestreiftem Sporthemd, starrte Rick an, als erwarte er weitere Anweisungen. Rick sagte: »Würden Sie mir bitte aus einer der Klassen hier einen Stuhl holen. Sagen Sie dem Lehrer, es sei für Mr. Dadier.«

»Jawohl«, sagte der Dicke freundlich.

Rick sah ihm nach, wie er den Flur entlang ging, und wandte dann seine Aufmerksamkeit den Türen zu. Es waren vier nebeneinander. Hinter den Türen führte eine marmorne Treppenflucht zu den Haustüren. Er blickte durch die Glasscheiben der Innentüren, nickte kurz und sagte dann zu dem zweiten Monitor, einem großen Burschen, der mit auf dem Rücken verschränkten Händen dastand: »Sie haben doch niemanden rein- oder rausgelassen?«

»Nein«, sagte der Junge.
»Schön. Und niemand darf sich ohne Erlaubnis auf dem Flur aufhalten.«
»Ich weiß«, sagte der Junge.
»Schön«, sagte Rick wieder. Er schlug dem Jungen auf die Schulter, wie ein befehlshabender Offizier einem besonders diensteifrigen Mann, und hielt dann Ausschau, ob der Dicke mit seinem Stuhl nicht bald käme. Von dem Jungen aber war nichts zu sehen.
Er nagte kurz an seiner Unterlippe, nahm dann sein Flurende in Augenschein und bemerkte erst jetzt die Toilette dort. Er trat an die hölzernen Flügeltüren heran, las die in goldenen Lettern gehaltene Aufschrift SCHÜLERTOILETTE und zog die Tür dann auf. »Achtung!« rief jemand, und Rick hörte im selben Augenblick eine Wasserspülung. Der Raum war voller Rauch, und sein Eintreten löste unter den zehn oder zwölf Jungen, die rauchend herumstanden, ein heftiges Gedränge aus.
»Aha!« bellte Rick. »Das wollen wir aber schön bleiben lassen!«
Die Jungen hörten sofort auf, warfen ihre Zigaretten auf die Erde und zertraten sie. Einer huschte zur Tür, aber Rick versperrte ihm den Weg und stieß ihn in den weiß gekachelten Raum zurück.
»Was geht hier vor sich?« brüllte er und sah blinzelnd umher. »Glaubt ihr vielleicht, das sei hier ein Offizierskasino?«
Einer kicherte, aber Rick brachte ihn mit einem eisigen Blick zum Schweigen.
»Und nun macht, daß ihr hier rauskommt!« rief er. »Ich lasse es diesmal noch durchgehen, aber wehe, ich erwische nochmal einen, der hier raucht oder sich hier herumtreibt, dann melde ich den Mann dem Direktor. Laßt euch das gesagt sein.«
Die Jungen waren froh, daß sie so glimpflich davonkamen, und schlängelten sich hurtig hinaus. Rick sah ihnen nach und wandte sich dann zwei älteren Schülern zu, die an den Waschbecken in Nähe der Fenster herumlungerten.
»Was ist mit Ihnen beiden?« fragte er.
Das eine war ein stämmiger Neger mit sympathischem Lächeln. Er hatte eine breite Nase, dünne Lippen und klare, große braune Augen. Er trug ein weißes Sporthemd und enge Drillichhosen, und das Braun seiner Haut hob sich schimmernd von dem Weiß des Hemdes ab.

»Wir standen hier einfach, Chef«, sagte er.
»So so, dann können Sie mal einfach machen, daß Sie hier rauskommen«, äffte Rick ihn nach.
Der andere war offenbar ein Portorikaner. Er grinste, und ein goldener Vorderzahn glänzte in seinem Mund.
»Ja, ja«, sagte er, »wir stehen hier einfach, Chef.«
»Hören Sie«, erklärte Rick, »ich wünsche keine Debatte. Machen Sie, daß Sie hinauskommen.«
Der Negerjunge behielt sein einnehmendes Grinsen und blieb gegen das Waschbecken gelehnt. »Kann man denn nicht mal austreten, Chef?«
»Treten Sie aus und verschwinden Sie.«
»In Ordnung, Chef«, sagte der Negerjunge, immer noch freundlich grinsend. »Sie wollen wohl zugucken, was Mann?«
»Hören Sie zu«, sagte Rick, »mit Flegeln habe ich nichts im Sinn. Wenn Sie hier frech werden wollen, dann kommen Sie an den Falschen. Wenn Sie austreten wollen, dann bitte dalli und verschwinden Sie.«
»Er will bestimmt austreten«, sagte der Portorikaner lächelnd.
Rick wandte sich dem dünnen Portorikaner zu. »Wie heißen Sie?« fragte er.
Der Junge wurde blaß. Er bekam plötzlich angsterfüllte Augen und sagte: »Ich?«
»Ja, Sie. Wie heißen Sie?«
»Emanuel«, sagte er.
»Emanuel was?«
»Emanuel Trades«, sagte der Negerjunge. »Mann, wissen Sie das denn nich'? Nach dem hamse doch die Schule benannt.« Wieder grinste er einnehmend, und Rick drehte sich wütend zu ihm um.
»Wie heißen *Sie* Schlauberger denn?«
Der Junge zog eine Augenbraue hoch und lümmelte sich unbeirrt gegen das Waschbecken. »Gregory«, sagte er herausfordernd. »Gregory Miller.«
»Ich werde mir den Namen merken«, sagte Rick.
»Tun Sie das, Chef.«
»Oder vielleicht möchten Sie gern auf der Stelle in das Büro des Direktors gehen? Vielleicht möchten Sie das lieber?«

Miller zuckte die Achseln und lächelte dann, zeigte dabei seine strahlend weißen Zähne. Er war ein gutaussehender Bursche mit der Figur eines Gewichthebers und einem unbekümmerten, lässigen Charme. »Sie haben alle Trümpfe in der Hand, Chef«, sagte er. »Wenn Sie mich zum Direx schicken wollen, ich kann Sie nicht hindern.«
Rick schwankte. Es hatte weiß Gott keinen Sinn, schon am ersten Tag einen Schüler in Schwierigkeiten zu bringen. »Diesmal drücke ich noch ein Auge zu«, sagte er. »Gehen Sie zurück in Ihre Klasse.«
»Ich habe jetzt Mittagspause, Chef«, sagte Miller.
»Hören Sie mit dem Chef-Gefasel auf«, sagte Rick. »Wenn Sie jetzt Ihre Mittagspause haben, was tun Sie dann im Haus?«
»Mußte austreten, Mann, wie ich Ihnen schon gesagt habe.«
»Also, dann treten Sie aus.«
»Jawohl, Chef. Das versuche ich ja schon die ganze Zeit.«
Miller trat an eins der Becken heran, und der Portorikaner folgte ihm wie ein Schatten. Rick drehte sich um, während sie urinierten, und dann sagte Miller, als er sich den Schlitz zuknöpfte: »Okay, Chef, können wir abhauen?«
»Wenn Sie jetzt Mittagspause haben, dann sollen Sie doch eigentlich durch den Ausgang an der Aula gehen, nicht?«
»Jessir.«
»Dann tun Sie das gefälligst. Und daß ich Sie nicht noch einmal auf dieser Toilette erwische.«
Miller lächelte: »Wenn ich aber muß, Mann?«
»Das ist etwas anderes«, sagte Rick.
»Mein' ich doch«, antwortete Miller lächelnd.
»Nun Schluß. Gehen Sie.«
»Jawohl«, sagte Miller. Er ging zur Tür, der Portorikaner hinterdrein, und Rick folgte ihnen auf den Flur. Er sah sie gemächlich den Flur entlangschlendern und dann links in den langen Flügel des L einbiegen. Als sie außer Sicht waren, drehte er sich um und bemerkte den dicken Jungen mit dem Stuhl.
Er nahm den Stuhl, stellte ihn an die Wand und sagte: »Vielen Dank.«
Der Dicke nickte und nahm dann wieder seinen Platz neben der Tür ein. Rick setzte sich hin, machte seine Aktenmappe auf und nahm den Sitzplan heraus, in der Hoffnung, die Karten seiner Klasse ein-

ordnen zu können. Er langte eben nach den Karten, als die Außentüren aufgestoßen wurden und er mehrere Stimmen die Marmorstufen heraufschallen und auf die Innentüren zukommen hörte. Er stand auf, drei Jungen kamen, noch redend und lachend, durch die Innentüren. Dann bemerkten sie Rick und blieben stehen, anscheinend unschlüssig, ob sie bleiben oder wieder hinauslaufen sollten.

»Was soll das heißen?« fragte Rick streng.

Der Junge in der Mitte des Trios, anscheinend der Anführer und Sprecher der Gruppe, schlug unschuldig die Augen auf und fragte: »Was soll was heißen?«

»Wo kommt ihr her?«

»Von draußen.«

»Ihr sollt doch die Schule nicht durch diesen Eingang betreten«, sagte Rick ärgerlich.

»Nein?« fragte der Junge überrascht.

»Nein«, sagte Rick.

»Wir sind gerade mit Essen fertig«, antwortete der Junge.

»Dann geht wieder hinaus und hinüber zu dem Eingang an der Aula, wie es Vorschrift ist.«

»Jawohl«, sagte der Junge. Er lächelte und machte eine leichte Bewegung mit dem Kopf, der die anderen sofort gehorchten. Gemeinsam gingen die drei die Marmortreppe hinab.

»Wie sind sie überhaupt hereingekommen?« fragte Rick den dicken Monitor.

»Vermutlich durch die Türen«, antwortete der Junge.

»Das weiß ich, aber sind denn die Türen nicht abgeschlossen?«

»Nee, ich glaube nicht.«

»Gehen Sie bitte hinunter und schließen Sie sie zu. Drücken Sie kräftig gegen die Türpfosten.«

Der Dicke zögerte, dann sagte er: »Das geht nicht, Mr. Dadier. Die Schlösser sind aufgebrochen.«

»Was heißt aufgebrochen?«

»An sämtlichen Türen. Dadurch kommen die Leute rein.«

»Wie lange sind sie schon kaputt?« fragte Rick.

»Solange ich mich erinnern kann«, antwortete der Dicke.

»Hmm«, machte Rick und nahm sich vor, mit dem Hauswart über die Schlösser zu reden. »Dann müssen wir besonders gut aufpassen.«

»Ja, Sir.«
Rick setzte sich wieder hin und begann die Karteikarten in die dafür vorgesehenen Schlitze des Sitzplans zu stecken. Zwei Jungen schlenderten den Flur entlang und gingen seelenruhig an ihm vorbei auf die Toilette. Als er mit dem Einstecken der Karten fertig war, setzte er sich zurück und machte es sich bequem, und dann wurde ihm bewußt, daß die Jungen noch immer nicht aus der Toilette herausgekommen waren. Er stand auf, ging zu der Holztür und zog sie auf.
Die beiden standen, wie erwartet, am Fenster und rauchten. Er schnauzte sie an, schickte sie in ihre Klasse zurück und ging dann wieder auf seinen Korridor. Er saß ungefähr dreißig Sekunden, als die Außentüren aufflogen und eine Horde Kinder die Marmortreppe heraufkam. Während er sie zum Eingang an der Aula schickte, hatten sich auf der Toilette schon wieder fünf faulenzende Raucher versammelt; Rick jagte sie wütend hinaus und gab ihnen allen eine Verwarnung. Er kam nicht dazu, sich wieder hinzusetzen, weil die dritte Stunde fast vorbei war und die Außentüren nun in raschem Wechsel auf und zu gingen und die Schüler in Scharen in das Gebäude strömten.
Als es schließlich zum Schluß der dritten Stunde läutete, war Rick erschöpft. Er nahm sich fest vor, irgendwie mit den kaputten Schlössern fertig zu werden. Vielleicht einen der Monitoren vor dem Eingang aufzustellen, um Schüler, die diese Tür benutzen wollten, umzudirigieren. Auch gegen das Rauchen auf der Toilette würde er etwas unternehmen müssen. Er könnte einen der Kollegen fragen. Er faßte in seine Aktentasche und sah auf seinen Stundenplan, den er mit Klebestreifen innen an seinem schwarzen Notizbuch befestigt hatte.
Vierte Stunde: Mittagspause.
Gepriesen sei Allah.

Trotzdem hatte er natürlich noch keine Heldentat vollbracht. Auf die Toilette zu stürzen und den Tabakgenuß zu unterbinden war zwar eine ermüdende disziplinarische Arbeit, aber keine Beschäftigung von ausgesprochen heldischem Zuschnitt. Noch war es eine ihrer Natur nach heldische Aufgabe, Marmortreppen rauf- und runterzustürmen, hätte er selbst auf einem blendend weißen Hengst gesessen.

Er hatte sich einfach wie ein normaler Berufsfachschullehrer benommen und mit jenen kleinen Widrigkeiten herumgeschlagen, die einen Berufsfachschullehrer am Ende als ein lallendes Etwas in die nächste Klapsmühle bringen. Aber er hatte nichts Heldisches vollbracht, und noch schwante ihm nichts Böses, noch war er entschlossen, sich nicht mit Ruhm zu bekleckern.

Während er zum dritten Stock hinaufging — er hatte sich etwas Zeit gelassen, um dem Strom der Schüler zu entgehen —, beglückwünschte er sich zu dem, was er als soweit vollkommenes Verhalten ansah. Er hatte zwar ein paar Fehler begangen, aber im ganzen seine Sache gut gemacht. Er hatte sich den Kindern von der strengen Seite gezeigt, und wenn auch strenge Lehrer nicht immer beliebt waren, so wurden sie doch stets respektiert. Ihm lag nicht besonders viel daran, beliebt zu sein. Ihm lag daran, seine Aufgabe zu erfüllen, und diese Aufgabe war der Unterricht. Auf einer Berufsfachschule mußte man streng sein, wenn man unterrichten wollte. Man mußte streng sein, oder man bekam nie die Möglichkeit zu unterrichten. Es war das gleiche, als wenn man einem schreienden, zappelnden Dreijährigen eine Penicillinspritze verabreicht. Der Dreijährige weiß nicht, daß Penicillin gut für ihn ist. Der Arzt darf einfach auf sein Geschrei und Gezappel nicht achten und muß ihm die Nadel stracks in den zitternden Pöter stechen.

Hier war es genauso. Diese Kinder wußten nicht, daß Erziehung gut für sie war. Es würde Geschrei und Gezappel geben, aber wenn der Lehrer auf das alles nicht achtete und die Erziehungsspritze in all diese Jünglingshintern jagte, würde die Sache schon klappen.

Um das zu tun, mußte man sich von der strengen Seite zeigen, gleichgültig wie es innerlich in einem aussah. Natürlich bestand die Gefahr, hundsgemein streng zu werden und darüber zu vergessen, daß man eigentlich auch noch Lehrer sein sollte. Rick würde es ganz so weit nie kommen lassen. Er hatte die Absicht, zunächst einmal herrisch aufzutreten und dann etwas nachgiebiger zu werden, aber nie die Disziplin zu einem Problem werden zu lassen. Wenn die Disziplin erst einmal zur Gewohnheit geworden war, würde auch Zeit zum Scherzen, zum gelegentlichen Lachen sein, wobei er dann die Erziehungsspritze einstach. Aber erst, wenn die Disziplin tief eingewurzelt war.

Stanley hatte ihm erklärt, wie man zum Lehreresßraum kam. Man konnte entweder direkt vom Erdgeschoß über einen Seitenaufgang in den vierten Stock hoch gehen. Oder erst zur Turnhalle im dritten Stock, durch sie hindurch und dann eine Treppe hinauf. Da Rick noch nicht im Eßraum gewesen war, wählte er den zweiten Weg.

Die Turnhalle lag in dem kurzen L-Flügel, genau am Ende des Flurs. Zwei gleiche Holztüren, auf denen die unvermeidlichen goldenen Lettern verkündeten, daß sie in die Turnhalle führten, lagen nebeneinander.

Rick öffnete die eine und betrat den hohen Raum mit den vergitterten Fenstern. Der Fußboden war auf Hochglanz poliert, und Rick bemerkte, daß sämtliche der vor dem Lehrerpodium aufgestellten Jungen in Strümpfen waren. Er vermutete darin des Lehrers Methode, an diesem ersten Schultag, da die Jungen noch keine Turnschuhe anhatten, seinen polierten Fußboden zu schonen. Der Lehrer war ein großer rothaariger Mann mit Muskeln, die sich unter und aus seinem weißen Sporthemd wölbten. Eine Pfeife hing ihm an einer Schnur um den Hals. Er stand mit den Händen an den Hüften auf dem Podium und sprach über die Köpfe der aufgereihten Jungen hinweg.

Rick durchquerte die Halle, und seine Schuhe klappten geräuschvoll auf den blank gebohnerten Dielen. Er ging zwischen Lehrerpodium und Schülern hindurch und lächelte dem Kollegen zu, der ihm kurz zuwinkte und dann fortfuhr, den Kindern Kommandos zu geben. An der gegenüberliegenden Seite trat er durch die Tür auf einen Treppenabsatz. Er schloß die Tür hinter der hohlklingenden, nachhallenden Stimme des Turnlehrers und ging dann die Treppe zum Eßraum hinauf.

Er hatte keine vorgefaßte Meinung, wie eine Lehrerkantine aussehen könnte, und somit keine Veranlassung, von dem, was er vorfand, überrascht zu sein. Trotzdem war er überrascht. Der Eßraum bestand in Wirklichkeit aus zwei Räumen. Von der Treppe aus ging Rick durch einen offenen Eingang in den ersten Raum.

An der einen Seite lagen die Fenster. Die gegenüberliegende war leer. Ein Tisch stand der Länge nach im Zimmer. Der Tisch war leer. Die Wand in Blickrichtung nahmen links von dem Durchgang ein Eisschrank und ein Spülstein ein; rechts stand ein alter Gasherd und

darauf ein Teekessel, um dessen Metallkörper eine blaue Flamme züngelte.
Rick ging zwischen Spülstein und Gasherd hindurch in den zweiten kleineren Raum.
Dieser Raum war voll. Dieser Raum war das Eßzimmer, im Unterschied – vermutlich – zu dem anderen, der als Küche gelten konnte. Mitten im Zimmer stand ein Tisch, und um den Tisch standen Stühle, und auf den Stühlen saßen Männer, und jeder hielt ein Butterbrot in der Hand. Zu beiden Seiten waren Fenster. Durch die dritte Wand führte die Tür, durch die Rick eingetreten war, und die vierte wies ein schwarzes Anschlagbrett und einen Geschirrschrank auf. Rick gewahrte im Innern des Schranks Tassen, die an Haken hingen, und Untertassen zu sauberen Stößen gestapelt. Durch die Scheibentüren konnte er auch einen kleinen Kasten mit Bestecken erkennen. An der einen Wand mit Fenstern stand ein Sofa und unter dem schwarzen Brett eine Ledercouch. Sie war im Augenblick von einem Mann besetzt, der mit dem Gesicht nach unten auf dem Leder lag und am Hinterkopf eine kahle Stelle hatte.
Ein kleiner untersetzter Mann stand am schwarzen Brett und sah sich einige Notizen an. Als Rick hereinkam, drehte er sich um, lächelte und sagte: »Setzen Sie sich irgendwo hin. Die Bedienung kommt gleich.«
»Danke«, sagte Rick. Die anderen am Tisch blickten auf, lächelten und widmeten sich dann wieder dem Vertilgen ihrer Stullen. Rick zog sich einen Stuhl vor, langte in seine Aktentasche nach den Broten, die Anne ihm gemacht hatte, und legte sie vor sich auf den Tisch. Der Mann am schwarzen Brett sah ihm zu.
»Mein Name ist Solly Klein«, sagte er. »Sie sind einer von den neuen Englischlehrern, nicht wahr?«
»Ja«, sagte Rick. Er wußte nicht genau, ob er Klein die Hand geben sollte oder nicht. Er entschied dagegen. Der Mann stand auf der anderen Seite des Tischs, viel zu weit weg für einen Händedruck. »Ich heiße Richard Dadier.«
»Willkommen in der Verbotenen Stadt«, sagte Solly. »Wie geht's denn soweit?«
»Ganz gut«, sagte Rick.
»Warten Sie ab«, antwortete Solly, »es wird schon noch schlechter.«

Er lächelte, und dann verschwand das Lächeln plötzlich, und Rick überlegte, ob es ein Scherz war. Er zog das Gummiband von einem seiner Butterbrotpäckchen und wickelte das Wachspapier auf. Er breitete das Papier aus, hob die obere Brotscheibe ein wenig an und lächelte über Annes Fürsorglichkeit, als er entdeckte, daß sie ihm Schinken, seinen Lieblingsaufschnitt, mitgegeben hatte.

»Kann ich irgend etwas zu trinken bekommen?« fragte Rick.

»Sie meinen, etwas Alkoholfreies, schätze ich«, sagte einer der Männer am Tisch.

Es war ein kleiner Dünner mit einem krausen Haarschopf, der um seinen Kopf saß wie eine Matrosenstrickmütze. Er hatte eine lange Hakennase und trug eine dunkle Hornbrille, hinter der tiefblaue Augen funkelten. In der einen Hand hielt er ein Butterbrot und in der anderen ein offenes Geschichtsbuch. Rick schätzte sein Alter auf etwa einunddreißig.

Er lächelte: »Bier gibt es vermutlich nicht, oder doch?« fragte er.

»Sie haben Glück, wenn Sie den Wasserhahn zum Laufen bringen«, sagte Solly, und der kleine Dünne mit dem Geschichtsbuch kicherte.

»Dies Ihre erste Anstellung?« erkundigte er sich.

»Ja«, sagte Rick. Er war irgendwie in die Verteidigung gedrängt, und das gefiel ihm ganz und gar nicht. Und bloß, weil er gefragt hatte, ob er etwas zu trinken bekommen könnte, was er für eine normale, höfliche Frage hielt.

»Ich bin George Katz«, sagte der kleine Dünne. »Gesellschaftskunde. War an der Christopher Columbus, bevor ich hier die Stelle bekam.«

»Sie hätten dort bleiben sollen«, sagte Solly. »Und wenn Sie die Klosetts hätten ausfegen müssen.«

»Mußte ich nicht«, versicherte ihm Katz lächelnd.

»Bleiben wir doch beim Thema«, sagte Rick, »*kann* ich nun etwas zu trinken haben?«

»Sie können wählen«, sagte Solly, der an den Tisch trat und die Daumen hinter die Hosenträger klemmte. »Sie können sich Ihre eigene Milch mitbringen und in den Eisschrank stellen. Falls Sie Kaffee trinken, können Sie sich Kaffeepulver mitbringen und heißes Wasser draußen aus dem Teekessel nehmen. Das, falls Sie Kaffee trinken. Falls Sie Tee trinken, können Sie Captain Schaefer kärgliche zehn Cent monatlich zahlen, dann beteiligt er Sie an den Teebeuteln,

die er für unsere durstigen Kehlen kauft. Das heiße Wasser ist vorläufig noch gratis.«
»Also dann ...«, fing Rick an.
»Sie kommen sowieso nicht darum herum, Schaefer einen Obolus zu entrichten. Er wird jede Minute hereinschneien und Sie unter Druck setzen, sowie seine Turner die Seile hochklettern oder Basketball spielen oder an ihren Schnullern nuckeln.«
»Ist er der Turnlehrer?«
»Haben Sie ihn unten schon gesehen?« fragte Solly. »Captain Max Schaefer.«
»Wofür ist der Obolus?«
»Für die Tassen. Der Captain kauft die Tassen. Dann nimmt er von uns eine Gebühr und frischt damit seinen Geldbeutel auf. Außerdem verwendet er die Gebühren, um abgestoßene, gesprungene oder zerbrochene Tassen zu ersetzen. Der Captain ist eine gemeinnützige Einrichtung, jedenfalls behauptet er das.«
»Wie hoch ist die Gebühr?«
»Fragen Sie den Captain«, sagte Solly. »Sie ändert sich andauernd.«
»Von mir hat er einen Vierteldollar verlangt«, sagte einer der am Tisch Sitzenden.
Rick sah den Tisch entlang zu ihm hin. Es war ein großer, hübscher Bursche mit nachtschwarzem Haar, das in kleinen Locken auf seine Stirn fiel. Er hatte eine vollendete Nase, hohe Backenknochen und schön geschnittene, fast feminine Lippen. Er war höchstens fünfundzwanzig und gewachsen wie die Statue eines griechischen Athleten. Er stellte sich nicht vor, und Rick fragte ihn nicht nach seinem Namen.
»Ein Vierteldollar klingt vernünftig«, sagte Rick. »Meinen Sie, ich könnte einen der Teebeutel nehmen, bevor ich zahle?«
»Bedienen Sie sich«, sagte Solly und schwenkte eine kurze breite Hand. »Der Captain verdient sich jedenfalls mit dieser Konzession seinen Lebensunterhalt.«
Rick stand auf und ging zu dem Schrank, er fand den Behälter mit den Teebeuteln und langte gerade nach einer Tasse, als eine Stimme hinter ihm sagte: »Das ist meine.«
Die Stimme klang freundlich. Rick drehte sich um und sah, daß sie einem schlanken Mann in zerknittertem grauem Nadelstreifenanzug

gehörte. Er tug eine randlose Brille, und die Augen dahinter waren traurig. Er hatte dünnes dunkles Haar und buschige dunkle Augenbrauen. »Das ist meine«, wiederholte er beinah entschuldigend.
»Das wußte ich nicht«, sagte Rick.
»Alles gehört Lou«, sagte Solly. »Er hat einen Eigentumskomplex.«
»Unsere Initialen stehen auf den Tassen«, sagte der Schlanke. »Daran können wir sie unterscheiden. L. S. Das bin ich. Lou Savoldi.«
»Er denkt, alles gehöre ihm«, sagte Solly grinsend. »Wenn Sie Lou so reden hören, meinen Sie, Manual Trades gehöre ihm. Er verpachtet es während der Semester an die Stadt. Im Sommer unterhält er hier ein Freudenhaus. «
»Einer meiner besten Kunden sind Sie«, sagte Savoldi ernst mit traurigen Augen.
»Nicht, seit Ihre Frau gekündigt und sich verbessert hat«, konterte Solly.
»Das kann ich verschmerzen«, antwortete Savoldi, noch immer mit traurigen Augen. »Ihre Frau wird sowieso öfter verlangt.«
»Was ganz natürlich ist. Sie ist hübscher.«
»Der Kessel kocht«, sagte Savoldi. »Möchte jemand Tee?«
»Ich, bitte«, sagte George Katz und sah von seinem Geschichtsbuch auf. »Würden Sie mir einen Teebeutel mitbringen, Dadier?«
»Gern«, sagte Rick.
»Meine Tasse hängt auch dort«, fuhr Katz fort. »G. K. Seien Sie vorsichtig, die Initialen könnten noch frisch sein.«
»Ich sehe schon«, sagte Rick. Er nahm Katz' Tasse heraus. Savoldi ging hinaus. »Kann ich eine ohne Initialen benutzen?« fragte Rick.
»Natürlich«, sagte Solly. Er ging zum Schrank und nahm sich seine in hellblauen Lettern mit S. K. gezeichnete Tasse heraus. »Wir könnten alle etwas Tee vertragen.« Er brachte die Tasse zum Tisch und stellte sie neben Ricks Butterbrote. »Wie ist's mit Ihnen, Manners?« fragte er den griechischen Athleten am Tischende.
»Für mich nicht«, erwiderte Manners. »Ich bin ein unverbesserlicher Milchmann. Zwei Viertel pro Tag.«
»Säugling«, sagte Solly. »Ich wette, daß Sie weder trinken noch rauchen noch fluchen noch huren.«
»Da schätzen Sie mich aber ganz falsch ein«, sagte Manners. »Bei mir zu Hause nennen Sie mich Alan, den Unmoralischen.«

»Wo ist das? Auf den Jungferninseln?«
»Bensonhurst«, sagte Manners rasch und stolz.
»Warum hat man Sie dann um alles in der Welt einer Schule in der Bronx zugeteilt?«
»Es hat mich gereizt«, sagte Manners trocken.
»Dann lassen Sie sich man schön eine Weile reizen«, sagte Solly. Er setzte sich plötzlich hin, und Lou Savoldi kam mit dem dampfenden Teekessel zurück. Rick nahm mit seiner Tasse Platz, und Savoldi schenkte sich, Solly, Rick und Katz Tee ein.
»Ich bleibe sowieso nicht lange hier«, sagte Manners lächelnd.
»Wieso?« fragte Savoldi.
»Ich möchte an eine Mädchenschule«, sagte Manners ernsthaft.
»Die sind noch schlimmer als Jungenschulen«, erklärte Savoldi ihm.
»Möglich, aber denken Sie, wieviel man da vernaschen kann«, sagte Manners genauso ernsthaft.
»Denken Sie daran, daß Sie dafür zwanzig Jahre kriegen können.«
»Ich kenne jemand, der gab Naturwissenschaft an einer Schule in Harlem. Einer Mädchenschule. An seinem ersten Tag in der Schule bekam er sechs Anträge. Er wurde fast auf der Treppe vergewaltigt.«
»Da bleibe ich lieber hier«, sagte Savoldi traurig. »Das ist sicherer in meinem Alter.« Er schenkte fertig ein und ging hinaus, um den Kessel neu aufzusetzen.
»Für mich«, sagte Manners, »ist das genau das Richtige. Eine Mädchenschule.«
»Weiberheld!« meinte Solly.
Savoldi kam zurück und sagte: »Das Urbild aller Weiberhelden sind Sie doch, Solly.«
»Das weiß ich selbst.« Solly nahm seine Teetasse in beide Hände, schlürfte geräuschvoll und sagte: »Verdammt, ist das heiß.«
Rick biß in sein Schinkenbrot und schlürfte dann an seinem Tee. Der Mann auf der Couch hatte noch kein Glied gerührt, seit Rick den Raum betreten hatte.
»Gehen Sie ruhig an eine Mädchenschule, Sie Weiberheld, wenn Sie gern möchten«, sagte Solly, »aber Sie werden feststellen, daß es nicht anders ist als auf irgendeiner Berufsfachschule der Stadt.«
»Mädchen sind anders als Jungen«, sagte Savoldi. »Schon mal gehört, Solly?«

»Sie denken immer gleich ans Bett«, meinte Solly. »Ich sage Ihnen, es besteht kein Unterschied. Ich kenne viele, die an Mädchen-Berufsfachschulen unterrichten. Es ist nichts anderes. Wenn überhaupt, dann ist es schlimmer. Mädchen können Sie keine runterhauen.«

»Sie haben einem Jungen auch noch nie eine runtergehauen«, sagte Savoldi.

»Stimmt. Ich will mich nicht besudeln.«

»Wie meinen Sie das?« fragte Rick, der an seinem Butterbrot kaute.

»Wie meine ich das?« wiederholte Solly. »Ich werde Ihnen etwas sagen, Dadier. Dies hier ist der Mülleimer des gesamten Erziehungswesens. Alle Berufsfachschulen der Stadt, tun Sie sie alle zusammen, und Sie haben einen großen, fetten, überquellenden Mülleimer. Und möchten Sie wissen, was unsere Aufgabe ist? Unsere Aufgabe ist, auf dem Deckel des Mülleimers zu sitzen, und aufzupassen, daß nichts von dem Unrat auf die Straße überquillt. Das ist unsere Aufgabe.«

»Das ist doch nicht Ihr Ernst«, sagte Rick höflich, ungläubig.

»Nein«, Solly zuckte die Achseln. »Sie sind neu hier, und darum wissen Sie es nicht. Ich sage Ihnen, es ist ein Mülleimer, und Sie werden es in dem Augenblick merken, in dem Sie der Gestank anweht. Der ganze Ausschuß, der ganze Mist, den sie auf normalen Oberschulen nicht unterbringen, der ganze Dreck geht in den Mülleimer, der da heißt Berufsfachschule. Dazu wurde sie erfunden.«

»Natürlich, in den Büchern steht, die Berufsfachschule biete Schülern, die in praktische Berufe wollen, eine handwerkliche Ausbildung. Das ist alles reiner Käse. Glauben Sie mir, es gibt nur eins, das diese Burschen mit ihren Händen tun möchten. Und so tüftelte irgendein Schlaukopf aus, wie man sie von der Straße schaffen könne. Ihm fiel das System der Berufsfachschule ein. Darauf warb er einen Trupp Leute mit dicken Hintern an, mit und ohne Diplom, damit sie sich auf den Deckel des Mülleimers setzten. Auf diese Weise können seine Frau und seine Tochter durch die Straßen gehen, ohne vergewaltigt zu werden.«

»Niemand käme auf den Gedanken, Ihre Frau zu vergewaltigen«, sagte Savoldi traurig.

»Mich ausgenommen«, sagte Solly. »Worauf es ankommt, ist, sie von der Straße zu schaffen, und dazu ist die Schule ebenso gut ge-

eignet wie jeder andere Platz. Wir sind weiter nichts als eine Mischung aus Müllabfuhr und Polizei.«
»Ich glaube nicht, daß das stimmt«, sagte Rick langsam. »Ich meine, es gibt doch bestimmt Jungens hier, die wirklich einen Beruf erlernen möchten.«
»Zeigen Sie mir einen«, sagte Solly. »Nur zu. Ich unterrichte seit zwölf Jahren und habe nur einmal etwas Wertvolles in dem Müll gefunden. Die Leute schmeißen nicht mit Absicht Diamanten in den Müll. Sie werfen Dreck in den Müll, und genau das werden Sie hier finden.«
»Darum will ich ja auch an eine Mädchenschule«, sagte Manners.
»Gewiß doch«, sagte Solly. »Der einzige Unterschied auf einer Mädchenschule ist, daß der Dreck im Mülleimer parfümiert ist.«
»Sie sind einfach verbittert«, sagte Savoldi.
»Allerdings«, sagte Solly. »Ich sollte nämlich eigentlich Lehrer sein anstatt Müllkutscher.«
»Müllkutscher werden gut bezahlt«, warf Savoldi ein.
»Was man von Lehrern nicht behaupten kann«, antwortete Solly.
»Ich«, sagte Savoldi traurig, »bin sehr glücklich hier.«
»Weil Sie dumm sind«, erklärte ihm Solly.
»Nein, ich bin schlau«, gestand Savoldi. »Ich unterrichte Elektrokunde, und damit verdiene ich mir Brot und Butter. Daneben mache ich Gelegenheitsarbeiten, und das ermöglicht mir einen bescheidenen Luxus.«
»Ich sehe nicht, daß Sie einen Caddy fahren.«
»Ich will keinen Caddy. So ehrgeizig bin ich nicht.«
»Sie sind überhaupt nicht ehrgeizig«, erklärte ihm Solly.
»Ich habe nur einen Ehrgeiz«, sagte Savoldi und nickte. »Nur einen.«
»Der wäre?«
»Eines Tages bastle ich mir einen elektrischen Stuhl und bringe ihn mit in die Schule. Ich sage den Jungens, es sei eine Stromkreis-Testanlage, und dann setze ich die Bengel einen nach dem andern hinein und lege den Schalter um. Das ist mein Ehrgeiz.«
»Und Sie sind glücklich hier!« sagte Solly trocken.
»Selbstverständlich bin ich glücklich. Ich bin wie ein Mann im Regen. Solange es regnet, ziehe ich meinen Regenmantel an. Wenn ich zu Hause bin, ziehe ich den Mantel aus, hänge ihn in den Schrank und

denke nicht mehr daran. Und so mache ich es hier auch. In dem Augenblick, da ich durch die Schultür trete, bin ich Mr. Savoldi, und das bin ich täglich bis 3.25 Uhr. Dann ziehe ich den Mr. Savoldi-Regenmantel aus, gehe nach Hause und werde bis zum nächsten Morgen wieder Lou. Sorgen kenne ich nicht.«

»Bis auf eine«, sagte Solly.

»Welche?« fragte Savoldi höflich.

»Daß die Jungens diesen verdammten elektrischen Stuhl vor Ihnen basteln. Dann legen *sie* den Hebel um, und good-bye die Herren Savoldi und Lou.«

»Diese Kinder wüßten nicht einmal, wie sie in eine Münz-Toilette hineinkämen, selbst wenn sie das Zehn-Cent-Stück schon eingeworfen hätten«, sagte Savoldi traurig. Er schlürfte seinen Tee und fügte hinzu: »Durch Ihre Schuld ist mein ganzer Tee kalt geworden.«

»Vielleicht muß man den Kindern nur eine Chance geben«, sagte Rick lahm.

»Bitte sehr«, sagte Solly, »geben Sie ihnen eine Chance. Aber was immer Sie tun, drehen Sie ihnen nicht den Rücken zu.«

»Ich habe ihnen heute morgen schon den Rücken zugedreht«, sagte Rick ein wenig stolz.

»Und man hat Sie nicht umgebracht?« Solly zuckte die Achseln. »Der erste Schultag. Sie haben wahrscheinlich Ihre Schießeisen zu Hause gelassen.«

»Sie übertreiben«, sagte Rick lächelnd.

»Ach nein! Schön, schön, ich übertreibe. Lou, erzählen Sie ihm, wie sehr ich übertreibe.«

»Er übertreibt«, sagte Lou. »Solly wühlt gern im Dreck.«

»Ich habe nur einmal einer Klasse den Rücken zugedreht«, sagte Solly, »öfter nicht, nur einmal. Ich habe danach nie wieder einer Klasse den Rücken zugedreht.«

»Was geschah?« fragte Rick.

»Ich zeichnete ein Vergaserschema an die Tafel. Man muß diesen blöden Bengeln die Sachen aufmalen, sonst haben sie keine Ahnung, worüber man spricht. Etwa vierzig Sekunden lang drehte ich ihnen den Rücken zu. Ich hatte kaum die Kreide aufgenommen und mit der Zeichnung angefangen.«

»Ich habe diese Geschichte schon mal gehört«, sagte Savoldi traurig.

»Ja, aber sie ist wahr«, sagte Solly, sich verteidigend.
»Was geschah?« spornte Rick ihn an.
»Ein saftiger Baseball sauste krachend etwa 2 Zoll neben meinem Kopf an die Tafel. Er brach ein Stück Schiefer so groß wie ein halber Dollar heraus.« Solly nickte in Erinnerung an das Erlebnis.
»Was haben Sie daraufhin gemacht?« fragte Rick.
»In die Hose«, sagte Savoldi.
»Das hätten Sie auch«, sagte Solly. »Erst kriegte ich Schiß, und dann wurde ich so rasend zornig, daß ich die Kerle einzeln hätte in Stücke reißen können. Ich drehte mich um, und da saßen sie alle mit ihren Schafsgesichtern, mit dem blöden unschuldigen Blick. Und dann beherrschte ich mich und spielte mit. Ich hob den Ball auf, warf ihn in den Papierkorb, lächelte und sagte: ›Du wirst nie für die Yanks spielen, mein Junge.‹ Weiter nichts. Aber ich drehte ihnen nie wieder den Rücken zu. Selbst nicht, wenn ich an die Tafel schrieb. Ich tue es seitlich.«
»Wie ein Chinamann«, sagte Savoldi. »Solly ist ein halber Mongole.«
»Dem Himmel sei Dank, daß ich kein halber Itaker bin.«
»Ich bin ein ganzer«, sagte Savoldi.
»Solly hat recht«, warf George Katz ein und legte sein Geschichtsbuch einen Augenblick hin. »Sie müssen sich klar machen, womit Sie es zu tun haben. Sie haben es meistens mit schwierigen Kindern zu tun und müssen Ihren Unterricht darauf einstellen.«
»Was für einen Unterricht?« begehrte Solly zu wissen. »Wer nimmt hier wen auf den Arm? Das hier hat mit Unterricht überhaupt nichts zu tun. Je eher Sie das begreifen, um so besser für Sie.«
»Nun«, sagte Katz höflich, »ich glaube, das geht doch ein wenig zu weit.«
»Ich untertreibe noch«, behauptet Solly glatt. »Wenn Sie an der Manual Trades oder irgendeiner anderen Scheiß-Berufsfachschule Erfolg haben wollen, müssen Sie nach zwei einfachen Grundsätzen verfahren. Erstens: jede vorgefaßte Meinung über lernwillige Jugend aufgeben. Sie stimmt nicht mehr, wenn man sie auf Berufsfachschulen anwendet. Zweitens: daran denken, daß der Selbsterhaltungstrieb oberstes Lebensgesetz ist. Punkt. Amen.«
»Ich habe Ihnen ja gesagt«, meinte Savoldi wehmütig, »Solly ist ein Philosoph.«

»Das haben Sie *nicht*«, sagte Solly, »aber es hört sowieso niemand richtig zu.«
»Sie hätten Präsident der Vereinigten Staaten werden sollen«, sagte Savoldi. »Sie liegen hier brach, Solly.«
»Schmarren! Wer ist schon der Präsident?« fragte Solly. »Der kocht auch nur mit Wasser, oder nicht?«
George Katz lachte, und Manners sagte: »Jedenfalls sehe ich mich nach einer Mädchenschule um.«
»Tun Sie das, Sonnyboy«, sagte Solly. »Sehen Sie sich um. Ich hoffe, Sie finden eine.«
»Ich auch«, sagte Manners lächelnd.
»Ich sitze fest in der Verbotenen Stadt. Ich habe vor langer Zeit versucht herauszukommen. Aber wenn man hier erst einmal eingestellt wird, das ist, als sei man Wächter auf der Teufelsinsel. Es gibt kein Entrinnen.«
»Ich bin ja nur Hilfslehrer«, sagte Manners. »Ich werde schon keine Schwierigkeiten haben.«
Draußen in der Küche hörte man Gelächter, und Solly sagte: »Jetzt kommt der Captain.« Das Gelächter wurde lauter, und dann platzte der rothaarige Turnlehrer, den Rick schon gesehen hatte, in den Eßraum und schlug sich auf die Oberschenkel. Die Tränen liefen ihm übers Gesicht.
»Sie kommen spät, Captain«, sagte Solly. »Was ist passiert? Stand den Kindern heute nicht der Sinn nach Barren?«
»O Gott!« sagte der Captain brüllend vor Lachen. »O großer Gott!«
»Was ist so komisch?« fragte Savoldi.
»O heiliger Strohsack«, sagte der Captain und klatschte sich wieder auf die Schenkel. »Sowas hat die Welt noch nicht gesehen. Ich kann nicht mehr.«
»Was ist los, zum Teufel?« fragte Solly ungeduldig.
»Das hat mich umgehauen«, sagte der Captain, und die Tränen liefen ihm die roten Backen herunter. Er schüttelte den Kopf, das Gelächter legte sich für einen Moment, und er sagte: »Das übertrifft alles. Da stehe ich auf meinem Podium, ja? Ungefähr 'ne Viertelstunde nach Beginn des Unterrichts. Ha, ich sterbe vor Lachen.«
»Wollen Sie uns nun die Geschichte erzählen, oder wollen Sie sich in die Hose machen?« fragte Solly.

»Ich rufe die Kinder gerade zur Ordnung, da fliegt die Tür auf, und was glauben Sie, wer kommt herein?«
»Gouverneur Dewey«, sagte Solly.
»Beinah«, sagte der Captain. »Aber nicht ganz, niemand anderes als Mr. Small, Direktor der North Manual Trades High School. Mr. Small persönlich. Inspiziert doch tatsächlich am ersten Schultag meine Klasse. Ha, ha, mir tut schon der Bauch weh.«
»Und?« fragte Solly.
»Ich sage Ihnen, das gehört in die Annalen. Sowas habe ich seit ich bei der Infanterie war, nicht mehr erlebt.« Er fing wieder an zu lachen und lachte eine volle Minute lang, bevor er imstande war, mit seiner Geschichte fortzufahren. »Er kommt also herein, und sowie ich ihn sehe, rufe ich: ›Achtung! Der Herr Direktor Mr. Small!‹ Ungefähr wie: ›Meine Herren, die Königin!‹ Er kommt quer durch den Raum gestelzt, die Jungen stehen da wie die Ölgötzen, und ruft mit Feldwebelstimme: ›Schon gut, Jungs, rührt euch!‹ Rührt euch!« schrie der Captain. »Rührt euch! Wo sich die Hälfte sowieso auf der Erde rumflegelte. Er kommt zum Podium und klettert herauf, stemmt die Hände in die Seiten, blickt dann auf die Jungs hinab und sagt kein Sterbenswörtchen. Er guckt sie einfach fünf Minuten lang an, und ich stehe unmittelbar hinter ihm. Dann klettert er vom Podium runter, geht zur Tür, dreht sich um und sagt: ›Weitermachen, Mr. Schaefer.‹ *Weitermachen, Mr. Schaefer!* Weitermachen, beachten Sie, weitermachen. Und ein zackiger Gruß. Ich schwöre zu Gott, ich glaubte, es sei General McArthur. Ich konnte mir, als er gegangen war, das Lachen nicht verkneifen. Ich nahm ein Handtuch und wischte mir das Gesicht ab, damit die Jungs mich nicht sähen. Was zum Teufel glaubt er, ist das hier, eine Militärschule?«
»Er zeigt Ihnen eben, wer Herr im Haus ist«, kicherte Solly.
»O Vaterland! Ich sage Ihnen, es hat mich zerrissen. Dieser Hampelmann. Ihm fehlte nur noch die Reitpeitsche. Leider muß ich zurück. Ich habe die Idioten zwar Basketball spielen lassen, aber die Stunde ist gleich vorüber.«
Er drehte sich um, verließ den Eßraum, ging mit großen Schritten durch die Küche und lachte, bis er außer Hörweite war.
»Er war im letzten Krieg Captain«, erklärte Solly. »Ein prächtiger Kerl.«

»Ich hab ihm meine Gebühr nicht bezahlt«, sagte Rick.
»Oh, er schnappt Sie schon noch. Der Captain läßt keinen aus.«
Lou Savoldi war aufgestanden und räumte den Tisch vor sich ab. Er brachte seine Tasse zum Ausguß, wusch sie ab und hängte sie dann wieder in den Schrank. »Ich gehe hinunter«, sagte er.
»Zurück in die Salzminen«, meinte Solly. »Haben Sie die sechste frei?«
»Nein«, sagte Savoldi traurig.
Rick stand auf, räumte seinen Platz auf und warf das Butterbrotpapier und den braunen Teebeutel in den Mülleimer neben dem Schrank. Dann wusch er die von ihm benutzte Tasse ab und hängte sie in den Schrank zurück.
Als es läutete, nahm er seine Aktentasche, und Solly sagte: »Ich gehe mit Ihnen hinunter.«
»Fein«, sagte Rick.
»Was haben Sie jetzt?« fragte Solly, als sie den Eßraum verließen.
»Eine fünf«, sagte Rick.
»Eine fünf sagen Sie?« fragte Solly mit gerunzelten Augenbrauen.
»Ja.«
»Hm«, sagte Solly. Weiter sagte er nichts, als sie die Treppe hinab und durch die Turnhalle gingen.

In dieser fünften Stunde mit der Englisch fünf hätte Rick eine Heldentat vollbringen können. Es gab gewiß Gelegenheit genug dazu, wenn er gewollt hätte. Es spricht für ihn, daß er sich erst später am Tag zu einer Heldengestalt auswuchs.
Das erste, was er bemerkte, als er hereinkam, war, daß die Klasse klein war, nicht mehr als etwa zwanzig Jungen. Er war froh darüber, denn es ist leichter, eine kleine Gruppe zu unterrichten. Er wußte natürlich nicht, daß in der 55-206 fünfunddreißig Jungen saßen und die meisten von ihnen schon am ersten Schultag schwänzten.
Das zweite, was er bemerkte, war der gutgebaute Negerjunge in weißem Sporthemd und Drillichhose. Der Junge erkannte ihn im selben Moment, und das gewinnende Lächeln zog sich über sein hübsches Gesicht.
»Oh«, sagte er, »hallo Chef.«
»Gregory Miller«, sagte Rick.

»Sie haben sich ja tatsächlich meinen Namen gemerkt, Chef?«
»Setzen Sie sich, Miller«, sagte Rick. »Und *mein* Name ist Mr. Dadier. Ich glaube, zunächst merken Sie sich einmal das.«
Miller nahm seinen Platz ein, und Rick betrachtete sich die übrigen Jungen, die grüppchenweise in der Klasse herumstanden und schwatzten oder lachten.
»Und nun«, sagte er, »wollen wir uns hinsetzen und zwar ein bißchen fix.«
Die Jungen sahen zu ihm her, machten aber keine Anstalten, sich zu setzen.
»Seid ihr taub dort hinten? Schluß jetzt.«
»Warum?« fragte einer.
»Wie bitte?« sagte Rick sprachlos.
»Ich sagte: warum?«
»Ich habe es gehört, Sie Lümmel. Gehen Sie auf Ihren Platz, bevor ich Ihnen einen Platz im Büro des Direktors verschaffe.«
»Ich bin ganz starr vor Angst«, sagte der große Junge. Er hatte strähniges blondes Haar, und es hing ihm wirr in die Stirn. Sein Gesicht war ein Feld reifer Pickel, und wenn er grinste, verzogen sich seine Lippen zu einem geschlängelten Lächeln, das jungenhaft unschuldig und männlich finster zugleich war. Er lächelte noch, als er zur Mitte der Klasse ging und sich auf den Platz neben Miller setzte. Die anderen nahmen das zum Zeichen, trödelten langsam auf ihren Platz und wandten ihre Aufmerksamkeit Rick zu.
»Sie können auf den Plätzen, die Sie jetzt haben, sitzen bleiben«, sagte Rick und holte aus seiner Aktentasche die Karteikarten. Er verteilte sie, wie er es schon bei seiner Klasse gemacht hatte, und sagte: »Sicher wissen Sie, wie Sie das ausfüllen müssen.«
»Sicher«, sagte der Blonde.
»Ich hatte Ihren Namen nicht verstanden«, sagte Rick spitz.
»Vielleicht deshalb, weil ich ihn nicht gesagt habe«, antwortete der Junge. Das geschlängelte Lächeln lag wieder um seinen Mund.
»Er heißt auch Emmanuel«, sagte Miller. Er lächelte über diesen Privatscherz, den nur er und Rick verstanden.
»Wirklich?« fragte Rick arglos.
»Nein«, sagte der Blonde.
»Und wie heißen Sie nun?«

»Raten Sie mal, mit W fängt es an.«
»Ich würde auf Anhieb sagen ›Würstchen‹, aber ich bin schlecht im Raten. Nun los, wie heißen Sie, ein bißchen dalli?«
»West«, sagte der Junge. »Artie West.«
Rick lächelte und änderte plötzlich seine Taktik in der Hoffnung, die Jungen aus dem Gleichgewicht zu bringen. Sie waren auf einen harten Mann gefaßt, darum würde er ein wenig witzeln, ihnen zeigen, daß er einen Scherz machen konnte, wenn für einen Scherz Zeit war. »Irgendeine Beziehung zu Mae West?« fragte er.
West antwortete so rasch, daß Rick überzeugt war, er hatte die gleiche Frage schon oft gehört. »Nur zwischen meinen Augen und ihren Titten«, sagte er, das geschlängelte Lächeln um den Mund.
Seine Antwort stellte Rick vor die Wahl: Er konnte die Hänselei sofort fallen lassen und wieder mit eisernem Besen kehren, oder er konnte ihnen zeigen, daß er nicht der Kerl war, der sich für dumm verkaufen ließ. Aus unerfindlichen Gründen, bei denen vermutlich etwas Stolz im Spiel war, entschied er sich, das Duell fortzusetzen.
»Achten Sie auf das, was Sie sagen«, meinte er lächelnd. »Ich trage das Bild meiner Mutter in der Brieftasche.«
»Ich wußte gar nicht, daß Sie eine haben«, sagte West.
Wieder stand er vor der Wahl, nur war West diesmal weitergegangen. Ein warnender Summer ertönte in Ricks Innerem. Er sah die grinsenden Gesichter der Jungen, und er wußte, sie wollten, daß er die Blödelei fortsetzte. Er hätte sie selbst gern fortgesetzt, trotz des unausgesetzten Warnsignals, das jetzt in seinem Kopf schrillte. In Wahrheit aber fiel ihm keine schlagfertige Antwort ein, und anstatt etwas Ungleichwertiges vorzubringen, floh er hinter die Festung seines Schreibtisches und sagte: »Kommen Sie, Schluß jetzt und füllen Sie die Karten aus.«
West lächelte wissend und blinzelte Miller zu. West war ein geriebener Bursche, und Miller war genauso durchtrieben — wenn die beiden Freunde waren, würde es vermutlich Schwierigkeiten geben mit der 55-206, dachte Rick.
Er sah sich die Jungen an, während sie die Sitzkarten ausfüllten. Es gab eine Handvoll Neger darunter, der Rest waren Weiße, von ein paar Portorikanern abgesehen. Sie schienen alle zwischen sechzehn und siebzehn zu sein, und die meisten trugen Sporthemden und

Drillichhosen, was, wie Rick annahm, die allgemeine Schuluniform war.

»Wie Sie wissen«, sagte er, »ist dies die Englischklasse 55-206, und wir sind hier versammelt, um Englisch zu lernen. Ich weiß, viele von Ihnen werden sich fragen, warum um alles in der Welt Sie Englisch lernen müssen. Hilft Ihnen Englisch, eine Stelle als Mechaniker oder Elektriker zu bekommen? Die Antwort ist, ja. Außerdem glaube ich, daß unser Unterricht, gleichgültig, was Sie bisher von Englisch gehalten haben, Ihnen Spaß machen wird, und Sie werden vielleicht noch vor Semesterschluß überrascht feststellen, daß Englisch eins Ihrer Lieblingsfächer ist.«

»Das wär' vielleicht 'ne Überraschung!« sagte Miller.

»Es wird nicht in die Klasse gerufen«, sagte Rick. »Wer etwas zu sagen hat, hebt die Hand. Ist das klar? Mein Name ist übrigens Dadier.«

»Wir haben schon von Ihnen gehört, Daddy-oh«, sagte einer, der hinten saß.

»Aussprache ist ein wichtiger Teil des Englischunterrichts«, sagte Rick ungerührt. »Ich möchte äußerst ungern jemandem eine Fünf geben, weil er meinen Namen nicht aussprechen kann. Er lautet Dadier. Lernen Sie ihn und lernen Sie ihn gleich jetzt. Glauben Sie ja nicht, daß es mir das Herz brechen würde, Ihnen allen eine Fünf zu geben.«

Ein kleiner Negerjunge mit einem flachen Filzhut auf dem Kopf stand plötzlich auf. Er legte die Hände auf die Hüften und verzog den Mund zu einem höhnischen Grinsen. »Haben Sie schon mal versucht, gegen fünfunddreißig Jungen auf einmal zu kämpfen, Chef?«

Rick hörte die Frage, und sie löste eine automatische Antwort in seinem Kopf aus: *Da hast du's, Dadier. Da hast du's, mein Freund.* Er kniff die Augen zusammen und ging langsam und entschlossen um seinen Schreibtisch herum. Der Junge saß in der Mitte, und Rick schritt den nächstbesten Gang entlang, wobei ihm bewußt wurde, daß er sich in eine Lage begab, in der er von Schülern umringt war. Er ging geradewegs auf den Jungen zu, schob sein Gesicht dicht vor das des andern und sagte: »Setzen Sie sich, Sie Flegel, und nehmen Sie den Hut ab, bevor ich ihn herunterschlage.«

Er sagte es fest, sagte es auf die gleiche Art, wie er den Text des Herzogs Mantel in dem Stück *The Petrified Forrest* an der Uni gesprochen hatte. Er wußte nicht, wie die Reaktion sein würde, und verspürte dumpf eine schleichende Furcht, die ihm die Wirbelsäule hinauf ins Gehirn kroch. Er wußte, sie konnten in diesem einsamen Moment alle über ihn herfallen, und weil er das wußte, spannte und verkrampfte er sich, und während des kurzen Augenblicks, bevor der Junge reagierte, ertappte er sich dabei, wie er in den Schuhen die Zehen bewegte, um die Spannung zu mindern und nicht in ein Zittern der Hände oder ein Zittern des Gesichts ausarten zu lassen.

Es war totenstill in der Klasse, und es schien plötzlich kalt zu sein, obwohl die Septembersonne durch die Fenster flutete.

Und obgleich der Junge fast sofort reagierte, schien es Rick endlos.

Der Junge schnappte nach dem Hut, sein ganzes Maulheldentum war dahin, und die Augen standen vor deutlicher Angst weit offen.

»'tschuldigung, Chef«, sagte er und verbesserte es dann sofort in »Mr. Dadier«.

Er setzte sich augenblicklich und wich Ricks Blick aus; Rick stand neben seinem Tisch und sah lange auf den Jungen hinab. Dann kehrte er ihm den Rücken und ging wieder nach vorn zu seinem Schreibtisch. Sein Gesicht blieb unbeweglich, und er blähte die Nüstern, wie er es vor langer Zeit in seinem ersten dramatischen Unterricht getan hatte.

Er schlug den Sitzplan auf, starrte hinein und hob dann langsam den Kopf, in den Augen und in der harten Mundlinie lag noch immer ironischer, kalter Zorn. »Geben Sie die Karten nach vorn durch. Geben Sie auch Ihre Stundenpläne nach vorn, damit ich sie unterschreiben kann. Sie dort in der ersten Reihe, sammeln Sie alles ein und bringen Sie es mir her.«

Der Junge auf dem ersten Platz in der ersten Reihe lächelte Rick nichtssagend an und machte keine Anstalten, die Karten, die schon in jeder Reihe nach vorn durchgegeben wurden, einzusammeln.

»Haben Sie mich nicht verstanden?« fragte Rick.

»Doch«, sagte der Junge, immer noch lächelnd.

»Na, dann bitte«, sagte Rick fest.

Der Junge stand auf, lächelte unentwegt das dumme, leere Lächeln. *Noch so ein Flegel* dachte Rick. *Die Klasse ist voll davon.*

Der Junge sammelte die Karten ein und brachte sie Rick. Rick steckte sie in den Plan und begann dann, die Stundenpläne in der dafür vorgesehenen Spalte zu unterschreiben, eine Maßnahme, die es einem Schüler unmöglich machte, sich vor einem Fach zu drücken. Wenn die Stundenpläne am nächsten Tag dem Klassenlehrer zurückgegeben wurden, fiele ein Übeltäter automatisch auf. Es war eine wirksame Maßnahme.

»Wir werden heute nicht viel anderes erledigen als uns miteinander bekannt zu machen. Morgen holen wir die Bücher aus der Bücherei und beginnen mit der Arbeit.«

Er sah zu dem Jungen auf dem ersten Platz der ersten Reihe hin. Er lächelte immer noch. Das Lächeln war dick auf sein mageres Gesicht gekleistert. Er sah aus, als ob ihn etwas ungeheuer belustige. Rick wandte sich verärgert von ihm ab, wollte aber so kurz nach seinem Scharmützel mit dem anderen keine neue Kraftprobe.

»Wenn wir in die Bücherei gehen, dann sollte höchstens . . .«

»Muß das sein?« rief einer in die Klasse.

Dritter Platz, zweite Reihe. Rick registrierte automatisch, wo der Betreffende saß und griff nach seiner Sitzkarte. »Was meinten Sie, Belazi?« fragte er und las den Namen des Jungen ab.

»Ich meinte, ob das nötig ist.«

»Ja, das ist es. Genügt Ihnen die Antwort?«

»Ja, sie genügt«, sagte der Junge.

»Das freut mich, Belazi. Haben Sie noch weitere wichtige Fragen zu stellen?« Er erinnerte sich, etwas darüber gelesen zu haben, daß Spott eine schlechte Waffe gegen Schüler sei, aber er schlug es in den Wind.

»Nee«, antwortete Belazi.

»Wunderbar. Darf ich dann mit Ihrer gütigen Erlaubnis fortfahren?«

»Bitte schön«, sagte Belazi lächelnd.

»Vielen Dank. Ich weiß Ihre Rücksichtnahme zu schätzen.«

»Er ist einer von den Rücksichtsvollsten«, sagte Miller strahlend.

»Sie hat niemand gefragt, Miller«, fauchte Rick.

»Wollte Sie ja nur aufmerksam machen.«

»Vielen Dank«, sagte Rick, ohne zu lächeln, »aber ich werde versuchen, ohne Ihre Hilfe auszukommen.«

»Glauben Sie, das wird gehen, Chef?« fragte West.
»Ich will Ihnen mal etwas sagen, West«, erklärte Rick. »Ich bin hier bis vier Uhr heute nachmittag, um für morgen den Unterricht vorzubereiten. Warum, wenn Sie so besorgt sind, leisten Sie mir nicht Gesellschaft und bereiten ihn gemeinsam mit mir vor?«
»Das schaffen Sie schon allein«, sagte West.
»Los Mann, hilf ihm doch«, rief ein anderer.
Rick suchte die entsprechende Karte aus dem Plan. »Antoro? Ist das Ihr Name?«
»Ja«, sagte der Junge, stolz, mit im Spiel zu sein.
»Wissen Sie, was Toro auf spanisch heißt?« fragte Rick.
»Ich heiße aber nicht Toro«, erwiderte Antoro.
»Trotzdem, wissen Sie, was es bedeutet?«
»Nein. Was?«
»Bulle. Ein einfacher, gewöhnlicher, gemeiner alter Bulle.«
Der unverblümt beleidigte Antoro zog sich hinter ein verdrossenes Gesicht zurück. Rick wandte sich von ihm ab und sah dem Jungen auf dem ersten Platz der ersten Reihe gerade ins Gesicht. Der Junge lächelte immer noch sein ausdrucksloses, törichtes Lächeln.
»Was ist so komisch?« fragte Rick.
Der Junge lächelte weiter.
»Sie!« fauchte Rick. Er sah auf die Karte im Plan. »Santini. Was ist so komisch?«
»Ich?« fragte Santini und lächelte nichtssagend.
»Ja, Sie. Was ist so komisch?«
»Er ist so lächerlich veranlagt«, belehrte Miller Rick. »Der lächelt immer. Der is' nämlich doof.«
»Was?« fragte Rick und drehte sich um.
Miller tippte sich mit einem braunen Zeigefinger an die Stirn: »Jede Menge Muskeln«, sagte er, »aber kein Grips.«
Rick sah Santini an. Der Junge lächelte immer noch, und das Lächeln *war* ein idiotisches. Es lag nichts Fröhliches darin. Es saß auf seinem Mund wie ein Gipsaffe. Rick war plötzlich verlegen, daß er die Klasse auf das Lächeln aufmerksam gemacht hatte. Natürlich war der Junge kein Idiot, aber seine Intelligenz war wahrscheinlich so gering, daß . . .
»Also, versuchen Sie hier aufzupassen«, sagte er unbeholfen.

»Ich passe ja auf«, sagte Santini unschuldsvoll, immer noch lächelnd. Rick räusperte sich und teilte die unterschriebenen Stundenpläne aus. Er haßte diese blöden Orientierungsstunden. Der Anfang war zwangsläufig schwierig, und er wurde doppelt schwierig durch die Tatsache, daß man ohne Bücher und ohne ... ohne Plan, wie er widerwillig zugab, wirklich nichts anfangen konnte. Er sah ein, daß er diese schwierigen Anfangsstunden hätte vorbereiten müssen.
»Wir nehmen in diesem Semester eine Menge interessanter Themen durch«, sagte er. »Wir werden alles über Zeitungen erfahren und eine Menge interessanter Kurzgeschichten und verschiedene gute Romane lesen und auch ein paar gute Theaterstücke, die wir vielleicht hier in der Klasse aufführen.«
»Das ist was für mich«, sagte Miller plötzlich. Rick lächelte erfreut, weil er annahm, er habe eine Saite zum Klingen gebracht.
»Theaterspielen, meinen Sie?« fragte er.
»Mann«, sagte Miller. »Ich bin der reinste Tyrone Power. Sie sollten mich sehen, da legen Sie sich hin!«
Die Klasse lachte plötzlich, und einen Moment lang wußte Rick nicht, worin der Witz bestand. Plötzlich begriff er ihn genau. Miller hatte das Wort ›hinlegen‹ benutzt, und das war allemal für ein Gelächter gut. Er fragte sich, ob Miller das Wort absichtlich gewählt hatte oder einfach in das Beifallslachen der Jungen hineingetappt war. Wie dem auch sei, Miller heimste seinen Ruhm ein und sog das Lachen auf wie Sonnenschein.
»Nun, Sie werden Gelegenheit genug zum Spielen bekommen«, sagte Rick und tat so, als verstehe er nicht, warum gelacht wurde. »Und wir werden außerdem alle möglichen Wettbewerbe veranstalten, im Briefeschreiben zum Beispiel oder in der allgemeinen Leistung. Ich denke daran, an Schüler, die mir wirklich beweisen, daß sie mitarbeiten, Preise zu verteilen. Zum Beispiel Eintrittskarten zu Fußball- und Hockeyspielen und dergleichen mehr. Vorausgesetzt, es wird mitgearbeitet.«
»Haben Sie schon mal was von Juan Garza gehört, Chef?« piepste einer.
»Nein, ich glaube nicht«, sagte Rick. »Wer war Juan Garza?«
»Er war immer in meiner Klasse«, sagte der Junge.
Rick hatte seine Karte aus dem Plan gefischt. Er hieß Maglin.

»Was ist mit Juan Garza, Maglin?« fragte er.
Maglin lächelte. »Nichts. Er war immer in meiner Klasse, weiter nichts.«
»Warum haben Sie gefragt, ob ich ihn kenne?«
»Ich dachte bloß, Sie könnten von ihm gehört haben. Er war immer in meiner Klasse.«
»Und ich dachte schon, er sei irgendeine Berühmtheit«, sagte Rick trocken.
»Das war er bestimmt«, sagte Maglin, und alle lachten beifällig.
»Schade, daß er jetzt nicht mehr in der Klasse ist«, sagte Rick, und aus irgendwelchen Gründen fanden alle Jungen das außergewöhnlich komisch. Er war schon im Begriff, die Sache weiter zu verfolgen, als es läutete. Er stand rasch auf und sagte: »Bis morgen. Miller, ich möchte Sie gern einen Augenblick sprechen.«
Millers Braue verzog sich zu einer Runzel, und die Runzel wich einem zuversichtlichen Lächeln. Er kam nach vorn, und während die übrigen Jungen gemächlich hinausschlenderten, stand er verlegen am Pult und trat von einem Fuß auf den anderen.
Rick wartete, bis alle anderen draußen waren. Er wußte genau, was er vorhatte, aber er wollte allein mit Miller sein. Ob etwas dabei herauskam, hing von Millers Antwort ab, und er war sicher, die Antwort würde positiv sein, sobald einmal Miller von dem Haufen getrennt war. Als es leer war, sagte er: »Ein Gespräch von Mann zu Mann, Miller, einverstanden?«
»Einverstanden«, sagte Miller unruhig und starrte auf seine Schnürsenkel.
»Ich habe mir Ihre Zensuren angesehen«, log er. »Sie haben das Zeug zu einem Anführer. Sie sind intelligent und fix, und die anderen Jungens mögen Sie.«
»Mich?« fragte Miller und sah überrascht hoch. »Mich?«
Die Schmeichelei begann zu wirken, und Rick nutzte seinen Vorteil aus und lächelte jetzt väterlich. »Ja, Miller, Sie. Kommen Sie, keine falsche Bescheidenheit. Sie wissen, daß Sie allen diesen Jungens weit voraus sind.«
Miller lächelte verlegen: »Na, ich weiß nicht. Ich meine . . .«
»Folgendes, Miller: Wir werden eine verdammt prima Klasse haben.«
Er benutzte das Wort ›verdammt‹ absichtlich, um Miller zu zeigen,

daß es ihm nicht darauf ankam, gelegentlich zu fluchen. »Das fühle ich. Aber ich möchte, daß es eine hervorragende Klasse wird, und das kann ich ohne Ihre Hilfe nicht erreichen.«

»Meine?« fragte Miller, ehrlich überrascht jetzt, und Rick überlegte, ob er die Schmeichelei nicht zu weit getrieben habe.

»Ja, Ihre«, drängte er. »Kommen Sie, Junge, wir wollen unsere Karten offen auf den Tisch legen.«

»Ich weiß nicht, was Sie möchten, Ch ... Mr. Dadier«, sagte Miller.

»Ich möchte, daß Sie der Führer dieser Klasse sind, so wie es Ihnen zusteht. Ich möchte, daß Sie so viel wie möglich mitarbeiten, dann werden die anderen Ihrem Beispiel automatisch folgen. Das möchte ich, Miller. Wenn Sie mir helfen, können wir diese Klasse zu einer der besten der Schule machen.«

»Na, ich weiß nicht«, sagte Miller zweifelnd.

»Aber ich weiß es«, beharrte Rick. »Was sagen Sie dazu?«

»O natürlich ... ich helfe, soviel ich kann. Bestimmt, wenn Sie meinen.«

»Sie sind mein Mann«, sagte Rick. Er stand auf und schlug Miller auf die Schulter. »Also, bis morgen, Miller.« Er ging mit Miller zur Tür und hatte den Arm um des Jungen Schulter gelegt.

»Und machen Sie sich keine Kopfschmerzen deswegen.«

»Nein, nein«, sagte Miller verdutzt. Seine Braue runzelte sich einmal, und dann lächelte er wieder. »Nein, nein«, sagte er. Und dann beinah arrogant: »Nein, nein.«

Rick sah ihm nach, wie er die Treppe hinunterging, trat dann in die Klasse zurück und packte seine Aktentasche. Die Sache war ihm aalglatt über die Zunge gegangen, um so besser. Der war ihm schön auf den Leim gekrochen. Wenn er erstmal Miller in der Tasche hatte, kriegte er auch West, und hatte er die beiden Unruhestifter, die Clowns, dann war die Klasse sein.

Er hatte Schmeichelei, die älteste Waffe, benutzt, und ohne den Schwindel zu ahnen, hatte Miller den Köder geschluckt. Ein Führer, in der Tat! *Rickie,* sagte er sich, *du bist ein verdammt ausgekochtes Genie.* Die Klasse war zwar störrisch gewesen, aber er hatte den Finger auf den wunden Punkt gelegt und ihn sofort ausgemerzt. So mußte man es machen, trotz allem, was Solly Klein predigte. Diese Kinder waren menschliche Wesen und keine Tiere, die man einsper-

ren und sich selber überlassen mußte. Man brauchte nur den richtigen Akkord anzuschlagen.
Er hievte schwungvoll seine Tasche hoch, fühlte sich, als er den Raum verließ, um seine Freistunde anzutreten, pudelwohl und ahnte nicht, daß er innerhalb von zehn Minuten auf das Heldenpodest gehoben würde.
Als er die Klasse verließ, hatte er keine Vorstellung, wohin er gehen sollte. Er wußte, er konnte wieder in den Lehrereßraum hinaufgehen, aber er wußte auch, daß Solly Klein die sechste Stunde frei hatte, und irgendwie war ihm nicht danach zumute, an diesem Tage noch weitere Kommentare über den Schwachsinn der Manual Trades Schüler anzuhören. Insbesondere nicht nach seinem Coup mit Miller. Nein, er sah keine ernsten Schwierigkeiten in irgendeiner seiner Klassen voraus, und Kleins bittere Auslassungen würden ihm unweigerlich die gute Laune verderben.
Hätte er beschlossen, in den Eßraum zu gehen, hätte er auf den kurzen L-Flügel zusteuern, darauf in den dritten Stock hoch und durch die Turnhalle gehen müssen. Dann wäre er dem Heldenlorbeer vielleicht entronnen. Aber er ging nicht in den Lehrereßraum.
Vielmehr beschloß er, das Gebäude zu verlassen, um draußen einen flotten Spaziergang zu machen. Er wußte nicht, daß einem Lehrer untersagt war, in der Freistunde die Schule zu verlassen. Ein Lehrer durfte wohl in seiner Mittagspause, die ein gottgegebenes Recht ist, tun und lassen, was er wollte, jedoch erwartete man, daß er während seiner Freistunde in der Nähe blieb, um notfalls einzuspringen. Da er die Technik bzw. Gesetzesvorschrift nicht kannte, beschloß Rick, die Schule zu verlassen und rechtzeitig zur siebten Stunde zurück zu sein. Aus einer Laune heraus und weil er keine Lust hatte zu laufen, blieb er am Aufzug stehen und drückte auf den Knopf.
Wäre der Aufzug gekommen, als er auf den Knopf drückte, hätte er auch jetzt noch seine Heldentat verpassen können. Leider parkte der mit Weltgeschichtsbüchern vollgepackte Aufzug im vierten Stock. Streber George Katz überwachte das Ausladen dieser Bücher und hatte in weiser Voraussicht gleich die Bücher für seine sämtlichen Klassen eingepackt. Der Aufzug würde den längsten Teil der sechsten Stunde im vierten Stock brach liegen.
Rick drückte noch dreimal auf den Knopf und wartete geduldig auf

den Lift. Als er sah, daß der Zeiger sich weigerte, von der Ziffer vier auf der halbkreisförmigen Skala abzurücken, zuckte er die Achseln und ging zum Treppenhaus.
An der North Manual Trades High School waren die Treppenhäuser in *Aufwärts-* und *Abwärts*treppen getrennt. Er schob die Tür auf und wollte eben die vor ihm liegende Treppe betreten, als er das *Aufwärts*-Schild sah. Ein seltsames Gefühl für Recht und Unrecht ergriff ihn plötzlich, und er brachte es in dem Augenblick einfach nicht fertig, eine Treppe hinabzugehen, die deutlich mit *Aufwärts* bezeichnet war. Er trat zurück, ging um den Treppenabsatz herum zu dem vergitterten Fenster und dem *Abwärts*teil des Treppenhauses. In diesem Augenblick wurde er zum Helden.
Sonnenlicht fiel durch das Gitterfenster und blendete ihn einen Moment. Rechts neben dem Fenster sah er verschwommen etwas sich bewegen, er schirmte die Augen gegen die Sonne ab, und aus dem verschwommenen Bild wurden zwei Gestalten.
Noch immer schritt er langsam weiter, in einer Hand die Aktentasche. Plötzlich ging ihm auf, daß die zwei Gestalten miteinander rangen, und er hielt es zuerst für zwei sich balgende Schüler. Doch dann nahmen die Gestalten deutliche Umrisse an, und da ließ er die Tasche fallen und stürmte vorwärts.
Die eine Gestalt war ein großer Bursche in Sporthemd und Drillichhose, höchstens siebzehn Jahre alt. Die andere Gestalt war Miss Hammond.
Der Junge hatte eine Hand um Miss Hammonds Mund geklammert. Die andere umschlang ihre Taille, die er gegen die Wand drückte.
»He!« schrie Rick.
Der Junge fuhr herum und kam an Miss Hammonds Seite. Erst da sah Rick die aufgerissene Kostümjacke, die zerfetzte Bluse und Unterwäsche. *Mein Gott,* dachte er außer sich, *das ist ja ihr Busen,* und dann krallte er seine Hand in des Jungen Schulter und schleuderte ihn herum.
Furcht und Entsetzen standen in dessen Gesicht. Jetzt war er doch verdammt reingefallen. Er hatte sich ein rasches Husarenstück in einem verlassenen Treppenhaus vorgenommen. Er hatte es sich seit dem Augenblick vorgenommen, da er an dem bewußten Morgen in der Aula einen Blick auf Miss Hammonds Beine erhaschte. Er hatte

sich ferner vorgenommen, sie einzuschüchtern und ihr mit Gewalt zu drohen, falls sie irgendwem erzähle, was geschehen war. Und jetzt kam alles anders. Er war erwischt worden, und Gewaltandrohungen würden nun nichts mehr nützen, wo dieses Borstenvieh von Pauker dazwischengekommen und alles im Eimer war.

Miss Hammond hatte den Mund jetzt frei und schrie. Rick hätte den Jungen wahrscheinlich nicht geschlagen, wenn Miss Hammond nicht geschrien hätte, aber der Schrei machte die Lage brenzlig; er holte, als er den Jungen herumriß, mit der Faust aus und schoß dann den Arm heraus, und als seine Faust den Jungen auf den Mund traf, zuckte ihm der Schlag bis ins Schultergelenk hinauf.

Der Junge flog gegen den Heizkörper, und Miss Hammond schrie wieder und bedeckte mit der Hand die purpurne Warze und die rosige Kuppe ihrer einen Brust unter dem zerrissenen Hemd und Büstenhalter.

»Sie gemeines Aas!« schrie der Junge, und Rick schlug nochmal zu, und diesmal lief ein blutroter Schmier über den Mund des Jungen und machte seine Zähne fleckig. Miss Hammond schrie weiter, und plötzlich wimmelte das Treppenhaus von Lehrern und Monitoren. Rick hielt den Jungen fest und drehte ihm den Arm auf den Rücken.

»Was ist denn passiert?« sagte jemand, und Miss Hammond stammelte: »Eine Jacke oder irgend etwas, eine Jacke.« Ein anderer Lehrer schnappte sich den blutenden Jungen, und Rick zog sich die Jacke aus und gab sie Miss Hammond. Sie schlüpfte schnell hinein, immer noch schluchzend, mit wirrem Haar und zitternden Händen. Die Jacke war ihr zu groß, aber sie preßte sie dankbar auf ihre entblößte Brust, und vor Aufregung wurde sie ganz rot. Wieder sah Rick sie an, die zarten Gesichtszüge, den üppigen Körper, der sich gegen seine Jacke drängte. Er sah sie an und wurde ihretwegen auf einmal schrecklich verlegen. Und da er ihre Verlegenheit nachempfand, haßte er plötzlich den Jungen, der sie überfallen hatte. Er haßte ihn glühend und dachte an den Anblick von Miss Hammonds unverschuldet entblößtem Busen, prall und rund, umrahmt von der zerrissenen Seide ihrer Wäsche, in der er wie auf einem Kissen gebettet lag. Eine jugendliche, feste Brust war es gewesen, mit einer großen steifen Warze. Dann dachte er nur noch an die Verlegenheit, die er ihretwegen empfand, und an seinen Haß auf den Jungen, und er packte ihn grob und schrie: »Kommen Sie, Freundchen, der Direktor wartet schon auf Sie.«

Die gewitzteren Lehrer hatten die Lage sofort durchschaut und verscheuchten die Monitoren vom Schauplatz des Überfalls. Martha Riley, deren Mathematikklasse zufällig im zweiten Stock lag, erschien auf der Szene und tröstete Miss Hammond, legte ihren fetten Arm um sie und gluckte wie eine Henne. Sie führte sie auf die Damentoilette, und Rick sah die beiden abziehen, immer noch Miss Hammonds wegen verlegen.

Die Lehrer begannen den Fall zu bereden, und von ihrem Geschnatter umrauscht, brachte Rick den Jungen in das Büro des Direktors hinunter. Er hörte auf alles, was der Direktor sagte, hörte, wie der Direktor sagte: »Ihnen werden wir das Handwerk legen, Bursche. Darauf können Sie sich verlassen.« Er schrieb einen Bericht, unterzeichnete ihn und erzählte die Geschichte mindestens zehnmal, ehe es zur siebten Stunde läutete.

Um der Genauigkeit willen sei gesagt, daß Richard Dadier, obwohl er sich in der siebten und achten Stunde eingehend seinen Klassen widmete, nicht recht wußte, was um ihn eigentlich vor sich ging. Nun, da alles vorüber war, regte es ihn auf. Als es passierte, hatte er keine Zeit gehabt, sich aufzuregen, weil alles zu schnell ging. Aber jetzt brodelte die Aufregung in ihm, und während er zu den Klassen sprach, dachte er immer wieder an den Vorfall. Er erinnerte sich hinterher nicht mehr, was er den Klassen erzählt hatte. Ihre Gegenwart war ihm in den letzten Stunden jenes Tages überhaupt nicht bewußt.

Und schon gar nicht war ihm die Tatsache bewußt, daß seine Heldentat, die sich wie ein Lauffeuer durch die ganze Schule verbreitete, in den Augen der Manual Trades Schüler nichts anderes war als niedrigste und gemeinste Schurkerei.

4

Nicht vor Donnerstag jener ersten Schulwoche kehrte Rick aus dem Weltenraum auf die Erde zurück und versuchte, kritisch zu beurteilen, wie er nun vor der Schule dastand. Er stand anders vor der Schule da, das hätte auch der flüchtigste Beobachter nicht leugnen können. Der Richard Dadier, der aus der schmutzigen Angelegenheit einer Vergewaltigung hervorging, war nicht derselbe Richard Dadier, der sich in einer Freistunde zu einem verbotenen Streifzug außerhalb des Schulgebäudes anschickte.

Nachdem die anfängliche Aufregung sich gelegt hatte, nachdem Small ihm schon gratuliert, Stanley ihm schon gratuliert, und sogar George Katz seinen Glückwunsch ausgesprochen hatte, fühlte Rick sich langsam unbehaglich in seiner Rolle.

Nie zuvor hatte er eine Vergewaltigung verhindert, es sei denn aus freien Stücken, und er fand seine Rolle als ›Beschützer der Unschuld‹ schwierig. Er spürte deutlich, wie die Hälse gereckt wurden, wenn er über den Flur ging, wie hinter seinem Rücken getuschelt wurde, die neugierig gerunzelten Augenbrauen, die gewinkten Grüße. Am Dienstagmorgen gab es nicht einen Schüler – außer denen, die seit Schulbeginn schwänzten –, der nicht von Ricks Tollkühnheit gehört hätte. Er war am ersten Schultag schon zu einer Berühmtheit geworden, und er wußte nicht, ob ihm der plötzliche Ruhm lieb war oder nicht.

Der Ruhm nahm keinerlei Rücksicht auf Ricks Gefühle und eilte ihm überall voraus. Schüler traten auf dem Flur zur Seite, um Rick durchzulassen. Kollegen, mit denen er noch nicht bekannt war, blieben stehen, klopften ihm auf den Rücken oder grüßten ihn. Seine Monitoren schienen Angst vor ihm zu haben, und die Schülertoilette auf dem Flur blieb lange Zeit hindurch auffallend leer.

Er trug die Berühmtheit wie die Weihnachtskrawatte einer reichen Tante. Ihr protziger Glanz genierte ihn, aber nun er sie einmal bekommen hatte, konnte er sie nicht gut fortwerfen.

Seine Klassen betrachteten ihn am Dienstag in stummer Neugier. Wenn er sprach, hörten sie zu. Keiner nannte ihn ›Chef‹. Jeder hob die Hand, bevor er sprach. Es wurde nicht in die Klasse gerufen oder geschwatzt und gelärmt. Die gleiche Neugier würde man Rocky Marciano entgegenbringen, wenn er der Schule einen Besuch machte.

Die Kinder wußten alle, daß Rick eine Vergewaltigung verhindert hatte, und zwar dadurch, daß er einem ganz schön kräftig gebauten Jungen quer eins über die Schnute gab. Kaum einer hatte den Übeltäter gesehen, nachdem Rick ihm die Lippe aufgeschlagen hatte. Ein paar immerhin, und die Menge vergossenen Bluts war mit jeder Erzählung der grausamen Mär gestiegen. Nachdem die Geschichte die Runde durch die Schule gemacht hatte, war der Junge, der Miss Hammond zu vergewaltigen versucht hatte, mit ausgeschlagenen Zähnen, gebrochener Nase und womöglich Gehirnerschütterung ins Krankenhaus eingeliefert worden, eine Schädeloperation galt als wahrscheinlich.

Und so beobachteten Ricks Klassen ihn, und wenn auch ihr Schweigen willkommen war, so war es doch ein besonderes Schweigen, ein berechnendes Schweigen. Wäre Rick ein Kenner von Wildwestgeschichten gewesen, dann hätte er sich das berechnende Schweigen deuten können. Er war nämlich in der Tat der berühmte Revolverheld, der in eine fremde Stadt kommt. Sein Ruhm war ihm vorausgeeilt, und die Augen bewunderten ihn weniger, als daß sie ihn abschätzten. Die Augen warteten, warteten auf eine Chance, die Geschicklichkeit dieses allbekannten Burschen auf die Probe zu stellen. Rick gehörte nicht zu der muskelstrotzenden Sorte Männer. Er war schlank und sehnig. Die Kinder taxierten seine schlacksige Länge und fragten sich, ob er nicht vielleicht mit einem Bleirohr auf den Täter eingeschlagen habe. Seine körperliche Erscheinung stachelte ihre Neugier erst recht an, und es gab manchen, der liebevoll der Zeiten Juan Garzas gedachte und sich daran erinnerte, daß er ein dürrer kleiner Knilch war, viel dürrer, als Rick je sein konnte, und was hatte der für einen Zauber veranstaltet!

Neugier führt zu Mutmaßungen. Die Bleirohrgeschichte blieb ungefähr zwei Stunden in Umlauf, um alsbald einer Version zu weichen, die besagte, Mr. Dadier trage eine Messingtürklinke in seiner Aktentasche und habe unbarmherzig mit der Klinke zugeschlagen.

Einer, der auf dem Schulhof einem Ballspiel zusah, verstieg sich zu der Hypothese, daß Mr. Dadier früher einmal Boxunterricht gehabt habe. Die Möglichkeit wurde in der nächsten halben Stunde zur Gewißheit. Rick hatte nicht nur Boxunterricht gehabt, sondern auch um die hawaiische Meisterschaft gekämpft, er war nur deshalb aus der Marine ausgetreten und ins Lehrfach gegangen, weil er mal einen im Ring blind geschlagen hatte.

Außerdem gab es noch die Witzbolde. Die Witzbolde verbreiteten den blühenden Unsinn, in Wirklichkeit habe gar nicht Rick Miss Hammond gerettet. Im Gegenteil, Rick sei derjenige, der vergewaltigt werden sollte, und Miss Hammond habe gerade noch rechtzeitig *ihn* gerettet.

Und ferner gab es natürlich die aufrechten Beschützer der Schülerrechte, die der Ansicht waren, Rick habe versucht, Miss Hammond zu vergewaltigen. Der unselige Kamerad sei zufällig vorbeigekommen und Rick habe ihn zusammengeschlagen und rasch ihm die Sache in die Schuhe geschoben.

Aber trotz all dieser Geschichten und Unkereien wußten die Jungen tief in ihrem Innersten, daß Rick in der Tat die Vergewaltigung verhindert hatte und zwar durch Niederschlagen des Täters. Und so beobachteten sie schweigend jede seiner Bewegungen wie Aasgeier, die über einem durstigen Mann in der Wüste kreisen. Sie schenkten Ricks Beinarbeit und dem Umfang seiner geballten Faust an jenem Dienstag stärkere Beachtung, als sie je ihrer aller Ausbildung geschenkt hatten.

Am Mittwoch änderte sich das Bild.

Bis dahin war der Übeltäter ein gesichtsloser Niemand gewesen, ein phallisches Symbol, das auf einem Meer von Gerüchten schwamm. Mr. Small änderte das alles, als er am Mittwoch die Schüler zu einer Ansprache versammelte.

Er war ein bulliger Mann, und die Schüler widmeten ihm fast ebensoviel Aufmerksamkeit wie Ricks plötzlichem Ruhm. Mann, da wehte womöglich ein neuer Wind. Erst dieser Englischpauker, der daherkommt und Schüler auf der Treppe zusammenschlägt, und nun ein Direktor, der wie ein Ringkämpfer aussieht. Wo zum Teufel sollte das mit der North Manual Trades High School noch hinführen? Es ging bereits das Gerücht, er käme von der Brooklyn Automative, eine Tatsache, die sie nicht mit sonderlicher Begeisterung begrüßten. Das Gerücht besagte ferner, daß die Narbe in seinem Gesicht von einer Messerstecherei stamme und daß er das Messer der angreifenden Hand entwunden und dem armen Kerl in die Kehle gestoßen habe.

Das war schlechte Nachricht.

Es war immer unschön, wenn ein neuer sich auf den Direktorstuhl setzte. Das war so, als wenn ein trinkender, spielender, lügender, rauschgiftsüchtiger Hurenbock heiratete. Sofort kamen die Reformen.

Auch früher hatte es schon Reformen gegeben. Den Jungen waren scharfe Direktoren nichts Neues, die ihr Pulver im ersten Monat verschossen, sich dann eingewöhnten und die Schule laufen ließen, wie sie lief. Die Kerle waren anfangs immer scharf. Bis sie wußten, mit wem sie es zu tun hatten, und einsahen, daß sie im Dreck wühlten. Man schippt ein paar Schaufeln voll Dreck, und dann beschließt man, lieber auf der Uferpromenade zu spazieren und die Natur zu betrachten. Es stinkt nicht so, und man vergeudet weniger Kraft.

Small aber glich den blöden Kerlen, die ein wenig Dreck im Haar ganz gern haben. Mann, der würde Dreck schippen, bis er damit zugedeckt war, und dann würde er ihn sich zum Mittagessen bestellen. Der hatte auf der Brooklyn Automative vermutlich eine Masse Dreck geschippt. Sowas kann zur Gewohnheit werden. Wie bei Charlie Chaplin, der in *Moderne Zeiten* alle Schrauben festdreht.

Und so sahen sie sich den Small da an und überlegten, ob sie nicht schleunigst eine Umschulung auf die Bronx Vocational oder die Samuel Gompers beantragen sollten. Nichts kann eine gute Schule so auf'n Hund bringen wie ein scharfer Direktor und schon gar einer, der den Leuten das Messer wegnimmt.

Small belegte das Mikrophon in einer Weise mit Beschlag, als verbitte er sich jede Widerrede von ihm und allen Anwesenden. Die Jungen mochten ihn sofort nicht. Ihre schlimmsten Befürchtungen bestätigten sich, sowie er nur sein großes Maul aufriß. DerReckskerl war ein Reformer, und Reformer waren das letzte, was sie gebrauchen konnten.

Er erzählte ihnen den üblichen Schmus, den alle Neuen erzählen, nur klang es bei ihm ernst. Es klang wirklich so, als rate er keinem, daran zu zweifeln, daß er es ernst meine. Das war oberfaul. Schandbar war das. Das war ein schlechter Anfang. Wie soll einem die Schule noch Spaß machen, wenn man so einen Burschen zum Direktor kriegt? Wie soll man da noch was lernen?

Und dann kam Small auf die versuchte Vergewaltigung zu sprechen. Er senkte die Stimme, und die, die vorn saßen, sahen, daß er auch die Augen zusammenkniff und die Lippen aufeinanderpreßte.

»Es gab hier am ersten Schultag einen unglücklichen Zwischenfall«, sagte er. Die Jungen waren schon vorher still gewesen, aber jetzt schien der Saal noch lautloser zu werden, als ob alle plötzlich den Atem anhielten. Rick, der mit seiner Klasse hinten saß, zog tief die Luft ein. Die Köpfe fingen schon an, sich zu drehen, erst ein paar, dann reihenweise, und bald raste die Bewegung wie ein Ölfeuer durch die vollbesetzte Aula. Sie drehten sich in zwei Richtungen, als wenn das Feuer von entgegengesetzten Windstößen auseinandergeblasen würde. Die eine Hälfte wandte sich Rick zu, die andere reckte den Hals nach Miss Hammond. »Einer unserer Schüler hat die Schule mit der Gosse verwechselt«, sagte Small und übersah die sich drehenden Köpfe und die sich reckenden Hälse. »Der Name des Jungen ist Douglas Murray.«
Nun war es heraus. Douglas Murray. Und es gab Schüler, die hatten Murray gekannt, und es gab Schüler, die hatten Murray gern gehabt, und die ganze Vergewaltigung bekam plötzlich einen sehr persönlichen Zug. Wenn Murray das passierte, der ja auch nur einer wie sie war, konnte es da nicht jedem von ihnen passieren? Erst kommt so ein gemeiner Pauker wie Dadier und vermasselt einem die Tour, und dann kommt ein Scharfer wie Small, der so 'ne Sauerei zuläßt, und ehe man sich's versieht, finden sie sich alle in einer Besserungsanstalt wieder. Die Schüler beugten sich eifrig vor und richteten nun wieder ihre ganze Aufmerksamkeit auf Small. Dies hier war nicht zum Lachen. Dies hier war für sie alle von elementarer Bedeutung.
»Einer unserer Lehrer hat verhindert, daß aus dem Unfall eine Katastrophe wurde«, sagte Small, darüber hinwegsehend, daß jedes Kind im Saal wußte, was mit dem ›Unfall‹ gemeint war. »Es dürfte Douglas Murray ein wenig leid tun, aus der Reihe getanzt zu sein. Ihm wird tätliche Beleidigung zur Last gelegt. Ich glaube, ihr wißt alle, was das heißt.«
Sie wußten es alle. Sie wußten alle, daß das nicht nur Besserungsanstalt hieß. Sie überschlugen in Gedanken Murrays Alter und rechneten sich aus, daß er allemal brummen müsse, und alles nur, weil der arme Kerl versucht hatte, kurz mal hinzufassen. Und alles nur, weil Dadier sich eingemischt und den großen Mann markiert hatte.
»Ich erzähle euch diese Geschichte«, fuhr Small fort, »um einen wichtigen Punkt klarzustellen.« Er machte eine Pause und brüllte

dann: *»Auf meiner Schule lasse ich mir nicht auf der Nase herumtanzen, ist das klar?«*
Die Schüler hielten gemeinsam den Atem an, und Smalls Stimme sank beinah zu einem Flüstern herab.
»In keiner Weise. Niemals und von niemand. Wir haben mit Douglas Murray kurzen Prozeß gemacht, und wir werden mit jedem kurzen Prozeß machen, der aus der Reihe tanzt. Merkt euch das, Jungs, dann werden wir viel Freude aneinander haben. Andernfalls werdet ihr an mir nicht viel Freude haben.«
Rick zitterten die Hände. Er ballte sie auf dem Schoß und biß sich auf die Lippen, beherrschte sich aber, als er merkte, daß die Jungen aus seiner Klasse ihn beobachteten. Er spürte ihre Feindseligkeit und bezweifelte, ob es richtig von Small war, ein solches Theater zu machen. Die Sache hatte ohnedies genug Staub aufgewirbelt.
Small wechselte plötzlich den Ton. Er war nicht mehr der Tyrann, der sich an die rohe Masse wandte. Er war jetzt ein netter Bursche, der geistreiche Plauderer eines Herrenabends.
»Jungs«, sagte er lächelnd, »wir werden gut miteinander auskommen. Ich war schon auf vielen Schulen, aber ich hatte noch nie ein so gutes Gefühl wie in dem Augenblick, als ich hier Direktor wurde. Dies wird ein gutes Semester, wir wollen es zu einem der besten Semester in den Annalen der Schule machen.« Er zuckte traurig die Achseln, seine Augen drückten Schmerz aus. »Wir hatten einen schlechten Start, aber Mannschaften, die den Siegeswimpel gewinnen, haben meistens einen schlechten Start.« Hier ballte er die rechte Faust und beugte sich über das Mikrophon. »Die North Manuel Trades High School wird einen Siegeswimpel gewinnen, Jungs!« Er kicherte und sagte dann im Ton eines Verschwörers: »Und was noch besser ist, Kameraden, wir werden wahrscheinlich die ganze Meisterschaftsrunde gewinnen.«
Die Jungen klatschten nicht. Sie rührten sich nicht. Dieses Riesenroß glaubte vielleicht, er sei Milton Berle, dachten sie, aber uns legt der nicht rein, uns nicht. Wir wissen, daß er ein Miststück ist, und haben ihn durchschaut, wir werden ihm schön auf die Finger sehen, denn er ist imstande, einem 'n Messer in den Rücken zu stoßen, während er ihn tätschelt. Und Dadier ... nun wir werden uns um unseren lieben Freund Daddy-oh kümmern, den kessen Burschen.

Und somit wurde nach Verteilung der Abzeichen die Versammlung entlassen, und weil der Tag sowieso mit zumeist verkürztem Stundenplan vertan war, denn man wollte allen Schülern Gelegenheit geben, Mr. Small auf einer Sonderversammlung kennenzulernen, blieb nicht mehr viel Zeit für den Unterricht übrig. Das Schulsemester begann praktisch nicht vor Donnerstagmorgen, obgleich es Tage vorher schon mit einem beträchtlichen Knall eingesetzt hatte.

Und am Donnerstagmorgen, genau um 2.07 Uhr, begann Rick über seine Lage kritisch nachzudenken. Er und Anne hatten fast bis halb zwei darüber gesprochen. Sie lagen im Bett und unterhielten sich leise, fast so als wären sie nicht die einzigen Leute in der Wohnung. Anne schien schrecklich betrübt über den Vorfall und war ganz und gar nicht mit Smalls Handlungsweise einverstanden. Sie verkündete nachdrücklich, der neue Direktor müsse ein ziemlich dummer Mensch sein, und sie hoffe nur, seine kleine Ansprache im Verein mit der Siege einheimsenden Schule habe nicht Rick in ein schiefes Licht gebracht.

Sie zeigte auch eine typisch weibliche Verachtung für Miss Hammond, der sie vorwarf, daß sie an einer solchen Schule nicht in Sack und Asche zum Unterricht erschien. Selbst nachdem Rick erklärt hatte. daß Miss Hammond nicht im mindesten auffällig gekleidet gewesen sei, hielt Anne an der Theorie fest, daß keine Frau vergewaltigt oder beinah vergewaltigt wird, die nicht darauf ausgeht.

Rick hielt sich nicht damit auf, die Mentalität einer Schwangeren zu ergründen. Der Gedanke, daß Schwangerschaft ein völliger Widerspruch in sich war, kam ihm nicht. Insofern ein Widerspruch, als ausgerechnet die Frau dieses erstaunliche Meisterstück vollbringen konnte, obwohl sie vielleicht psychologisch weniger dazu angelegt ist als ein Mann. Keine Frau, wie stark auch ihr Muttertrieb sein mag, erfreut der Anblick durchhängender Brüste und eines sich wölbenden Bauchs. Ihr gutes Aussehen ist einer Frau nie gleichgültig, und bei einer Schwangeren ist es mit dem guten Aussehen nicht weit her.

Rick wußte nicht, daß seine Frau vor dem mannshohen Spiegel im

Badezimmer gestanden, manchmal halbe Stunden lang ihr Profil gemustert und kummervoll den Kopf geschüttelt hatte. Man konnte sie folglich nicht tadeln, daß sie für eine Frau Verachtung empfand, die Rick in seine augenblickliche Klemme gebracht hatte. Eine solche Verachtung war normal. Diese Miss Hammond war schlank. Die Brüste dieser Miss Hammond waren nicht empfindlich gegen Berührung, noch fühlten sie sich an wie schwere Steine. Diese Miss Hammond hatte nicht andauernd Rückenschmerzen, und über ihren Bauch spannte sich nicht die Haut wie ein aufgeblasener Ballon. Diese Miss Hammond brauchte nicht vor einem mannshohen Spiegel zu stehen und über einen gewaltigen Fötus vom Kinn bis zu den Zehen ein Badetuch zu drapieren, damit sie sich wieder erinnerte, wie sie einmal ausgesehen hatte.

Nein. Miss Hammond war attraktiv genug gewesen, eine Vergewaltigung herauszufordern. Anne hatte zwar auch von schwangeren Frauen gehört, die vergewaltigt worden waren, aber sie bezweifelte sehr stark, ob sie in diesem späten Stadium ihrer Schwangerschaft einen Mann zu Handgreiflichkeiten reizen könnte. Und wenn sie auch dem Familienzuwachs mit fast kindlicher Erwartung entgegensah, besaß sie doch das Auge einer Frau, und sie konnte diesem Auge nicht vormachen, es sei nichts faul im Staate Dänemark, oder vielmehr an ihrer auseinandergehenden Taille.

Daß Rick ritterlich gehandelt hatte, war eine ganz andere Sache. Das Gegenteil hätte sie überrascht. Aber daß eine schlanke, attraktive, zu Vergewaltigungen reizende Frau der Grund seiner Ritterlichkeit gewesen war — na ja, das saß wie ein Kloß in ihrer milchstrotzenden Brust. Noch dazu, wenn es Rick in Schwierigkeiten brachte, und alle Anzeichen sprachen dafür.

Rick hatte sich alles, was sie sagte, angehört, er stimmte ihr insgeheim zu, wollte aber nicht, daß sie sich über die ganze Sache aufregte. Er fragte sich sogar, ob er ihr überhaupt etwas hätte sagen sollen. Schließlich war sie in Umständen.

Er lächelte im Dunkeln. Anne schlief schon, ihre Hände hielten seine Hand an ihre Brust, umschlossen sie warm. Er dachte wieder an die ›Umstände‹, und das Lächeln wurde breiter. Seit Beginn ihrer Schwangerschaft, sogar als es noch kaum zu sehen war, hatte Anne jedesmal, wenn Rick einmal laut wurde, mädchenhaft die Augen niederge-

schlagen. Und dann pflegte sie kaum hörbar zu sagen: »Bitte, Rick. Ich bin in Umständen.«
Es war in der Tat ein Umstand für sie, und es sah so aus, als ob auch er in schwierige Umstände käme. Gewiß bei Tag sieht alles anders aus. Vielleicht hatten die Kinder Smalls Ansprache schon vergessen. Rick bezweifelte es. Er würde seine Karten gleich morgen ausspielen müssen, denn morgen konnte ein sehr wichtiger Tag sein. Morgen konnte der Tag sein, an dem er siegte oder unterging.
Sorgfältig bedachte er seine Lage; hoch über dem Straßenlärm, neben den Schatten, die flüchtig über das Flügelfenster huschten.
Er tat es noch, als er am Donnerstagmorgen um 8.22 Uhr die Lehrertoilette betrat. Kaum hatte er die Tür hinter sich geschlossen, als er eine Stimme hörte: »Ah, der siegreiche Held persönlich.«
Er sah zu dem Becken am Fenster hinüber und erkannte Alan Manners.
»Hallo, Manners«, sagte er.
»Wieder zum Kampf gerüstet?« fragte Manners.
»Jeden Tag aufs neue«, sagte Rick lächelnd. Er war am Dienstag und Mittwoch von den Kollegen im Eßraum weidlich angepflaumt worden. Seltsamerweise hatte Solly Klein als einziger bei dem gutmütigen Spiel nicht mitgemacht. Solly hatte lediglich festgestellt: »Ich wußte, das Weib würde vergewaltigt werden«, und dann das Thema fallen lassen. Nicht so die anderen. Ihr Humor stand vielmehr den Unkereien der Schüler kaum nach. Rick hatte alles gutmütig lächelnd hingenommen und sämtliche Hiebe pariert. Aber heute war Donnerstag, ein Tag, nachdem Small den Jungen seine Ansprache gehalten hatte. Rick war auf Scherze nicht gefaßt, und als sie doch kamen, war er ein wenig überrascht.
»Sind Sie sicher, daß sie nicht versucht hat, Sie alle beide zu vergewaltigen?« fragte Manners.
»Ganz sicher«, sagte Rick lächelnd.
»Einige haben immer Schwein«, meinte Manners und wiegte sein Haupt. »Ich wüßte, was ich in der Situation getan hätte.«
»Das liegt daran, daß Sie ein Weiberheld sind«, sagte Rick, der in Kleins Ausdrucksweise fiel.
»Ich gebe es zu«, antwortete Manners lächelnd. »Haben Sie Miss Hammond schon gesprochen? Oder nennen Sie sie inzwischen Lois?«

»Heißt sie so?« fragte Rick.
»Wollen Sie damit sagen, Sie wüßten es nicht? Menschenskind!«
»Ich habe sie nicht gesprochen seit Montag.«
»Sie Held«, sagte Manners, »Sie machen einen Fehler. Jetzt ist es Zeit, die Freundschaft zu untermauern. Jetzt ist es Zeit, der Dame Dank zu ernten.«
»Ich bin verheiratet, zum Kuckuck«, sagte Rick scherzend.
»Aber doch wohl nicht mit Blindheit geschlagen«, erklärte Manners. »An der Dame Hammond ist 'ne Menge dran, Dadier, oder haben Sie das noch nicht gemerkt?«
»Ich war zu beschäftigt, um viel zu bemerken«, sagte er ernsthaft. Er trat vom Becken zurück und wartete, bis Manners mit Händewaschen fertig war. Dann wusch er sich die Hände und trocknete sie an einem Papierhandtuch ab.
»Sie sollten anfangen, Dinge zu bemerken. Es passiert nicht alle Tage, daß ein Mann die Tugend einer Frau rettet.«
»Ich«, sagte Rick immer noch im Scherz, aber leicht verärgert über Manners Hartnäckigkeit, »tue das alle Tage. Ich bin der reinste Galahad.« Und nach einer Pause: »Gehen Sie hinauf?«
»In einer Minute. Es hat keinen Sinn, in den Ring zu stürzen, bevor der Gong ertönt.« Er seufzte tief. »Mann, bin ich froh, wenn ich hier rauskomme.«
»Obwohl Miss Hammond hier ist?«
»Lois? Das ist das einzige, was ich bedaure. Ich sehe sie schon in falsche Hände kommen.«
»Also wissen Sie . . .« fing Rick an.
»Haben Sie schon überlegt, wie Sie die Sache hier deichseln wollen, Sie Held?« sagte Manners.
»Was deichseln?«
»Den ganzen Laden hier. Ein schöner Laden, wie Sie zugeben werden.«
»Die Kinder, meinen Sie?«
Manners zuckte die Achseln. »Wenn Sie sie unbedingt so nennen wollen, ja, die Kinder.«
»Ich habe ein wenig darüber nachgedacht«, sagte Rick, was eine ungeheure Untertreibung war, denn er hatte letzte Nacht stundenlang wach gelegen und noch beim Frühstück und auf dem Weg zur Schule,

ja noch kurz bevor er die Toilette betrat, angestrengt über das Problem nachgedacht.
»Und zu welchem Schluß sind Sie gekommen?«
Rick faßte die Summe seiner vorausgegangenen Überlegungen in einem einzigen Satz zusammen: »Ich habe es angefangen ... und ich werde es zu Ende führen.«
»Sie wollen die Jungs hart anfassen?«
»Ich glaube. Ja. Ich glaube, das ist das Beste.«
»Kann sein, Sie Held. Aber vielleicht gefällt den Kindern das nicht.«
»Ich kann mir nicht den Kopf darüber zerbrechen, was ihnen gefällt«, sagte Rick. »Ich habe nicht darum gebeten, in eine Vergewaltigungsszene hineingezogen zu werden.«
»Glauben Sie, daß Sie es durchhalten können?«
»Was durchhalten?«
»Die Rolle des harten Burschen. Vielleicht lassen die Jungens es darauf ankommen.«
»Ich werde schon mit ihnen fertig«, sagte Rick, nicht wirklich überzeugt davon, aber verärgert über Manners Andeutung.
»So spricht der wahre Held«, sagte Manners grinsend. »Ich werde an Sie denken, wenn ich weit weg auf einer Mädchenschule bin.«
»Angenommen, Sie kommen hier nicht ...«
»Ich komme hier raus, keine Sorge«, sagte Manners und prüfte sein klassisches Profil im Spiegel über dem Waschbecken. »Und ich werde an Sie denken, wenn Sie hier den Humphrey Bogart spielen.«
»Kommen Sie«, sagte Rick. »Wir wollen lieber hinaufgehen.«
»Ich weiß auch, warum Sie solche Schwierigkeiten haben«, sagte Manners weise und nahm seine Aktentasche von der Fensterbank. »Sie sind zu eifrig.«
»Ich?« sagte Rick. »Ich bin nicht eifrig. Ich bin Humphrey Bogart.«

Den ganzen Tag über war er Humphrey Bogart. Er hatte während der ersten drei Stunden nicht die geringsten Schwierigkeiten, obwohl er den Groll in der Klasse spürte. Er versuchte, nicht daran zu denken, und hielt seine Klassen mit eiserner Faust nieder, vergaß aber nicht ein einziges Mal, daß er Humphrey Bogart war. Allmählich gefiel ihm seine Rolle in dem Vergewaltigungsdrama. Es war ihm gleichgültig, ob sämtliche Schüler auf der Schule ihn fürchteten, und es war ihm auch gleichgültig, ob sie ihn haßten. Er war dazu da, ihnen Unterricht zu geben, und da das Hauptproblem an Berufsfachschulen darin besteht, sich Gehör zu verschaffen, war er dankbar für die Mauer von Schweigen, die sich vor ihm erstreckte. Die Kinder, das war klar, leisteten ihm eine Art passiven Widerstand, aber ihre Gandhi-Philosophie arbeitete ihm in die Hände, und er leitete seine Klassen wirksam und ordentlich. Ja, diese Vergewaltigungsgeschichte mochte sich sehr wohl als das beste erweisen, das ihm passieren konnte. Er nahm sich vor, Anne, sobald er heimkam, zu sagen, sie solle sich keine Gedanken mehr machen, und als er am Ende seiner Aufsichtsstunde läutete, legte er die Humphrey Bogart-Rolle ab und ging geradewegs in den Lehrereßraum.

Im Gegensatz zu seinem Ärger über Manners auf der Toilette war er jetzt leicht enttäuscht, als die Kollegen keine Anstalten machten, das Gehänsel der vergangenen Tage fortzusetzen ... Gott, so ernst war die Sache auch wieder nicht. Sie half ihm höchstens noch. Solly Klein schwang jedoch eine Rede über seinen Freund, der an einer Mittelschule Werkunterricht gab, eine wahre Traumstellung nach Sollys Beschreibung, und sämtliche Kollegen, mit Ausnahme des einen, der bäuchlings auf dem Lehrerdiwan lag, der bis jetzt jeden Tag dort gelegen hatte, dessen Gesicht Rick nie gesehen und den er im Verdacht hatte, tot zu sein – alle bis auf ihn hörten Solly zu und achteten kaum auf den Helden von North Manual Trades. Er aß schweigend, beinah mürrisch, seine Brote. Gern hätte er ihre Meinung über den von ihm eingeschlagenen Weg gehört, aber Solly führte allein das große Wort, bis es läutete, und Rick zog empört von dannen, um die 55-206 zu begrüßen.

Die Jungen schwatzten, als er die Klasse 206 betrat, sie setzten sich aber sofort hin und starrten Rick an, der zu seinem Tisch ging. Miller beobachtete ihn mit gezückten Augenbrauen. Die Klasse war totenstill.

Auch gut, dachte Rick. *Gerade so soll es sein.*

Er legte den Sitzplan auf den Tisch, klappte ihn auf und stellte rasch fest, wer fehlte. West, bemerkte er mit Genugtuung, war nicht da. Auch das war gut. Er würde sich ausschließlich auf Miller konzentrieren können.

Er faßte in seine Aktentasche und holte ein blau eingebundenes Buch mit dem Titel *Die Grundlagen des Englischunterrichts* hervor. Er schlug das Buch auf und las den Stempel auf der Titelseite:

NORTH MANUAL TRADES HIGH SCHOOL

Dieses Buch wird dem Schüler nur unter der Bedingung leihweise ausgehändigt, daß er es in keiner Weise beschädigt und solange dafür die Verantwortung trägt, bis er es seinem Lehrer zurückgegeben und eine Quittung dafür erhalten hat.

Es ist verboten, den Einband zu lösen

Er bezweifelte, daß sie von dem hochtrabenden Text darin etwas verstanden, dachte aber nicht weiter darüber nach und sagte: »Ich möchte heute einige Ihrer häufigsten grammatikalischen Fehler vornehmen, um darauf die Semesterarbeit aufbauen zu können.«

Er sagte es kalt, und die Klasse blickte ihn kalt an, zeigte weder Abneigung noch Begeisterung für seinen Plan. »Antoro«, sagte er, »wollen Sie bitte diese Bücher aus dem Schrank holen und verteilen?«

Antoro erhob sich ohne einen Mucks. Er sah gut aus mit seinem rotbraunen Haar und den braunen Augen. Er kam vor, streckte die Hand nach dem Schlüssel aus, den Rick ihm hinhielt, ging dann nach hinten zum Bücherschrank und schloß ihn auf.

»Es ist wohl besser, wenn Sie ihm helfen, Belazi«, sagte Rick.

Belazi erhob sich ebenso lautlos wie Antoro, ging schnell nach hinten und begann dann die blauen Bücher durch die Gänge zu tragen und auf jeden Tisch eins zu legen. Antoro fing auf der anderen Seite an, und im Handumdrehen war die Buchverteilung erledigt. Beide kehrten, nachdem Antoro Rick den Schlüssel zurückgegeben hatte, an ihren Platz zurück.

»Wenn Sie bitte alle Seite eins aufschlagen«, sagte Rick und sah, daß die Jungen sich wie Automaten bewegten, hörte das Rascheln der Seiten, als sie das *Vorwort*, den Abschnitt *Für den Lehrer*, die *Anleitungen*, die *Berichtigungen*, die *Bibliographie* und das *Inhaltsverzeichnis* überschlugen.

»Seite eins«, wiederholte Rick. »Haben Sie alle? Es handelt sich um Ergänzungsübungen. Wenn Sie sich jetzt bitte alle Teil A ansehen: *Wählen Sie aus jeder Klammer das richtige Wort oder die richtigen Worte aus.* Haben Sie das alle?«

Keiner antwortete. Er runzelte leicht die Stirn und fuhr dann fort: »Da ist ein Beispiel angegeben, wie es gemacht werden soll.« Er hielt inne und las dann laut: »*Beispiel:* He (done, did) what he was told. *Antwort:* did.« Wieder machte er eine Pause. »Haben Sie alle verstanden, worum es geht? In diesem ersten Abschnitt stehen fünfunddreißig Sätze, mehr als genug für uns alle. Ich rufe Sie auf, und Sie nehmen jeweils den Satz, der an der Reihe ist. Haben Sie keine Angst, Fehler zu machen. Die will ich ja gerade herausfinden. Wenn ich Ihre schwachen Seiten entdeckt habe, kann ich ihnen zuleibe rücken. Ist das klar?«

Die Klasse blieb still. Die Jungen sahen erwartungsvoll von ihren Büchern auf, aber keiner sagte ein Wort.

»Also los«, sagte Rick. »Nehmen Sie bitte den ersten, Miller.«

Er hatte absichtlich Miller gewählt, weil er hoffte, der Junge würde die Sache gleich richtig anpacken, insbesondere nach ihrer Unterhaltung neulich. Es war jedoch eine Menge seit dieser Unterhaltung passiert, und Rick wußte nicht genau, wie er mit dem farbigen Jungen dran war. Miller wollte aufstehen, und Rick sagte schnell: »Wir können dabei sitzen bleiben.«

Miller machte es sich wieder auf seinem Platz bequem und studierte dann den ersten Satz. Rick sah bei dieser Übung nicht allzu viel Schwierigkeiten voraus. Die Klasse stand im fünften Semester, und sie hatten das meiste von diesem Stoff gepaukt, seit sie auf der Schule waren. Der erste Satz lautete: *Henry hasn't written (no, any) answer to my letter.*

Rick las den ersten Satz und sah dann Miller an. »Nun, Miller, was meinen Sie?«

Miller zögerte kaum merklich. »Henry hasn't written no answer to my letter«, sagte er.

Rick starrte Miller an und sah dann auf die Klasse. Etwas war in ihren Augen zum Leben erwacht, aber es blieb immer noch ganz still. Das Schweigen war dicht, fast wie unter Druck gesetzt.

»Nein«, sagte Rick. »Es muß heißen ›Henry hasn't written *any* answer‹. Na schön, das ist weiter nicht schlimm. Ich möchte ja Ihre Fehler herausfinden. Nehmen Sie bitte den nächsten Satz, Carter.«

Carter, ein stämmiger rothaariger Junge, besah sich den zweiten Übungssatz.

If I were (he, him), I wouldn't say that.
»If I were him«, sagte er schnell, »I wouldn't say that.«
Rick lächelte. »Wenn ich Sie wäre, würde ich das ebenfalls nicht sagen. ›He‹ ist richtig.«
Etwas ging da unten in der Klasse vor sich, aber Rick wußte noch nicht genau, was es war. In den Augen der Jungen lag eine Erregung, die sie kaum zügeln konnten. Millers Gesicht war ausdruckslos.
»Antoro, nehmen Sie bitte den nächsten Satz«, sagte Rick. Er hatte sich, als er fortfuhr, in sein eigenes Buch Notizen gemacht, entschlossen, diese Übung als Leitfaden für künftige Grammatikstunden zu benutzen. Er sah sich nun den dritten Satz an:
It was none other than (her, she).
»It was none other than her«, sagte Antoro schnell.
»Nein, die Antwort heißt ›she‹. Nehmen Sie den nächsten Satz, Levy.«
Levy sprach fast, bevor er noch aufgerufen war: »George throwed the ball fast«, las er.
»Throwed the ball?« fragte Rick und zog die Augenbraue hoch. »*Throwed?* Na, na, Levy, Sie wissen doch sicher, daß es ›threw‹ heißen muß.«
Levy sagte nichts. Er musterte Rick mit kaltem Blick.
»Belazi«, sagte Rick fest, »nehmen Sie den nächsten.«
»It is them who spoke«, sagte Belazi.
Da wußte er Bescheid, was los war. Er wußte es und war machtlos dagegen. Miller hatte natürlich angefangen, und die anderen hatten mit untrüglichem Instinkt seinen Einfall aufgegriffen. Nun würde Rick nie erfahren, ob sie wirklich Fehler machten oder einfach absichtlich falsche Antworten gaben. Die Unterscheidung von he–him und she–her mochte ihnen schwer fallen, aber niemand sagte ›throwed‹ statt ›threw‹. Nein, das nahm er ihnen nicht ab.
Er rief die Schüler der Reihe nach auf und bekam die ganze Übung hindurch nichts als falsche Sätze zu hören:
Won't anyone borrow you a pen?
The player stealed a base.
Last term the class choose Mary Wilson as president.
She speaks worst than her brother.
Where was you when the policeman came?

Wo hatte ich eigentlich meinen Verstand, als ich mich für diesen Beruf entschied? dachte Rick.
»Wir haben uns nicht gerade mit Ruhm bekleckert«, meinte Rick.
Die Klasse blieb still.
Okay, dachte er, wir können auch verdammt andere Seiten aufziehen. Wenn ihr ein sturer Haufen seid, dann bin ich auch stur.
»Da wir nun alle Sätze in der Klasse durchgenommen haben und ich Ihnen die richtige Antwort für jeden Satz gesagt habe, dürfte die Hausaufgabe für heute ganz leicht sein«, sagte er.
»Haus ...«, fing einer an, und Miller drehte sich sofort mißbilligend nach ihm um »Halt ...« platzte er heraus, beendete aber den Satz nicht und schluckte das ›den Mund‹ hinunter, weil er wohl fühlte, daß der vollständige Satz zu ungehörig war.
Aber Rick durchschaute die ganze Sache jetzt. Die Klasse merkte es und wahrte ihr Schweigen nur mit äußerster Anstrengung. Ein Willenskampf tobte vor Ricks Schreibtisch, den er erstaunt beobachtete, denn es war offensichtlich Miller, der die Gemüter seiner Klassenkameraden mit eiserner Faust beherrschte. Er hatte Miller am Montag eine Führerrolle zugeteilt, jedoch keinen Augenblick geglaubt, daß Miller wirklich ein Führer war. Ein Unruhestifter, ja, ein Witzbold, aber doch nicht einer, dem man ernstlich folgte! Er änderte seine Anschauung nun schleunigst und überlegte sogar, ob er nicht wie Frankenstein dazu beigetragen habe, dieses Ungeheuer zu erschaffen. Verdammt nochmal, sollte er Miller in Millers eigenen Augen erst zu einem Führer gemacht haben?
Er beobachtete den Kampf da unten, beobachtete, wie die Schüler sich auflehnten und wie Sand, der noch durch festeste Hände dringt, langsam durch Millers geschlossene Finger rieselten. Einen frisch gebackenen Pauker hochzunehmen war eine Sache für sich, aber wenn der Pauker anfing, ihnen Hausaufgaben aufzubrummen, dann war die Hochnehmerei nicht mehr so lustig. Rick lächelte, denn er fühlte den Widerstreit und wollte die Schlacht zum Höhepunkt bringen.
»Jawohl, Hausaufgaben«, sagte er, immer noch lächelnd. »Und da ich nicht wünsche, daß Sie die Bücher mit nach Hause nehmen, können Sie gleich jetzt damit beginnen, alle fünfunddreißig Fragen in Ihre Kladden abzuschreiben.«

»He, was zum Teufel soll das!« rief Carter. Carters Ausbruch war der Anfang. Seine Stimme zitterte vor Empörung, und sein karottenroter Haarschopf verlieh seiner Empörung eine feurig malerische Bekräftigung.

De la Cruz, ein blasser, dünner Junge mit piepsiger Stimme, rief: »Hausaufgaben? Wofür das denn ...«

»Wir haben noch nich' mal 'ne Woche Schule.«

»Mann, so 'ne Schinderei!«

»Ich muß nach der Schule zur Arbeit, Chef.«

»Genug jetzt!« rief Rick. Er preßte die Kiefer zusammen und sagte ruhig: »Fangen Sie jetzt mit dem Abschreiben an. Die Hausaufgabe gilt als eine der Übungsarbeiten, die pro Semester geschrieben werden müssen. Sie kann den Ausschlag für die Zensuren geben.«

Die Auflehnung endete so plötzlich, wie sie begonnen hatte. Miller lächelte seinen Klassenkameraden verächtlich zu; in seinem Gesicht stand geschrieben, daß sie durch die Bank Idioten seien, überhaupt zu protestieren. Es kam doch sowieso alles auf dasselbe raus, und nun hatte der Pauker noch die Genugtuung, ihr Gejammer zu hören. Angewidert schlug er sein Heft auf, und die anderen taten es ihm nach; Rick sah zu, wie sie die Sätze abschrieben.

»Es empfiehlt sich, keinen Satz auszulassen«, sagte er und freute sich jetzt beinah über seine Macht. »Für die Beurteilung der Arbeit werden alle fünfunddreißig Fragen zugrundegelegt.«

Diesmal blieb die Klasse ruhig. Sie hatten offenbar den Sinn der Miller-Gandhi-Taktik kapiert. Sie würden Rick keinerlei Anlaß zu Genugtuung mehr geben. Sie würden jetzt wie Backsteine sein, die der Mörtel Stummheit zusammenhielt und zu einer Mauer, stark wie ein Festungswall, verband. Rick saß an seinem Tisch und verfolgte, wie sie eifrig die Sätze abschrieben. Sein Sieg, wenn er überhaupt als solcher gelten konnte, stand auf tönernen Füßen. Und abgesehen von dem momentanen Hochgefühl, das er verspürt hatte, als sie schließlich seinem Willen nachgaben, empfand er keine wirkliche Freude.

Das Schweigen da vor ihm war beinah mit Händen zu greifen. Er hätte am liebsten die Hand ausgestreckt und es mit den Fingern ausprobiert, es wie eine Gelatinemasse gedrückt. Er hörte das Kratzen von Federn auf den lose eingelegten Blättern, sah die Köpfe der über ihre Arbeit gebeugten Jungen.

Was um alles in der Welt mag in diesen Köpfen vorgehen? dachte er.

Wahrscheinlich nichts. Eine absolute Leere.

Dies ist ein Job für einen Mann mit Staubsauger, philosophierte er.

Wie kann man den Staub aus leeren Gehirnen saugen? Wird ein Vakuum überhaupt staubig? Wie gelangt man zunächst einmal in ein Vakuum hinein? Demnächst werden wir in der Klasse über das Vakuum sprechen, und für den besten Aufsatz zum Thema werde ich einen hohlen Freundschaftspokal als Preis stiften. Der Hohlraum symbolisiert das Vakuum, und der Freundschaftspokal an sich symbolisiert die gegenseitige Liebe und Zuneigung zwischen den Jungen und mir.

Das hat Spaß gemacht, dachte er grimmig, *was spielen wir als nächstes?*

Vermutlich Scharaden für den Rest des Semesters, falls diese verdammte Schweigemauer anhält. Das Schweigen könnte natürlich ganz leicht durchbrochen werden. Einfach mit einer Schocktherapie, wie bei Schizophrenen der Insulinschock: ganz ruhig, mein Herr, entspannen Sie sich. *Zack*! Verzeihen Sie, Herr Doktor, haben Sie meine Schädeldecke gesehen? Ich hatte bestimmt eine, als ich kam.

Schock wirkt immer, so oder so. Wer nicht geheilt wird, krepiert.

Allerdings erlebte man nicht zu übersehende Rückschläge, so wie bei der plötzlich verkündeten Hausaufgabe. Wenn sie der Schock auch wohl aus ihrem Schweigen aufgescheucht hatte, sobald er vorüber war, kehrte das Schweigen zurück und mit ihm die Erinnerung an den Schock, die das Schweigen nur noch furchtbarer machte. Ein circulus vitiosus. Elementarwissen, mein lieber Watson.

Nun also, mein lieber Watson, was schlägst du denn vor? Sollen wir dulden, daß das Schweigen die Mitarbeit erstickt wie ein dicker Londoner Nebel? Oder sollen wir den Nebel gelegentlich durchbohren, obwohl wir wissen, daß er sich doch wieder zusammenschließt? Hallo, mein lieber Watson, was ist denn los mit dir, alter Junge? Keine Antwort? Keine Vorschläge? Nichts? Eine schöne Stütze bist du, weiß Gott!

Oder sollen wir nicht lieber die Krankheit behandeln anstatt die Symptome? Wenn ja, was war doch die Krankheit? Wut natürlich. Ihnen gefiel sein Eingreifen bei der Vergewaltigung nicht. Nun gut,

es gefiel ihm selbst auch nicht sonderlich, sie waren also quitt. Niemand hat Kinderlähmung besonders gern, was das angeht, aber jeder weiß, daß es eine Krankheit ist. Man kann nicht einfach etwas übersehen, nur weil es einem nicht gefällt.
Schön, an seinem Eingreifen war nun nichts mehr zu ändern. Das war historisch, tot und versunken und rechtmäßig in das Fach der Soziologie eingegangen, wo vielleicht George Katz eine geistsprühende Übung über *Aufstieg und Fall des Richard Dadier* abhielt.
Aber wie bei jeder Krankheit kann man den Krankheitskeim isolieren oder zumindest den Keimträger. Er wußte, wer der Keimträger in diesem Krankensaal war, bei Gott. Seine Finger tasteten unwillkürlich nach der Karteikarte im Sitzplan.
Miller, Gregory.
Klingt nach Filmstar, dachte Rick.
Nur du und ich, Watson, wissen, daß er tatsächlich ein Keimträger ist.
Sollen wir operieren?
Wir werden operieren. Skalpell bitte. Tupfer. Nadel ...
Es läutete.
»Das wär's«, sagte Rick. »Geben Sie die Bücher nach vorn durch. Belazi und Antoro, bitte die Bücher einsammeln und in den Schrank legen. Die Hausarbeit ist für morgen.« Er hielt inne. »Miller, ich möchte mit Ihnen sprechen, würden Sie bitte warten?«
Die Klasse begann schweigend hinauszutrotten, während Belazi und Antoro die Grammatikbücher einsammelten. Rick gab Antoro den Schlüssel. Miller wartete neben Ricks Schreibtisch, bis die Bücher wieder im Schrank verstaut waren. Als Antoro und Belazi fort waren, sah Rick Miller gerade ins Gesicht.
»Was haben Sie mir zu sagen, Miller?
Miller lächelte nicht. »Worüber, Chef?«
»Ich dächte, wir hätten eine kleine Unterhaltung gehabt.«
»So?«
»Sie haben die Klasse heute geführt«, sagte Rick ernst und meinte es jetzt völlig ehrlich. Er benutzte zwar den gleichen Köder wie am Montag, meinte es aber diesmal wirklich so. »Sie haben sie jedoch auf den falschen Weg geführt. Warum?«
»Wäre vielleicht besser, Sie kümmerten sich um Ihre eigenen Ange-

legenheiten, Chef«, sagte Miller. »Hat nicht vielen gefallen, was mit Douglas Murray passiert ist.«
»Das war nicht meine Schuld, Miller«, sagte Rick. »Sie sollten das eigentlich wissen. Sie würden genauso gehandelt haben.«
»Ach nein? So gut kennen Sie mich nun wieder nicht, Chef.«
»Sie sind zornig, weil ich eingegriffen habe, stimmt's?«
»Murray kommt ins Kittchen, wissen Sie das?«
»Ich habe mit dem Strafantrag nichts zu tun, Miller.«
»Nein?«
»Nein.«
»Das machen Sie man andern weis«, sagte Miller.
»Und unser Gespräch von neulich, Miller? Ich dachte, wir . . .«
»Mr. Dad-yay«, sagte Miller. »Wie wär's, wenn wir die kleine Einseiferei vergäßen?«
»Ich habe Sie nicht eingeseift«, log Rick. Schön, er hatte Miller eingeseift. Das war, bevor er eine Ahnung hatte. Jetzt war es etwas anderes.
»Mann«, sagte Miller, »der Schaum stand kniehoch.«
Rick starrte den Jungen an, er kam sich merkwürdigerweise vor wie jemand, der blinden Alarm geschlagen hat. Er hatte am Montag versucht, Miller unter einem falschen Vorwand auf seine Seite zu ziehen. Der Vorwand hatte sich als nur allzuwahr erwiesen, und jetzt drehte Miller den Spieß um. Er glaubte Rick nicht und nahm ihm von nun an nichts mehr ab.
»Ehrlich, Miller«, sagte Rick beschwörend.
»Sie kennen doch sicher das bekannte Verslein?« fragte Miller.
»Was für ein Verslein?«
Miller lächelte. »Der Wind blies kräftig, und es staubte heftig, und für Tage war schlechte Sicht.« Er schwieg und musterte, immer noch lächelnd, Ricks Gesicht.
»Ich sehe den Zusammenhang nicht«, sagte Rick langsam.
»Nein? Nun, ich meine, Chef, die Sicht fängt gerade an, 'n bißchen besser zu werden. Ich sehe jetzt klar.«
»Sie *sind* ein Führer«, sagte Rick, diesmal beinah verzweifelt, und diese Erkenntnis überwältigte ihn.
»Ich habe jetzt Unterricht«, sagte Miller. »Haben Sie was dagegen, wenn ich gehe, Chef?«

Er ging durch den Klassenraum und zögerte an der Tür, scheinbar im Begriff, noch etwas zu sagen. Dann lächelte er, zuckte die Achseln und ließ Rick mit einer Freistunde an seinem Schreibtisch zurück.

Der Rest von Ricks Unterrichtstag war nahezu eine Wiederholung dessen, was sich in seiner fünften Englischstunde abgespielt hatte. Er konnte natürlich nicht wissen, ob die Schweigemauern, die er in seinen beiden siebten Klassen vorfand, Millers Werk waren. Es konnte sein, und es konnte auch sein, daß die Jungen von selbst auf diese Methode verfallen waren.

Jedenfalls *waren* sie still. Sie waren totenstill. Sie riefen nicht in die Klasse. Wenn er einen darannahm, antwortete der Junge kurz und mürrisch. Sie überließen ihm das Spiel, und um nichts in der Welt halfen sie ihm weiter. Soweit sie sich einschalteten, geschah es, um querzutreiben.

Er tat sein Möglichstes und ging dann zu ein paar gepfefferten schriftlichen Arbeiten über, um das Schweigen zu brechen. Das Schweigen blieb schweigsam, und Rick fühlte seinen Zorn anschwellen. Er lernte an jenem Donnerstag der ersten Woche auf der Manual Trades, daß ein großer Unterschied zwischen einer ruhigen Klasse und einer aus Verachtung schweigenden besteht.

Am Ende des Tages war er fix und fertig. Er kramte seine Bücher und Papiere zusammen und stopfte sie erbost in die Aktentasche. Dann ging er nach hinten zu seinem Schrank, schloß ihn auf, nahm seinen Übergangsmantel heraus und hängte ihn über den Arm. Eben wollte er die Klasse verlassen, als er bemerkte, daß alle Fenster offen standen. Ärgerlich warf er Tasche und Mantel auf den Tisch, ging dann von Fenster zu Fenster, um sie mit Hilfe der langen Stange zu schließen, und hätte beinah noch eine Scheibe zerbrochen. Er stellte die Stange in die Ecke zurück, nahm Tasche und Mantel, schloß das Klassenzimmer 206 ab und ging hinab ins Hauptbüro.

Als er zur Kontrolluhr kam, stand Lois Hammond da. Sie schob ihre Karte ein, drückte den Hebel und steckte die Karte in den zugehörigen Schlitz des Gestells neben der Uhr. Dann drehte sie sich um und sah Rick.

»O hallo«, sagte sie.

»Hallo«, sagte Rick kurz. Er wollte nicht absichtlich barsch sein, aber

seine Gedanken beschäftigten sich mit Miller und dem Verhalten seiner Klassen, und er konnte Lois Hammonds Anteil an den Ereignissen nicht leicht verschmerzen.
Sie lächelte jetzt, ihr heller Lippenstift hob sich fast dunkel von dem blassen Gesicht ab. Sie hatte schöne Zähne, stellte Rick fest – damit ich dich besser fressen kann, Großmutter. Um die Augen und den sinnlichen Mund zogen sich müde Linien. Was sie wohl alles schon durchgemacht hatte, dachte er plötzlich, und da wurde seine Haltung ein wenig nachgiebiger.
»Ich ... ich hätte mich gern bei Ihnen bedankt«, sagte sie leise. Sie senkte einen Augenblick den Blick und hob ihn dann plötzlich mit einem schau-in-meine-Augen-Ausdruck. Er merkte das und überlegte, ob sie wohl durchtrieben und kokett sei, und er kam zu dem Schluß, daß sie es nicht sei. Diese Frau schien von einer Aura der Unschuld und Naivität umgeben, die ihren Körper unter dem lose geschnittenen Kleid Lügen strafte. Er sagte sich plötzlich, daß sie ja die versuchte Vergewaltigung ebensowenig gewollt hatte wie er, und er lächelte.
»Ich glaube, wir haben uns einfach immerzu verfehlt«, sagte er. »Erste Wochen können recht anstrengend sein.«
»Ja«, sagte sie. Sie nahm die Unterlippe zwischen die Zähne, nagte an ihr und gab sie dann frei. »Jedenfalls, da ich Sie nun erwischt habe, danke ich Ihnen also.«
»Da Sie mich nun erwischt haben«, sagte er, »bitte ich Sie, keine Geschichten zu machen.«
Lois Hammond zögerte: »Hoffentlich ... hoffentlich hat Ihnen die Sache nicht geschadet. In Ihrem Unterricht, meine ich. Es wäre mir entsetzlich, zu denken ...«
»Nein, nein«, log er hastig. »Es hat mir höchstens geholfen. Hat mir den Ruf eingetragen, streng durchzugreifen.«
»Oh, das ist gut«, sagte sie beklommen.
»Und ... wie war's bei Ihnen?«
»Ach, ganz gut«, sagte sie. »Ich unterrichte zwei letzte Semester und zwei Anfangsklassen. Meine Klasse ist eine Seniorgruppe. Sie möchten alle den Abschluß erreichen, wissen Sie, und ich glaube, das, was mit Murray passiert ist, hat ihnen Angst eingejagt. Ich habe überhaupt keine Schwierigkeiten mit ihnen. Und die Kleinen, na ja ... die

sind noch nicht so weit.« Sie lächelte wissend und sagte: »Ich meine, es sind einfach kleine Jungs im wahrsten Sinn des Wortes.«

»Verstehe«, sagte Rick.

»Darum war es überhaupt nicht schlimm. Ich war nur betrübt, daß Sie vielleicht dafür zu büßen hatten. Das lag mir auf der Seele.«

»Nö«, sagte Rick mit gemachter Lässigkeit, »es lief alles glatt.«

»Ach, darüber bin ich wirklich froh. Und vielen Dank nochmal, ich weiß wirklich nicht, was in diesen Jungen gefahren war. Er war einfach ...« Sie zuckte die Achseln, als könne sie ehrlich nicht begreifen, was seine Sinne aufgestachelt hatte. Aber beim Achselzucken bewegten sich ihre Brüste, und Rick dachte zum zweitenmal, ob sie nicht durchtrieben sei, indem sie ihre Weiblichkeit verleugnete und im gleichen Atemzug zur Schau stellte. Und doch schien sie sich ihres Busens nicht bewußt zu sein, wie ein kleines Mädchen, das in einen reifen Frauenkörper schlüpft, eine Zeitlang in ihm lebt, aber nicht recht mit seiner Beschaffenheit vertraut wird.

Rick lächelte und sagte: »Morgen ist Freitag. Der schwerste Teil dürfte hinter uns liegen, wenn diese Woche erstmal vorbei ist.«

»Hoffentlich«, sagte sie seufzend. »Ich glaube, ich werde es feiern.«

»Viel Spaß«, sagte Rick, immer noch lächelnd.

»Ich muß jetzt rennen.« Sie streckte ihm die Hand hin, und als Rick sie ergriff, drückte sie fest zu. »Nochmals vielen Dank.«

»Ich bitte Sie«, sagte Rick.

»Auf Wiedersehen.«

Er winkte und sah ihr nach, wie sie das Büro verließ. Als sie fort war, nahm er seine Karte aus dem Regal, steckte sie in die Uhr und stempelte.

Es war 4.05 Uhr, und er war müde und sehnte sich heim.

5

Am nächsten Tag um 3.45 Uhr war Rick genauso müde und sehnte sich wohl genauso heim. Er hatte eben die letzte Klasse entlassen und saß regungslos an seinem Tisch, starrte auf die leeren Plätze und konnte sich zum erstenmal an diesem Tag richtig entspannen.

Das Schweigen dauerte an. Es hatte fast grausame Ausmaße angenommen. Er hatte verbissen dagegen gekämpft, aber die Schlacht war einseitig; es war ein Kampf, bei dem er gezwungen war anzugreifen, während sich die gesamte Klasse in ihre Verteidigungsstellung zurückzog und zusah.

Er genoß jetzt die andere Stille, die normale Stille, die Stille eines leeren Klassenzimmers. Es war eine gute Stille. Er wußte sie zu schätzen. Er saß an seinem Tisch und ließ sich von ihr umrauschen wie von den warmen Strudeln eines Tropensees. Endlich stand er auf und fing müde an, seine Tasche zu packen. Es war Freitag, Wochenende. Er hatte keine Eile. Morgen war Sonnabend und übermorgen Sonntag, und bis Montag würde er sich irgend etwas ausgedacht haben.

Er ließ sich Zeit, hetzte nicht und wollte nicht gehetzt werden. Er glich dem klassischen Irren, der aufhört, mit dem Kopf gegen die Wand zu rennen, und unendlich dankbar ist, daß der Schmerz nachläßt.

Es störte Rick nicht, als Josh Edwards den Kopf zur Tür hereinsteckte. Josh war ein Erwachsener. Josh war jemand, mit dem man reden konnte und mit dem er sich angefreundet hatte.

»Komm rein«, sagte er.

Josh lächelte, die Linsen seiner Brille fingen die späte Nachmittagssonne ein, die durch die Fenster schien, warfen sie blitzend zurück und verliehen seinen Augen einen Feuerblick. Er kam in die Klasse, ließ sich auf den nächstbesten Platz fallen und legte seine Füße quer über den Gang auf den gegenüberliegenden Tisch. »Gott, bin ich erschossen«, sagte er.

»Harter Tag, was?« meinte Rick und ließ seine Aktentasche zuschnappen.

Josh seufzte tief. »Wie mein seliger Vater zu bemerken pflegte, wenn er Paranüsse knackte: ›Es ist gar nicht so leicht, wie es aussieht‹.«

»Nein«, stimmte Rick lächelnd zu. »Das ist es wahrhaftig nicht.«

»Hast du Lust auf ein Bier?« fragte Josh plötzlich, schwang seine Füße vom Tisch und setzte sich gerade, wobei er fast mit dem Stuhl zu Boden gekracht wäre. Seine Energie überraschte Rick stets aufs neue. In der vergangenen Woche hatte er Josh nach mancher schweren Unterrichtsstunde erlebt. Sie trafen sich gewöhnlich auf dem Flur oder auf der Lehrertoilette, wo sie in den Pausen eine Zigarette rauchten. Sie blieben drei, vier Minuten zusammen und eilten dann jeder in seine Klasse zurück, um rechtzeitig zur nächsten Angriffswelle bereit zu sein. Bei diesen kurzen Begegnungen schien Josh am Anfang jedesmal erschöpft zu sein und kurz vorm Zusammenbrechen, aber bevor er zur nächsten Stunde ging, hatte er seinen ganzen Schwung wiedergewonnen. Er war wie ein Ball, der einen Schlag bekommt und desto kräftiger von der Wand abprallt.

»Ich weiß nicht«, sagte Rick. »Bier . . .«

»Ich spendiere«, lud ihn Josh ein. »Komm, mein Junge, heute ist Freitag.« Er machte eine Pause und sang dann *keine Bleistifte, keine Bücher, keine . . .*

»Also gut«, sagte Rick kurz entschlossen. »Ich will nur meinen Mantel holen.« Er ging zum Schrank, machte ihn auf und rief über die Schulter: »Muß meine Frau anrufen und ihr sagen, daß ich etwas später komme.«

Josh nickte feierlich: »Wie sich das gehört«, sagte er. Sie verließen gemeinsam die Klasse, und nachdem Rick abgeschlossen hatte, gingen sie hinunter und stempelten ihre Karten. Als sie hinauskamen, stand in einer Ecke des Schulhofs eine Schülergruppe. Josh warf ihnen einen flüchtigen Blick zu und meinte: »Sie bringen es nicht übers Herz, die Stätte zu verlassen. Es ist ihr Zuhause.«

»O ja«, sagte Rick. »Das kann man wohl sagen.«

Sie lächelten und gingen über den Schulhof hinaus auf den Bürgersteig. Nach der Horde Jungens sahen sie sich nicht um.

Rick fühlte sich wohl. Mit einemmal fühlte er sich wohl. Bis Montag brauchte er sich mit keinem Schüler mehr herumzuärgern. Keine Schweigemauern mehr. Keine strategischen Pläne, keine Offensiven. Die Aussicht auf ein paar Bier, wenn er auch nicht versessen war auf Bier, schien ihm die köstlichste Verheißung seit langem. In plötzlicher Herzlichkeit schlug er Josh auf die Schulter und sagte: »Mann, bin ich froh, daß die Woche vorbei ist.«

»Dito war die Antwort«, sagte Josh.

»Kennst du dich mit den Kneipen hier aus?« fragte Rick. Der Ausflug war für ihn zu einer aufregenden Sache geworden. Im Vorgefühl des kühlen Dämmerlichts einer Bar am Nachmittag, der vor dem Spiegel aufgereihten Flaschen, der Musikbox mit ihrem roten, orangefarbenen und grünen Lichtgeblubber, konnte er es kaum erwarten.

»Nie in einer drin gewesen«, sagte Josh. »Wir nehmen die erste beste, einverstanden? Bier schmeckt überall gleich.«
»Fein«, sagte Rick begeistert. Er ging neben Josh und fühlte sich unerklärlich glücklich. Es wehte ein hübscher Wind, und er war dankbar für seinen groben Tweedkragen. Am liebsten hätte er Pfeife geraucht. Der Herbst war die Zeit für Pfeiferauchen, und er hatte insgeheim immer jene breitschultrigen, wettergegerbten Typen beneidet, die so lässig Pfeife rauchten und offensichtlich Gefallen daran fanden. Die hohen Wohnblocks hoben sich in den festen Umrissen des Nachmittagsschattens gegen den klaren Himmel ab. Sie gaben ihm ein behagliches Gefühl des Umschlossenseins, wie einem Soldaten, der im Hof einer Festung Wache hält. Mann, war er froh.
Sie kehrten in die erste Kneipe ein, die sie fanden. Ein paar Leute saßen an der Theke, sahen dem Fernsehen zu, nippten an ihren Getränken. Es war ein ruhiges Lokal, gemütlich und mit einem Anflug von kleiner-Kneipe-um-die-Ecke. Er fühlte sich sofort zu Hause, zog sich den Mantel aus und ging zum Telefon, Anne anrufen; die Bestellung überließ er Josh.
Als er zu seinem Hocker zurückkam, sah er zu seiner Überraschung zwei Martini auf der Theke stehen.
»Magst du Martini?« fragte Josh.
»Ja, aber ich dachte . . .«
»Bier ist was für alle Tage«, sagte Josh. »Mensch, wir haben gerade eine Woche Manual Trades hinter uns und leben noch. Das verlangt nach mehr als Bier.«
»Ist mir sehr recht«, sagte Rick fröhlich. »Aber keine Einladung, wenn wir . . .«
»Ich habe gerade einen Dividendenscheck von meiner GI-Versicherung erhalten«, beruhigte Josh ihn. »Komm, trink.«
Rick zuckte die Achseln und nahm das zerbrechliche Glas mit Stiel. »Auf unser aller North Manual Trades Erziehungsanstalt!« sagte er.
»Und auf seine bezaubernden Insassen«, ergänzte Josh und nickte ernst.
Sie kippten die Gläser, stürzten sie fast. Der Martini war trocken, und er brannte ein Loch bis in Ricks Magen, aber es tat ihm wohl, und er leerte das Glas auf den zweiten Zug.

Josh stellte seins auf die Theke und sagte: »War das eine Woche, was, Rick! Eine gewaltige Woche.«
»Bist du enttäuscht?« fragte Rick.
Josh schien darüber einen Moment nachzudenken. »Nicht eigentlich«, sagte er. »Nein, nicht enttäuscht. Ich glaube, die Kinder machen sich langsam. Es ist wohl einfach eine Anpassungszeit, ich passe mich ihnen an, und sie passen sich mir an.« Er schwieg und setzte dann hinzu: »Ich hoffe es.«
»Sie sind nicht gerade das, was ich Idealschüler nennen würde.«
»Nein, nicht ausgesprochen«, antwortete Josh lächelnd. Er schob einen Zeigefinger hinter seine Brille, hob sie an, rieb sich die Augen und ließ die Brille dann wieder auf die Nase fallen. »Aber sie fangen sich schon noch. Ich erwarte keine Einsteins.«
»Noch einen Drink?« fragte Rick. Ihm fiel plötzlich ein, daß Josh bezahlte, und er sagte: »Hör mal, laß uns teilen, sonst habe ich Hemmungen, zu trinken.«
»Trink, soviel du willst«, beteuerte Josh. »Ich bin gut bei Kasse, glaub mir.«
»Also schön«, sagte Rick und winkte dem Barkeeper. »Er mixt nicht schlecht, der Bursche.«
»Ja? Ich habe gar nicht darauf geachtet.«
»Doch, wirklich.« Der Barmixer kam, und Rick bestellte zweimal das gleiche. Sie saßen schweigend da und warteten auf ihre Getränke, gerade als brächten sie keine weitere Unterhaltung zustande, ehe nicht Josh seine Meinung über die Qualität der Drinks, die der Bursche mixte, abgegeben hatte. Als die Martinis kamen, hob Rick sein Glas, trank aber erst, nachdem Josh gekostet hatte.
»Ja«, sagte Josh, »er ist gut. Sehr gut.«
»Trocken, aber gut.«
»Es fehlt uns nur noch Musik«, sagte Josh. »Ich hab' gern Musik, wenn ich trinke. Sollen wir Musik einstellen?«
»Klar«, sagte Rick. »Warum nicht?«
»Schön«, sagte Josh. Er stand auf, ging zur Musikbox, angelte einen Vierteldollar aus seiner Tasche und drückte fünf Knöpfe. Er kam an die Theke zurück, trank im Stehen sein Glas aus und kletterte wieder auf seinen Hocker. »Ich hab' Musik gern. Wollen wir noch einen trinken?«

Er winkte dem Barmixer, und sie hörten die Musikbox surrend eine Platte auflegen und dann ein Orchester in den Raum schmettern.
»Kenton«, sagte Josh. »Stan the Man. Tolle Sache. Unserer Zeit weit voraus.«
»Genau wie unsere Schüler«, sagte Rick.
»Alles führt auf unsere Schüler zurück«, meinte Josh beinah traurig. »Soll ich dir mal etwas sagen, Rick?«
»Was?«
»Ich bin doch enttäuscht. Ich bin verdammt enttäuscht. Ich hätte nie gedacht, daß es so wäre.« Er hielt inne und lauschte, die braunen Augen funkelten plötzlich lebhaft hinter der Brille. »Hier, hör dir die Stelle an.« Er schwenkte die Knie in Richtung Musikbox. »Herrgott, sind das Trompeten!«
»Ich mag Kenton«, sagte Rick.
»Hmm, ja. Was für ein Klang. Gott, was für ein Klang!«
Die neuen Martinis kamen, und sie lauschten der Platte und nippten an ihren Gläsern. Rick hatte seit der vierten Stunde nichts gegessen, und die ersten beiden Martinis hatten sein Blut schon in Wallung gebracht. Er spürte, wie sie in ihm arbeiteten, lauschte auf die beinah mißtönende Musik Kentons, fühlte, wie es ihn durchpulste, und empfand den drive hinter der Band fast als etwas Körperliches. Der Alkohol wärmte ihn von innen, und er fühlte sich leicht benebelt, aber darauf pfiff er.
»Ich habe wohl kein Recht, mich zu beklagen«, sagte Josh. »Vermutlich bin ich glücklicher dran als die meisten.« Josh hatte sein drittes Glas schon ausgetrunken und starrte Rick seltsam an, er blinzelte, als versuche er, ihn scharf ins Auge zu fassen.
»Wieso?« fragte Rick.
»Na ja, gar so schlecht ist die Schule nicht. Gewiß, es ist kein Zuckerlecken, aber es gibt viel schlimmere.«
»Nenn mir eine«, sagte Rick boshaft. Er hob seinen Martini, nippte einmal daran und trank ihn dann aus. Er holte die Olive aus dem Glas, steckte sie in den Mund und wartete auf Joshs Antwort.
»Eine nennen?« wiederholte Josh. Er sah, wie Rick seine Olive kaute, schien von plötzlichem Appetit ergriffen, langte in sein Glas und steckte seine Olive gleichfalls in den Mund. Über die Olive hinweg sagte er: »Och, ich könnte ein Dutzend nennen.«

»Also gut, nenn mir eine.«
»Eine schlimmere Schule als die North Manual Trades?« fragte er kauend.
»Ja. Nur zu, nenn mir eine.«
Josh kaute eine Weile sorgfältig, nahm dann behutsam den Olivenkern aus dem Mund und tat ihn in sein Glas. »Nenn du eine«, sagte er. »Ich möchte noch ein Glas.«
Rick lachte schallend, fühlte sich so gut wie die ganze Woche nicht, fühlte sich frei und leicht und fast imstande zu schweben. Er sah zur Decke hinauf und überlegte, ob er wohl dort hinaufschweben könne. Er sah und hörte nichts von Joshs Bestellung, aber als er den Blick wieder senkte, wartete ein neues Glas auf ihn.
»Es würde mich interessieren, ob es unter Berufsfachschullehrern einen hohen Prozentsatz Alkoholiker gibt«, sagte Josh.
»Wieso?« fragte Rick. »Weshalb möchtest du das wissen?«
»Scheint mir das einzig Vernünftige zu sein, jeden Freitag loszugehen und sich zu besaufen. Findest du nicht?«
»Möglich«, sagte Rick, und das Wort drehte sich ihm um die Zunge, und er meinte, es klinge wie mögelölich. Er starrte einen Moment zweifelnd auf den neuen Martini und war unschlüssig, ob er ihn trinken solle. Josh hatte sein Glas schon erhoben und führte es zum Munde. *Ach was, zum Teufel,* dachte Rick. Er setzte sein Glas an die Lippen.
»Ich sage dir, Rick«, meinte Josh, leicht lallend. »Ich komme mir irgendwie betrogen vor. Weißt du, was ich meine?«
»Die Martinis?« fragte Rick arglos. »Nicht genug Gin?«
»Nein, nein, die Martinis sind prima«, sagte Josh und kostete aus seinem Glas, um sich zu vergewissern. »Nein, nicht die Martinis. Die Schule.«
»Ach so«, sagte Rick. Er wollte leicht zustimmend nicken, aber es geriet zu einem übertriebenen Heben und Senken von Kinn und Kopf im Zeitlupentempo.
»Solche Schulen dürfte es überhaupt nicht geben, findest du nicht?«
»Nein.«
»Du findest es doch?«
»Nein. Ich meine, es dürfte sie nicht geben.«
»Ja, sagt' ich ja. Weißt du, es ist nicht anständig. Ich meine, Rick, ich

möchte doch unterrichten. Ich möchte es wirklich. Möchtest du unterrichten?«
»Natürlich«, sagte Rick fest, trank sein Glas aus und hielt dem Barmixer zwei Finger hin. Der Barmixer stand jetzt in ihrer Nähe, denn er hatte offensichtlich begriffen, daß die zwei da sich allen Ernstes betrinken wollten. Rick sah zu, wie er die Getränke mixte, und sagte dann zu Josh: »Die sind wirklich gut. Ich habe bestimmt schon drei gehabt.«
»Du hattest vier«, sagte Josh lallend, »aber wer zählt denn!«
Rick schlug auf die Theke und lachte dröhnend, und Josh lachte mit ihm. Sie lachten noch, als die nächste Runde kam. Der Barmixer guckte sie komisch an, zuckte die Achseln und wischte die Theke mit einem feuchten Lappen ab, obwohl sie völlig sauber war.
Josh hörte plötzlich auf zu lachen und starrte Rick ernst an.
»Ich möchte wirklich unterrichten, Rick, genau wie du. Warum läßt man mich dann nicht unterrichten? Das verstehe ich nicht. Ich gehe hin und versuche zu unterrichten, und man läßt mich nicht. Wenn jemand unterrichten möchte, sollte man es ihm nicht verwehren.«
»Da hast du absolut recht«, sagte Rick mit Leidenschaft.
»Christus hat man doch auch erlaubt zu lehren?« meinte Josh, und seine Empörung stieg, als er sein Glas in Angriff nahm. »Stimmt doch?«
»Du bist nicht Christus«, sagte Rick mit der Miene eines Mannes, der eine beachtliche Entdeckung gemacht hat.
»Auf dieser Schule würde sogar Christus einen schweren Stand haben«, sagte Josh. Er zog die Augenbrauen hoch. »He, hör dir das an. Magst du Sarah Vaughan?« Er spitzte die Ohren in Richtung Musikbox.
»Ich liebe Sarah Vaughan«, sagte Rick.
»Sie singt toll«, stimmte Josh zu. »Sie singt einfach toll. Hab' ich dir erzählt, daß ich meine Plattensammlung mal mit in die Schule bringen will?«
»Ja, hast du«, lallte Rick.
»Tu ich bestimmt. Ich habe eine schöne Sammlung. Habe schon auf der Schule angefangen. Die ganzen alten Miller-Platten und die frühen James-Schlager. Charlie Barnet, den Duke, als er noch Sachen hinlegte. Erinnerst du dich an ›Concerto for Cootie‹?«

»Erinnere mich«, sagte Rick.

Do nothin' till you hear from me, sang Josh mit schauerlicher Stimme.

Pay no attention to wha's said . . .

»Hübsch«, meinte Rick.

»Ja, nette Melodie. Ich habe die ganzen alten Schlager, alle, die alten Schlager. Erinnerst du dich an ›Trumpet Blues‹? Habe ich auch. ›Trumpet Blues‹, meine ich.«

»Der's prima«, sagte Rick.

»Freut mich«, lallte Josh. »Un' ›Tuxedo Junction‹, erinnerst du dich? Un' Shaws ›Blackbay Shuffle‹? Hab' ich alle.«

»Du«, sagte Rick, »un' Sing, Sing, Sing?«

»Na klar!« sagte John und breitete weit die Hände aus. »Klar. *Sinsinsin,* hab' ich.«

»Ich bin immer ins Paramount gegangen, wenn Miller kam«, sagte Rick. »Ich mochte Miller gern.«

»Er war gut«, stimmte Josh zu. »Eine Klarinette über vier Saxos. Dadurch kriegte er den Sweet-Ton von der Saxogruppe, diesen hübschen, hohen, schlanken Ton. Schande, daß er tot ist. War gut.«

»Wette, die Kinder heute wissen nich' mal, wer Glenn Miller ist«, sagte Rick traurig.

»Die haben was verpaßt«, sagte Josh genauso traurig.

»Erinnerst du dich an ›The Make Believe Ballroom‹?« fragte Rick.

»Das wird ja noch gesendet«, erinnerte ihn Josh.

»Ja schon, aber hast du's dir nicht regelmäßig angehört?«

»O ja, jeden Abend.«

Jus' close your eyes
An' visualize
In your solitude
Your fav'rite bands
Are on the stand
An'
Mis-
ter
Mill-
er
puts you
›*In thee Mood*‹, sang Rick.

»In the Mood«, sagte Josh. »Das war auch 'n großer Hit.«
»Magst du Harry James, Josh?«
»In alten Zeiten mochte ich ihn, ja. Oh, er hat wirklich 'n paar schöne Sachen gemacht. ›Trumpet Rhapsody‹, ›He 's my Guy‹, ›Sleepy Lagoon‹, ›I don't Wanna Walk without You‹. Da gab's mal 'ne Platte, erinnerst du dich an die?«
»Klar. Mit Helen Forrest.«
»Stimmt. Was wohl aus der geworden ist?« Josh schlürfte an seinem Glas, einen glücklichen, nachdenklichen Ausdruck im Gesicht.
»Sie tauchen alle unter«, sagte Rick gedankenverloren. »Weißt du noch, wie Helen O'Connell und Bob Eberle in Jimmy Dorseys Band waren? Man hört kaum noch etwas von ihnen.«
»Sie existieren aber noch«, sagte Josh. »Das Dumme ist nur, daß die Bands auf dem absteigenden Ast sind. Wenn man sich heute den Ballroom anhört, da wird nur noch gesungen. Die Zeit der Instrumente ist aus und vorbei.«
»Wenn nun den Kindern deine Platten nicht gefallen, Josh«, sagte Rick plötzlich, selbst überrascht von seiner Bemerkung.
»Meine Platten?« fragte Josh ungläubig. »O bestimmt, Mann, bestimmt gefallen ihnen die. Es sind gute Sachen, Rick, wirklich. Und ich pflege sie sehr. Kaum ein Kratzer drauf. Sie werden ihnen bestimmt gefallen.« Er grinste. »Ich bin bloß am Überlegen, wie ich sie in den Unterricht einbaue.«
»Mach nur keine Umstände«, sagte Rick. »Erzähl ihnen einfach, ihr würdet an dem und dem Tag Musik machen, basta.«
»Ja, aber ich baue es doch gern ein wenig aus. So soll man es machen, heißt es immer.« Er schwieg, nippte wieder an seinem Glas und sagte: »Weißt du, das geht über meinen Horizont.«
»Was?« fragte Rick, der sich jetzt wirklich benebelt fühlte, mechanisch seinen Martini trank und sich bei jedem Schluck noch benebelter fühlte. »Was geht über deinen Horizont? Josh?«
»Die Dinge, die wir auf der Uni lernen. Pädagogik. So'n Quatsch!«
»Das stimmt«, sagte Rick und nickte.
»Und ob das stimmt«, pflichtete Josh bei. Er schwieg einen Augenblick. Dann kratzte er sich am Kopf und fragte: »Was sagte ich?«
»Pädagogik«, sagte Rick und beglückwünschte sich im stillen, daß es ihm eingefallen war.

»Ah ja, Pädagogik.« Rick wartete auf mehr, aber Josh hatte offensichtlich alles gesagt, was er zu dem Thema sagen wollte.

»Ein großer Quatsch«, bekräftigte Rick. »Sagen einem, man soll schwierige Schüler Tafelschwämme auswaschen lassen. Da hätt' ich eine Frage an den superschlauen Erziehungsexperten.«

»Was für eine?« fragte Josh lahm.

»Was tut man, wenn man fünfunddreißig schwierige Kinder hat? So viel Tafelschwämme gibt es in der ganzen Stadt New York nicht.«

»Und dann, was ziehen wir uns damit auf? Eine Generation von Schwammwäschern.«

»Sehr richtig«, sagte Rick, der ohne einen bestimmten Grund zornig wurde.

»Das schätze ich an dir«, sagte Josh, der jetzt unsicher auf seinem Hocker wackelte. »Du hast einen scharfen analytischen Verstand.«

»Danke«, sagte Rick.

»Nich' der Rede wert.«

»Wenn's stimmt«, sagte Rick standhaft, »isses der Rede wert.«

»Was is' der Rede wert?«

»Daß du'n scharfen analytischen Verstand hast.«

»Sagt' ich ja gerade«, sagte Josh und nickte.

»Danke«, meinte Rick.

»Nich' der Rede wert«, sagte Josh ernst.

Sie schwiegen, nippten an ihren Gläsern, lauschten auf die Stille, die nun, da Joshs Vierteldollar aufgezehrt war, in der Kneipe herrschte. Ein etwa achtzehnjähriger Junge kam herein, und sie beobachteten, wie er zu dem Zigarettenautomaten neben der Tür ging und sich ein Päckchen zog. Er warf Josh und Rick einen flüchtigen Blick zu und ging dann hinaus. Josh sah ihm nach, und als ob der Anblick eines Jungen ihn an etwas erinnert hätte, sagte er: »Und ich werde sie unterrichten, verstehst du. Ich werde es, Rick.«

»Gratuliere«, sagte Rick.

»Jawohl, ich werde sie unterrichten. Ich habe zu lange darauf gewartet, Rick, verdammt lange. Ich wollte schon Lehrer werden, als ich noch ein Dreikäsehoch war. Niemand weiß, wie sehr ich mir gewünscht habe, Lehrer zu werden, Rick. Andere Jungens wollen Polizist oder Feuerwehrmann werden. Ich nicht. Ich wollte Lehrer werden. Solange ich zurückdenken kann. Immer nur Lehrer. Jetzt bin ich Lehrer, und als Lehrer habe ich den Beruf zu lehren oder etwa nicht? Jawohl. Und ich werde ... ich werde lehren. Auch wenn sie mich nicht wollen. Ein Mann muß tun, was er tun will. Er muß einfach.«

»Un' so gut er kann«, sagte Rick. »Er muß seine Sache gut machen, Josh.«

Josh nickte nachdenklich. »Bin ich ein schlechter Kerl, Rick?«

»Bist ein prima Kerl. Ein verdammt feiner Kerl.«

»Warum wollen sie mich dann nicht?«

»Weil sie schlechte Kerle sind«, sagte Rick.

»O nein, das darfst du nicht sagen.«

»Doch«, sagte Rick, »es sind schlechte Kerle.«

»Nein«, sagte Josh in betrunkener Würde, »das ist ein weitverbreiteter Irrtum, ein schwerer Irrtum. Sie sind keine schlechten Kerle. Sie sind nur dumm.«

»Kommt aufs selbe raus«, sagte Rick.

»Nein, nein, Rickie, sag das nicht. Bitte, sag das nicht. Diese Jungs sind keine schlechten Kerle. Ich meine das ehrlich. Ehrlich, und darum, bitte, geh nicht einfach darüber weg und sag das nicht wieder. Sie sind keine schlechten Kerle. Sie wissen's nur nicht besser.«

»Feine Kerle sind es jedenfalls nicht«, sagte Rick blinzelnd und hielt sich an der Theke fest. Er versuchte, sich auf das, was Josh sagte, zu konzentrieren, weil er das Gefühl hatte, es sei sehr wichtig für Josh, und weil er nicht taktlos erscheinen wollte und über etwas hinweggehen, das für jemand anderen offensichtlich sehr wichtig war.

»Sind doch feine Kerle«, sagte Josh. »Jawohl. Genau wie du und ich. Feine Kerle. Nur nicht, wenn man ihnen was beibringen will, dann sind's schlechte Kerle, Rick. Un' gerade darum muß ich ihnen was beibringen, verstehst du das? Es geht nich', daß keiner ihnen was beibringen will. Lehrer müssen lehren, Rickie, und besonders bei diesen Jungens. Bitte, v'steh mich, Rickie.«

»Verstehe dich ja, Josh«, sagte Rick, der sich anstrengen mußte, um zu verstehen.

»Dann is' gut. In Ordnung. Und du versprichst, du sagst nicht, daß's schlechte Kerle sind?«

»Ich versprech's«, sagte Rick. »Sie sind nur dumm.«

»Sehr richtig, dumm.«
»Schlechte Kerle können aber auch dumm sein«, beharrte Rick.
»Aber dumme Kerle müssen nicht schlecht sein. Du drehst ihn um, den Syllog ... du weißt schon.«
»Ja.«
»Woll'n austrinken.«
Sie hoben ihre Gläser, und Rick sagte: »Auf alle feinen Kerle.«
»Gut 'sprochen«, sagte Josh. »Gesprochen.«
»Und auf Stan the Man, einen wirklich feinen Kerl.«
»Auf Stan.«
»Un' den Duke.«
»Den Duke, Rick — un' uns beide, Gott schütze uns«, fiel Josh ein.
»Verdammich, wollte ich sagen.«
»Egal, was immer.«
»Schütze uns«, beendete Rick den Toast.
Sie tranken feierlich.
»Ich muß nach Hause«, sagte Rick plötzlich. »Frau 's schwanger.«
»Gratuliere«, sagte Josh und ergriff Ricks Hand.
»Danke.«
»Wie fühlt man sich als Vater?«
»Noch nicht. Ich bin's ja noch nicht.«
»Wann, Rickie?«
Rick zählte es an den Fingern ab und zuckte dann die Achseln.
»Bald.« Er stand auf, schwankte zum Kleiderständer und mühte sich, in den Mantel zu kommen, wobei Josh ihm ungeschickt zu helfen versuchte.
»Ich muß noch zahlen«, sagte Josh.
»Laß mich mitzahlen«, bot Rick an.
»Nein, nein, is' meine Sache.«
»Gut, dann das nächste Mal.«
»Nächste Mal«, sagte Josh. Er legte einen großen Schein auf die Theke und wartete auf das Wechselgeld, das er unbesehen einsteckte.
»Wie kommst du nach Hause, Rickie?«
»Bus. Third Avenue«, sagte Rick.
»Ich bringe dich noch hin«, sagte Josh.
»Fein.«
Sie traten aus dem Lokal in die Dunkelheit der Straße. Die Lampen

brannten und warfen einen warmen gelben Schein auf die Erde. Der Himmel war ein tiefes, mit Sternen übersätes und von jagenden Purpurwolken durchzogenes Schwarz. Rick sah zum Himmel auf, hatte einen schemenhaften Eindruck von Schwärze und feurigen Sternenkreisen und machte sich klar, daß es wahrscheinlich schon später war, als er dachte.

»Muß nach Hause«, sagte er. Muß mich beeilen.«

»Is' gut«, stimmte Josh zu.

Sie schwankten Arm in Arm die Straße entlang, ihre Absätze hallten auf dem Pflaster.

»Laß uns quer durch zur Third Avenue gehen«, sagte Rick.

»Gern«, antwortete Josh freundlich.

Sie gingen durch eine enge Nebenstraße hinter den Geschäftshäusern der Third Avenue. Am entgegengesetzten Ende brannte eine Laterne, während ihre Seite im Dunkeln lag. Kaum waren sie in die Straße eingebogen, da hörten sie schon die Schritte hinter sich.

»Kommt jemand«, sagte Josh, ohne sich umzudrehen.

»Immer kommen lassen«, antwortete Rick, der versuchte, seine Gedanken auf Anne zu konzentrieren, und sich Sorgen machte, daß sie sich Sorgen machte, aber nicht imstande war, durch den Alkoholschleier, der seinen Geist benebelte, einen klaren Gedanken zu fassen. Sie schwankten weiter die Straße hinab, manchmal auf dem Bürgersteig und manchmal im Rinnstein. Rick klammerte sich mit der einen Hand an seine Aktenmappe, die andere war um Joshs Schulter geschlungen.

Sie hörten die Schritte näher kommen und dann links an sich vorbeigehen; teilnahmslos stierten sie hin.

»Junge Burschen«, sagte Josh.

Es waren drei ungefähr siebzehnjährige Jungen, und sie gingen an ihnen vorbei, ohne sie eines Blickes zu würdigen. Ihre Stiefel dröhnten auf dem Asphalt, und dann verschluckte sie die Dunkelheit. Josh und Rick marschierten torkelnd weiter. Die frische Luft verschlimmerte die Wirkung der Martinis noch.

»Komisch«, sagte Josh plötzlich.

»Was? Was's komisch?«

»Immer noch Schritte hinter uns.«

Rick horchte und hörte hinter sich den gleichmäßigen Rhythmus von

Schritten, gleich dem Marschtritt einer deutschen Paradetruppe. Er horchte hin und fragte sich gleichzeitig, was wohl aus den Schritten vor ihnen geworden war.
Plötzlich durchzuckte ihn ein Gedanke. »Josh!« flüsterte er und wünschte verzweifelt, er wäre nüchtern.
Die Jungen schlugen im selben Moment zu.
Es waren im ganzen sieben. Die drei, die vorausgegangen waren und vor wenigen Augenblicken Rick und Josh überholt hatten, kamen plötzlich aus dem Dunkeln und verstellten ihnen den Weg. Rick drehte sich unsicher um; er sah die Straße hinauf und versuchte, die anderen vier Jungen, die rasch näher kamen, zu erkennen.
Die Laterne war ein gutes Stück weg, und der Hinterhalt lag fast völlig im Dunkeln, jedenfalls genug, um die drei, die vorgegangen und dann umgekehrt waren, wirksam zu verbergen. Sie waren auch so weit von der Third Avenue entfernt, daß alles Rufen zwecklos war. Rick schüttelte den Kopf, versuchte ihn klar zu bekommen, sah nicht ein, warum zum Teufel er so benebelt sein mußte, wo er doch sah, daß der Kampf jede Minute losgehen würde. Unwillkürlich dachte er an Bob Canning, den ›guten Bob‹, der auf dem Weg zur Untergrundbahn überfallen worden war.
Nun, hier handelte es sich um den guten Rick und um den guten Josh, und sie waren gleichfalls auf dem Heimweg, und der Himmel mochte wissen, wie lange diese Bengel geduldig draußen gewartet hatten, als sie sich in der Kneipe leichtsinnig betranken. Der Haufen auf dem Schulhof, als er mit Josh ging – waren das diese Jungen? Das war schon so lange her, schien eine derart lange Wartezeit.
Wie wirkt sich so eine lange Wartezeit auf blutrünstige Absichten aus?
»Hallo, Daddy-oh«, kam die Stimme aus dem Dunkeln, und wenn er noch den leisesten Zweifel gehegt hätte, so hegte er ihn jetzt nicht mehr, nicht die Spur.
Josh machte sich neben ihm steif, und seine Stimme klang leise und noch immer alkoholverschwommen.
»Rücken an Rücken, Rick«, sagte er.
Die Jungen waren froh, daß es sich so ergeben hatte.
Die Jungen hätten nicht froher sein können, denn dies war eine ideale Falle, würdig eines Guerillas, eines Meuchelmörders. Sie hätten

es lieber gehabt, wenn Daddy-oh allein gewesen wäre, aber der Knilch da bei ihm war nicht der Rede wert, und wenn er seine Brille nicht abnahm, würde er sich die Glassplitter aus der Nase ziehen müssen.

Die Straße lag im Dunkeln, hübsch im Dunkeln. Sie waren sieben und hatten nur zwei gegen sich. Mit solcher Übermacht konnte man nicht verlieren, selbst wenn man wollte, und sie wollten nicht.

Einer von ihnen rief: »Das ist für Douglas Murray, du Schwein.« Er schlug mit der Faust zu und fühlte, wie sie mit Fleisch und Knochen in Berührung kam. Er fühlte, wie Daddy-ohs Kopf zurücktaumelte, wie der Lehrer gegen den Rücken des Knilchs schlug und dann torkelnd vorprallte.

Der Knilch hatte seine Brille abgenommen und schrie: »Kommt her, ihr Strolche«, und schwang die Fäuste wie Kolben. Daddy-oh sagte nichts. Daddy-oh hatte sich breitbeinig aufgestellt, Rücken an Rükken mit dem Knilch, und ging in diesen Kampf wie an ein Stück harte Arbeit.

Ein anderer Junge schlug Daddy-oh die Faust auf den Nacken, und Daddy-oh stöhnte und beugte sich vor, und ein anderer zog das Knie an und stieß es ihm in die Leiste; Daddy-oh stöhnte wieder, holte dann aus, einer bekam seine Faust zu spüren und wich respektvoll zurück. Doch stand Daddy-oh auf der Seite mit den vier Jungen und hatte seine letzte Schlägerei damals in Panama mitgemacht, als alle an Bord betrunken waren und übereinander herfielen. Das war eine zünftige Schlägerei gewesen und eine blutige dazu, aber es war lange her, als Daddy-oh noch zwanzig war und eine zünftige Schlägerei für eine spannende Sache hielt. Dies hier schmeckte ihm gar nicht. Es schmeckte ihm deshalb nicht, weil alle seine Angreifer wußten, daß ihre Schläge saßen. Selbst wenn sie nicht das Blut aus seiner Nase hätten fließen sehen, wüßten sie, daß ihre Schläge saßen, weil ihnen nämlich die Knöchel vom Zuschlagen weh taten. Sie fühlten Fleisch aufplatzen, Knöchel auf Knochen krachen, sie hörten ihn stöhnen und merkten, daß seine Schläge schwächer wurden.

Der Knilch schrie unentwegt: »Kommt her, ihr Strolche«, als wäre es das einzige Lied, das er kannte. Nur wurde das Lied langsam schwächer, wie eine Radioübertragung kurz vorm Gewitter.

Die Jungen fühlten den Sieg nahe. Sie fühlten es mit dem Instinkt aller Straßenkämpfer und freuten sich, daß sie nur die eigenen Fäuste benutzt hatten. Darauf konnten sie stolz sein. Mit Messer oder selbstgebastelter Pistole, das kann jeder. Man braucht keinen Schneid, um jemanden damit fertig zu machen. Sie hatten nur ihre Fäuste benutzt, und sie benutzten sie noch, kletterten jetzt von allen Seiten auf Daddy-oh hinauf, drängten sich zwischen ihn und den Knilch, brachten das Paar auseinander und machten kurzen Prozeß.
Einer schnappte sich Daddy-oh von hinten, mühte sich, in sein kurz geschorenes Haar zu fassen, gab's aber auf. Er schlang den Arm um Daddy-ohs Hals, drückte den Unterarm gegen den allerliebsten Adamsapfel und riß ihm den Kopf hoch ins Genick. Ein anderer holte mit dem Fuß aus und trat Daddy-oh genau vor 'n Sack, und Daddy-oh schrie, und wieder ein anderer knallte ihm eins auf den Mund, ganz hingerissen, als er sah, daß ihm das Blut über die Hand spritzte.
»Kommt her, ihr Strolche«, schrie der Knilch immer noch, aber er lag jetzt am Boden, und man war zur Fußarbeit übergegangen, denn wenn einer erst am Boden lag, machte es sich besser mit den Füßen. Die Füße trafen seinen Brustkasten, seine Oberschenkel, seine Leiste und sogar den Kopf. Er schrie die ganze Zeit weiter, immer und immer wieder, wie eine kaputte Schallplatte. Und dann gab jemand der Platte durch einen Tritt ans Kinn den Rest, und mit Lied und Widerstand des Knilchs war es zu Ende, er spürte die folgenden Tritte, die wie Pferdehufe auf seinen Körper prasselten, gar nicht mehr.
Das mußte man Daddy-oh lassen, Schlag um Schlag austeilend, ging er unter. Er hatte die ganze Zeit kein Wort gesagt, einer, der seinen Kampf ernst nahm. Er sagte auch jetzt nichts. Er spuckte Blut, sein Anzug hing in Fetzen, und aus der Nase tropfte das Blut in die Gosse, aber er schlug zurück, bis sie ihn zu Boden zerrten und ihm vier harte Schläge in den Magen gaben. Da hörte er auf zu schlagen, aber er hörte nicht auf zu kämpfen, und er hörte nicht auf zu bluten. Er konnte nicht mehr zuschlagen, weil ihm die Arme an die Seite gedrückt wurden, aber kämpfen, verdammt nochmal, das konnte er noch, und wenn er auch blutete wie eine Hure an ihrem Schontag.
Langsam wurde die Sache höllisch schmutzig. Daddy-oh konnte sich

vielleicht eine chemische Reinigung leisten, aber die Jungen gingen für die Piepen lieber ins Kino. Darum entschlossen sie sich zu einem raschen Ende. Sie machten der Sache mit Fußarbeit ein Ende, und diesmal waren es sechs Paar Füße, denn der Knilch war schon aus, und bis auf einen, dem es Spaß machte, einen bewußtlosen Mann windelweich zu treten, konnten sie ihre ungeteilte Aufmerksamkeit Daddy-oh widmen.

Sie machten ihn fertig. Sie machten ihn solange fertig, bis sie annahmen, sie hätten ihm die Hoden platt gequetscht, und dann machten sie seine Kopfpartie genau so fertig. Zuletzt hörte er auf zu kämpfen, und sie schnappten sich seine Aktentasche und warfen alles in den Rinnstein, zerrissen Blätter und Notizbuch, schlitzten dann die Ledernähte auf und brachen die Schlösser heraus. Schließlich bearbeiteten sie die Tasche mit einem Messer, bis sie wie eine Papierschlange aussah, die von einer Tanzsaaldecke herunterhängt. Der Junge mit dem Messer in der Hand kam auf komische Gedanken, aber der Spaß war jetzt vorbei, und wenn der Spaß einmal vorbei ist, macht man, daß man aus der Gegend verschwindet, bevor die Polente aufkreuzt. Der Junge steckte das Messer widerwillig ein, und sie strolchten gemeinsam die Straße entlang in Richtung auf die Laterne an der Third Avenue.

Paarweise, zweimal zwei und zum Schluß drei, kamen sie aus dem dunklen Straßenblock heraus. Sie gingen die Third Avenue hinauf, besahen sich Schaufenster, pfiffen ein paar Mädchen in engen Pullovern nach, sie lachten ein wenig und witzelten ein wenig und gingen dann in eine Eisdiele, wo zwei sich einen Fruchtbecher leisteten. Die anderen nahmen Eiscreme-Soda oder Malzmilch, und sie führten sich alle sehr ordentlich auf, obgleich sie viel lachten.

Als sie gingen, konnte der Wirt nicht umhin, zu seiner Frau die Bemerkung zu machen, daß die Schüler heutzutage viel ruhiger seien als zu seiner Zeit.

Die Uhr an der Küchenwand war zu einer lüsternen Fratze geworden. Sie konnte die Augen darauf förmlich sehen, konnte sich die vorrückenden schwarzen Zeiger förmlich zu einem falsch grinsenden Mund verbogen denken.

Viertel vor elf hatten sie den Dampf abgestellt, und es war jetzt kalt

in der Wohnung. Sie zitterte leicht, hielt den Morgenrock eng umgefaßt, sah wieder zur Uhr.
Es war natürlich möglich, daß Rick sich ein wenig amüsieren gegangen war, möglicherweise sogar betrunken war und vergessen hatte, sie noch einmal anzurufen. Alles war natürlich möglich. Aber als er sie anrief, hatte er gesagt, er tränke ein paar Bier mit — wie hieß er doch? — und sie möchte mit einem etwas späteren Abendessen rechnen. Er hatte sie noch gefragt, ob es ihr recht sei, und sie hatte ja gesagt, selbstverständlich, obwohl sie es lieber gesehen hätte, er wäre gleich nach Hause gekommen.
Das etwas spätere Abendessen war gegen acht fertig gewesen. Sie erinnerte sich nicht, wie oft sie an das Wohnzimmerfenster gegangen war und auf die Straße hinabgesehen hatte. Sie kannte Ricks Gang genau, wie sie auch die neuen Umrisse ihres Körpers genau kannte. Sie erkannte ihn schon, wenn er noch gut einen halben Straßenblock entfernt war, und meistens, wenn er sie am Fenster stehen sah, winkte er, sah dann rasch in beide Richtungen, bevor er die 174te Straße überquerte, auf die Haustür zuging und aus ihrer Sicht verschwand.
Die Straße lag heute abend auffallend leer. Vielleicht hatte der ungewöhnlich starke Wind die Menschen ins Haus getrieben, so daß die Laternenpfähle einsam und verlassen zurückblieben. Das Abendessen, das sie gekocht hatte, stand in Töpfen auf dem Herd und war kalt geworden. Die auf den Küchentisch gestellten Teller sahen sie mit großen weißen Gesichtern an.
Sie war beunruhigt, wirklich beunruhigt. Das Radio im Wohnzimmer hatte sie auf WNEW eingestellt, und die Klänge von ›Musik bis Mitternacht‹ wehten durch die Wohnung, leise rhythmische Weisen, die die Wohnung leer erscheinen ließen. Bis Mitternacht würde sie warten, bis der Ansager mit honigsüßer Stimme seinen Spruch gesagt hatte: ›Wieder ein Tag, der zur Neige geht, und ein neuer Tag, der am Horizont anbricht‹. Oder vielleicht würde sie auf das Einleitungsthema von ›The Milkmann's Matinee‹ warten oder vielleicht solange, bis das Thema zu Ende war und Art Ford kam. Ja, so lange würde sie warten, und wenn er dann noch nicht da war, würde sie die Polizei anrufen.
Der bloße Gedanke, die Polizei anzurufen, machte ihr Angst. Es war,

als wenn sie mit der Möglichkeit einer Gewalttätigkeit schon die Tatsache anerkenne.
Sie fühlte, wie ihr die Tränen in die Augen schossen, und hielt sie verzweifelt zurück, haßte es, daß sie neuerdings so leicht das Heulen kriegte, wußte, es lag daran, daß sie in anderen Umständen war und haßte selbst dieses Wort jetzt.
Wenn ihm nun etwas zugestoßen ist, dachte sie. *Wenn ihm nun etwas zugestoßen ist.* Sie konnte die Tränen nicht zurückhalten. Sie liefen ihr die Backen herunter. Sie wischte sie mit dem Ärmel ihres Morgenrocks ab, und ihre Phantasie beschwor das Bild, wie sie ein Kind gebar, und Rick war nicht da, irgendwann demnächst, und Rick war nicht da.
Nein, es ist ihm nichts zugestoßen, redete sie sich ein. *Er amüsiert sich. Er hat einfach vergessen, anzurufen.*
Aber weiß er denn nicht, daß ich mich zu Tode ängstige? Wenn es wirklich weiter nichts ist, bringe ich ihn um, jawohl! – einfach nicht anzurufen, wo er weiß, daß ich krank vor Sorge bin.
Sie lächelte über den Einfall, ihn umzubringen, weil das albern war, denn sie machte sich ja Sorgen, daß ... ihm doch etwas zugestoßen war, und sie würde ihn gewiß nicht umbringen, und als ihr ihre Albernheit aufging, lachte sie ein wenig, doch das Lachen zerrann in rasche Tränen, sie wischte sie mit dem Morgenrock fort, bis der Ärmel ganz naß war. Verzweifelt betete sie, das Telefon möge läuten, betete, daß die Türklingel aufschrillen möge. Die Tränen flossen weiter, als ob der ganze Kummer zu den Augen herausströmte.
Im Radio schluchzten plötzlich Geigen auf und hallten durch die kalte Wohnungsluft, dann floß eine Gesangsstimme aus der langgezogenen Geigenpassage, warm wie Kupfer, zärtlich und leise.

Long ago and far away,
I dreamed a dream on day ...

Sie stand auf, ging in die Küche und stellte sich vor die Uhr, als wolle sie die Zeiger herausfordern, sich vor ihren Augen zu bewegen. Es war zehn vor zwölf, zehn Minuten noch bis zu der äußersten Grenze, die sie sich gesetzt hatte. Sie rang die Hände, kam sich aber wie die Heroine in einem billigen Melodram vor und ließ es wieder bleiben; dann begann sie auf und ab zu gehen, immer vor dem Küchentisch hin und her.

And now, that dream
Is here be-side me . . .«

Rickie, Rick, komm nach Hause, flehte sie schweigend.

Sie ging wieder ins Wohnzimmer, blieb am Fenster stehen und sah auf die verlassene Straßen hinunter, verfolgte eine Zeitung, die sich am Bordstein entlangschlängelte, einen Augenblick wild in der Gosse flatterte und dann auf den Bürgersteig hüpfte. Als sie den Schlüssel im Schloß hörte, blieb ihr das Herz im Leib stehen. Sie wirbelte vom Fenster weg und rief: »Rick? Rick?«

Eine Sekunde lang lauschte sie auf das Klirren des Schlüssels, rannte dann in den Flur und griff nach dem Türknopf. Zur selben Zeit drehte er seinen Schlüssel um, und sie störten sich gegenseitig, fummelten auf beiden Seiten der Tür, keiner konnte es erwarten, sie zu öffnen, keiner konnte es erwarten, die Metallwand zwischen ihnen wegzuschieben.

Und dann war die Tür offen, und er stand da ohne ein Lächeln, mit blutverkrustetem Mund und blutverschmiertem Gesicht, das linke Auge fast zu, und von der Backe hing ein breiter Fleischlappen. Der Anzug war zerrissen, der neue Tweedanzug, der ihm so gut stand, in seinem Hemd war ein Riß, sie sah die nackte Brust unter diesem Riß, und beim Anblick dieser schutzlos aussehenden Haut, die sich weiß von dem besudelten weißen Hemd abhob, dieser verwundbar aussehenden Haut, kamen ihr erneut die Tränen.

»Rick«, sagte sie, »Rick«, und führte ihn in die Wohnung, machte sich nicht die Mühe, die Tür abzuschließen, fühlte, daß die Gefahr längst vorbei war. »Liebster, o mein Liebster, mein armer Liebster.«

Er sprach nicht, er wankte ins Wohnzimmer wie ein Toter, den Arm um ihre Schulter gelegt und schwer auf sie gestützt. Er plumpste auf die Couch und legte die Beine hoch, was äußerst schmerzhaft zu sein schien.

»Ich rufe einen Arzt«, sagte sie erregt, aber er schüttelte den Kopf, und sie stand einen Moment unentschlossen da, wußte nicht recht, was sie tun sollte, wußte nur, daß er schwer verletzt war, und wünschte verzweifelt, ihm zu helfen. Sie ließ ihn liegen und rannte, immer noch heftig schluchzend und unfähig, ihrer Tränen Herr zu werden, ins Badezimmer. Dort nahm sie Jod, Wasserstoffsuperoxyd, Gaze und Heftpflaster und rannte ins Wohnzimmer zurück, half ihm aus der Jacke und küßte seine Hände, als sie die zerfetzte Haut an ihnen sah. Sie zog ihn aus, biß sich auf die Lippen, als sie die Blutergüsse sah, und schrie fast auf beim Anblick der rotunterlaufenen Hoden.

»Liebster, Liebster«, stammelte sie unablässig und besänftigte ihn unter Tränen; sie war unfähig, etwas anderes zu sagen, und arbeitete fieberhaft mit ihren Tinkturen und Binden.

»When the world should all be sleeping«, sang das Radio, *»and a melody comes creeping, 'til you want to sway, it's the Milkman's Matinee . . .«*

»Schon zwölf«, röchelte Rick.

»Ja, Liebling, ja«, antwortete Anne, die nicht wußte, was sie mit dem Hautlappen, der von seiner Backe hing, machen sollte, und den kreuz und quer laufenden roten Fasern darunter. Sie spritzte Wasserstoffsuperoxyd auf die Wunde, Rick wimmerte, und sie sagte: »Oh, tut mir leid«, und er sagte: »Macht nichts.« Sie legte den Hautlappen wieder an seine Stelle, ohne zu wissen, ob das so richtig sei, tat dann Gaze und Heftpflaster darauf und fing an, die übrigen Gesichtswunden zu behandeln.

»Deine Zähne sind noch ganz«, sagte sie, wollte es eigentlich nur denken und war ganz überrascht, als sie den Gedanken aussprach.

»Ja«, antwortete er.

»Waren es . . .«

»Die Jungens, ja. Ich und Josh. Ich habe ihn erst nach Hause geschafft. Im Taxi. Tut mir leid, Liebstes, aber er . . .«

»Ist ja gut«, sagte sie.

»Er ist ein prächtiger Bursche, Anne. Tut mir leid, daß er da hineingerasselt ist. Herrgott, warum mußte er da hineinrasseln.«

»Ist ja gut, Rick«, wiederholte sie.

»Wir waren blau«, sagte er. »Wir hätten uns nicht betrinken sollen. Dann hätten wir besser unseren Mann gestanden . . .«

»Wieviel waren es?« fragte sie, hörte seine Antwort nicht gern, mußte es aber wissen.

»Sieben, glaube ich. Große Bengel. Wir hätten nicht blau sein dürfen.«

»Das konntet ihr ja nicht wissen, Rick. Rick, soll ich nicht einen Arzt anrufen?«

»Nein, ich komme schon zurecht.«
»Hast du einen von ihnen erkannt?«
»Es war dunkel«, sagte er hilflos.
»Das macht nichts. Komm Rick, komm, leg dich ins Bett. Komm Liebster. Dann fühlst du dich gleich besser.«
»Kann ich nicht . . . einfach noch etwas hier liegenbleiben?«
»Natürlich, was du lieber willst. Möchtest du Kaffee? Hast du was gegessen, Rick?«
»Nein. Nichts, Anne. Ich habe keinen Hunger.«
Sie wusch ihm das Gesicht, zog ihm dann den Schlafanzug an und legte ihm einen Bademantel um die Schultern. Auf alle Fälle setzte sie erstmal Kaffeewasser auf, da sie sich zu erinnern meinte, daß heiße Getränke gut für Schocks sind. Sie hätte beinah wieder geweint, als sie den Kaffee in die Kanne gab, aber diesmal beherrschte sie sich, weil sie ihm nicht zeigen wollte, was für eine Heulsuse sie war. Als der Kaffee fertig war, schenkte sie zwei Tassen ein und brachte sie ins Wohnzimmer; sie zog einen der beiden kleinen Sofatische heran und stellte die Tassen darauf.
Er trank den Kaffee dankbar, obwohl er gesagt hatte, er möchte nichts. Sie stellte fest, daß sein Gesicht wieder etwas Farbe bekam, und sah ihm zu, wie er den Kaffee schlürfte, rührte aber ihren eigenen kaum an, sah ihm nur zu und war froh, ihn wieder bei sich zu haben; sie wußte, es würde alles wieder gut werden, und daß sie alles tun würde, was sie konnte, damit alles gut würde.
»Soll ich nicht doch einen Arzt anrufen?« fragte sie nochmal, und er schüttelte den Kopf und schlürfte an seinem Kaffee.
»Ich muß wie ein Gespenst aussehen, mit diesen ganzen Bandagen«, sagte er.
Sie lächelte, fühlte, wie die Augen wieder feucht wurden. Dann fing er an, ihr zu erzählen, was geschehen war, ließ nichts aus, erzählte ihr die ganze Geschichte. Sie hörte mit im Schoß geschlossenen Händen zu und war seltsam stolz auf ihn; warum, wußte sie nicht, wußte wohl, daß man auf Verlierer eigentlich nicht stolz ist, spürte aber einfach diesen Stolz in sich aufbrechen. Als er mit seiner Geschichte fertig war und seinen Kaffee ausgetrunken hatte, setzte sie sich neben ihn auf die Couch, nahm seinen Kopf an die Brust und streichelte ihm das Gesicht.

Sie saßen schweigend und lauschten Art Ford und seinen Platten, und nach einer ganzen Weile sagte Rick: »Ich glaube, ich komme mit dem Leben davon, was meinst du?«
»Das wäre ja auch noch schöner«, sagte sie. »Ich bin zu jung, um schon Witwe zu sein.«
Er lachte, und sie lachte mit ihm, und sie wußte, daß wirklich alles wieder gut würde. Ihr Lachen durchbrach die ernste Stimmung, die sie bedrückt hatte. Als läge ihnen beiden daran, das Geschehene zu vergessen, fingen sie nun an, von anderen Dingen zu reden, zum Beispiel über das, was sie den ganzen Tag gemacht hatte, und sie vermieden jedes Gespräch über die Schule, den Überfall und was geschehen sollte, wenn er am Montag wieder zum Unterricht ging.
»Jerry hat angerufen«, sagte sie.
»Jerry Lefkowitz?«
»Ja. Er hat eine Stelle.«
»Tatsächlich?« fragte er. »Wo?«
»Central Commercial.«
»Nun laust mich der Affe!« sagte Rick. »Und ich habe mir noch Sorgen um *ihn* gemacht!«
»Ist es eine gute Schule?« fragte Anne und lächelte, weil Rick lächelte, wußte aber eigentlich nicht, was daran so komisch war.
»Ob das eine gute Schule ist?« Er fing an zu lachen. »Oh, Anne, Kindchen, und ich hatte ihm gegenüber ein Schuldgefühl, daß ich ihm *diese* Stelle weggenommen habe. O Schatz!« Er fing wieder an zu lachen, diesmal lachte er richtig, so wie man manchmal nach Tränen lacht, ein spontanes und oft völlig freudloses Lachen, ein Lachen, das eher die Befreiung von einer Sorge als ein Ausdruck von Freude ist. Er lachte schallend, schüttelte unaufhörlich den Kopf, und weil sein Lachen so spontan war und weil er in seinen Bandagen so kläglich aussah, lachte sie mit ihm. Sie saßen da auf der Couch und lachten wie zwei Irre, schüttelten sich vor Lachen, bis ihnen die Tränen die Backen herunterliefen, lachten, bis der Mann über ihnen mit einem Besenstiel auf den Fußboden klopfte, und selbst da konnten sie noch nicht aufhören.

ZWEITER TEIL

6

Der erste Schnee fiel Montag, den 19. Oktober, etwas länger als einen Monat, nachdem Rick und Josh überfallen worden waren.
Es fing in den frühen Morgenstunden an zu schneien, als die Stadt noch schlief. Die Schneeflocken rieselten von einem gußeisernen Himmel herab, zuerst gemächlich. Große nasse Flocken, die zerschmolzen, sowie sie das Pflaster berührten. Die düsteren, leeren Straßen bekamen ein feucht glitzerndes, poliertes Aussehen, schwarzer Asphalt, der glitschig in dem fahlen Licht der Straßenlampen schimmerte. Und dann machte der Schnee ernst. Die dicken, schmutzig nassen Flocken flohen vor dem Ansturm eines feineren schärferen Nieselschnees. Der Wind fegte ihn über Bürgersteige und Rinnsteine, und der Schnee haftete nun, wirbelte hoch und blieb liegen. Die Straßenlampen standen wie Wachposten in Habtachtstellung und hielten ihre gelbbemützten Köpfe aufrecht in dem wirbelnden Schneesturm. Der Schnee deckte alles zu. Langsam und geduldig verschlang er schwarze Asphaltstücke, bedeckte den grauen Boden, nistete auf der braunen Erde offener Parzellen, häufte sich auf dem abgebröckelten Anstrich von Fensterbänken, hüpfte gegen Bordsteine und Laternenpfähle und warf den Blechhauben parkender Autos eine flaumig feuchte Decke über.
Und immer weiter fiel er; leise, alles verhüllend und dämpfend, besänftigte er die Welt, verkleidete den fußhohen Schmutz einer Stadt mit einem wolligen kalten Kleid aus zusammengestopften weißen Flocken.
Er saß an seinem Tisch und wartete auf die 55-206. In der Klasse war es warm, er beobachtete, wie es draußen vor den Fenstern schneite, und fühlte sich ausgesprochen wohl, obwohl er auf die 55-206 wartete. Die Welt draußen war sehr weiß und sehr still. Er betrachtete sie aus der Wärme seines Kokons aus Holz, Glas und Beton, blickte

auf das Schneegestöber, sah die weißen Flocken lautlos gegen die Fensterscheiben tupfen, dort einen Moment haften und dann abfallen.

Er hatte jetzt keine Narben mehr im Gesicht. Die Wunden waren sehr schnell geheilt. Es sei vorausgeschickt, daß es nichts Ernstes war, wenn man sich nicht daran stößt, daß man ein Gesicht wie ein Hacksteak hat. Die Zeit hat eine wundervolle Art, Blut gerinnen zu lassen und Schorf zu bilden, dann den Schorf abzuwerfen und eine frische junge Epidermis zu hinterlassen. Die Zeit machte das nett, und ein Monat ist eine lange Zeit. Die zerfetzte Backe hatte natürlich am längsten gebraucht, aber sogar das war geheilt, nachdem der Hautlappen sich abgeschält hatte und vertrocknet war. Am Anfang hatte er entsetzlich ausgesehen, und den ganzen Samstag und Sonntag nach der Schlägerei hatte er jedesmal gewimmert, wenn er in den Spiegel sah.

Er hatte schon früher Schlägereien mitgemacht. Er hatte, als er jünger war, eine Menge Schlägereien mitgemacht. Zum Beispiel, als er in einer Mietwohnung in der 120ten Straße zwischen First und Second Avenue wohnte. Dort hatte er jede Menge Schlägereien mitgemacht, weil seine Mutter, na ja, darauf bestanden hatte, ihn in einem schmutzstarrenden Viertel sauber gekleidet auf die Straße zu schicken. Und später, als sie in die Bronx hinaufgezogen waren, hatte er wieder Schlägereien mitgemacht, aber nur im Anfang, weil jedes andere Kind meinte, es sei verpflichtet, die Boxtalente des Neuen zu prüfen. Und bei der Marine hatte es Schlägereien gegeben, aber da war er schon an Faustkämpfe gewöhnt und teilte ebenso viele Schläge aus wie er einsteckte.

So hatte er also schon früher Platzwunden in seinem Gesicht gesehen, viel ernstere als jene, die er an besagtem Wochenende im Spiegel betrachtete. Er hatte heute noch eine Narbe unterm Kinn von dem Schlag einer Zwille aus Orangenkistenholz, den er als Zwölfjähriger mal abgekriegt hatte. Nun ja, das war eine klaffende Wunde gewesen, und sie hatten dreimal genäht, bevor diese Episode vorüber war. Nein, nicht über sein Aussehen wimmerte er. Sondern über die Erkenntnis, dieses Gesicht am Montag der versammelten Mannschaft von North Manual Trades High School zeigen zu müssen.

Er hatte keine Angst, den Jungen gegenüberzutreten. Das machte ihm überhaupt nichts aus. Schließlich hatte er die Schlägerei hinter sich. Damit war nun hoffentlich Schluß. Falls nicht, würde er das nächste Mal nüchtern sein, und das nächste Mal würde es zum Dank für seine blauen Flecke ein paar eingeschlagene Schädel geben.

Der Anblick seines Gesichts hatte jedoch irgend etwas Beschämendes, und wenn er auch die Ursache der Beschämung nicht genau feststellen konnte, so war er sich ihrer doch zerknirscht bewußt. Er kam sich vor wie eine schwangere Frau, die den Makel eines dicken Bauches trägt und damit aller Welt verkündet: »Man hat mich umgelegt.« Sein Gesicht schrie heraus: »Man hat mich niedergeschlagen«, und er wollte nicht, daß sein Gesicht diesen Spruch hinausposaunte, weil er nämlich nicht stimmte. Er war nicht wirklich niedergeschlagen worden. Man hatte ihn hinterhältig überfallen und getreten, aber er war nicht niedergeschlagen worden. Und darum schämte er sich seines Gesichts, das so schändliche Lügen erzählte, das da sagte: »Schaut mich an. Ich bin ein geschlagener Mann.« Er studierte es im Spiegel und dachte *ich bin kein geschlagener Mann.*

Er war überrascht, als Anne Sonntagabend fragte: »Gehst du wieder hin, Rick?«

Er sah sie seltsam an, als verstehe er nicht ganz, was sie sagte. »Natürlich«, antwortete er mit ungläubiger Stimme. »Wieso, natürlich gehe ich wieder hin.« In dem Augenblick hatte er wieder sein Gesicht verwünscht, weil es sogar Anne belogen, auch sie zu der Annahme verleitet hatte, er sei ein geschlagener Mann. Anne hatte ihn schweigend angestarrt und dann nur genickt, und er wußte, sie war froh über seinen Entschluß.

An dem Montag nach der Schlägerei versuchte er, nicht mehr an sein Lügengesicht zu denken. Und als Stanley fragte, was geschehen sei, und Stanley wußte natürlich haargenau, was geschehen war, hatte Rick irgendeine alberne Bemerkung über eine streitlustige Türklinke gemacht, in die er hineingerannt sei. Und als Small fragte, was geschehen sei, und Small wußte natürlich haargenau, was geschehen war, denn er sah ja, wie Josh Edwards an jenem Montagmorgen aussah, und wußte, daß zwei streitlustige Türklinken an ein und demselben Wochenende die Zufälligkeit doch ein wenig strapazierten, hatte Rick nur geantwortet: »Ein kleiner Unfall«, und damit war die Sache erledigt. Aber nicht für die Jungen. Die Jungen wußten auch, was geschehen war. Sie erfuhren die Geschichte aus erster Quelle, das heißt aus allen sieben Quellen zugleich, und sie wußten, daß man Daddy-oh und Edwards die Fresse poliert hatte. Sie wußten es und schätzten es. Die Rechnung war sozusagen beglichen. Wenn Daddy-oh meinte, er müsse daherkommen und einem von ihnen eines auswischen, schön, bitte sehr. Aber es gab andere, die konnten genausogut daherkommen und Daddy-oh eins auswischen. Und genau das hatten sie getan. Sie hatten ihm die Seele aus dem Leib geprügelt, und sollte nur einer sagen, sein Gesicht sähe nicht reizend aus mit all den Pflastern darauf. Was sie betraf, war die Rechnung beglichen. Man hatte es Daddy-oh voll heimgezahlt.

Und so endete die Schweigemauer, die am Tag nach Smalls entzückender kleiner Ansprache plötzlich errichtet worden war, genauso plötzlich an dem Montag nach Ricks Schlägerei. Rick war von dem plötzlichen Umschwung überrascht und verbrachte ein Gutteil des Tages damit, den Grund dafür herauszuknobeln. Mit keiner Silbe erwähnte er den Hackfleischzustand seines Gesichts. Er wußte, daß die Jungen wußten, was geschehen war, und er wußte auch, daß jegliche Milde auf seiner Seite zu der Vermutung führte, er sei eingeschüchtert. Er zeigte keine Milde. Vielmehr bediente *er* sich nun der Schweigemauer. Er gab sich glashart, als der große Schweiger in Person, und versuchte den Kindern zu beweisen, daß sein Gesicht log. Die Jungen gewöhnten sich wieder ein für Berufsfachschulen normales Benehmen an. Sie riefen in die Klasse, kreischten, lachten, fluchten, waren ungezogen, unordentlich und rundum widerspenstig. Und Rick gewöhnte sich wieder an, in dieser für Berufsfachschulen normalen Atmosphäre zu unterrichten. Er hatte gegen keine Schweigemauer mehr anzukämpfen, gegen nichts dergleichen, und argwöhnte, daß es der Straßenkampf gewesen war, der den Block wunderbarerweise zur Seite gewälzt hatte.

Eine Woche lang gab er sich hart, seine Klassen waren praktisch Luft für ihn, und er behandelte sie mit kalter Verachtung. Seine Haltung machte ihnen deutlich klar, was er von Überfällen aus dem Hinterhalt hielt. Er halste ihnen schriftliche Übungen und Arbeiten auf und war mit Zensieren der mündlichen und schriftlichen Leistungen im Unterricht unbeugsam streng. Die Jungen ließ das kalt. Es war normal. Die Douglas Murray Rechnung war beglichen, und nun konnten sie es laufen lassen und sich wie normale Lümmel benehmen anstatt wie Hochleistungs-Superlümmel. Sie machten darin einen feinen Unterschied.

In der zweiten Woche nach dem Überfall änderte Rick seine Taktik. Er merkte, daß die mürrische, unnahbare Haltung zu nichts führte. Auch spürte er, daß die Jungen inzwischen genau wußten, wie er dachte, trotz seines Gesichts. Er war dazu da, diese Kinder zu unterrichten, und er konnte sie weiß Gott schlecht unterrichten, wenn er so tat, als seien sie nicht vorhanden. Darum strich er den Überfall aus seinem Gedächtnis. Er verstaute ihn in einer dunklen Ecke unter dem, was er *erledigte Sachen* nannte, und fing mit einer sauberen Tafel neu an, ohne zu bedenken, daß fast alle Tafeln einer Berufsfachschule schmutzig sind.

Der Gedanke kam ihm an dem Tag, als der Werkraum über ihnen in Betrieb genommen wurde. Er hatte eine Abenteuer-Zeitschrift mit in die Schule gebracht, denn er dachte sich, um den Schülern anders und ein wenig freundlicher zu begegnen, läse er ihnen besser eine Geschichte aus einer populären Illustrierten vor, anstatt aus einem Lesebuch. Es war eine gute Geschichte, wenn auch kein klassisches Meisterwerk, und er las sie gut, verlebendigte die beschreibenden Passagen und gab dem Dialog realistischen Ausdruck. Er war gerade auf dem Höhepunkt angekommen, als es in dem Werkraum losging.

Es begann mit einem Surren, bei dem er kaum von der Zeitschrift aufsah. Das Surren wuchs an, bis es wie eine wildgewordene Kreissäge klang. Rick machte ein ehrlich bestürztes Gesicht und sah seine Klasse lächeln. Er zog die Augenbrauen hoch, zuckte die Achseln und las weiter.

Die Säge fing an zu klappern, und dann fing sie an zu rasseln, als ob jemand einen Schraubenschlüssel in das Getriebe geworfen hätte und das Getriebe nun auf Teufel komm raus stampfte. Der ganze Raum schien unter dem Krach zu vibrieren. Die Fenster ratterten, und die Bleistifte auf den Tischen vollführten einen unfreiwilligen Tanz.

Rick riß vor Erstaunen weit die Augen auf. Die Jungen lachten, und irgend etwas in ihm sprach auf dieses Lachen an. In diesem Augenblick wurde er, obwohl sein Erstaunen zuerst echt gewesen war, zum Komödianten. Er riß die Augen, diesmal in vorgetäuschtem Staunen, noch weiter auf, ließ darauf den Unterkiefer herunterklappen und zog die Augenbrauen so hoch, daß sie fast den Haaransatz berührten.

Die Klasse wartete, und er kam sich vor wie auf der Uni, als sie *Room Service* aufgeführt hatten. Er fühlte, wie sie auf einen Gag warteten, spürte ihre Vorfreude und sagte, die Spannung ausnützend, ganz langsam und ganz deutlich: »Was-zum-Teufel-soll-das-bedeuten?«

Die Klasse lachte, und einer sagte: »Der Werkraum über uns, Chef.« Rick schlug sich an die Stirn und tat so, als fiele er in Ohnmacht. »O Gott!« sagte er, »das hat uns gerade noch gefehlt!«

Er lachte laut auf, ein halb echtes, halb falsches Lachen, und die Jungen lachten mit. Er wußte, daß sie nicht über ihn lachten. Er wußte, daß sie in diesem Augenblick seine Sorgen teilten und sich selbst von seinem Standpunkt als Lehrer betrachteten; denn es war ihnen wohl klar, daß sie nicht eben Engel waren, und sie lachten darüber, daß diese zusätzliche Schallmauer ein schweres Brot noch schwerer machte. Sie lachten mit ihm, weil sie, nur für den Augenblick, die Dinge so sahen, wie er sie sah und wie sie vielleicht tatsächlich waren.

»Lesen Sie doch die Geschichte trotzdem«, rief einer. »Sie ist prima.«

Rick warf einen Blick zur Decke und schätzte den Lärm argwöhnisch ab wie jemand, der seine Zehenspitzen in einen eiskalten Teich tauchen will. Dann seufzte er, lächelte, nickte ergeben und las die Geschichte weiter, womit er vor dem Läuten fertig war. In der Klasse herrschte wohlwollende Stimmung, und Rick schrieb sie zu Recht seiner improvisierten dramatischen Reaktion auf den Vorfall zu. Er dachte eingehend über diese Dramatisierungsgeschichte nach.

Er hatte seine Sache bei den Studentenaufführungen nicht schlecht gemacht und wußte, daß nichts so beliebt war wie eine Schau, insbesondere dann, wenn sie umsonst war. Und wenn er sich die Aufmerksamkeit der Schüler bewahren konnte, indem er ihnen eine Schau bot, warum nicht? Es stand außer Zweifel, daß er bei dem Werkraumzwischenspiel ihre Aufmerksamkeit erregt hatte. Sie hörten ihm gespannt zu, und zum erstenmal empfand er so etwas wie eine Beziehung zu ihnen. Wenn das große Problem darin bestand, an sie heranzukommen, und er es dadurch lösen konnte, daß er zum Schauspieler wurde, warum dann nicht so weitermachen? Schließlich konnte es ihm egal sein, wie er an sie herankam, solange er überhaupt an sie herankam. Und wenn Theater die Lösung war, dann würde er ihnen eben Theater vormachen.

Er machte es. Zuerst immer nur ein wenig, ein paar stümperhafte Gesten, ein paar Grimassen. Sie verschlangen es, und so ging er einen Schritt weiter. Er versuchte, eine grammatikalische Frage mit ein paar Späßen zu illustrieren. Sie waren hingerissen. Folglich änderte er seine Unterrichtspläne ab, legte sie so an, daß alles, was er vortrug, auf Theaterspiel hinauslief. Alles, was er in der Klasse machte, wurde in Theatralik umgesetzt, ob es sich nun darum handelte, eine Geschichte vorzulesen oder den Aufbau einer Zeitung zu erklären. Am Ende eines jeden Tages fühlte er sich erschöpft, aber wenn er etwas erreichte, schloß er, war es die Erschöpfung wert.

Nachdem er zwei Wochen lang Theater gespielt hatte, erkannte er, daß es ein Trugschluß war. Er hätte es eigentlich früher erkennen müssen, war aber so begeistert von der Idee, daß ihre Unzulänglichkeiten unbemerkt blieben. Er beging einen weitverbreiteten Fehler, vor dem Solly Klein wiederholt gewarnt hatte, und setzte einen höheren Intelligenzgrad voraus, als er tatsächlich vorhanden war.

Und zwar empfing er seine siebte Englischklasse zur siebten Stunde mit der Nachricht, daß er einen Klassenaufsatz schreiben lasse. Es gab das übliche Gebrumme und Gestöhne, und als die Klasse sich beruhigt hatte, erklärte Rick genau, was er wollte.

»Das Aufsatzthema lautet ›Ich habe etwas verloren‹«, erklärte er. Er schwieg und sah in die leeren Gesichter. »Verloren«, sagte er und breitete weit die Hände aus. »Sie wissen, was ich meine. Es gibt tausend Dinge, die täglich verloren gehen. Ich möchte einfach, daß Sie einen Aufsatz schreiben über etwas, das Sie einmal verloren haben, entweder kürzlich oder vor langer Zeit oder meinetwegen irgendwann.«

Er sah die Gesichter vor sich und hoffte, hinter diesen ausdruckslosen Augen werde langsam der Groschen fallen.

»Sie meinen, einfach was wir mal verloren haben?« fragte einer.

»Ganz richtig«, sagte Rick. »Erzählen Sie mir, wie Sie es und wo

Sie es verloren haben, wie Sie versucht haben, es wiederzufinden, und wie Sie es schließlich gefunden haben, falls Sie es wiederfanden. Zum Beispiel ...« sagte er, rieb sich die Hände und schickte sich zu einer seiner dramatischen Vorstellungen an. Er sah das Lächeln wie durch Zauberhand auf den Gesichtern der Jungen erscheinen, sah die Erwartung in ihren Augen. Er würde wieder eine Nummer machen, und sie liebten seine Nummern. Mann, laß den ruhig sich abstrampeln, kost' ja nix.

Rick ging zur Tür.

»Sie kommen aus der Schule nach Hause«, sagte er. Er öffnete die Tür, trat kurz auf den Flur hinaus und kam dann wieder herein. Er war nicht mehr Richard Dadier, der Englischlehrer. Er hatte sich die Hosenbeine aufgekrempelt und schlenderte pfeifend und Gesichter schneidend in die Klasse, brachte zum Ausdruck, wie er sich einen Siebzehnjährigen vorstellt, der nach der Schule heimkommt.

»Sie legen Ihre Bücher auf den Küchentisch«, sagte er und durchlebte noch einmal die Zeit, da er jeden Tag aus der Schule nach Hause kam. Er stellte das Ablegen der Bücher pantomimisch dar; und dann, wie er etwas aus der Tasche holte. »Sie holen einen Füllfederhalter aus der Tasche«, sagte er, »und legen ihn *gleich neben die Bücher* auf den Tisch.« Er tapste an seinen Tisch neben die imaginären Bücher. »Gleich hier. Gleich hier neben die Bücher. Dort haben Sie Ihren Füllfederhalter hingelegt.«

Die Jungen nickten, und es machte ihnen Mordsspaß. Er wollte auf was raus, der Daddy-oh, auf irgendwas mit dem Füller, gleich dort neben den Büchern.

»Schön«, sagte Rick, lächelte blöde, rieb sich die Hände und sah auf den vermeintlichen Füllfederhalter, »Zeit für 'ne kleine Erfrischung. Harter Tag heute, Englisch wie gewöhnlich eine Schinderei.« Er machte eine Pause und wartete auf das Lachen, freute sich, als es kam, bemaß geschickt seine Pause, wie er es auf der Bühne getan hatte, wartete, bis es seinen Höhepunkt erreicht hatte, und sprach erst weiter, als es fast verklungen war. »Könnte eigentlich 'n bißchen Milch vertragen.«

Die Jungen nickten einander zu, diese Superschau gefiel ihnen. Was wollte er bloß mit dem Füller?

»Auf dem Kühlschrank!« rief Rick und streckte den Finger zur

Decke wie ein Junge, der einen Genieblitz hat. Er raste durch die Klasse, blieb an der Tür stehen und sagte: »Aaaah!« öffnete die Tür, tat, als sei sie die Kühlschranktür. Er faßte in den Flur hinaus und schob ein paar vorgestellte Sachen zur Seite.
»Gurken, hmmm, Käsecreme, Hörnchen, hmmm, Butter und Räucherfisch, die Katze, hmmm —« Er tat einen Griff hinein, langte nach der Katze und schrie: »Was macht denn die Katze hier?« Dann beförderte er das Tier mit Schwung zu Boden, während die Klasse vor Vergnügen schrie. »Aaaah«, sagte er, als das Lachen sich gelegt hatte, »die Milch«. Er hielt die vermeintliche Flasche hoch, strahlte und ging dann an den Spülstein, um ein Glas zu holen.
»Sie haben also nun die Milch und das Glas, gehen dann ins Wohnzimmer und machen es sich bequem«, und dabei ging er zum entgegengesetzten Ende des Klassenzimmers auf die Fensterseite. »Sie denken überhaupt nicht mehr an die Küche und die Bücher und — den Füllfederhalter!«
Er nickte, um diesen Punkt zu unterstreichen, und spitzte die Lippen. Die Jungen beobachteten ihn, begriffen, daß es ein Fehler war, den Füller zu vergessen, weil totsicher etwas mit ihm passieren würde.
»Nun trinken Sie Ihre Milch im Wohnzimmer und sind ganz mit sich selbst beschäftigt«, sagte Rick. Er zeigte auf die Fenster und deutete jemanden an, der dort, ohne die Küche sehen zu können, etwas trank. »Und wer kommt in die Küche?«
Er machte eine Pause, wartete und lauschte.
»Ihre kleine Schwester!« verkündete er und verwandelte sich dabei in eine hüpfende zehnjährige Göre, die der Klasse die Zunge herausstreckte, an den Tisch heranhopste und das Schicksal herausforderte.
»Ooooh!« quiekte er, »ein schöner großer Fü—federhalter!« Er nahm die Feder in kindlichem Entzücken, drückte sie innig an die Brust und tat dann, als kritzele er etwas auf ein Stück Papier. Er kritzelte wild drauflos, schob die Zunge zwischen die Zähne und lehnte sich in einer grotesken Stellung vor. Dann hüpfte er durch den Raum, hielt den Füllfederhalter hoch und sagte: »Aber das Kind wird es leid und legt den Füllfederhalter schließlich fort. Doch wohin? *Wohin?* Auf den Eisschrank!«
Die Klasse brüllte, und Rick ließ sie brüllen, dann führte er die

Szene zu Ende, zog noch Mama und Papa mit ins Spiel und sogar die eisgekühlte Katze, legte den Füllfederhalter von einem Platz auf den anderen, bis sein ursprünglicher Besitzer ihn unmöglich wiederfinden konnte.

»Haben Sie den Sinn verstanden?« fragte er, als die Klasse zu lachen aufgehört hatte. »›Ich habe etwas verloren‹. Ich habe Ihnen nur ein Beispiel dafür gegeben, wie etwas verloren gehen kann. Und nun berichten Sie mir über Ihre eigenen Erfahrungen.«

Er teilte die linierten Aufsatzbogen aus und sagte: »Vergessen Sie nicht, das Übliche oben darüberzuschreiben«, und dann sah er zu, wie die Klasse sich an die Arbeit machte. Er war recht zufrieden mit sich. Er hatte ihr Interesse die ganze Zeit über wach gehalten und ihnen plastisch erklärt, welche Art Aufsatz er von ihnen wollte. Die Klasse schrieb, bis es läutete, und dann sammelte er die Bogen ein.

Die Überraschung und Ernüchterung kam erst später, als er die Arbeiten korrigierte. Einwandfreies Englisch erwartete er nicht. Er hatte längst aufgehört, gute Rechtschreibung, Gliederung und Grammatik von irgendeiner seiner Klassen zu erwarten, selbst von den siebten Semestern nicht. Darum war er in diesem Punkt nicht enttäuscht. Aber er fiel beinah um, als er den Inhalt der Aufsätze las.

Jackson, ein Siebzehnjähriger im siebten Semester, schrieb:

Komme außer Schule. Mache Tür auf und hohle Milch außem Aisschrank. Lege Bücher und Füllhalter aufen Tisch. Trinke Milch. Kleine Schwester kommt in die Küche, nahm Fülla vom Tisch lechten aufen Aisschrank. Vater nahm Fülla vom Aisschrank nimmtn mit in Schlafzimmer aufe Kommode. Meine Mutter fint den Fülla da und ...

Conrad, achtzehn Jahre alt, ein Semester vor dem Abgang:

War ich erschtaunt, als ich meinen Füllfederhalter aufen Küchentisch legte als ich außer Schule nachhause kam und dann nich wiederfinde. Trank gerade 'n Glass Milch im Wohnzimmer und deshalb weiß ich nich das meine Schwester den Fülla nimmt und in Hause rumschleppt wie ich grade trinke. Später leegt mein Fater diesen Füller auch woandershin, waß war ich da erschtaunt. So verlor ich meinen Füller und haben bis heute nich gefunden. Is doch komisch, wie Sachen in Hause rumgehen wenn man grade nich kuckt oder Milch trinkt. Kann wie ein Schlach sein, wenn man nich aufpaßt und weggeht und Sachen rumliegen läßt. Auch wenn meine Mutter den Fülla wechlegt kann ich ihn dann nich finden. Wenn man Sachen nich valieren will, muss man aufpassen.

Rick las die Aufsätze langsam und genau mit wachsender Besorgnis. Er dachte immer nur an die kleine Szene, die er vorgespielt hatte, sah immer nur die gleiche Szene dargestellt, immer wieder, Aufsatz für Aufsatz. Mit etwas Phantasie, das wohl, aber nur etwas. Nicht im mindesten was er gewünscht hatte. Ein paar Ausschmückungen seiner Szene, aber im Grund immer das gleiche, alles nach demselben Modell gegossen.

Von Di Luca:

Sogar meine Katze, es is eine Angora mit Glocke am Halsband; nahm den Füller in Munt und schnappten in ihrn Korb.

Von Perez:

Dieser Füller wandert im ganzen Haus rum wie ein Küken. Ich fint ihn nie, weil jeder 'n sich untern Nagel reißt. Bald kommt mein Vata nachhauß fint den Füller und nimmt ihn mit nach oben. Diesmal trinke ich grade Milch, als der Füller verschwindet.

Rick starrte auf die Aufsätze, fühlte sich völlig zerschlagen, begriff nicht, wie so etwas geschehen konnte. Wußten sie denn nicht, daß er keineswegs eine einfache Wiederholung seines Beispiels wollte? Allmächtiger Gott, wußten sie das wirklich nicht? Konnten sie so dumm sein? War all seine elende Mühe für die Katz' gewesen?

Am nächsten Tag sah er sich in seiner Freistunde ihre Personalien an. Auf den Personalkarten fand er den Intelligenzquotienten sämtlicher Schüler seiner sämtlichen Klassen angegeben. Er wußte wohl, daß Intelligenztests kein wirklich genauer Maßstab für Intelligenz waren, besonders bei Leuten nicht, deren handwerkliche Geschicklichkeit größer als ihre sprachliche ist. Er hatte solchen Tests nie ganz getraut, doch die offenkundige Richtigkeit der Angaben — besonders im Licht der Ereignisse des Vortags — war überwältigend.

Wie die niedrigen Nummern auf den Trikots einer Rugbymannschaft breiteten sich die Intelligenzquotienten vor seinen Augen aus:

72 85 83 84 86 89 77 81 85 93 82 87 80

Er sah sämtliche Karten zweimal durch und stellte eine Überschlagsrechnung an. Dabei kam er auf einen durchschnittlichen Intelligenzquotienten von 85. Mit dem Stanford-Binet-Test war er soweit vertraut, um zu wissen, daß ein Intelligenzquotient zwischen 80 und 90 als unterdurchschnittlich galt. Er seufzte und ging die Kartei nochmals durch, prüfte jeden einzelnen sorgfältig, versuchte, jeden Jungen anhand seines Intelligenzquotienten zu identifizieren.

Es überraschte ihn nicht, daß Santini, der Junge mit dem Lächeln, der in der 55—206 in der ersten Reihe saß, einen I.Q. von 66 hatte, und er wußte, daß der Stanford-Binet-Test Werte zwischen 50 und 70 als schwachsinnig einstuft. Es gab in all seinen Klassen einen einzigen Jungen mit dem überraschend hohen I.Q. von 113. In Gedanken sah Rick die Stanford-Binet-Tabelle deutlich vor sich:

Normal . . . . 80—110

Überdurchschnittlich . . . . . . 110—120.

Er betrachtete wieder die Zahl auf der Personalkarte — 113, und dann sah er auf den Namen des Jungen.

MILLER, GREGORY

Unwillkürlich suchte er die Karte mit der Eintragung WEST, ARTHUR FRANCIS heraus und war fast erleichtert, als er einen I.Q. von 86 angegeben fand. Er verschloß die Personalkartei, um einige Erkenntnisse reicher, und wunderte sich, warum ein Berufsfachschullehrer auf nicht ganz unwichtige Dinge wie durchschnittliche Intelligenzquotienten nicht hingewiesen wurde, ehe er mit dem Unterricht begann. Oder war es Berechnung, den Lehrer selbst darauf kommen zu lassen? War es Berechnung, einen Lehrer herumtappen zu lassen, bis er zufällig von selbst die richtige Kombination fand? Und wenn er die richtige Kombination nie fand? Was machte das schon? Berufsfachschullehrer waren Gebrauchsware.

Aber er kam von der offenbar falschen Handhabung des Systems nicht los. Er hatte genügend Pädagogikkurse an der Uni belegt, um sich für Ober- und Mittelschulen qualifizieren zu können. Er hatte sich für das Mittelschulexamen entschieden und es bestanden. Das Diplom lag zu Hause in seiner Kommodenschublade unter den Socken. Er hatte versucht, eine Anstellung auf einer Mittelschule zu bekommen, und als es ihm nicht gelang, hatte er das Stipendium für Ober- und Berufsfachschulen in Anspruch genommen. Das Examen war trotz des Lehrermangels an Berufsfachschulen nicht leicht gewesen. Er hatte während seiner Ausbildungszeit viele Prüfungen abgelegt, aber diese war entschieden kein Kinderspiel gewesen.

Und auch die Pädagogikkurse im Hunter Seminar waren gründlich gewesen. Trocken ja, aber immer gründlich. Zumindest am allgemeinen Standard gemessen. Er bekam genau das beigebracht, was er lernen sollte. Das wußte er und war heimlich stolz darauf. Daß die Pädagogikkurse dort genauso gut, wenn nicht besser waren wie an allen anderen Lehrerseminaren des Landes, bezweifelte er nicht.
Jedoch konnte er sich nicht erinnern, daß besonderer Nachdruck auf Berufsfachschulen gelegt worden wäre. Erwähnt wohl, aber Nachdruck, nein. Und eine Erwähnung mochte für einen Studenten, der als Lehrer an der Christopher Columbus endete, ausreichen, nicht aber für jemanden, der auf einer Berufsfachschule gelandet war. Gewiß war das Thema in Gesprächen mit Professor Kraal, dem Seminarleiter, der sein Praktikum überwachte, zur Sprache gekommen. Als Rick, obwohl er sich um eine Oberschule beworben hatte, der Berufsfachschule Machine and Metal Trades zugeteilt wurde, war er keineswegs hocherfreut gewesen. Er hatte sein Mißfallen geäußert, und Kraal, ein Mann von sanftem Wesen, der sich lieber über die Zeit der Nickelbiergläser als über Erziehungsfragen unterhielt, hatte schlicht erwidert: »Einer muß ja die Berufsfachschulen nehmen. Es wird eine wertvolle Erfahrung für Sie sein.«
Rick nahm an, daß es eine wertvolle Erfahrung für ihn gewesen war, obwohl er sich dessen noch nicht ganz sicher war. Er hatte mit den Jungen dort vor allem deshalb keine Schwierigkeiten gehabt, weil Miss Daniels, deren Klasse er zugeteilt wurde, immer dabei blieb, wenn er eine Stunde gab. Er gab genau acht Stunden während des Semesters. Die übrigen Vormittage an der Schule verbrachte er mit Arbeiten im Englisch-Büro – Prüfungsfragen abtippen, den Vervielfältigungsapparat bedienen, Kleinkram für den Abteilungsleiter erledigen usw. – sowie Zuschauen in Miss Daniels Klasse. Das Zuschauen war insofern aufschlußreich, als er viel von Miss Daniels Technik lernte. Leider bekam er nicht häufig Gelegenheit, seine eigene Technik zu entwickeln, noch nützten ihm seine Gespräche mit Professor Kraal etwas. Dabei hätten sie viel zu seinem Verständnis der Berufsfachschulen beitragen können. Er kam stets gelangweilt, müde und unbefriedigt aus so einer Unterredung heraus.
»Einer muß die Berufsschulen ja nehmen«, hatte Kraal gesagt, und das schien der Standpunkt aller, die damit zu tun hatten, auf einen

Nenner zu bringen. Das und der stets gedachte, aber nie ausgesprochene Zusatz »Und keiner will die Berufsfachschulen.«
Schön und gut, niemand wollte die Berufsfachschulen. Es will ja auch niemand Lepra haben, aber ...
Aber was? fragte sich Rick. Angenommen, es hätte auf der Universität freiwillige Kurse zum ›Unterricht an Berufsfachschulen‹ gegeben. Ja, nehmen wir das einmal an. Hätte man sich wohl um diese Kurse gerissen? O ja, wahrhaftig!
Alle waren ganz versessen darauf, den Unterricht an Berufsfachschulen zu erlernen. Alle brannten darauf, sich auf dieses Gebiet zu wagen und, plumps! an einer Berufsfachschule zu landen.
Ganz gewiß. Er kannte mindestens zwanzig Leute, die Zeter und Mordio geschrien und mit Selbstverstümmelung gedroht hatten, als sie ihr Praktikum an Berufsfachschulen ableisten mußten. Kann man sich jemanden vorstellen, der allen Ernstes an Berufsfachschulen will? Kann man sich das vorstellen?
»Was willst du einmal werden, wenn du groß bist, Johnny?«
Und stolz: »Ein Berufsfachschullehrer!«
Aber – aber es *gab* doch Lehrer, die an Berufsfachschulen endeten und, Himmel nochmal, die Aufgabe hatten, Kindern, die zufällig auf diesen Schulen waren, etwas beizubringen. Es gab diese Schulform nun einmal. Sie war da. Es gab Kinder, die dieser Schulform ausgeliefert waren, und ein paar von ihnen, sicherlich nur ein paar, wollten wirklich etwas lernen, bauten wirklich darauf, daß sie an dieser Schule einen Beruf erlernten, etwas, mit dem sie ihr Brot verdienen konnten. Man kann ein Kind nicht verurteilen, weil es keine Geistesgröße ist. Einen Autovergaser zu reparieren hat seine eigene Poesie, auch wenn der Junge, der ihn repariert, nicht richtig schreiben kann. Warum aber dann diese Schulform mißachten? Warum sie erst in die Welt setzen und dann in den Abort schütten? Warum so tun, als gebe es sie gar nicht?
Warum Lehrer auf einen völlig andersartigen Schülertyp vorbereiten, einen Idealtyp, dann in einen von Wandtafeln umzäunten Dschungel werfen und noch hoffen, sie entkämen den Krallen und Zähnen? Überlebt der Lehrer, um so besser. Wenn nicht, überleben zwangsläufig die wilden Tiere, oder? Und wer will schon wilde Tiere auf den Straßen haben?

Oder war diese Schulform eigens dazu erfunden? Hatte Solly Klein recht? Sollte sie nur die Jungen von der Straße halten, sie nur für den größeren Teil des Tages unter Aufsicht nehmen?
Nein, Rick konnte das nicht glauben. Vielleicht war Solly Klein schon eine ganze Weile in dem Laden, und vielleicht hatte Solly Klein Dinge gesehen, die Rick niemals sehen würde, aber Rick konnte nicht glauben, daß die Schule ein Schwindel war. Er hatte sich vielerlei Gedanken gemacht, eingehende Gedanken, hatte an jene Kinder gedacht, die sich hilflos mit dem Stoff der Gymnasien herumplagen. Wann mochte diese Schulform wohl entstanden sein? überlegte sich Rick.
Er wußte es nicht.
Er wußte es nicht und schämte sich zutiefst darüber, genauso wie er sich geschämt hatte, daß er den durchschnittlichen Intelligenzquotienten seiner Schüler nicht kannte. Warum hatte ihm das niemand gesagt? War das nicht etwas, das er wissen mußte? Gehörte das nicht zu seinem Handwerkszeug? Schickt man einen Soldaten ohne Gewehr in die Schlacht? Schickt man einen Chirurgen ohne Skalpell an den Operationstisch? Doch nicht, wenn ein Menschenleben davon abhängt!
Viele Menschenleben hingen davon ab, was er an der North Manual Trades High School tat. Er unterrichtete jeden Tag eine Menge Kinder, und jeden Tag ging er in den Tafeldschungel, ohne auch nur zu ahnen, wieviel Zähne in einem Löwenmaul saßen. Oder überhaupt etwas von einem Löwenmaul zu wissen. Sie hatten ihn gelehrt, Kühe zu melken, und nun erwarteten sie von ihm, daß er Löwen bändigte. Vielleicht erwarteten sie von ihm, daß er sich so verhielt wie alle guten Löwenbändiger. Eine Peitsche und einen Stuhl benutzte. Aber was geschieht mit dem besten Löwenbändiger, wenn er Peitsche und Stuhl aus den Händen läßt?
Herrgott nochmal, es war falsch! Er fühlte sich betrogen, er fühlte sich fast vergewaltigt. Seinetwegen fühlte er sich betrogen, und eines Burschen wie Joshua Edwards wegen fühlte er sich betrogen, der unterrichten will und nicht weiß, wie, weil man ihn mit dummem Zeug und theoretischem Gewäsch vollgestopft hat. Niemand sagte ihnen klipp und klar, was sie zu tun hatten. Keiner vom Fach, kein einziger Hochschullehrer, keine Schulbehörde, niemand, der sie nach bestan-

denem Examen aufgeklärt hätte. Nicht ein einziger. Kein Schwanz, der ihnen reinen Wein einschenkte. Nicht einmal Stanley. Nicht einmal Small. Sollten sie es selbst herausfinden, komme was da wolle, tot oder lebendig?
Man hatte Rick nie gesagt, wie man eine Schlägerei in der Klasse unterbindet. Man hatte ihm nie gesagt, was er mit einem Schüler im zweiten Semester anfangen soll, der nicht einmal seinen eigenen Namen auf ein Stück Papier schreiben kann. Er wußte nicht und hatte nie gelernt, welche Taktik man bei einem Jungen anwendet, dessen Intelligenzquotient 66 war, eine dicke, fette, runde schwachsinnige 66. Man hatte ihn nicht belehrt über Kinder, die ungefragt in die Klasse rufen; nicht etwa ein einzelnes Kind, nicht das gelegentliche ›schwierige Kind‹, über das die Pädagogikkurse philosophieren. Sondern eine ganze rufende, schreiende Klasse voll, die sich alle die Seele aus dem Leib brüllten.
Was tut man mit einem Kind, das nicht lesen kann, obwohl es fünfzehn Jahre alt ist? Man empfiehlt es für die Sonderklasse im Lesen, sehr wohl. Und was tut man, wenn diese Sonderklassen zum Bersten voll sind, vollgepfropft, weil es Kinder, die nicht lesen können, in Hülle und Fülle gibt? Und man nur die schlimmsten Fälle nehmen kann und sie einem Lehrer zuschiebt, der schon überbesetzt ist und, das nebenbei, gar keine Lust hat, Hilfsunterricht zu erteilen?
Was tut man mit dem armen Kerl. Soll man ihn im Unterricht aufrufen, obwohl man verdammt gut weiß, daß er sich die Hausaufgabe nicht durchgelesen hat, weil er gar nicht lesen kann. Oder soll man ihn links liegen lassen. Oder ihn auffordern, nach dem Unterricht dazubleiben, obwohl man weiß, daß er lieber Schlagball spielen möchte als lesen lernen und sich erlöst glaubt, wenn es nach der achten Stunde läutet?
Was soll man tun, wenn man etwas geduldig und ausführlich erklärt hat, genau so erklärt, wie man es in den Pädagogikkursen gelernt hat, bis in die kleinste Einzelheit hinein, und dann die Klasse anblickt und die geistlose Wand der leeren, leeren Gesichter sieht und weiß, daß nichts durchgedrungen, nicht ein Quentchen bei ihnen angekommen ist? Was soll man dann machen? Sie alle Schwämme auswaschen lassen?
Was soll man machen, wenn man einen Jungen aufruft und fragt:

»Was bedeutet diese letzte Stelle?« und der Junge steht da und hat keine Ahnung, was die Stelle bedeutet, und man weiß, er ist es nicht allein, auch alle anderen Jungen in der Klasse haben nicht den leisesten Schimmer? Was zum Teufel soll man da machen? Nach Hause gehen und sich die Philosophie der pädagogischen Lehrbücher, die das Regierungsprogramm großzügig zur Verfügung gestellt hat, zu Gemüt führen? Soll man sich den häßlichen Schädel kratzen und Erleuchtung in pädagogischen Psychologiebüchern suchen. Soll man Dewey zu Rate ziehen?

Und wen, zum Teufel, soll man verurteilen, wen?

Soll man die Volksschulen verurteilen, weil sie ein Kind auf die höheren Schulen schicken, das nicht lesen kann? Das nicht seinen eigenen Namen auf ein Stück Papier schreiben kann? Soll man die großen Geister verurteilen, die das Erziehungssystem einer Nation oder eines Staates oder einer Stadt entwickeln?

Soll man die Kinder verurteilen, daß sie nicht mit einem Intelligenzquotienten von 120 gesegnet sind? Kann man die Kinder verurteilen? Kann man irgend jemanden verurteilen? Kann man die Universitäten verurteilen, die einem alles vermitteln, was man braucht, um ein Staatsexamen zu bestehen? Kann man das Unterrichtsministerium verurteilen, daß es keine strengeren Prüfungen ansetzt, nicht die Anforderungen höherschraubt? Nicht versucht, bessere Lehrer anzulocken, nicht dafür sorgt, daß die Lehrer besser für den Unterricht ausgerüstet sind?

Oder soll man die Armleuchter von Lehrern in der ganzen Welt verurteilen, die einfach so in den Lehrerberuf hineinschliddern, und zwar deshalb, weil er eine gewisse monatliche Sicherheit, Sommerferienluxus oder eine gewisse Macht oder einen bequemen Weg bietet, wo doch steinige Wege so mühsam sind?

Oh, er hatte die Armleuchter gesehen, jawohl, er hatte sie in allen Pädagogikkollegs gesehen, die er besucht hatte. Die albernen idiotischen Weiber, die dem Dozenten lächelnd zustimmten, wenn er Erkenntnisse verbreitete, die er aus irgendeiner idealen Oberschule, in irgendeiner idealen Gegend, wo ein idealer Lehrer ideale Schüler unterrichtet, gewonnen hatte.

Oder die Männer, die womöglich noch schlimmer waren, die manchmal leicht verlegen schienen, daß sie den bequemen Weg gewählt hatten, den Weg der Sicherheit; die Männer, die manchmal über die Frauen herzogen und gar nicht merkten, daß sie selber aus dem gleichen dampfenden Jauchekübel geflossen waren. Gehörte Rick zu diesen Männern? Er glaubte es nicht.

Er wollte unterrichten, wollte ehrlich unterrichten. Er hatte nicht an die Sicherheit gedacht oder die zwei Monate Ferien oder die kurze Arbeitszeit. Er wollte einfach unterrichten und hatte den Lehrerberuf für lohnend angesehen. Er hatte ihn wirklich für den lohnendsten angesehen. Er hatte sich keine Illusionen über seine Fähigkeiten gemacht. Er konnte weder malen noch schreiben noch komponieren noch modellieren noch tiefgründig philosophieren noch große Gebäude entwerfen. Er konnte der Welt keinen schöpferischen Beitrag leisten, und das war für ihn eine Enttäuschung gewesen, bis ihm aufging, daß er auch als Lehrer ein großer Schöpfer sein konnte. Da galt es nämlich Geister zu modellieren, Gedanken auszumalen, Leben zu formen. Die ihm zugedachte Zeit auf Erden als Bankkassierer oder Versicherungskaufmann zu verbringen, wäre Rick als äußerste Zeitverschwendung vorgekommen. Frauen, überlegte er, hatten ein solches Problem nicht. Die Schöpfergabe war ihnen von Natur aus gegeben, und eine Frau war sich selber an ihrer Schöpfersphäre genug. Ein Mann brauchte mehr, was vielleicht ein Grund dafür war, weshalb eine Frau nie die Bindung eines Mannes an seinen Beruf verstehen konnte. So hatte Rick den Lehrerberuf ergriffen, hatte ihn begeistert ergriffen, denn er fühlte, wenn er den Ton unentwickelter Geister nahm, ihn in seinen Händen spürte, ihn zu einem denkenden, handelnden, verantwortungsbewußten Bürger modellierte, dann war er schöpferisch tätig. Er hatte sich mit Feuereifer hineingestürzt und schämte sich manchmal zutiefst seiner Kommilitonen, denn er stellte sie sich oft als Lehrer vor, und der Gedanke ließ ihn schaudern.

Die unterrichten einmal meine Kinder, dachte er. *Die da.*

Und die da hatten ihm Jungen in seine Klassen geschickt, die nicht lesen konnten. Die da hatten ihnen absolut nichts beigebracht, aber wen sollte man verurteilen?

Wen, wen sollte man verurteilen?

Er besaß jetzt ein Werkzeug, ein einziges. Ein großartiges, mächtiges, überwältigend wunderbares Werkzeug, eins, das niemand in all den Jahren seiner Ausbildung ihm genannt hatte. Und schlimmer noch,

die Ausbildung hatte nicht einmal seine Neugierde geweckt oder den gesunden Menschenverstand in ihm angeregt, nach diesem phantastischen Werkzeug zu fragen.
Er kannte jetzt den durchschnittlichen Intelligenzquotienten seiner Schüler.

In den nächsten zwei Wochen beobachtete er seine Klassen. Er unterrichtete zwar oder versuchte zu unterrichten, während er beobachtete, hielt sie aber in Wirklichkeit nur hin und bemühte sich, innerhalb einer Woche alle die Dinge zu lernen, die man ihn nie gelehrt hatte. An diesem Montag, den 19. Oktober, wußte er nicht, ob er seinem Ziel, an die Jungen heranzukommen, näher war. Aber er hatte jetzt ein paar Ideen, nur ein paar. Er saß an seinem Tisch und erwartete den Auftritt der 55—206, wartete und beobachtete den Schnee, der sich an die Fensterscheiben schmiegte.
Daß der Beginn des Lehrprozesses von den Schülern ausgehen mußte, fühlte er. Das heißt, er wußte, daß es auf dieser Schule keinen Neubeginn geben konnte, wenn die Schüler es nicht wollten. Sich vor sie hinzustellen und ihnen Fakten an den Kopf zu werfen, war Zeitverschwendung, solange sie sich nicht klar machten, daß es ohne gegenseitiges Nehmen und Geben kein Lehren und Lernen geben konnte. Und anstatt immer nur zu geben in der Hoffnung, sie würden nehmen, hatte er beschlossen, sie auch geben zu lassen, sie vielmehr nur geben zu lassen, bis sie sich an den Austausch gewöhnt hatten.
Die Jungen kamen jetzt in die Klasse gewetzt, einzeln, fegten an seinem Tisch vorbei und schielten auf den Lederkasten, der dort stand. Der Kasten gehörte zu seinem Plan, und Rick war gespannt, wie die 55—206 auf diesen Plan reagierte. Er war zu dem Schluß gekommen, daß die 55-206 seine schlimmste Klasse war; das schloß er weise aus dem, was Solly Klein ihm über Juan Garza erzählt hatte. Er wußte, hatte er erstmal die 55—206 in der Tasche, dann hatte er sie alle in der Tasche, und darum wählte er diese Klasse für sein erstes Experiment aus. Er würde ihnen natürlich nicht sagen, daß es mit dem heutigen Unterricht eine besondere Bewandtnis hatte. Er würde die Klasse so wie immer behandeln und sie in dem Glauben lassen, es sei alles beim alten. Er bemerkte Miller im Türeingang, und schon kam der farbige Junge in die Klasse.

Er ging schnurstracks auf Ricks Tisch zu, deutete mit einer leichten Kopfbewegung auf den Lederkasten und fragte: »Ihren Kosmetikkoffer mit zur Schule gebracht, Chef?«
»Setzen Sie sich auf Ihren Platz, Miller.«
Miller machte große Unschuldsaugen: »Nix für ungut, Chef«, sagte er lächelnd, »kenn 'ne Masse Männer, die Make-up benutzen.«
»Setzen Sie sich hin, Miller, bitte ja?« sagte Rick geduldig.
»Bitte sehr, bitte gleich, Chef«, sagte Miller höchst vergnügt. »Wird sofort gemacht.«
Er schlakste die Bankreihe hinauf und ließ sich auf seinen Platz sacken. Rick sah auf den Lederkasten und dachte: *Er weiß ganz genau, was es ist. So einen großen Lederkoffer hat er noch nie gesehen.*
Die Jungen füllten die Klasse, liefen zum Fenster, blickten auf den Schnee, trieben sich dort eine Weile herum und setzten sich schließlich noch vor dem Läuten auf ihren Platz. Mit an die Stirn geklatschtem blondem Haar kam West noch hereingerannt, als Rick eben die Tür schließen wollte. Er grinste, sagte »danke«, als wäre Rick ein Pförtner, und setzte sich dann auf seinen Platz neben Miller.
Rick schloß die Tür, ging an seinen Tisch zurück, trug rasch die Fehlenden ein und klopfte dann ruhegebietend auf den Tisch. Die Jungen schwatzten erst recht weiter und ließen sich überhaupt nicht stören.
»Also«, sagte er, »Schluß jetzt.«
Die Klasse wurde allmählich ruhig, und Rick sagte: »Von jetzt an ist Ruhe. Sie werden noch genügend Gelegenheit zum Sprechen heute bekommen.«
»Woll'n wir Reden halten, Chef?« fragte Miller.
»Nein«, sagte Rick, »wir werden einfach zwanglos sprechen.«
Die anderen Jungen beschäftigte schon, was Miller gesagt hatte. Das also war heute dran. Eine Rede-Übung. *Halten Sie eine drei Minuten Rede über das Thema: Wie ich meine Sommerferien verlebte.* Nicht schlecht, Herr Specht!
»Hat einer von Ihnen vor, Präsident der Vereinigten Staaten zu werden?« fragte Rick und hoffte, sie würden die Absurdität der Frage begreifen und ihm den nötigen Aufhänger geben.
»Ja«, sagte West. »Ich.«

»Sie?« fragte Rick. »Ach, das wußte ich ja gar nicht.«
»Gibt viele Dinge, die Sie nicht von mir wissen, Chef«, sagte West grinsend.
»Ich hätte gar nicht gedacht, daß wir hier einen zukünftigen Präsidenten haben«, meinte Rick. »Ich wollte damit sagen ...«
»Wir haben aber einen zukünftigen Präsidenten hier!« rief Miller. »Sie haben es doch gerade von West gehört, nich'?«
»Wählst du mich, Greg?« fragte West.
»Klar, Mann«, antwortete Miller. »Ich führe die Wahlkampagne.«
»Jedenfalls«, sagte Rick, der die Klasse wieder in die Hand bekommen wollte, bevor sie ihm allzusehr entglitt, »brauchen diejenigen von uns, die kein Präsident werden, in meinem Unterricht niemals eine Rede zu halten. Natürlich ...«
»Dann überleg' ich's mir anders«, sagte West und erntete Gelächter von der Klasse. »Ich glaube, ich werde lieber Autoschlosser.«
»Müssen Autoschlosser Reden halten, Chef?« fragte Miller.
»Nein«, sagte Rick. »Nicht.« Er blickte die Klasse an, um zu sehen, wie die ganze Sache aufgenommen würde. Die 55—206 war, wie alle übrigen Klassen auch, während dieser Wochen, in denen er Beobachtungen anstellte, enttäuscht gewesen, daß sein Gemime ein plötzliches Ende fand. Sie verstanden nicht, warum er aufgehört hatte, Szenen zu spielen, und es verdroß sie, daß diese gute Sache vorbei war. Die Tatsache, daß sie aber auch nicht so viel aus all seiner Schauspielerei gelernt hatten, störte sie keineswegs. Die Stunde war zumindest unterhaltsam gewesen, und mehr konnte man von einer Englischstunde nicht verlangen.
»Politiker halten Reden«, sagte Rick. »Ich glaube nicht, daß irgendeiner von Ihnen jemals aufgefordert wird, eine Rede zu halten, also Schluß mit den Reden. In meinem Unterricht brauchen Sie niemals eine Rede zu halten.«
»Ach nee!« rief Corrente. »Is' das auch sicher?«
»Ich meine es ernst«, sagte Rick. »Wenn ich etwas auf der Oberschule gehaßt habe, dann ...«
»Sind Sie denn auf 'ner Oberschule gewesen, Chef?« fragte Miller harmlos.
»Ja«, sagte Rick. »Natürlich.«
»Das wahr? Welcher denn, Chef? Auf 'ner Berufsfachschule?«

»Nein«, sagte Rick. »Ich bin auf ...«
»Dies Ihre erste Stelle?« fragte West.
»Nein«, log Rick.
»Wo war'n Sie vorher?«
»Brooklyn Automative«, sagte Rick aufs Geratewohl.
»Dann müssen Sie ja Mr. Small da gekannt haben, nich'?«
»Schluß jetzt mit dem Smalltalk«, sagte Rick, wobei er unbeabsichtigt dieses Wortspiel mit dem Namen des Direktors machte.
Miller schlug mit der Hand auf den Tisch und warf den Kopf zurück. »Na sowas!« rief er, »das is ja wirklich doll. Wir sprechen von Mr. Small, und Daddy-oh hier sagt, wir sollen Schluß machen mit dem Smalltalk. Das is' wirklich doll, wirklich.«
Die Klasse lachte, und Rick sagte: »Nun aber Ruhe. Und Sie halten bitte Ihren Mund, Miller.«
»Wieso, Chef?« fragte Miller, und das Lächeln verschwand.
»Ich habe gesagt, Sie sollen den Mund halten. Wir könen nicht alle auf einmal reden, und zufällig rede jetzt ich.«
»Ich dachte, Sie hätten gesagt, daß wir heute alle viel Gelegenheit zum Reden kriegen, Chef«, sagte Miller.
»Wenn Sie mich den Unterricht fortsetzen lassen«, sagte Rick verzweifelt, »kann es vielleicht sein.«
»Manometer, Chef!« sagte Miller unschuldsvoll, »hatte keine Ahnung, daß ich Sie aufhalte. Fahren Sie ruhig fort.«
Rick seufzte, wußte selbst nicht, warum er sie wegen der Stelle eben belogen hatte. Hoffte er, er könne sich auf diese Weise Respekt verschaffen? Und hatte er wirklich gehofft, ihnen etwas vormachen zu können?
»Wir müssen zwar keine Reden halten«, sagte Rick und kam auf seinen vorbereiteten Unterrichtsstoff zurück, »wir müssen aber sprechen im Leben. Wenn Sie ein Glas Wasser haben möchten, müssen Sie sagen ›kann ich ein Glas Wasser haben‹. Sie können nicht sagen ›Og migga zoo nod‹ und ein Glas Wasser erwarten.«
»War das Französisch, Chef?« fragte West.
»Nein, es war kein Französisch. Es war einfach ...«
»Russisch, Chef? Können Sie Russisch?«
»Nein, es war auch kein Russisch. Es war einfach Unsinn, etwas, das ich nur so gemacht habe ...«

»Reden Sie denn Unsinn, Chef?« fragte Miller.
»Ich dachte, ich hätte Ihnen gesagt, Sie sollen den Mund halten«, herrschte Rick ihn an.
»Ach ja?«
»Ja! Und halten Sie jetzt bitte den Schnabel, oder Sie finden sich für den Rest des Tages in Mr. Stanleys Büro wieder.«
»Junge, hab' ich davor Angst«, sagte Miller.
»Haben Sie mich verstanden, Miller?«
»Als Sie ›Ig mogga re-bop‹ gesagt haben? Klar habe ich Sie verstanden. Es war eben Unsinn, nich'?«
»Ich wollte damit nur etwas illustrieren, Miller. Sie sehen doch, wir alle reden. Den ganzen Tag reden wir. Gerade jetzt reden Sie verdammt viel, Miller, und . . .«
»Nich' fluchen, Chef«, rief Levy. »Nich' fluchen.«
»Vielen Dank, Levy«, sagte Rick kalt. »Was ich sagen möchte, ist, daß wir trotz dieser vielen Rederei nur selten zuhören.«
»Versteh' ich nich'«, sagte De la Cruz.
»Ich meine es ganz wörtlich«, antwortete Rick. »Wir hören nie richtig zu.«
»Wie's das möglich?« sagte Krüger angriffslustig und mit vorgeschobenem Kinn. »Wenn man was mitkriegen will, muß man zuhören.«
»Oh, wir hören schon zu«, sagte Rick. »Aber mit halbem Ohr und einem kleinen Teil unseres Verstandes vielleicht. Doch richtig zuhören tun wir nicht. Wir wissen nicht, wie wir selber uns anhören und glauben Sie mir, bei einigen von uns klingt es, als sagten sie ›Og migga zoo nod‹.«
»Hey bobba ree bop!« schrie Miller.
»Wieder so'n Russisch«, steuerte West bei.
»Seien Sie still, Miller«, sagte Rick. »Seien Sie jetzt endlich still, verstanden? Und halten Sie Ihren Mund.«
»Die andern reden ja auch«, sagte Miller mürrisch. »Warum gerade ich nich'?«
»Weil Sie überhaupt zu viel reden. Und weil ich zufällig Ihr Benehmen nicht schätze. Und nun seien Sie ruhig.«
Miller verschränkte die Arme vor der Brust und preßte den Mund zusammen. Rick starrte ihn einige Sekunden an und sagte dann:

»Sie haben alle diesen Lederkasten auf meinem Tisch gesehen und haben sich vielleicht gewundert, was es sein könnte.«

»Ich *weiß,* was es ist«, sagte Miller.

»Ein Kosmetikkoffer jedenfalls nicht, Miller.«

»Nein wirklich?« sagte Miller spitz. »Nein wirklich? Könnt' es nich' 'n hübsches kleines Tonbandgerät sein, Chef? Könnt' das wohl sein?«

»Ja«, sagte Rick, dem der Wind aus den Segeln genommen und dessen sorgsame Einleitung für die Katz' war. »Ja, Miller, genau das ist es.«

»Da könn' Se mal sehen!« sagte Miller freudestrahlend.

»Ich habe mir folgendes gedacht«, sagte Rick. »Der Grund, weshalb man nicht hören kann, wie das klingt, was man sagt, ist der, daß man meistens zu beschäftigt mit Sprechen ist, um noch darauf zu achten, wie es sich anhört. Ich werde Ihnen darum die Gelegenheit geben, erst zu sprechen und es später anzuhören.«

»Meinen Sie, wir nehmen es auf Band auf?« fragte Carter und reckte seinen roten Kopf, um das Tonbandgerät besser sehen zu können.

»Ja«, sagte Rick, er ließ den Deckel aufklappen und schloß das Gerät an eine Steckdose an. Er fummelte an den Bandspulen herum und gab den Jungen ein wenig Zeit, die Sache zu bereden. Mit ziemlicher Sicherheit hatten die meisten von ihnen noch nie ein Tonbandgerät benutzt und schienen recht begeistert von der Sache, nun da es endlich losging. Es war ihm zwar nicht möglich gewesen, die Stunde so einzuleiten, wie er wollte – das verdankte er seinem lieben Freund Miller –, aber es war ihm doch gelungen, genügend Interesse bei den Jungen zu erwecken, und darauf kam es an. Wenn er sie nur dahin brachte, ein wenig lockerer zu werden, ein wenig herauszugeben ...

»Dann werden also doch Reden gehalten«, sagte Schlaukopf Miller.

»Nein«, widersprach Rick, »es werden keine Reden gehalten. Ich habe es schon einmal gesagt, und ich wiederhole es. Es wird ganz normal gesprochen. Und dann hören wir es uns an.«

»Das ist nur Wortklauberei für Reden halten«, sagte Miller.

»Möchten Sie gern, daß ich Ihre Mutter in die Schule kommen lasse, Miller?«

»Nee«, sagte Miller.

»Dann seien Sie bitte still.« Er schwieg und starrte Miller an, hoffte, auf diese Weise die Drohung zu verstärken. Selbst die hartgesottensten Schüler bekamen gewöhnlich bei dem Gedanken, daß ihre Mutter in die Schule kommen mußte, einen Schreck. Eine Mutter, die in die Schule kommt, bedeutet gewöhnlich am Abend darauf eine Tracht Prügel vom Vater, wie uninteressiert die Eltern auch immer an den Fortschritten ihres Sohnes sein mochten. Es hatte etwas entsetzlich Peinliches, in die Schule gebeten und wegen eines ungeratenen Sohnes gedemütigt zu werden.

»Wir kommen alle dran mit Sprechen«, sagte Rick, »und das Tonband nimmt alles, was wir sagen, auf. Dann lasse ich es zurücklaufen, und wir haben die Möglichkeit, uns anzuhören, wie das nun eigentlich klingt. Wenn heute nicht jeder drankommt, borge ich mir den Apparat noch einmal aus. Ich möchte nur, daß jeder so spricht, wie er normalerweise spricht. Versuchen Sie nicht, wie Gabriel Heatter zu tönen. Sprechen Sie ganz natürlich. Das ist der Sinn der Sache.«

»Warum singen wir nicht ein bißchen?« schlug West vor.

»Das überlassen wir dem Musikunterricht«, antwortete Rick.

»Im Musikunterricht kriegen wir weiter nix zu hören als ›Marche Slave‹ und›To a Rose‹«, sagte West.

»To a rose, to rose, to a lovely wild rose«, sang Miller.

»Schluß jetzt, Miller.«

»Wir lernen 'ne Masse davon«, sagte Miller lächelnd. Er nickte bestätigend mit dem Kopf und sang: *Narcissus was a very goodlooking boy. His im-mage in the brook, would fi-ill him up with joy . . .*

»Haben Sie das Tonband eingeschaltet, Chef?« fragte West.

»Nein. Also bitte Ruhe jetzt . . .«

He looked, and looked, and looked, and looked, un-til the turned, into a lovely flow-er, schloß Miller. »Haben Sie diese einmalige Stimme mit dem Apparat festgehalten, Chef?«

»Nein. Hören Sie, Miller, ich . . .«

»Ich kenn' 'ne Menge, Chef. Ich könnte den ganzen Tag weitersingen.«

»Sparen Sie sich die Mühe. Wir wollen . . .«

»Kenn' Sie *Amaryllis*, Chef? Das is' prima. *Amaryllis written by Ghys* sang er, *Used to sell oranges, fi' cents apiece.* He Chef, nehmen Sie das nicht auf? Mann, das darf nicht verloren gehen, ehrlich.«

»Miller, ich möchte Sie nicht noch einmal warn . . .«
»Sie, ich bin ein musikalisches Genie. Summen Sie mal irgend 'ne Melodie, ich sage Ihnen, was es ist. Los, Chef, machen Sie 'ne Probe. Los.«
Rick war beinahe versucht, Miller herauszufordern. Gib dem frechen Bengel eine Stelle von Schostakowitch, und dann wollen wir mal sehen, wie schnell er es raushat. Er war drauf und dran, es zu tun, konnte sich aber an keine Stelle von Schostakowitch erinnern und hatte auch etwas Angst, Miller könnte tatsächlich imstande sein, es herauszufinden. Außerdem wäre es nur Wasser auf Millers Mühle gewesen, wenn er den Wortwechsel fortgesetzt hätte, darum gab er es auf und sagte: »Wir fangen besser mit den Aufnahmen an, bevor die Stunde um ist.«
Dawn, sang Miller, *over mountain, and Dawn, ov-er valley, and Dawn, while the shep-herd is play-a-a-ing his fluuuute —*
»Ruhe, Miller!«
»Das ist aus der *Wilhelm Tell* Ouvertüre, Chef. Das ist von —«
»Ruhä!« schrie Rick.
»Rossini«, sagte Miller leise.
»Wir wollen jetzt das Gerät einstellen, bevor . . .«
»So 'ne Stunde is' immer schnell rum, nich?« fragte Miller.
»Also gut, Miller«, sagte Rick, der jetzt wirklich böse war. »Also gut. Ich habe Sie gewarnt. Jetzt wollen wir doch mal sehen, ob Sie . . .«
»Ich bin jetzt still, Chef«, sagte Miller mit ernstem Gesicht. »Entschuldigen Sie.«
»Das möchte ich Ihnen auch geraten haben. Der Spaß ist jetzt vorbei.«
»Ich bin ganz still«, versprach Miller. Er faltete die Hände vor sich auf dem Tisch und nahm eine Engelspose ein, mit der er Gelächter von der Klasse erntete.
»Also«, sagte Rick. »Wer fängt an?«
»Wie wär's mit Morales?« flötete Miller.
»Nein, ich denke . . .«
»Was haben Sie gegen Morales?« sagte West.
»Bestimmt, Morales spricht gerne«, sagte Miller.
»Ich will nich' reden«, sagte Morales von hinten. Er war Portorikaner mit einem starken Akzent, und Rick wollte ihn nicht lächerlich ma-

chen. Er blickte Miller an und versuchte herauszufinden, warum der Junge auf Morales bestand. Ein Akzent mochte wohl für ein Gelächter gut sein, die Sache sah ihm aber nach einem Schlag gegen den Lehrer aus.

»Nein«, sagte Rick, »wir wollen anfangen mit ...«

»Ich weiß, warum Sie Morales nicht wollen«, sagte Miller. »Weil er nicht gut englisch kann.«

»Das hat nichts damit zu tun«, sagte Rick ärgerlich.

»Warum sonst? Weil er spanisch spricht, darum.«

»Hören Sie mal«, protestierte Rick, »das hat gar nichts damit zu tun.« Er warf einen Blick auf seine Uhr, verwünschte Miller insgeheim und verwünschte die ganze verschwendete Zeit.

»Los, Morales«, rief West, »geh vor, laß dich hören.«

»Nein, nein«, sagte Morales heiser. »Nich' ich.«

»Ach, du bist feige«, sagte Miller. »Weiter nix.«

»Los, Morales«, rief Erin.

»Fang schon an«, sagte Pietro.

»Wir wol-len Mo-rales«, leierte Vandermeer.

»Wir-wol-len-Mo-ra-les«, fing die Klasse an zu leiern. »Wir-wol-len-Mo-ra-les. Wir-wol-len-Mo-ra-les. Wir-wol-len-Mo-ra-les.«

»Los, du Feigling«, sagte Miller.

»Bin kein Feigling«, sagte Morales wütend.

»Dann laß uns was hören, Mann. Wa's los, du Sack, kannst nich' reden?«

»Ruhe jetzt«, sagte Rick heftig, aber seine Stimme wurde von dem wir-wol-len-Mo-ra-les-Chor übertönt. Er sah, wie der dünne Portorikaner aufstand und widerstrebend nach vorn schlich. Er machte ein verdrießliches Gesicht, mit dem er zum Ausdruck brachte, daß er vor keiner gottverdammten Maschine von der Welt Angst hatte. Er ging geradewegs auf Ricks Tisch zu, klemmte die Daumen hinter den Hosenbund, stellte sich breitbeinig hin und wartete.

»Schön, dann eben Morales«, sagte Rick ergeben. »Ich möchte nur, daß Sie sprechen. Kein Akademievortrag. Sagen Sie irgend etwas.« Er ließ die Bänder laufen und ging dann nach hinten. Miller war still, hörte jetzt zu, wartete darauf, daß Morales zu sprechen anfing. West beugte sich auf seinem Platz eifrig vor, und die Klasse wartete mit lächelndem Gesicht, während Morales vorn unruhig zappelte.

»Nun los«, sagte Rick. »Fangen Sie an. Und denken Sie daran, daß ich Sie bis hierher hören möchte.«

»Wo soll ich von reden?« fragte Morales und sah auf die rotierenden Spulen des Geräts herab.

»Erzählen Sie mir, wie Sie sich heute morgen zur Schule fertig gemacht haben, wo Sie in den Zug gestiegen sind und so weiter.«

Morales sah wieder auf den Apparat und warf ihm einen verächtlichen Blick zu. »Stehe um halb acht auf«, sagte er, »und gehe in Badezimmer waschen.« Er machte eine Pause und sah das Tonbandgerät an. »Meine Schwester, die is' im Badezimmer, darum kann ich nich' rein, darum muß ich draußen warten. Ich warte, und sie is' drin am Singen, darum warte ich weiter, und dann kommt sie raus.« Er sah wieder den Apparat an und hatte offensichtlich begriffen, daß die lautlos drehenden Spulen ihn nicht beißen würden.

»Fein, Junge«, sagte Rick. »Nun weiter, sprechen Sie weiter.«

Morales lächelte, jetzt völlig Herr der Maschine und der Situation.

»Ich gehe ins Scheißbad rein und wasche mir Gesicht und Hände«, sagte Morales lächelnd. »Dann komm ich wieder raus und esse 'n paar sonne Scheißcornflakes.«

Die Klasse fing jetzt an zu kichern. Der erste *Scheiß* hatte sie schokkiert, und sie hatten nach hinten zu Rick geschielt. Auch Rick hatte es schockiert, aber er hatte es durchgehen lassen, nicht ahnend, daß eine ganze Serie dieser Kraftausdrücke folgen würde. Er wußte nicht recht, was er machen sollte, Morales hatte endlich die Scheu verloren. Morales hatte das Tonbandgerät vergessen, hatte vergessen, daß seine Worte für die Nachwelt festgehalten wurden. Er hatte die Scheu verloren und dabei so zu sprechen angefangen, wie er normalerweise sprach, und das Wort *Scheiße* in all seinen Abwandlungen war ein normaler Bestandteil seiner normalen Sprache. Rick sah auf die lächelnden Gesichter, und dann wanderte sein Blick zu Miller. Er sah Millers Augenausdruck, und da wußte er, warum Miller darauf bestanden hatte, daß Morales als erster drankam.

»Und dann gehe ich Scheißstraße lang«, fuhr Morales glücklich lächelnd fort, »mit Scheißbücher unterm Arm und treffe den Scheißer, der mit mir im selben Haus wohnt. Er sagt: ›Gehst du zur Schule, Pete?‹ und ich sage ›ja‹. Und so gehen wir zusammen in die beschissene U-Bahn.«

Die Klasse lachte jetzt, lachte lauthals. Miller klatschte sich auf den Bauch und schüttelte sich auf seinem Platz. West stieß Miller mit dem Ellbogen in die Rippen und wieherte. Rick stand hinten und sah, wie die Klasse sich auflöste. Er konnte zwar der Sache jetzt ein Ende machen, aber was hätte das schon geändert? Der Schaden war nun einmal angerichtet. Miller hatte ihm mit Erfolg die Stunde verdorben. Miller hatte –

»Was glaubt ihr, was da los is'?« fragte Morales ernsthaft. »Scheißzug hat Verspätung und is' scheißvoll auf Bahnhof. Mein Freund, der sagt, die Pauker tragen uns ein nur wegen den Scheißzug. Darum bin ich heut' zu spät gekommen, Chef.«

»Das genügt«, sagte Rick mit fester Stimme, »fein, Morales. Setzen Sie sich jetzt wieder hin, ja?« Er ging nach vorn, Morales strahlte glücklich und mit ihm ein goldener Vorderzahn.

»War ich gut, Chef?«

»Sie waren prima«, sagte Rick. Er schaltete das Tonbandgerät ab, und die Klasse hörte nicht auf mit Lachen, das Gelächter sank, schwoll an und sank wieder, während Rick schweigend am Schreibtisch stehen blieb.

Es wurde still in der Klasse, als die Jungen nun Rick ansahen und gespannt waren, was jetzt wohl käme. Jedenfalls war das ja ein Tonbandgerät auf seinem Tisch, und ein Tonbandgerät macht Tonbandaufnahmen, und wenn er es jetzt abspielte, würde es noch einiges zu lachen geben.

Rick sah auf seine Armbanduhr. »Ich denke, das genügt für heute«, sagte er. »Die Zeit ist knapp.«

»Spielen Sie uns die kleine Plauderei nicht vor, Chef?« fragte Miller lächelnd.

»Wir haben keine Zeit mehr«, schlug Rick rundheraus ab.

Miller sah auf seine Armbanduhr: »Mensch, wir haben mindestens noch fünf Minuten. Massig Zeit.«

»Ich leite hier den Unterricht, Miller.«

West blickte plötzlich auf. »Und das ist vielleicht 'n Scheißunterricht«, murmelte er.

»Was?« fragte Rick und drehte sich West zu.

Die Klasse war jetzt ganz still. Daß Morales in einem fort schweinigelte war eine Sache für sich; er wußte es eben nicht besser. Und

Miller, dem lag es im Blut, seinen Lehrer zu plagen, denn er war ein Kauz. Aber das hier mit West, das war etwas anderes.
»*Was* was?« fragte West grinsend.
»Sie haben ein dreckiges Mundwerk«, sagte Rick. »Nehmen Sie sich ja in acht.«
Sofort mischte sich Miller ein und sagte lächelnd: »Nicht dreckiger als das von Morales, und der is'n Plattenstar.«
»Lassen Sie Morales aus dem Spiel«, sagte Rick, nun wieder Miller zugewandt.
»Was's los?« fragte Morales von hinten.
»Nix«, antwortete Miller. »Chef schätzt unsere Redeweise nich', weiter nix. Vermute, er macht jetzt keine Aufnahme mehr.«
»Sie vermuten richtig, Miller«, sagte Rick und ließ sich von einem Impuls leiten. »Schade genug, daß Sie es allen anderen verderben mußten.«
»Ich?« fragte Miller unschuldig. »Was habe ich denn getan, Chef? Morales hat doch die Rede gehalten.«
»Was's los?« fragte Morales wieder, ganz durcheinander.
»Ja Sie, Miller«, sagte Rick. »Schade. Ich dachte, der Klasse hätte das Tonbandgerät wirklich Freude gemacht.«
»Ich weiß gar nich', was ich gemacht haben soll«, sagte Miller achselzuckend.
»Machen wir keine Bandaufnahme mehr?« rief Maglin in die Klasse.
»Nein«, sagte Rick. Er fragte sich, ob es das war, was Miller beabsichtigt hatte und ob er, Rick, sich nicht wie ein verzogener Balg aufführte, wenn er ihnen das Anrecht auf den Apparat verwehrte.
»Warum denn nich'?« fragte Antoro.
»Fragen Sie Ihren Freund Miller«, antwortete Rick. »Sie können alle Miller fragen«, setzte er hinzu.
Miller zuckte wieder die Achseln. »Weiß gar nich', wovon Sie reden, Chef.«
»*Nein?* Dann denken Sie darüber nach. Und wenn Sie alle morgen eine Übungsarbeit bekommen anstatt einer Tonbandstunde, dann haben Sie das Miller zu verdanken.«
»Aber wieso denn?« schrie Parsons.
»Eine Arbeit, Mann, warum . . .«
»Was zum Teufel hat Miller denn gemacht?«

»Ruhe jetzt!« brüllte Rick. »Jetzt ist Ruhe, oder Sie bekommen noch eine Hausaufgabe obendrein.«
Die 55-206 war nicht ruhig. Sie lamentierte und protestierte weiter, und Rick stand vorn und sagte die verbleibenden zwei Minuten gar nichts. Als es läutete, schloß er das Tonbandgerät in seinen Garderobenschrank, packte seine Sachen ein und ging ohne einen Blick auf die Schüler hinaus. Er war enttäuscht und verletzt. Enttäuscht, weil er wirklich gehofft hatte, das Tonbandgerät wäre ein Anfang, der Beginn eines neuen Lehrer-Schüler-Verhältnisses. Und verletzt, weil der Klasse die Bedeutung völlig entgangen war, weil sie Miller gefolgt war und seinen Versuch, an sie heranzukommen, völlig zum Gespött gemacht hatte.
Und nun standen die Dinge vermutlich schlechter denn je. Die Klasse wußte tatsächlich nicht, warum er auf Miller herumgehackt hatte oder warum er sie wegen dieser angeblich von Miller begangenen Sache bestrafte. Was zum Teufel hatte Miller denn auch gemacht? Bestimmt nichts, auf das man den Finger legen konnte. Konnte man den Jungen beschuldigen, Morales' Sprechweise gekannt zu haben? Konnte man sagen: ›Miller, Sie Halunke, Sie haben gewußt, daß Morales so sprechen würde?‹
Angenommen, Miller hatte es nicht gewußt? Angenommen, Miller mochte Morales einfach nicht leiden und wollte ihn da vor der Klasse blamieren? Oder angenommen, Miller dachte sich, es würde lustig sein, Morales' starken Akzent vom Tonband zu hören?
Nein, Miller hatte es bestimmt gewußt. Er kannte Morales, er wußte, daß Morales mit jedem Atemzug einmal *Scheiße* sagte, und er wußte verdammt gut, was geschehen würde, wenn Morales erst in Fahrt kam. Miller hatte das Tonbandgerät im selben Augenblick, da er in die Klasse kam, gesichtet. Er hatte es gesichtet und war intelligent genug zu wissen, daß Morales' Sprechweise den Unterricht völlig aus dem Geleise bringen würde.
Was ist das hier eigentlich? fragte sich Rick, ein Krieg? Muß ich an jedem Tag der Woche gegen Miller einen Feldzug planen? Ist das der Weg, um schließlich zum Unterrichten zu gelangen?
Wahrscheinlich; nur daß Miller nicht der einzige ist. West ist genau so einer, West ist vielleicht nicht so frech, aber er ist genauso gefährlich.

Gefährlich? *Gefährlich?* Komm, alter Junge, wir wollen die Sache nicht übertreiben. Es sind doch nur Jungens. Gewiß, aber ganz schön kräftige Jungens.

Ja, aber der größte Junge ...

Jemals versucht, gegen fünfunddreißig Leute auf einmal zu kämpfen, Chef?

Nein, dachte Rick, habe ich nie. Und möchte ich auch nie. Miller ist kein Zwerg. Er ist nur etwa 6 cm kleiner und vermutlich ebenso schwer wie ich, und er sieht nach einem kräftigen Bengel aus, wenn man ihn überhaupt noch als Bengel bezeichnen kann. Und West wirkt vielleicht mager, aber diese Magerkeit täuscht, ich kenne viele magere, schlaksige Burschen, die bringen einen um, ehe man sich's versieht.

Damit wären wir also beim Stadium des Umbringens angelangt, sagte etwas in ihm. *Ein wenig melodramatisch, nicht wahr, Rickie?*

Miller und West sind nicht mein einziges Problem, dachte Rick und überhörte die andere Stimme in seinem Innern. Zum Beispiel Sullivan in meiner Klasse, Marchetti in der siebten und Harris in der achten Stunde. Nein, West und Miller sind es bei weitem nicht allein. Sie sind einfach ...

Aber was sagtest du vom Umbringen? Wie war das doch?

Warum gehst du nicht spazieren? dachte Rick. Komm, alter Junge, mach einen Spaziergang.

Hast du Angst vor diesen Jungens? Es sind doch nur Jungens.

Nein, ich habe keine Angst vor ihnen.

Was denn?

Nichts. Was soll überhaupt diese Fragerei?

Du wirst gereizt, mein Junge. Die Schüler machen dich gereizt. Ich glaube, du hast doch Angst vor ihnen.

Ich habe keine Angst vor ihnen, verdammt nochmal. Ich versuche nur, gute Arbeit zu leisten. Ist das so schwer zu verstehen?

Allzu gute leistest du nicht, mein Junge. Ich würde sagen, du leistest überhaupt keine gute Arbeit.

Du bist ein elender Grübler, dachte Rick. Geh lieber spazieren.

Er erzählte Solly Klein und den Kollegen am nächsten Tag die Sache mit dem Tonbandgerät. Sie saßen um den Holztisch im Eßraum, bis auf den Mann, der mit dem Gesicht nach unten auf der Lederchaise lag, und Rick berichtete den Vorfall, erzählte ihnen, welche Rolle Miller dabei gespielt hatte, und erklärte ihnen die offensichtliche Schuldlosigkeit Morales', der von Anfang bis Ende nicht begriffen hatte, was vor sich ging.

»Das ist der Grund, weshalb ich an eine Mädchenschule will«, sagte Manners.

»Ich verstehe den Zusammenhang nicht.«

»Nehmen Sie diesen Morales. Er sagt andauernd Scheiße und weiß nicht mal, was er sagt. Wenn ein Mädchen Schweinereien sagt, weiß sie genau, was sie sagt, dann ist sie reif fürs Bett.«

»Sie kommen nochmal in Teufels Küche«, sagte Solly Klein. »Ich würde Sie meiner Tochter zehn Schritt vom Leib halten.«

»Was haben Sie gegen einen gesunden Sexualtrieb?« wollte Manners wissen.

»Bei Ihnen«, sagte Solly, »ist der Trieb schon nicht mehr gesund. Er ist ungesund.«

Manners lächelte verlegen. »Ich bin eben ein heißblütiger Amerikaner«, sagte er.

»Dann sollten Sie sich hier in der Verbotenen Stadt glücklich fühlen. Sie sind von lauter heißblütigen amerikanischen Burschen umgeben.«

»Lange bin ich nicht mehr hier«, sagte Manners und nickte energisch. »Das können Sie mir glauben.«

»Ihr Wort in Gottes Ohr«, bemerkte Savoldi weise.

»Ich habe schon ein paar Eisen im Feuer«, erklärte Manners ihnen. »Ich möchte gern zu kurz gekommene Achtzehnjährige um mich haben. Ich kann es nicht ändern, das ist nun mal meine Berufung.«

»Passen Sie nur auf, daß man Sie nicht eines Tages nach Sing-Sing beruft«, sagte George Katz, der schmatzend sein Butterbrot aß. »Warum sind Sie eigentlich Lehrer geworden, Manners? Warum haben Sie sich nicht einen Job beim Tingel-Tangel gesucht?«

»Das tue ich in den Sommerferien«, antwortete Manners lächelnd.

»Er hat an alles gedacht«, meinte Savoldi. »Das sind die Leute, die sich später wundern, warum es ausgerechnet ihnen dreckig geht.«

»Jedenfalls«, sagte Manners, »gibt es auf einer Mädchenschule keine Typen wie Morales.«

»Und keine Unruhestifter wie Miller«, setzte Rick hinzu.

»Nein«, sagte Solly und schüttelte den Kopf.
»Was nein?« fragte Rick, der an seinem Butterbrot kaute. Solly stand auf, trat ans Fenster, blickte hinaus und sagte, ohne Rick anzusehen: »Sie machen einen Fehler, Dadier. Man macht immer einen Fehler, wenn man einen einzelnen in der Klasse als Unruhestifter hinstellt.«
»Da kann ich nicht folgen«, sagte Rick.
Solly legte den Kopf schief und schien eine Sekunde nachzudenken, immer noch aus dem Fenster starrend. »So etwas wie einen einzelnen Unruhestifter gibt es auf dieser Schule nicht.«
»Solly philosophiert mal wieder«, sagte Louis Savoldi traurig.
»In einer Müllgrube wie dieser«, antwortete Solly, »kann man nur als Philosoph überleben.«
»Ich bin aber kein Philosoph«, sagte Savoldi, seine Augen blickten traurig über die dampfende Teetasse, die er sich dicht vor den Mund hielt.
»Darum haben Sie auch nicht überlebt. Sie sind tot, Sie haben es nur noch nicht gemerkt.« Solly nickte in bitterer Nachdenklichkeit und wandte den Kopf vom Fenster ab. »Schauen Sie, Dadier, lernen Sie, diese Kinder als ein großes verkommenes Ganzes anzusehen. Als einen wurmstichigen Apfel. Der Apfel ist bis ins Kerngehäuse wurmstichig, und es sind zwar die Würmer, die ihn verderben, aber wenn man die Würmer herausnimmt, behält man immer noch den verdorbenen Apfel zurück. Ich kenne diesen Miller. Ich habe ihn im letzten Semester gehabt. Er ist ein gewiefter Bursche, Dadier, das sage ich Ihnen.«
»Das weiß ich«, sagte Rick. »Das macht mich ja gerade so stutzig. Warum tut er das alles? Was hat er gegen mich?«
»Sehen Sie«, sagte Solly und drohte mit seinem stummeligen Zeigefinger. »Da steckt wieder ein Fehler in Ihrer Logik. Sie glauben, Miller hat etwas gegen Sie persönlich. Schlagen Sie sich das aus dem Kopf, hat er nicht.«
»Aber ...«
»Mir hat er auch Schwierigkeiten gemacht. Schauen Sie, jeder Bengel in der Klasse wird Ihnen Schwierigkeiten machen. Sie wechseln sich ab, weiter nichts. Heute ist es Miller, morgend ist es irgendein anderer. Sie schenken Miller zu viel Beachtung. Auf dieser Schule, Dadier ...«

»Miller hat einen hohen Intelligenzquotienten«, unterbrach ihn Rick.
»Für diese Schule vielleicht.«
»Für jede Schule«, sagte Rick. »Der Durchschnitt liegt doch höchstens bei hundert.«
»Ungefähr«, sagte Solly achselzuckend. »Was hat denn Miller? 110, 120, 130 gar? Was bedeutet das schon? Sehen Sie nicht, Dadier, daß das die Dinge schlimmer macht? Er ragt heraus, weil er von einem Haufen Schwachköpfe umgeben ist. Die Schwachköpfe können Ihnen zwar allerlei Schwierigkeiten machen, aber die Gewitzten werden die Anführer. Darum ...«
»Sie widersprechen sich«, sagte Rick.
»Nein«, antwortete Solly. »Das tue ich nicht. Ich sage nur, daß die Gewitzten ein Ventil für ihre Führerqualitäten brauchen. In einer normalen Anstalt würden diese Qualitäten ein normales Ventil finden, aber in dieser Müllgrube gibt es keine normalen Ventile. Wird hier ein Junge etwa dadurch zum Führer, daß er dem Lehrer in den Hintern kriecht? Wahrhaftig nicht. Er wird dadurch zum Führer, daß er dem Lehrer seine Sache erschwert. Dadurch wird er anerkannt. Je durchtriebener der Kerl, ein desto besserer Führer ist er. Aber er hat nichts gegen Sie persönlich, glauben Sie mir. Er würde beleidigt sein, wenn Sie ihn beschuldigten, eine Wut auf Sie zu haben, bestimmt. Verstehen Sie mich, Dadier?«
»Ich verstehe es, aber ich kann es nicht glauben. Tut mir leid, aber ...«
»Solly hat recht«, sagte Savoldi traurig. »Hören Sie auf ihn, Dadier. Er kennt den Laden.«
»Sie sind durch die Bank übel«, sagte Solly heftig. »Sie werden es noch erfahren, Dadier. Sie stinken durch die Bank zum Himmel. Für Sie stinkt zufällig Miller gerade am schlimmsten. Für mich stinkt ein Junge namens Grandioso am schlimmsten. Wenn Sie erst anfangen, den Gestank nach seiner Intensität zu unterscheiden, werden Sie verrückt.«
»Es peinigt die Nase«, sagte Savoldi.
»Ich glaube, Sie beschäftigen sich zuviel mit Düften und Gerüchen«, sagte George Katz und versuchte, witzig zu sein. »Das ist Ihr Fehler, Klein.«

»Solly ist ein großer Riecher vor dem Herrn«, sagte Savoldi.
»Auf einer Mädchenschule riecht es nach Parfüm«, sagte Manners. »Das lob ich mir.«
»Ja, Parfüm«, sagte Savoldi schmerzerfüllt. »Ein wenig Parfüm.«
»Ich will damit nur sagen, daß Sie diese Bengel als eine große Maschine betrachten müssen«, beharrte Solly. »Wenn Sie erst anfangen, sie beiseite zu nehmen und Räder und Rädchen zu untersuchen, bekommen Sie nie einen Fuß an die Erde. Die Maschine hat das Firmenschild North Manual Trades High School. Sie wird in New York City hergestellt und hat zufällig defekte Teile. Nichts macht sie richtig, und überhaupt war sie nicht dafür gedacht, irgend etwas zu machen. Sie steht hier einfach und macht verdammt viel Krach, und man braucht verdammt viel Spezialarbeiter, um sie in Betrieb zu halten. Aber eine vernünftige Sache ist es nicht und wird es auch nie sein.«
»Solly«, sagte Savoldi schmachtend, »das war wunderschön. Sie hätten Dichter werden sollen.«
»Miller«, fuhr Solly fort, »ist nur ein Teil der Maschine. Trotz allem, was Sie wissen, kann er außerhalb der Schule ein braver Junge sein.« Rick zog die Augenbrauen hoch, und Solly sagte: »Sie glauben mir nicht, was Dadier? Na ja, Sie wissen das noch nicht. Dieser kleine Spitzbube unterstützt vielleicht seine blinde Großmutter und kann der netteste Junge in seiner Gegend sein. Kommt er aber in die Maschine, wird er ein Teil von ihr.« Solly schwieg und rubbelte sich mit Daumen und Zeigefinger die Nase. »Ärgern Sie sich nicht über Miller, Dadier. Sonst werden Sie nämlich irre in diesem Laden. Betrachten Sie das Gesamtbild. Sie benehmen sich wie ein General, der sich über einen Querulanten an der Front aufhält.«
»Das ist ein Standpunkt«, gab George Katz zu. »Letzten Endes, Dadier, zählen die Ergebnisse im großen.«
»Ergebnisse gibt es hier überhaupt keine«, sagte Solly. »Sie sehen meinen Standpunkt völlig falsch, Katz.«
»Haben Sie das denn nicht gemeint, Klein?«
»Nein, das habe ich nicht gemeint. Wer, zum Teufel, spricht von Ergebnissen? Halten Sie mich für einen Träumer? Ich spreche von überleben. Ich spreche von Mägen ohne Geschwüre. Wachen Sie auf, Katz.«

Tut mir leid, daß ich Sie mißverstanden habe«, sagte Katz und machte ein beleidigtes Gesicht.
»Miller hat diesen obszönen Vortrag provoziert«, meinte Rick hartnäckig, »da können Sie sagen, was Sie wollen.«
»Sie hätten es genauso machen sollen wie der eiserne Clancy«, sagte Savoldi.
»Unsinn, Clancy ist ein Würstchen«, sagte Solly.
»Jedenfalls wird in seiner Klasse nicht mehr geflucht.«
»Wann haben Sie denn das letzte Mal eine Klasse von ihm gesehen? Es wird in allen Klassen geflucht, sogar bei den Frauen. Clancy kann es genausowenig verhüten wie wir andern auch«, sagte Solly.
»Clancy kann es doch verhüten«, beharrte Savoldi. »Ich weiß es.«
»Sie meinen, er hat eine Methode?« fragte Rick.
»So kann man es wohl nennen«, sagte Savoldi. »Jedenfalls klappt es.«
George Katz lehnte sich neugierig vor. »Was tut er denn, Savoldi?«
»Soll das heißen, daß Sie noch nichts von Clancy gehört haben?« fragte Solly. »Er ist ein Würstchen.«
»Das ist der mit der Bonbonschachtel auf seinem Tisch«, sagte Savoldi und schlürfte seinen Tee. »Es sind aber nicht lauter Bonbons drin.«
»Was denn?« fragte Rick.
»Einige davon sind Bonbons«, sagte Savoldi, »aber nicht alle. Er hat sie wie Bonbons eingewickelt, wissen Sie, das Papier auf beiden Seiten zugedreht.«
»Wenn es keine Bonbons sind«, fragte Katz, »was ...«
»Langsam, einige sind Bonbons. Aber einige sind einfach kleine Seifenstücke, die genauso wie Bonbons eingewickelt sind. Der Dreh dabei ist, daß die Jungens die Bonbons nicht von den Seifenstücken unterscheiden können. Sie haben alle die gleiche Verpackung. Und Sie können sich darauf verlassen, es sind mehr Seifenstücke als Bonbons in der Schachtel.«
»Aber was macht er nun damit?« bohrte Rick.
»Wenn er einen Schüler fluchen hört, holt er ihn an seinen Tisch und bietet ihm die Bonbonschachtel an. Das ist schon fester Brauch, verstehen Sie. Ich meine, er hat die Schüler inzwischen so darauf gedrillt, daß jeder seinen besten Freund verrät, wenn er ihn fluchen

hört. Der Schüler greift in die Schachtel und wickelt dann aus, was er sich genommen hat. Wenn es ein Bonbon ist, ist alles schön und gut. Neun von zehn Malen ist es aber Seife. Clancy zwingt die Schüler, die Seife zu kauen und drei Seifenkugeln zu blasen, ehe er sie ausspucken darf. Es haut hin, glauben Sie mir.«

»Aber angenommen, der Schüler erwischt ein Bonbon?« fragte Katz.

»Dann, scheint mir, wird er für sein Fluchen noch belohnt.«

»Es sind nicht viele Bonbons in der Schachtel«, sagte Savoldi.

»Wahrscheinlich sind gar keine Bonbons in der Schachtel«, warf Solly ein. »Vielleicht hatte Clancy am Anfang Bonbons drin, und vielleicht tut er ab und zu noch eins hinein, um den Schein zu wahren.«

»Sie halten es für einen Mordsspaß«, sagte Savoldi mit traurigem Erstaunen. »Sie finden es hinreißend, dem, der erwischt wurde, zuzuschauen. Drei Seifenkugeln muß der Schüler blasen.«

»Wäre es nicht leichter, einfach für Disziplin zu sorgen?« erkundigte sich Katz. »Dies scheint doch eine ziemlich umständliche Methode zu sein.«

»Das ist mal wieder typisch«, sagte Solly und zeigte auf Katz. »Sie und Dadier und dieser andere Bursche, wie heißt er gleich? Der mit der Brille?«

»Josh Edwards«, half Rick.

»Ja, der. Ihr habt alle die Schnapsidee, diesen Jungens Disziplin und gute Manieren und was weiß ich noch beizubringen. Ihr habt alle 'nen Vogel.«

»Ich würde ihnen schon gern etwas beibringen«, sagte Rick leise.

»Schlagen Sie sich das aus dem Kopf. Ölen Sie einfach die Maschine und lassen Sie sie in ihrem verkommenen Zustand weiterlaufen. Bemühen Sie sich nicht, daß sie irgend etwas produziert. Dafür ist sie nicht gebaut.«

»Ich würde ihnen trotzdem gern etwas beibringen«, sagte Rick noch leiser.

Falls Solly ihn auch das zweite Mal gehört hatte, so zeigte er es nicht. Er trat wieder ans Fenster, klemmte die Daumen hinter die Hosenträger und blickte hinaus.

»Schauen Sie sich nur mal an, wie dieser Wohnblock in die Höhe schießt«, sagte er staunend.

»Sie arbeiten schnell«, meinte Savoldi, ohne von seinem Butterbrot aufzusehen.
»Sie benutzen heute Hohlformen«, erläuterte Solly, »und gießen den Beton gleich hinein. Im Handumdrehen ziehen sie einen Bau in die Höhe.«
»Diese Bauten sind sehr gut für die City«, sagte George Katz.
Solly zuckte die Achseln. »Die Leute, die sie bewohnen, werden dafür sorgen, daß sie in einem Monat wie Schweineställe aussehen.«
»Das ist nicht wahr«, sagte George Katz plötzlich. »Freunde von mir wohnen in Häusern der mittleren Einkommensstufe.«
»Das ist auch was anderes«, sagte Solly. »Ich spreche über die unteren Einkommen. Sie können sich die meisten davon ansehen, dann wissen Sie, was ich meine. Man errichtet die Häuser in Elendsvierteln und erwartet, daß sie die Umgebung verschönern. Das ist unmöglich.«
Rick sagte nichts. Er hatte in einem Haus der unteren Einkommensstufe gewohnt, das in einer guten Gegend stand und nicht wie ein Schweinestall aussah, obgleich es schon über ein Jahr stand. Aber er begann an der Genauigkeit von Solly Kleins Beobachtungen ohnedies zu zweifeln.
»Manche stehen in guten Gegenden«, sagte Katz.
»Ja, manche«, gab Solly zu. »Manche Berufsfachschulen liegen auch in guten Gegenden, aber mir fällt im Moment gerade keine ein.« Er starrte wieder auf die Bauarbeiten in der Ferne und sagte: »Das nenne ich einen Job. Immer draußen an der frischen Luft.«
»Da sind Sie aber ganz falsch im Bild«, sagte Savoldi mißmutig. »An einem Tag wie heute mit Schnee, bin ich verdammt froh, im Haus zu arbeiten.«
»Sie reden wie ein Bankkassierer«, sagte Solly.
»Ich wollte, ich wär' einer«, antwortete Savoldi traurig. »Das viele Geld.«
»Frische Luft«, sagte Solly, »die braucht der Mensch.« Er blickte auf die verschneite Straße hinab, die nun, da es zu schneien aufgehört hatte, friedlich und weiß dalag. »Nicht den Gestank hier drin.« Er seufzte und wandte sich vom Fenster ab. »Frische Luft«, sagte er noch einmal.

Als Rick an jenem Tag um zehn vor vier die Schule verließ, traf er Josh Edwards und Lois Hammond. Er musterte einen Moment aufmerksam Joshs Gesicht, was er sich neuerdings angewöhnt hatte. Schließlich zwang er sich wegzuschauen und sagte: »Wieder ein Tag herum.«

»Ach«, sagte Lois mit einem koketten Lächeln, »dies war aber ein ganz besonderer Tag, Rick.«

»Tatsächlich? Ich habe nichts gemerkt. Wieso?«

»Man hat mir die Schulzeitung übertragen«, sagte Lois.

»Aha, schau an. Sind nun Glückwünsche oder Beileidsbekundungen angebracht?«

»Es ist eine recht wichtige Angelegenheit«, sagte Lois affektiert und zog tief die Luft ein, wobei sie die Schultern zurückwarf, scheinbar ahnungslos, was ihre Brüste bei so einem einfachen Manöver anstellten.

»Dann also herzlichen Glückwunsch«, sagte Rick, und seine Augen verweilten einen Moment länger, als sie sollten, auf Lois' sich dehnender Brust. Er wandte sich an Josh und fragte: »Wie waren deine Ungeheuer heute?«

»Es geht«, sagte Josh gleichgültig. »Ich komme vorwärts.«

»Fein«, sagte Rick mit falscher Begeisterung und sah wieder in Joshs Gesicht. *Du kommst vielleicht vorwärts,* dachte er, *aber wohin, zum Teufel, kommst du, Josh?* Er wandte den Blick von Joshs Gesicht ab und war nicht sicher, ob man ihm seine Unruhe angemerkt hatte. Die Schlägerei damals hatte Josh verändert. Natürlich war er am nächsten Montag zur Schule gekommen, aber irgend etwas schien von ihm abgefallen zu sein. Gewiß nicht sein Wunsch, den Kindern etwas beizubringen, denn der bestand offensichtlich noch. Vielleicht die Energie, die rastlose, nervöse Energie, die so sehr ein Teil von ihm gewesen war. Oder vielleicht sein Optimismus. Vielleicht hatte er den verloren.

Was immer es war, er sah in letzter Zeit nicht gut aus. Seine Augen waren tief umschattet, die Backenknochen standen zu scharf hervor, und Rick gefiel die Art nicht, wie er den Mund zusammenpreßte. Man konnte selbst auf einer Berufsfachschule den Bogen überspannen, und genau das tat Josh offenbar.

»Sofern du nicht vorziehst, durch den Schnee zu laufen«, sagte Josh leise, »kann ich dich zum Bus mitnehmen. Ich habe heute den Wagen meines Bruders.«

»Ich tue nichts so gern, wie durch den Schnee zu laufen«, sagte Rick und versuchte, Josh ein Lächeln zu entlocken, »außer durch den Schnee zu fahren. Dazu lasse ich mich gern verführen.«

»Ich setze Lois auch ab«, sagte Josh, ohne eine Miene zu verziehen. »Es macht dir doch nichts aus, nein?«

»Das will ich nicht hoffen«, sagte Lois und gab Rick einen überraschend warnenden Blick.

»Nicht im mindesten«, sagte Rick verblüfft und wunderte sich, was wohl den nahezu besitzergreifenden, einnehmenden Blick ausgelöst hatte, den sie ihm zuwarf. Ach was, dachte er, das ist deine Phantasie. Sie gingen den Flur entlang und aus dem Gebäude hinaus, und Lois nahm, als sie die Stufen hinabschritten, seinen Arm. Sie sah auf den Schneematsch zu ihren Füßen und sagte: »Ich hasse Schnee. Ich habe eine Todesangst auszurutschen.«

»Vorsicht«, sagte Rick und spürte den Druck ihrer Hand auf seinem Arm, fühlte sich unbehaglich, weil er an Annes Hand auf seinem Arm gewöhnt war und diese Hand nicht Anne gehörte.

Sie überquerten den Schulhof, und Rick sah Miller gegen den Zaun gelehnt stehen, und dann bemerkte er neben ihm West mit einer Zigarette im Schnabel. Rick blickte Miller an, der Junge erwiderte den Blick und lächelte dann entwaffnend.

»Hallo, Mr. Dadier«, sagte er höflich. »Schöner Tag heute, nicht?«

»Wenn man Schnee liebt«, sagte Rick und lächelte zurück.

»O ja, ich liebe Schnee«, sagte Miller. Wests Augen wanderten an Lois Hammonds Körper entlang, und dann verzog sich sein Mund zu einem Grinsen.

»Guten Abend, Jungs«, sagte Rick.

»N'Abend«, sagte Miller. West antwortete nicht.

Rick räusperte sich verlegen. Er wandte den Blick von Miller und spürte Lois' immer schwerer werdende Hand auf seinem Arm. Er hätte die Hand gern abgeschüttelt, wußte aber, das konnte er nicht machen, und hatte gleichzeitig ein verdammt schlechtes Gewissen; er dachte an Anne und fragte sich, wie sie wohl auf diesen Anblick reagieren würde.

»Hier entlang«, sagte Josh und ging, als sie den Schulhof verlassen hatten, nach rechts. Sie schritten schweigend dahin, der Schnee knirschte unter ihren Füßen, ein scharfer Frost lag in der Luft. Als sie zum Wagen kamen, schloß Josh ihnen die Tür auf und ging dann auf die Fahrerseite hinüber. Rick half Lois einsteigen, während Josh drüben wartete, daß sie ihm die Tür aufmachten. Sie schlüpfte auf den Sitz, ihr Mantel verfing sich und verrutschte über ihren Nylonstrümpfen. Sofort griff sie zu und zog den Mantel zurecht, doch nicht bevor Rick den strammen Strumpfansatz und ein Stück des weißen Fleisches darüber gesehen hatte. Er drehte sich zur Seite, als sie den Mantel geradezog, und zwängte sich dann auf den Sitz neben sie.

Josh klopfte an die Scheibe, und Lois kicherte plötzlich. »O du liebe Zeit, wir haben Josh vergessen«, sagte sie. Sie sah Rick seltsam an, und er wunderte sich über ihre Ausdrucksweise, die ihn in das ›wir haben Josh vergessen‹ mit einbezog, als wären sie beide so sehr mit etwas anderem beschäftigt, so völlig gedankenverloren, daß sie Josh ganz vergessen hatten. Sie langte nach dem inneren Türknopf am Fahrersitz und streckte ihr eines nylonbestrumpftes Bein aus. Rick sah unwillkürlich hin, wandte dann den Blick ab, als sie sich plötzlich wieder geradesetzte, auf ihr Bein hinabsah und dann lächelte.

Ihm war plötzlich warm. Sein Gesicht war ganz warm, obwohl Josh einen kalten Windstoß hereinließ, als er die Tür aufmachte.

Josh zwängte sich auf den Sitz, und Lois rückte näher an Rick heran, ihr Oberschenkel lag dicht neben seinem. Er fühlte die Wärme ihres Körpers, mußte wieder an Anne denken und ermahnte sich, *he, Dacier, bildest du dir das alles ein? Bist du verrückt?* Und in diesem Augenblick bewegte Lois ihr Bein, ihr Fuß streifte seinen Fuß, und er wußte verdammt gut, daß er sich nichts einbildete.

»Es ist eng«, sagte Lois lächelnd. »Ich mag enge Autos im Winter. Es ist so gemütlich.«

Rick blieb stumm. Er mochte das Gefühl der Wärme nicht, und er mochte das Schuldbewußtsein nicht, von dem es begleitet war. Er wußte, daß Lois Hammond eine Frau war, und er hatte schon lange keine Frau mehr angesehen, zumindest keine andere Frau als Anne. Er fragte sich, ob wohl Annes Schwangerschaft irgend etwas mit dieser seltsamen, neu erwachten Empfänglichkeit zu tun hatte, versuchte sich zu erinnern, wie es gewesen war, als er das letzte Mal mit Anne schlief, und sagte sich dann, daß es närrisch sei und nichts damit zu tun habe. Aber der Druck von Lois' Schenkel war verwirrend, und er wünschte, Josh würde sich beeilen, abfahren, ihn zu dem blöden Bus bringen und zwar schleunigst, denn er fühlte sich unbehaglich, und das tat er deshalb, weil er als Mann auf eine begehrenswerte Frau ansprach, und er wollte um keinen Preis auf irgendeine Frau ansprechen und schon gar nicht auf Lois Hammond, wo Anne zu Hause auf ihn wartete und sich wahrscheinlich so dick wie ein Ballon vorkam.

Josh fuhr an, und Lois schaukelte auf ihrem Sitz, schaukelte so unmerklich, daß man es überhaupt kaum als Schaukeln bezeichnen konnte, wenn nicht jemand darauf wartete, wenn es nicht jemand erahnte, dann nämlich fühlte es sich wie Schaukeln an, fast wie das verführerische Anschmiegen einer Frau beim nächtlichen Liebesspiel.

Er roch ganz nah ihr Parfüm, und ihm war jetzt ungewöhnlich heiß von dem Blutandrang. Er hätte sich gern den Schlips losgebunden, wußte aber, es würde albern aussehen. Er wäre auch gern aus ihrer Nähe gerückt, und doch war da etwas in ihm, das den weichen Druck ihres Schenkels und die leichte Berührung ihres Fußes genoß.

Er saß steif da, weil sie nicht glauben sollte, er merke etwas, weil er ihr nicht zeigen wollte, daß es ihm gleichzeitig Spaß machte und unangenehm war. Er saß da und atmete kaum, aber er sah wohl das winzige Lächeln auf ihrem makellosen Gesicht und wußte haargenau, daß er ihr nichts vormachen konnte, gar nichts.

Der Wagen lief jetzt, und als Josh um eine Ecke bog, wurde Lois gegen Rick geschleudert und drehte sich wohl zur Seite, als der Wagen die Kurve nahm, so daß ihre Brust beim Aufprall seinen Arm berührte. Sie verweilte dort einen Augenblick, und er dachte an den Tag zurück, an dem sie beinah vergewaltigt worden wäre. Er konnte ihre Brust jetzt an seinem Arm spüren und hätte gern seinen Arm weggenommen, aber er tat es nicht, bis sie sich endlich zurücklehnte, und darüber war er froh, und zugleich tat es ihm leid. Sie drehte sich wieder zur anderen Seite, flüchtig berührten sich ihre Knie, nylonglatt berührte ihr Knie für den Bruchteil einer Sekunde das seine und zog sich dann zurück.

Er dachte an Anne und erinnerte sich an die Berührung ihres Haars, die Farbe ihrer Augen, ihre Art, ihn anzuschauen, und er erinnerte sich vor allem an ihre Sanftheit, eine Sanftheit, die er bei keiner anderen Frau gefunden hatte und die er am meisten an ihr liebte. Er dachte an Anne und vergaß Lois' Schenkeldruck, vergaß Lois völlig.

»Nächste Woche bringe ich meine Platten mit«, sagte Josh müde. »Erinnerst du dich, ich sprach davon, Rick?«

»Ja«, sagte Rick.

»Das mache ich«, sagte Josh, als wolle er sich selbst überzeugen, daß er es tue. »Gebe den Jungs eine Jazzstunde.«

»Nicht schlecht«, sagte Lois, die auf ihrem Sitz schaukelte und sich Rick zudrehte, um seine Meinung zu hören.

»Ja«, sagte Rick, »gar nicht schlecht. Ich glaube, es wird ihnen gefallen.«

»Ich hoffe es«, sagte Josh. Er seufzte tief und sagte dann: »Du mußt hier aussteigen, Rick, nicht?«

»Ja, hier ist es«, sagte Rick.

»Oh, schon?« fragte Lois. Sie blickte Rick lächelnd an, und Rick lächelte schwach zurück. Josh fuhr an den Straßenrand, und Rick öffnete die Tür und stieg aus in den Schnee.

»Demnächst müssen wir mal alle etwas trinken gehen«, sagte Lois und sah Rick unverwandt an. »Wir alle drei.«

»Machen wir«, sagte Rick. »Demnächst.« Er lächelte, winkte und sagte: »Bis morgen.« Dann schlug er die Tür zu. Lois winkte ihm zu, aber er sah den Bus, drehte ihr den Rücken zu und rannte, um ihn nicht zu verpassen, denn Anne wartete, und er wollte sich nicht verspäten.

7

Der Tag, an dem Rick mit Arthur Francis West aneinandergeriet, war zufällig derselbe Tag, an dem Joshua Edwards seine Schallplattensammlung mit in die Schule brachte. Er begann wie ein ganz gewöhnlicher Tag, nur daß Rick in bezug auf gewöhnliche Tage mißtrauisch geworden war, weil er wußte, daß die Schüler der

North Manual Trades es besonders gut verstanden, einen gewöhnlichen Tag innerhalb von Minuten in einen ungewöhnlichen zu verwandeln. Diese besondere Fähigkeit, die Welt ins Groteske zu verkehren, machte ja die Arbeit so schwierig, dachte Rick. Man konnte nie etwas richtig planen, weil man nie genau wußte, was aus den Plänen wurde.

Es war ein Unterschied, ob man in irgendeinem Büro arbeitete. Es war ein Unterschied, ob man einem strengen Terminkalender folgte: 11 Uhr Andrews anrufen wegen Geschäftsabschluß, 12.30 Uhr Mittagessen mit Miss Mahaffey in Sachen Bigelow, 3 Uhr Damen, die sich als Stenotypistinnen bewarben, empfangen. Mahnung nach Frisco rausschicken betr. rückständiger Zahlung. Nichts dergleichen. Denn abgesehen vom täglichen Büroärger, war es allemal möglich, Andrews um elf anzurufen oder um zwölf Uhr dreißig Miss Mahaffey mit Speis' und Trank zu bewirten oder Stenotypistinnen einzustellen oder Mahnungen rauszuschicken.

An der Manual Trades war das anders. Rick verbrachte jeden Abend manche Stunde mit der Vorbereitung seines Unterrichts. Auf dem Papier nahm sich der Unterricht prächtig aus. Es war das gleiche Schema, mit dem er in den Pädagogikseminaren der Hunter Universität gute Zensuren eingeheimst hatte. Die Sache hatte nur einen Haken: sie funktionierte nicht. Denn wenn er anfing, den Unterschied zwischen ›shall‹ und ›will‹ klarzumachen, endete es unweigerlich damit, daß er sich in dem Gebrüll seiner Klasse Gehör zu verschaffen suchte, weil sie lieber über den bevorstehenden Wahlfeiertag sprach oder darüber, was man am Hallowe'en Tag alles anstellen würde. Und wenn er anfing, ihnen die richtige Form eines höflichen Briefes beizubringen, endete es stets damit, daß er die Klasse eine Übungsarbeit schreiben ließ, um sie zu beschäftigen und still zu halten. Oder er streckte manchmal einfach die Waffen, saß da und erzählte ihnen, sie schrieben am nächsten Tag eine Arbeit über den Stoff, den sie heute eigentlich hätten durchnehmen müssen, und hörte sich dann an, wie sie klagten und zeterten, sich halbwegs beruhigten, um nur erneut in Aufruhr zu geraten, wenn sie merkten, daß er es ernst meinte.

Die erste Überraschung bereitete ihm die 55-206, und das war keine Überraschung, denn die 55-206 steckte voller Überraschungen, und

es wäre vielmehr eine Überraschung gewesen, wenn die 55-206 nicht mit einer Überraschung aufgewartet hätte.
Irgend etwas stimmte mit der Klasse an jenem Tag nicht. Rick merkte es schon, als er die Fehlenden eintrug und die Karten umklappte. Er wußte nicht recht, was es war, bis er zu Millers Platz kam, da begriff er, was anders war.
Miller fehlte.
»Ah!« sagte Rick laut. Er war ehrlich überrascht, denn Miller war immer gewissenhaft zum Unterricht erschienen, selbst wenn andere durch pauschale Abwesenheit glänzten. Millers Erscheinen zu jeder Stunde war an und für sich schon eine Überraschung, und Rick verstand nicht recht, was den Jungen dazu bewegte. Wenn jemandem etwas so zuwider war, sollte man meinen, er würde es so viel wie möglich meiden. Es sah jedoch beinah so aus, als habe Miller sich feste Spielregeln gesetzt. Diese Regeln schlossen striktes Erscheinen zu jeder von Ricks Stunden ein. Es sah ferner so aus, als habe er sich eine unbedingte Grenze gesetzt, die er nicht überschritt. Zwar schien die Grenze täglich ein paar Zentimeter vorzurücken und Miller immer kühner zu werden, aber es sah so aus, als ob Miller die für einen bestimmten Tag gezogene Grenze wie ein Gesetz achtete und nicht überschritt, wie sehr er auch dazu herausgefordert werden mochte. Die Wahrung der Grenze ging soweit, daß er auch jeden anderen davon abhielt, sie zu überschreiten. Es war, als sage er: »Bis hierher gehen wir heute, vergeßt das ja nicht.«
Daher war Rick beinah bestürzt, weil er sich ein bestimmtes Bild von ihren Spielregeln gemacht hatte und diese nun deutlich verletzt waren. Als er zu Millers leerem Platz hinübersah und »Ah!« rief, zeigte sein Gesicht ehrliche Überraschung, und West belehrte ihn prompt: »Greg is heut' nich' da.«
»Das sehe ich«, sagte Rick trocken.
»Und er schwänzt auch nicht«, sagte West.
»Das wird sich herausstellen, wenn ich die Liste der Fehlenden ins Büro hinunterschicke«, antwortete Rick.
»Können Sie ruhig. Er schwänzt nich'. Seine Schwester is' im Krankenhaus.«
»Oh?« sagte Rick. »Doch hoffentlich nichts Ernstes.«
»Nee«, antwortete West. »Die ham'se dick gemacht, weiter nix.«

Er grinste Rick an. »Wissen Sie, was ›dick gemacht‹ bedeutet, Chef?« »Ich eeeeeh ... meine den Ausdruck schon mal gehört zu haben«, sagte Rick und machte ein verärgertes Gesicht.

»Ja, ja, die ham'se dick gemacht. Auf 'ner *grind session.* Wissen Sie, was 'ne *grind session* is', Chef?«

»Wissen Sie, was eine *jam session* ist, West?« fragte er plötzlich, angewidert von dem ganzen Unsinn. Die Jungen glaubten ja wohl, ein Englischlehrer sei eine Art geschlechtsloses, neutrales, nicht denkendes, nicht fühlendes, ahnungsloses Wesen, das nur seine Textbücher kennt. Er hatte sie bisher in diesem Irrtum gelassen, aber mit einem Mal störte es ihn. Wests Unterstellung, daß Ausdrücke wie ›dick machen‹ und *grind session* ihm fremd seien, ging ihm gegen den Strich. Auch er war mal ein junger Bengel gewesen, hatte sich in den Bordells von Panama bis Tokio herumgetrieben, und irgendwie wurde seine Männlichkeit von Wests Unterstellung beleidigt. Zwar war ihm bewußt, daß das Ganze eine Sache der männlichen Eitelkeit war, trotzdem konnte er dem Drang nicht widerstehen, West zu zeigen, daß er auch ein paar Dinge vom Leben kannte, vielleicht ein paar mehr, als West mit seinem verdammten, rotznäsigen Grinsen je kennenlernen würde.

»Ne *jam session* is' aber keine *grind session,* Chef«, sagte West anzüglich.

»Ach nein? Tatsächlich, West? Sagen Sie mir, West, wissen Sie, was eine *dream session* ist? Sind Sie je in einem Spritzenhaus gewesen, West? Wissen Sie, was die grüne Freude ist, West? Schon mal was vom Affen gehört, der Ihnen den Rücken kratzt? Wissen Sie, was eine *Mary Jane* ist? Schon mal in einem Putschladen gewesen, West? Wissen Sie, was eine gelbe Jacke ist? Oder kommen Sie vom Mond? Na, West, was sagen Sie?«

West starrte Rick verdattert an. »Mich nehmen Sie nich' auf'n Arm«, sagte er. »Sie sind doch 'n Spießer.«

»Wie er im Buch steht«, fauchte Rick. »Aber sagen Sie mir doch, West, wissen Sie was H ist oder C oder M? Wissen Sie, was ein Stoß bedeutet? Haben Sie je *The Man* kennengelernt, West? Sagen Sie mir doch, West, ob Ihre Erfahrungen auch Namen wie *Cat Andrews* oder *Thelonious Sphere Monk* oder *Vido Musso* oder *Cozy Cole* einschließen. Kommen Sie, West, Sie reden doch so gern.«

»Hab' ich schon was von gehört«, sagte West stirnrunzelnd.
»Bestens, mein Lieber. Dann wissen Sie sicher auch, was *smoke* ist, oder? Ja, West? Wenn jemand von *smoke* besudelt ist? Verstehen Sie sich auf die Kunst einer Wassermischung? Oder haben Sie nur eine große Klappe und keine *cojones*[1])? Schon mal Hemingway gelesen, West?«
»Wer 's das?« fragte West.
»Er spielt Schlagzeug bei Gillespie, West. Er trommelt alle unter den Tisch. Er trinkt auch alle unter den Tisch. Aber Sie sind doch sicher in Spanien gewesen, nicht wahr, West? Ein erfahrener Mann wie Sie. Ein Mann, der weiß was ›dick gemacht‹ bedeutet und *grind session*. Sie wissen doch bestimmt auch, was ›auf die Bretter legen‹ ist, stimmt's? Sie wissen, was ein roter Teufel ist, ja West? Oder möchten Sie lieber Verbrecherjargon, West? Ist das Ihr Ressort? Sind Sie ein Schränker, ein Zinker, ein Ganove? Was sind Sie, West? Ein Strizzi? Sagen Sie schon, West.«
»Mich nehmen Sie nich' auf'n Arm«, sagte West.
»Ganz falsch, mein Junge. Sie meinen, ich könnte Ihnen nichts vormachen, stimmt's? Das meinen Sie doch, nicht? Nun, ich glaube nicht, daß Sie eins von diesen hübschen Dingen wirklich sind, West. Sie sind kein Falschmünzer und auch kein mieser kleiner Rauschgifthändler, Sie sind nicht einmal ein Ladendieb. Ich habe Sie durchschaut, West, soll ich Ihnen sagen, was Sie sind, mein Lieber, soll ich Ihnen klipp und klar sagen, was Sie sind? Sie sind ein Großmaul, West, und weiter nichts. Sie sind ein leeres Faß. Sie sind ein Haufen Krach und Wut, wenn Sie mir erlauben, Kentons Baßspieler Willie zu zitieren. Sie sind eine Null, West, eine absolute Null. – Kommen Sie mir also nicht daher und werfen sich in die Brust und schmeißen mit Ausdrücken wie *grind session* um sich, als wäre ich ein Schwachkopf aus der untersten Kiste. Behalten Sie Ihren Straßenjargon ja für sich, und denken Sie daran, daß ich weiß, wovon Sie reden, wann immer Sie reden. Denken Sie daran, und denken Sie ferner daran, daß ich grundsätzlich nicht hören will, was Sie von sich geben. Dann werden wir gut miteinander auskommen, West, ganz fabelhaft sogar. Ist das klar?«

---

[1]) spanisch: Hoden [vulgär]

»Mich nehmen Sie nich' auf 'n Arm«, sagte West. »Das haben Sie aus Büchern.«
»Ich war zwar schon immer ein Bücherwurm, West. Aber man kann nicht alles aus Büchern lernen. Und nun wollen wir mit dem Gerede Schluß machen und im Unterricht fortfahren. Der Unsinn reicht für heute.«
»Nee, nee, mich nehmen Sie nich' auf 'n Arm«, sagte West, entschlossen, das letzte Wort zu behalten.
Rick ließ ihm das letzte Wort. Er war ungeheuer zufrieden mit sich, fühlte sich wie befreit von etwas, das ihn seit Beginn des Semesters belastet hatte. Er wußte, es war nicht sehr klug, sich mit den Schülern gemein zu machen, aber sein Ausbruch war wie eine leidenschaftliche Genugtuung gewesen. Er hatte mit Bedacht gewählte Ausdrücke herausgeschleudert, die aus den verschiedensten Quellen stammten: seiner eigenen Erfahrung, Geschichten und Romanen, die er gelesen, Theaterstücken, die er gesehen, und sogar Hörspielen, die er gehört hatte. Dabei war er sich der Bedeutung mancher Worte, die ihm von den Lippen sprühten, gar nicht einmal sicher. Er hatte sie West einfach an den Kopf geworfen, ein Bebop-Potpourri, ein Unterwelt-slang-Gemix, den reinsten Rachenputzer.
Rachenputzer. Das war ein gutes Wort. Das hätte er auch nehmen sollen. Hatte er *smoke* erwähnt? Ja, hatte er. Was zum Teufel war *smoke* überhaupt. Etwas, das Alkoholiker mit Methylalkohol oder sonstwie ungenießbarem Alkohol anstellten. Wenn der Alkohol nach Beigabe von ein paar Tropfen Wasser rauchig wurde, war er trinkbar, oder vielleicht war er dann nicht trinkbar. Was machte das schon? West hatte sowieso nicht begriffen, wovon er sprach.
Diese *Cojones* hätte er nicht erwähnen sollen. Nein, es saßen etliche Portorikaner in der Klasse, und die wußten bestimmt, was es hieß. Egal, Schwamm drüber. Er hatte es richtig gemacht. Er war zufrieden und fühlte sich sauwohl.
Er fuhr mit dem Unterricht fort, überzeugt davon, es würde mit West keinen Ärger mehr geben, froh, daß Miller fehlte, und neugierig, ob seine Schwester tatsächlich schwanger war. *Dick gemacht.* »Wissen Sie, was ›dick gemacht‹ bedeutet, Chef?« Es wurmte ihn immer noch. Mit selbstzufriedenem Grinsen setzte er den Unterricht fort. Er gab den Jungen eine schriftliche Aufgabe, die sie in der

Klasse zu machen hatten, und sah dann Arbeiten seines zweiten Semesters durch. Er war noch ganz damit beschäftigt, die Arbeiten zu zensieren, als er plötzlich merkte, wie jemand vor seinem Schreibtisch stand.

Er sah hoch.

West hatte sich mit in den Hosenbund geklemmten Daumen vor ihm aufgepflanzt.

»Was ist, West?« fragte Rick.

West lächelte: »Geben Sie mir die Klosettmarke, schöner Mann«, sagte er.

Rick kniff halb die Augen zusammen. »Wie bitte?«

»Was denn?« Rick starrte West mit zusammengekniffenen Augen an. Er traute seinen Ohren nicht. Nach dem Anraunzer, den er dem Jungen gegeben hatte ...

»Ich muß zum Klo«, sagte West. »Geben Sie mir die Klosettmarke.«

»Setzen Sie sich, West«, sagte Rick fest.

»Ich sagte, ich muß zum Klo. Geben Sie mir die Marke.«

»Ich habe gehört, was Sie sagten, West. Setzen Sie sich.«

Die Klasse hatte zu schreiben aufgehört und sah nach vorn, sie ahnten Böses, erhofften es vielleicht.

»Gut, behalten Sie die Marke. Dann gehe ich eben ohne.«

Er wollte um den Tisch herum, Rick schob seinen Stuhl mit einem Ruck nach hinten und versperrte den engen Durchgang; er stieß den Stuhl gegen die Tafel und sprang auf.

»Sie gehen nirgends hin, West. Machen Sie, daß Sie auf Ihren Platz zurückkommen.«

»Ich muß aufs Klo«, sagte West jetzt lauter. »Oder soll ich hier vielleicht den Fußboden vollpissen?«

»Halten Sie Ihr dreckiges Mundwerk, West«, sagte Rick. »Und setzen Sie sich hin, haben Sie mich verstanden?«

»Ich weiß nur, daß ich pissen muß.«

»Sie sollen sich setzen, West«, sagte Rick warnend, die Lippen fest an die Zähne gepreßt. »Wenn Sie sich nicht setzen, schlage ich Sie zusammen.«

West stand da, hatte die Daumen hinter den Hosenbund geklemmt und fixierte Rick schweigend. »Sie können einen nicht daran hindern, zum Klo zu gehen«, sagte er leise.

»Versuchen Sie es«, sagte Rick, der jetzt vor Wut kochte und ein merkwürdiges Gefühl von Macht hatte, das durch seinen vorausgegangenen Ausbruch verursacht und durch Wests Aufsässigkeit geschürt wurde.
Sie standen da und starrten sich eine Weile an, und dann wich West zurück, schlurfte den Gang entlang zu seinem Platz. Er setzte sich widerwillig hin, mit mürrischem Gesicht und glühenden Augen.
»Sie können mich nicht hindern, aufs Klo zu gehen«, rief er kraftlos.
»Sie können sofort gehen, wenn Sie um die Marke bitten, wie es sich gehört«, sagte Rick. »Nicht eher.«
»Ich habe ja um die blöde Marke gebeten«, rief West. Sein Gesicht war rot angelaufen, er schien den Tränen nahe, und Rick fragte sich, ob er den Bogen nicht ein wenig überspannt habe.
»Aber nicht, wie es sich gehört«, sagte er barsch.
West sprang plötzlich von seinem Platz auf und lief mit geballten Fäusten nach vorn. »Soll ich einen Kniefall machen? Soll ich um die verdammte Marke betteln?«
»Machen Sie, daß Sie auf Ihren Platz kommen, West«, sagte Rick, der jetzt selbst unwillkürlich die Fäuste ballte. Er spürte die Spannung wie einen zum Sprung geduckten Tiger.
»Ich pisse hier den Fußboden voll«, rief West. »Glauben Sie, ich trau' mich nich'? Glauben Sie, das macht mir was aus? Entweder Sie geben mir die Marke, oder ich pisse den Fußboden voll.«
»Sie bringen sich in eine böse Lage, West«, sagte Rick. »Bitten Sie um die Marke, wie es sich gehört.«
»Darauf pisse ich erst recht!« rief West. Er zog den Reißverschluß am Hosenschlitz auf und kam auf Ricks Tisch zu. Rick machte einen Schritt vorwärts, und in diesem Augenblick läutete es.
West blieb mit der Hand am Schlitz stehen, lauschte der Glocke, lauschte der Stille, die ihrem schrillen Läuten folgte. Dann lächelte er, ein überlegenes Lächeln, mit dem er Rick zu verstehen gab, daß er die Marke sowieso nicht mehr benötige.
Er zog den Reißverschluß wieder zu, und es surrte in dem lautlosen Raum.
»Schwein gehabt«, sagte er, drehte dann Rick den Rücken zu, holte seine Bücher und verließ die Klasse. Die anderen Jungen trieben sich noch eine Weile in der Klasse herum und beobachteten Rick, der mit

geballten Fäusten am Schreibtisch stand. Er hatte den Mund zusammengepreßt, und seine Augen glühten. Sie musterten ihn verstohlen und schoben dann ab.
Du widerlicher Bengel, dachte Rick, *du gemeiner, widerlicher Bengel.* Grimmig schnappte er sich seine Tasche und ging, dankbar für die vor ihm liegende Freistunde, hinaus.

Den Schülern der 66-201 stand alles andere als eine Freistunde bevor. Vielmehr eine öde Englischstunde bei Mr. Edwards, dem lieben guten Joshua, der in die Schlacht von Jericho zieht. Mann, diese Leute denken sich jeden Tag was Neues aus, womit sie einen anöden. Als wenn sie nichts weiter zu tun hätten als herumzusitzen und sich neue Foltern auszudenken. Diesen Sermon, den er gestern gepredigt hatte, diesen Quark über Geschäftsbriefe. Quatsch, wer schreibt denn jemals in seinem Leben einen Geschäftsbrief? Edwards vielleicht, aber nicht sie. Nein, das war alles für die Katz', und nicht einmal Katzen fressen es, außer man überzog es mit Schokoladesprenkeln.
Sie trödelten gemächlich in die Klasse wie Gefangene, die nach der Nachmittagsmahlzeit in die Zellen zurück müssen. Sie sahen Edwards an seinem Tisch sitzen, sahen das Flattern seiner Hände, sahen die Glotzbrille auf seiner Nase, sahen die eindringlichen, ernsten Augen hinter der Glotzbrille. Mann, dachten sie, warum wurde so ein häßlicher Knabe überhaupt geboren. Und so ein langweiliger obendrein. Hat dir nie einer beigebracht, interessant zu sein, Edwards? Josh-wah, alter Knabe, hat dir nie einer gesagt, daß du ein langweiliges Arschloch bist? Is' 'ne Schande, Josh-wah, denn einer hätt's dir sagen müssen. Eines Tages, Josh-wah, wirst du bei der ›Gesellschaft zur Verhütung von Grausamkeiten an Kindern‹ angezeigt, und dann bist du dein silbergerahmtes Diplom los, dann mußt du antreten und Straßengräben ausheben oder auf Fahnenmasten klettern oder dir den Daumen in den Hintern stecken, was genau das Richtige für dich ist, Josh-wah, denn du bist wahrhaftig ein langweiliger Zeitgenosse.
Sie schlaksten in die Klasse, setzten sich schicksalergeben auf ihren Platz und warteten, daß Edwards mit seinem Bla-bla anfinge. Lauter Quatsch, Josh-wah, wirst du das je einsehen? Dir fehlen wieder einmal Prügel, damit du aufwachst. Junge, sahst du an dem Montag

reizend aus, als wenn eine Dampfwalze versucht hätte, dir den Schädel plattzuwalzen, nur besser, weil dein Schädel von Anfang an platt war, und doch lernen's manche nie. Was haben wir denn heute, Josh-wah? Einen Brief an Oma in Kleinkleckersdorf? Wie geht's dir, Oma? Macht dir dein Rheuma noch zu schaffen, Mädchen? Komm schon, Josh-wah, trag die Fehlenden ein, und laß uns anfangen. Wir können's kaum erwarten, daß der Zirkus losgeht.

Edwards klappte seinen Sitzplan zu und lächelte die Jungen an. »Ich habe heute eine Überraschung für Sie«, sagte er.

Na sowas, Josh-wah hat 'ne Überraschung! Ist es nicht toll? Wir wollen alle aufstehen und in die Hände klatschen. Was für eine Überraschung, Josh? Vielleicht 'ne kleine Arbeit? Kleine Hausaufgabe? Etwas Hübsches in der Art? Etwas, das du gestern abend in deiner Folterkammer ausgebrütet hast?

»Was für 'ne Überraschung?« fragte Vallera.

»Eine Überraschung, die Ihnen, glaube ich, gefällt«, sagte Edwards, immer noch lächelnd.

»Doch nich' ne Arbeit?« fragte Jones argwöhnisch.

»Nein, keine Arbeit«, antwortete Edwards, geheimnisvoll lächelnd. »Etwas, das Ihnen Spaß machen wird.«

O ja, etwas, das uns Spaß machen wird. Diese Leute fallen einem doch ewig auf'n Wecker. Wie neulich, als wir Zeitungen mitbringen sollten. O ja, da hieß es auch, es würde uns Spaß machen. Und die ganze nächste Woche erzählt er uns, wir sollten die New York Times lesen. So stellt der sich 'n Spaß vor, wahrhaftig ein Mordsspaß. Sich auf'n Arsch zu setzen und das ganze Geschreibsel durchzuackern. Junge, was 'ne Gaudi. Ein Stuß sondergleichen, selten so gelacht. Jetzt hat er wieder so 'ne Schnapsidee. Tausend Schnapsideen hat der, dieser Knabe. Warum wirft er nicht gleich seine Unterhose in die Klasse?

Edwards warf nichts von seiner Unterwäsche in die Klasse. Er ging vielmehr nach hinten zum Garderobenschrank. Vielleicht ist das die Überraschung. Vielleicht zieht er sich den Mantel an und geht nach Hause. Das wär' 'ne Überraschung! Darauf könnte man sich einstellen.

»Wie Sie wissen«, sagte Edwards, »ist die Literatur nur eine von vielen Ausdrucksformen. Wir werden eine Menge Literatur in diesem

Semester durchnehmen, aber es gibt noch andere Ausdrucksformen. Eine Menge anderer Ausdrucksformen.«
Er redet nervös, der Josh-wah. Faselt dauernd dasselbe. Was hat er da im Schrank, ein nacktes Mädchen? Nie so'n nervöses Hemd gesehen wie den. Hibbelig wie zwei Gerippe auf'm Lastwagen.
»Eine andere Ausdrucksform ist zum Beispiel die bildende Kunst«, sagte Edwards. »Malerei, Bildhauerei ... eeeh, allgemein die bildende Kunst. Und die Musik ist wieder eine andere Ausdrucksform.«
Er hatte den Schrank jetzt offen und nahm etwas heraus, das aussah wie – na, hat man Töne! Ein Plattenspieler. Ein Grammophon. Und was war das für ein kleiner Kasten mit dem Schloß dran? Platten? Was sagst nun? Old Josh-wah als Schallplattenjockey.
»Heute werden wir uns etwas Musik anhören«, sagte Edwards. Er ging jetzt mit dem Plattenspieler unterm Arm an seinen Tisch zurück, der Plattenkasten baumelte an seinem anderen Arm.
»Was für Musik?« fragte Pasco argwöhnisch.
»Nichts Klassisches«, sagte Edwards. »Wir werden uns heute Swing, Jazz und sogar ein wenig Bebop anhören.«
Bebop? Von dir, Josh-wah? O Mann, komm zu dir. Komm auf die Erde. Bebop? Na, dann mach mal schon, Josh-wah.
»Ich glaube, die Platten werden Ihnen gefallen«, sagte Edwards. »Ich sammle schon lange, und es sind ein paar aufregende Sachen dabei.«
Wie die Times, was Josh-wah? So aufregend wie die Times? Mann, war das aufregend.
Er schloß jetzt den Plattenspieler an. Mit dem Zeigefinger prüfte er die Nadel, und ein kratzendes Geräusch scholl durch die Klasse. Er lächelte und sagte: »Der Plattenspieler gehört mir nicht, aber ich denke, er tut's. Nun wollen wir mal sehen.«
Er fummelte in seinem Plattenkasten herum und brachte eine glänzende schwarze Platte zum Vorschein. Wie ein verliebter Junge sah er die Platte an und wischte sie dann mit dem Ärmel ab.
»Die spielen wir zuerst«, sagte er. »›I Can't Get Started‹ ist der Titel. Es ist eine von Bunny Berigans besten Platten.«
Bunny Berigan? Wer, zum Teufel, ist Bunny Berigan? Was für'n Scheißdreck ist das nun wieder?
Er legte die Platte auf, setzte die Nadel an und trat dann mit verschränkten Armen und einem breiten Lächeln zurück.

Bunny Berigan also. Na und?

I've flown around the world in a plane
Settled revolutions in Spain ...

Der singt also. Kommt er gegen Como an? Worin sticht er Tony Bennett aus? Sänger gibt's wie Sand am Meer. Wen, glaubt Josh-wah, kann er auf den Arm nehmen? Das soll aufregend sein? Wie schon die alte Magd sagte, als sie die Kuh küßte: »Das ist eine Geschmackssache.« Hat er nichts von den Hilltoppers?

»Hören Sie sich die herrliche Trompete an«, sagte Edwards. »Dieser Mann ist der Vorgänger von James, Spivak und Elman.«

James? Meint er Harry James? Aber wer is' Spivak? Und wer, zum Teufel, is' Elman? Mann, der Kerl lebt auf'm Mond. Na schön, hören wir uns 'nen Trompeter an. Bunny Berigan. Klingt nach 'ner Striptease-Königin in Union City. Was hast du sonst noch, Josh-wah? Mach schon, diese is' fast zu Ende.

Die Nadel raste über die Platte und klickte in die Ausrillen. Edwards stand da mit einem dämlichen Grinsen. Schließlich nahm er den Tonabnehmer hoch, hob die Platte vom Teller und legte sie in den Kasten zurück, ganz wie jemand, der seine Tochter ins Bett bringt. Er nahm eine andere Platte und sagte: »Dies ist die alte Will Bradley Combo. Eine schöne Platte, und sie heißt ›Celery Stalks at Midnight‹.«

Was ist das nun wieder? *Celery* stalks? Komm, komm, Josh-wah, so doof sind wir nicht. Celery stalks. Jesses! Haste nix Anständiges in dem blöden Kasten. Wie wär's mit Julius LaRosa? Der hat was auf 'm Koffer. Oder wie wär's mit Joni James? Nix von ihr?

»Was haben Sie sonst noch, Chef?« rief Brothers.

»Die hier ist gut«, sagte Edwards, ganz in seine Welt versunken. »Hören Sie.«

»Haben Sie auch was Neueres?« fragte Magruder.

»Hören Sie, hören Sie nur«, sagte Edwards, den Kopf zum Plattenspieler geneigt.

Dieser Primitivling, guckt nur mal sein Gesicht an. Der findet auch noch was an der Scheiße. Eine Band, die mit einer Melodie herumspielt. Das ist also seine Überraschung, seine große, tolle Überraschung. Zum Teufel, er muß doch etwas in dem Kasten haben, das gut ist. Was hat er nur in dem Kasten?

»He, Chef«, sagte Kramer. »Was haben Sie sonst noch?«
»Ich habe noch viele«, sagte Edwards. »Keine Sorge. Hier, hören Sie sich die Posaune an.«
»Haben Sie keinen, der singt?«
»Sie haben doch gerade Bunny ...«
»Nee, ich meine, jemand, der singen *kann.*«
»Ja, habe ich. Sobald diese zu Ende ist, werde ich ... werde ich sehen, was ich sonst noch habe.«
»Ach, nehmen Sie die doch gleich runter«, rief Liggett.
»Es ist ein wirklicher Klassiker«, sagte Edwards lahm. »Will Bradley. Haben Sie schon mal was von Ray McKinley gehört?«
»Wem?«
»Ray Mc- er hat bei Bradley angefangen. Er war ... Schlagzeuger bei der Bradley Combo. Er ...«
»Hat er was mit Präsident McKinley zu tun?«
»Nein, wohl nicht, ich glaube nicht. Das ist ...«
»Was soll das eigentlich sein, eine Geschichtsstunde? Los, wir wollen Musik hören.«
Edwards hob den Tonabnehmer kurz vor Schluß der Platte ab und nahm die Platte rasch von der Drehscheibe.
»Ich habe eine Menge Gesangsnummern«, sagte er. »Einige davon werden Ihnen bestimmt ... eine Menge. Hier ... hier ist eine von Ella Mae Morse. Sie heißt Cow-Cow Boo –«
»Schon wieder Geschichte!« rief Felanzo. »Was soll'n wir mit Finley Breeze Morse?«
»Los doch, Josh-wah!« schrie Alexander. »Was zum Teufel verstekken Sie in dem Kasten da?«
»Werden Sie nicht frech, Alexander«, warnte Edwards.
»Laß uns doch ma' gucken, was er da versteckt«, rief Alexander der Klasse zu. Vallera sprang auf und ging zu dem Plattenkasten. Edwards hatte die Morse Platte schon aufgelegt, er setzte jetzt die Nadel an, fuhr herum und schrie: »Setzen, Vallera.«
»Was haben Sie denn sonst noch in dem Kasten, Chef?« brüllte Vallera.
Out on the range ...
Down-a near Santa Fe ...
»Rühren Sie ja die Platten nicht an!« brüllte Edwards. Er rannte zu

dem Kasten und stellte sich mit ausgebreiteten Armen davor wie ein Polizist, der bei einer Parade zuschauende Menschenmassen zurückdrängt. »Rühren Sie sie ja nicht an!« brüllte er.
Versteh einer diesen Knilch! Is' in seine Platten verknallt wie in 'ne Frau. Guck sich einer den Knilch an! Als wenn er 'ne Fose beschützt.
»Wir wollen 'nen paar gute Sachen«, beharrte Vallera und griff nach den Platten. Edwards stieß ihn weg und stellte sich dann wieder mit dem Rücken vor den Kasten, die Arme immer noch ausgebreitet.
»Die Platten suche ich aus!« schrie er. »Lassen Sie die Finger davon!«
It was a ditty . . .
Born in the city . . .
Come-a cai-yai-yai-yai,
Come-a cai-yippy-yai-yay . . .
»Dann suchen Sie 'n paar gute aus!« rief Jones.
»Mensch, geh mir aus'm Wege«, schrie Vallera. Er schubste Edwards zur Seite. Der taumelte und flog rückwärts gegen die Tafel. »Lassen Sie die Finger von dem Kasten!« kreischte er, aber Vallera hielt schon eine Platte in Händen, er hielt sie hoch und schrie: *»Clap Hands, Here Comes Charlie!«*
»Legen Sie die Platte –« fing Edwards an.
»Wollt ihr die hören?« brüllte Vallera.
»Nein!« schrie die Klasse unisono, sie standen jetzt auf, bereit, den Spaß mitzumachen. Edwards stürzte von der Tafel weg auf Vallera zu, aber die Platte hatte schon Valleras Hand verlassen und wirbelte in einem schwindelerregenden schwarzen Bogen durch die Luft.
Edwards blieb wie angewurzelt stehen und grapschte nach der Platte, aber sie war außer Reichweite, sie schlug auf die Holzdielen, und das Krachen ging in dem Getöse, das nun in der Klasse ausbrach, unter.
»Cherokee!« schrie Vallera. »Wollt ihr diesen Scheißdreck hören?«
»NEIN!« blokte die Klasse. »Wirf sie weg.«
Edwards kroch jetzt auf allen vieren und krabbelte zu der zerbrochenen Platte. Er sah die schwarze Platte aus Valleras Hand fliegen, durch die Klasse segeln und neben Lichtschalter und schwarzem Brett an die Wand schmettern. Schwarze Bruchstücke prasselten von der Wand herunter, und Edwards drehte sich nach der zweiten Platte um, ließ die Scherben der ersten fallen und stürzte sich auf Vallera.

Jones packte seinen Arm und wirbelte ihn in die Klasse zurück; Liggelt schubste Vallera vom Plattenkasten weg und schrie: »Hier, *Kalamazoo!* Was bietet ihr für *Kalamazoo?*«
»Schmeiß die Scheiße weg!« schrie jemand.
»Nein!« kreischte Edwards. »Nein, nicht! Hört auf, hört auf! Ihr wißt nicht, was ihr . . .«
Die Platte krachte an die Wand und zersplitterte in tausend schwarze Stücke. Ein anderer stand jetzt am Plattenkasten, und Edwards raste durch die Klasse, versuchte, ihn aufzuhalten. Ein Junge in der ersten Reihe stellte ihm ein Bein, und Edwards fiel aufs Gesicht, wobei seine Brille zerbrach.
»Hört auf!« schrie er. »Bitte, ihr wißt nicht, was . . .« Er versuchte aufzustehen, die Nase blutete. Er ruderte blindlings umher, suchte nach dem verschwommenen Plattenkasten und mühte sich, durch den Knäuel Jungen, die seinen Tisch umlagerten, hindurchzustoßen.
Donnerwetter, das hatte sich ja doch noch zu einem zünftigen Festessen entwickelt. Das wäre doch gelacht, wenn diese Platten nicht samt und sonders wie Handgranaten durch die Bude flögen! Manometer, das war vielleicht 'ne Überraschung, die allerbeste Stunde, die sie im ganzen Semester gehabt hatten.
»Hier, *B-19!*« und dann der Krach, als die Platte an die Wand schlug und zerschellte.
»Concerto für Cookie!« Und wieder ein Krach, und dann folgte Krach auf Krach wie Maschinengewehrfeuer, denn alle hatten ihre Hände im Plattenkasten, und alle schrien zugleich und warfen Platten an die Wand, und der Fußboden war mit glänzenden schwarzen Scherben übersät.
»Sophisticated Lady!«
»Nein, die nicht!« rief Edwards. »Bitte, das ist meine . . .«
Und dann das Krachen, und danach schrie einer: *»Harlem Nocturne«* und Krach, und dann *Sing, Sing, Sing,* und Edwards zerrte blindlings an den Rücken der Jungen, als die Platte an die Decke knallte und in schwarzen Splittern auf sie herabregnete.
»Tippin' In!« und Edwards schrie jetzt wild drauflos wie eine Frau, schrie einfach, sagte aber nichts, und als es krachte, schlug er auf den ihm am nächsten stehenden Jungen ein, schlug mit der ganzen Kraft seines Arms auf ihn ein, blindwütig, denn seine Brille lag mit

den zerbrochenen Platten am Boden, von hundert Jungenfüßen zertrampelt und in die Holzdielen getreten.
Und dann schnappte sich einer den Kasten und rief: »Achtung, jetzt geht's los«, und er hielt ihn mit beiden Händen, holte von unterhalb der Knie Schwung, hielt ihn ganz fest, wie ein Basketballspieler den Ball bei einem Freiwurf. Er schwenkte die Arme ausgestreckt und steif nach oben, genauso, wie Captain Schaefer es ihm beigebracht hatte. Der Kasten flog ihm aus den Händen, segelte aufwärts an die Decke, schwebte wie eine rechteckige Rakete auf dem höchsten Punkt seiner Bahn und fiel dann mit der Öffnung nach unten herunter, die Platten purzelten aus ihren Schlitzen, fielen wie schwarzer Regen, krachten auf den Fußboden und zersplitterten, daß die Fetzen flogen, und auch der Kasten schlug mit dumpfem Knall zu Boden.
»Ihr Hunde!« schrie Edwards. »Ihr gemeinen Hunde!«
Die Jungen traten auf Platten, die wie durch ein Wunder der Zerstörung entgangen waren, und dann ging ihnen auf, daß dieses ganze Geschrei und Getöse und Gekrache sehr fix jemand herbeiholen könnte, darum türmten sie zur Tür hinaus und ließen Edwards mit seinen kaputten Platten und seinem zerbeulten Kasten auf dem Fußboden zurück, einen Edwards, der immer wieder murmelte »ihr Hunde.« Der Werkraum über ihm war in Betrieb, und darum hatten die Jungen Glück, denn der Radau übertönte nahezu den Mordsspaß, den sie gehabt hatten. Christie Paulson unterrichtete zwar nebenan Naturwissenschaften, aber es war eine allbekannte Tatsache, daß Christie ein tauber alter Trottel war, der nicht einmal gehört hätte, wenn in einem seiner Reagenzgläschen eine Tonne Dynamit explodiert wäre. So hatten die Jungen also Glück, und sie rannten wie die Wilden aus der Klasse, jeder bereit zu schwören, daß sie mit dem Tohuwabohu nichts zu schaffen hatten, jeder bereit zu schwören, Edwards habe sie früher heimgeschickt und sie hätten keine Ahnung, was hinterher passiert sei.
Erst als Rick kurz vor Beginn der siebten Stunde aus seiner Freistunde kam, fand er Joshua Edwards.
Er betrat den Raum und sah Josh mitten auf dem Fußboden sitzen, seine Finger tasteten leblos über den zerbeulten Kasten. Die zerbrochenen Platten lagen um ihn verstreut wie eine tote Armee. »Josh!« sagte er. »Um Himmels willen, was ist ...«

»Meine Platten«, murmelte Josh. »Sie haben ... meine Platten kaputt gemacht, Rick.« Er blickte hoch, und sein Gesicht sah rührend jung aus ohne die Brille; schmale Blutspuren liefen ihm aus der Nase, und plötzlich fing er bitterlich an zu weinen, Tränen, die tief aus seinem Innern aufstiegen. Er schämte sich seiner Tränen, aber er konnte sie nicht aufhalten, und sie strömten mit Blut vermischt übers Gesicht. Rick legte Josh den Arm um die Schulter und hielt ihn fest umklammert, und Josh weinte und sagte: »Warum haben sie das getan, Rick? Warum haben sie das getan? Was habe ich falsch gemacht, Rick, sie haben meine Platten kaputt gemacht.«

Die Tränen hörten nicht auf zu fließen, denn die Platten *waren* kaputt, und jedesmal, wenn er es sagte, wurde er an diese Tatsache erinnert. Und die Tränen flossen weiter, weil die Platten ein Teil von Josh Edwards waren, und wenn die Schlägerei damals an dem Abend etwas in Josh zerstört hatte, so hatte die Vernichtung der Platten ein wenig mehr in ihm zerstört, nur diesmal ein wenig mehr von dem, was den Menschen ausmacht, und man kann einen Menschen nicht langsam sezieren und erwarten, daß er am Leben bleibt. Und so hockte Rick sich neben Josh auf den Boden des Klassenzimmers, er hielt den Arm um Joshs Schulter und lauschte dem Schluchzen, das den Körper des Freundes schüttelte. Am liebsten hätte er mitgeweint, aber er tat es nicht.

8

Der erste Brief kam am 4. November, am Tag nach dem Wahlfeiertag. Er war noch nicht im Briefkasten, als Rick an jenem Morgen zur Schule ging, er war erst um 10.44 Uhr im Briefkasten, als ein voll bepackter Briefträger an den Briefkästen im Hausflur von 1935 East 174te Straße entlangging und systematisch anfing, Briefe in die Metallöffnungen zu stecken. Er hatte zu tun, warf nur einen flüchtigen Blick auf den kleinen Umschlag mit der getippten Anschrift MRS. RICHARD DADIER und steckte ihn dann in den Kasten für 11 C.

Der Übersendung des Briefes gingen etliche Ereignisse an der North Manual Trades voraus, eine Hochflut, die in der Tat keinen Zweifel an Mr. Smalls Reformbestrebungen ließ. Der Vorfall in Joshua Edwards Klasse hatte ihn zutiefst aufgestört. Die Platten an sich hatten ihm natürlich nichts oder wenig bedeutet. Platten konnte man schließlich überall kaufen. Andererseits war der Plattenspieler Eigentum der Schule, er war bei dem Spektakel beschädigt worden, und so etwas konnte Small nicht unbemerkt oder ungeahndet durchgehen lassen.

Man hatte die Eltern jedes einzelnen Jungen in Joshs sechster Englischklasse zur Schule bestellt und ihnen eine Liste der entstandenen Schäden präsentiert. Small hatte sie in festem, autoritärem Ton belehrt, daß Joshuas Verlust ersetzt und daß der North Manual Trades der beschädigte Plattenspieler ebenfalls ersetzt werden müsse. An dem fraglichen Tag waren sechsundzwanzig Jungen in der Klasse gewesen, der Gesamtschaden wurde durch sechsundzwanzig geteilt, und Small empfahl den Eltern, den Betrag sofort zu zahlen. Er würde nicht gern die Polizei in eine solche Sache hineinziehen, aber sie wüßten ja wohl alle, daß vorsätzliche Zerstörung privaten oder öffentlichen Eigentums ein kriminelles Delikt sei. Er sei durchaus gewillt, die Polizei aus dem Spiel zu lassen; er wisse, daß niemand gern Scherereien mit der Polizei habe. Andererseits könne er den entstandenen Schaden nicht auf sich beruhen lassen, und sein Vorschlag sei daher, sofort zu bezahlen, oder er müsse trotz seines Abscheus vor einem solchen Schritt die Polizei von dem Vorfall unterrichten. Die versammelte Elternschaft erfaßte den springenden Punkt und blechte, und es gab in jener Woche viele wunde, rote Hintern und ein paar zerbeulte Schädel. Geld wächst nicht auf Bäumen, und in die Schule bestellt zu werden ist schon demütigend, wenn es nichts kostet. Und die roten und schmerzenden Hintern waren auch nicht die einzige Strafe, die die Jungen aus Joshs Klasse erlitten. Sie wurden geschlossen in Mr. Smalls Büro gebracht, worauf Mr. Small eine brüllende, tobende, bissige Zehnminutenstandpauke über die Führung, die er von Schülern der Manual Trades erwarte, von Stapel ließ. Er schloß seine Auslassungen mit der Ankündigung, daß die Klasse die nächste Woche in der Aula Unterricht habe, den ganzen Tag, jeden Tag. Sie erscheine mit Federhalter, Papier und Tintenfaß. Sie sitze den ganzen Tag mit drei Plätzen Zwischenraum verteilt und werde von drei nicht beschäftigten Lehrern beaufsichtigt, eine Aufgabe, die bei den Kollegen keinen besonderen Anklang fand, denn

sie freuten sich der Freistunden genauso wie der vom Himmel geschenkten Mittagpausen.
Die Klasse werde in der Woche ihrer Einkerkerung nicht unnötig herumsitzen. Sie werde Feder, Tinte und Papier benutzen. Sie werde schreiben: *Ich soll lernen, fremdes Eigentum zu achten.* Sie werde Seite um Seite liniierten Papiers mit diesen Worten füllen. Die beaufsichtigenden Lehrer würden dafür sorgen, daß keiner sich vor der literarischen Bemühung drücke. Die Klasse werde sich die Finger wund schreiben, und dann noch ein bißchen weiterschreiben. Solches verordnete William Small, seines Zeichens Direktor und Oberscharfrichter der North Manual Trades High School.
Angeregt wohl durch die entschlossene Maßnahme des Chefs in dieser Affäre, verhängte Rick über Arthur Francis West sein eigenes Strafprogramm. Er verbannte das pinkelnde Einhorn während der fünften Stunde in das Englischbüro. Dort, unter den Luchsaugen Mr. Stanleys, seines Zeichens Abteilungsleiter und ausübender Scharfrichter für Gewalttaten in der Englischen Abteilung, übte West seine eigene Schönschreibung nach der Melodie: *Ich soll lernen, nach der Toilettenmarke zu fragen, wie es sich gehört.* West schätzte die Melodie nicht. Er schätzte auch Stanley nicht. Noch weniger lag ihm das Englischbüro, und seine Antipathie breitete sich rasch über die gesamte North Manual Trades High School aus, den Bezirk Bronx und sogar die ganze City of New York. Daddy-oh schätzte er ganz entschieden am wenigsten. Nämlich gar nicht. Nicht die Bohne.
Und während seine verkrampfte Rechte mit *Ich soll lernen, nach der Toilettenmarke zu fragen, wie es sich gehört,* kämpfte, eine Strafmethode, die angeblich mit den Pferdewagen aus der Mode gekommen ist, hämmerten seine Gedanken: *Ich soll Daddy-oh vollpissen.*
Anne Dadier ahnte an jenem Morgen nach dem Wahlfeiertag nichts von den Westschen Urin-Wunschträumen. Sie hatte Rick das Frühstück gemacht, war dann wieder ins Bett gegangen und schließlich um zehn nach neun aufgestanden, um den neuen Tag zu beginnen, einen Tag, der sich drohend am Horizont auftürmte und der sich drohend in dem Bereich zwischen ihren Brüsten und ihren Beinen auftürmte.
Sie ging in ihrem kurzen Nachthemd ins Badezimmer, und als sie sich in dem mannshohen Spiegel hinter der Badezimmertür erblickte,

legte sie die Hände auf die Hüften und dachte bei sich: *Gott, wie bist du sexy!*
Sie drehte sich seitwärts, prüfte ihr Profil und musterte gebannt die aufdringliche Wölbung. Sie legte beide Hände auf den Bauch, hielt ihn wie einen Medizinball und drehte sich dann wieder, sah sich von vorn und dachte, *so kann man es kaum erkennen. Außer, daß meine Hüften breiter geworden sind.*
Nun drehte sie sich mit dem Rücken zum Spiegel, sah über die Schulter und ließ den Blick über die schönen langen Beine wandern, die unter dem Hemd hervorschauten. *Von hinten sieht es am besten aus,* dachte sie. *Alle werdenden Mütter sollten gezwungen werden, rückwärts zu gehen.* Achselzuckend trat sie vor den Spiegel über dem Waschbecken und knöpfte ihr Nachthemd oben auf. Sie umfaßte eine Brust und betrachtete sie im Spiegel, erstaunt, wie dunkel die Warze, wie sie irgendwie mütterlicher geworden war, eine frauliche Brustwarze. Sie ließ die Brust los und dachte nicht weiter über die Schwangerschaft nach. Dann putzte sie sich die Zähne, wusch sich das Gesicht und bürstete ihr Haar.
Sie freute sich über den frischen Glanz ihres Haares, der einzige Vorteil, den ihr die Schwangerschaft eingebracht hatte. *Oh, das ist nicht wahr,* dachte sie. *Mein Gesicht ist etwas voller geworden, und das steht mir besser. Sehe nicht so hager aus.* Sie zählte die Bürstenstriche, und als sie fertig war, warf sie einen letzten Blick in den großen Spiegel. Wie ein Freudenmädchen, das in einem zwielichtigen Eingang herumsteht, legte sie dann eine Hand auf die Hüfte und die andere hinter den Kopf. Sie senkte den Kopf und ließ ihr blondes Haar über das eine Auge fallen. Dann befeuchtete sie die Lippen, schloß halb die Augenlider, wackelte dann in gemachter Lüsternheit mit den Hüften und gab dem Spiegel einen albernen Stoß.
»Baby«, sagte sie laut, »du solltest zum Film gehen.«
Plötzlich brach sie in Lachen aus, hielt sich die Hand vor den Mund und hätte fast über die Schulter geblickt, ob sie auch niemand beobachtete. Sie lachte noch, als sie das Bad verließ und ins Schlafzimmer ging, um sich anzuziehen. Sie zog den drei Nummern zu großen Hüfthalter an, den sie gegen Ricks Protest gekauft hatte. Rick haßte Hüfthalter. »Wer will denn eine ausgestopfte Wurst?«

beliebte er zu sagen. Als sie ihm erklärte, daß der Arzt der Meinung sei, ein Hüfthalter würde ihre Bauchmuskulatur etwas entlasten, hatte er ihr widerwillig erlaubt, einen zu kaufen, aber seine Miene besagte deutlich, daß dies besser eine vorübergehende Erscheinung bleibe. Sie mühte sich mit ihren Strümpfen und bückte sich, um sie über die Waden zu rollen. Strümpfe und Schuhe waren immer das Schlimmste. Was machten bloß die dicken Menschen? Schwangere Frauen sollten Eunuchen haben, die ihnen beim Strümpfeanziehen helfen, dachte sie. Und dann dachte sie erstaunt *Eunuchen?* Warum um alles in der Welt sollte eine schwangere Frau einen Eunuchen nötig haben?

Armer Rick, dachte sie, im Grunde genommen muß er wie ein Eunuch leben. Ob es einem Mann wohl schwer fällt? Ich meine, mir macht es eigentlich nichts aus, denn ich habe gar kein Verlangen danach. Ob man sich wohl begehrenswert fühlen muß, um selbst zu begehren? Das einzige, wonach mich jetzt wirklich verlangt, ist, es hinter mich zu bringen. Neun Monate sind eine so entsetzlich lange Zeit. Mir scheint, wer immer das Ganze geplant hat, hätte daran denken müssen. Aber wer immer es geplant hat, war wahrscheinlich ein Mann. Oder ein männlicher Gott. Warum ward Gott immer als eine männliche Gestalt dargestellt? Darüber sollte man nachdenken.

Ich überlasse es natürlich Rick. Hinterher. Es heißt, die Zeit hinterher ist am schlimmsten, die sechs Wochen Wartezeit nach der Geburt des Babys. Weil dann das Verlangen zurückkehrt und man nichts tun darf, weil es gefährlich ist. So jedenfalls heißt es. Freida wanderte während dieser sechs Wochen schließlich auf die Couch im Wohnzimmer, aber Freida ist bestimmt nymphoman.

Ich überlasse es dir, Liebling, nahm sie sich vor. *Und auf der Wohnzimmercouch will ich aber auch nicht schlafen.*

Und es ist auch nicht mehr allzu lang. Mitte Dezember, sagt Dr. Bradley. Wäre es nicht hübsch, wenn das Baby Weihnachten geboren würde? Oder lieber doch nicht? Es wäre vermutlich hübsch für Rick, eine Art Superweihnachtsgeschenk. Es wäre jedoch nicht sehr schön für das Baby, denn es würde entweder ein Geburtstags- oder ein Weihnachtsgeschenk einbüßen. Es wäre ungerecht, ihn um ein ...

Ihn.

Ich denke immer an das Baby als ein Er. Vermutlich wünsche ich mir unbewußt einen Jungen. Rick wünscht sich einen Jungen, das weiß ich. Oh, er hätte zu gern einen Jungen.

Ich liebe dich, Rick, weißt du das? dachte sie lächelnd und langte nach dem Unterrock, den ihre Mutter ihr gegeben hatte. Sie zog den Unterrock über den Kopf und ließ dann das Gummiband um ihre Taille schnappen. Sie zog eine Bluse an und den Rock mit dem großen Loch, durch das sie ihren Bauch stecken konnte; darüber fiel dann die Bluse, so daß der Rock gerade saß und niemand erkennen konnte, daß sie schwanger war.

Niemand, bis auf jeden, den man traf, dachte sie.

Sie lächelte, tupfte sich etwas Lippenstift auf und ging dann in die Küche, wo sie Kaffee kochte. Sie trank etwas Orangensaft, machte sich Toast, trank dann zwei Tassen Kaffee und ließ eine halbe Scheibe Toast auf ihrem Teller zurück. Sie zündete sich eine Zigarette an, rauchte sie auf, erhob sich dann widerwillig und spülte Geschirr. Darauf wischte sie überall ein wenig Staub und beschloß, lieber hinunterzugehen und einzukaufen, falls es am Abend etwas zu essen geben sollte.

Essen war für sie jetzt etwas, das man tun mußte. Es war keinerlei Freude mehr damit verbunden. Genau wie im Bett vermutlich, abgesehen davon, daß man da im achten Monat überhaupt nichts mehr machen konnte, nein es war ja schon der neunte, na ja, noch nicht ganz, aber bald, selbst wenn es Spaß gemacht und man Verlangen danach gehabt hätte, was sie ganz entschieden nicht hatte, nicht jetzt im achten – beinah – neunten Monat.

Sie zog sich den Mantel an, schloß die Wohnung ab und ging den Gang entlang zum Aufzug.

Viola Jackson, ihre farbige Nachbarin, stand vor der roten Lifttür und wartete.

»Hallo Anne«, sagte sie warmherzig. Viola hatte eine volle Stimme, die irgendwo tief in ihr entsprang. Sie war pummelig, immer zu einem Lächeln aufgelegt, und Anne fühlte sich stets geborgen und glücklich in ihrer Nähe.

»Hallo, Viola«, antwortete sie lächelnd.

»Ich glaube, die Kinder halten den Aufzug unten fest«, sagte Viola kopfschüttelnd. »Es ist doch die Höhe.« Plötzlich sagte sie lächelnd: »Wie fühlen Sie sich?«

»Gut«, sagte Anne.
Viola lachte herzlich und dröhnend: »Die ersten zehn sind die schlimmsten«, sagte sie. Gleich darauf wurde sie wieder ernst und meinte: »Hören Sie mal, Sie haben doch nicht etwa selbst Ihre Wäsche zur Waschmaschine hinunter gebracht?«
»Doch, das habe ich«, sagte Anne.
»Das kommt aber nicht mehr in Frage, verstanden. Wo Sie im achten Monat sind. Meine Tochter nimmt die Wäsche für Sie mit, verstanden?«
»Das ist schrecklich nett«, sagte Anne überrascht, »aber —«
»Kein aber«, bestimmte Viola. »Sie muß meine hinunterbringen, und da kann sie ebensogut Ihre mit einstecken, verstanden.«
»Na gut«, sagte Anne lächelnd. Sie hatte Viola zwei Tage, nachdem sie mit Rick eingezogen war, kennengelernt. Fred, ihr Mann, fegte gerade draußen den Gang, und als sie aus dem Lift kamen, meinte er: »Wenn man eine hübsche Wohnung hat, sollte man sie hübsch in Ordnung halten.« Darauf hatte er sich vorgestellt, und als Viola die Unterhaltung durch die offene Wohnungstür hörte, kam sie zu ihnen heraus. Fred war im Unterhemd und schien verlegen, daß man ihn so spärlich bekleidet angetroffen hatte. Er stellte den Besen zur Seite, ging in die Wohnung, und kam wenig später mit einem Hemd bekleidet wieder heraus. Das war der Beginn ihrer Freundschaft gewesen.
»Endlich«, sagte Viola kopfschüttelnd. »Diese Blagen!«
Der Lift hielt, sie stiegen ein und drückten auf den Erdgeschoßknopf. Sie traten in den geräumigen Hauseingang, und Anne ging gleich zu den Briefkästen, nahm den Schlüssel aus ihrer Handtasche und schloß auf.
Er enthielt eine Telefonrechnung, einen Reklamezettel vom Supermarkt und noch einen Brief. Sie warf flüchtig einen Blick auf den braunen Umschlag der Telefongesellschaft, öffnete ihn aber nicht, stopfte den Reklamezettel in die Handtasche für später, wenn sie ihre Einkaufsliste machte, und sah sich dann den Brief an.
Auf dem sauber getippten Umschlag stand

Mrs. Richard Dadier
1935 East 174 Street
Bronx, New York.

Sie suchte in der linken oberen Ecke nach einem Absender, aber da stand keiner. Dann drehte sie den Umschlag um und sah auf die Rückseite in der Hoffnung, einen Anhaltspunkt für den Absender zu finden. Auf der Rückseite stand auch nichts.
»Rechnungen, Rechnungen, Rechnungen«, sagte Viola. »Kein Tag vergeht ohne eine Rechnung. Manchmal wünschte ich, der Briefträger käme gar nicht.«
Anne lächelte und riß den Umschlag auf.
»Ich muß heute Miete zahlen«, sagte Viola. »Gehen Sie ins Büro?«
»Nein«, sagte Anne und faßte in den Umschlag. »Ich muß einkaufen.«
»Doch nichts Schweres«, sagte Viola besorgt.
»Nur ein paar Kleinigkeiten zum Abendessen.«
»Dann ist's gut«, sagte Viola. »Sie haben doch Ihren Mann, der die schweren Einkäufe machen kann.«
»Die macht er auch«, sagte Anne, die den zusammengefalteten Briefinhalt jetzt in der Hand hielt und sich wunderte, wer ihnen wohl einen Brief geschrieben haben könnte.
»Schön, dann gehe ich jetzt. Bis nachher, Anne.«
»Wiedersehen, Viola.«
Viola watschelte hinaus und hielt ihren Mantel um sich gerafft. Anne trat ans Fenster über der Heizung und faltete den Brief auseinander. Es war ein gewöhnlicher weißer Bogen. Er enthielt kein Datum und keine Anrede. Genau in der Mitte der Seite standen sauber getippt die Worte

GEBEN SIE ACHT AUF RICHARD
ER HAT EINE ANDERE FRAU.

Eine Unterschrift fehlte.

9

»O Mr. Dadier!« rief Lois Hammond, die den Kopf zur Tür herausstreckte und auf den Flur hinauswinkte. Sie hatte ihn offiziell angeredet, weil Schüler über den Flur zur sechsten Stunde rannten und Lehrer einander in Gegenwart von Schülern niemals mit dem Vornamen anredeten.

Rick lächelte und winkte zurück, wandte sich dann zum Treppenabsatz. Er hatte die Absicht, in die Aula hinunterzugehen und die Arbeiten seiner siebten Klasse zu zensieren, eine Zeitersparnis, die ihm zu Hause einen freien Abend verschaffte.
»Würden Sie einen Moment hereinkommen, Mr. Dadier?« sagte Lois. »Ich möchte Ihnen etwas zeigen.«
Rick zögerte, bog dann aus dem Schülerstrom ab und steuerte auf die offene Tür zu. An der Tür hing ein Schild, und das Schild behauptete kühn, daß der Raum hinter der Tür das Büro von THE TRADES TRUMPET sei, falls man überhaupt von einem Büro reden konnte. Rick war erst einmal in dem Zimmer gewesen, als er den Vervielfältigungsapparat benutzt hatte, um für seine Klasse Texte abzuziehen. Es war ein kleines quadratisches Zimmer mit zwei Fenstern, die auf den von der L-förmigen Gebäudeform eingeschlossenen Schulhof gingen; es enthielt einen Tisch, ein Anschlagbrett, drei Stühle, einen Metallschrank für Bücher und den Vervielfältigungsapparat. Außerdem enthielt es jetzt noch Lois Hammond, und die riß die Tür weit auf und sagte: »Kommen Sie herein.«
Er betrat den Raum, und sie schloß hinter ihm die Tür.
»Es ist nicht gerade die *New York Times*«, sagte sie, »aber es muß gehen.«
»*The Trades Trumpet,* was?« fragte er. »Wessen Genieblitz war das denn?«
»Meiner«, sagte sie stolz. »Gefällt er Ihnen?«
»Auf alle Fälle hat er einen Stabreim.«
»Wissen Sie, wie die Zeitung bisher hieß?« fragte Lois.
»Nein, wie?«
»Der North Manual Trades High School Monat.« Sie lächelte und senkte die Wimpern. »Klingt nach Frauenleiden, nicht?«
Rick kicherte und sagte: »Ja, in etwa.«
»The Trades Trumpet«, sagte Lois. »Mir gefällt's. *The Trades Trumpet.* Gefällt es Ihnen nicht?«
»Wie wär's mit *The North Nickelodeon?«* fragte Rick.
»O Rick«, sagte Lois entzückt.
»Oder *The Manual Mandolin.«* Er machte eine Pause und lachte. »Das wäre doch nicht schlecht!«
»Sie scherzen, aber gefällt Ihnen der Name wirklich nicht?«

»Er ist schick«, sagte Rick. »Was wollten Sie mir zeigen?«
»Ach ja«, sagte sie und erinnerte sich aufgeregt. »Schließen Sie die Tür ab, bitte, ja Rick?«
Rick zog die Augenbrauen hoch, und als Lois sein Erstaunen bemerkte, sagte sie schnell: »Oh, das hat nichts mit dem zu tun, was ich Ihnen zeigen will. Ich habe Lust auf eine Zigarette, und außerdem ist mir irrsinnig heiß, und ich möchte nicht, daß einer unserer Schüler hereingeschneit kommt.«
»Ich dachte schon, Sie hätten ein paar französische Ansichtskarten«, sagte Rick scherzend.
»Das sieht Ihnen ähnlich«, erwiderte Lois. Rick überlegte, wie sie das wohl gemeint hatte, und wußte nicht, ob er sich über die Unterstellung freuen sollte. Er schloß die Tür ab, und Lois angelte ein Päckchen Chesterfield aus ihrer Handtasche, schob gleich eine zwischen die Lippen und wartete, daß Rick ihr Feuer gab. Rick, der zu den Leuten gehörte, die immer rauchen müssen, wenn ein anderer raucht, nahm eine einzelne Zigarette aus dem Päckchen in seiner Jackentasche, riß darauf ein Streichholz an und hielt es erst an Lois' und dann an seine Zigarette.
Lois blies eine dichte Rauchwolke aus und sagte dann: »Dies ist der stickigste Raum im ganzen Haus. Erlauben Sie?«
Er wußte erst nicht, was sie meinte, dann fing sie an, ihre Jacke aufzuknöpfen, und ihm fiel ein, daß sie etwas von ›irrsinnig heiß‹ gesagt hatte. Es war eine lange graue Jacke mit enger Taille; sie fiel bis auf die Hüften des glatten schwarzen Rocks, der Oberschenkel und Beine umhüllte, hinab. Sie knöpfte die Jacke rasch auf, schlüpfte dann heraus und warf sie über einen Stuhl.
»Nach der Eskapade an meinem ersten Schultag«, sagte sie, »finden Sie mich nirgendwo in dieser Schule ohne meinen Panzer. Außer wenn keine Schüler anwesend sind.«
Sie hatte ihm jetzt das Gesicht zugekehrt. Die Bluse, die sie trug, war durchsichtig und duftig, ein Nichts aus durchscheinender Seide, ähnlich der Bluse, die sie bei jener längst vergangenen Freitagkonferenz getragen hatte. Aber etwas an dieser Bluse war anders, und Rick starrte sie einen Augenblick an, ehe er erfaßte, was es war, und dann wandte er befangen den Blick ab, damit sie nicht merkte, daß er gemerkt hatte, was es war.

Während sie nämlich damals die Bluse zu einem Rock und ohne Jacke trug, hatte sie diese Bluse unter einer Jacke an und war nach Lois Hammonds eigenen Worten nirgends in der Schule ohne ihren Panzer anzutreffen, und mit ihrem Panzer meinte sie ihre Jacke. In der Tat konnte man, solange sie in der Jacke und die Jacke um sie herum war, nicht erkennen, daß sie eine Bluse darunter trug. Wenn sie die Jacke aber ausgezogen hatte, und sie hatte sie jetzt ausgezogen, hätte Rick am liebsten das Büro der *Trades Trumpet* verlassen und gemacht, daß er in die Aula kam, um die Arbeiten seiner siebten Klasse zu zensieren, dann bestand kein Zweifel, daß Lois Hammond eine Bluse unter der Jacke trug.
Und weil die Bluse aus durchsichtigem Stoff war, stand ferner außer Zweifel, daß Lois Hammond keinen Unterrock trug oder wenn, dann einen halben, der an der Taille begann und nichts dazu beitrug, die festen, üppigen Kegel ihrer Brüste zu verbergen, die stramm in einem weißen Baumwoll-BH saßen. Wie er schon so oft an ihr festgestellt hatte, schien sie sich der Tatsache, daß runde weiße Schultern und ein fester weißer Solarplexus ober- und unterhalb ihres strotzenden Büstenhalters zu sehen waren, nicht einmal bewußt zu sein.
»So«, sagte sie, »das ist besser«, und Rick stimmte nicht ganz mit ihr überein, denn es war nicht besser, sondern schlimmer. Wieder reizte sie ihn als Frau, und er wollte dieses Gefühl nicht, das sich wie ein Meuchelmörder heranschlich und ihm den Magen gegen die Rippen drückte. Er wollte das Gefühl nicht, und da es ungebeten kam, weckte es wieder das schlechte Gewissen, und er fuhr sich nervös mit der Zunge über die Lippen.
»Was möchten Sie mir zeigen?« fragte er, darauf aus, die Sache hinter sich zu bringen, denn er wollte raus aus diesem Büro und weg von ihr. Seine Handflächen waren feucht, und seine Augen irrten zurück zu ihrer Bluse, und er sah in Gedanken wieder ihre entblößte weiße Brust am Tag der versuchten Vergewaltigung. Jetzt hielt der Büstenhalter ihre Brüste fest umspannt, ein tiefer warmer Schatten lag zwischen ihnen, und er sehnte sich danach, das weich umwölbte Tal zu berühren, wandte dann die Augen ab und fühlte, wie ihm die schuldbewußte Röte ins Gesicht schoß.
»Ich habe die erste Seite der Erntedankfest-Ausgabe«, sagte Lois, die sich umdrehte und zum Tisch ging. »Sie ist himmlisch.«

Er beobachtete ihren Gang und stellte fest, daß das Ausziehen der Jacke nicht nur ihre transparente Bluse und was darunter lag, enthüllt hatte. Denn wenn die Jacke Hüften und Hinterteil erfolgreich verborgen hatte, so brachte das Ausziehen der Jacke sie ebenso erfolgreich zur Geltung. Der schwarze Rock war sehr eng, und Rick konnte den festen, umgerollten Rand ihres Schlüpfers unter dem Rock sehen. Beim Gehen wackelte ihr Hintern, und der Schlüpferrand folgte der Bewegung, einer trägen, schmeichlerischen Bewegung. Er betrachtete die schlanke Rocklinie, die Rundung ihres Gesäßes und die schmal auslaufende Üppigkeit der Beine; er wußte sehr wohl, was er dachte, aber immerhin dachte er *woran, zum Teufel, denke ich?*

Lois drehte sich plötzlich um, und er hob den Blick zu spät, wußte, es war zu spät, wußte, sie hatte seinen Blick bemerkt, wußte aber gleichzeitig, daß sie es gewollt hatte.

Sie hielt ein Blatt Papier in Händen, ihre Blicke trafen sich, und sie sagte: »Sieht gut aus, nicht wahr?« und es konnte sein, daß sie damit die erste Seite der Erntedankfest-Ausgabe meinte, aber Rick wußte verdammt gut, daß es nicht so war. Das sah doch ein Blinder, und er verübelte ihr die unverhüllte Taktik, aber gleichzeitig genoß er sie wie eine verbotene Frucht. Nur daß diese Frucht gar nicht verboten war, die Frucht war vielmehr in Reichweite, und das einzige, was ihn trotz seines Appetits am Zufassen hinderte, war so etwas wie ein ungeschriebenes Gesetz.

Der Appetit war da, ein sehr starker Appetit, und Annes Schwangerschaft kam diesem Appetit nicht gerade entgegen. Sie machte die Dinge höchstens noch schlimmer, denn Annes Fleisch war immer noch warm und weich, und ihre Brüste waren größer und voller geworden und hatten Warzen bekommen, die unter seiner Berührung steif wurden. Und immer noch kuschelte Anne sich nachts an ihn, kuschelte sich in den Bogen seines Körpers. Sie war da und doch wieder nicht, denn sie war *wirklich* die verbotene Frucht, ohne wenn und aber.

Und so tanzte er auf dem Seil des Zweifels, auf der einen Seite voller Verlangen, auf der anderen der Versuchung ausgesetzt. Er würde sich selbst belügen, wenn er leugnete, daß Lois Hammond eine Versuchung war. Sich selbst zu belügen, gehörte zu den Dingen, die

Rick nie tat. Er gestand es sich ein, und indem er es sich eingestand, erkannte er das Schuldgefühl, das dieses plötzliche, ungebetene Verlangen begleitete, und beschloß, in drei Teufels Namen schnellstens von ihr wegzukommen, denn er tanzte nicht gern auf einem Seil.
»Es ist noch ein wenig früh fürs Erntedankfest, nicht?« fragte er und merkte, wie seine Stimme zitterte; er war nicht sicher, ob sein Körper nicht auch zitterte. Lois musterte ihn mit einem halben Lächeln, an dem er erkannte, daß sie genau wußte, was sie ihm antat, und daß es ihr unendliches Vergnügen bereitete. Aber das Lächeln besagte auch, daß sie nicht scherze und daß dieses Vergnügen nur erst der Anfang sei, eben weil sie nicht scherzte und genau wußte, was sie tat.
Und weil er wußte, daß sie das alles merkte, fühlte er sich zutiefst in seiner Männlichkeit geschmeichelt, deshalb nämlich, weil sie so unverblümte Anstrengungen machte, ihre Weiblichkeit ins Spiel zu bringen, obgleich sie wußte, daß er verheiratet war. Er fühlte sich geschmeichelt, weil das Lächeln auf ihrem Gesicht nicht die Spur mit dem Erntedankfest zu tun hatte, aber viel mit einem Fest, für das er Dank ernten würde. Er fühlte sich geschmeichelt, weil ihre schamlosen Annäherungsversuche ihm genau verrieten, was sie wollte, sie wollte ihn, und er war verheiratet, und diese Kombination wirkte ungeheuer auf sein Selbstbewußtsein.
Und doch schämte er sich, sein Selbstbewußtsein derart zu hätscheln, und schämte sich seiner bloßen Gedanken, denn er wußte, er könnte es nie — im ganzen Leben nicht — und wenn sie sich die Bluse vom Leib risse und den BH dazu und auch ihren Rock fallen ließe, und dann ging ihm auf, daß er genau das erhoffte, und diesmal fingen seine Hände tatsächlich an zu zittern, und er schämte sich erst recht.
Sie zeigte ihm die noch druckfeuchte erste Seite. Er sah sich den großen, zweifellos von einem Schüler gezeichneten Truthahn an und die Kürbisse, die die Seite zierten, den Wimpel und die Überschrift, die jedermann kund und zu wissen tat, daß dies die Erntedankfestausgabe sei. Und über der vorgezeigten Seite, die sie dicht unter ihren Busen hielt, und zwar so, daß seine Augen ein Panorama aus Druckseite und weißem Baumwoll-BH erfaßten, war der weiche Schatten und rechts und links die gerundeten Hügel weißen Fleisches. Seine Augen irrten von der Seite ab, und Lois sagte: »Gefällt es

Ihnen?«, und wieder war ihre Stimme leise und anzüglich, und er wußte, die meinte nicht die erste Seite, sondern das, was über der ersten Seite lag, und er antwortete: »Ja, es gefällt mir sehr«, und er wußte auch, daß er dasselbe meinte wie sie.

»Das ist erst der Anfang«, sagte sie und bohrte das Messer der Zweideutigkeit geschickt weiter, sie hielt die Augen auf Ricks Gesicht geheftet, um ihre Lippen spielte ein Lächeln. »Das Fundament sozusagen. Der Rest kommt später.« Sie schwieg, zog plötzlich die hingehaltene Zeitung zurück und legte sie hinter sich auf den Tisch. Sie hielt die Arme nach hinten, stützte die Hände flach auf den Tisch. »Der Rest kommt später«, wiederholte sie. Und dann richtete sie den Blick mit voller Kraft auf ihn, senkte fast völlig die Wimpern, leckte sich die Lippen und setzte hinzu: »Vor dem Erntedankfest.«

Sie stieß sich vom Tisch ab und stand aufrecht da, stand so dicht vor Rick, daß ihr Busen fast seine Brust berührte. Er roch den Duft ihres Haares, und einen irren Augenblick lang hätte er beinah zugefaßt und sie an sich gerissen. Aber er blieb unbeweglich stehen mit zuckendem Kinnmuskel und flatternden Augenlidern.

»Ich möchte Sie nicht aufhalten«, sagte Lois leise. Sie ging um ihn herum, ihre Schulter streifte seinen Arm, und er drehte sich um und sah sie durch den Raum gehen, sah den übertriebenen Hüftschwung, die umgelegten Schlüpferränder, die geraden Strumpfnähte, die hochhackigen Pumps. Sie ging zu dem Stuhl, nahm ihre Jacke auf, drückte ihre Zigarette aus und zog rasch die Jacke an, die sie mit schlanken, von rotlackierten Nägeln bekrönten Fingern zuknöpfte, bedeckte langsam die Bluse, fing mit dem untersten Knopf an und arbeitete sich hoch, schloß das V über ihren Brüsten, verbarg den BH, verbarg die Bluse und knöpfte die Jacke bis zum Hals zu: ein Anti-Striptease.

»Bis morgen«, sagte Rick fest und ging, ohne sich noch einmal nach ihr umzudrehen, zur Tür. Plötzlich war er wütend auf sich, weil er sich wie ein alberner Jüngling benahm, der beim Anblick einer Nackedeizeitschrift Stielaugen macht. Er versuchte, sie sich aus dem Sinn zu schlagen, aber die Wut stieg, eine verkrampfte, selbstanklägerische Wut, die sich schließlich auch auf Lois Hammond richtete und sich dann auf sie allein konzentrierte.

Er dachte an ihren üppigen Körper und daran, wie sie es darauf angelegt hatte, und in dem Augenblick haßte er sie unbändig. Er knallte die Tür hinter sich zu, und in seiner Wut hätte er beinah Gregory Miller übersehen, der an der Treppe vorbeiging.

»Hallo, Mr. Dadier«, sagte Miller, dem die Röte in Ricks Gesicht nicht entging.

»Hallo, Miller«, sagte Rick kurz angebunden. »Schwänzen Sie?«

»Nee, wieso, Chef?« sagte Miller. »Wollte gerade zum Klo.« Er hielt die breite Holzmarke hoch und sagte: »Hier«, und dann warf er einen neugierigen Blick auf die geschlossene Tür der *Trades Trumpet* und fragte: »Eeeeh . . . Sie schwänzen wohl 'ne Stunde, Chef?«

»Was soll das denn heißen?« fragte Rick pikiert.

»O nix, gar nix, Chef.«

»Mr. Dadier, bitte!« fauchte Rick.

»Jawohl, Mr. Dadier. Sagt' ich doch, nich'?«

»Nein, sagten Sie nicht. Und das wissen Sie ganz genau.«

»Haben Sie was gegen mich?« fragte Miller plötzlich.

»Das gleiche könnte ich Sie fragen«, entfuhr es Rick vor Wut.

»Mich?« fragte Miller, anscheinend überrascht.

»Außer Ihnen und mir ist hier ja niemand«, sagte Rick böse, »und Selbstgespräche halte ich nicht.«

»Sie *ham* was gegen mich«, sagte Miller.

»Ach, lassen Sie mich doch in Ruhe, Miller«, gab Rick zur Antwort. Er drehte ihm den Rücken zu und ging weiter zum Treppenhaus.

»He, Mr. Dadier«, rief Miller, »warten Sie doch bitte!«

Rick blieb stehen und fuhr herum. »Was ist denn noch, Miller?«

Miller kam heran und stellte sich dicht vor ihn, seine Augen waren fast auf gleicher Höhe mit Ricks Augen. »Wegen dem Fehlen neulich.«

»Was ist damit?«

»Habe nich' geschwänzt.«

»Das behauptet ja auch niemand.«

»Wollt' es Ihnen nur sagen.«

»Nun gut.«

»Meine Schwester hat ein Baby gekriegt«, sagte Miller, und auf seinem Gesicht bildete sich ein stolzes Lächeln, ein strahlend weißes Lächeln gegen das Braun seiner Haut.

»Gratuliere«, sagte Rick schroff.

»Ein Junge«, sagte Miller, und Rick wunderte sich, was das Ganze sollte. Er sah Miller einen Moment neugierig an und sagte dann: »Das ist fein, Miller.«

»Mein Schwager is' in Übersee«, erklärte Miller, »er is' beim Militär. Darum habe ich meine Schwester ins Krankenhaus gebracht. Darum war ich an dem Tag nich' zur Schule.«

»Aha«, sagte Rick, immer noch verwundert, daß Miller ihm das alles erzählte. Sie standen eine Weile dicht voreinander, keiner sagte etwas, und das Schweigen umschloß sie wie ein Ring. Rick wurde sich des Schweigens bewußt und fühlte sich äußerst unbehaglich.

»Meine Frau erwartet auch ein Baby«, sagte er plötzlich, ohne recht zu wissen, was ihn veranlaßt haben mochte, Miller das zu erzählen.

»*Das* wahr?« fragte Miller, anscheinend ehrlich interessiert.

»Ja«, sagte Rick. Und dann wie ein Boxer, der vorübergehend die Deckung heruntergenommen hat und plötzlich merkt, daß er Schlägen ausgesetzt ist, sagte er: »Ich habe zu tun, Miller.« Die Deckung war wieder oben.

Das Lächeln schwand aus Millers Gesicht. »Was ist, Chef?«

»Was ist was, Miller?«

»Mit Ihnen und mir, Chef? Warum haben Sie mich gefressen?«

»Ich habe niemanden gefressen, Miller. Sie phantasieren.«

»Haben Sie doch, Chef. Jede Wette. Warum, das möcht' ich mal wissen. Warum?«

Rick starrte Miller an. »Ist das Ihr Ernst?« fragte er und hob die Stimme.

Miller machte ein verdutztes Gesicht: »Klar, wieso?«

Der ganze aufgestaute Ärger schien plötzlich aus Ricks Mund hervorzuschießen. »Sie haben den Nerv, mich das zu fragen? Nach all dem Unfug, den Sie in meiner Klasse angestellt haben? Nach allem, was Sie gemacht haben? Nach Ihren schnoddrigen Bemerkungen und der Art und Weise, wie Sie mir die Stunde mit dem Tonbandgerät verpatzt haben, wie Sie mit Ihrem Kumpel West unter einer Decke stecken? Verdammt nochmal, Miller, da haben Sie den Nerv, mich das zu fragen?«

»Langsam, Chef«, sagte Miller, und das Lächeln kehrte zurück, aber ein irgendwie defensives Lächeln jetzt. »Das müssen Sie nich' so tragisch nehmen.«

»Scheren Sie sich weg, Miller«, sagte Rick. »Ich habe es satt.«

»Ich sehe trotzdem nich' . . .«
»Kommen Sie mir nicht auf die Tour, Miller«, sagte Rick, dessen Zorn jetzt neuen Auftrieb bekam. »Sie sind nicht dumm, und Sie wissen verdammt gut, was passiert ist.« Er schwieg und platzte dann heraus: »Es sollte mich nicht wundern, wenn Sie auch dabei waren, als man mich vor einiger Zeit zusammenschlug.« Seine Anschuldigung tat ihm auf der Stelle leid, denn sein Zorn schien mit ihr verraucht zu sein, aber daran war nun nichts mehr zu ändern.
Millers Augen verengten sich, er sah Rick nüchtern an. »Das ist nicht Ihr Ernst, Chef«, sagte er leise.
»Das ist mein voller Ernst«, sagte Rick, der sich weigerte, auch nur einen Zoll zurückzuweichen, der sich weigerte, seinen Fehler, auf den er sich nun einmal festgelegt hatte, gutzumachen. »Es ist mein blutiger Ernst.«
»Ihnen hat bestimmt was die Suppe verhagelt«, sagte Miller. Er schüttelte den Kopf und blickte den Flur entlang, und Rick, der wegen seiner Reaktion auf Lois Hammonds Körper immer noch ein schlechtes Gewissen hatte, mißverstand den Blick und glaubte, Miller sähe zur Tür der *Trades Trumpet*.
»Was soll das nun wieder heißen?« schrie er.
Miller riß erstaunt die Augen auf. »Wieso? Ich . . .«
»Haben Sie mich nicht verstanden? Was das heißen soll? Was das heißen soll, Sie . . .« Er machte einen Schritt auf Miller zu, der Junge wich zurück, kniff die Augen zusammen und zeigte die Zähne.
»Wollen Sie mich schlagen, Mr. Dadier?« sagte er.
»Was . . .«
»Nur zu, Mr. Dadier. Darauf hab' ich gerade gewartet. Dann können Sie was erleben. Los doch, schlagen Sie mich!«
Rick gewann augenblicklich seine Selbstbeherrschung zurück, und nachdem er sich beruhigt hatte, war ihm Millers Zorn ganz unverständlich. Auch konnte er nicht verstehen, wie eine scheinbar harmlose Unterhaltung sich so explosiv zugespitzt hatte.
»Tut mir leid . . .« begann er, und Miller wich noch einen Schritt zurück und duckte sich nieder, als wolle er einen Hieb vom Boden holen.
»Los, Mr. Dadier«, rief er, »los, schlagen Sie mich doch. Ich weiß nich', was Sie haben, aber das möcht' ich doch mal sehen, daß Sie

mich schlagen. Los, schlagen Sie mich, los, los, los doch!« schrie er mit hysterisch lauter Stimme.
Rick drehte Miller den Rücken zu. »Ich sehe Sie morgen im Unterricht«, sagte er kalt.
»Und vielleicht auch nicht«, schrie Miller, als ob das die schlimmste Drohung sei, die er ausstoßen könne. Er drehte sich um und schob über den Flur ab. Rick ging die Treppe hinunter, und sein Zorn kehrte langsam zurück.
Dieser Bengel, dachte er. *Dieser schwarze ...*
Er hielt abrupt inne. He! Holla, was war das denn? Was zum Teufel war das?
Nichts, nur ...
Komm, komm, sag nicht ›nichts‹. Was zum Teufel war das, und was zum Teufel wolltest du damit sagen, und wer zum Teufel bist du überhaupt, was? Und was wolltest du da gerade sagen?
Nicht, weil er ein Schwarzer ist, dachte Rick. *Das hat nichts damit zu tun.*
Warum dachtest du es dann? Komm, du voreingenommener Pinsel, fang schon an mit deinen Ausreden. Warum zum Teufel ...
SO BIN ICH NICHT. *Verdammt nochmal, du weißt das doch. Wenn du mich überhaupt kennst, dann weißt du, daß ich nicht so bin. Du weißt, daß es mir nie in den Sinn gekommen ist.*
Bis jetzt.
Auch jetzt nicht. Schau, das hat nichts damit zu tun.
Dann denk es auch nicht wieder. Nie wieder. Verstehst du das, du Idiot? Nie wieder.
Ich habe es auch jetzt nicht einmal gedacht. Ich war wütend, ich ...
Erzähl mir keinen Quatsch. Versprich es, und Schluß. Bessere dich, du gemeiner Chauvinist ...
Sag doch sowas nicht. Hergott nochmal, du weißt doch, daß es nicht wahr ist. Fred und Viola sind ...
Einige meiner besten Freunde sind Neger.
Na gut, wenn einem mal die Zunge ausrutscht, was macht das schon. Aber innerlich weißt du, daß es nicht wahr ist. Entweder weißt du das, oder du kennst mich überhaupt nicht, und dann pfeife ich sowieso auf das, was du denkst. Du weißt, daß ich nicht so bin, oder?
Ja, ich weiß es.

Warum klagst du mich dann an, ich dächte ...
Was du denkst, ist nicht wichtig. Was denkt Miller?
Miller?
Miller, Miller, den du fast einen schwarzen Lümmel genannt hättest. Was denkt er von dir, du Dummkopf? Was denkt er? Was glaubt er, daß du denkst, und denkt er, du dächtest an ihn als an einen schwarzen Lümmel? Ist dir das je in den Sinn gekommen? Ist deine glänzende, umsichtige, überragende Intelligenz je darauf gekommen? Jemals? Oder warst du zu sehr damit beschäftigt, das Euter dieser verdammten *Trades Trumpet* Kuh zu begaffen?
Ich ... ich bin nie darauf gekommen. Nein. Nein, nie. Und Lois hat nichts zu bedeuten. Das weißt du. Du weißt, ich würde niemals ...
Ich weiß. Und es wäre verdammt besser, wenn es bei niemals bliebe.
Ich brauche keine Drohungen. Ich weiß, was Recht und Unrecht ist.
Dann fang an, über Miller nachzudenken, und fang an, darüber nachzudenken, womit du ihm unrecht getan hast.
Aber das habe ich ja gar nicht.
Es sei denn, er glaubt, du hättest es, und dann hast du's auch. Und ich werde alles vergessen, was ich beinah gesagt hätte und was ich wirklich gesagt habe, ich werde das alles vergessen und vorgeben, es sei nie geschehen, aber es wäre besser, wenn du anfingst, darüber nachzudenken, und zwar sehr angestrengt.

Er fing an, darüber nachzudenken.
Er war nie darauf gekommen, daß Miller so denken könne, und er verwünschte seine blinde Torheit. Das wäre Ironie des Schicksals, dachte er, das wäre wirklich Ironie des Schicksals. Wenn Miller das von mir dächte. Wenn das des Rätsels Lösung wäre. So ähnlich wie die Geschichte vom weißen Mann, der mit einer Negerin verheiratet war und zu seiner Negerfrau heimging, als gerade die Rassenkrawalle in Harlem ausbrachen. Die Geschichte vom weißen Mann, dem man die Kehle durchgeschnitten hat, weil er als Weißer auf schwarzem Territorium war, an einem Abend, da die Hautfarbe der alles beherrschende Faktor menschlichen Verhaltens war. Die Hautfarbe oder der Mangel an Hautfarbe.
So ähnlich wäre das, denn Rick hatte nie in Miller den Neger gesehen. Miller war ein Junge wie alle andern in der Klasse, und zufällig war

Miller ein Unruhestifter, aber Miller war niemals ein Neger. Rick wußte natürlich, daß er ein Farbiger war, er wußte es, aber er wußte es so, wie er wußte, daß Carter rotes Haar hatte. Er hatte nichts gegen rotes Haar, und bestimmt hatte er nichts gegen Millers Hautfarbe. Nie war ihm ein derartiger Gedanke bei dem Jungen gekommen.

Wenn aber nun *Miller* das dachte?

Rick war schon einmal in einer ähnlichen Lage gewesen. Es hatte ihm zwei ungemütliche Wochen bereitet, aber schließlich hatte er die Sache klargestellt. Es passierte bei der Marine und hatte nicht das mindeste mit Farbe oder einem Mangel an Farbe zu tun, sondern war ein ausgesprochenes Mißverständnis. Wenn Miller das jetzt von ihm dachte, dann war es ein klarer Fall von Mißverständnis, und die einzige Möglichkeit, es aus der Welt zu schaffen, bestand darin, es aufzuklären. Der Fall bei der Marine lag womöglich noch schwieriger, weil Rick auf einem Zerstörer war, und ein Zerstörer ist ein kleines Schiff, und man muß mit einem Haufen verschiedener Leute zusammengepfercht leben. Man kann keinem auf die Zehen treten, ohne daß einem die eigenen Zehen zerquetscht werden.

Sie waren von einem kurzen Landurlaub aus Kagoshima zurückgekehrt. In der Ferne rauchten die Zwillingsvulkane, deren aschebedeckte Hänge zum Strand hin abfielen. Das Landungsboot brachte sie zum Schiff zurück. Er saß achtern auf dem Metalldeck der Laderampe und unterhielt sich mit Leuten vom Radartrupp, als Mr. Goldin an den Kreis herantrat und sich in ihn hineinbeugte, als wolle er eine Spielhölle ausheben.

»Dieser Hilfskanonier«, sagte Mr. Goldin. »So ein blonder, dünner mit Hakennase. Wie heißt der doch?«

Die Leute hatten sich über die Stadt und die Frauen in der Stadt unterhalten und sahen gleichgültig auf, als Mr. Goldin seine Frage stellte. Sie wußten alle den Namen des Hilfskanoniers, und jeder von ihnen hätte ihn nennen können und hätte es wahrscheinlich auch getan, denn Mr. Goldins Frage klang harmlos genug. Rick sprach zufällig als erster.

»Bowden«, sagte er. »Meinen Sie den?«

»Ja«, sagte Goldin lächelnd. »Das ist er.«

»Was ist mit ihm?« fragte Rick.

»Ach nichts«, sagte Goldin und schob ab. Die Leute unterhielten sich weiter über die Stadt und die Frauen in der Stadt, und plötzlich wurde der Jabbelkasten des Landungsbootes eingeschaltet, und eine verdrossene Stimme sagte: »Achtung, mal herhören. Hilfskanonier Bowden im Laufschritt an die Brücke, Hilfskanonier Bowden im Laufschritt an die Brücke.«
Die Funkmeßleute in dem Kreis verstummten und sahen Rick an, und dann sahen sie zur Backbordseite hinüber, wo der Hilfskanonier Bowden neugierig lächelnd auf die Füße sprang. Er ging hinüber und stieg die Leiter zur Brücke hinauf, und wenige Augenblicke später ging Goldin gleichfalls diese Leiter hinauf.
Das Ganze konnte höchstens fünf Minuten gedauert haben. Goldin kam zuerst von der Brücke herunter, und dann folgte Bowden, das gleiche seltsame Lächeln im Gesicht. Er kehrte an seinen Platz Backbord zurück und sah dann zu Rick hinüber, der Steuerbord saß. Ihre Blicke trafen sich, das Lächeln verschwand aus seinem Gesicht, und damit fing es an.
Zuerst merkte Rick gar nicht, was los war. Es fing natürlich mit sämtlichen Hilfskanonieren an, breitete sich aber rasch auf Leute der Besatzung aus, die er nicht einmal kannte und die bestimmt auch ihn nicht kannten. Es ging ihm erst ein Licht auf, als er im Schiffsbug auf ein Waschbecken wartete. Arbuster, ein Hilfskanonier, mit dem er stets ein paar freundliche Worte gewechselt hatte, rasierte sich gerade, und Rick lehnte lässig daneben, sah ihm zu und wartete, bis er an die Reihe käme.
»Du machst mich nervös«, sagte Arbuster plötzlich ärgerlich.
Rick sah in den Spiegel und auf Arbusters Spiegelbild. Er lächelte und sagte: »Laß dir nur Zeit, ich hab's nicht eilig.«
»Warum zum Teufel gehst du dann nicht lieber spazieren, anstatt mich hier anzuglotzen?«
Rick war über Arbusters Heftigkeit verwundert, hielt es aber für schlechte Laune, die schließlich jeder einmal hat. Er zuckte die Achseln und wurde durch ein plötzlich frei werdendes Waschbecken jeder weiteren Unterhaltung enthoben. Er hatte nicht mehr über den Vorfall nachgedacht, bis er merkte, daß keiner der Hilfskanoniere seinen Gruß erwiderte, wenn er ihnen auf Deck begegnete. Das kam ihm schon eigenartig vor, und dann griff die Krankheit auf die Radar-

mannschaft über, und alle behandelten ihn wie eine Art Aussätzigen. Endlich stellte er den Funkmeßmann Frank Port, seinen engsten Kameraden an Bord, zur Rede.

»Was ist eigentlich los, Frank?« fragte er. »Habe ich was gemacht?«

»Das weißt du doch«, sagte Frank und wich Ricks Blick aus.

»Nein, ich weiß es nicht, was ist los?«

Frank sah auf wie einer, der mit vier Assen auf zwei Zweien blufft.

»Du hast Bowden verpfiffen«, sagte er.

»Was habe ich?« fragte Rick erstaunt.

»Du hast Goldin gesagt, daß er die Cocaflasche geklaut hat«, sagte Frank.

»Was für eine Cocaflasche? Wovon, zum Teufel, redest du überhaupt?«

»Auf dem Landungsboot«, sagte Frank geduldig. »Komm, Rick, du brauchst mir nichts vorzumachen.« Er drehte sich um und wollte fortgehen, aber Rick hielt ihn am Ärmel fest und zwang Frank, ihm wieder ins Gesicht zu sehen.

»Einen Augenblick noch, Frank. Ich weiß nicht, was das Ganze soll. Ehrlich nicht.«

Frank zögerte einen Moment und erzählte Rick dann die ganze Geschichte. An Bord des Landungsbootes sei eine Kiste Coca Cola gewesen, eine dieser roten Metallkisten mit der Klappe nach oben. Die Mannschaft lege offenbar jeden Monat dafür zusammen und sei berechtigt, jederzeit in die eisgefüllte Kiste zu greifen, wenn sie durstig sei. Dieses Recht erstrecke sich jedoch nicht auf die Mannschaften der gesamten Pazifikflotte. Bowden sei nach seinem Streifzug durch die staubigen Straßen Kagoshimas wahrscheinlich durstig gewesen, habe in die Kiste gelangt und eine Flasche Cola geklaut und eiligst, scheinbar unbeobachtet, ausgetrunken.

Nur daß es doch jemand gesehen und Goldin gesteckt habe, und daß dieser jemand Rick Dadier sei.

»Ich?« fragte Rick. »Mann, ich habe doch nur auf Goldins Frage geantwortet. Ich habe nicht gewußt, daß er irgend was geklaut hat.«

»Ja, ja«, sagte Frank und ließ das Thema dann fallen.

Das war wirklich ein tolles Stück. Er war angeklagt, vor Gericht gestellt und überführt worden, ohne daß er auch nur einmal zu seiner Verteidigung den Mund aufgemacht hatte.

Am spaßigsten war, daß jeder es glaubte, selbst die Leute, die mit ihm zusammengesessen hatten, als Goldin herüberkam. Leute, die haargenau wußten, was gefragt, und haargenau, was geantwortet worden war, Leute, die wahrscheinlich die gleiche Auskunft erteilt hätten, wenn nicht Rick als erster gesprochen hätte.

Zwei Wochen lang ließ er es laufen, wie es lief, ertrug die verächtlichen Mienen und die anklagenden Blicke. Schließlich machte er reinen Tisch, und zwar in der Messe. Er faßte Essen, trug das Tablett in die Messe und sah Bowden am entgegengesetzten Ende eines Tisches sitzen. Er ging auf der anderen Seite dieses Tisches den Gang entlang, kletterte über die Bank und setzte sich Bowden genau gegenüber.

Bowden sah nicht auf. Sein blonder Kopf war über das Tablett gebeugt, er aß eifrig, obwohl es Sonntagabend war und einen Saufraß gab.

»Bowden«, sagte Rick leise.

Bowden sah auf, blaßgraue Augen, Hakennase, fest zusammengepreßter Mund. »Ja?«

»Ich möchte etwas zwischen uns klarstellen«, sagte Rick.

»Und das wäre, Dadier?«

»Ich habe dich nicht verpfiffen. Ich habe überhaupt nicht gewußt, daß du die Coca geklaut hast. Goldin kam zu uns, beschrieb dich und fragte dann so nebenbei, wie du hießest. Ich sagte es ihm, aber ich wußte nicht, was er von dir wollte oder was du gemacht hattest. Ich glaubte einfach, er suche dich.«

»Aha?« sagte Bowden.

»Du brauchst mir nicht zu glauben«, sagte Rick, »aber es ist die Wahrheit. Warum sollte ich dich in die Bredouille bringen?«

»Ich saß nicht in der Bredouille«, sagte Bowden. »Ich mußte die bezahlen, weiter nichts.«

»Nicht einmal das hätte ich wollen. Es ist mir piepe, was du klaust. Ich hätte selbst eine Flasche geklaut, wenn ich davon gewußt hätte.«

»Aha?« sagte Bowden wieder.

»Na gut, du brauchst mir nicht zu glauben, wenn du nicht willst. Ich sage trotzdem die Wahrheit. Es ist mir egal, was die anderen von mir denken, aber ich wollte, daß du die Wahrheit erfuhrst. Okay, Bowden?«

Bowden sah ihn offen an, musterte ihn sekundenlang. »Okay«, sagte er schließlich. Er stand auf, griff mit der linken Hand sein leeres Tablett und streckte dann die rechte über den Tisch. »Schwamm drüber, Dadier.«

Rick drückte ihm fest die Hand, und damit war die Sache erledigt, jedenfalls was Bowden anging. Es dauerte eine Weile, bis es sich bei dem Rest der Mannschaft herumsprach, daß Rick und Bowden die Sache bereinigt hatten, aber schließlich tat es auch das. Es hatte sich einfach darum gehandelt, ein Mißverständnis aufzuklären.

Aber konnte er das auch bei Miller tun? Konnte er zu dem Jungen hingehen und sagen: »Hören Sie, Miller, Sie haben mich falsch verstanden. Mir ist gleichgültig, welcher Hautfarbe Sie sind.«

Konnte er das tun?

Er selbst war immer argwöhnisch bei Leuten, die behaupteten »mir ist gleichgültig, welcher Hautfarbe einer ist. Von mir aus kann er purpurn sein.« Eine Art *die-Dame-wie-mich-dünkt-gelobt-zuviel* Verdacht beschlich ihn jedesmal, wenn jemand eine solche Behauptung aufstellte. Sollte Miller nicht genauso empfinden?

Und wie konnte er Millers Hautfarbe zu einem Problem machen und gleichzeitig behaupten, daß diese Hautfarbe bedeutungslos sei? Und würde Miller ihm glauben?

Und angenommen, er hätte unrecht, Miller hätte darin nie den Grund ihrer Spannungen gesehen. Angenommen, er stieße Miller erst mit der Nase darauf und schüfe dadurch erst ein Problem, das vorher gar nicht bestand?

Nein, er konnte nicht den direkten Weg gehen. Wenn die Farbe ein wunder Punkt bei Miller war, würde er nicht gern frei und offen darüber sprechen. Und wenn nicht, war es sinnlos, erst ein Problem daraus zu machen und einen neuerlichen Bruch zu riskieren.

Die ganze Sache entwickelte sich viel einfacher, als er je geglaubt hätte.

Es war geradeso, als hätte der Zusammenprall mit Miller auf dem Flur nie stattgefunden. Miller dachte anscheinend nicht mehr an seine Abschiedsdrohung und erschien pünktlich zu jeder fünften Englischstunde, und in einer dieser Stunden bot sich eine günstige Gelegenheit.

Antoro und Taglio brachten die Geschichte ins Rollen.

Die Klasse diskutierte lahm über eine Geschichte, die Rick ihnen eben vorgelesen hatte. Rick hatte Antoro eine Frage gestellt, Antoro war aufgestanden und faselte etwas zusammen.
Taglio, den Antoros Geistesblitze anödeten, schrie: »Ach, setz dich schon hin, du blöder Itaker! Du hast keine Ahnung, was du redest.«
»Selber Itaker«, antwortete Antoro lächelnd, und Rick griff auf der Stelle ein und machte ein ernstes Gesicht, obwohl er wußte, daß die Jungen nur ihren gutmütigen Spaß miteinander trieben.
»Schluß damit«, sagte er streng.
Antoro setzte sich sofort hin, erleichtert, aus der Klemme heraus zu sein, aber ahnungslos, was Rick meinte. Miller saß gelassen auf seinem Platz und neben ihm West. Beide waren ungewöhnlich ruhig.
»Ich wünsche keine Schimpfnamen in meinem Unterricht zu hören«, sagte Rick, vielleicht ein wenig zu pompös.
»Es war kein Schimpfname«, sagte Taglio. »Es war nur Spaß.«
»So fängt es an«, sagte Rick. »Nur Spaß. Wie ein Faustkampf auf der Straße. Ihr schubst einen anderen zum Spaß, und der schubst zurück, und im nächsten Augenblick seid ihr einander an der Kehle. Mit Schimpfworten ist es genauso.«
Die Klasse sah ihn schweigend an, sie hingen an seinen Lippen, und er spürte, daß er ein Thema anschnitt, das sie interessierte.
»Sie, Antoro, sind italienischer Abstammung, Taglio ebenfalls. Sie nennen Taglio einen Itaker, und er nennt Sie einen Itaker, und damit ist die Sache in Ordnung. Aber angenommen, Levy nennt Sie beide Itaker? Ist das dann auch noch in Ordnung?«
Rick machte eine abwartende Pause. »Nein, es ist nicht in Ordnung«, stellte er fest. »Sie geben es ihm sofort zurück und nennen Levy einen Jid oder einen Itzig. Dabei waren Sie diejenigen, die Levy erst darauf gebracht haben, verstehen Sie das? Weil Sie mit diesen Ausdrücken angefangen haben, wenn auch nur zum Spaß.«
»Hatte aber nix zu bedeuten«, sagte Taglio leicht verlegen.
»Das weiß ich. Aber das ist es ja gerade. Sie sollten Schimpfnamen weder im Spaß noch im Ernst benutzen. Meine Eltern sind Franzosen. Wissen Sie, wie oft man mich einen Froschfresser genannt hat. Glauben Sie, ich finde das schön? Bestimmt nicht. Glauben Sie, Morales oder De la Cruz oder Rodriguez finden es schön, wenn sie Spics genannt werden? Bestimmt nicht.«

Er sah die Klasse an, sah, wie die drei Portorikaner verlegen lächelten.
»Glauben Sie, Krüger oder Vandermeer finden es schön, Krautfresser genannt zu werden? Glauben Sie, O'Brien oder Erin finden es schön, Geizhälse genannt zu werden?« Rick schwieg und blickte dann Miller an. »Glauben Sie, Miller oder Parsons oder Baker finden es schön, Nigger genannt zu werden?«
Die Klasse wurde leicht unruhig, und Rick wußte ganz genau, daß sie alle jeden dieser Ausdrücke gelegentlich benutzt hatten.
»Niemand findet es schön, wenn man sich über seine Hautfarbe, seinen Glauben oder seine Nationalität lustig macht«, fuhr Rick fort, »und in meinem Unterricht werde ich das nicht dulden. Erzählen Sie mir also nicht, es sei Spaß oder Ernst oder sonstwas. Das interessiert mich nicht. Ich wünsche keine abfälligen Bemerkungen in meiner Klasse. Ist das klar?«
Die Jungen blieben still. Einige nickten, und einige zappelten auf ihren Plätzen. Miller lächelte. Er lächelte dreist, und Rick wurde nicht schlau aus dem Lächeln, aber er fühlte, daß sein kleiner Vortrag angekommen war, und vor allem fühlte er, daß er Miller seine Botschaft ausgerichtet hatte.
Er erwiderte Millers Lächeln und sagte: »Wir wollen jetzt mit dem Unterricht fortfahren.«
Miller lächelte weiter, und West lächelte jetzt auch.

10

Das Beil des Henkers drohte am Jahrestag des Waffenstillstands, und kurz vor den Herbstferien fiel es. Rick hatte keine Ahnung, daß das Beil fallen würde, er wußte nicht einmal, daß es über seinem Haupt schwebte. Er betrachtete Stanleys ersten Besuch in seiner Klasse als Teil eines normalen Vorgangs. Er wußte nicht, daß damit das Fallbeil schon gewetzt wurde.
Der Abteilungsleiter kam kurz vor Beginn der fünften Stunde in Klasse 206. Er trat lächelnd ein, ging zu Ricks Tisch und sagte: »Ich hoffe, es macht Ihnen nichts aus, wenn ich ein wenig zuschaue, Dadier?«

»Aber ... aber keineswegs«, antwortete Rick und wünschte gleichzeitig, Stanley hätte sich nicht ausgerechnet diese Klasse zum Zusehen ausgesucht. Aber andererseits wußte Stanley zweifellos alles über Juan Garza und daß die 55-206 eine Klasse war, die voll von Garzas Schülern steckte: er hatte sie wohl absichtlich gewählt.
»Ich setze mich einfach nach hinten«, sagte er, die Lippen bewegten sich unter einem jetzt vollen Schnurrbart. Er war untadelig gekleidet wie immer. Sein nicht ganz blondes Haar war sauber gebürstet und die grauen Augen von einem strengen Ausbilder zum Aufpassen gedrillt. Es bestand kein Zweifel, daß er der Leiter der englischen Abteilung war. »Ich werde ganz still sein«, setzte er lächelnd hinzu und heuchelte die Rolle eines wohlwollend interessierten Beobachters, die sein königliches Auftreten und seine kalten Augen Lügen straften. Er schritt ungezwungen nach hinten, setzte sich auf den letzten Platz der ersten Reihe, schlug, nachdem er, um seine Bügelfalten zu schonen, die Hosenbeine hochgezogen hatte, die Beine übereinander und legte dann ein geöffnetes Notizbuch vor sich auf den Tisch.
Die Klasse strömte herein, sah Stanley mit einem Blick und benahm sich wie ein Knabenchor vor der Weihnachtsmesse. Rick wußte, heute würde es keine Scherereien geben. Einen Lehrer ärgern, schön und gut, aber nicht, wenn einen der Abteilungsleiter dafür schlauchte. Niemand saß gern im Englischbüro unter den Blicken des Alten.
Der kalte Blick machte keine Anstalten, sich während des Unterrichts aufzuwärmen. Rick gab sein Bestes, froh darüber, daß er am Abend vorher einen guten Plan aufgestellt hatte, den er anfänglich einhalten konnte, weil die Schüler sich in Stanleys Gegenwart friedlich verhielten. Er rief vor allem die besten Schüler auf, schob ein paar der dümmeren dazwischen, um Stanley zu zeigen, daß er unvoreingenommen war, machte aber um Miller und West einen Bogen, da er sich auf keinerlei Techtelmechtel einlassen wollte, solange Stanley dem Unterricht beiwohnte.
Am Schluß der Stunde kam Stanley zu ihm und lächelte kurz. »Sie sollten darauf achten, daß Sie Ihre Fragen richtig verteilen«, sagte er mit einem verdrossenen Augenausdruck. »Sie scheinen einige Schüler zu bevorzugen.«
»Nein wirklich?« fragte Rick scheinheilig und verwünschte Stanley, weil er sein System durchschaut hatte. »Ich werde darauf achten.«

»Bitte, tun Sie das.« Er schwieg und sah auf seine Notizen.
»Rufen Sie eigentlich auch Morales auf?«
»Ja«, sagte Rick, der leicht nervös wurde. »Ja, doch.«
»Netter Junge.«
»Ja.«
»Rodriguez, rufen Sie den auch mal auf?«
»Oh, aber sicher. Ja bestimmt.«
»Mögen Sie ihn?«
Rick zuckte die Achseln und lächelte. »Er ist ganz in Ordnung. Nicht allzu intelligent, aber kein übler Junge.«
»Hm, hmm. Was ist mit Miller? Stelle fest, daß Sie ihn nicht einmal aufgerufen haben.«
»Wirklich? Ja, kann sein, Sie haben recht. Er ist gewöhnlich recht lebendig im Unterricht.« Rick lächelte verständnisinnig, »überaus lebendig«; er hoffte, Stanley verstände, was er meinte. Stanley erwiderte das Lächeln nicht.
»Ich muß einen Bericht über Ihren Unterricht schreiben lassen, Dadier. Kann sein, daß ich gelegentlich wieder hereinschaue.«
»Bitte, gern«, antwortete Rick höflich.
Am nächsten Tag schaute Stanley nicht herein, denn der nächste Tag war der Jahrestag des Waffenstillstands, und Lehrer wie Schüler blieben der Schule fern. Aber am 12. November schaute er herein und diesmal während Ricks achter Stunde. Er nahm seinen Platz hinten in der Klasse ein, sah Rick beim Unterricht zu, machte sich Notizen und ging, als es läutete, ohne mit Rick noch ein paar Worte zu wechseln, hinaus.
Auch das war nicht der letzte Besuch. Stanley schaute häufig herein, blieb manchmal die ganze Stunde, manchmal nur zehn oder fünfzehn Minuten und entfernte sich dann schweigend.
Am Anfang störte Rick die Einmischung. Dauernd sah er Stanley hinten in der Klasse sitzen und kritzeln; er hätte gern gewußt, was Stanley da aufschrieb, und kam sich vor wie ein Insekt unter dem Mikroskop eines berühmten Entomologen. Wozu die ganze Geheimniskrämerei. Was, zum Teufel, war das, die Gestapo?
Nach einer Weile sagte er sich, daß Stanleys Besuche wahrscheinlich genau das waren, was er brauchte, und er stellte sich allmählich auf das unverhoffte Erscheinen des Abteilungsleiters ein. Mit

schmerzlicher Ehrlichkeit gab er vor sich selber zu, daß die Schuld an dem mangelhaften Lehrerfolg in seinen Klassen nicht nur bei den Schülern lag. Er war ihnen einfach nicht gewachsen, und wenn ihm nicht jemand sagte, was er falsch machte, würde er ihnen wahrscheinlich nie gewachsen sein. Vielleicht waren Stanleys Besuche die Antwort auf sein Problem. Vielleicht würde Stanley ihn am Ende die Ergebnisse seiner Beobachtungen mitteilen, würde sagen: »Schauen Sie, Dadier, das und das sind die Schwierigkeiten. Das und das ist gut, aber Sie müssen sich mehr auf das und das konzentrieren.«

Rick hätte es außerordentlich begrüßt, und darum war er ganz froh über die plötzliche Aufmerksamkeit, die Stanley ihm zollte. Zum erstenmal während seiner pädagogischen Laufbahn glaubte er ehrlich, daß jemand sich für das, was er tat, interessiere, und dafür, ob er es richtig mache oder nicht. Und wenn er auch schon vorher sorgfältige Unterrichtspläne ausgearbeitet hatte, so widmete er ihnen jetzt noch mehr Zeit, erweiterte sie und entwarf sie bis in kleinste Einzelheiten.

Er war auch dankbar für die Folgsamkeit seiner Klasse, wann immer Stanley zugegen war. Eines seiner größten Probleme hieß Disziplin. Bei diesen Jungen war es nahezu unmöglich, ein Wort anzubringen, und seine Lehrbemühungen entarteten – besonders am Anfang – meistens zu einem Wetteifern, wer am lautesten schreien könne. Er hatte das Problem der Disziplin nie ganz bewältigt, und er zweifelte, ob er es je würde. Es war ihm wohl gelungen, eine Art Gehorsam aus den Jungen herauszuholen, gewöhnlich durch Androhung von Hausaufgaben oder Klassenarbeiten oder Nachsitzen oder Elternbesuchen. Aber es gab Zeiten, da keine Drohung half, da die Jungen einfach über die Stränge schlugen und eine nahezu unnachgiebige Front bildeten, wie sehr er auch tobte und schrie. Solche Zeiten waren gar nicht selten. Sie gehörten zum Lehrbetrieb einer Berufsfachschule und wurden von allen Lehrern, die je diesem Zweig dienten, hingenommen.

Es gab Rezepte, um die Disziplin durchzusetzen, belehrte man Rick, und eines dieser Rezepte hatte Captain Schaefer bei einem seiner regelmäßigen Besuche im Eßraum kurz und bündig folgendermaßen umrissen:

»Verprügeln Sie die Bengel«, sagte er. »Das ist das einzige, was hilft. Was, glauben Sie, passiert, wenn die zu Hause die Klappe aufmachen? Peng, gleich eins auf die Nuß. Das ist die einzige Sprache, die sie verstehen.«

Vielleicht verstanden sie diese Sprache in Captain Schaefers Welt, einer Welt des Körperlichen, einer Welt schwitzender, sportlicher Körper, einer männlichen Welt physischer Kraft. Vielleicht steckten sie einen Schlag auf den Mund von einem Mann im Sporthemd ein, der genauso schwitzte wie sie, der König war in diesem schmucklosen Reich turnender Leiber. Vielleicht.

Aber Rick konnte sich nicht vorstellen, daß Josh Edwards einen Jungen schlug. Noch konnte er sich das allen Ernstes von sich selber vorstellen. Das Verlangen danach war natürlich immer da. Man wird einfach soweit getrieben, und wenn man merkt, daß man mit Worten nicht mehr zurückschlagen kann, ist die erste Regung, dem andern irgendwie zu schaden, und die einzige verbleibende Waffe sind Körperkräfte, besonders wenn Schüler nicht wie Schüler aussahen. Die zweiten Semester, ja, das waren Kinder. Er konnte sie als Kinder ansehen und sich ihnen als Erwachsener überlegen fühlen. Es bestand ein Unterschied zwischen seinem und ihrem Körper und zwischen seiner und ihrer Denkweise.

Nicht so bei den fünften Semestern, und schon gar nicht bei den siebten. Sie mochten zu jung zum Wählen sein, und einige mochten zu jung für den Heeresdienst sein. Aber körperlich waren sie reif, waren stark, dachten – auf ihre verdrehte Art – wie Erwachsene, und es war äußerst schwierig, sie als ›Kinder‹ zu betrachten, wenn ein Gutteil von ihnen so groß war wie man selber und so schwer und manchmal (nur manchmal) so schlau.

Darum war die Versuchung, zu prügeln immer da, und es war bisweilen schwieriger, nicht zuzuschlagen *als* zuzuschlagen und sich um die Folgen nicht zu scheren. Denn trotz aller Vorschriften bezüglich körperlicher Züchtigung gab es eine beträchtliche Anzahl Berufsfachschüler, die Tag für Tag geschlagen wurden, und wenn die schwere Hand eines Captain Max Schaefer zuschlägt, weiß der Geschlagene, daß er geschlagen wurde, und nicht zu knapp.

Prügel waren also eine der angewandten Methoden zur Durchsetzung von Disziplin an Berufsfachschulen.

Eine andere Methode war das Greinen, und sie erwies sich als recht wirksam, wenn eine Lehrerin – so selten diese Wesen sind – sie anwandte.

Die Greinmethode warb um die Sympathie der Jungen und nahm verschiedene Formen an. Die übliche (und deshalb wirkte diese Methode am besten, wenn sie von Frauen angewandt wurde) bestand darin, ein von fremder Antwort bis-ins-Mark-getroffenes Gesicht zu machen und dann schmerzerfüllt über die Undankbarkeit der Klasse zu klagen.

»Nach allem, was ich für euch getan habe«, wimmert der Greiner, »behandelt ihr mich so!«

Wenn eine Frau, so reizlos sie auch sein mochte, diese Taktik anwandte, trat gewöhnlich etwas in den Jungen zutage, das darauf ansprach. Vielleicht war es eine angeborene Ritterlichkeit, der Trieb, dem Fräulein in seiner Not zu Hilfe zu eilen. Wie auch immer, eine gute Greinerin (und Martha Riley war eine der besten an der Manual Trades, wenn nicht die beste in ganz New York City) konnte bewirken, daß eine Horde Rowdys sich wie gemeine Schurken vorkamen und tatsächlich für den Rest der Stunde ein respektvolles Schweigen bewahrten. Zum Dank für alles, was der Lehrer für sie getan hatte, und das war gewöhnlich nichts.

Ein männlicher Greiner spielte eine Variation des Themas, von denen es vielfältige und facettenreiche gab. Die übliche Form männlichen Greinens bestand darin, auf den kollegialen Geist der Jungen anzuspielen. Der Greiner behandelte sie alle als Kameraden und pflegte zu sagen: »Kommt, Jungs, seid ruhig, ich bin auch nur ein armer Teufel, der seine Arbeit tut.«

Und die Burschen, denen ein armer Teufel, der seine Arbeit tut, nichts Fremdes war, gingen vielleicht auf den Einwand des Lehrers ein oder vielleicht auch nicht, je nachdem welche Gefühle sie an jenem Tag gerade über die arbeitende Klasse hegten.

Eine andere Variation des männlichen Greinens war die Kriegsteilnehmermasche. Sie bestand nicht in einer direkten Klagerede, vielmehr bestand ihre Wirksamkeit hauptsächlich in der Kunst, das Eigentliche unausgesprochen zu lassen. Sie umfaßte eine dramatische Rekonstruktion mehrerer unzusammenhängender Kriegserlebnisse einschließlich Beschreibung einiger Deutscher, Italiener, Japaner, die

durch die Hand des männlichen Greiners gefallen waren. Je mehr tote Feinde, desto besser. Die Jungen liebten Geschichten von zertrümmerten Schädeln. Aber dabei blieb die Greinerei nicht stehen. Wäre sie dabei stehen geblieben, hätte sie nichts erreicht. Der Greiner ging dann dazu über, von dem Verwundetenabzeichen zu sprechen, das er bekommen habe, oder von der Stahlplatte in seinem Kopf oder dem Holzbein unter seiner Hose oder wie ihm die Hoden weggeschossen worden sind – was alles nicht stimmte. Dann ging er dazu über, die schwere Zeit zu beschreiben, die er durchgemacht habe, um wiederhergestellt zu werden, und die schwere Zeit, die er auf der Universität durchgemacht habe, und die schwere Zeit, bis er eine Lehrstelle gefunden habe. Und nun, nun, da er sie habe, sei er den Vereinigten Staaten und seinem wunderbaren Volk dankbar, das all dies ermöglicht habe, und er hoffe nur, er könne seine Stelle behalten und die prächtigen Jungen, die geholfen hatten, all dies zu ermöglichen, auch fürderhin unterrichten.
Und die Jungen, der Heldensagen entwöhnt, und unfähig, ein Holzbein von einem Kochlöffel zu unterscheiden, akzeptierten gewöhnlich diese Form des Greinens und erleichterten dem Lehrer ein wenig sein Los, nämlich die Stelle, um die er gekämpft hatte, zu behalten, vorausgesetzt die Jungen zogen ihm nicht eines Tages die Hosenbeine hoch, um nachzusehen, ob das Bein wirklich aus Holz war.
Wieder eine andere Form männlichen Greinens, die der kollegialen Masche eng verwandt, aber in gewissen Belangen von ihr verschieden ist, war die von Halloran angewandte. Halloran war, wie er am ersten Schultag bei der Vorstellung des Lehrerkollegiums demonstrierte, ›genauso ein Junge wie sie‹. Er war nie auf der Universität gewesen. Er erwarb sein Werklehrerdiplom durch
1. Mittelschulbildung mit neun Jahren Berufspraxis oder
2. Gymnasialbildung mit sieben Jahren Berufspraxis oder
3. Berufsfachschulbildung mit fünf Jahren Berufspraxis.
Wie jeder Narr deutlich sehen konnte, war er genauso ein Junge wie sie. Und so redete er wie sie und machte Spässe wie sie, machte sogar Anleihen bei der Prügelmethode und haute den Jungen manchmal eine runter, aber immer war er genauso ein Junge wie sie und gründete seine Greintechnik auf diesen Vorwand.
Die Methoden der Greintechnik waren zahlreich und mannigfaltig,

und Rick erfuhr alles darüber, aber irgendwie hatte er das Gefühl, daß sie alle ein wenig entwürdigend waren, so als wenn man einem Offizier in den Hintern kriecht, um Wochenendurlaub zu bekommen, nur daß diese Kinder nicht einmal Offiziere waren.

Wenn man nicht prügeln oder greinen wollte, konnte man dösen. Das Dösen unterschied sich vom Greinen und war eine Kunst für sich. Solly Klein war einer ihrer leidenschaftlichsten Verfechter. Der Döser behandelte die Disziplin als ein nicht vorhandenes Problem. Für ihn war das Problem in der Tat nicht existent. Er ignorierte es. Er unterrichtete, und wenn niemand dem Unterricht zuhörte, dann war es eben nicht zu ändern. Er unterrichtete wie einer, der im Schlaf spricht. Er schnatterte einfach drauf los, und der Lärm und Krach der Außenwelt machten ihm nichts aus. Wenn der Krach, was gelegentlich vorkam, in sein Dösen einbrach, pflegte der Döser einfach einen Augenblick den Raum zu verlassen, er wartete, bis die Klasse sich ausgetobt hatte, und linste gleichzeitig mit einem Auge, ob auch der Direx nicht käme. Die Philosophie des Dösers war sehr einfach: *Sollen die Bengel sich doch gegenseitig umbringen. Solange ich nur nichts abkriege.*

Wenn es also in der Klasse eines Dösers einen Boxkampf gab, erlaubte er den beiden Kampfhähnen, sich grün und blau zu schlagen, während er dabeistand und zusah. Dann schritt er über die Blutlache am Boden hinweg und fuhr mit dem Unterricht fort, gleichgültig, ob ihm jemand zuhörte oder nicht, und längst davon durchdrungen, daß ihm sowieso niemand zuhörte. Niemand versäumte eine Döserstunde. Es gab viele Döser im Lehrbetrieb von New York City.

Genauso einer wie der Döser war der Groller, bis auf einen Unterschied. Der Döser wußte, daß er keine Disziplin in der Klasse hatte, hielt dafür aber einen gesunden Schlaf, sowohl nachts wie am Tag. Der Groller dagegen tat zwar den ganzen Tag über genau das gleiche wie der Döser, ging aber dann heim und beklagte sich bei seiner Frau über den Mangel an Disziplin, oder er beklagte sich bei seinem Abteilungsleiter oder sogar beim Direktor. Oder wenn weiter niemand zum Zuhören da war, grollte er schweigend in sich hinein, verwünschte alle Verantwortlichen, Gott eingeschlossen, und besonders Leute wie die Döser, die es zuließen, daß sich die Disziplinfrage zu einem so haarsträubenden Problem entwickeln konnte.

Der Stümper – und zu dieser großen Gruppe von Lehrern zählte Rick sich selbst – wußte überhaupt nicht, was er tun sollte. Der Stümper versuchte alles Mögliche und hoffte, er würde eines Tages das Wundermittel zur Lösung des Disziplinproblems finden. Die meisten Stümper wurden schließlich zu Vertretern einer der anderen Methoden. Manche Stümper bezwangen das Problem am Ende tatsächlich, aber sie gaben ihr Geheimnis, bis zu dessen Entdeckung sie viele Jahre mit dem Kopf gegen die Wand gerannt waren, niemals gewöhnlichen Sterblichen, die mit ihnen den Lehrerberuf ausübten, preis.

Rick stümperte also, und er war für Stanleys Besuche unendlich dankbar, denn wenn Stanley anwesend war, gab es kein Disziplinproblem. Dann konnte er frei unterrichten, und er entdeckte dabei, daß es noch etwas anderes als Disziplinlosigkeit an der North Manual Trades zu bekämpfen galt. Diese Entdeckung machte ihn leicht niedergeschlagen, wie jemanden, der ein Fernsehgerät für Wechselstrom gekauft hat und dann entdecken muß, daß seine Wohnung Gleichstrom hat.

Er entdeckte, daß den Schülern einfach nichts daran lag.

Das war des Pudels Kern. Sie wollten nicht lernen.

Er wußte nicht, was ihnen diese Haltung eingeimpft hatte, befürchtete aber, daß es am Schulsystem selbst lag. Er stellte überrascht fest: die Kinder wissen, daß sie auf einer schlechten Schule sind. Er hatte im Unterricht einmal erwähnt, was für eine prima Berufsfachschule die North Manual Trades doch sei, und da hatten ihn die Jungen nur noch ausgelacht. Er konnte ihnen nichts weismachen. Sie wußten, daß die Schule mies war, und sie wußten, daß sie aus einem Gymnasium innerhalb einer Woche hinausgeflogen wären. Schlimmer noch, sie wußten, daß die meisten Berufsfachschulen mies waren, und sie schienen der Ansicht, je mieser die Schule, desto angenehmer.

Eine seltsame Einstellung für Ricks Gefühl, und er fragte sich, wer daran schuld sei. Bestimmt nicht die Studienberater, die den Schülern zur Berufsfachschule rieten. Sie bestimmt nicht. Sie erklärten geduldig und ausführlich, daß sie nun mal eine Berufsfachschule empfehlen würden, da man in den praktischen Fächern so gut sei, die Zensuren in den wissenschaftlichen Fächern dagegen nicht. Sie zeichneten ein freundliches Bild, das war nicht zu leugnen. Eine Schule, auf der man einen praktischen Beruf erlernen konnte. Man stelle sich das vor, solch eine Schule! Der Traum jedes Arbeiters. Gibt es solche Schulen tatsächlich? Toll!

Aber irgendwie war der Zauber verflogen, oder vielleicht verflog er einfach, wenn das Kind ein paar Tage auf der Schule war. Das Bild war nicht so schön, wie man es ihnen gezeichnet hatte. Ein Messer hatte das Gemälde zerschnitten. Und wenn ein Junge auch wohl wirklich einen Beruf erlernen wollte, wie lange soll er seine Ideale behalten, wenn er in einem Kreis von Mitschülern steckt, die am liebsten sämtliche Schulen der Stadt in die Luft sprengen würden. Und am schlimmsten war, daß man sich selber auf einer schlechten Schule, im Kreis anerkannt schwieriger Schüler, auch schlecht vorkam. Wer in ein Bordell geht, weil er gern die Zeitschriften im Wartezimmer liest, wird nicht für eine Leseratte gehalten. Wenn man ihn aus dem Eingang mit der roten Laterne kommen sieht, wird er für einen Hurenbock gehalten. An die *Saturday Evening Post* ist gar kein Gedanke.

Und so wird ein Junge, der, selbst mit dem Vorsatz, dort einen Beruf zu erlernen, auf die Berufsschule geht, nicht für einen strebsamen, ernsten Schüler gehalten. Er wird für ein Kind gehalten, das für keine andere Erziehungsstätte taugt. Dafür wird er gehalten, und er spürt das, mitgefangen, mitgehangen, und so wird er zu einem Teil des Abfallprodukts und hält die Schule für einen Abfalleimer.

Es gibt Schüler, die es überstehen, die einen Beruf erlernen, die trotz des verderblichen Gestanks um sie herum ihrem persönlichen Ziel zustreben. Solche Schüler sind dünn gesät.

Solche Schüler waren kein Problem. Rick hatte ein paar davon in jeder Klasse, Schüler, die ihm anscheinend etwas sagen wollten, die sich ärgerten, wenn sein Unterricht unterbrochen wurde, die regelmäßig ihre Hausaufgaben machten, die Aufsätze über Bücher einreichten, die in ihren Wahlfächern ausgezeichnet waren, die etwas lernen wollten, die begierig waren zu lernen und es trotz der Opposition irgendwie fertigbrachten.

An solche Schüler war leicht heranzukommen. Sie wollten es, sie sehnten sich danach. Nein, die anderen waren es. Denen nichts daran lag, die es zufrieden waren, sich im Dreck zu wälzen, die nicht nur

nichts lernen wollten, sondern den ausgesprochenen Wunsch hatten, *nicht* zu lernen.
An die kam er nicht heran, und gerade bei ihnen versuchte er es verzweifelt. Es war beinah eine fixe Idee, und er fragte sich, ob er irgend jemand außer Anne sein Problem erklären könne. Es war, als wenn ein Mann an der Ecke steht, der Fünfzig-Dollar-Noten verschenkt und Mühe hat, Abnehmer zu finden. Warum wollten sie nicht nehmen, was er ihnen zu geben hatte? Er hatte ihnen etwas zu geben, so viel zu geben, wenn sie es nur annehmen würden.
So versuchte er, an sie heranzukommen, und versuchte es noch intensiver, wenn Stanley anwesend war, weil er dann nicht gegen Geschrei und Lärm ankämpfen mußte. Ab und zu erinnerte er sich an Solly Kleins Vergleich mit dem Abfalleimer, und allmählich sah er sich immer mehr in der Rolle des Kerls mit dem fetten Hintern, der auf dem Deckel saß. Er kämpfte gegen den Gedanken an, denn er wußte, dem Gedanken folgte die Tat, und in dem Augenblick, da er die Kinder als Dreck ansah und sich selbst als Müllkutscher, würde er nicht länger versuchen, an sie heranzukommen, und er wollte nicht, daß das geschah. Es gab Augenblicke, da hätte er am liebsten gerufen: »Begreift ihr denn nicht, daß ich versuche, euch zu helfen? Begreift ihr das nicht?«
Es gab Augenblicke, da machten sie ihn so zornig, daß er am liebsten den ganzen Kram hingeschmissen und sich eine Stelle als Schuhverkäufer gesucht hätte.
Und es gab Augenblicke, da er einfach nichts mehr verstand. Wie an dem Nachmittag, als vier siebte Semester aus seiner achten Stunde freiwillig nach der Schule dablieben, ihm halfen, die Tafel abzuwischen und die Bücher in die Schränke zu schließen. Sie hatten ihn gefragt, ob er ein Auto habe, und gemeint, wenn es irgend etwas zu reparieren gebe, würden sie das gern machen. Als er ihnen sagte, er hätte kein Auto, schienen sie enttäuscht. Sie unterhielten sich mit ihm über ihre eigenen Klapperkisten, und er ertappte sich dabei, daß er ihnen etwas über Anne und das Baby erzählte, das demnächst ankäme, diesen Bengels das erzählte, als wären sie x-beliebige Menschen, und sie wie Erwachsene behandelte, die sie für sein Gefühl ja auch waren. Als sie gingen, winkten sie ihm zu und sagten: »Wiedersehen, Mr. Dadier. Bis morgen.«

Ein merkwürdiger innerer Friede erfüllte ihn, als sie gegangen waren, das Gefühl, einen Durchbruch erzielt zu haben, das Gefühl, einen ersten schwankenden Versuch gemacht zu haben, die sie umgebende rauhe Schale zu durchbrechen. Er hatte die Jungen gern gehabt an jenem Nachmittag und konnte es kaum erwarten, nach Hause zu kommen und Anne zu erzählen, wie nett sie gewesen waren.

Und dann am nächsten Tag hatten dieselben Jungen in der achten Stunde allen erdenklichen Unsinn angezettelt und einen Lärm gemacht, wie er ihn in dieser Klasse noch nie erlebt hatte. Dieselben vier Jungen, die ihm so verständnisvoll zugehört hatten, als er ihnen von dem Baby erzählte, dieselben, die sich erboten hatten, sein Auto zu reparieren, wenn er eins gehabt hätte, dieselben vier waren die schlimmsten Rüpel, die man sich vorstellen konnte, sie schrien, brüllten, waren frech, hörten auf nichts, was er sagte, und schlugen alle seine Mahnungen in den Wind.

Er konnte es nicht verstehen. Er konnte es einfach nicht verstehen. Es waren kaum dem Anschein nach dieselben Jungen. Was konnte man da tun, wenn sie einen so vor den Kopf stießen? Warum überhaupt versuchen, an sie heranzukommen? Warum sich nicht lieber geschlagen geben und sich mit seinem dicken Arsch auf den Mülleimerdeckel setzen. Warum nicht dem ganzen Schulbetrieb eine lange Nase machen und sich selber und den Schülern dazu? Warum nicht das Lehrergehalt einstecken und die schönen Ferien in die Gesäßtasche stopfen und derweil immer schön Angestellter der DSC bleiben.

Und man konnte dazu gleich vergessen, daß man ein Mensch war. Du liebe Zeit! Soll man denn immer nur mit dem Kopf gegen eine Steinmauer anrennen?

Ja.

Soll man sich abmühen, Kinder zu unterrichten, die nicht lernen wollen, die überhaupt kein Interesse daran haben zu lernen?

Ja.

Aber wie? Wie?

Er wußte es nicht.

Er wußte auch nicht, warum Stanley so oft in seine Stunden kam, aber er war froh über seine Besuche, und darum forschte er nicht allzu genau nach den Gründen. Er unterrichtete weiter auf seine

eigene Weise, hoffte, es würde irgendein Wunder geschehen, hoffte, die Kinder würden plötzlich merken, daß er der Mann mit den Fünfzig-Dollar-Scheinen war, hoffte, er würde durchdringen, wenn er einfach daran festhielt, hoffte, er würde den Weg finden.
Er fand den Weg nicht, aber er fand schließlich den Grund, warum Stanley ihn mit so viel persönlicher Aufmerksamkeit überhäufte.
Es war zwei Tage vor dem Erntedankfest. Stanley hatte in der 55-206 wieder seinen Platz in der hintersten Reihe eingenommen und zugeschaut, die grauen Augen blickten kalt, der Bleistift machte seine Notizen. Rick hatte so gut unterrichtet, wie er konnte, und hauptsächlich seine besten Schüler aufgerufen, um auf den Abteilungsleiter Eindruck zu machen. Am Schluß der Stunde kam Stanley zu ihm und sagte: »Sie haben jetzt eine Freistunde, nicht wahr, Dadier?«
»Ja«, sagte Rick.
»Ich glaube, Mr. Small möchte Sie gern sprechen. Würden Sie bitte in sein Büro hinuntergehen?«
»Mr. Small?« fragte Rick überrascht.
»Ja«, sagte Stanley trocken. »Gehen Sie bitte zu ihm.«
»Ist . . . ist irgend etwas nicht in Ordnung?« fragte Rick, dem Stanleys häufige Besuche plötzlich verdächtig vorkamen, der sich plötzlich wunderte, warum der Direx ihn sprechen wollte.
»Mr. Small wird mit Ihnen darüber reden«, sagte Stanley zugeknöpft. »Gehen Sie bitte gleich hinunter, Dadier.«
»Ja, Sir«, sagte Rick. Er sah Stanley nach, wie er die Klasse verließ, und packte dann mit verwundertem Stirnrunzeln langsam seine Tasche.
Was konnte Small wollen? Und war es nicht ein wenig ungewöhnlich, daß die Nachricht von dem Abteilungsleiter überbracht wurde? Bestimmt hatte es etwas mit Stanleys Besuchen zu tun. War das aber üblich?
Allmählich wurde er wütend. Schickten sie einem immer den Abteilungsleiter zum Schnüffeln? Wie einen Gestapomann? Wie so einen verdammten Geheimpolizisten? Wurde das immer so gemacht? Und wollte Small ihn hinauswerfen? Wurden die Leute auf diese Weise hinausgeworfen? Nur ein paar Besuche des Abteilungsleiters, und dann *hinaus!?*
Himmel nochmal, er hatte sein Bestes getan. Wenn sie so beunruhigt

waren über seine Lehrmethode, warum hatte ihm dann niemand einen Ratschlag gegeben? Statt dessen schickten sie ihm einen Stoßtruppmann mit schwarzem Notizbuch. Verdammt nochmal, wie sollte er Anne das erklären? Wie sollte man einer Frau im neunten Monat erklären, daß man seine Stelle los war? Diese Schweinebande hätte zumindest . . .
Nun mal langsam, sagte er sich. Du benimmst dich wie der Mann, der sich den Rasenmäher leihen will: Vielleicht wird Harry mir den Rasenmäher nicht leihen, nach allem, was ich für Harry getan habe, nach allem, was ich Harry geliehen habe, nach zehn Jahren guter Nachbarschaft, das muß man sich einmal vorstellen, will dieser Halunke mir den Mäher nicht leihen. Dann stehst du vor Harrys Tür und klopfst, und als Harry mit freundlichem Lächeln öffnet, siehst du ihn böse an und schreist: »Behalt deinen blöden Rasenmäher!«
Du tust hier genau das gleiche, sagte er sich. Vielleicht will Small dich überhaupt nicht hinauswerfen. Vielleicht will Small dich für deine ausgezeichnete Arbeit loben!
Aber tief in seinem Innern wußte er, er würde hinausfliegen, sein Zorn verschwand plötzlich und machte einer gewissen Furcht Platz. Er würde sich nach einer anderen Stelle umsehen müssen, und der November war eine schlechte Zeit für Lehrer, und Anne war im neunten Monat, und verdammt nochmal, auf diese Weise konnten sie einen doch nicht hinauswerfen.
Er nahm seine Tasche und sah sich dann im Klassenzimmer um, als sähe er es zum letztenmal, als rechne er nicht damit, noch einmal herzukommen. Dann ging er hinunter in Smalls Büro und sagte Miss Brady, der Sekretärin, daß Stanley ihn schicke.
»Ja, ja«, sagte Miss Brady arrogant, und Rick fühlte die Angst in sich hochsteigen. Sogar sie weiß es, dachte er. Good-bye, Dadier. Es war sehr lustig, Dadier, aber hast du dir je träumen lassen, einmal Spielzeug zu verkaufen. Sehr hübsche Branche, Spielzeug. Miss Brady trat in das innere Heiligtum und war für Augenblicke außer Sicht, dann kehrte sie zurück und sagte: »Mr. Small läßt bitten.«
Rick legte seine Aktentasche draußen auf die Bank, schritt auf Smalls Mattglastür zu und klopfte zitternd an. Das Herz schlug ihm bis zum Hals.
»Kommen Sie herein, Dadier«, rief Small hinter der Tür, und Rick

verspürte erneut einen Stich, denn der Direktor hatte nicht *Mister* Dadier gesagt, wie es üblich war. Er drückte die Türklinke und trat ein. Er war seit der Konferenz damals, als Stanley dem Direktor die neuen Lehrer vorgestellt hatte, nicht wieder in dem Zimmer gewesen. Zwei Wände wurden von Bücherregalen eingenommen, die beiden anderen von Fenstern. Smalls großer Schreibtisch stand diagonal in dem durch die Fensterbänke gebildeten rechten Winkel. Er saß hinter dem Schreibtisch, die Nachmittagssonne fiel seitlich auf sein Gesicht und beschien die Narbe, die sich dort wie eine vertrocknete Bananenschale kringelte.

Er deutete auf einen Stuhl vor seinem Schreibtisch und sagte: »Setzen Sie sich, Dadier«, dann nahm er seinen Füllfederhalter, um etwas zu unterschreiben. Er schraubte den Füllhalter zu, ohne Rick, der sich inzwischen gesetzt hatte, anzusehen, schob die Papiere zur Seite und hob den Kopf.

»Also, Dadier«, sagte er.

Er machte eine Pause und starrte Rick an, es war ein kalter Blick, und Rick war überzeugt, daß er hinausflöge, er hoffte nur, Small würde es kurz und schmerzlos machen.

»Mögen Sie Neger?« fragte Small.

Rick blinzelte überrascht.

»Sir?«

»Ob Sie Neger mögen?« Er warf Rick einen gereizten Blick zu. »Können Sie nicht hören, was ich sage, Dadier?«

»Ja. Ja, nur ... ich ... Ihre Frage überrascht mich.«

»Wieso? Mögen Sie Neger *nicht*?«

»Ja, doch. Das heißt, ich mag sie oder auch nicht, genau wie jeden anderen.« Ricks Brauen runzelten sich. »Ich ... ich verstehe nicht, Sir.«

»Wie steht's mit Portorikanern? Mit Spics, Dadier?«

»Spics, Sir?« fragte Rick maßlos erstaunt über Smalls Ausdrucksweise. *»Spics?«*

»Ja, Spics. Mögen Sie sie?«

»Warum fragen Sie danach, Sir?«

»Ich stelle hier die Fragen, Dadier. Mögen Sie Spics oder nicht?«

»Sir, ich mag sie oder ich mag sie nicht, je nachdem.«

»Was heißt das?« fragte Small jetzt mit leicht erhobener Stimme.

»Das heißt, daß es Portorikaner gibt, die ich mag, und solche, die ich nicht mag. Das heißt es, Mr. Small.«
»Und wie viele mögen Sie im Verhältnis zu denen, die Sie nicht mögen, Dadier?«
»Ich habe Sie nie gezählt, Sir«, sagte Rick höflich bestimmt, aber langsam ärgerten und verwirrten Smalls Fragen ihn. War das die übliche Art, jemanden hinauszuwerfen? Dieses Kreuzverhör?
»Was halten Sie von Itakern?«
»Itakern?« fragte Rick, der jetzt ehrlich verblüfft war über Smalls Wortwahl. »Italiener, Sir?«
»Sie wissen schon, was ich meine. Was halten Sie von ihnen?«
»Ist das ein Scherz, Sir?« fragte Rick; er lächelte und dachte, das müsse die Lösung sein.
»Nein, es ist verdammt kein Scherz«, schrie Small, »und ich wäre Ihnen dankbar, wenn Sie sich daran erinnerten, daß ich hier die Fragen stelle und daß ich zufällig der Direktor dieser Schule bin, dem Sie unmittelbar verantwortlich sind. Vergessen Sie das bitte nicht, Dadier, und beantworten Sie meine Frage.«
Das Lächeln verschwand aus Ricks Gesicht. »Sie ... Sie möchten wissen, ob ich Italiener mag?« fragte er, nun völlig perplex und unfähig, Smalls Zorn zu verstehen. »Für Italiener gilt dasselbe wie für Portorikaner. Ich beurteile einen Menschen danach, ob ich ihn mag oder nicht, und keineswegs danach, ob er Italiener ist oder ...«
»Reden Sie nicht drum herum, Dadier. Erzählen Sie mir nicht ...«
»Verzeihung, ich wollte nicht ...«
»Erzählen Sie mir nicht«, schrie Small, »daß Sie jemanden mögen, weil Sie ihn mögen. Ich bin nicht von gestern, Dadier.«
Sie waren beide einen Augenblick still, Small, um Atem zu schöpfen, und Rick, um zu überlegen, wie er sich verhalten sollte.
»Sir, darf ich fragen, was das Ganze auf sich hat?« fragte Rick höflich, in der Annahme, Small wolle auf etwas Bestimmtes hinaus und er habe den Direx mit irgend etwas erzürnt.
»Nein, das dürfen Sie nicht!« schrie Small. »Ich werde Ihnen schon sagen, was das Ganze auf sich hat, wenn es mir paßt, und außerdem wissen Sie verdammt gut, was das Ganze auf sich hat.«
»Ich fürchte, nein, Sir«, sagte Rick, der die Zähne zusammenbiß und abwechselnd die Hände ballte und öffnete.

»Sagen Sie mir, Dadier, was halten Sie von einem Jid und einem Itzig und einem Krautfresser und einem Franzmann und einem Nigger, Dadier? Nigger, nicht wahr, Dadier? War's nicht so?«
»Ich fürchte, ich ...«
»Waren es nicht Nigger, Dadier? Und Spics und Krautfresser, Dadier? War's nicht so?«
»Nein«, sagte Rick wütend, »es war nicht so. Was unterstellen Sie mir eigentlich.«
»Ich unterstelle niemals etwas, Dadier. Ich rede oder ich schweige, aber ich mache niemals Andeutungen. Haben Sie diese abfälligen Ausdrücke in Ihrem Unterricht benutzt, ja oder nein, haben Sie diese Ausdrücke vor Ihren Schülern benutzt, ja oder nein, haben Sie rassische, religiöse und nationale Gruppen in den Schmutz gezogen, ja oder nein?«
»Das habe ich keineswegs«, sagte Rick und stand auf. »Woher, um alles in der Welt, haben Sie ...«
»Setzen Sie sich hin, Dadier«, sagte Small drohend.
»Woher haben Sie diese ganzen Gemeinheiten?« fragte Rick. Wer ...«
»Haben Sie den Ausdruck ›Nigger‹ in Ihrer Klasse gebraucht?« schrie Small.
»Ja, das habe ich. Aber nur, um zu erklären ...«
»Haben Sie den Ausdruck ›Spic‹ gebraucht?«
»Ja, in derselben Stunde. Um den Schülern zu zeigen ...«
»Und Jid und Itzig? Zum Teufel, Dadier, woher kommen Sie eigentlich, daß Sie meinen Schülern solchen Schmutz an den Kopf werfen, in meiner Schule? Sind Sie ein Faschistenschwein? Ein Kommunist? Was, zum Teufel, sind Sie eigentlich, Dadier?«
»Was zum Teufel sind denn Sie?« schrie Rick. »Ein Großinquisitor?«
»Wie bitte?« fauchte Small.
»Ich habe diese Ausdrücke gebraucht, um eine Stunde über Demokratie zu geben. Ich habe sie ...«
»Ist Ihnen klar ...«
»Ich habe sie als Beispiele angeführt, die man nicht in den Mund nehmen darf. Ich habe sie als negative Beispiele angeführt, Herrgott nochmal.«
»Das haben Sie nicht!« brüllte Small.

»Wollen Sie mich zum Lügner stempeln, Mr. Small?« fragte Rick blaß vor Wut.

»Ich sage Ihnen genau das, was mir von einem Ihrer eigenen Schüler zugetragen wurde, einem Jungen, der gezwungen war, Ihre verleumderischen Reden mit anzuhören, und ich ziehe meine Schlüsse aus dem, was dieser Junge mir erzählt hat, und aus den Berichten Mr. Stanleys über die voreingenommene Lehrmethode in Ihrer ...«

»Jetzt reicht's mir aber!« schrie Rick. »Jetzt reicht's mir aber wirklich, Mr. Small. Ich habe genug gehört.«

»Sie wagen ...« sagte Small.

»Es ist mir gleich, ob Sie der Direktor sind. Es ist mir gleich. Es ist mir gleich, ob Sie mich stehenden Fußes hinauswerfen, verstehen Sie. Ich möchte nichts mehr davon hören, kein Wort mehr, und wenn es mich meine Stellung kostet. Das muß ich mir nicht sagen lassen, verstehen Sie. Also hören Sie auf. Hören Sie ja auf, Mr. Small!«

Er zitterte jetzt, sein Gesicht war weiß, und er stand mit geballten Fäusten vor Smalls Schreibtisch, außerstande, seine Wut zu beherrschen.

»Ich sage Ihnen, daß ich diese Ausdrücke als negative Beispiele benutzt habe. Ich habe nie, weder im Unterricht noch *sonstwo* auf eine Minderheit angespielt ...«

»Der Junge sagt, doch«, antwortete Small, dessen Ton jetzt leicht abwehrend war.

»Welcher Junge?« fuhr Rick auf.

»Ein Junge aus einer Ihrer Klassen.«

»Wer? Wie heißt er?«

»Ich möchte den Namen lieber nicht preisgeben«, sagte Small einigermaßen hochtrabend.

»Er hat gelogen«, sagte Rick mit Nachdruck. »Er hat gelogen, und Sie haben sein Wort über meins gestellt.«

»Mr. Stanley bekräftigte ...«

»Ich habe immer, wenn Mr. Stanley zusah, meine besten Schüler aufgerufen. Ich kann nicht dafür, wenn er daraus falsche Schlüsse zog. Wenn er zu mir in die zweite Stunde gekommen wäre, hätte ich fast ausschließlich Simpson aufgerufen, der zufällig der intelligenteste in der Klasse und der außerdem zufällig ein Neger ist.«

»Gregory Miller sitzt in Ihrer Fünften«, sagte Small. »Er hat einen

Intelligenzquotienten von 113. Ich halte das für intelligent, Dadier. Diese Klasse hat Stanley viermal besucht, und Sie haben Miller während dieser vier Stunden nur einmal aufgerufen. Warum, Dadier?«

»Weil Miller ein Rüpel ist, und ich wollte keinen Unfug riskieren, während der Abteilungsleiter zusah. Ist das so schwer zu begreifen?«

»Ach so«, sagte Small.

»Ich habe Harris in der achten Stunde auch nicht aufgerufen, und Harris ist ein reinblütig weißer Protestant. Aber Harris ist genauso ein unverschämter Rüpel, und ich wollte nicht ausgerechnet den schlechtesten Eindruck erwecken, während der Abteilungsleiter sich Notizen machte.«

»Verstehe«, sagte Small ruhig.

»Verstehen Sie?«

»Ja, ich verstehe. Sie müssen begreifen, Dadier ...«

»War es Miller, der Ihnen das eingeredet hat? Hat er sich beschwert?«

»Ich möchte den Namen des Jungen lieber nicht nennen, Dadier.«

»Warum nicht? Meinen Sie nicht, ich hätte ein Recht, ihn zu erfahren?«

»Nein, das meine ich nicht. Sie müssen begreifen, Dadier, daß eine solche Beschwerde sofortiges Handeln gebot. Ich will einen derartigen Unfug auf meiner Schule nicht haben. Von mir aus kann jemand eine purpurrote Hautfarbe haben, Dadier, er wird genauso unterrichtet wie ein weißer Junge.«

»Ist es eine Art und Weise, jemanden zu beschuldigen, bevor man ...«

»Ich war vielleicht ein wenig voreilig, Dadier, aber Sie können mir keinen Vorwurf daraus machen, daß ich die Dinge mißdeutet habe, insbesondere im Zusammenhang mit der Beschwerde. So etwas bringt mich in Weißglut, Dadier.« Er schwieg und betastete die Narbe in seinem Gesicht. »Wenn ich Ihnen unrecht getan habe, so entschuldigen Sie bitte.« Er starrte Rick fest an.

»Sie haben mir Unrecht getan, Sir«, konnte Rick sich nicht verkneifen zu sagen, »aber auch ich hätte die Nerven nicht verlieren dürfen.«

»In dem Fall«, sagte Small mit einem wohlwollenden Lächeln, »wollen wir die Sache begraben.«

Er streckte ihm die fleischige Hand über den Tisch, und Rick ergriff sie, er dachte an die Schiffsmesse zurück, als Bowden ihm die Hand hingestreckt hatte und wie ihm zumute gewesen war, als er die Hand ergriff, und er stellte fest, daß ihm jetzt ganz anders zumute war.

»So«, sagte Small, »das gefällt mir besser. Ich mag keinen Zwist in meiner Schulfamilie, Mr. Dadier.«

Rick hörte den Zusatz ›Mister‹ sehr wohl und wußte, daß er wieder in des Direktors Achtung stand, oder zumindest hatte er das Gefühl.

»Nein, mein Herr, keinen Zwist innerhalb meiner Schulfamilie«, wiederholte Small.

»Ja, Sir«, sagte Rick.

»Wir haben hier eine Aufgabe zu erfüllen, und das können wir nur, wenn wir gegenüber den Schülern fest zusammenstehen. Habe ich nicht recht?«

»Ja, Sir«, sagte Rick, nun sehr erschöpft, da alles vorüber war. »Ich denke schon, Sir.«

»Gut«, sagte Small und langte wieder nach seinem Aktenstoß auf dem Schreibtisch. »Ich möchte Ihnen nicht Ihre Freistunde rauben, Mr. Dadier. Ein wenig Entspannung ist wichtig für Lehrer.«

»Ja, Sir«, sagte Rick.

»Und«, Small lächelte väterlich und hielt den Kopf schief, »den kleinen Vorfall wollen wir ganz vergessen, ja? Ich habe ihn schon vergessen, und ich habe ein Gedächtnis wie ein Elefant.«

»Ja, Sir«, sagte Rick und ging zurück zur Tür. Er öffnete die Tür, Small winkte ihm einen Gruß zu, und dann schloß Rick die Tür leise. Miss Brady, die offensichtlich jedes Wort der Auseinandersetzung mit angehört hatte, starrte Rick entgeistert an, als er seine Tasche nahm. Er starrte zurück, bis sie den Blick abwandte, und ging dann auf den Flur; sein Ärger kehrte zurück.

So etwas ist doch die Höhe, dachte er. Da machen sie einen fertig und beschuldigen einen, man sei ein voreingenommener Kerl, ohne einen auch nur angehört zu haben. Das ist eine nette Art demokratischen Handelns. Und wieso war ihm nicht längst klar geworden, daß Small ein Armleuchter war? Wie hatte er so blind sein können? Anne hatte letztlich doch recht. Sie hatte behauptet, Small sei sehr dumm, und genau das war er, und außerdem war er Direktor der North Manual Trades.

O dieses Arschloch, dachte Rick. Die Gemeinheit dieses niederträchtigen Direktors. Ich hätte ihn zu seinem eigenen Fenster hinauswerfen sollen, gerade so wie Juan Garza es mit Ginzer versucht hatte, der auch so ein hirnverbrannter Armleuchter gewesen sein muß. Wozu bin ich denn eigentlich da? Um gegen Schüler und Lehrer anzutreten? Bekomme ich hier einen Vorgeschmack von Schulpolitik? Ist das der Grund, weshalb Andy Jacobsen dem Direktor der Volksschule, an der er unterrichtet, in den Hintern kriecht?

O dieser gemeine Lump! Dieses einfach gottserbärmliche Spatzenhirn von einem mongoloiden Idioten, genannt Schuldirektor. Nicht mal 'ne Puppenstube könnte der verwalten. Ich hätte ihm sagen müssen, er solle sich die Stelle sonstwo hinstecken. Kein Wunder, daß der Kerl 'ne Narbe hat. Irgendein Kollege hat wahrscheinlich mit einer messerscharfen Karteikarte zugeschlagen.

Rick lächelte über seine absurden Ansichten und schämte sich etwas seines hätte-ich-doch-Standpunkts.

Er ist nicht der eigentliche Übeltäter, wurde ihm plötzlich klar. Der eigentliche Übeltäter ist derjenige, der ihm den Gedanken in das leere Hirn geblasen hat. Miller natürlich. Wieder dieser widerliche Miller. Der widerliche Miller mit seinem widerlich durchtriebenen, hübschen Lächeln. Der Bengel ist wie eine Schlange. Jedesmal, wenn er beißt, verspritzt er mehr Gift. Ich wollte, ich wäre Max Schaefer. Ich würde den Bengel windelweich schlagen.

Zum Teufel mit ihm, dachte er grimmig. Zum Teufel alle miteinander. Alle bis auf sechs. Die sparen wir auf als Sargträger, und der Rest mag zum Teufel gehen.

Und er wußte natürlich, daß er das gar nicht ernst meinte.

Er ging in den zweiten Stock hinauf, nachdem er einen Blick auf seine Armbanduhr geworfen hatte. Es war 1.40 Uhr. Die siebte Stunde begann um 1.50, und er konnte sich bei William Small, dem Minderheitenbeschützer, dafür bedanken, daß er ihm seine Freizeit gestohlen hatte. Ein Glück, daß er schon während der vierten Stunde sein Mittagbrot gegessen hatte. Wenn er nun, was er häufig tat, bis zur sechsten gewartet hätte? Ach, es wäre kein großer Unterschied gewesen, denn er hätte sowieso nichts essen mögen, nicht nach diesem Affentanz, bei dem sich einem der Magen umdrehte. Dies ist keine Schule, meditierte er, dies ist ein Polizeistaat. Wir sollten Hakenkreuzbinden tragen, und wir sollten Small jedesmal, wenn wir ihn sehn, mit erhobenem Arm grüßen. Heil Small, lang lebe Small, ein ganz prachtvoller Bursche, ein blöder Kerl, der von Tuten und Blasen keine Ahnung hat, ein Neunmalkluger, dem der Grips ausgelaufen ist, als sie ihm das Gesicht zerschnitten. Vorausgesetzt, es war vorher welcher drin. Vorausgesetzt, er hatte sich nicht selbst beim Rasieren geschnitten und mal eine hübsche Variante der Greintechnik angewandt, die der Kriegsteilnehmermasche ziemlich ähnlich war. Heil Small, dem eine überaus weise Vorsehung den angemessenen Namen verliehen hat, trotz seiner Körpergröße. Heil Small und heil dem Zauberlehrling Miller, dem Strolch, der alles angezettelt hat. Und heil Adlerauge Stanley, der so haarscharf beobachten konnte, der ein Vorurteil selbst dann noch nicht erkennen würde, wenn es ihm wie eine afrikanische Kriegskeule aufs Haupt geschmettert würde.

Er war im zweiten Stock angelangt und ging den Flur entlang, da hörte er das Getöse aus Josh Edwards Klasse und vergaß seine eigenen Sorgen auf der Stelle. Er ging schnell zu Joshs Klasse, ihm fiel ein, daß dies die sechste Stunde war und daß diese Klasse Joshs Platten zertrümmert hatte und nun von ihren Schönschriftübungen in der Aula wieder befreit war. Das alles fiel ihm ein, und er stürzte an die Tür und blickte durch die Scheibe. Josh saß ruhig an seinem Tisch, die Jungen tobten durch die Klasse und schrien und kreischten in den höchsten Tönen. Rick klopfte an die Scheibe, Josh sah herüber und winkte dann.

Rick machte ihm ein Zeichen, er solle einen Moment herauskommen, Josh stand auf, hatte für den Spektakel in seiner Klasse nur ein Lächeln, schritt dann lässig zur Tür, öffnete sie und kam heraus.

»Hallo, Rick«, sagte er lächelnd. Er trug eine neue Brille, die seinen Gesichtsausdruck veränderte, aber die Traurigkeit in den Augen hinter den neuen Gläsern veränderte seinen Gesichtsausdruck trotz des Lächelns um den Mund noch mehr.

Rick sah noch einmal durch die Scheibe, besorgt diesmal, und beobachtete das ungehörige Betragen der Klasse. »Irgendwelchen Ärger, Josh?« fragte er teilnahmsvoll.

»Ärger?« Joshs Augenbrauen kletterten in die Stirn. »Nein, keinen Ärger.« Er sah über die Schulter. »Du meinst, weil die Bande sich so aufführt? Das macht mir keinen Ärger.«

»Ich meinte nur ...«

»Du meintest, ich sollte sie zur Ruhe bringen, Rick? Ja? Das würde ich normalerweise auch. Aber nicht heute, mein Junge.«

»Wieso? Was ist heute so Besonderes?«

»Heute früh hatten Mr. Stanley und ich ein reizendes Plauderstündchen, Rick. Bezaubernd. Auch ganz ergreifend in gewisser Hinsicht, wirklich. Beinah tragisch.«

»Was für ein Plauderstündchen?«

»Ein recht einseitiges, fürchte ich. Am meisten habe ich gesprochen. Möchtest du es Stück für Stück erzählt haben, oder kann ich mich kurz fassen?«

»Mach's kurz«, sagte Rick.

»Ich kann es in zwei Worte fassen, kurz und bündig. Ich gehe.«

»*Was?*«

»Ich gehe. Ich habe um meine Entlassung gebeten. Ich verlasse das Schiff. Ich haue in den Sack. Ich verdufte. Ich passe, passe, aus und vorbei. Ich gehe.«

»Nein. Nein, das ist nicht wahr!«

»Und ob das wahr ist. So wahr wie ich hier stehe. Ich habe tatsächlich Schluß gemacht. Und siehst du, darum ist es mir schnuppe, was diese Bälger die nächsten zwei Tage anstellen. Danach habe ich's geschafft. Nur noch bis zum Erntedankfest, das ist das letzte, was ich von der Manual Trades sehe. Bei Gott, das wird ein schönes Dankfest dieses Jahr.«

»Aber, Josh ...«

»Ich habe wirklich Schluß gemacht, Rick, ehrlich. Stanley tat es entsetzlich leid, mich gehen zu lassen, aber so sei das nun mal, und diesen ganzen Mist, du weißt schon. In den ersten Monaten trennt sich die Spreu vom Weizen, Rick, Und ich bin wohl nur Spreu.« Das Lächeln wich von seinem Gesicht, ließ nur die Traurigkeit in den Augen zurück, und Rick erinnerte sich, wie Josh ihm mal erzählt hatte, daß er schon als Kind immer Lehrer werden wollte. Er legte ihm die Hand auf den Arm und sagte: »Wir sprechen noch darüber, ja? Nach der Schule.«

»Gern«, sagte Josh. »Wenn du möchtest.«

»Ja. Wir treffen uns nach der achten Stunde, okay?«

»Gut«, sagte Josh und nickte. Es schellte. Die Glocke schrillte in dem

leeren Korridor wie der durchdringende Schrei eines Adlers. »Es wär' soweit«, sagte Josh. »Die siebte Stunde fängt an. Bleiben noch ein Tag und zwei Stunden. Dann kommt die Befreiung.«
Die Jungen drängten sich aus Joshs Klasse, überall auf dem Flur gingen Türen auf, aus denen Kinder strömten, die die Klassen wechselten.
»Bis nachher«, sagte Rick.
Er ging den Flur entlang, Josh blieb in seiner Klassentür stehen und nickte den vorbeidrängenden Jungen lächelnd zu, aber seine Augen lächelten nicht mit. Wie jemand, der von hohem Felsen auf einen Fluß blickt. Hinter sich hörte Rick irgendwo den Ruf »Daddy-oh!«, aber er drehte sich nicht um. Er dachte über Josh nach, und er dachte die ganze siebte und achte Stunde hindurch über ihn nach und vergaß seinen Zusammenstoß mit Small fast völlig. Und endlich war es 3.25 Uhr, und sein Tag war um, er machte hastig die Fenster zu, nahm seinen Mantel und schloß die Tür von 206 ab. Josh wartete in der Klasse gegenüber.
Er saß am Tisch, lehnte sich in seinem Stuhl zurück und blickte an die Decke. Er bemerkte nicht, daß Rick eintrat, und wandte sich ihm erst zu, als Rick neben ihm stand.
»O hallo«, sagte er. Er sah auf Ricks Füße und fragte: »Hast du Pantoffeln an?«
»Du schienst so in Gedanken verloren«, sagte Rick. »Wollte dich nicht erschrecken.«
»Nichts kann mich mehr erschrecken«, sagte Josh. »Können wir gehen?«
»Ich dachte, wir unterhalten uns etwas.«
»Müssen wir das hier tun? Ich habe den Wagen meines Bruders mit. Ich fahre dich heim, und dabei können wir uns unterhalten.«
»Fein, das ist schrecklich nett von dir«, sagte Rick.
»Meine letzte großmütige Geste«, sagte Josh. »Gehen wir. Ich kriege hier Platzangst.«
Sie gingen hinaus, und als sie zum Wagen kamen, fragte Josh: »Hast du es eilig, nach Hause zu kommen?«
»Warum?«
»Ich dachte, wir könnten eine kleine Spazierfahrt machen, Westchester vielleicht. Außer du hast es eilig.«

»Nein, fahr nur«, sagte Rick.

»Gut.«

Josh schloß den Wagen auf und ging dann auf die Fahrerseite hinüber. Rick öffnete ihm die Tür, und nachdem Josh sich hinter das Steuer gesetzt hatte, steckte er den Zündschlüssel ins Schloß und ließ den Wagen an. Er fuhr Richtung uptown, Rick lehnte sich gegen das Rückenpolster und streckte die Beine aus. Sie sprachen kaum, bis Josh nach Bronx River Parkway einbog, da sagte Josh: »Nun?«

»Was nun, Josh?«

»Sag, was du denkst, Rick.«

»Daß du gehst?«

»Ja. Los, schimpf mich aus.«

»Wieso?«

»Du weißt schon, Rick. Drückeberger, Feigling, Renegat, was weiß ich. Alles vermutlich. Alles paßt, ja?«

»Ich habe nichts dergleichen gedacht«, sagte Rick.

»Nein? Aber Stanley. Ich konnte es von seinen kalten Augen ablesen. Dieses überlegene Grinsen, weißt du. Der vorgesetzte Offizier sieht, wie der frischgebackene Rekrut sich umdreht und vor dem Feind flieht. Das bin ich, Rick. Ich fliehe vor dem Feind.«

»Stanley ist ein Idiot«, sagte Rick, der an den Bericht dachte, den der Abteilungsleiter für Small gemacht hatte.

»Zugegeben. Aber er ist kein Drückeberger. Das ist der Unterschied. Ein Idiot flößt mehr Achtung ein als ein Drückeberger, oder etwa nicht?«

»Wenn das deine Meinung ist«, sagte Rick, »warum gehst du dann?«

»Das ist eine gute Frage«, sagte Josh. »Ich habe mir diese Frage oft gestellt, Rick. Es ist eine sehr gute Frage.«

»Warum also?«

»Warum? Nicht wegen der Schlägerei, Rick. Was ist schon eine Schlägerei? Dich haben sie auch zusammengeschlagen, und du gehst trotzdem nicht. Die Platten? Weil sie meine Platten zertrümmert haben? Nein, das ist es auch nicht. Ich habe an diesen Platten gehangen, aber ein Plattenspieler ist auch nicht das Leben. Es war also nicht die Schlägerei, und es waren nicht die Platten, obwohl beides zu meinem Entschluß beigetragen hat. Es war etwas, das stärker war als beides zusammen, Rick.« Josh lächelte über seinen unbeabsichtigten Gemeinplatz: »Dies ist stärker als wir beide zusammen, Liebling«, sagte er.

»Was, Josh?«

»Ein Gefühl des Versagens.«

»Menschenskind, Josh ...«

»Oh, ich weiß, was du sagen willst. Du willst mir erzählen, das Semester habe im September angefangen und jetzt sei erst November und warum ich mir nicht etwas Zeit ließe. Ich habe mir das gleiche Argument entgegengehalten, Rick, und ich kam immer auf die gleiche Antwort.«

»Auf welche?«

»Daß ich unfähig bin. Ich bin kein Lehrer.«

»Sei nicht albern. Du ...«

»Doch, es ist so. Es ist, weiß der Himmel, nicht meine Schuld, denn ich wollte bestimmt Lehrer werden, das weißt du. Aber ich bin keiner. Man lernt nichts von mir. Ich stehe da und rede viel und gestikuliere viel, aber lernen tut man nichts. Natürlich, in dem Diplom steht, ich sei Lehrer, aber das Diplom ist der reinste Quatsch. Man ist nur dann ein Lehrer, wenn jemand etwas von einem lernt. Von mir nimmt keiner etwas an, glaub mir.«

»Josh, du bist ungerecht. Es handelt sich darum, an die Kinder heranzukommen, und wenn du erst einmal durch bist ...«

Josh ließ einen Moment den Blick von der Straße, widmete aber dann seine Aufmerksamkeit wieder dem Verkehr. »Nein, ich komme nie an sie heran, ich bin ein Mensch am falschen Platz. Ich könnte fünfzig Jahre lang unterrichten, und die Kinder würden doch nichts lernen. Ich stände da und gösse mein Herz aus, und nichts würde zu ihnen dringen. Ich weiß, es gibt auch solche Lehrer, aber ich bin nicht der Mann, die City of New York zu betrügen. Wenn sie einen Lehrer bezahlen, sollen sie einen Lehrer dafür bekommen, und ich bin mit Sicherheit keiner.«

»Josh, du bist es genausogut wie ich. Ich bin auch noch nicht an die Kinder herangekommen. Aber ich gebe nicht auf. Warum sollte ich aufgeben? Wie kann ich sie je erreichen, wenn ich aufgebe?«

»Niemand verlangt, daß du aufgibst«, sagte Josh. »Ich tue es, weil ich muß.«

»Das verstehe ich nicht«, sagte Rick.

Das verstehst du nicht? Vielleicht ist es etwas schwierig, Rick. Vielleicht kennst du mich nicht genug. Vielleicht liegt es einfach in meinem Wesen.«

»Das mußt du mir erklären.«

»Ich bin enttäuscht, aber das war ich schon öfter, und es hat anscheinend nie soviel bedeutet. Ich war beim Militär enttäuscht, weil ich Glanz und Gloria erwartete und nur Schleiferei vorfand. Ich war enttäuscht, als ich entlassen wurde, denn aus dem Traum von Apfelkuchen und Schlagsahne wurde nichts. Ich kehrte in eine nicht übermäßig freundliche Wohnung und zu einem Leben zurück, in dem sich vieles verändert hatte, das nun zu meinen Träumen aus der Ferne nicht mehr paßte. Aber ich nahm diese Enttäuschung hin und schrieb mich an der Uni ein, doch die Uni war nicht so, wie ich es im Kino oder in *Life* gesehen hatte. Ich habe niemandem die Unterhose geklaut, und ich habe keine Kanone blau angestrichen, und ich war kein Footballheld, und ich habe auch keinem Mädchen nach der Vorlesung im Chemielabor die Unschuld geraubt. Ich habe alle diese Enttäuschungen hingenommen, weil ich wußte, was ich wollte, und das wußte ich schon lange. Ich wollte lehren. Darum habe ich das Lehrfach studiert. Ich habe eisern studiert und das ganze Zeug geschluckt, das sie uns vorsetzten, weil ich glaubte, dieses Zeug würde aus mir wirklich einen guten Lehrer machen. Nun, ich bin kein guter Lehrer, und diesmal werde ich die Enttäuschung nicht hinnehmen. Diesmal werde ich verdammt tief enttäuscht sein, und ich werde alles hinschmeißen und etwas anderes machen, und vielleicht finde ich irgendwo einen Zufluchtsort. Wenn nicht, ist es auch egal, denn ich werde nicht lehren, wenn ich weiß, daß ich kein Lehrer bin.«

»Josh, es liegt an den Kindern. Es . . .«

»Natürlich liegt es an den Kindern, denn diese kleinen Mistviecher wollen nicht lernen. Aber ein guter Lehrer sollte ihnen Lust zum Lernen machen. Es gibt gute Lehrer auf Berufsfachschulen, Rick, das weißt du doch auch.«

»Schon . . .«

»Es gibt sie, und vielleicht sind gerade wir von Nieten umringt, obschon wir auch ein paar gute an der Manual Trades haben. Kennst du Sokoloff? Er ist wirklich gut und ein erstklassiger Ratgeber, und dann Jamison und . . .«

»Warum hältst du dann nicht durch?«
»Weil ich unfähig bin, Rick, verstehst du das nicht? Rick, was hat es für einen Sinn, mir etwas vorzumachen? Könnte ich leben, wenn ich das täte? Könnte ich jeden Tag zur Schule kommen und so tun, als sei ich ein Lehrer, von morgens bis nachmittags, den ganzen Tag lang einfach etwas dahinplappern und dann nach Hause gehen, mich im Spiegel begucken und noch versuchen, mich nicht für einen Blender zu halten? Könnte ich das?«
»Ich weiß nicht, Josh. Ich glaube ...«
»Ich weiß, daß ich es nicht kann. Darum steige ich aus, das mag Stanley und Small, der über das ganze Gesicht eine Narbe hat und sich vermutlich viel gefallen lassen mußte, um die Leiter hochzuklettern, feige erscheinen, und es mag sogar dir feige erscheinen. Alle, die ich kenne, mögen es für feige halten. Ich fühle mich trotzdem nicht als Feigling, und deshalb bin ich vielleicht auch keiner. Ich weiß nicht.«
»Kannst du nicht noch eine Weile durchhalten? Bis zum Ende des Semesters? Das Semester ist fast vorbei.«
»Rick, ich wußte es in der ersten Woche. Ich wußte es einfach. Als sie mich zusammenschlugen, fing ich an, ernstlich darüber nachzudenken, und bemühte mich intensiver, an die Kinder heranzukommen, aber sie ließen mich nicht. Warum? Wie zum Teufel soll ich das wissen! Es liegt vielleicht am System. Vielleicht stinken Berufsfachschulen eben zum Himmel, und vielleicht sind sie nicht die wundervolle Einrichtung, für die man sie hielt. Nur, daß ein paar Lehrer wirklich etwas lehren, und zu denen gehöre ich nicht. Was soll ich denn tun, Rick? Mich bei meiner Universität beschweren? Ihnen sagen ›hört mal, ihr Blödmänner, ihr habt mich nicht gelehrt zu lehren! Was habt ihr zu eurer Entschuldigung zu sagen?‹ Kann ich denen denn die Schuld geben? Sie sind auch auf die Uni gegangen, und jemand, der nie gelernt hat zu lehren, hat sie gelehrt, mich zu lehren, und somit habe auch ich's nie gelernt. Was war zuerst da, das Ei oder die Henne?«
»Wenn du es doch darauf ankommen ließest«, beharrte Rick. »Komm, Josh, wirf die Flinte nicht so rasch ins Korn.«
»Rasch? Ich hätte in der ersten Woche alles hinschmeißen sollen. Ich hätte an dem Tag alles hinschmeißen sollen, an dem sie mir meine

Platten kaputt gemacht haben. Einem wahren Lehrer passiert so etwas nicht, Rick. Nie.«
»Wahre Lehrer ...«
»Denen nicht, Rick. Die Kinder respektieren sie. Vor mir? Haben sie keinen Respekt, und zwar deshalb, weil ich kein Lehrer bin. Rick, ich kann ein falscher Lehrer oder ein richtiger Mann sein, und ich glaube, ich sollte lieber ab sofort ein richtiger Mann sein.«
»Aber deine ganze Ausbildung, die vielen Jahre ...«
Josh lächelte wehmütig. »Die vielen Jahre«, sagte er, »die Ausbildung und die Jahre davor, als ich sie mir herbeiwünschte. Diese ganzen Jahre. Sie schwimmen durch den Abfluß davon, Rick. Aber wenigstens schwimme ich nicht mit. Kommt es darauf nicht an, Rick? Daß ich nicht wegschwimme? Daß ich mir meine Selbstachtung bewahre? Daß ich eine Arbeit aufgebe, wenn ich weiß, daß ich sie nicht gut verrichte? Ist man dann ein Feigling?«
»Nein«, sagte Rick ernst, »das ist man nicht.«
Sie fuhren schweigend weiter, bei *Thwaite* in der Promenadenallee vorbei, die länger werdenden Abendschatten legten sich über die kurvenreiche Straße. Josh hielt das Steuer fest in der Hand, und Rick machte es sich auf dem Sitz neben ihm bequem, dachte über das Gesagte nach und überlegte, ob er auch Schluß machen sollte. Nein, er könnte nie Schluß machen, jedenfalls jetzt noch nicht. Nicht, bevor er seiner Sache sicher war. Und wenn er das war, was dann? Würde er sich an die Sicherheit klammern? Würde er dann ein Kind haben, zwei Kinder? Würde er die Stelle behalten, auch wenn er wußte, er war kein Lehrer?
»Ich glaube, wir kehren lieber um«, sagte Josh.
»Ja.«
Josh fuhr an den Straßenrand und ließ ein Auto vorbei. Der Wagen hatte keine Heizung, und von ihrem Atem beschlug die Windschutzscheibe; Josh wischte sie mit dem Handschuh blank, bevor er wendete.
»Tue ich das Richtige, Rick?« fragte er.
»Ich weiß nicht, Josh. Wenn du das richtige Gefühl hast, ist es wohl richtig.«
»Das habe ich mir auch gesagt.«
»Aber was willst du nun anfangen?«

Josh war einen Augenblick still, und seine Stimme klang unsicher, als er, fast traurig, weitersprach: »Ich weiß nicht. Vermutlich eine andere Stellung suchen. Als Bankkassierer oder so. Ich habe abgeschlossenes Hochschulstudium, Rick, da gibt es viele Möglichkeiten.«
»Sicher«, sagte Rick.
Sie fuhren zu seinem Wohnblock, Rick warf einen Blick auf seine Armbanduhr und sah, wie spät es schon war. Er hatte Anne nicht angerufen, und er wußte, sie würde sich Sorgen machen, besonders seit der damaligen Nacht. Er stieg eilig aus und beugte sich dann durch das von Josh geöffnete Fenster.
»Nun hast du also nur noch einen Tag vor dir«, sagte Rick.
»Ja.«
Er hatte das plötzliche Gefühl, er werde morgen nicht viel von Josh zu sehen bekommen, darum zog er sich den Handschuh aus und streckte ihm die Hand hin, und als Josh sie ergriff, sagte er: »Viel Glück, alter Junge.«
»Danke, Rick«, sagte Josh.
Er zog die Hand zurück und drehte die Scheibe hoch, Rick sah sein bekümmertes Gesicht hinter dem beschlagenen Glas. Es war das letzte Mal, daß er Josh Edwards richtig sah, denn morgen würde Josh einen arbeitsreichen Tag haben, und Rick würde nur noch kurz auf der Toilette mit ihm sprechen können, bevor Josh für immer aus seinem Leben verschwand. Und so blickte er Josh ins Gesicht, und dann bog Josh in den Verkehrsstrom ein, und Rick sah ihm nach, bis der Wagen außer Sicht war, und ging dann zu seiner Haustür.

Es waren drei Briefe, und sie hatte sie auf den Küchentisch gelegt, sie starrte lange darauf, dachte, sie würden sich vielleicht verändern, dachte, sie seien vielleicht gar nicht so schlimm und eine genügend große Konzentration könne sie verändern.
Die erste Nachricht war schon vor langer Zeit gekommen, und darin stand: *Achten Sie auf Richard. Er hat eine andere Frau!* Und sie hatte diese Nachricht mit zitternden Fingern gehalten, wie sie da im Hauseingang stand und die Sonne durch die Fenster über den Heizkörper fiel. Sie hatte auf die saubere Maschinenschrift gestarrt und dann wieder den Umschlag betrachtet, auf dem sie nur einen

Poststempel fand, der über ein Bild George Washingtons geschmiert war. Endlich hatte sie den Zettel wieder in den Umschlag gesteckt und tief in ihrer Tasche vergraben.
Dort ruhte er wie eine glühende Kohle und brannte in unregelmäßigen Abständen ihr Gedächtnis, während sie einkaufen ging.
Achten Sie auf Richard. Er hat eine andere Frau!
Schrill kreischte er seine Botschaft in Großbuchstaben. Unverrückbare schwarze Buchstaben auf einem weißen Blatt.
Sie hatte den ganzen Tag darüber nachgedacht, grübelte zuerst, wer wohl der Absender war, und dann, warum er ihr den Brief geschickt hatte. Sie war zwar weder einfältig noch altmodisch, doch hätte der geheimnisvolle Informant sich kein besseres Objekt aussuchen können als Anne Dadier. Denn Anne gehörte zu den Menschen, die schon beunruhigt sind, wenn das Telefon klingelt und, bevor man abheben kann, aufhört zu klingeln. Als sie sechzehn war, schickte ihr ein Spaßvogel anonyme Karten von einem ›heimlichen Busenfreund‹; sie bekam sie regelmäßig, angefangen von einer Karte zu Hallowe'en, die ihr alle dem Tag geziemende Ausgelassenheit und Fröhlichkeit wünschte, die einen gedruckten Tintenklecks anstelle der Unterschrift aufwies und zu guter Letzt mit ›Dein heimlicher Busenfreund‹ unterzeichnet war. Eine weitere Karte war Weihnachten gekommen, und dann eine ohne besonderen Anlaß, die sich lediglich nach ihrem Wohlergehen erkundigte und ihr mitteilte, daß der heimliche Busenfreund sie nicht vergessen habe. Am St. Valentinstag hatte ihr heimlicher Busenfreund sie immer noch nicht vergessen, und inzwischen versetzte sie schon jede neue Karte in Schrecken, obwohl sie naiv und harmlos waren. Die letzte Karte erhielt sie zu ihrem Geburtstag. Sie wußte nicht, daß es die letzte war, und fing schon fast an zu weinen, als sie den Umschlag aufmachte und das vertraute Format erkannte. Sie konnte nicht begreifen, wie jemand so gemein sein konnte, wie jemand sie so quälen konnte, sogar an ihrem Geburtstag, der doch ein glücklicher Tag sein sollte und nun durch diese, dabei sicher wohlmeinende, Karte verdorben wurde. Da sie nicht wußte, daß es die letzte Karte war, hatte sie auf die nächste gewartet und fürchtete jeden Umschlag, der ihren Namen trug. Aber ihr geheimer Busenfreund hatte offenbar die Lust verloren, höchst wahrscheinlich deshalb, weil Anne die

Karten nie gegenüber anderen erwähnte, und mysteriöse Karten machen nur Spaß, wenn der Empfänger fieberhaft die Identität des Absenders zu entdecken sucht. So endete die geheimnisvolle Korrespondenz, Anne wurde älter und vielleicht weiser – bis zu dieser Nachricht.

Sie glaubte nicht einen Augenblick lang an die Wahrheit dieser Mitteilung. Es gab keine andere Frau, und es bestand kein Grund, auf Rick achtzugeben. *Richard,* wie der Denunziant ihn genannt hatte. Richard, was vermutlich darauf hindeutete, daß er Rick nicht besonders gut kannte, oder zumindest nicht gut genug, um ihn so zu nennen wie alle anderen.

Auf Richard achtgeben, das hatte ihr wahrhaftig noch gefehlt. Soll ich nun anfangen, auf seinen Hemden nach Lippenstiftspuren zu suchen? Soll ich seine Taschen durchsuchen, ihn als Mann auf die Probe stellen, seine . . . nein, also das kann ich wirklich nicht, nicht in diesem Stadium.

Die Nachricht blieb auf dem Boden der Tasche, aber sie schwelte wie eine heiße Kohle, und Anne dachte weiter darüber nach und fragte sich: WER? und fragte sich: WARUM? Und sie dachte schließlich, daß vielleicht, aber das war lächerlich, doch könnte es sein, nein Rick würde nie, aber vielleicht, möglicherweise, eventuell, wer weiß, vielleicht war ein Funke, nur ein winziges bißchen, ein unendlich kleines bißchen Wahrheit daran . . . nein, war es nicht.

Und doch, warum sollte jemand.

Nein, war es nicht.

Aber warum sollte jemand einen Brief schicken, ein so heimtückisches Ding, wenn nicht . . .

Aber WER? WER?

Und *warum,* bohrte ihr Hirn, wenn nicht etwas Wahres daran wäre; oh, vielleicht nicht viel Wahres, aber vielleicht doch ein bißchen, vielleicht hat jemand etwas gesehen, das falsch ausgelegt werden konnte, oder vielleicht war Rick einmal ein wenig unvorsichtig gewesen, oder vielleicht sogar zweimal, und das konnte man ihm nicht gut zum Vorwurf machen, nicht wie die Dinge augenblicklich standen, wenn man ihn wirklich liebte und wenn überhaupt etwas Wahres an dem dummen Brief wäre, was es nicht war.

Nein, man konnte es ihm nicht zum Vorwurf machen, wenn die

Mitteilung stimmte, denn er fand wahrhaftig keine attraktive, aufreizende Frau in diesen Wochen zu Hause vor, und es laufen weiß Gott viele attraktive, aufreizende Frauen überall herum, ohne dicke Bäuche und ohne Beschwerden über Rückenschmerzen. Ich darf nicht mehr über Rückenschmerzen klagen.

Man *konnte* es ihm zum Vorwurf machen, wenn man die Sache anders ansah, und wenn an der dummen Mitteilung überhaupt etwas Wahres war; man konnte ihm einen Vorwurf machen, aber ich mache ihm keinen, wenn es stimmt, und ich werde sicher keinen Streit deswegen anfangen, aber, mein Gott, warum hat denn der Absender nicht einfach den Mund gehalten, ich meine, wen geht das was an? Ich meine, wer möchte so etwas wissen, jedenfalls jetzt nicht, jetzt, da ich nicht einmal frauliche *Gefühle* habe. Gott, wie könnte ich ihn jetzt halten, wenn das wahr wäre, wenn dieser Brief die Wahrheit sagte, wie könnte ich ihn halten, wenn ich nicht wie eine Frau aussehe, nicht wie eine Frau reagiere, nicht mal wie eine Frau *fühle*. Ich bin weiter nichts als eine Art wachsender Schmarotzer, weiter nichts als ein . . . ein dicker Protoplasmaklumpen, ein Nichts, ein Ding; man könnte ihm vorwerfen, ausgerechnet jetzt nicht treu zu sein, man könnte es ihm vorwerfen, aber ich werde ihm nichts vorwerfen, wenn er eine andere Frau hat, wie es in dem Brief heißt, vorausgesetzt, die andere Frau ist nur eine vorübergehende Sache, vorausgesetzt, er hat nur eine andere Frau, solange ich *keine* Frau bin. Aber ich kann es nicht glauben, dachte sie, nicht von Rick.

Obgleich er, als ich im fünften Monat war, viel mit Helen auf dem Ball ehemaliger Studenten getanzt hat, obgleich er ein bißchen betrunken an dem Abend war und mir weiß Gott nicht nach Tanzen zumute war, jedenfalls tanzte er viel mit ihr, und es schien ihr ungeheuren Spaß zu machen, aber hier trifft der Vorwurf wahrscheinlich sie selbst und nicht ihn, wenn ein Mann gern tanzen und seine Frau nur dahinvegetieren möchte. Und doch schien es der anderen erheblich mehr Freude zu machen, als nötig war, ich habe Helen sowieso nie leiden können, und ich weiß nicht mehr, ob es Rick Spaß gemacht hat oder nicht, außerdem trank er, nein, nicht Rick, und besonders nicht jetzt. Rick ist, ja das ist er, Rick ist anständig.

Aber, Herrgott nochmal, warum schickt mir jemand so einen Brief? O Gott, warum mußte jemand das tun?

Nun fang noch an zu weinen, Heulsuse, das hat uns gerade noch gefehlt, mitten auf der Straße, los, fang an zu heulen wie ein Kindskopf, über einen blöden Brief, der in heimtückischer Absicht abgeschickt wurde und der überhaupt nichts zu bedeuten hat und gar nicht wahr sein kann, der bestimmt nicht wahr sein kann.
Sie fing nicht an zu heulen, aber sie vergaß auch nicht die schwelende Kohle, den Brief. Und sie erwähnte auch nichts gegenüber Rick.
Der zweite Brief kam eine Woche später. Sie fischte ihn aus dem Briefkasten, und als sie das sauber getippte MRS. Richard Dadier das, spürte sie einen Stich des Entsetzens, spürte die gleiche Furcht, die sie vor langer Zeit kennengelernt hatte, als ihr heimlicher Busenfreund am Werk war. Nur war dies ein heimlicher Feind. Sie betrachtete die Rückseite des Umschlags und fand keinen Absender, und sie wußte, dies war wieder so eine Nachricht, und war versucht, sie ungeöffnet fortzuwerfen. Aber sie öffnete sie doch, und als sie das weiße Blatt Papier auseinandergefaltet hatte, las sie die sauber in die Mitte gerückte, sauber getippte Botschaft:

IN DER SCHULE
DEN GANZEN TAG, JEDEN TAG.

Das war alles, nur das, aber es löste eine neue Gedankenflut aus. Daran hatte sie vorher nie gedacht, nie die Schule als Ort für ein Stelldichein angesehen. Sie sah in ihr stets eine Arbeitsstätte, aber nun fielen ihr Geschichten über Arbeitsstätten ein, Geschichten über Männer und ihre Sekretärinnen, und ihr fiel auch Ricks Rolle in dem damaligen Vergewaltigungsversuch ein. Sie begann über die Frau nachzudenken, die zu dieser Vergewaltigung herausgefordert hatte, und langsam nahm Lois Hammond in ihrer Vorstellung Gestalt an.
Sie verdrängte sie aus ihrer Vorstellung und sagte sich, das sei alles Unsinn, und wahrscheinlich ein Scherz eines ihrer Freunde, aber ihr fiel keiner ein, der auf so grausigen Humor verfiele, wo sie jetzt im neunten Monat war. Sie spielte mit dem Gedanken, Rick habe die Nachricht selbst geschickt, um eine Art verblüffendes Mißverständnis zu konstruieren, bei dem er sagen konnte: »Wieso, natürlich gibt es eine andere Frau! Das Baby, Schatz! Es wird ein Mädchen, weißt du das denn nicht?« Aber Rick wünschte sich einen Jungen, und er

würde mit etwas, das er sich wünschte, nicht seinen Spaß treiben, und einen solchen Spaß würde er sich schon gar nicht erlauben, wo sie im neunten Monat war, und außerdem ergäbe die zweite Mitteilung keinen Sinn, wenn das die Erklärung wäre, es sei denn die geplante Überraschung war zu ausgeklügelt für sie, aber trotzdem würde er einen solchen Scherz nicht machen, nicht Rick. Auch mit anderen Frauen würde Rick sich nicht abgeben. Es sei denn, die andere Frau war schuld, wie Helen neulich abends beim Fest der ehemaligen Studenten, dann konnte man nur hoffen, daß der Mann stark genug war, zu widerstehen, und das war Rick, wenn er eines war, war er stark, obwohl er an dem Abend mit Helen nicht ausgesprochen fest widerstanden hatte. Tanzen ist nur Tanzen, liebe Zeit. Machen wir doch aus ein paar Walzern keine Staatsaffäre. Und ein paar Foxtrotts. Und ein paar Polkas und sogar ein paar Lindys, obwohl er nicht gern Lindy tanzt, an dem Abend tat er es doch, aber vergiß nicht, er war betrunken.

In der Schule. Den ganzen Tag, jeden Tag, lautete die Mitteilung in schöner, schlichter Formulierung, aber was konnte ein Mann denn schon in der Schule machen, den ganzen Tag, jeden Tag, selbst jeden zweiten Tag? Es gab ja nicht einmal einen gemeinsamen Lehrer-Eßraum,falls Ricks Unterhaltungen mit Solly Klein und Lou Savoldi und all den anderen männlichen Kollegen nicht erlogen waren, und die ganze übrige Zeit war mit Unterricht, Aufsicht und was weiß ich noch ausgefüllt. Natürlich, niemand *zwang* einen, im Lehrereßraum zu essen. Ach, Unsinn! Stell dir Rick in irgendeinem entlegenen Winkel vor, wie er mit dieser Hammond Händchen hält. Ich weiß nicht mal, wie sie aussieht. Und ich bin sicher, Rick auch nicht.

Und ich kann mir nicht vorstellen, daß er mit ihr Händchen hält. Und selbst wenn sie Händchen halten, was ist daran so schrecklich?

Schön, es ist vielleicht schrecklich. Schließlich ist mit meinen Händen alles in Ordnung. Alles übrige an mir kann man als Schrott verkaufen, aber meine Hände sind in Ordnung, oder war es mehr als Händchenhalten, und wenn, dann kann ich nicht konkurrieren. Wie sieht Lois Hammond bloß aus? Wie sieht die andere Frau meistens aus?

Ein raffiniertes Weibsbild (du darfst sie nicht Weibsbild nennen, du kennst das Mädchen ja nicht einmal), ein raffiniertes Weibsbild in einem raffinierten schwarzen Nachthemd mit einer Zigarettenspitze in den langen, schmalen Fingern. So jedenfalls ist es in *Ladies Home Journal*. Ihre Küsse sind wie ...

Hör auf, hör jetzt auf! Du erhängst ihn, ohne ihm überhaupt ein Wort von den Briefen zu sagen, ohne mit ihm darüber zu sprechen, und du hast doch immer alles mit ihm besprochen in eurem Eheleben, alles, auch wenn du ihn fragen mußtest, wie du es machen solltest, denn du wußtest nicht, wie du es machen solltest, weder was du mit den Händen noch mit sonstwas machen solltest, immerhin war das Sonstwas etwas wert und nicht wie jetzt keinen Pfifferling. Aber du *hast* das doch mit ihm besprochen, und es kostete bestimmt mehr Überwindung, *darüber* zu sprechen als über diese dämlichen Briefe, und du bist innerhalb von drei Minuten vom Streicheln zum Küssen und Gottweißwas gesprungen. Und du weißt jetzt, was du mit deinen Händen tun mußt, es ist ein Kinderspiel.

Und das macht mich konkurrenzfähig mit einem raffinierten Weibsbild in einem raffinierten schwarzen Nachthemd (und hör auf, sie ein Weibsbild zu nennen, denn du kennst sie nicht einmal, und wahrscheinlich ist sie ein Mädchen, das jeden Sonntag in die Kirche geht – Helen geht auch jeden Sonntag in die Kirche – und wer nähme deinen Mann nicht, wenn du ihn auf einem silbernen Tablett servierst) und außerdem ist kein wahres Wort an diesen verdammten blöden Briefen, und ich glaube, ich verbrenne sie.

Sie verbrannte sie nicht.

Sie saß jetzt in der Küche ihrer Wohnung und starrte auf die Küchenuhr an der hell gestrichenen Wand (man durfte die Wände nicht anders streichen oder tapezieren lassen, wenn man nicht die Kaution, die man beim Mieten der Wohnung hinterlegen mußte, verlieren wollte), und die Briefe lagen vor ihr auf dem Küchentisch, es waren jetzt drei, und in dem dritten stand

Lois Hammond

Und es war 8.22 Uhr.

Und Rick kam gewöhnlich spätestens um 4.30 Uhr.

Aber es war 8.22 Uhr, und die Briefe lauteten: *Achten Sie auf Richard. Er hat eine andere Frau. In der Schule. Den ganzen Tag, jeden Tag. Lois Hammond.* Und sie konnte an dem Wortlaut der Briefe

nicht rütteln, noch konnte sie die Uhrzeit ändern, und sie war den Tränen gefährlich nahe, aber sie weinte nicht.
Sie sah wieder auf die Briefe, und dann sah sie wieder auf die Uhr. Und sie gelobte sich, heute abend mit ihm darüber zu sprechen, denn wenn es stimmte, dann wollte sie es wissen, und wenn es nicht stimmte, dann sollte Rick es wissen. Sie gelobte sich, darüber zu sprechen, sie nahm die Briefe behutsam in die Hand, als wären es gute alte Freunde und steckte jeden in seinen Umschlag. Dann stopfte sie die drei Umschläge tief in ihre Handtasche unter den Wust von Zeugs, den sie darin verwahrte.
Sie ging ins Wohnzimmer, wo sie die Uhr nicht sehen konnte, und stellte das Radio an, ärgerte sich, als ein Sprecher die Zeit ansagte.
Diesmal ängstigte sie sich nicht. Sie glaubte keinen Augenblick, daß Rick erneut überfallen worden sei. Sie wußte nicht, was sie denken sollte, und versuchte, nicht zu denken, daß er bei Lois Hammond sei, aber sie konnte die Briefe nicht vergessen, und sie dachte doch, er sei bei Lois Hammond, und darum wollte sie mit ihm darüber reden, denn es wäre bestimmt besser, diese Sache klarzustellen. Sie verwünschte wieder den Absender und dachte, es wäre besser, wenn sie es nie erfahren hätte. Die Briefe fraßen sich in ihr Denken ein, fraßen dort wie eine Krankheit, nagten und fraßen, bis die Krankheit auf ihrem Gesicht zu sehen war und an dem Ringen ihrer Hände im Schoß.
Er kam um 8.40 Uhr.
Sie hörte den Schlüssel im Schloß, biß sich auf die Lippen und blieb, wo sie war, im Wohnzimmer, bis ihr bewußt wurde, daß es seltsam aussähe, wenn sie nicht an die Tür käme. Da stand sie hastig auf, stand ungeschickt auf und glitt fast aus, verwünschte ihren Fleischberg, dem sie zum Teil die Schuld an Ricks Verhalten gab, falls die Briefe stimmten. Sie eilte in den Flur und hoffte, man würde ihr die ganze Sache nicht ansehen.
Er schloß die Tür und drehte sich dann um, sie ging zu ihm und küßte ihn zärtlich, aber er schien nicht übermäßig versessen darauf. Sein Gesicht sah sehr müde und irgendwie traurig aus, aber sie hatte sich daran gewöhnt, daß er ein trauriges Gesicht machte, wenn er heimkam, das den Ärger widerspiegelte, den er tagsüber mit den Schülern gehabt hatte.

»Wie war's heute?« fragte sie und versuchte, ihrer Stimme einen leichten Klang zu geben, erinnerte sich aber gleichzeitig, daß sie nichts von seinem späten Kommen erwähnt hatte, und überlegte, ob sie es nicht doch erwähnen sollte, denn das wäre das Normale gewesen.
»Furchtbar«, sagte Rick. Er zog seinen Mantel aus und warf ihn auf das Sofa. »Ich hatte eine Auseinandersetzung mit Small.«
»Rick, das ist nicht dein Ernst.«
»Ja, doch«, sagte er. »Und Josh hat Schluß gemacht und ... oh, diese ganze verdammte Penne stinkt zum Himmel!«
»Weswegen hattet ihr eine Auseinandersetzung?« fragte sie und vergaß vorübergehend ihren Vorsatz, mit ihm über die Briefe zu sprechen, denn sie fühlte, daß dies auch wichtig war, und wenn sie ihm sonst schon nichts zu bieten hatte, konnte sie ihm wenigstens Mitgefühl und Verständnis bieten.
Rick umschloß mit einer Hand seinen Nasenrücken und seufzte tief: »Ach, wozu das nochmal aufwärmen«, sagte er, »es ändert ja doch nichts.«
»Bitte ...« Sie schwieg, fragte sich, ob er nicht schon mit jemand darüber gesprochen hatte und ob dieser jemand wohl Lois Hammond war. »Ich meine ... möchtest du nicht darüber reden, Rick?«
»Er hat behauptet, ich sei intolerant in meiner Klasse. Er hat behauptet ...«
»Was?«
»Liebes, bitte, laß mich nicht alles ein Dutzend mal wiederholen. Ich bin ...«
»Verzeih, Rick. Ich wollte nur ...«
»Ich bin müde, und es macht mich nur noch müder, mich an alles erinnern zu müssen, was dieser Kerl ...«
»Wenn du nicht darüber sprechen möchtest ...«
»Ich habe nicht gesagt, daß ich nicht darüber sprechen möchte, Anne, liebe Zeit nochmal ...«
»Verzeih, Rick«, sagte sie.
Sie waren beide einen Augenblick still, und dann seufzte Rick wieder.
»Jemand hat sich bei ihm beschwert. Du erinnerst dich an den kleinen Vortrag, den ich mal in der Klasse gehalten habe? Meinen glänzen-

den Einfall? Das hat also jemand falsch ausgelegt. Zufällig mit Absicht.«
»Wer?«
»Das wollte er mir nicht sagen.«
»Miller?«
»Er wollte es mir nicht sagen, Anne«, sagte Rick, der versuchte, seine Erschöpfung zu verbergen, aber es gelang ihm nicht.
»Wie kam es dazu? Ich meine ...«
»Stanley sagte mir, Small wolle mich sprechen, ich ging in sein Büro hinunter, und er fing an, mich mit Dreck zu bewerfen? ›Haben Sie den Ausdruck Nigger in Ihrer Klasse gebraucht?‹ äffte Rick ihn nach. ›Haben Sie die Ausdrücke Jid und Itzig gebraucht?‹« Er schlug die geballte rechte Hand in die offene Linke. »Oh, er soll zum Teufel gehen!« sagte er. »Sie sollen alle zum Teufel gehen.«
»Was hast du gesagt, Rick?«
»Ich habe ihm gesagt, daß er im Irrtum sei ... Ich habe ihm gesagt ... ist ja auch egal, Anne. Jedenfalls haben wir uns wieder vertragen, aber er ist trotzdem ein Idiot.«
Anne nickte, bekümmert über das, was Rick ihr erzählte, und dann fielen ihr schlagartig wieder die Briefe ein.
»Hast du ... hast du schon gegessen?« fragte sie.
»Nein«, sagte er. »Wo sollte ich denn gegessen haben?«
»Ich weiß nicht. Ich dachte nur ... na ja, es ist ziemlich spät. Ich dachte .. «
»Ach so. Josh und ich haben eine Spazierfahrt gemacht.«
»Aha.«
»Habe ich dir erzählt, daß er geht?«
»Ja. Ja, das hast du.«
»Ja, er geht. Er hat es mir heute nachmittag erzählt, gleich nach meinem Ringkampf mit Small. Ich dachte, ich könnte es ihm ausreden, und darum fuhren wir zusammen in seinem Wagen.«
»Du und Josh.«
»Ja, ich und Josh, Anne, was ist los mit dir? Ich erzähle dir doch eben, daß es Josh und ich waren, und nun fragst du ...«
»Verzeih, es ist ... die Koteletts haben zu lange gebraten, weil ich auf dich wartete, und jetzt ist alles kalt. Ich ...«
»Ach, laß nur das Abendessen. Ich habe sowieso keinen Hunger.«

Sie stand verlegen da, zweifelte, ob er schon gegessen hatte, fürchtete sich, ihn noch einmal zu fragen, weil sie ihn so schrecklich lieb hatte und nicht verlieren wollte, und fürchtete, daß er ihr die Wahrheit sagen und sie dann alles wissen würde und zurückschlagen müßte, ohne jene Waffe zu haben, die eine Frau gegen eine andere Frau einsetzen muß.
»Soll ich ... ein paar Eier vielleicht? Oder eine Tasse Kaffee?«
»Kaffee«, sagte Rick.
Sie ging in die Küche und kochte Kaffee, dachte, *ich werde mit ihm über die Briefe reden, wenn ich ins Wohnzimmer zurückkomme. Dann tue ich's.* Sie hantierte lange mit der Kaffeekanne herum, gestand sich nicht ein, daß sie es absichtlich in die Länge zog, und dann wischte sie die feuchten Hände am Rock ab und ging ins Wohnzimmer. Rick saß in einer Ecke der Couch und hatte den Kopf in der Hand vergraben. Er sah nicht auf, als sie eintrat. »Rick«, fing sie an und hoffte, ihre Stimme zittere nicht.
»Kaffee fertig?« fragte er.
»Nein, noch nicht. Rick ...« Sie wußte nicht, wie sie es sagen sollte, denn sie hatte so etwas noch nie gemacht. Wie bezichtigt man seinen Ehemann der Untreue? Oder bezichtigt man ihn überhaupt nicht? Vielleicht sollte sie die Briefe einfach so nebenbei erwähnen, so ganz nebenbei? ›Ach Rick, ich wollte dir noch von diesen albernen Briefen erzählen, die ich bekommen habe, vermutlich soll das ein Scherz sein.‹ Nur daß es für sie kein Scherz war, und sie konnte darüber nicht scherzen, wenn sie es auch mit aller Kraft versuchte. Sie merkte, daß sie dastand und angefangen hatte, etwas zu sagen, sie runzelte die Stirn, und Rick fragte: »Was ist, Schatz?«
»Du ... du kommst schrecklich spät«, sagte sie.
»Ja. Wir hatten viel zu besprechen. Josh und ich.«
»Seid ihr sehr weit gefahren?«
»Ein Stück nach Norden. Westchester. Nicht allzuweit.«
»Ah so.« Sie schwieg und biß sich auf die Lippen. *Jetzt*, dachte sie. *Jetzt ist der rechte Augenblick.* »Bist du sicher ...«
»Er gibt seinen Beruf auf. Ich konnte ihn nicht umstimmen, und vielleicht tut er am Ende das Richtige. Warum soll man mit dem Kopf durch die Wand rennen?«
»Ja«, sagte sie. »Rick ...«

»Ja?«
Ich kann es nicht, dachte sie. *Ich kann nicht einfach herkommen und ...* »Bedauerst du, daß er geht? Josh, meine ich?« sagte sie.
»Ja. Ich mag ihn gern, Anne. Er ist ein wahnsinnig netter Bursche, und ...«
»Aber du hast doch noch andere Kollegen, nicht? Andere, die du magst.«
»Ja, gewiß. Aber Josh und ich ...«
»Kollegen, mit denen du reden kannst, meine ich, weißt du?«
Rick zuckte die Achseln. »Ich rede mit allen. Sie sind in Ordnung. Aber Josh ist genau wie ich, glaube ich. Ein neuer Lehrer, einer, der Kindern etwas beibringen möchte ... du weißt, was ich meine, Anne?«
»Ja. Ja, natürlich.« Sie war jetzt äußerst nervös, weil sie sich Schritt für Schritt dem näherte, worüber sie eigentlich mit ihm reden wollte, und sie hoffte, Rick merke es nicht. »Solly Klein zum Beispiel, unterhältst du dich viel mit ihm?«
»Wenn Solly Klein einmal am Reden ist, ist es schwer, ein Wort anzubringen. Wir unterhalten uns schon manchmal. Freilich!«
»Und die anderen. George Katz? Und Savoldi? Und Manners?« Sie machte eine Pause. »Und Lois Hammond?« Sie schluckte hart und beobachtete ihn, ihre Hände waren zusammengekrampft.
»Sicher doch, mit allen«, sagte Rick. »Trotzdem vermisse ich Josh.«
»Verstehe.« Sie schwieg wieder. »Vermutlich hast du nicht viel Gelegenheit, mit Lois Hammond zu reden, ich meine, im Eßraum sind doch keine Frauen, oder?«
»Nein. Aber ich sehe sie gelegentlich. Weißt du, auf dem Flur ab und zu. Die Schule ist nicht sehr groß.«
»Das kann ich mir denken.«
»Schatz, vielleicht könnte ich doch noch etwas essen. Sind die Koteletts angebrannt oder was?«
»Nein, aber sie sind ziemlich trocken, glaube ich. Soll ich sie dir heiß machen?«
»Sei so nett.«
»Gern. Soll ich dir Spinat auch heiß machen?«
»Wenn du willst. Schatz, du bist doch nicht böse, wenn ich einfach hier sitzen bleibe, nein? Ich bin wirklich erschossen.«

»Natürlich nicht«, sagte sie. Sie ging in die Küche zurück und tat die Koteletts in den Dampftopf, damit sie nicht noch trockener würden, als sie ohnehin schon waren. Dann zündete sie das Gas unter dem Spinat an und rief vom Herd herüber: »Weiß Miss Hammond, daß Josh geht?«

»Was?« rief Rick zurück.

»Miss Hammond. Weiß sie, daß ...«

»Ach so, keine Ahnung.«

»Hat er es ihr nicht erzählt?«

»Weiß nicht, Schatz.«

Sie stand am Herd mit dem Rücken zum Flur und zum Wohnzimmer.

»Hast ... hast du es ihr nicht erzählt, Rick?«

»Ich? Wieso, nein. Warum sollte ich?«

»Ich ... ich dachte nur, du hättest sie vielleicht getroffen, auf dem Flur, zufällig.«

»Nein, ich habe es ihr nicht erzählt«, sagte Rick, und Anne wünschte, sie wäre im Wohnzimmer, wo sie sein Gesicht sehen konnte.

»Ist sie sehr hübsch, Rick?«

»Wer?«

»Lois Hammond?«

»Ich glaube schon. Wenn einem ihr Typ gefällt.«

»Was für ein Typ ist sie?«

»Dunkel. Vollbusig.«

»Sie ist dunkel?«

»Ja.«

»Und ... vollbusig?«

»Sehr.«

»Oh.«

Sie nahm einen Eßlöffel aus einer der Schrankschubladen und rührte den Spinat um, damit er sich nicht festsetzte.

»Ich liebe blonde Frauen«, sagte Rick aus dem Wohnzimmer, und wieder wünschte sie, sie wäre dort, um sein Gesicht zu sehen.

»Weißt du das so genau?« fragte sie und versuchte, ihrer Stimme einen leichten Klang zu geben.

»Allerdings weiß ich das. Und dein Busen ist prachtvoll, dem Himmel sei Dank.«

»Ich danke *dir*«, sagte sie, unwillkürlich lächelnd.

»Danke mir nicht«, sagte Rick. »Denn mir verdankst du ihn nicht.«
»Aber der Rest meiner Figur verdankt dir eine ganze Menge«, sagte Anne. *Ich bin unfair,* dachte sie, *ich reite auf der Heim- und Familie-Masche. Ich versuche, ihn auf diese Weise zu halten. Ich gebe ihm ein mütterliches Symbol zum Anbeten. Verdammt nochmal, warum kann ich ihn nicht als Frau halten?*
Plötzlich stand er hinter ihr, seine Arme umschlangen ihre Taille. Er war so leise in die Küche gekommen, daß sie ihn nicht gehört hatte, und sie befürchtete einen Moment, sie hätte laut gedacht. Seine Hände legten sich behutsam auf ihren Bauch, und er sagte: »Du hast einen ganz hübschen kleinen Wanst.«
»Das kann man wohl sagen«, meinte sie leichthin. »Aber nur so weißt du mich hinterher um so mehr zu schätzen.«
»Ich weiß dich auch jetzt zu schätzen«, sagte er.
»Na, das klingt aber nicht überzeugend«, gab sie zur Antwort und beschäftigte sich mit ihrem Spinat.
Er drehte sie herum und faßte sie an den Schultern. »Was sind denn das für Reden?« fragte er lächelnd.
»Mich anzufahren wie eine ... eine Schildkröte oder sowas, kaum daß du im Haus bist«, sagte sie mit einem hübschen Schmollen.
»Habe ich dich angefahren?«
»Jawohl.«
»Ich bitte dich um Entschuldigung«, sagte er. Er küßte sie auf die Nasenspitze. »Da.«
»Kannst du's nicht besser?«
»Ich habe es nicht probiert«, sagte er lächelnd.
»Dann probier's.«
Er zog sie an sich und küßte sie auf den Mund, diesmal leidenschaftlich. Sie fühlte seine Lippen und klammerte sich fest an ihn. *Die Briefe sind Unsinn,* dachte sie, *dies ist mein Rick, er war mit Josh zusammen, die Briefe sind Unsinn.* Dann löste sie die Lippen und preßte ihre Backe an seine Backe, sie schlang die Arme um seinen Nacken, spreizte die Finger, hielt ihn ganz fest.
»Nanu!« sagte er überrascht.
»Liebst du mich, Rick?« fragte sie, ihre Lippen waren dicht an seinem Nacken.
»Wieso? Natürlich liebe ich dich.«

»Nein, ich meine nicht ›natürlich‹, Liebster. Ich weiß, ›natürlich‹. Ich meine ...« Sie schüttelte den Kopf, immer noch Wange an Wange mit ihm, und wußte nicht, was sie meinte. »Ich meine, ob du mich *liebst*, Rick.«
»Ja, mein Herz.«
»Obwohl ich wie ein Pferd aussehe?«
»Du siehst nicht wie ein Pferd aus.«
»Doch, Rick, wirklich, bitte, streit es nicht ab. Aber liebst du mich trotzdem?«
»Schatz, was ist in dich gefahren? Natürlich liebe ...«
»Nein, Rick, bitte sag nicht ›natürlich‹. Sag mir einfach, daß du mich liebst. Halt mich einfach fest und sag mir, daß du mich liebst.«
»Mein Liebes«, sagte er, streichelte ihr übers Haar, schloß die Augen, lächelte. »Ich liebe dich mehr als alles auf der Welt.«
»Wirklich, Rick?«
»Nat ...« Er biß sich auf die Zunge. »Ich liebe dich, Anne«, sagte er zärtlich.
»Ich liebe dich auch, Rick. Ich meine, ich bin wirklich verrückt nach dir, Rick. Klingt das zu schulmädchenhaft?«
»Nein, Liebes.«
»Ich kann nichts dafür, denn so empfinde ich nun mal. Ich bin einfach verrückt vor Liebe nach dir, Rick. Deshalb dachte ich, als du nach Hause kamst und mich so anfuhrst ...«
»Ich wollte dich nicht anfahren, Schatz. Es lag einfach an Small und an Josh, und ich glaube, ich war doch hungrig, trotz ...«
»Ich weiß, aber ich fange an, mir alle möglichen Gedanken zu machen, Rick, und ich möchte mir diese Gedanken nicht machen. Liebster, halt mich fest. Bitte, halt mich ganz fest.«
Er schlang die Arme um sie, und sie klammerte sich verzweifelt an ihn.
»Rick«, sagte sie. »Rick, Rick.«
Er küßte sie wieder, und sie dachte *ich war albern, alles ist gut, er liebt blonde Frauen, und mein Busen ist so voll wie bei den meisten, alles ist gut, und ich werde diese verdammten albernen Briefe verbrennen. Diesmal verbrenne ich sie wirklich, o Rick, ich liebe dich so sehr.*
»Ich glaube, der Spinat brennt an«, sagte er.

»Jesses!« Sie löste sich aus der Umarmung und drehte das Gas ab, dann begann sie, den Tisch zu decken. Er saß am Tisch und sah ihr zu, er half ihr nicht, denn er war müde, und sie nahm es ihm auch gar nicht übel. Sie unterhielten sich über andere Dinge, nicht über die Schule, nicht über Small und auch nicht über Josh. Über Familienangelegenheiten und Freunde außerhalb der Schule.

Und während sie sich unterhielten, fielen ihr die Briefe wieder ein, und sie dachte im stillen, daß sie nun doch nicht über die Briefe mit ihm gesprochen hatte. Sie sagte sich, es sei ja nicht so schlimm, weil sie jetzt wußte, daß Rick sie liebte, aber sie konnte trotzdem die Briefe und ihren Inhalt nicht vergessen. Und so dachte sie wieder an Lois Hammond, die dort den ganzen Tag, dunkel und vollbusig, an der Manual Trades war, und sie schalt sich, daß sie nicht über die Briefe gesprochen hatte, als sie es hätte tun müssen, sondern sie hörte ihm zu und nickte und lächelte und dachte *wie konnte ich an ihm zweifeln* und zweifelte die ganze Zeit an ihm.

DRITTER TEIL

11

William Small besaß, nach seinen eigenen Worten und nach seinem eigenen freiwilligen Eingeständnis, »das Gedächtnis eines Elefanten«. Und da William Small Richard Dadiers Hand mit einem herzlichen Schwamm-drüber-Händedruck umschlossen hatte, konnte man ihm die Ausdauer seines Gedächtnisses oder die unbewußte Macht, die es über seinen angeblichen Geist hatte, nicht verübeln.
Dieses Elefantengedächtnis konnte die Tatsache nicht übersehen, daß Richard Dadier, ein kaum von der Universität entlassener Grünschnabel, Small doch tatsächlich gesagt hatte, er solle den Mund halten. In Wirklichkeit hatte er nur geschrien ›Jetzt reicht's mir!‹ aber das war gerade so gut, als hätte er ›Halten Sie den Mund!‹ geschrien, und kaum von der Universität entlassene Grünschnäbel haben nicht daherzukommen und Direktoren den Mund zu verbieten, nicht wenn die Direktoren ein so ausdauerndes Gedächtnis haben wie William Small.
Als daher die in jedem Jahr drohende Ausgestaltung der Weihnachtsfeier näherrückte, eine Aufgabe, vor der sich jeder Lehrer der North Manual Trades mit Freuden gedrückt hätte, konnte man Small nicht verübeln, daß er Richard Dadier als den bestgeeigneten Mann dafür auswählte. Wußte er nicht von Stanley, daß Dadier viel Studententheater gespielt hatte und in der Tat nie gehörte Shakespearezitate bei jeder passenden und unpassenden Gelegenheit herunterrasseln konnte?
Und war Dadier nicht noch ein junger Mann, und gingen Schüler nicht eifriger auf Lehrer ein, die ihnen altersmäßig nicht zu weit voraus waren? Insbesondere bei einer Sache wie der Weihnachtsfeier, wo ein kameradschaftlicher Geist herrscht?
Solches fragte sich William Small. Solches sagte William Small zu Stanley. Und solches sagte Stanley zu Rick bei einer Besprechung im

Büro der Englischen Abteilung. Es ist zweifelhaft, ob Small jemals bewußt wurde, eine wie bedeutende Rolle sein Gedächtnis bei dem Entschluß spielte, Rick als den unglücklichen Mann auszuwählen. Denn in Wahrheit hatte Small den Vorfall in seinem Büro vollständig vergessen, hatte vergessen, daß ein kaum von der Universität entlassener Grünschnabel zu ihm, William Small, gesagt hatte, er solle den Mund halten. Auch hatte William Small keinen Analytiker zur Hand, mit dem er über dieses vertrackte Gedächtnis diskutieren konnte. Er war einfach ein hart arbeitender Bursche, der William Small, und Richard Dadier war offensichtlich der beste Mann für diese besonders unangenehme Sache, und so übernahm Rick sie und — neu, wie er war — hielt er es eher für eine Auszeichnung als für eine Strafe.

Small hätte, wenn er eine großmütige Natur gewesen wäre, Rick natürlich von seiner Fluraufsicht in der dritten Stunde befreien können oder gar ein, zwei Unterrichtsstunden. Er war keine großmütige Natur, und so mußte Rick sein volles Programm abwickeln und sah sich bezüglich der Weihnachtsfeier auf eigene verschlungene Pfade angewiesen. Verschlungene Pfade hieß, daß er seine sechste Freistunde der Vorbereitung zur Weihnachtsfeier würde opfern müssen und dazu noch manche Stunde nach der Schule. Wenn man bedenkt, daß er niemals auch nur das kleinste Resultat seiner Anstrengungen zu sehen bekommen sollte, was er während seiner fieberhaften Vorbereitungen noch nicht wissen konnte, hätte sich eine wirksamere Strafe gar nicht ersinnen lassen — selbst wenn Small sich bewußt an Ricks Ausbruch erinnert hätte, was nicht der Fall war.

Rick war ehrlich glücklich über den Auftrag, und er machte sich sofort an die Arbeit. Er wußte zwar, er konnte den Vervielfältigungsapparat im *Trades Trumpet* Büro benutzen, so oft er wollte, wohingegen er bei dem Gerät im Büro der Englischen Abteilung warten mußte, bis es frei war. Dennoch wartete er lieber, anstatt sich freiwillig in Lois Hammonds Nähe zu begeben. Er ließ bei sämtlichen Lehrern der Schule Zettel umlaufen, auf denen die näherrückende Feier angekündigt und darauf hingewiesen wurde, daß eine Talentsuche im Gang sei. Jeder interessierte Schüler könne sich sofort bei Mr. Dadier melden. Nachdem die Zettel verteilt und — hoffentlich — den Klassen vorgelesen waren, sprach er noch persönlich mit den

Lehrern, die er kannte, bat sie, für die Feier die Werbetrommel zu rühren und so etwas wie Interesse bei den Jungen zu erwecken. Er brauche dringend Talente. In Wirklichkeit wäre er auch ohne Talente zufrieden gewesen, wenn er nur überhaupt ein paar Jungen zusammen bekam. Ohne die Jungen konnte er nicht gut eine Aufführung zustandebringen, und er wollte unbedingt eine feine Aufführung zustandebringen.

Er sprach in seinen sämtlichen Klassen über die Weihnachtsfeier, und abends ließ er seine Unterrichtspläne im Stich und schrieb ein Stück. Es war nicht für den Broadway oder für Brooks Atkinson gedacht. Es war zur Unterhaltung von Schülern und Lehrern der North Manual Trades High School gedacht. Dafür war es gar nicht so übel. Es handelte vom Besuch des Nikolaus an der North Manual Trades, der von einer Engelschar begleitet war. Rick wußte nicht, wie er die Engel sinnvoll in dem Stück unterbringen sollte, stellte sich aber vor, er würde ein paar der älteren Schüler in Bettlaken hüllen und mit Heiligenscheinen versehen; allein die Kostüme wären für einen Lacher gut. Er klopfte bei Solly Klein an, ob er nicht den Weihnachtsmann spielen wolle, aber Solly lehnte rundweg ab. Er mußte sich bei dem Stück sehr zurückhalten, denn die Versuchung, das zu schreiben, was er wirklich dachte, war überwältigend. So ließ er den Weihnachtsmann verschiedene Klassen quer durch die ganze Schule besuchen, immer begleitet von den Engeln natürlich, ließ ihn dann zu dem Schluß kommen, daß die North Manual Trades eine prima Schule sei, und überall Geschenke verteilen. Die Geschenke variierten von den schlichten Kalauern (wie: ›Und für euch alle, für alle braven Kinder, ein Abschlußzeugnis und den Wunsch, daß ihr es gut und weise anwendet‹) bis zu Verulkungen (wie: ›Und für Mr. Clancy eine große Haushaltspackung Bonbons!‹). Er hätte gern eine richtige Persiflage geschrieben, wußte aber, daß Small bei der Weihnachtsfeier anwesend war, und fand es nicht nett, jemanden am Mittwoch vor Weihnachten fertigzumachen. So zeichnete er die Schule als einen emsigen Bienenstock, in dem gelernt und geschafft wurde, zeichnete die Kinder als eine wundervolle Jugend, die einen Beruf erlernen wollte, zeichnete die Lehrer als Teil der ›kleinen Familie‹, an die Small glaubte.

Sobald er mit Schreiben fertig war, erzählte er seinen Klassen von dem Stück und hoffte, er bekäme so noch etwas Zulauf. Seine Aktennotizen hatten nur magere Ergebnisse. Außer einer Handvoll Kinder, die sich für alles gemeldet hätten, ob es sich nun um ein Schachturnier oder um eine Diskussion über nukleare Energie handelte – und es gab solche Kinder auch an der Manual Trades – bekam er nichts, womit er etwas anfangen konnte. Und darum drängte er in seinen sämtlichen Klassen und setzte den Lehrern zu, und Solly Klein sagte er, wenn er schon nicht den Weihnachtsmann spielen wolle, könne er wenigstens dafür sorgen, daß ein paar seiner Schüler sich meldeten.

Als erster brach George Katz das Eis, der freiwillig den Weihnachtsmann spielte. Rick nahm seine Dienste dankbar an und gab ihm einen Durchschlag des Stücks. Die Rolle des Weihnachtsmanns war naturgemäß die schwierigste im ganzen Stück, und Rick hatte sie in Gedanken von vornherein mit einem Lehrer besetzt. Katz war ein Geschenk des Himmels, und als er am nächsten Tag in den Eßraum kam und verkündete, er habe die Rolle über Nacht auswendig gelernt, hätte Rick ihn küssen können.

Als nächstes brach die 55-206 das Eis, und das war eine wirkliche Überraschung. Und zwar Miller.

Der Junge blieb nach der Stunde, als die meisten schon gegangen waren, noch da, kam dann vor und stand vor Ricks Schreibtisch. Rick trug die Fehlenden ein, er sah Miller da stehen und fragte: »Na, was gibt's, Miller?«

»Haben Sie'n paar Minuten Zeit, Chef?«

»Was gibt's, Miller«, fragte Rick noch einmal, ärgerlich. Er glaubte immer noch, Miller sei derjenige gewesen, der sich bei Small beschwert hatte, und jener Tag in Smalls Büro war noch nicht vergessen.

»Habe über Ihre Weihnachtsfeier nachgedacht, Mr. Dadier«, sagte Miller.

»Ja, und?«

»Na ja, diese Engel da, wovon Sie uns erzählt haben, wissen Sie?«

»Ja?«

Miller trat von einem Fuß auf den anderen und sah tatsächlich verlegen aus. »Haben die viel aufzusagen? Ich meine, müssen die viel auswendig können?«

»Nein, nicht allzuviel«, sagte Rick. Er sah Miller neugierig an. »Warum fragen Sie?«
»Ach, ich hatte 'ne Idee, Mr. Dadier. Halt' ich Sie auch bestimmt nich' auf?«
»Nein, nein. Schießen Sie los.«
»Wie wär's, wenn Sie farbige Engel nähmen?«
Rick sah Miller wachsam an. »Farbige Engel?« fragte er gedehnt.
Miller schien ebenso wachsam wie Rick. Er sah ihn offen an und sagte: »Schwarze, wissen Sie?«
»Wie meinen Sie das denn?«
»Ich dachte, sie sähen vielleicht . . . na ja, ich dachte, sie wär'n vielleicht für'n paar Lacher gut. So vier oder fünf von uns in so weißen Hemden mit Heiligenscheinen, verstehen Sie, was ich meine, Mr. Dadier?«
»Ja, Miller«, sagte Rick überrascht und gespannt, was der Junge noch alles in petto hatte.
»Sie wollen die Engel doch komisch machen, nich'? Sie sagten, Sie nähmen Ältere, wenn Sie sie kriegen, weil die groß sind.« Miller lächelte gewinnend. »Habe 'n paar Freunde, Mr. Dadier, die sind nicht nur groß, die sind schwarz.«
»Ich . . . ich weiß nicht«, sagte Rick unschlüssig und im Zweifel, ob die Sache wohl zu machen sei. Er sah es im Geiste vor sich und stellte es sich sehr malerisch vor, wollte aber nicht, daß irgend jemand dächte, er mache sich über die Neger lustig.
»Diese Freunde von mir«, fuhr Miller fort, der nun wirklich versuchte, seine Idee an den Mann zu bringen, »sind begabt. Sind 'ne Art Sängergruppe, wissen Sie, und vielleicht könnten sie 'n Weihnachtslied singen, wenn Sie das wollen. Stille Nacht können sie prima und auch ›God Rest Ye‹ und die andern alle. Sind bestimmt gut.« Miller schwieg und wurde anscheinend noch verlegener, dann fragte er: »Sie . . . Sie wollten doch auch Farbige für die Aufführung nehmen, oder?«
»Ja, ja, natürlich«, sagte Rick. »Ich weiß nur nicht . . .«
»Ich glaube, es wäre nich' schlecht«, sagte Miller leise und senkte den Kopf, offenbar in dem Gefühl, daß sein Vorschlag nicht Ricks Zustimmung fand.
»Wären . . . wären Ihre Freunde denn bereit, hart zu arbeiten?«

»O bestimmt«, sagte Miller, in dessen Augen ein Funke zurückkehrte.
»Auch nach der Schule?«
»Das weiß ich nich' genau. Ich meine, die meisten von den Leuten haben nach der Schule noch 'ne Arbeit. Aber in der Schule kommen wir jederzeit, ich meine, in unserer Mittagspause und überhaupt. Und wir kennen uns alle, wir könnten abends die Sache noch durchgehen. In unserer Freizeit, meine ich. Ich meine, wenn Ihnen die Idee gefällt.«
Rick zögerte und sagte dann: »Wie, glauben Sie, werden die anderen ... farbigen Jungen darauf reagieren? Die im Zuschauerraum?« Er sah Miller forschend an, selbst ganz erstaunt, daß er über dieses Thema mit dem Jungen sprach, und doch froh.
»Sie meinen, jemand könnte vielleicht beleidigt sein?« Miller lächelte zuversichtlich. »Nee, da brauchen Sie nix zu befürchten. Die halten das für'n großen Spaß, mehr nich'.«
»Ich weiß nicht«, sagte Rick, der es wirklich nicht wußte.
»Mr. Dadier«, sagte Miller, dem plötzlich ein Gedanke kam, »kennen Sie *Green Pastures*?«
»O ja«, sagte Rick, überrascht, daß Miller das Stück bekannt war.
»Da sind auch farbige Engel drin, Mr. Dadier. Sie haben sogar 'n farbigen Gott, und da is' auch keiner beleidigt. Sie haben das Stück im CVJM in Harlem gespielt, und nur Farbige haben zugeguckt, und keiner war sauer. Das geht bestimmt in Ordnung, Sie werden's erleben.«
»Ja«, sagte Rick und nickte, »vielleicht haben Sie recht. Passen Sie auf, Miller, lassen Sie mich heute mit Mr. Small darüber sprechen. Wenn ihm der Vorschlag gefällt ... Sie müssen das verstehen, ich möchte niemanden kränken. Wenn es ihm gefällt, können Sie Ihren Freunden Bescheid sagen.« Er machte eine Pause und versuchte ein Lächeln. »Ich hoffe, Miller, daß ... daß auch Sie die Absicht haben, mitzumachen.«
»Klar«, sagte Miller verwundert. »Mann, ich bin doch der Boß in der Gruppe.«
»Schön«, sagte Rick. »Ich sage Ihnen morgen in der Klasse Bescheid, Miller.«
Rick besprach es am Nachmittag mit Small, und Small war mit dem

Vorschlag einverstanden. Er war besonders erfreut, daß der Vorschlag von einem Schüler kam, und nachdem Rick ihn verlassen hatte, beglückwünschte er sich, daß er mit dem Organisator der bedeutsamen Weihnachtsfeier eine glänzende Wahl getroffen habe.
Am nächsten Tag gab Rick den Bescheid nach der fünften Stunde an Miller weiter. Er bat den Jungen, nach der Stunde zu warten, und ärgerte sich, als West mitkam.
»Ich möchte mit Miller allein sprechen«, sagte er zu West. »Würden Sie bitte draußen warten?«
West schleuderte Rick einen angewiderten Blick zu, ging dann zur Tür und lümmelte sich an den Türrahmen.
»Ich habe mit Mr. Small gesprochen, Miller«, sagte Rick und dämpfte die Stimme, damit West die Unterhaltung nicht mithören konnte. »Er findet es gut.«
»Fein«, sagte Miller lächelnd und nickte. »Ich sag's den andern. Wann fangen wir an?«
»Können Sie mir eine Abschrift der Stundenpläne besorgen, dann kann ich ein Art Probenplan aufstellen. Wir probieren wahrscheinlich den Nikolaus und die Engel am Anfang getrennt. Vielleicht können wir später Abendproben arrangieren.«
»Ich besorge Ihnen die Stundenpläne«, sagte Miller. Er ging schon auf die Tür zu, drehte sich aber nochmal um und fügte hinzu: »Schönen Dank auch, Mr. Dadier.«
West stand in der Tür und sagte: »Na, Greg, kriechste ihm auch schon in den Hintern?«
Die beiden Jungen gingen hinaus auf den Flur, und Rick hörte Millers Antwort nicht mehr. Er starrte eine ganze Weile auf den leeren Türrahmen, überlegte, warum Miller sich wohl für die Aufführung gemeldet hatte, überlegte, ob er nicht einen Fehler beging. Plante Miller irgendeinen Streich? Wenn Miller derjenige war, der sich bei Small beschwert hatte, konnte dies dann nicht eine Art Erweiterung seiner Beschwerde sein? War es möglich, daß er versuchen würde, die Aufführung zu schmeißen und die Neger in ein schlechtes Licht zu rücken, so daß es auf Ricks Geschmack und Urteil zurückfiele? Rick wußte nicht, aber er nahm sich vor, auf Miller und die übrigen Engel sorgfältig achtzugeben und sie beim ersten Anzeichen von Aufsässigkeit aus der Aufführung herauszunehmen.

Es sollte sich bald herausstellen, daß seine Befürchtungen unbegründet waren.
Einschließlich Miller waren es insgesamt sechs Engel. Wie Miller versprochen hatte, waren sie alle groß, ein Mitglied des Sextetts maß 1.85 m. Miller war tatsächlich der kleinste in der Gruppe, Rick stellte sie nach Größe auf und freute sich über den Okarina-Effekt. Die erste Probe fand am 2. Dezember in der vierten Stunde statt. Rick wußte, daß Katz in dieser Stunde frei war, und aus den von Miller besorgten Stundenplänen ersah er, daß drei von den sechs Jungen in dieser Stunde Mittagspause hatten. Er mußte die übrigen drei vom Unterricht loseisen und fragte sich, ob es das wohl war, was Miller die ganze Zeit im Sinn gehabt hatte. Sollte der Junge sich überlegt haben, daß ein Probenplan gar nicht durchführbar war, ohne einige vom Unterricht zu befreien? Denn Miller war selbst einer der Glücklichen. Die Vermutung lag also nahe. Aber Rick fällte kein Urteil. Er nahm sich fest vor, die Sache fair und offen zu behandeln, und er war überrascht und erfreut über das Endergebnis – oder zumindest über das Ergebnis, das er bei der ersten Kostümprobe sah. Die Aufführung selbst bekam er nie zu Gesicht.
Die Engel waren mit erstaunlichem Ernst bei der Sache. Erstaunlich insofern, als Rick mit Sondernummern auf der Universität so seine Erfahrungen gemacht hatte. Wann immer auf der Uni einer tanzen, singen oder sonstige Kunststückchen machen konnte, wurde er zu einer Sondernummer. Gehörte er erst einmal zu diesem auserwählten Kreis, meinte derjenige gewöhnlich, die Aufführung habe sich um ihn zu drehen, was scherte ihn die Handlung, was der Zusammenhang, was das ganze Drum und Dran! Die Engel hatten offenbar schon früher zusammen gesungen, und Rick war auf Schwierigkeiten gefaßt. Er war auf eine Sondernummer gefaßt, und Sondernummern lassen sich nicht gern in den Rahmen einer Aufführung pressen, lassen sich nicht gern als Rädchen einordnen. Aber die Engel zeigten keinerlei Anzeichen von Sondernummeritis. Sie hörten sich alles an, was Rick ihnen zu sagen hatte, und schienen begeistert über ihre Sprechrollen.
Die Sprechrollen waren, so wie Rick sie geschrieben hatte, keine echten individuellen Rollen. Er vermutete richtig, daß Erfolg oder Mißerfolg der Engel von ihrem Agieren und Reagieren als Gruppe

abhing. Alles, was sie sagten, wurde daher im Chor gesprochen. Sie mußten alles synchron spielen. Wenn ein Engel sich die Nase putzte, putzten sich die anderen fünf Engel gleichzeitig die Nase. Wenn ein Engel sagte: »O ja«, konnte er sicher sein, daß die anderen fünf Engel die gleichen Worte sprachen.

Aber statt einfacher wurde es dadurch nur schwieriger. Wenn alle sechs Engel zusammen »Ei, Niklas!« rufen mußten, dann mußten sie es auch wirklich zusammen rufen. Wenn ein Engel nachklappte oder ein anderer zu früh einsetzte, wurde aus dem Chor ein unverständliches Durcheinander.

Rick wußte, es würde damit bei der ersten Probe in jener vierten Stunde Schwierigkeiten geben. Es nahmen acht Leute an der Probe teil: George Katz, die sechs Engel und Rick. Die Probe fand auf der Aulabühne hinter geschlossenem Vorhang statt, während unten eine Menge Schüler saßen, die ihre Brote aßen und von denen die meisten keine Ahnung hatten, was hinter dem Vorhang los war.

Rick machte die Jungen mit Mr. Katz bekannt und sagte ihnen, daß er den Nikolaus spiele und daß die Engel und St. Niklas eng zusammenarbeiten müßten, denn sie trügen wirklich die Hauptlast der Aufführung gemeinsam. Die Jungen ließen die Vorstellerei respektvoll über sich ergehen, als sei es etwas Ungewohntes für sie, einem Lehrer vorgestellt zu werden. Rick verteilte Kopien der Engelrollen, dann setzten sie sich alle auf Stühle in der Mitte der Bühne und lasen die Rollen, wobei Rick einsprang und die kleineren Rollen im Text übernahm.

Sie hatten ein paar Absätze gelesen, als Rick bemerkte, daß einer der Engel still war. Er unterbrach und fragte: »Ist irgend etwas nicht in Ordnung? Verzeihen Sie, ich erinnere mich nicht an Ihren Namen.«

»Das ist Brown«, sagte Miller. »Lesen ist seine schwache Seite, Mr. Dadier.«

»Ach so«, sagte Rick enttäuscht.

»Wir pauken ihm seine Rolle ein«, versicherte Miller. »Lesen is' seine schwache Seite, aber das machen wir schon. Er hat 'n gutes Gedächtnis.«

»Na schön«, sagte Rick widerstrebend. »Fangen wir bei Niklas' zweiter Rede an.«

George Katz konnte seine Rolle auswendig, und er sprach sie so

steif, als wäre es die Magna Charta. Rick ließ es durchgehen, weil er überzeugt war, das Steife würde sich schon noch verlieren, wenn das Stück erstmal gründlich geprobt war. Abgesehen davon, bot das Chorsprechen ein größeres Problem als George Katz' Niklas-Interpretation. Die Jungen sprachen nicht gleichzeitig, ein paar waren voreilig, und der Erfolg war ein Chaos, aus dem man kein Wort verstehen konnte.
Sie gingen ein und dieselbe Stelle mehrmals durch, und Rick bemühte sich vergeblich um exakte Einsätze. Schließlich rettete ihn Millers und der Jungen angeborener Sinn für Rhythmus.
»Wir packen das ganz falsch an«, sagte Miller. »Wir machen nich', was Mr. Dadier will. Sie wollen das doch von allen gleichzeitig gesprochen, nich' Chef?«
»Ja«, sagte Rick, der schon davon überzeugt war, daß es mit den Engeln nicht klappen würde.
»Und das tun wir nich'« Er sah auf den Text in seiner Hand und sagte: »Hört mal her, habt ihr die Stelle, wo St. Niklas sagt: ›Wie geht es meinen Himmelboten heute?‹ Habt ihr die Stelle im Text, wo er das sagt?«
Die Jungen nickten und murmelten untereinander, und Miller sagte: »Okay, sein letztes Wort is' also ›heute‹. Und jetzt kommt der Text. Eins-und-zwei-und. Habt ihr? Dann sollen wir sagen ›Oh, uns geht's gut, Niklas. Okay. Wir nehmen das eins-und-zwei-und schnell und auf drei setzen wir ein mit ›oh‹, dann setzen wir einen Takt aus und auf fünf sagen wir ›uns geht's gut, Niklas‹. Habt ihr das?«
Die Jungen besprachen es noch, nickten und studierten den Text, während Rick verwundert zusah.
»Sagen Sie uns den Satz nochmal, Mr. Katz?« fragte Miller.
George Katz kramte in seinem Gedächtnis und sagte: »Wie geht es meinen Himmelsboten heute?«
Miller sagte: »Eins-und-zwei-und ›Oh‹ und-vier-und ›uns geht's gut, Niklas‹. Er machte eine Pause und sah wieder die Jungen an. »Habt ihr das? Ich gebe euch nochmal den Takt laut, danach zählt jeder still für sich. Könnten wir den ganzen Satz nochmal haben, Mr. Katz?«
»Wie geht es meinen Himmelsboten heute?« fragte George Katz steif.

»Eins-und-zwei-und«, flüsterte Miller.
»Oh«, sagten die Jungen im Chor, und Miller flüsterte »und-vier-und« — »uns geht's gut, Niklas.«
»Das war sehr gut«, sagte Rick und grinste bis an beide Ohren. Er war überrascht und erfreut und wunderte sich, daß Miller das rhythmische Talent der Jungen erkannt und so wirkungsvoll ausgenutzt hatte. »Wir wollen das in den Text eintragen. Das eins-und-zwei-und und dann den Takt, den wir aussetzen. So machen wir's mit euren sämtlichen Sätzen.«
»Könnten wir es nochmal ohne lautes Zählen versuchen, Mr. Dadier?« fragte Miller. »Daß jeder still für sich zählt?«
»Aber natürlich«, sagte Rick. »Natürlich. George — Mr. Katz, würden Sie ihnen bitte nochmal das Stichwort geben?«
George Katz sagte pflichtschuldigst: »Wie geht es meinen Himmelsboten heute?«
»Oh«, sagte die Jungen im Chor, »uns geht's gut, Niklas.«
»Sehr gut«, sagte Rick jetzt ganz begeistert. »Sehr gut. Das war ausgezeichnet. Wenn wir das mit unserem ganzen Text so machen könnten ...«
»Klar können wir das«, sagte Miller zuversichtlich. »Es ist genau wie beim Singen, nur daß keine Melodie dabei ist.«
Sie nahmen sich soviel von dem Text vor, wie sie in dieser vierten Stunde schaffen konnten. Sie legten den Sprechrhythmus fest, Rick bestimmte, wo die Pause und wo der Ton liegen sollte, und schnitt den Text auf höchsten Effekt zu. Als es läutete, ging er nur ungern in die 206 hinauf, um die 55-206 zu begrüßen. Miller war schon da, als er eintrat, denn er hatte die Aula etwas früher verlassen, während Rick noch blieb und ein paar Worte mit Katz sprach.
»He, Chef!« rief Miller. »Passen Sie lieber auf!«
Rick, der noch ganz glücklich war über seine Probe und ganz angetan von Millers Mitarbeit, lächelte und fragte: »Worauf, Miller?«
»Daß Sie nich' erst antanzen, wenn es längst geläutet hat. Is' 'n schlechtes Beispiel für die Schüler.«
Die Klasse lachte, und Rick starrte Miller verwundert an.
»Stimmt's etwa nich', Chef?« fragte Miller und machte verschmitzt unschuldige Augen. »Kommen Sie vielleicht nich' zu spät hier angetanzt?«

Rick, der immer noch verdattert war, sagte: »Scheint so, Miller.«
»Scheint so? Mann, wissen Sie's denn nich' genau?« fragte Miller. »So dumm können Sie doch nich' sein!« Und die Klasse brüllte ihre Zustimmung.
»Er ist verwirrt«, spottete West. »Sein Beruf macht ihn nervös.«
»Jetzt ist es genug«, sagte Rick nachdrücklich, der plötzlich wie nach einem Schock wieder reagierte.
»Schluß jetzt.«
»Schluß jetzt!« schrie West. »Habt ihr das gehört!«
»Er sagt ›Schluß jetzt‹«, warf Miller ein. »Und wenn er sagt ›Schluß jetzt‹, bei Gott . . .«
»Dann meint er auch ›Schluß jetzt‹«, vollendete West selig und schlug Miller freudestrahlend auf die Schulter.
Rick blinzelte Miller perplex an, außerstande, die Veränderung in dem Jungen zu begreifen. War das der bereitwillig mitarbeitende Junge, der gerade in der vorigen Stunde den Sprechrhythmus in der Aula ausgearbeitet hatte, konnte das derselbe Junge sein? Dieser freche Bengel, der eben jetzt wieder einen Schwall von Sticheleien gegen den Lehrer vom Stapel gelassen hatte? Er konnte es nicht glauben, und so ließ er es auf sich beruhen, denn er verstand es nicht. Aber in den folgenden Tagen lernte er etwas Grundsätzliches, und er lernte ebenfalls, sich damit abzufinden.
Er lernte, daß es Miller war, der sämtliche Regeln dieses Spiels aufstellte und daß es komplizierte und streng eingehaltene Regeln waren. Und genauso wie Miller vor jeder fünften Stunde Englisch eine willkürliche Grenze zog, die er nicht überschritt, so zog er auch eine Grenze zwischen der Aufführung und dem übrigen Schulbetrieb. Es war eine verworrene Lage. Und zwar deshalb, weil Rick auf den Proben wirklich prachtvoll mit Miller auskam. Das Verhältnis Schüler-Lehrer schien völlig aufgehoben. Sie arbeiteten einfach für ein gemeinsames Ziel, Miller folgte den Anweisungen, machte nützliche Vorschläge und stand verlegen dabei, wenn Rick wegen einer Schwierigkeit oder eines Patzers aus dem Häuschen geriet. Rick schätzte des Jungen Anteilnahme an der Aufführung, und am meisten schätzte er, wie Miller das Sextett führte und Rick half, es zu einer geschmeidig laufenden, spielenden und singenden Maschine zusammenzuschweißen. Und dann war die Probe vorbei, und die

55-206 tauchte am Horizont auf, Miller zog wieder seine Grenze, stieß genau bis zu der Grenze vor, übertrat sie nie, hetzte Rick immer gerade bis dahin, ärgerte ihn so lange, bis Rick ihn vor die Wahl stellte, zurückzuweichen oder auf Ricks Seite vorzustoßen, was er nie tat.

Rick versuchte, es zu verstehen, und der einzige Schluß, zu dem er kam, war, daß die Aufführung ein natürliches Betätigungsfeld für Millers Führerqualitäten war – und es bestand kein Zweifel, daß er diese Qualitäten besaß – wohingegen er in der Klasse (wie Solly Klein gesagt hatte) kein solches Betätigungsfeld fand. Dort bestand vielmehr eine unnatürliche Situation, für die schlechtes Benehmen der Maßstab war.

Bei den Proben mußte Miller sich nicht schlecht benehmen. Er mußte etwas tun, etwas, das sein aktives Mitdenken herausforderte. Er mußte andere Jungen anleiten, und zwar zu einer guten Sache anleiten.

Nicht so im Englischunterricht. Die anderen Jungen sahen im Englischunterricht einen nutzlosen Zeitvertreib, einen blöden Quatsch, der für die Katz' war. Vielleicht dachte Miller genauso, obgleich man unmöglich wissen konnte, was er eigentlich dachte. Aber er spürte, daß Aufsässigkeit Beifall fand, daß ungezogenes Benehmen hoch angesehen war. Und darum zog er seine Grenze und zog seine zweite Grenze, die soviel besagte wie: »Die Aufführung und der Englischunterricht, Chef, sind zweierlei. Erwarten Sie bloß nicht, daß ich Ihnen im Unterricht in den Hintern krieche.«

Rick sah dieser zweiköpfigen Gorgo offen ins Gesicht. Er lernte den guten und den schlechten Miller akzeptieren, und er kam sich ein wenig vor wie ein Psychoanalytiker, der einen Schizophrenen behandelt. Und die ganze Zeit überlegte er, welches wohl die eigentliche Person sei; er hoffte, der gute und nicht der schlechte.

Bei den Proben obsiegte fraglos der gute, und die Aufführung kam mit Riesenschritten voran. Am 10. Dezember waren Engel und St. Niklas aus einem Guß, und George Katz hatte die steife Gleichförmigkeit, mit der er anfangs die Rolle spielte, weitgehend verloren. Es war geradezu eine Freude, ihr Zusammenspiel zu sehen. Katz, der unfähig war, das Großspurige und Förmliche seines Wesens gänzlich abzulegen, war der ideale Partner für die sechs Engel.

Die Engel, die offensichtlich ein Gutteil ihrer Freizeit auf Proben verwandten, brachten die Pointen wie aus einem Mund. Sie atmeten zusammen, sie bewegten sich zusammen, sie schwiegen zusammen und sie sprachen zusammen. Sie waren wie sechs Marionetten, die von einer Hand bewegt wurden. Sie waren vollkommen, und Rick lachte jedesmal schallend, wenn sie ihren Auftritt hatten, obwohl er die Gags hundertmal gehört hatte und genau wußte, was kam. Die Jungen entwickelten eine Art sturen Vortrag. Die Sturheit dauerte so lange, bis der Satz gesprochen war und von den Zuschauern Gelächter kam, die Zuschauer bildete in diesem Stadium der Proben Rick. Und dann verschwand die Sturheit, und sechs Männer öffneten sich gleichzeitig über sechs Doppelreihen strahlend weißer Zähne. Ein falsches, urkomisches Lachen überzog die sechs schwarzen Gesichter mit einem Mienenspiel, das bei jeder Pointe zwei Lachsalven auslöste, eine für den sturen Vortrag und den Gag und eine für das simultane falsche Grinsen, das dem Satz folgte. Es hätte nicht besser sein können, und Rick dankte dem Himmel, daß Miller mit seinem Engelsextett aufgekreuzt war.

Und singen konnten die Jungen! Mit beachtlichem Geschick dämpften sie die komische Seite, wenn sie zu den Weihnachtsliedern kamen, die Rick ausgesucht hatte. Sie trugen sie mit Wärme und Ernst vor und sangen mit einer Harmonie, die sie offenbar in langjähriger Freundschaft erworben hatten. Sie sangen ›God Rest Ye Merry Gentlemen‹, ›Deck the Halls‹, ›Noel‹ und ›Stille Nacht‹, und jedes Lied trugen sie auf besondere Weise vor. Rick sparte ›Stille Nacht‹ als letzte Nummer in der Aufführung auf und setzte den 1.85 m-Mann, der die beste Stimme von den sechsen hatte, in der zweiten Strophe als Solisten ein. Er hoffte, das Publikum würde dann beim Wiederholen der ersten Strophe einfallen. Es sollte sich zeigen, daß das Publikum am Tag der Weihnachtsfeier tatsächlich einfiel, aber Rick erfuhr das erst lange, nachdem die Aufführung vorbei war.

Er stürzte sich immer heftiger in die Arbeit. Er nahm mit dem eisernen Clancy, der Tischlerei und Holzverarbeitung unterrichtete, Fühlung auf. Nachdem Clancy einen vorsichtigen Wink bekommen hatte, daß sein Name bei der Aufführung erwähnt würde, war er nur zu gern bereit zu helfen, insbesondere, da seine Schüler die ganze Arbeit machen mußten. Er entwarf die Dekorationen mit Hilfe von Scanlon

und Anuzzi, den Kollegen in den technischen Fächern, und seine Klassen bauten sie in wenigen Tagen brav zusammen.
Lois Hammond erbot sich, die Kostüme zu nähen. Ricks Proben waren allmählich soweit gediehen, daß die übrige Besetzung auch beschäftigt war. Die übrige Besetzung bestand einmal aus einer Kerntruppe von fünfundzwanzig Jungen, den Schülern, die der Nikolaus und die Engel besuchten, zum anderen aus sieben Lehrern, die freiwillig ihre Dienste angeboten hatten und sich in dem Stück meistens selber spielten. Rick übernahm auch eine kleine Rolle, denn er konnte keine freiwilligen Lehrer mehr auftreiben, und diese Rolle wurde am Tag der Aufführung von Weiberheld Manners gespielt, der für den abwesenden Rick einspringen mußte. Ricks Abwesenheit war vielleicht insofern ein Glück, als der Weiberheld einen privaten Triumph feierte, der ihn vorübergehend seine Sehnsucht nach einem Mädchenschulparadies voll atemberaubend willfähriger Beine vergessen ließ.
Mit wachsender Besetzung wuchsen auch die Probleme. Rick mußte nämlich die Probenpläne aufstellen, und es war nahezu unmöglich, alle unter einen Hut zu bringen. Er nahm schließlich seine Zuflucht zu Abendproben, denn er hatte festgestellt, daß die meisten Engel mit ihrer Arbeit um sieben oder acht fertig waren, und setzte ihre Proben gegen halb neun an. Er mußte dafür die Erlaubnis der Eltern einholen und bekam außerdem Schwierigkeiten mit der Abendschule. Sie hatte ihrerseits die Aula belegt, da er sie aber dringender benötigte, überließ man ihm das Feld.
Auf einer dieser Abendproben, die Anne Dadier ziemlich quälten, aber davon ahnte Rick nichts, erschien Lois Hammond auf der Bildfläche.
Sie saß ganz vorn und sah Rick zu, der seine Darsteller auf Herz und Nieren prüfte, und jedesmal lachte sie in hellem Entzücken, wenn die Engel ihre Einheitsmünder auftaten. Rick war ein strenger Spielleiter und unterbrach, sooft irgend etwas nicht genau stimmte. Lois sah ihm zu, wie er sich auf der Bühne bewegte, wie er nach hinten in den Zuschauerraum lief, zu den Seitengängen rannte, wieder auf die Bühne zurückkehrte und »lauter die Engel« rief oder »gehen Sie mehr in die Knie, George« oder »achte auf deinen Rücken Agostino, wir wollen dich nicht von hinten sehen«. Sie sah ihm zu

und der Aufführung, aber meistens sah sie ihm zu, und man konnte schwer erraten, was sie dachte, denn sie gab sehr auf ihre Blicke acht, und kaum jemand gewahrte das Wogen ihres Busens. Als alles vorbei war, wartete sie, bis die Aula sich geleert hatte, blieb vorn auf ihren Platz sitzen, sah Rick zu und verfolgte, wie Schüler und Lehrer gingen.
Rick blieb auf der Bühne, schrieb etwas in sein Textbuch und prüfte die Beleuchtung, die eine von Lou Savoldis Klassen einfallsreich für ihn gebastelt hatte. Lois beobachtete ihn, und mit einem Auge sah sie, daß die Aulatüren endlich leise hinter den letzten Mitspielern ins Schloß fielen, und die große Aula war leer bis auf Rick und Lois Hammond, die da mit übereinander geschlagenen Beinen ganz vorn saß.
»Es war sehr gut«, rief sie von ihrem Platz. Sie hatte einen Arm auf die Stuhllehne neben sich gelegt und sog tief die Luft ein, um den Abstand, der sie trennte, besser zu überbrücken.
Rick, der die Hemdsärmel hochgekrempelt, die Krawatte herabgezogen und sich den Kragen aufgeknöpft hatte, sah ganz überrascht auf, daß noch jemand in der Aula war, insbesondere, daß dieser Jemand Lois Hammond war.
»O vielen Dank«, sagte er.
»Wirklich sehr gut, Rick«, antwortete Lois. »Sie sollten stolz auf sich sein.«
Rick trat an die Rampe und lächelte: »Hat es Ihnen wirklich gefallen?«
»Ja«, sagte Lois und lächelte zurück. »Wo haben Sie nur diese Engel her? Sie sind hinreißend.«
»Nicht wahr?« sagte er ganz glücklich. Er klappte seinen Text zu und begann seine Ärmel abzurollen.
»Darf ich rauchen?« fragte Lois.
»Ich denke, schon.«
»Oder halten Sie sich lieber an die Vorschriften?« fragte Sie. Sie zog eine Augenbraue hoch und runzelte sie inquisitorisch. Rick erinnerte sich, daß er dergleichen mal für einen unschuldigen Gesichtsausdruck gehalten hatte. Dafür hielt er es jetzt nicht mehr. Er erkannte es als das, was es war: eine nicht eben dezente Unterstreichung des Doppelsinns ihrer Worte.

»Ja«, sagte er lächelnd, »ich halte mich gern an Vorschriften.«
»Vorschriften sind dazu da, daß man sich über sie hinwegsetzt«, sagte Lois.
»Dann«, antwortete Rick, »lassen Sie sich Ihre Zigarette gut schmekken.« Er schloß die Manschettenknöpfe, knöpfte sich den Kragen zu und schob den Krawattenknoten hoch. Dann nahm er seine über den Stuhl gehängte Jacke, zog sie an und ging die Stufen hinab.
»Setzen Sie sich«, sagte Lois. »Rauchen Sie eine Zigarette mit mir.«
»Es ist wirklich schon sehr spät«, sagte Rick.
»Es ist später, als Sie denken«, antwortete Lois und musterte ihn mit einem durchdringenden Blick. »Das Erntedankfest ist längst vorbei«, sagte Lois anzüglich.
»Ja«, antwortete Rick, der wohl wußte, was sie meinte, aber diesmal nicht darauf einging.
»Ich stelle jetzt gerade meine Weihnachtsliste zusammen«, sagte sie. »Versuche festzulegen, was für Geschenke ich mache.«
»Oh?« sagte Rick, der sich eine Zigarette anzündete und sich gegen das Klavier lehnte, auf dem Martha Riley die Begleitung der Weihnachtsfeier klimpern würde.
»Ich habe ein ganz großes Geschenk für Sie«, sagte sie und blies eine Rauchwolke aus. »Ein ganz großes, wissen Sie das, Rick?«
»Haben Ihnen die Engel wirklich gefallen?« fragte er und versuchte, das Thema zu wechseln, denn er wollte ihr Geschenk nicht und wollte nichts davon hören.
»Sehr«, sagte Lois rasch. »Ich habe mir überlegt, wann und wo ich dieses Geschenk überreichen kann. Es ist schon fix und fertig verpackt. Ich brauche nur noch Zeit und Ort zu wissen.«
»Warum schicken Sie es nicht per Bahn-Expreß? Die transportieren alles.«
Lois kicherte, warf dann ihre Zigarette auf den Fußboden, streckte ein seidiges Bein im schwarzen Pumps danach aus und zertrat sie.
»Meinen Sie, ich sollte Zeit und Ort bestimmen, Rick«, fragte Lois und beugte sich mit im Schoß gehaltenen Händen vor. »Wäre Ihnen das lieber?«
Rick blieb einen Augenblick still. Dann schob er den Jackenärmel zurück, sah auf seine Uhr und sagte: »Ich muß nach Hause. Meine Frau wartet.«

»Ah ja, der brave Ehemann«, flötete Lois.
»Ah ja, der brave Ehemann«, wiederholte Rick lächelnd.
»Braucht der brave Ehemann ein Garderobenfräulein?« fragte Lois, und Rick war nicht sicher, ob es wieder zweideutig gemeint sei.
»Sie meinen jemand, der die Kostüme macht?«
Lois zuckte die Achseln. »Ja. Was sonst?«
»Natürlich braucht er das«, antwortete Rick. »Ist das ein Angebot?«
Lois lächelte, aber ihre Augen lächelten nicht mit. »Mich dünkt, ich biete es den ganzen Abend schon an«, sagte sie.
Rick zog es vor, ihre Anspielung zu überhören. »Sie bekommen die Stelle«, sagte er froh.
»Danke.«
»Ich meine, wenn Sie wollen.«
»Ich will«, sagte Lois. »Und ob ich will!«
»Die einzigen Kostüme, die Kopfzerbrechen machen, sind die der Engel. Das Kostüm für den Weihnachtsmann können wir leihen.«
»Und da liegt die Wurzel allen Übels«, sagte Lois.
»Wie bitte?«
»Engel«, antwortete Lois lächelnd. Sie stand ruckartig auf und strich den Rock über den Hüften glatt. »So ist es doch? Oder meinen Sie nicht?«
»Ich weiß nicht, wovon Sie reden, Lois«, sagte Rick langsam.
»Nein?« Sie trat einen Schritt auf ihn zu und streichelte ihm die Wange. »Nein? Wirklich nicht?«
»Ich fürchte, nein«, sagte er. Er spürte die Wärme ihrer Handfläche auf seinem Gesicht, spürte ihre Nähe.
»Na«, sagte sie, »immer noch nicht?«
»Ich muß nach Hause«, antwortete Rick. Er nahm seine Aktentasche vom Klavier. »Kommen Sie mit?« fragte er, und Lois lachte schallend auf.
Er starrte sie einen Moment an und begriff nicht, was daran so komisch war.
»O Rick«, sagte sie. »Rick, Sie sind absolut hinreißend.«
»Vielen Dank«, sagte er achselzuckend.
»Nein, Sie sind wirklich hinreißend, ein wirklich hinreißender Engel. Gehen Sie nach Hause, Rick, gehen Sie.« Sie lachte wieder und sagte dann: »Gehen Sie nach Hause zu Ihrer Frau.«

»Genau das hatte ich vor«, sagte er, verärgert über ihr Gelächter. »Ich mache Ihnen Ihre Kostüme, mein Engel«, sagte sie. »Sechs weiße Kostüme für Ihre sechs kleinen Engel. Ich werde es Ihnen sehr hübsch machen, Rick, sehr hübsch.«
»Vielen Dank, Lois. Ich ...«
»Aber sagen Sie mir, Rick, langweilt Sie diese elende Schule nicht manchmal zu Tode? Steht es Ihnen nicht bis zum Hals, den ganzen Tag lang diese widerlichen Bengel zu unterrichten, Rick? Haben Sie nicht manchmal den Wunsch, Ihre alte Aktentasche da in die Luft zu schmeißen und sich nicht darum zu scheren, wo sie hinfällt, Rick?«
»Ich glaube, Sie haben mich falsch verstanden, Lois«, sagte Rick kopfschüttelnd. »Ich bin nicht ...«
»Das weiß ich. Mein Gott, das weiß ich wahrhaftig. Okay, Rick. Lassen wir das. Aber wollen Sie mir übelnehmen, daß ich mich langweile?«
»Ich verstehe nicht ...«
»Wollen Sie mir übelnehmen, daß ich den Vorfall an meinem ersten Schultag als die einzige aufregende Sache ansehe, die ich erlebt habe, seit ich hier bin? Wollen Sie mir das übelnehmen?«
»Sie meinen ...«
»Ja, ich meine. Ich meine, als der blöde Kerl versucht hat, mich zu vergewaltigen, Rick. Genau das meine ich. Mein Gott, manchmal wünschte ich, er hätte es getan.« Sie schwieg und sagte dann, »das sage ich nur so, aber Herrgott nochmal, ich habe die Nase voll. Ich habe sie bis obenhin voll. Ich habe sie voll ... ach ... mir ist alles egal.«
»Ich hatte keine Ahnung, daß Sie so denken«, sagte Rick. »Warum sind Sie Lehrerin geworden, Lois?«
»So ist's recht, steuern Sie uns ins akademische Fahrwasser. Spielen Sie den geistesabwesenden Professor, Rick. Tun Sie so, als unterhielten wir uns über John Dewey. Wie soll denn ich wissen, warum ich Lehrerin geworden bin? Was kann ein Mädchen sonst schon anfangen? Biochemie? Zoologie? Geologie? Stenographie und Schreibmaschine? Warum nicht Lehrerin? Zwei Monate Ferien jeden Sommer und ein Studienaufenthalt in Italien, mit den lieben Kollegen auf einem Kanal kreuzen und mit Stielaugen Venedig betrachten.

Wie soll denn ich wissen, warum ich Lehrerin geworden bin?« Sie schwieg, wandte sich um und beugte sich nach einer Zigarette zu ihrer Tasche hinunter; ihr Rock spannte sich straff über dem Hinterteil. Sie zündete sich eine Zigarette an und sagte: »Aber ich habe die Nase voll, Rick, das weiß ich. Mir steht es bis oben, und nun haben Sie also eine Kostümbildnerin, wenn Sie die wollen. Die wollten Sie doch, nicht Rick?«

»Die wollte ich«, sagte er.

»Die Weihnachtsfeier ist am Mittwoch, den 23.«, sagte Lois. Sie nahm die Zigarette aus dem Mund. »Fast überall veranstaltet man einen Umtrunk in der Weihnachtszeit, eine Art Auftakt für die Ferien. Glauben Sie, daß wir auch so etwas machen?«

»Ich bezweifle es«, sagte Rick.

»Ich glaube es nicht. Darum habe ich eine Idee, Engel. Probieren Sie, ob sie unter Ihren Heiligenschein paßt. Meine Idee ist, daß wir nach der Weihnachtsfeier irgendwohin gehen und etwas trinken. Sie können einen Freund mitbringen, wenn Sie möchten. Wie wär's mit Solly Klein? Wir trinken etwas und stoßen auf Ihre Kostümbildnerin an, einverstanden Rick? Wir stoßen auf sie und ihre Langeweile an und auf sämtliche Engel in der Welt und all die lieben Frauen, die darauf warten, daß diese Engel zu ihnen heimkommen. Wir stoßen auf alles an, Rick. Und wir stoßen auf das Geschenk an, von dem ich Ihnen erzählt habe, und vielleicht tauschen wir gegenseitig unsere Gaben aus.« Sie schwieg einen Moment. »Was halten Sie von meiner Idee, Rick? Schlagen Sie ein wenig mit den Flügeln und lassen Sie mich's wissen.« Sie machte wieder eine Pause. »Geben Sie mir ein Zeichen, etwas, das ich deuten kann. Schicken Sie mir einen Blitz, mein Engel.«

»Das letzte Mal, als ich auf etwas angestoßen habe, wurde ich verprügelt«, sagte Rick trocken.

»Sie und Mr. Edwards. Der Drückeberger. Wo ist er jetzt, Rick?«

»Ich weiß nicht. Ich vermute . . .«

»Oder kränke ich Sie? Er war ja Ihr Freund, wie konnte ich das vergessen. Aber schloß meine Einladung nicht einen Freund ein? Ich bin ein sehr braves kleines Mädchen, Rick, sorge für einen Anstandswauwau und was nicht alles. Keine Ehefrau könnte etwas gegen Solly Klein sagen, habe ich nicht recht, Rick?«

»Lassen Sie uns das Gespräch beenden«, sagte Rick plötzlich.
»Aha, das Zeichen. Da ist es, das Zeichen, um das ich gebeten hatte Rotes Licht. Stop. Die Kostümbildnerin bleibt in der Garderobe.«
»Lois, Sie unterstellen wer weiß welche . . .«
»Ich unterstelle gar nichts, Rick, aber auch nicht soviel, vergessen Sie das nicht. Ich verstehe die Zeichen und gehorche ihnen, wenn ich will, wie beim Rauchen einer Zigarette in diesen heiligen Hallen, genannt Aula.« Sie nahm einen tiefen Zug, blies den Rauch in jähem, kräftigem Stoß aus. »Genau so. Ich habe jetzt mein Zeichen, Rick, aber es ist nicht das Zeichen, das ich wollte.«
»Warum, zum Teufel, können wir denn nicht . . .«
»23. Dezember«, sagte Lois. »Was haben wir heute, den 14., 15.? Na ja, das ist ja gleich. Sie haben noch etwas Zeit, Rick. Ein paar Glas, ein paar Trinksprüche, ein paar Gaben. Ein großes Geschenk. Schluß mit der Langeweile. Oh, daß endlich Schluß damit wäre! Aber diese Schule hier ist ein einziges Krebsgeschwür an Langeweile!«
»Ich gehe jetzt nach Hause«, sagte Rick.
»Ich auch«, stimmte Lois zu. »Ich auch. Heimwärts zieht's mich.« Sie lächelte und berührte Ricks Arm. »Schau heimwärts, Engel.«
»Nun kommen Sie endlich«, sagte Rick barsch.
Sie gingen zusammen den Seitengang entlang, keiner sprach. Am Ausgang der Aula schaltete Rick das Licht aus, und Lois war plötzlich sehr dicht bei ihm, so dicht, daß er den Druck ihres Oberschenkels an seinem Bein spürte und ihren Atem, wenn sie sprach.
»Am 23. Dezember, Rick«, flüsterte sie. »Eine frühe Weihnacht in diesem Jahr und vielleicht ein glückliches neues Jahr, wer weiß.«
Sie beugte sich vor und atmete aus, der warme Lufthauch streifte sein Gesicht. Sie näherte ihren gespitzten Mund dem seinen, und ihre Hand schloß sich um seinen Arm. In diesem Augenblick stieß er die Aulatür auf und trat auf den hell erleuchteten Flur.
»Ich habe es eilig, Lois«, sagte er im Plauderton. »Sagen Sie mir dann, wie Sie mit den Kostümen zurechtkommen, ja?«

Er ging ihr danach soviel wie möglich aus dem Weg. Die Karten lagen jetzt offen auf dem Tisch, Lois Hammond war keine Frau, die Verstecken spielte. Lois Hammond hatte die Nase voll von der North Manual Trades, und ein kleines Abenteuer mit einem verheirateten

Mann war ihr gerade recht, um sie von ihrer Langeweile zu erlösen. Nur daß Anne auch die Nase voll hatte, und Anne beklagte sich in letzter Zeit selten, doch konnte er ihr ansehen, daß das letzte Stück der Schwangerschaft keine reine Freude war. Und wenn es ihm auch ein Leichtes gewesen wäre, Lois Hammonds Geschenk anzunehmen – er zweifelte nicht, daß es in der Tat ein interessantes Päckchen war –, so hätte er danach nicht mehr mit Anne zusammenleben können, schlimmer noch, er hätte nicht mehr mit sich selber zusammenleben können.
Darum ging er ihr aus dem Weg bis auf kurze Besprechungen über Kostüme, bei denen Lois nie versäumte, den 23. Dezember und die Verheißung jenes künftigen Tages zu erwähnen. Sie hielt ihm die Verheißung vor die Nase wie eine ausgestreckte Mohrrübe, aber er knabberte sie nicht an. In ihrem Benehmen lag etwas Selbstbewußtes, und er begriff nicht, wie er je in ihr ein schüchternes, naives kleines Ding hatte sehen können. Es war fast so, als glaubte sie, mit Suggestivkraft ihr Ziel zu erreichen. Sie setzte ihre Stimme ein, sie setzte ihre Worte ein, und sie setzte ihren Körper ein, das Ganze zu einem machtvollen Sugesstionsapparat gekoppelt, das Ganze eine einzige Verheißung, eine glitzernde Verheißung: ein paar Glas, ein paar Trinksprüche, ein paar Gaben. Ein großes Geschenk.
Rick übersah die Verheißung. Trotzdem blieb sie in einem Winkel seiner Gedanken haften, und manchmal prüfte er sie heimlich. Es war wie ein Päckchen geraubter Banknoten, die er unter den Fußbodendielen seines Geistes aufbewahrte. Er wußte, sie waren da, aber er konnte sie nicht ausgeben, und er wollte es auch gar nicht. Und zu wissen, daß sie dort zu unrecht lagen, machte ihn schuldbewußt, obwohl er die Bank gar nicht ausgeraubt und das Päckchen unter die Fußbodenbretter gelegt hatte.
Lois Hammond war ein Meister – oder eine Meisterin – in der Kunst des Unterstellens und übte diese Kunst emsig aus, bis der 23. Dezember zu einem erinnerungswürdigen Datum wurde, wie ein Geburtstag oder ein Jubiläum. Bevor sie anfing, Rick ernstlich zu bearbeiten, war der 23. Dezember für Rick nur eins: der Tag der Weihnachtsfeier. Jetzt bedeutete er mehr, und er wußte beim besten Willen nicht, ob er wirklich zauderte, ihren Vorschlag anzunehmen, oder ob er nur zauderte, weil sie ihm unablässig suggerierte, er täte

es. Er hatte geglaubt, sein Entschluß stände fest seit dem Tag im Büro der *Trades Trumpet,* als sie ihm einen besseren Striptease vorgeführt hatte. Der Abend in der Aula, in dem sie ihm ihre Dienste als Kostümbildnerin angeboten hatte, bestätigte ihn in seinem Entschluß. Er wollte nichts mit Lois Hammond zu tun haben. Er war ihr aus dem Weg gegangen, aber es war schwierig, jemandem wie Lois Hammond aus dem Weg zu gehen, und nun ertappte er sich dabei, daß er an seiner Entscheidung zweifelte.

Sie benutzte den Trick, ihm irgendwie das Gefühl zu geben, er sei unmännlich. Steril war wohl das richtige Wort. Als verstieße er gegen die Gesetze, die das sexuelle Verhalten des Mannes beherrschen, wie es, Friede seiner Asche, Dr. Kinsey berichtet. Als ob das Zurückweisen eines Antrags abnorm wäre. Als ob ein Mann mit einer Ehefrau im neunten Monat bei dieser Gelegenheit einfach zugreifen müßte. Als ob er irgendein blindes, unter einem glitschigen Felsen hervorgekrochenes Wesen wäre. Was ist los mit dir, Rick? Kein Blut? Keine Hormone? Keine *Cojones?*

Vielleicht nicht, grübelte er. Vielleicht kicherten die Leute im Umkleideraum des Golfklubs hinter vorgehaltener Hand über diesen Esel, der eine gute Sache, taufrisch und nicht unter Glas dargereicht, ausschlägt. Vielleicht schüttelten sie ihre struppigen Köpfe und murmelten: »Hat den Verstand verloren, der Dadier. Schade. Netter Junge sonst.«

Vielleicht war er ein Esel und vielleicht hatte er kein Blut und keine Hormone oder sonstwas. Er bezweifelte es, denn er hörte sein Blut jede Nacht, wenn Anne sich an ihn schmiegte. Er hörte sein Blut laut und stark, und seine Hand glitt verlangend und zärtlich über ihren Leib, bis er sich zusammennehmen mußte, denn er wußte, es war töricht, und außerdem dauerte es nicht mehr lange.

Und Anne? Er wußte, daß sie jetzt nichts empfand, und konnte sie deswegen nicht tadeln. Und wenn sie ihn tröstete und »oh, mein armer Liebling«, flüsterte, schämte er sich etwas, als wenn es unrecht wäre, Verlangen zu haben, jetzt, da sie nichts empfand. Sie verstand ihn und half ihm, aber es war nicht das gleiche, und er schämte sich noch mehr, denn Sex, der nicht vom Partner geteilt wird, ist eine leere, hohle Sache.«

Jedenfalls hatte er Blut, und Lois' Anspielungen, daß er ein geschlechtsloses Neutrum sei, kränkten seine Männlichkeit. Er wußte, daß es zu ihrer Taktik gehörte; es war ein Trick, der gewöhnlich zu einem Also-gut-Kleine-du-hast-es-gewollt!-Angriff führte. Er durchschaute sie völlig, aber trotzdem reagierte er auf ihre Annäherungsversuche, und seine Männlichkeit fühlte sich zutiefst getroffen, wenn sie ihn ›Engel‹ als Synonym für Eunuch nannte.

Und zur selben Zeit wurde ›Engel‹ — was die Aufführung anbetraf — immer mehr gleichbedeutend mit Gregory Miller.

Miller war die Hilfsbereitschaft in Person. Es gab nichts, das er für die Aufführung nicht getan hätte, und Rick war von seiner Mitarbeit begeistert. Der Junge tat alles, um das man ihn bat, und häufig Dinge, um die Rick ihn nie gebeten hätte. Zum Beispiel an dem Abend, als Rick noch länger blieb, um eine der Kulissen nachzustreichen, die unter dem gelben Scheinwerferlicht unvorteilhaft aussah. Er hatte sein Marinedrillichzeug mitgebracht, zog sich hinter der Bühne um und breitete sich mit seinen Farbtöpfen und Pinseln auf dem Fußboden aus; er wollte es möglichst rasch hinter sich bringen.

Da tauchte Miller auf, blieb hinter Rick stehen und sah ihm eine Weile wortlos zu. Dann fragte er schließlich: »Haben Sie noch einen zweiten Pinsel, Mr. Dadier?«

»Oh! Ja.« sagte Rick.

»Ich dachte, Sie könnten vielleicht Hilfe brauchen. Sonst sitzen Sie die ganze Nacht hier.«

»Bedienen Sie sich«, sagte Rick lächelnd. »Der Pinsel da ist zwar etwas hart, aber ich denke, es wird gehen.«

Miller nahm den Pinsel und prüfte die Borsten mit der Handfläche. »Der geht«, sagte er, hockte sich dann neben Rick und machte sich an die Arbeit. Sie war bestenfalls langweilig. Die Kulisse verlangte keine Feinarbeit, sondern es handelte sich einfach darum, die alte Farbe durch eine neue zu ersetzen. Sie arbeiteten eine Weile schweigend, und dann fingen sie an, sich zu unterhalten, vielleicht weil Malen natürlicherweise zu Gesprächen anregt.

Sie sprachen zuerst über die Aufführung und wahrten die steife Förmlichkeit zwischen Lehrer und Schüler. Und dann, vielleicht weil sie beide Arbeitshosen trugen und beide arbeiteten und in ihre Tätigkeit vertieft waren, legten sie die Förmlichkeit ab und fingen an, sich über andere Dinge zu unterhalten, Filme, die sie gesehen hatten, über Lehrer und Schüler in der Schule, über die sonderbaren ›Käuze‹ die sie kannten, darüber, daß Weihnachten für sie beide eine besondere Zeit war und sogar — überraschenderweise — über Bücher, die Miller gelesen hatte, meistens Taschenbuchausgaben, aber zum großen Teil ausgezeichnete Bücher.

In dem Zusammenhang fragte Rick: »Wie sind Sie eigentlich auf eine Berufsfachschule gekommen, Miller?«

»Weißauchnich'«, sagte Miller, tauchte den Pinsel ein und kleisterte die Farbe auf die Leinwand. Er teilte sie mit langen Pinselstrichen aus und sah dann auf: »Einfach so.«

»Hatten Sie mal an ein Gymnasium gedacht?«

»Ja, habe mal dran gedacht.«

»Ich meine ...« Rick zögerte, wußte nicht recht, ob er den Intelligenzquotienten des Jungen erwähnen sollte, und entschloß sich dagegen. »Was ist Ihr Hauptfach?«

»Fahrzeugbau«, sagte Miller.

»Wollen Sie Automechaniker werden?«

»Glaube«, sagte Miller. Er schien plötzlich verlegen.

»Oder nicht?«

»Wissen Sie, ich seh's so, Mr. Dadier, habe keine große Wahl.«

»Wie meinen Sie das, Miller?«

Miller sah auf, und seine Stimme war ohne jedes Arg, als er sprach: »Bin 'n Farbiger, Mr. Dadier.«

»Das verstehe ich nicht«, sagte Rick.

Miller lächelte: »Sehen Sie mich als Rechtsanwalt oder Arzt oder sowas? Daß ich nich' lache, Mr. Dadier.«

»Wären Sie gern Arzt?«

»Nein, nein, sowas alles nich'. Mißverstehen Sie mich nich'. Ich möchte nur nich' ... na ja, Sie wissen schon. Ich bin lieber Automechaniker als Liftboy oder Schuhputzer oder Gepäckträger. Verstehen Sie? Ich denke mir, ein Automechaniker hat immer was zu tun, wie ein Facharbeiter, und vielleicht macht es nix, ob er schwarz oder weiß ist. Das denke ich mir.«

»Aber Sie wären lieber etwas ... mehr als Automechaniker?«

»Automechaniker is' nich' schlecht, glaube ich.«

Rick tauchte seinen Pinsel nicht ein. Er hielt ihn in der Hand und

starrte Miller an. »Aber Sie wären doch lieber etwas anderes?« fragte er.
»Na ja.«
»Was, Miller?«
»Weißauchnich'.«
»Jedenfalls etwas anderes?«
»Na ja.« Miller grinste verlegen. »Ich habe mal gedacht, ich könnte vielleicht Sänger werden, aber dazu bin ich nich' gut genug. 'n Haufen Farbige singen. Nat Cole, Pearl Bailey, Sie wissen ja.«
»Ja«, sagte Rick.
»Aber dazu bin ich nich' gut genug. Dachte auch mal, ich könnte Boxer werden, aber ich schlage nich' gern jemand, wenn ich nich' zuerst geschlagen werde.«
»Und was möchten Sie nun gern werden?«
»Weißauchnich'«, sagte Miller wieder.
»Aber kein Mechaniker?« beharrte Rick.
Miller blickte auf und fragte plötzlich: »Glauben Sie, daß dies hier 'ne gute Schule ist, Mr. Dadier?«
»Natürlich glaube ich das«, log Rick.
»Jaaa?« sagte Miller mit gerunzelten Augenbrauen. »Das glauben Sie wirklich?«
»Ja, wirklich«, log Rick erneut.
»Wissen Sie, es machte mir nix aus, Autoschlosser zu werden, ich meine, wenn ich das Gefühl hätte . . . daß ich hier was lerne. Aber. . .« Er ließ den Satz in der Schwebe.
»Haben Sie das Gefühl, daß Sie hier nichts lernen, ist es das?«
»Ich glaube«, sagte Miller. Er dachte einen Moment nach und fügte dann hinzu: »Man muß ja nich' sein ganzes Leben Autoschlosser bleiben. Man kann aussteigen, vielleicht was Eigenes aufmachen, 'ne kleine Werkstatt vielleicht. Man könnte den Autoschlosser als Sprungbrett benutzen, wissen Sie.«
»Ja«, sagte Rick.
»Ich glaube, ich wollte wohl wirklich Autoschlosser werden, als ich zuerst hierher kam. Geschichte und Englisch und Sprachen und das alles reizt mich nich' so. Deshalb habe ich den Technikkurs genommen. Ich glaube, daß ich wirklich praktisch veranlagt bin.«
»Aber was Sie da sagten über . . .«

»Ja, das auch. Man muß das klar sehen, und ich weiß, daß ein Schwarzer es schwer hat. Als Autoschlosser ist es für ihn leichter.«
»Man kann nicht immer den leichten Weg wählen, Miller«, sagte Rick.
Miller sah auf. »Sie sind nich' schwarz, Mr. Dadier.«
»Das nicht. Und ich weiß, was Ihnen bevorsteht. Aber schwarze Männer haben doch ...«
»O ja, ich weiß. Aber man muß seine Wahl treffen, und ich bin kein Kreuzritter oder sowas. Ich überlege mir nur, wie ich am besten durchs Leben komme. Und da habe ich mir gedacht, ich könnte hier 'n guter Mechaniker werden, und den Leuten ist es egal, ob schwarze oder weiße Hände ihre Bremsbeläge erneuern, Hauptsache, ihr Wagen läuft. Und wie ich schon sagte, der Autoschlosser könnte 'n Sprungbrett sein. Ein Schwarzer könnte was werden, wenn er seine eigene Werkstätte aufmacht, ich meine ohne dauernd um seine Arbeit kämpfen zu müssen.«
»Sehr schön, Miller. Das klingt doch ganz vernünftig. Aber woran hapert's denn? Es klingt so, als ob Ihnen der Gedanke, Autoschlosser zu werden, nicht behagte, als ob ...«
»Na ja, ich dachte, es sei 'ne gute Idee, als ich zuerst hierherkam, aber jetzt bin ich nicht so sicher. Wenn ich schon Automechaniker werde und noch dazu ein schwarzer, dann muß ich ein guter Automechaniker werden. Es gibt weiße Automechaniker in Massen, und 'n Weißer wird einem Schwarzen immer vorgezogen, wenn nicht der Schwarze wirklich gut ist. Und ich werde hier ganz einfach kein guter Mechaniker.«
»Warum nicht, Miller?«
»Weißauchnich'«, sagte Miller.
»Sind Ihre Lehrer nicht gut?«
»Doch, die sind schon in Ordnung, glaube ich.«
»Was ist es dann?«
»Weißauchnich'«, sagte Miller.
»*Wollen* Sie denn lernen?«
»'türlich.«
»Woran liegt's also?«
»Ich glaube ...« Miller schüttelte den Kopf. »Nein, das ist es nicht.«

»Was, Miller?«

»Ach, keiner kümmert sich einen Dreck darum, Mr. Dadier. Ich habe es wirklich ehrlich versucht, aber was hat es für'n Sinn? Dies ist keine richtige Schule, nich' wie eine normale Oberschule, dies ist einfach ... einfach ... weißauchnich' ... Dies ist einfach sowas wie 'n ... großer Müllhaufen, weiter nix.«

Ein Abfalleimer, dachte Rick. *Wie sollen wir da noch etwas erreichen? Auch Miller glaubt das.*

»Das ist nicht wahr«, sagte er. »Das dürfen Sie nicht sagen, Miller.«

»Doch, is' wohl wahr«, sagte Miller. »Sie wissen's nur noch nich', sind erst kurze Zeit hier. Werden's schon noch merken.«

Das ist nicht Miller, dachte Rick, *das ist Solly Klein.*

»Das dürfen Sie nicht glauben«, sagte Rick eindringlich. »Das dürfen Sie wirklich nicht, Miller.«

»Wie kann man denn was anderes glauben? Sie sehen's doch, oder nich'? Mann, ich lerne nix hier, überhaupt nix.«

»Aber es gibt Jungens, die etwas lernen, Miller«, sagte Rick und dachte *das ist irre, das ist ein Streitgespräch mit Solly, das ist verkehrte Welt.*

»Kann sein, habe bloß noch keinen gesehen. Alles, was man sieht, ist ein Scheißladen. Keiner weiß überhaupt, was vor sich geht. Alle glauben, alles sei prima, isses aber nich'. Hier werde ich nie ein Automechaniker, Mr. Dadier. Hier gammeln doch alle nur rum.«

»Sie eingeschlossen, Miller«, sagte Rick.

Miller starrte ihn einen Moment an, und Rick dachte schon, er würde den Kontakt zu dem Jungen verlieren, dachte, ihr Gespräch würde versanden.

»Stimmt«, sagte Miller.

»Warum, Miller?«

»Was soll man sonst machen?« Er sah Rick groß an, und Rick wünschte, er hätte sofort etwas sagen können, um die Lage nicht so verfahren erscheinen zu lassen. »Soll man sich vielleicht anstrengen, wenn alle anderen Unsinn machen? Soll man sich vielleicht blamieren?« Er schüttelte den Kopf, und seine Schultern schienen einzusinken. »Nee, man macht ganz einfach mit. Man denkt nich' mehr ans Lernen. Man vertrödelt seine Zeit und läßt den lieben Gott 'n guten Mann sein.«

»Das ist der bequeme Weg, Miller.«
»Das ist der einzige Weg«, sagte Miller fest, leise.
»Nein, Miller, es ist nicht der einzige Weg. Den bequemen Weg kann jeder gehen. Manchmal muß man das tun, was am besten ist, auch wenn es die Dinge schwieriger macht. Können Sie das nicht verstehen, Miller?«
»Nein«, sagte Miller, er schüttelte den Kopf und vergaß völlig, daß er zu einem Lehrer sprach. »Nein, das sehe ich nich' ein. Ich sehe nich' ein, daß einer 'n schweren Weg gehen soll, wenn der leichte offen steht. Das müssen Sie mir erst beweisen, Mann. Das müssen Sie mir erst mal vormachen . . .«
»Ich wollte, ich könnte es, Miller. Ich wollte, es gäbe eine Möglichkeit, Ihnen das vorzumachen.«
»Es gibt keine, sage ich Ihnen. Man geht den leichten Weg und kommt zurecht und gammelt vor sich hin wie alle andern auch.«
»Und an den Automechaniker denken Sie nicht mehr?« fragte Rick.
»Kaum«, sagte Miller traurig.
»Und was wollen Sie werden?«
»Irgendwas wird sich schon finden. Es findet sich immer was.«
»Und inzwischen schwimmen Sie mit dem Strom?«
»Na ja«, sagte Miller.
Rick wollte den Englischunterricht erwähnen, wollte etwas über Millers Benehmen dort sagen im Gegensatz zu seinem Benehmen bei der Aufführung, im Gegensatz zu seinem Benehmen gerade jetzt in diesem Augenblick. Er spürte aber, daß jedes Wort über den Englischunterricht fehl am Platz war, und darum unterließ er es. Sie pinselten wieder weiter, und er wünschte, ihm fiele etwas ein, mit dem er Miller klarmachen konnte, daß er mit dem bequemen Weg unrecht hatte.
Gleichzeitig fragte er sich, ob dieses Gespräch Millers Benehmen am nächsten Tag in der Klasse ändern würde, und die Angst beschlich ihn, es könnte nicht der Fall sein. Er wußte, daß Millers Grenze mit unlöschbarer Tinte gezogen war, und glaubte nicht, daß etwas so Flüchtiges wie ein Gespräch von Mann zu Mann ein Anlaß wäre, diese Grenze auszuradieren. So malten sie schweigend weiter, und er suchte nach dem richtigen Beispiel, fand es aber nicht.
Sie verließen die Schule gegen halb zehn und zündeten sich beide

draußen eine Zigarette an. Gemeinsam gingen sie zur Third Avenue, Rick jetzt in Straßenkleidung, aber Miller immer noch in Drillichhose, denn das war sein Straßenanzug, und den Kragen der Lederjacke hatte er hoch in den Nacken geschlagen.
»Ich kriege hier 'ne Bahn, Chef«, sagte er.
»Nacht, Miller«, antwortete Rick. »Bis morgen.«
»Nacht«, sagte Miller.
»Und vielen Dank für Ihre Hilfe. Ich weiß sie sehr zu schätzen.«
»Nich' der Rede wert, Chef«, sagte Miller, und sie trennten sich.
Am nächsten Tag in der Englischstunde der 55-206 hatte sich an Gregory Millers Benehmen nichts geändert. Gregory Miller nahm den bequemen Weg, und der bequeme Weg war der Weg der Flegeleien und Albernheiten und scherte sich keinen Deut ums Lernen. Und Rick war nicht enttäuscht, weil er darauf gefaßt war.

Am Freitag, den 18., hielt Rick seine erste Kostümprobe ab, und sie verlief ohne Panne. George Katz, mit ausgestopftem Bauch und Backenbart, schien, sowie er im Kostüm steckte, völlig in die Gestalt des Nikolaus hineinzuschlüpfen, aber sein gespreiztes Spiel behielt er bei, so daß die Figur zu einer Kreuzung aus gutmütigem Humor und steifer Förmlichkeit wurde. Rick hätte von der Darstellung nicht entzückter sein können. Die Engel im Kostüm waren – wie Lois Hammond es ausdrückte – zum Niederknien schön. Und wenn Rick dieser Ausdruck auch mißfiel, so mußte er zugeben, daß er den Nagel auf den Kopf traf. Sie trugen Heiligenscheine aus Messing, die mit kühnem Schwung über ihre Köpfe ragten und von einem schmalen Messingsteg gehalten wurden; er saß an der Halterung, mit der die daunigen Flügel am Rücken befestigt waren. Lois hatte wahre Wunder vollbracht, indem sie in ganz gewöhnliche Haushaltslaken Halsöffnungen geschnitten, dann die Ausschnitte mit glitzernder Borte eingefaßt und die Laken zu Gewändern verarbeitet hatte. Die Gewänder besaßen kurze Ärmel, und jeder Ärmel war mit Goldborte eingefaßt. Sie reichten den Jungen bis zum Knie, und Lois hatte die Kostüme mit goldenen Sandalen vervollständigt, die an jedem Absatz ein Paar goldene Flügel entfalteten.
Es war ein komisches und doch hübsches Bild. Die Farben verbanden sich zu einer schönen Harmonie, das warme Braun der Haut, das

frische Weiß der Gewänder, das metallische Gold der Heiligenscheine, Sandalen und Goldborten und das gedämpftere Gelb der Flügelfedern. Die Jungen waren verliebt in ihre Kostüme, Miller strahlte übers ganze Gesicht und sagte: »Wette, das hätten Sie sich auch nich' träumen lassen, mich mal als Engel ausstaffiert zu sehen, was Chef?«

Rick sah den Engel Miller an und lachte: »Ich gebe es zu, ich stelle Sie mir eher im anderen Lager vor«, sagte er und mußte daran denken, daß Miller immer im anderen Lager war, außer bei den Proben. Sie ließen das Stück ohne Unterbrechung durchlaufen, und Rick machte sich Notizen. Er behielt die Spieler nach der Probe noch etwa eine Viertelstunde da, las seine Notizen und machte allgemeine Bemerkungen über das Spiel der einzelnen, wobei er Kleinigkeiten korrigierte. Er sagte ihnen, sie hätten noch zwei Proben, eine Montagabend ohne Kostüm und eine abschließende Kostümprobe am Dienstagabend. Er fügte noch hinzu, die Aufführung sei eine tolle Sache, und sie bekämen bestimmt Broadway-Angebote hinterher.

Lois Hammond wartete auf ihn, nachdem er die Spieler entlassen hatte, aber er sagte ihr kurz gute Nacht und verließ die Aula mit George Katz und Alan Manners, der zugeschaut hatte.

»Sie haben das wirklich ganz fabelhaft gemacht, Dadier«, sagte Katz, als sie den Schulhof überquerten.

»Ich hatte viel Hilfe«, meinte Rick bescheiden, er freue sich sehr über die Aufführung und hoffe, sie würde am Tag der Weihnachtsfeier gut verlaufen.

»Das wohl«, gab Katz zu, »aber Sie waren die treibende Kraft.«

Er schwieg, als mache das, was er nun sagen wollte, ihn verlegen. »Ich kann mir denken, daß Sie ein sehr guter Lehrer sind, Dadier, die Jungen scheinen Sie zu mögen.«

»Mich?« fragte Rick und bediente sich unwillkürlich der Manual Trades Standardantwort. Er kicherte im Dunkeln und wünschte, Katz hätte recht.

»Mir hat die Aufführung viel Spaß gemacht, Dadier«, sagte Manners. »Es hat mir ferner Spaß gemacht, Lois Hammond zu beobachten.« Er grinste im Dunkeln. »Haben Sie das mitgekriegt?«

»Na klar«, sagte Rick leichthin.

»Wie steht's mit der zweiten Besetzung?« fragte Manners.

»Zweite Besetzung? Mensch, Manners, die erste ist noch zu vergeben ...«
»Dann macht es Ihnen also nichts aus, wenn ich mein Glück versuche?«
»Das ist ein Scherz«, sagte Rick.
»Ich scherze nie, wenn es darum geht, ein Weib zu vernaschen«, sagte Manners ernst.
»Nur zu«, sagte Rick. »Mann, greifen Sie ja zu, ich ...«
»Manners macht Spaß«, sagte Katz. »Er weiß doch, daß Sie verheiratet sind.«
»Ich schon«, sagte Manners, »aber weiß Lois das auch?«
»Na hören Sie mal«, sagte Katz etwas ärgerlich. »Ich glaube, darüber macht man keine Witze. Wirklich nicht, Manners.«
»Sehr richtig«, sagte Manners. »Ich bemerkte, daß die Dame allein saß, wenn Sie mich daher entschuldigen würden ...« Er blieb stehen, machte auf dem Absatz kehrt und ging zurück über den Schulhof.
»Meschugge«, sagte Katz kopfschüttelnd. »Er wird sich noch schön in die Nesseln setzen.«
»Ich glaube, er kann auf sich selber aufpassen«, sagte Rick.
»Er hätte nicht solche Reden zu führen brauchen«, beharrte Katz. »Er weiß, daß Sie verheiratet sind.«
»Ja, das stimmt«, sagte Rick, fast so, als bekräftige er seine eigene Überzeugung. Es hatte ihn etwas geärgert, als Manners von Lois anfing. Einmal ärgerte ihn, daß Manners ohne weiteres annahm, zwischen ihnen sei etwas, und dann ärgerte ihn unbewußt, daß Manners sich dazwischendrängte, denn obwohl Rick sie nicht wollte, oder wenn er sie wollte, Gott sei Dank doch nichts mit ihr hatte, war Manners' Einmischung irgendwie ärgerlich. So etwas wie ein unfairer Vorteil, dachte Rick, der draufgängerische Junggeselle gegen den ... ja, den sterilen Zölibatär ... Indessen, während des kurzen Zeitraums zwischen Manners' schlagartiger Umkehr und Katz' tiefschürfender Betrachtung über den Ehestand, wandelte sich Ricks Standpunkt von Grund auf.
Fühlst du dich einsam, Schätzchen? Erscheint dir dein Leben sinnlos? Bedrückt dich die Enge deiner vier Wände? Sehnst du dich nach einem Leben voll romantischer Abenteuer?
Werde dir sagen, was ich tue. Ich habe hier einen, dem fast die

Augen aus dem Kopf fallen. Ich habe hier einen, der nach einem Mädchenschulparadies schmachtet, einen Weibernarren, einen Liebäugler, einen Meisterangler, einen Liebeskünstler von hohen Graden. Ich schenke dir diesen Schürzenjäger, diesen Casanova. Ich schenke ihn dir, und gib gut acht, ich schenke ihn dir spesenfrei, absolut gratis, du brauchst kein Geld auszugeben, nicht einen Penny, und ich garantiere dir, hörst du wohl? ich garantiere dir, daß dieser Liebling aller Frauen dir deine Langeweile vertreiben und dir deine romantischen Abenteuer verschaffen wird. Dieser Deus ex machina, Deus segne ihn, ist die Erhöhung deines jungfräulichen Gebets, werte Dame, da hast du ihn, mit klassischer Nase und allem, was dazu gehört, nimm ihn dir und werde glücklich!

»Hol's der Teufel«, sagte Rick aufatmend, »jetzt sehen die Dinge schon anders aus, was?«

Und George Katz, der ihn mißverstand, nickte ernst und sagte: »Es ist eine wundervolle Aufführung, Dadier.«

12

Der Tag, an dem Rick der Durchbruch gelang, war der 21., zwei Tage vor der Weihnachtsfeier. Den Tag würde er sobald nicht wieder vergessen, nicht nur wegen seines Durchbruchs.

Sein Durchbruch war vielleicht insofern eine Ironie des Schicksals, als er sich in der ersten Stunde bei der 21-206 ereignete, und zwar in einer Klasse, für die er überhaupt keinen Unterrichtsstoff vorbereitet hatte. Er wollte den Stoff für Montag, Dienstag und Mittwoch über das Wochenende vorbereiten, denn es war eine kurze Woche, die mit dem Beginn der Weihnachtsferien am Donnerstag, den 24. Dezember, schloß.

Aber er war am Freitagabend nach der Kostümprobe spät heimgekommen und hatte vorm Schlafengehen kaum noch Zeit für eine Tasse Kaffee mit Anne gefunden. Den ganzen Samstag über war er Ehemann gewesen und hatte Anne mehr Zeit gewidmet als in den vergangenen Monaten. Samstag abend schauten Ray und Dodie Crane unerwartet vorbei und brachten die Neuigkeit mit, daß Ray sein Staatsexamen bestanden hatte und sich nun offiziell und rechtens Dr. Raymond Crane nennen durfte. Rick verlor ein paar Worte darüber, wie nett es doch sei, einen Zahnarzt in der Nähe zu haben, Ray versprach, den in Aussicht stehenden Erben für den Rest seiner Tage kostenlos zu behandeln, und darauf machten sie eine Flasche Whisky auf und fingen an zu feiern.

Am Sonntag kamen nachmittags Annes Eltern vorbei, blieben zum Abendessen und nahmen den größten Teil des Abends in Anspruch. Rick kam nicht zu seiner Vorbereitung.

So überflog er am Montagmorgen im Bus flüchtig einen Text und wählte eine Geschichte aus, die, wie er glaubte, den Titel hatte ›Der einundfünfzigste Dragoner‹. Eine Kriegsgeschichte, dachte er, der von Dragonern keine große Ahnung hatte. Er hatte die Geschichte noch nie gelesen, aber Kriegsgeschichten kamen bei den Kindern todsicher an, und es schien ihm ein guter Ausweg zu sein. Er würde sie ihnen vorlesen, und dann versuchen, die Unterhaltung auf seine eigenen Kriegserlebnisse zu lenken, und damit würde er hoffentlich die Stunde totschlagen.

Er begrüßte die 21-206 mit der Ankündigung, er werde ihnen eine Geschichte vorlesen. Die Kinder nahmen die Botschaft dankbar entgegen, denn sie hörten immer gern Geschichten, wenn sie gut waren und der Lehrer nicht zuviel blöde Fragen hinterher stellte.

Rick schlug den Text auf, ein Buch für Oberklassen, räusperte sich und entdeckte mit einem Blick, daß die Geschichte von Heywood Broun war, was ihm beim flüchtigen Durchlesen des Inhaltsverzeichnisses im Bus entgangen war. Er stellte außerdem fest, daß es keine Kriegsgeschichte mit dem Titel ›Der einundfünfzigste Dragoner‹ war. Vielmehr hieß die Geschichte ›Der einundfünfzigste Drache‹, und Rick war entsetzt, als er merkte, daß es keine Kriegsgeschichte war.

»Der einundfünfzigste Drache«, sagte er, und die Kinder sahen ihn mit ausdruckslosen Gesichtern an, als er anfing vorzulesen. Die Geschichte handelte von einem jungen Ritter namens Gawaine le Cœur-Hardy, der in eine Ritterschule eintrat, aber anscheinend nicht den rechten Geist zeigte und keine Freude an so ritterlichen Betätigungen wie Turnierkampf hatte. Vielmehr muß Gawaines Mangel an Begeisterung als Feigheit bezeichnet werden, und der Direktor und der Professor beschlossen am Ende, die Sache in die Hand zu nehmen und Abhilfe zu schaffen.

Der Professor wollte den Knaben hinauswerfen, aber der Direktor hatte einen besseren Plan. Er wollte ihn das Drachentöten lehren.
Gesagt, getan. Gawaine studierte und lernte und lernte und studierte, schritt von Papierdrachen über Pappdrachen zu Holzdrachen und schlug jedesmal den Drachenpuppen mit einem gekonnten Axthieb den Kopf ab.
So gaben sie Gawaine ein Diplom, und der Direktor rief ihn zu einer kleinen Unterhaltung zu sich.
»Es ist an der Zeit, ins Leben hinauszugehen«, sagte der Direktor, »und das Leben besteht für dich aus Drachen.«
Die Aussicht, ins Leben hinauszugehen, verlockte Gawaine nicht. Darum versprach der Direktor Gawaine etwas, das ihm beim Drachentöten helfen würde. Gawaine hoffte, es wäre eine Tarnkappe, die ihn befähigte, nach Wunsch unsichtbar zu werden, aber der Direktor spottete darüber und gab ihm etwas Besseres als eine Tarnkappe.
Er gab Gawaine ein Zauberwort, und das Zauberwort hieß Rumplesnitz.
Gawaine brauchte dieses Zauberwort nur einmal zu sagen, und kein Drache konnte ihn töten.
Nun ging Gawaine am nächsten Tag aus und begegnete seinem ersten Drachen. Der Drache ging mit Rauch- und Feueratem auf ihn los, und Gawaine bekam kaum das Wort Rumplesnitz heraus bevor er seine Axt schwang und dem Drachen den Kopf abschlug, und er dachte, daß es fast so leicht sei, einen wirklichen Drachen zu töten wie einen falschen.
Daraufhin zog er jeden Tag aus, brach im Morgendämmern auf und kehrte selten ohne die Ohren eines toten Drachen heim. Er wurde immer zuversichtlicher. Spöttisch sagte er sein Rumplesnitz und schwang dann mit einem dumpfen Schrei die Axt, und jedesmal flog ein Drachenkopf zu Boden, und jedesmal brachte er zwei Drachenohren heim.
Und eines Tages brach Gawaine, der angefangen hatte, nachts im Wirtshaus zu trinken, nach einem wüsten Gelage auf, um seinen fünfzigsten Drachen zu erlegen. Der Drache erschrak bis ins Mark, denn Gawaines Ruhm hatte sich weit verbreitet. Gawaine trat an die Bestie heran, hob seine Streitaxt und ließ sie dann wieder sinken.

Der Drache, der wohl wußte, daß Gawaine von einem Zauberwort beschützt wurde, fragte den Jüngling, was denn los sei, und Gawaine mußte eingestehen, daß er das Zauberwort vergessen hatte.
Das war eine schöne Bescherung.
Der Drache war natürlich sehr entgegenkommend. Er fragte Gawaine, ob er dem Ritter vielleicht behilflich sein könne, sich an das allmächtige Zauberwort zu erinnern. Gawaine konnte sich nur daran erinnern, daß es mit einem ›R‹ anfing, aber mehr auch nicht. Und so schickte der Drache sich an, ihn zu vertilgen.
Er stürmte auf ihn los, und da fiel Gawaine das Zauberwort Rumplesnitz wieder ein, aber es war keine Zeit mehr, es zu sagen, es war nur noch Zeit, die Axt zu schwingen und runter mit dem Drachenkopf, bei Gott, und er flog ein paar hundert Meter weit, so weit hatte Gawaine noch niemals einen Drachenkopf befördert.
Das alles verwirrte ihn nun sehr. Gawaine hatte das Zauberwort Rumplesnitz nicht gesagt, und doch hatte der Drache ihm nichts anhaben können, und er hatte diesen Kopf eine gewaltige Strecke weit gefeuert. Er kehrte in die Ritterschule zurück und berichtete dem Direktor, was geschehen war.
Der Direktor gestand ihm die Wahrheit. Rumplesnitz sei kein Zauberwort. Es sei immer Gawaine allein gewesen, der die Drachen tötete. Das Wort gab ihm lediglich Selbstvertrauen, und ob Gawaine nun nicht froh sei, daß er endlich die Wahrheit wisse?
Gawaine war nicht froh. Gawaine war überhaupt nicht froh. All die Drachen, die er getötet hatte, hätten ihn also verschlingen können, wenn er nicht ein bißchen schneller als sie gewesen wäre! Das war nicht gut. Das war ganz und gar nicht gut.
Gawaine stand am nächsten Tag nicht im Morgendämmern auf. Mittags lag er noch im Bett und schlotterte unter seiner Bettdecke. Der Direktor und der Professor zogen ihn aus dem Bett und jagten ihn in den Wald hinaus, wo der junge Ritter seinem einundfünfzigsten Drachen begegnete, denn bis dahin hatte er fünfzig getötet.
Es war ein kleiner Drache.
Gawaine kehrte nie mehr in die Schule zurück. Man fand nichts von ihm wieder außer den Metallteilen der Orden, die er immer im Kampf trug. Der Drache hatte sogar seine Rippen gefressen.
Gawaines Geheimnis wurde nie enthüllt, und er ging in die Annalen

der Schule als ein Held ein. Noch heute hängt ein Schild an der Wand des Eßsaals, und an dem Schild sind fünfzig Paar Drachenohren befestigt. Der Name Gawaine le Cœur-Hardy und die Inschrift ›Er tötete fünfzig Drachen‹ prangen in goldenen Lettern auf dem Schild unter den Drachenohren. Der Rekord ist nie überboten worden.

Das war die Geschichte, und Rick las sie gut, obwohl er sie zum erstenmal las und noch dazu laut. Er hatte sich bei vielen Studioaufführungen an der Hunter-Universität erprobt und konnte ausgezeichnet vom Blatt lesen und vortragen.
Er war entzückt von der Geschichte, denn er hatte sie nie vorher gelesen, und sie war für ihn genauso neu wie für die Klasse. Er bedauerte aber in gewisser Weise, daß es keine Kriegsgeschichte war, denn es handelte sich ohne Frage um eine Allegorie, und eine Allegorie ging wahrscheinlich weit über das Verständnis dieser Kinder hinaus und dürfte eigentlich nur nach sorgfältiger Vorbereitung behandelt werden.
Eine solche Vorbereitung fehlte ihm, und nun war die Geschichte gelesen. Er sah die ungewöhnlich stille Klasse an und überlegte sich, was er um Himmels willen als nächstes tun solle. Eine Allegorie bei Schülern im zweiten Semester, von denen einige nicht mal ihren Namen schreiben konnten!
»Nun«, sagte er, »das war eine schöne Geschichte, nicht wahr?«
»Ja«, sagten die Kinder, und er merkte, sie meinten es ehrlich, die Geschichte hatte ihnen wirklich gefallen.
»Von einem Ritter, der Drachen tötet, nicht wahr?« fragte er.
»Ja«, stimmten die Kinder zu. »Davon handelte es. Ein Ritter, der Drachen tötet, nur daß er am Schluß selbst getötet wird, ein trauriger Schluß.«
»Wovon handelt sie noch?« fragte Rick.
Finley, ein ziemlich weit hinten sitzender Junge, sagte: »Er hat diese Drachen gar nicht wirklich getötet.«
»Wie meinst du das, Finley?« fragte Rick.
»Er hat geschummelt«, sagte Finley. »Er hatte ein Zauberwort.«
»Wie hieß das Zauberwort?« fragte Rick, und die Klasse rief im Chor: »Rumplesnitz«.

»Ein lustiges Wort für ein Zauberwort, nicht?« fragte Rick.
»Es war kein Zauberwort«, rief Bello.
»Nein?« fragte Rick.
»Der Direktor hat gesagt, es war keins«, sagte Bello. »Darum konnte er den Drachen töten, ohne es zu sagen. Wissen Sie das nicht mehr?«
»Doch, ich weiß noch«, sagte Rick langsam.
»War also gar kein Zauberwort.«
»Nee, nee, war überhaupt kein Zauberwort«, sagte Spencer. »Er hat die Drachen ganz allein getötet.«
»Das verstehe ich nun aber nicht«, sagte Rick, den die Antworten freuten, der aber nicht eine Sekunde daran dachte, ihm gelänge ein echter Durchbruch. »Wenn es kein Zauberwort war, warum hat der Direktor es ihm dann gegeben?«
Die Klasse war einige Minuten lang still, und dann sagte Shocken: »Weil Gawaine Angst hatte. Er war ein Feigling.«
»Konnte er denn keine Drachen töten?« fragte Rick. »Er *hat* doch fünfzig Drachen getötet, und ihr habt mir eben erzählt, daß Rumplesnitz überhaupt kein Zauberwort war.«
»Klar hat er sie getötet«, sagte Finley. »Aber er hat geschummelt.«
»Hat er wirklich geschummelt? Denk daran, daß es gar kein Zauberwort war.«
»Na und?« spottete Finley. »Er *dachte* aber doch, es wäre eins.«
»Richtig«, sagte Rick, der nun langsam ein wenig aufgeregt wurde und überrascht war, daß sie soviel von der Geschichte behalten hatten, aber immer noch nicht begriff, daß er nahe daran war, das Eis zu brechen. »So ist es. Gawaine dachte, es sei ein Zauberwort. Und half ihm das, die Drachen zu töten?«
»Klar«, sagte White.
»Aber wie?«
»Weil er glaubte, es wär' Zauberei. Er dachte, ich gehe dahin, es kann mir sowieso nix passieren. Und so tötete er die Drachen.«
»Brauchte Gawaine das Zauberwort?« fragte Rick.
»Klar«, sagten die Kinder.
»Warum?«
Wieder war es still, und Rick dachte, *das ist das Ende. Das Fest ist vorbei. Das Echo verstummt. Jetzt bekommen wir wieder die ahnungslosen Gesichter.*

»Er brauchte es«, sagte Speranza und hob die Hand.
»Warum?«
»Er hatte Angst vor Drachen. Wenn er das Zauberwort nicht gehabt hätte, wäre er ausgerissen. So aber weiß er nicht, daß es keins ist und fühlt sich stark. Er glaubt, er kann jeden Drachen töten, und der Drache kann ihm nichts tun. Darum braucht er es. Sonst ist er ein Feigling.«
»Woher wißt ihr das?« fragte Rick die Klasse.
»Na ja, wie er rausgefunden hat, daß es kein Zauberwort ist«, sagte Daley, »wird er doch gefressen.«
»Und hat ihm deshalb der Direktor das Zauberwort gegeben?« fragte Rick und betete, die Antworten möchten weiter kommen, spürte, daß da vor ihm etwas geschah, etwas, das er nie vorher erlebt hatte. Die Kinder waren heute lebendig, und er spürte ihre Lebendigkeit und ging auf sie ein, so wie sie auf ihn eingingen, gemeinsam zergliederten sie eine Allegorie, die sie nie vorher gelesen hatten. »Ist das der Grund?«
»Dieser Direktor is'n schlauer Fuchs«, sagte Davidson. »Er weiß, daß Gawaine etwas braucht.«
»Was braucht Gawaine?« fragte Rick. »Wie heißt das Wort dafür?« *Bitte, nennt mir das Wort,* dachte er. *Wartet nicht, bis ich es euch auf einem Teller serviere. Bitte, sagt es.*
»Wie heißt das Wort?« fragte er noch einmal.
»Selbst . . .« fing Daley an.
»Ja?«
»Selbstvertrauen«, sagte Daley triumphierend.
»Aha, das ist es«, sagte Rick. »Selbstvertrauen.« Er schwieg und machte ein bekümmertes Gesicht. »Aber das scheint mir nicht zu stimmen«, sagte er. »Ich meine, glaubt ihr wirklich, ein Wort kann einem das nötige Selbstvertrauen geben?«
»Ja klar«, sagte Speranza streitlustig.
»Nein, das glaube ich nicht«, sagte Rick.
»Doch, doch«, sagte Speranza. »Bestimmt, das gibt's.«
»Wo denn?«
»Ach . . . manchmal, nich'? Wenn ich Angst habe vor 'ner Klassenarbeit oder so, dann sage ich drei Ave Maria und danach fühl' ich mich okay.«

»Du meinst, es gibt dir Selbstvertrauen?«
»Ja sicher«, sagte Speranza.
»Aber trotzdem ... ein Wort wie Rumplesnitz. Ich meine, schließlich ist das Ave Maria ein Gebet. Rumplesnitz ist kein Gebet.«
»Das glaube ich nicht«, sagte Padres langsam. »Dies Wort bedeutet das gleiche. Ich meine, ich glaube nicht, daß Rumplesnitz nichts zu bedeuten hat.«
Rick war plötzlich ganz heiß. Er war fast wie im Fieber. Er war gespannt und aufmerksam und wußte jetzt, daß die Kinder ihm wirklich antworteten, diese Sache wirklich so diskutierten, wie es sein sollte, ihm wirklich etwas gaben, ihm halfen. Er wußte nicht, warum, und hielt sich nicht damit auf, nach dem Warum zu fragen, er machte einfach weiter, betete fast und hörte, wie Padres sagte: »Dies Rumplesnitz, das ist Schummelei. Ein Ave Maria, das ist wirklich was. Rumplesnitz bedeutet nix. Dieser Gawaine macht sich was vor.«
»Wieso macht er sich etwas vor?« fragte Rick.
»Weil kein Zauber dabei ist«, sagte Bello spöttisch. »Mensch, der konnte soviel Drachen töten, wie er wollte, auch ohne Rumplesnitz.«
»Ja, aber warum braucht er dann das Wort? Gibt es solche Leute, die sich was vormachen? Die Zauberworte nötig haben?«
»Klar«, sagte Price. »Mein Schwager, der is' so einer.«
»Wieso, Price?«
»Ach, das is'n großer Angeber, wissen Sie. Er redet dauernd von seinen großen Geschäften, aber er macht gar keine großen Geschäfte. Er is' nur 'n kleines Würstchen. Aber er tut so, als wäre er 'n großer Mann.«
»Und das ist er nicht?« fragte Rick.
»Nee, der is' 'n Würstchen. Aber er redet in einem Bogen, ich glaube, der glaubt selbst, was er sagt.«
»Wie an Rumplesnitz, meinst du?«
Price zögerte einen Moment, und dann erblühte ein Lächeln auf seinem Gesicht. »Ja«, sagte er überrascht. »Wie an Rumplesnitz. Genauso.«
Nun lief es. Es lief rasch, und die Kinder hatten alle ihre Hand in der Luft, und diese Hände wurden heftig geschwenkt.
»Kennt noch jemand solche Menschen?« fragte Rick. »Leute, die sich etwas vormachen. Leute, die Drachen töten könnten, wenn sie

nur wollten, die aber zu bange sind ohne die Hilfe eines Zauberworts.«

Die Kinder zappelten aufgeregt, denn sie hatten alle etwas zu sagen. Sie riefen nicht einfach in die Klasse, denn sie wollten, daß die Stunde ordentlich weiterginge. Es machte ihnen Spaß, und sie spürten etwas von dem, was auch Rick spürte, und wollten ihre Gedanken ausdrücken.

»Wir haben einen in unserer Baseballmannschaft«, sagte Finley, »der muß immer Kaugummi oder sowas kauen, sonst kann er nicht spielen. Er braucht den Kaugummi nich'. Er ist auch so 'n guter Spieler.«

»Ist das denn nicht Aberglaube?« fragte Rick. »Ist Rumplesnitz Aberglaube? Soll Rumplesnitz Aberglaube bedeuten?«

»Nein«, sagte Bello. »Nein, das nicht. Es gibt ihm wohl Selbstvertrauen. Aber Aberglaube is' es nicht. Das ist was anderes.«

»Wieso?«

»Aberglaube ist, wenn man vor was Angst hat. Wie schwarze Katzen oder 'ne Dreizehn. Gawaine hat keine Angst vor Rumplesnitz. Er liebt das Wort. Das ist sein Mut, dieses Wort.«

»Er stützt sich da drauf«, sagte Spencer.

»Eine Krücke?«

»Ja, das is' es, 'ne Krücke.«

»Und gibt es Leute, die eine Krücke im Leben brauchen?«

»Krüppel brauchen Krücken«, sagte Finley.

»Nur Krüppel?« fragte Rick. »War Gawaine denn ein Krüppel?«

»Nein«, sagte Theros, »er war stark.«

»Körperlich ja«, sagte Rick.

»Ach so«, sagte Theros, »Sie meinen vielleicht, daß er geistig verkrüppelt war? Vielleicht weil er Angst hatte, daß er deshalb verkrüppelt war. Meinen Sie das?«

»Vielleicht«, sagte Rick. »Gibt es solche Menschen?«

»Ich kenne einen, der kann nichts tun, ohne daß seine Mutter ja dazu sagt«, meinte Wilson, »als traute er seinem eigenen . . . seinem eigenen . . .«

»Urteil nicht?« ergänzte Rick.

»Ja. Aber er is' prima. Ich meine, wenn seine Mutter nicht dabei is', is' er prima. Er könnte auch ohne sie was machen. Er braucht sie gar nicht.«

»So wie Gawaine Rumplesnitz nicht braucht, ja?«
»Ja«, sagte Wilson begeistert.
»Ein Krüppel«, sagte Rick.
»Solange seine alte Dame dabei ist«, sagte Price.
»Du meinst wohl Rumplesnitz«, sagte Ventro.
»Aber ich dachte, diese Geschichte handelt nur von einem Ritter, der Drachen tötet«, sagte Rick, der jetzt ganz begeistert war, froh und beinah atemlos gespannt. Er wußte, er hatte die Mauer durchbrochen, und seine Uhr sagte ihm, daß die Stunde nur noch drei Minuten dauerte, er wollte sie gern abrunden, wollte ihnen begreiflich machen, daß die Geschichte etwas anderes meinte, als sie sagte. »Oder nicht?«
»Ja, doch«, sagte Finley.
»Und sonst nichts? Nur von einem Ritter, der Drachen tötet?«
»Na ja, man kann sie auch anders drehen. Dann paßt es auf jeden Menschen, nicht nur auf Gawaine.«
»Auf jeden?« fragte Rick.
»Auf jeden, der eine Krücke braucht«, ergänzte Speranza. »Wie im wirklichen Leben.«
»Du meinst, die Geschichte hat eine Bedeutung?« fragte Rick.
»Klar. Sie handelt von Zauberwörtern und daß man sie nicht braucht; wenn man stark ist und fix, wozu braucht man dann die falschen Krücken? Man schafft es ganz allein. Man kann Drachen töten, nicht wirklich, aber man kann vielleicht ein guter Mechaniker sein oder so, wissen Sie?«
»Ja«, sagte Rick, »genauso ist es. Und ist die Geschichte wohl besser, weil sie noch eine zweite Geschichte erzählt, weil sie eine Bedeutung hat und nicht nur von einem feigen Ritter handelt?«
»War 'ne gute Geschichte«, sagte Bello.
»Ja, sie war gut«, sagte Price. »Hat mir gefallen.«
»Und wollt ihr euch das Wort merken für eine Geschichte, die zwei Geschichten auf einmal erzählt, die eine Bedeutung hat?«
»Ja, wie heißt es?« fragte Speranza.
»Allegorie«, sagte Rick, er schrieb das Wort an die Tafel, und hinter ihm sagte jemand: »Das war 'ne tolle Geschichte«, und dann läutete es.
Er blieb an seinem Tisch sitzen, umringt von Kindern, die ihn frag-

ten, ob er noch mehr solche Geschichten habe, aus denen man noch etwas anderes lernt als nur die Geschichte. Und einer bedankte sich, daß er ihm die zweite Geschichte gezeigt habe, denn er hätte nur die erste Geschichte, die von dem Ritter, verstanden und es sei so, als hätte man etwas Besonderes gefunden, ein Geschenk, auf das man nicht gefaßt war. Und ein anderer erzählte ihm von einem Freund, der genauso sei wie Garwaine, und wieder ein anderer fragte Rick, ob er ihnen wieder solch eine Geschichte vorlesen würde.

Und Rick saß überwältigt da, beantwortete ihre Fragen, hörte sich ihre Geschichten an und dachte, *ich bin durch, Herrgott, ich bin durch,* und sah die Kinder seinen Tisch umlagern, während schon die Schüler zur zweiten Stunde hereintrudelten und stutzten. Und endlich gingen die Kleinen hinaus, und er war zu sprachlos, um eine Wiederholung derselben Geschichte in seiner zweiten Stunde zu versuchen, darum ließ er es laufen, wie es lief, und dachte nur immer, *ich bin durch, o mein Gott, ich habe die Mauer durchbrochen. Ich bin an die Kinder herangekommen.* Und als er nach der zweiten Stunde zur Fluraufsicht ging, wurde er von Jungen aus seinem siebten Semester angesprochen, die ihm sagten, sie hätten von der Rittergeschichte gehört, und ob er mit ihnen nicht dieselbe Geschichte durchnehmen wolle. Und einer fragte ihn, was es denn mit Rumplesnitz auf sich habe und ob er es lernen könne. Und er wurde mindestens ein dutzendmal aufgehalten auf seinem Weg in den ersten Stock, und jeder hatte die gleiche Bitte: Nehmen Sie das von dem einundfünfzigsten Drachen mit uns durch?

Von nun an würde er sie unterrichten, o Gott, von nun an würde er sie wirklich unterrichten, denn er hatte die Mauer durchbrochen, und damit war die Schlacht schon halb gewonnen. Er würde der 55-206 dieselbe Geschichte vorsetzen, und dann würde er sie seinen siebten Semestern vorsetzen, und alles würde gut werden.

Aber er setzte sie seiner 55-206 nicht vor, und er setzte sie auch seinen siebten Semestern nicht vor, denn als er neben der Schülertoilette gegenüber den Eingangstüren saß, kam ein Bote zu ihm mit der Nachricht, daß seine Schwiegermutter angerufen habe und daß Anne mit Wehen ins Krankenhaus eingeliefert worden sei.

Die Haltestelle der Untergrundbahn lag an der 77. Straße., und er rannte die Stufen zur Lexington Avenue hinauf. An der Ecke wandte er sich nach links, merkte dann, daß er auf die 78. zuging, kehrte um und eilte – lief fast – zur 76. Straße. An der Ecke lag ein Süßwarengeschäft, er überquerte die 77. Straße, der große braune Komplex des Krankenhauses nahm die Lexington Avenue zwischen der 77. und 76. Straße ein. Gegenüber, auf der anderen Straßenseite, sah er im Vorübergehen Geschäfte liegen: den Lebensmittelladen, die Imbißstube, das Restaurant, noch ein Restaurant, ein Schreibwarenladen und an der Ecke ein Blumengeschäft. Auf seiner Straßenseite, Ecke 76., lag auch ein Blumengeschäft. Er bog an der Ecke rechts ein, warf einen kurzen Blick auf die große Kirche gegenüber, ging dann an einem zweiten Süßwarenladen vorbei, einem Spielzeuggeschäft, einer Trockenreinigung und einem Elektrogeschäft und kam darauf zum Einhorn Auditorium des Lenox Hill Hospitals.
Das grüne Schutzdach des Krankenhauses reichte bis über den Bürgersteig. Weiße Lettern verkündeten LENOX HILL HOSPITAL mit dem Zusatz HAUPTEINGANG. Das Eingangsdach nahm den mittleren von drei Arkadenbögen ein. An den Wänden beiderseits des Mittelbogens waren Schilder mit der Straßennummer 111 angebracht. Er ging die Treppe hinauf und sah nach oben; über dem Bogen der Innentüren stand die Inschrift ERBAUT MCMXXX.
Er bemerkte all diese Dinge und dachte dabei an Anne, fluchte, daß er nicht zu Hause war, als es passierte, und gleichzeitig sorgte er sich um sie. Dann stand er in der Eingangshalle, blickte zuerst auf die rechte Wand und sah dann links den Empfangsschalter, auf den er geradewegs zuging. Das Fräulein am Schalter telefonierte, und er wartete ungeduldig von einem Fuß auf den andern tretend. Endlich legte sie auf, und Rick sagte: »Mrs. Dadier.«
»Wöchnerin, Sir?« fragte das Fräulein.
»Ja, meine Schwiegermutter hat eben ange –«
»Einen Augenblick bitte.« Sie zog ein paar Papiere auf ihrem Tisch zu Rate, die er nicht sehen konnte, und sagte dann: »Sie liegt auf der Entbindungsstation, Sir.«
»Wie lange ... Ich meine ... ist Dr. Bradley hier?«
»Ja.«
»Könnten Sie mir sagen ... wie ... wie ich erfahre?«

»Der Arzt kommt nach der Entbindung herunter, Sir.«
»Danke.«
Er stand einen Augenblick am Schalter, und das Fräulein lächelte ihm mitfühlend zu, dann drehte er sich um und ging zu der Bank an der gegenüberliegenden Wand. Er setzte sich, klapperte nervös mit den Sohlen auf den Boden und rang die Hände, und als er Annes Mutter erblickte, erkannte er sie beinah nicht, sie kam durch einen der Durchgänge, die zum Warteraum führten, direkt auf ihn zu und ergriff seine Hände.
»Das ging aber schnell, Rick«, sagte sie. Sie war klein, so blond wie Anne, fabelhaft blond, wenn man bedenkt, daß sie vierundfünfzig war und niemals ihr Haar gefärbt hatte. Sie lächelte jetzt und umschloß fest seine Hände. Er fragte: »Geht es ihr gut, Mom?«
»Es geht ihr prächtig, Lieber«, sagte Annes Mutter.
»Ich kam, sowie ich die Nachricht hatte. Ich hätte im Büro eigentlich Bescheid sagen müssen, aber ...«
»Ich war auf der Toilette«, sagte Annes Mutter, als habe sie das Bedürfnis, ihre Abwesenheit zu erklären.
»Aber es geht ihr doch gut?«
»Ja, es geht ihr prächtig. Sie rief mich an, als die Wehen einsetzten.«
»Sie hätte mich anrufen sollen«, sagte Rick, »ich wäre ...«
»Ich habe ein Taxi genommmen«, sagte Annes Mutter. »Ich war in einer Viertelstunde da. Ich glaube, es wird eine leichte Geburt, Rick.«
»Wie willst du das wissen? Ich meine, woraus schließt du das?«
»Die Wehen folgten sehr schnell aufeinander, als wir hier waren. Dr. Bradley nahm sie sofort mit hinauf.«
»Er war schon hier, als du kamst?«
»Ja. Er ist schrecklich nett, nicht?«
»Ja«, sagte Rick, der feststellte, daß er flüsterte und sich darüber wunderte. Seine Schwiegermutter saß neben ihm auf der Bank, Rick wandte sich von ihr ab und sah auf die Wanduhr, die über der in roter und schwarzer Schnörkelschrift geschriebenen Namensliste hing. Er wußte nicht, was die Namen zu bedeuten hatten, und war zu aufgeregt, um einen davon zu lesen. Er wandte den Blick von der Uhr ab, ohne mit Bewußtsein die Zeit abgelesen zu haben, sah dann seine Schwiegermutter an, bemerkte auf ihrem Gesicht die Nervosität und beneidete sie, daß sie eine Frau war, denn sie wußte, was das alles

bedeutete, und er kannte nur die aus Unwissenheit geborene Sorge, Anspannung und Angst.

Seine Augen schweiften durch den Raum, er ließ sie willentlich schweifen, um die Zeit auszufüllen, bis Dr. Bradley kam. Er sah das Schild TELEFON links neben der Eingangstür und die Tafeln zu beiden Seiten mit den Namen der Ärzte und die roten EIN- und schwarzen AUS-Schalter, die einen weißen Pfeil aufblitzen ließen, wenn der Arzt im Haus war. Er war versucht, an die Tafel zu gehen und nachzusehen, ob Dr. Bradley tatsächlich da war, aber das Fräulein am Empfangsschalter hatte gesagt, er sei da, und seine eigene Schwiegermutter hatte gesagt, sie habe ihn gesprochen; trotzdem hatte er den Wunsch hinzugehen und sich zu überzeugen. Er stand unvermittelt auf, sah dann ein, wie töricht er sich aufführte, begann aber, da er nun einmal stand, auf und ab zu gehen; Annes Mutter sah ihm wortlos zu.

Die Wand gegenüber dem Eingang hatte in der Mitte eine Andeutung von Bogendurchgang. Er konnte in dem Flur dahinter ein Schild sehen mit der Aufschrift DRINGENDE FÄLLE, und er fragte sich, ob Anne wohl als dringender Fall galt, dann fand er auch das albern. Bänke flankierten diesen Durchgang, und zwei Türen mit Fensterscheiben begrenzten zu beiden Seiten die Bänke. In der linken Ecke plätscherte ein Springbrunnen, und ein Spitzbogenfenster mit einer Bank darunter nahm die Wand rechtwinklig dazu ein; an ihr befand sich der Eingangsschalter. Rechts neben dem Bogendurchgang, oberhalb der Bank, zog eine Bronzeplatte mit einem kleinen Schild seine Aufmerksamkeit auf sich.

RETTE EIN LEBEN — SPENDE BLUT
Für Deine Verwandten — Freunde
Blutbank
11. Stock

Er fragte sich, ob Anne wohl eine Bluttransfusion brauche und ob er nicht in den 11. Stock hinaufgehen und etwas Blut spenden solle, und dann ermahnte er sich wieder, daß er sich albern aufführe, und überlegte, warum er sich eigentlich so verdammt albern aufführte. Frauen bekamen Kinder an jedem Tag der Woche. In China legten sie sie in die Felder und griffen dann wieder zur Hacke. Aber hier war nicht China, und Anne war nicht eine von den anonymen

Frauen-die-an-jedem-Tag-der-Woche-ein-Kind-bekommen. Dies war Anne, dies war seine Frau, und sie war dort oben im Entbindungsheim ganz allein, und es gab nichts, das er für sie tun konnte. Dies war ein Kampf, den sie ganz allein bestehen mußte, ausschließlich, und das zu wissen machte ihn nervös, denn er wollte ihr so gern helfen und wußte, er konnte es nicht.

Er konnte weiter nichts tun, als unter dem großen Kronleuchter, der die Decke mit ihrem gemalten Dekor beherrschte, auf und ab zu gehen. Er trat an den Empfangsschalter heran und dann an die Glastür des Verkaufsstandes links daneben mit der sorgsam ausgeführten Inschrift VERKAUF VON BLUMEN.

Er hätte gern Blumen gekauft, aber der Stand war geschlossen, und der Stand für Geschenkartikel (Zeitungen, Süßigkeiten) gegenüber war gleichfalls fester verschlossen als ein Panzerschrank. Vermutlich waren sie beide während der Besuchszeiten offen, aber jetzt war keine Besuchszeit, darum spielte er mit dem Gedanken, zu einem der beiden Blumenläden an der gegenüberliegenden Ecke der 76. Straße zu laufen, aber dann dachte er, er würde Dr. Bradley verpassen, wenn er das täte, und ging weiter auf dem Marmorfußboden auf und ab, vor und zurück, wieder vor und zurück, dann hinüber zu den Telefonzellen und dann zu dem Durchgang daneben und besah sich dort die Inschrift über dem Bogen:

Dieses Gebäude wurde errichtet
in liebendem Gedenken
an

Den Rest las er nicht, denn ›in liebendem Gedenken‹ erfüllte ihn mit einer plötzlichen Furcht. Er wußte nicht, wie hoch der Prozentsatz an Frauen war, die im Kindbett starben, hielt die Zahl aber im Grunde für sehr klein. Immerhin *gab* es Frauen, die im Kindbett starben und – nein, nichts dergleichen würde geschehen. Nichts dergleichen würde Anne geschehen.

Er ging zu der Bank zurück, auf der seine Schwiegermutter saß, und sie sagte lächelnd: »Beruhige dich, Rick. Es wird alles gut werden, warte nur ab.«

Er nickte verstört, sah wieder zur Uhr, dachte plötzlich an seine Unterrichtsstunde ›Der einundfünfzigste Drache‹, und dann kreisten seine Gedanken erneut um Anne und das Entbindungsheim.

Es konnten seit seiner Ankunft im Krankenhaus höchstens zehn Minuten vergangen sein, als er Dr. Bradley aus dem Durchgang kommen sah, über dem das Schild DRINGENDE FÄLLE hing. Bradley sah ernst und sehr abgespannt aus, Rick ging rasch zu ihm und sah noch im Augenwinkel, wie Annes Mutter sich von der Bank erhob. Dr. Bradley streckte Rick die Hand hin, die Rick ergriff, und dann lächelte der Arzt, sehr schwach, wie jemand, der gerade durch den Ärmelkanal geschwommen und zu müde ist, um für Fotos zu posieren. Rick fragte nichts, doch war sein Gesicht eine einzige Frage, und der Arzt sah ihn voll an, und sein Mund hörte auf zu lächeln. Er sah sehr, sehr müde aus, und die Schwäche stand ihm in den Augen, und sogar sein Schnurrbart wirkte schlapp unter dem Adlerschwung der Nase. Ein leichter Schimmer von Schweiß überzog seine Stirn; Rick sah dem Arzt forschend in die Augen und sagte dann: »Geht es ihr gut?«

»Ja«, sagte Dr. Bradley müde und lächelte wieder. »Es geht ihr prima, Mr. Dadier.«

Annes Mutter stand jetzt neben ihnen und reckte den Hals, als wolle sie sich einmischen und sei nicht sicher, ob ihre Einmischung erwünscht ist.

»Geht es ihr gut?« fragte Rick noch einmal.

»Ja, es geht ihr prima.«

»Ist es ein Junge oder ein Mädchen?« fragte Annes Mutter.

Rick sah, wie tief in Dr. Bradleys Augen Schmerz aufzuckte, und der Schmerz übersprang den Raum zwischen ihnen und blieb wie ein vergifteter Pfeil in seiner eigenen Kehle stecken.

»Das Baby wurde tot geboren«, sagte Dr. Bradley leise. »Ein Junge. Es tut mir leid, Mr. Dadier. Die Nabelschnur ... es kommt manchmal vor, und es ist unmöglich vorauszusagen ...« Er schwieg und wischte sich den Schweiß von der Stirn, er wußte, wie überzeugend er es auch vorbrachte, wie ehrlich, wie aufrichtig er auch war, es würde doch ein Zweifel bleiben, dieser nagende Zweifel, der im stillen fragte: »Konnten Sie denn nichts tun?« Der im stillen den Geburtshelfer anklagte.

»Um die Kehle des Babys«, sagte Dr. Bradley. »Innerhalb der Gebärmutter.«

»Das Baby ist tot«, sagte Rick fassungslos. »Meinen Sie das?«

»Ja«, antwortete Dr. Bradley. Annes Mutter seufzte herzzerreißend, Rick sagte stumpf: »Tot«, und Dr. Bradley sagte noch einmal »ja«.
»Es ...« fing Rick an, vergaß dann, was er sagen wollte. Er dachte nur, *das Baby ist tot. Ein Junge. Und tot.*
»Ein völlig gesundes, normales Kind«, sagte Dr. Bradley. Er umfaßte väterlich Ricks Schulter: »Sie können noch mehr Kinder haben, Mr. Dadier. Sie sind beide jung und ... ich ... ich weiß, es ist ein schwerer Schlag für Sie, glauben Sie mir, ich kann Ihnen nicht sagen, wie leid es mir tut.«
»Es ... es ist schon gut«, sagte Rick leise. »Sie können ja nichts dafür.«
»Ein unglücklicher ...«
»Es ist schon gut«, sagte Rick.
»Ihrer Frau geht es sehr gut. Sie ...«
»Geht es Anne gut? Stimmt das auch ...?«
»Ja, es geht ihr prächtig. Es tut mir schrecklich leid, Mr. Dadier. So etwas ist immer am schwersten für einen Frauenarzt, und glauben Sie mir, ich würde es nicht sagen ...«
»Ja, ja, schon gut«, sagte Rick überhastig. »Bitte, es ist gut. Kann ich meine Frau sehen? Kann ich mit ihr sprechen?«
»Sie ist ein wenig schwach«, sagte Dr. Bradley, »aber sie hat nach Ihnen gefragt. Ich ... sie ... sie weiß noch nichts von dem Baby, Mr. Dadier. Ich würde es ihr an Ihrer Stelle erst morgen sagen. Sie verstehen, sie hat eine große Erschütterung hinter sich, und es ist besser, wenn wir warten. Verstehen Sie das?«
»Ja, ich verstehe. Darf ich jetzt zu ihr?«
»Ich möchte ferner vorschlagen, daß Sie sie so bald wie möglich nach Hause holen. Sie verstehen, es ist deprimierend, auf der Wöchnerinnenstation zu liegen, wo all die anderen Frauen ...«
»Ich verstehe«, sagte Rick, der sich verzweifelt nach Anne sehnte, sich danach sehnte, sie zu sehen, sie zu berühren. »Bitte, darf ich jetzt ...«
»Kommen Sie«, sagte Dr. Bradley.
Er folgte dem Arzt den Flur entlang, sie warteten auf den Aufzug, und er dachte, *das Baby ist tot, das Baby ist tot.* Dann brachte sie der Aufzug in den vierten Stock, und er trat auf einen trüben Korridor, seine Absätze hallten auf dem Boden, die hohen Gewölbe-

decken trugen den Schall weiter. Er wartete, während Dr. Bradley hineinging, und hörte eine Frau in den Wehen schreien, und dann fuhr eine Schwester in steif gestärkter Tracht Anne heraus. Sie lag mit dem Rücken auf der Bahre, und die Bettdecke war ihr bis ans Kinn gezogen, die Decke lag flach über ihrem Bauch, und den Kopf hatte sie zur Seite gedreht. Das Haar an ihrer Stirn war feucht, sie lächelte schwach, als sie ihn sah, und die Schwester sagte: »Nicht zu lange jetzt. Sie braucht Schlaf.«

Er nahm ihre Hand, und sie legte sie sich auf die Brust und hielt sie dort fest umklammert. Er küßte ihre feuchte Stirn, und plötzlich standen ihm Tränen in den Augen. Er beugte sich über den Tisch und preßte sie an sich, sie drückte ihre Wange an sein Gesicht, und er konnte auch auf ihrer Haut die Tränen spüren.

»Es war entsetzlich, Liebster«, sagte sie, halb schluchzend, halb lachend. »O Rickie, es war wirklich schlimm.«

»Fühlst du dich gut?« fragte er.

»Ich bin müde. Ich fühle mich so erschöpft. Rickie, ich habe nie gewußt, daß es solche Schmerzen geben kann. O Rickie, ich bin so froh, daß es vorüber ist, so froh.« Sie lachte schläfrig, dann biß sie sich auf die Lippen, und die Tränen kamen wieder, ungehemmt.

»Und fühlst du dich wohl?«

»Nur müde, Liebling. Du, ich möchte ein Jahr lang schlafen.«

»Dann schlaf jetzt, mein Schatz.«

»Nein«, sagte sie, »nein, geh noch nicht. Bitte, geh noch nicht, Rickie. Warte, bis sie dich vertreiben.«

»Na gut«, sagte er.

»Hast du das Baby gesehen?« fragte sie plötzlich.

»Schatz, ich glaube, du solltest jetzt doch etwas schlafen. Ich glaube ...«

»Es ist ein Junge, nicht?«

»Ja.«

»Das wolltest du doch, nicht?«

»Ja, Liebes, warum ...«

»Bist du glücklich, Rick?«

»Ja.«

»Ich bin froh. Ich wußte, du wolltest einen Jungen.« Sie lächelte und schloß die Augen, und er dachte einen Moment lang, sie schlafe. Er

machte eine leichte Bewegung von ihr weg, aber sie öffnete die Augen wieder und hielt ihn fest. »Sieht er dir ähnlich, Liebster?« fragte sie.
»Ich ... ich weiß nicht«, sagte Rick.
»Ich wette, er sieht dir ähnlich. Er hat mir so viel Mühe gemacht, der kleine Racker.« Sie lachte und sagte dann: »Bist du glücklich, Rick?«
Er schämte sich der Tränen, die ihm übers Gesicht liefen, und vergrub das Gesicht an ihrer Schulter, um die Tränen zu verbergen. »Ja«, sagte er, »ich bin sehr glücklich.« Er preßte sie fester an sich und sagte heftig: »Anne, ich liebe dich so sehr, so wahnsinnig.«
»Ich weiß, Liebster«, sagte sie besänftigend.
Sie streichelte ihm sacht den Kopf, und sie schwiegen eine Weile, dann hörte Rick die Absätze der Schwester auf dem Boden klappern, und ihre Stimme sagte: »Sie braucht jetzt Ruhe«, sehr freundlich, denn die Schwester wußte auch, was geschehen war.
»Ich komme morgen wieder«, sagte Rick.
»Gut. Gib auf dich acht, bitte. Versprich es. Ist meine Mutter hier?«
»Ja.«
»Sag ihr, es ginge mir gut, ich sei nur müde. Sag ihr, daß es ein Junge ist, Rick.«
»Das werde ich.«
»Sie wollten ihn mir nicht zeigen. Sie mußten ihn erst waschen. Ist er groß, Rick?«
»Ich ... ja, Anne.«
»Du kommst doch morgen? Bestimmt, ja?«
»Ja.«
»Also«, sagte die Schwester freundlich, »nun ist aber Zeit zum Schlafen.«
Er beugte sich noch einmal vor und küßte Anne, und sie umarmte ihn einen Augenblick lang mit glücklichem Lächeln, dann lehnte sie sich zurück, und die Schwester rollte die Bahre den Flur entlang. Er stand unter der hoch gewölbten Decke, dachte nichts und fühlte nichts, leer, leer und ausgelaugt.
Er hatte den Jungen nicht gekannt, nicht wie Anne gekannt, hatte nie seine Stöße im Bauch gefühlt, nie das Leben in sich wachsen fühlen. Dennoch empfand er jetzt einen großen Verlust und eine große Traurigkeit, und er stand allein in dem hohen Raum, hätte

gern seiner Frau noch etwas gesagt, hätte das gern mit ihr geteilt, mit ihr besprochen. Er sah den Tisch davonrollen und stand hilflos da mit seiner Traurigkeit im Herzen, einer müden Traurigkeit, einer Traurigkeit ohne Tränen. Schließlich wandte er sich um und ging zum Aufzug, und auf dem ganzen Weg ins Erdgeschoß hinab sah er den Fahrstuhlwärter nicht an, noch hörte er ein Wort von dem, was seine Schwiegermutter auf dem Heimweg sagte. Er dachte nur an den Sohn, den er nie gekannt — den Sohn, den er verloren hatte.

Er sagte es Anne am nächsten Tag.
Sie hatten sie privat gelegt, obwohl sie eigentlich zweiter Klasse lag. Man hielt es für besser, wenn sie allein war und keine andere Mutter mit ihrem Säugling sah. Als er zur Besuchszeit kam, brachte er Blumen mit, einen Riesenstrauß Rosen — ihre Lieblingsblumen —, den die Schwestern mit Aaah und Oooh begrüßten und dann fachgerecht in eine Vase neben das Bett stellten.
Er saß am Bett, sie hatte sich für seinen Besuch schön gemacht. Sie war immer noch blaß, aber ihr Haar war gekämmt und rahmte das Gesicht mit mattem Gold, sie hatte Lippenstift aufgelegt und sah sehr hübsch, wenn auch noch etwas erschöpft aus.
Nachdem er sie geküßt hatte, versuchte sie, sich bequem hinzulegen und erklärte dann: »Ich liege auf einem Gummikissen. Sie schneiden einen ganz auf, wußtest du das, Rick? Damit das Baby leichter heraus kann. Ich habe da unten alles voller Nähte.«
Er lächelte mit großer Anstrengung und sagte: »Das heilt wieder.«
»O Gott, ich hoffe es«, sagte sie und riß weit die Augen auf.
Sie schwatzte über das Krankenhaus und eine Schwester, die sie nicht mochte, und fragte dann: »Wann kriege ich das Baby zu sehen, das möcht' ich doch mal wissen. Schließlich ist Kinderkriegen etwas ...«
»Anne ...«
»... das ich nicht alle Tage mache. Sie könnten einem wenigstens ...«
»Anne ...«
Sie schwieg und sah ihn seltsam an, und er wußte, daß sie es in diesem Augenblick wußte oder zumindest ahnte oder vielleicht Schlimmeres annahm, vielleicht ein mißgebildetes Kind, etwas, das schlimmer war als Tod.

»Was ist, Rick?« fragte sie, ihre Stimme war jetzt ganz leise, ihr Gesicht gefaßt, und er wußte, sie wappnete sich gegen das, was kam.
»Das Baby ist tot«, sagte er schnell, hoffte, die Qual zu vermindern, wenn er es schnell sagte. »Die Nabelschnur hat es erdrosselt. Niemand kann dafür, Anne. Es geschieht einfach ... manchmal.«
Sie blieb lange still. Sie sah ihn nicht an. Sie starrte auf ihre gegen das weiße Hemd gepreßten Hände und hob endlich den Kopf.
»Es tut mir leid«, sagte sie, »bitte verzeih mir, Rick.«
Er nahm sie in die Arme, weil sie zu weinen anfing, und verstand nicht, warum dies ein Anlaß zu Tränen sein mußte anstatt ein Anlaß zur Freude, aber er hielt sie fest und fühlte, wie sie vom Schluchzen geschüttelt wurde.
»Es tut mir leid«, sagte sie wieder, »o Rick, bitte, bitte, verzeih mir.«
»Mein armer Liebling, sei nicht töricht, es war etwas ...«
»Rick, verzeih mir«, schluchzte sie, »bitte, bitte, verzeih mir.«
»Anne«, sagte er verzweifelt und hätte gern ihre Tränen gestillt, hätte sie gern getröstet und wußte nicht, wie, »wir können es noch einmal versuchen. Wir sind jung.« Unwillkürlich wiederholte er Dr. Bradleys Worte. »Das Baby war gesund und normal, Schatz. Es war einfach ein Unglücksfall, einfach ...«
»Und du bist mir nicht böse, Rick? Rick, bitte, sag, daß du mir nicht böse bist. Bitte.«
»Ich bin dir nicht böse, Liebes. Wie könnte ich dir böse sein. Ich bin glücklich, daß ich dich habe, das allein zählt. Ich wüßte nicht, was ich ohne dich täte ...«
»Rick, ich schäme mich so vor mir selbst. Was ich von dir dachte und nun dies, ich kann dir nicht mal ein richtiges Baby schenken, Rick. Es tut mir so leid, und ich schäme mich so, Rick.«
»Hör zu, Anne. Hör mir zu, Liebes, es ist ja alles gut. Glaub mir, alles ist gut, Anne.«
»Du liebst mich doch, Rick? Rick, liebst du mich?«
»Das weißt du doch, Anne.«
»Sag es mir, Rick.«
»Ich liebe dich.«
»Nach allem, was ich von dir gedacht habe? Über die dummen Briefe und Lois Hammond? Rick, ich schäme mich zu Tode, Rick, bitte ...«
»Was für Briefe, Anne?« fragte er liebevoll.

Da erzählte sie ihm alles über die Briefe, er hörte zu, und für einen Moment packte ihn blinder Haß, ein Haß auf den unbekannten Absender, aber der Haß verflog, weil er sich den Luxus eines Haßgefühls jetzt nicht leisten konnte, und weil seine ehrliche Erschütterung sich nie mit Haß vertragen würde.

Und als alles vorbei war, als sie sich den Zweifel, den Verdacht und die Angst von der Seele geredet hatte, sagte sie: »Halt mich, Rick. Halt mich fest, Liebster.« Sie schlang die Arme um ihn, und er flüsterte: »Es hat nie jemand außer dir gegeben, Anne«, sagte es beinah zu sich selber und war nicht einmal sicher, ob sie ihn gehört hatte.

»Wir versuchen es noch einmal, Rick«, sagte sie, »wenn du mir verzeihen kannst.«

»Es gibt nichts zu verzeihen.«

»Die Briefe ...«

»Vergiß sie. Irgendein gemeiner ...«

»Wir vergessen sie«, sagte sie.

»Ja.«

»Und wir versuchen es noch einmal, Rick? Möchtest du es noch einmal versuchen?«

»Ja, mein Liebling.«

»Ich auch.«

Dann schwiegen sie. Sie hielten einander die Hände, und draußen im Flur konnten sie Gelächter hören, aber keiner sagte etwas. Er dachte wieder über den verlorenen Sohn nach und wußte nicht genau, was er fühlte, außer der inneren Leere. Er konnte sich vorstellen, wie Anne zumute war, denn sie war diejenige, in der das Baby gewachsen war, die es mit ihrem Blut genährt hatte, als einen Teil von sich, und es nun verlieren mußte. Er lauschte auf das Gelächter vom Gang und merkte, daß auch Anne darauf horchte, und weil er sie gern ablenken wollte, fing er an zu reden und erzählte ihr von der Schule und von dem ›Einundfünfzigsten Drachen‹, aber er erzählte es nicht gut, denn es bedeutete nicht mehr soviel jetzt.

Sie hörte zu, und es freute sie, aber er sah wohl, daß sie immer noch an das verlorene Baby dachte, und er wußte, daß keiner von ihnen je ihr erstes Elternerlebnis vergessen würde, und wenn sie hundert Jahre alt würden und zwei Dutzend Kinder bekämen. So

redete er weiter, bis es Zeit war zu gehen, dann küßte er sie und ließ sie mit ihren Gedanken an den Jungen allein. Er ging zum Aufzug und versuchte, die stolzen Väter um ihn her nicht zu hören.
Er trat auf die Straße, wußte, er müßte eigentlich heimgehen, wollte nicht heimgehen, wußte nicht, was er mit sich anfangen sollte. Er überlegte, ob er am nächsten Tag wieder in die Schule gehen sollte. Ihm fiel ein, daß der nächste Tag Mittwoch, der 22., der Tag der Weihnachtsfeier war und er wußte wohl, daß er eigentlich dort sein mußte, es war ihm aber ziemlich gleichgültig, ob er dort war oder nicht. Allerdings würde es ihn beschäftigen und ablenken. Schließlich ging er doch heim, und als er an jenem Abend mit Dr. Bradley telefonierte, riet ihm der Arzt, Anne am nächsten Tag aus dem Krankenhaus zu holen, denn an den Feiertagen kämen viele Besucher, und er möchte sie nicht unnötigen Depressionen aussetzen.
So blieb also Rick den ganzen Dienstag der Schule fern und ging auch den ganzen Mittwoch nicht hin. Er versäumte die Weihnachtsfeier und wußte nicht (was ihm sowieso gleichgültig war), daß Alan Manners seine kleine Rolle übernahm, wußte nicht, daß Alan Manners die paar Trinksprüche, die paar Gaben und das große Geschenk nach der Weihnachtsfeier mit Lois Hammond tauschte.
Und wußte nicht, daß noch ein Geschenk gemacht wurde und daß dieses Geschenk von den Darstellern der Aufführung für Rick gekauft worden war und daß Gregory Miller persönlich das Einsammeln der Spenden und das Auswählen des Geschenks, einer schwarzgold gestreiften Krawatte, übernommen hatte.
Und er wußte auch nicht, daß die Jungen einen eigenen kleinen Sketch einstudiert hatten, den sie bei Überreichung des Geschenks aufführen wollten, und auch nicht, daß sie — einem plötzlichen Einfall folgend — das Geschenk George Katz überreicht hatten, weil Rick ja nicht da war und sie ihr schönes Geschenk nicht vergeuden wollten. Miller hatte heftig protestiert, wollte das Geschenk bis nach den Feiertagen, wenn Rick zurückkäme, aufbewahren, aber die anderen überstimmten ihn, sagten, sie wollten ein neues Geschenk kaufen und Katz sei doch wirklich ein feiner Nikolaus gewesen, hatten vielleicht ehrlich die Absicht, nach den Feiertagen ein neues Geschenk zu kaufen, erfüllten ihr Versprechen aber nie, nachdem die Weihnachtsfeier einmal vergessen war.

Rick wußte von alledem nichts, und nichts wäre ihm auch gleichgültiger gewesen. Ihm war undeutlich bewußt, daß er endlich in einer seiner Klassen die Mauer durchbrochen hatte, und er fühlte, daß die Dinge für ihn leichter sein müßten, wenn er wieder zur Schule ging, aber er dachte jetzt nicht viel über die Schule nach.

Am Mittwoch, den 23. Dezember, holte er Anne aus dem Krankenhaus, und an dem Tag dachte er nur an sie.

Er ging erst nach den Weihnachtsferien am 4. Januar wieder zur Schule, und seit jener Montag ins Land gegangen war, hatten alle in der Schule den ›Einundfünfzigsten Drachen‹ völlig vergessen.

Es war beinah so, als begrüße er seine Klassen zum erstenmal. Es war beinah wie ein Anfang.

Es war beinah genauso, als finge er bei Null wieder an.

13

Die Tür zum Klassenzimmer 206 war abgeschlossen, als Richard Dadier am 15. Januar zur fünften Stunde Englisch kam. Er drückte mehrmals die Klinke, schaute durch die eine Glasscheibe und winkte Santini, die Tür zu öffnen. Santini, der seinen Platz der Tür am nächsten hatte, zuckte unschuldsvoll die Achseln und grinste sein blödes Grinsen. Rick fühlte plötzlich Wut hochsteigen, und dann wich die Wut dem Abscheu, den er neuerdings empfand, bevor er die Klasse betrat. Er fragte sich einen Moment, ob auch Josh diese Empfindung gehabt hatte.

Ruhe, sagte er sich. Nur die Ruhe behalten.

Er griff in die Tasche nach dem großen Schlüssel und steckte ihn ins Schlüsselloch. Er riß die Tür auf und ging dann energischen Schrittes zu seinem Tisch. Eine Falsettstimme irgendwo hinten in der Klasse quitschte schnell noch »Daddy-oh!« Rick beschäftigte sich mit der Sitzkartei, sah in der Klasse umher und klappte die Karte der Anwesenden jeweils um. Wie gewöhnlich fehlte die Hälfte. Heute war er für jeden Schwänzer dankbar, denn als kleine Gruppe waren die Klassen leichter zu behandeln.

Er wendete die letzte Karte um und wartete, daß die Klasse von selbst ruhig würde. Sie würde es nie, das wußte er, nie.

Er langte hinunter, zog ein schweres Buch aus seiner Aktentasche und hielt es auf der flachen Hand. Ohne Warnung knallte er es auf den Tisch.

»Ruhe jetzt!« schrie er und dachte, *es hört sich bei mir schon genauso an wie bei Halloran.*

Verdutzt über den Ausbruch, verstummte die Klasse brummelnd. Das, dachte er, das hat gesessen. Überraschung plus Vorteil plus Ausnutzung des Vorteils. Die reinste Kriegsführung. Den ganzen lieben Tag lang führe ich Krieg. Ungemein lustig.

»Die Aufgabe für morgen«, sagte Rick barsch.

Ein Murren kam von der Klasse, und Miller sagte mit einnehmendem Lächeln: »Sie arbeiten zuviel, Mr. Daddy-oh!«

Der Name wurmte Rick tief, und er fühlte die ersten winzigen Nadelstiche der Furcht am unteren Teil der Wirbelsäule. *Ach, so ist das heute, Miller,* dachte er. *Heute ziehst du die Grenze bei Daddy-oh. Heute nennst du mich Daddy-oh und willst mich damit aufs Kreuz legen.*

»Ruhe, Mueller«, sagte Rick, und es bereitete ihm Vergnügen, den Namen des Jungen falsch auszusprechen. »Die Aufgabe für morgen. Aus *Neue Horizonte* . . .«

»Woraus?« fragte West.

Ich hätte es wissen müssen, ermahnte sich Rick erbost. Wir lesen ja erst seit Beginn des Semesters in dem Buch. Ich kann nicht erwarten, daß sie sich an seinen Titel erinnern. Nein.

»Aus *Neue Horizonte*«, wiederholte er aufgebracht, »dem blauen Buch, in dem wir schon das ganze Semester lesen.« Er hielt inne und gewann seine Selbstbeherrschung zurück. Er hielt sich vor, daß er neuerdings zu leicht die Beherrschung verlor. »Aus dem blauen Buch«, fuhr er ruhig fort, »die ersten zehn Seiten von *Wanderameisen im Dschungel* lesen.«

»Hier in der Klasse?« fragte West.

»Nein. Zu Hause.«

»Jesses«, murmelte West.

»Es steht auf Seite zweihundertfünfundsiebzig.«

»Was für 'ne Seite?« rief Miller.

»Zweihundertfünfundsiebzig.«

»Welche Seite?« fragte Levy.

»Zweihundertfünfundsiebzig«, sagte Rick. »Mein Gott, was ist denn los mit Ihnen?« Er drehte sich schnell um, schrieb die Zahl in großen Ziffern an die Tafel und wiederholte sie langsam: »Zwei, sieben, fünf.« Er hörte ein gehässiges Kichern hinter sich und fuhr rasch herum. Die ganze Klasse machte ein Schafsgesicht.
»Ich werde über die Hausaufgabe morgen eine kurze Übungsarbeit schreiben lassen«, verkündete er grimmig.
»Schon wieder?« fragte Miller träge.
»Ja, Mailler«, sagte Rick, »schon wieder.« Er funkelte den Jungen wütend an und dachte, *komm mir ja nicht frech, Miller. Ja nicht.* Miller grinste gewinnend zurück, sicher hinter dem Schutz seiner willkürlich gezogenen Grenze. *Zum Henker mit dir und deiner verdammten Grenze,* fluchte Rick innerlich.
»Und nun«, sagte er, »die Übungsarbeit, die ich Ihnen gestern versprochen habe.«
Es wurde still in der Klasse.
Schnell, dachte Rick. Nutz den Vorteil aus. Schlag auf Schlag. Warte nicht ab. Bleib ihnen immer einen Schritt voraus. Handle schnell, dann wissen sie nicht, was geschieht. Beschäftige sie so stark, daß sie nichts anstellen können.
Er begann die Fragen an die Tafel zu schreiben. Er wandte den Kopf und bellte über die Schulter: »Alle Bücher vom Tisch. Antoro, verteilen Sie die Bogen.«
So muß man es machen, stellte er bei sich fest. Ich habe es ausprobiert. Um diese Ungeheuer zu bändigen, muß man ihnen an jedem Tag der Woche eine Übungsarbeit geben. Daß sie sich die Finger wund schreiben.
»Fangen Sie gleich an«, sagte er in sachlichem Ton. »Vergessen Sie nicht, das Übliche oben darüber zu schreiben.«
»Was sollen wir denn da schreiben?« fragte Belazi.
»Name, Klasse, Fach, Fachlehrer«, sagte Rick müde.
Zweiundsiebzig, dachte er. Ich habe es ihnen zweiundsiebzigmal gesagt, seit ich hier angefangen habe. Zweiundsiebzigmal.
»Wer ist unser Fachlehrer?« fragte Belazi. Sein Gesicht war eine einzige Bestürzung, aber er konnte das Lächeln darauf nicht ganz verbergen.
»Mr. Daddy-oh«, sagte West ganz laut. Er saß auf seinem Platz

neben Miller, strähniges blondes Haar hing ihm über die pickelige Stirn. Ein unverschämtes Grinsen lag um seinen Mund, Rick sah das Grinsen und sah den harten Glanz in Wests Augen, dann wandte er seine Aufmerksamkeit Belazi zu.
»Mr. Dadier ist der Fachlehrer«, sagte er. »Und nebenbei bemerkt, Whoust«, herrschte er West an, »jedem, der meinen Namen falsch schreibt, werden zehn Punkte abgezogen.«
»Was!« jammerte, empörte sich West.
»Sie haben mich ja wohl verstanden!«
»Und wie wird Daddy-oh geschrieben?« fragte West, wieder kräuselte das Lächeln seine Lippen.
»Sie werden es schon herausfinden, West, ich brauche die zehn Punkte ja nicht.«
»Keine Sorge, Chef, ich kann Ihren Namen schon richtig buchstabieren.«
Rick drückte bitterböse die Kreide auf die Tafel. Sie sprang in zwei Stücke, und er nahm ein neues vom Tafelrand. Mit schrill quietschender Kreide schrieb er den Rest der Übungsfragen an.
»Es wird nicht gesprochen«, befahl er. Er setzte sich an seinen Tisch und musterte die Klasse argwöhnisch.
Miller runzelte erstaunt die Stirn. »Ich verstehe die erste Frage nicht, Chef«, rief er aus.
Rick lehnte sich in seinem Stuhl zurück und sah auf die Tafel. »Es ist sehr einfach, Miltzer«, sagte er. »Es stehen zehn Worte an der Tafel. Einige sind richtig geschrieben, einige falsch. Die falschen sollen Sie verbessern, die richtigen so schreiben, wie sie dastehen.«
»Hmm«, machte Miller nachdenklich, seine Augen glühten. »Wie wird das zweite Wort geschrieben?«
Rick lehnte sich wieder zurück, betrachtete das zweite Wort und begann »D-I-S ...« Er hielt inne und sah Miller voll an. »Wie Sie es für richtig halten. Sie schreiben die Arbeit, nicht ich.«
Miller grinste breit. »Oh, das wußte ich ja gar nicht, Chef.«
»Sie werden es wissen, wenn Sie Ihre Zensur sehen, Miller.«
Rick ärgerte sich, daß er den Namen des Jungen richtig ausgesprochen hatte, und dann ärgerte er sich über Miller, einfach weil es Miller war. Er erinnerte sich an den Tag, an dem er nach den Weihnachtsferien zurückgekehrt war. Er erinnerte sich, daß Miller ihn auf

dem Flur angesprochen und gesagt hatte, er habe von dem Baby gehört und es täte ihm sehr leid. Er hatte den Jungen angestarrt und versucht, die beiden Seiten seines Charakters zu vereinen: die Seite, die ein Engel in der Weihnachtsfeier war und Bedauern über Ricks tot geborenen Sohn aussprach, und die Seite, die im Unterricht den gröbsten Unfug anstellte. Er hatte es als eine vergebliche Mühe aufgegeben, dem Jungen für sein Mitgefühl gedankt und ihn stehen lassen. Er wußte jetzt, was er von Miller zu erwarten hatte, trotz der Aufführung und insbesondere nach dem langen Gespräch, das er mit dem Jungen gehabt hatte. Auf den bequemen Weg, darauf lief es hinaus. Und der bequeme Weg war der Unfug, war das, was alle taten. *Und ich wähle den gleichen verdammten Weg,* dachte Rick bitter. Er seufzte, machte es sich an seinem Tisch bequem und behielt die Klasse im Auge.

De la Cruz wird mogeln, dachte er. Er wird mogeln, und ich werde ihn nicht ertappen. Wie stellt er es nur an? Im Ärmel? Wo? Vermutlich hat er sich was ins Ohr gesteckt. Soll ich ihn untersuchen? Nein, was käme dabei heraus? Er würde seine eigene Mutter bemogeln. Ein geborener Schwindler. Ein unverschämter Bengel. Bengel. Rick wurde nachdenklich. Sogar er nannte sie jetzt schon so. Alles Bengel. Ich muß Solly Klein sagen, daß ich aufgegeben habe. Ich muß Solly beiseite nehmen und sagen: »Solly, alter Junge, Sie hatten recht. Dies ist der Abfalleimer des Erziehungswesens.« Mann, sogar Miller hat das erkannt. Und dann muß ich zugeben, daß ich nichts anderes tue als auf dem Deckel zu sitzen. Und dann muß ich Josh Edwards aufsuchen, wo immer er sein mag und was immer er tun mag, ob er Schuhe verkauft oder Autos wäscht, und muß es ihm sagen. Ich muß zu ihm sagen: »Josh, ich bin ein Schwindler, du warst der Tapfere, Josh, und ich bin nur ein Schwindler. Ich bin der Feigling, Josh.«

Aber wann habe ich denn aufgegeben? überlegte er, wann habe ich angefangen, den bequemen Weg zu gehen, Millers bequemen Weg? Oder habe ich gar nicht aufgegeben? Ja, ich habe aufgegeben. Nein, ich habe es nicht.

Doch habe ich, ich habe es. Und wann? Als das Baby geboren wurde, als mein Sohn nicht geboren wurde? Vorher? Nein, davor war der ›Einundfünfzigste Drache‹. Und was war das für eine Stunde gewesen, Gott was für eine Stunde! Gib mir einmal die Woche eine solche Stunde, nur einmal die Woche, mehr nicht, und ich würde für den Rest meines Lebens weiter unterrichten. Ich würde den ganzen Mist in Kauf nehmen, den sämtliche Millers und Wests von der Welt zu verzapfen haben, ich ließe mich jeden Tag von sämtlichen Smalls, die es gibt, herunterputzen, wenn ich nur einmal die Woche so an sie herankäme, nur einmal die Woche. Oder wenn ein Kind, nur *ein* Kind, das reicht, nur eins von allen, etwas mitnähme. Wenn ich auf einen dieser Bengels hinweisen und sagen könnte: »Ich habe ihm den Weg gezeigt.« Wenn ich das nur könnte, aber wem habe ich schon den Weg gezeigt?

Ich habe niemandem den Weg gezeigt. Zugegeben, es ist lachhaft, aber den Weg habe ich trotzdem niemandem gezeigt. Und das nach all meinen großen Worten gegenüber Miller, all meinen großen Worten über schwere Wege und bequeme Wege. Miller hat *mir* den Weg gezeigt. Miller hat mir den bequemen Weg gewiesen, nämlich sich der Masse anzuschließen, herumzugammeln, herumzuspielen, ein Schwindler zu sein. Das hat Miller mir gezeigt, und ich habe es aufgegriffen, und jetzt sind wir beide auf dem bequemen Weg, ein falscher Schüler und ein falscher Lehrer. Und wie kann ich mir das vorwerfen?

Sie sind alle unverändert, genauso, wie sie waren, als ich anfing, kein Jota anders. Aber ist das meine Schuld?

Ja, es ist deine Schuld, verstanden? Es ist deine Schuld, denn an irgendeinem Punkt der Linie hast du aufgehört, es zu versuchen. Und wenn du auch sagst, es sei deshalb, weil es dir schnurz und schnuppe ist, und wenn du auch sagst, du hättest deinen eigenen Kopf voll, so hast du trotzdem aufgehört, es zu versuchen. Als Josh Edwards aufhörte, es zu versuchen, hörte er auch auf, zu unterrichten. Er gab es auf, und das war das Ehrlichste, was man tun konnte, aber du bist nicht ehrlich. Du füllst die Stelle aus, aber nicht die Aufgabe. Du gehst den bequemen Weg, und ich bin froh, daß ich nicht mit dir leben muß.

Viele Leute gehen den bequemen Weg, dachte Rick, aber ich habe nie geglaubt, daß ich einer von ihnen sei, dabei bin ich jetzt bestimmt einer von ihnen, und das einzugestehen geht an die Nieren. Ich, das strahlende Beispiel, der Miller den schweren Weg weisen wollte, und Millers Haut ist schwarz, er wurde weiß Gott mit einem

schweren Weg vor sich geboren, und doch hast du ihm zum Vorwurf gemacht, den bequemen Weg zu wählen, als du mit ihm sprachst, obwohl du den schweren Weg nicht rechtfertigen konntest, obwohl du es auch jetzt noch nicht kannst, und schon gar nicht, da du dich den Bengeln nicht mehr stellst.
Wieder Bengel. Jawohl Bengel.
Sie sind alle an der Wurzel faul, es sind alles dumme Bengel, und ich stimme jetzt mit Solly Klein überein, ich hätte es von Anfang an sehen müssen, Solly, denn Sie sind weise, Solly, und wissen alles über Baseballkugeln, die neben dem Kopf auf Tafeln krachen, und Sie wissen alles über diese Maschine, die nicht läuft, egal womit man sie speist — doch, sie läuft, aber sie produziert nichts. Sie wissen alles über diese Riesentretmühle mit all ihren gefangenen Ratten, ein Gewusel, das nirgendwohin will, ein Gewusel, das stracks dorthin zurück will, woher es kommt. Sie wissen alles darüber, Solly, und haben versucht, es mir zu sagen, aber ich wollte nicht hören, weil ich der Messias unter den Lehrern war. Nur daß selbst ein Messias in diesem Müllabladeplatz kein Gehör fand.
Wozu sich also aufregen? Warum soll ich unterrichten? Warum soll ich Magengeschwüre bekommen?
»Gucken Sie auf Ihr eigenes Blatt, Belazi«, warnte er.
Jeder von ihnen ist ein Mogler, ein potentieller Dieb. Solly hatte ganz recht. Wir müssen die Straßen von ihnen rein halten. Sie sollten, weiß der Himmel, einen Polizisten einstellen. Es wäre spassig, dachte er, wenn es nicht so verdammt ernst wäre. Wie lange kann man sich mit Abfall abgeben, ohne selbst allmählich zu stinken?
»Also gut, Belazi, bringen Sie Ihr Blatt her. Ich ziehe Ihnen fünf Punkte ab«, sagte Rick plötzlich.
»Warum? Was habe ich denn gemacht?«
»Bringen Sie Ihr Blatt her.«
Belazi schlakste widerwillig nach vorn und schmiß den Bogen auf Ricks Tisch. Er war ein großer, kräftig gebauter Junge und stand mit hinter den Hosenbund geklemmten Daumen vor ihm, als Rick eine große, leuchtend rote — 5 auf das Blatt malte.
»Wofür ist das?« fragte Belazi.
»Für Ihr Schielen.«
Belazi schnappte sich das Blatt und untersuchte es empört. Rick

starrte den Jungen an, erinnerte sich daran, wie er zum erstenmal in die 55-206 gekommen war und angekündigt hatte, sie würden am nächsten Tag in die Bücherei gehen. Belazi hatte gepiepst: »Muß das sein?« Ein frecher Bengel und ein Mogler, dachte Rick. Zum Teufel mit der ganzen Bande. Belazi verzog sein Gesicht zu einer Grimasse und schob langsam zu seinem Platz ab.

Als er an West vorbeikam, sah West nach vorn. Seine Augen trafen die Ricks, und er sagte höhnisch: »Memme!«

»Was?« fragte Rick.

West machte ein erstauntes Gesicht. »Sprechen Sie mit mir, Chef?«

»Ja, West. Was haben Sie da eben gesagt?«

»Ich habe nichts gesagt.« West lächelte.

»Bringen Sie mir Ihr Blatt, West.«

»Wozu?«

»Bringen Sie es mir her!«

»Wozu, sage ich.«

»Ich habe gehört, was Sie sagten, West. Und *ich* sagte, bringen Sie mir Ihr Blatt. Und zwar auf der Stelle.«

»Nun bring's ihm schon«, sagte Miller gutmütig lächelnd.

»Wozu?« sagte West zu Miller. »Was habe ich denn gemacht?«

»Komm, Artie«, sagte Miller leichthin, »bring's ihm.«

»Ich sehe nicht ein, weshalb«, beharrte West.

»Weil ich es wünsche, deshalb«, sagte Rick mit Nachdruck.

Wests Antwort kam langsam und betont. »Und wenn ich nun keine Lust habe?« Er runzelte die pickelige Stirn.

»Los, Artie«, sagte Miller. »Warum . . .«

»Misch du dich bloß nicht ein, Greg«, fauchte West. »Misch dich ja nicht ein, verstanden?«

Millers Augen weiteten sich vor Überraschung, aber das Lächeln um seinen Mund blieb. Die anderen Jungen in der Klasse horchten plötzlich auf, Köpfe, die übers Papier gebeugt waren, fuhren hoch. Rick fühlte, daß alle Augen ihn scharf fixierten.

Sie hielten natürlich zu West. Sie wollten, daß West gewann. Sie wollten, daß West ihn herausforderte, wie neulich, als er gedroht hatte, auf den Fußboden zu pinkeln. Das durfte Rick nicht zulassen. Er schritt energisch durch die Bankreihe und stellte sich neben West. Der Junge sah ihn unverschämt an.

»Stehen Sie auf«, sagte Rick und versuchte, seine Stimme in der Gewalt zu behalten.
Meine Stimme zittert, dachte er. Ich fühle, wie sie zittert. Das weiß er auch. Er verspottet mich mit seinen stechenden kleinen Augen. Ich muß meine Stimme in der Gewalt behalten. Das ist wirklich zu dumm. Meine Stimme zittert.
»Stehen Sie auf, West.«
»Ich sehe nicht ein, Mr. Daddy-oh, weshalb eigentlich«, gab West zur Antwort. Er sprach den Namen mit Sorgfalt aus.
»He, Artie«, sagte Miller, »warum . . .«
»Stehen Sie auf, West«, fuhr Rick dazwischen. »Stehen Sie auf und sprechen Sie meinen Namen richtig aus.«
»Kennen Sie Ihren eigenen Namen nich' mal, Mr. Daddy-oh?«
Ricks Hand schnappte zu und packte West am Hemdkragen. Er zerrte ihn auf die Füße, wobei er fast den Kragen zerrissen hätte. West stand, knapp zwei Zoll kleiner, vor Rick und wand sich hin und her, um freizukommen.
Ricks Hand krallte sich fester in den Kragen. Er hörte das leise Ratschen reißenden Stoffs. Er starrte in die haßerfüllten Augen und sagte ganz ruhig: »Sprechen Sie meinen Namen richtig aus, West.«
In der Klasse war es totenstill geworden. Kein Laut war zu hören. Rick vernahm nur das Rasseln flachen Atems. Neben West, mit weit aufgerissenen Augen und ohne das Lächeln, saß Miller und sah zu.
Ich sollte ihn loslassen, dachte Rick. *Was kommt dabei heraus? Wie weit darf ich gehen? Laß ihn los.*
»Sie möchten, daß ich Ihren Namen ausspreche, Sir?« fragte West.
»Sie haben es ja gehört.«
»Lecken Sie mich am Arsch, Mr. Daddy . . .«
Ricks Hand schlug zu und traf den Jungen mitten auf den Mund. Er fühlte seine Finger gegen harte Zähne krachen, sah Blut als ein dünnes, karmesinrotes Rinnsal aus der Oberlippe fließen, sah die Augen vor Überraschung groß und gleich darauf vor tiefem Haß schmal werden.
Und dann blitzte das Messer auf, plötzlich und furchterregend. Lang und glänzend, fing es das fahle Sonnenlicht ein, das schräg durch die hohen Klassenzimmerfenster fiel. Rick wich unwillkürlich zurück und starrte auf die scharfe Klinge.

Was nun? dachte er. Nun verwandelt sich der Abfalleimer in einen Sarg. Nun liege ich tot und blutend auf dem Boden eines Klassenzimmers, und ein Irrer schlitzt mich in Streifen. Nun.

»Was haben Sie mit dem Messer vor, West?«

Meine Stimme ist außergewöhnlich ruhig, dachte er. Ich glaube, ich habe Angst, aber meine Stimme ist ruhig. Außergewöhnlich ruhig.

»Kommen Sie doch ein wenig näher, dann werden Sie es schon sehen«, knurrte West, und das Blut in seinem Mund machte seine Zähne fleckig.

»Geben Sie mir sofort das Messer, West«, sagte Rick.

»Komm, Artie«, warf Miller leise ein. »Sei nicht . . .«

Es ist ein Scherz, beharrte eine innere Stimme in Rick. Es muß ein Scherz sein. Das Ganze ist ein einziger unbändiger Spaß. Zum Totlachen. Zum Tot . . .

»Holen Sie es sich doch, Daddy-oh!« schrie West.

Rick machte einen Schritt auf West zu und beobachtete den in drohendem Bogen vor und zurück schwingenden Arm. Wests Augen waren hart und unversöhnlich.

Und plötzlich fing Rick in seinem äußersten Augenwinkel einen Farbblitz auf. Jemand war hinter ihm. Er fuhr instinktiv herum, und seine Faust krachte in den Magen eines Jungen. Der Junge hob den Kopf, und Rick schlug noch einmal zu und erfaßte plötzlich, daß es Belazi war, den er beim Mogeln erwischt hatte. Belazi fiel zu Boden und krampfte sich zu einem engen kleinen Ball zusammen, der stöhnte und sich auf dem harten Holzboden wälzte. Rick warf ihm nur einen kurzen Blick zu und überzeugte sich, daß jede mögliche Gefahr von ihm vorbei war. Er drehte sich rasch zu West um, auf seinen Lippen lag ein befriedigtes Lächeln.

»Geben Sie mir das Messer, West, und zwar auf der Stelle.«

Er starrte dem Jungen in die Augen. West sah groß und gefährlich aus. Der Schweiß stand ihm auf der pickeligen Stirn. Sein Atem kam in raschen Stößen.

»Geben Sie es mir auf der Stelle, West, oder ich hole es mir und schlage Sie grün und blau.«

Er ging langsam auf den Jungen zu.

»Geben Sie es mir, West. Geben Sie es her.« Seine Stimme rollte beschwörend und mit einem drohenden Unterton.

Die Klasse schien den Atem anzuhalten. Niemand rührte sich, um Belazi zu helfen, der zusammengekrümmt am Boden lag und mit den Armen seine Taille umschlang. Ab und zu stöhnte er und wand sich heftig. Aber niemand rührte sich, ihm zu helfen. West entfernte sich rückwärts von Rick, und Rick ging vorwärts, an Wests Sitz vorbei. Miller saß auf der Stuhlkante, seine Hände umklammerten den Tisch. Belazi stöhnte wieder am Boden.
Ich muß Belazi im Auge behalten, überlegte sich Rick. Er könnte sich verstellen. Ich muß aufpassen.
»Geben Sie es her, West. Geben Sie es her.«
West blieb stehen, da ihm aufging, daß er derjenige war, der die Waffe hatte. Er hielt das Federdruckmesser ausgestreckt vor sich, sondierte die Luft damit. Sein Rücken bog sich zu einem großen C, als er sich nun duckte, den Kopf tief hielt und das Messer im Vorkommen schwenkte. Rick hielt seinen Platz ein und wartete. West kam vorsichtig näher, seine Augen hefteten sich an Ricks Kehle, und die Hand mit dem Messer bewegte sich ständig, mörderisch, in einem schwingenden Bogen. Er grinste fürchterlich, ein rotgeflecktes gräßliches Grinsen.
»Kommen Sie doch, Sie Arschloch«, sagte er. »Kommen Sie doch und holen Sie sich das Messer. Na los, holen Sie sich's.«
Rick fuhr sich mit der Zunge über die Lippen und starrte auf das Messer. West schwieg plötzlich und musterte Ricks Gesicht. Er grinste wieder und fing leise an zu sprechen, als er weiterging, fast flüsternd, fast, als dächte er laut.
»Sehen Sie das Messer, Mr. Daddy-oh? Sehen Sie das hübsche Messer? Ich werde Sie schön damit aufschlitzen, Mr. Daddy-oh. Ich werde Sie aufschlitzen, und dann werde ich Sie noch ein bißchen mehr aufschlitzen. Ich werde Sie ganz prächtig zurechtschneiden. Hätte's gleich tun sollen. Hätte gleich merken müssen, daß Sie zu mies sind, um zu spuren, Daddy-oh. Na los, Sie mieser Pauker, probieren Sie dieses hübsche Messer doch mal aus.«
Der Stuhl, erinnerte sich Rick plötzlich. Da steht doch ein Stuhl. Ich nehme den Stuhl und schleudere ihn. Unter das Kinn. Nein. Vor die Brust. Aber schnell. Es muß schnell gehen, mit einer einzigen Bewegung. Warte. Noch nicht, warte. Komm nur, West. Komm nur. *Komm nur!*

»Schon mal von einem Messer gestochen worden, Mr. Daddy-oh? Schon mal von einem scharfen Messer aufgeschlitzt worden? Dies hier ist scharf, Mr. Daddy-oh, oder sind Sie zu blöd und wissen das nicht. Schon mal drüber nachgedacht, wer Sie bei Mr. Small angeschwärzt hat, Daddy-oh? Darüber schon mal nachgedacht, Sie Arschloch? Wohl kaum, was?« Wie hypnotisiert kam er immer näher, seine Stimme war nur noch ein Flüstern, seine Augen glühten.
West, fiel es Rick wie Schuppen von den Augen. West. Nicht Miller. West war bei Small. West hat sich beschwert. O Gott, es war West.
»Hätte mich gar nich' auf sonne Spielchen einlassen sollen, Daddy-oh«, sagte West. »Leute wie Sie verstehen nur ein Messer in den Rippen. Das können Sie jetzt haben, Sie Hund. Und dann werden Sie uns nie mehr ärgern. Nie mehr.« Er lächelte und kam näher, Rick wich den Gang zurück. »Hat Ihre Frau die Briefe gekriegt? Richard Dadier, 1935 East 174. Straße. Direkt aus dem Telefonbuch, Sie Blödmann. Mich am Pissen zu hindern, wenn ich muß! Hätte selber kommen sollen. Hätte keine Spielchen mit Briefen und Beschwerden machen sollen. Hätte zu Ihrem Haus kommen und Ihnen gleich das Messer zwischen die Rippen geben sollen.«
Anne, dachte Rick. O dieses Schwein. O du Schwein, West, du gemeiner, widerlicher Schweinehund. Du warst das also. Du warst dieser niederträchtige Kerl. Du, West. Er wich den Gang zurück, und seine Gedanken überstürzten sich. Er dachte an die Briefe, daß West sie irgendwo getippt hatte, primitive Mitteilungen, oh, dieser Schweinehund, und er dachte *Ich lasse ihn in dem Glauben, daß ich das Feld räume.* Ich wiege ihn in Sicherheit. Der leere Sitz in der dritten Reihe. Neben Maglin. Ich lotse ihn dorthin. Hoffentlich ist er frei. War frei, als ich nachsah, wer fehlte. Dem Himmel sei Dank, daß es den Sitzplan gibt. Hinschauen kann ich nicht. Ich taste mit der Hand. Mach ein Pokerface. Komm, West, folg mir brav. Folg mir, damit ich dir den häßlichen Schädel einschlagen kann. Einer von uns ist dran, West. Und das werde nicht ich sein.
»Nossir, Mr. Daddy-oh, keine Spielchen mehr. Ich bin fertig mit Spielchen. Und ich bin fertig mit Ihren Übungsarbeiten und Ihrer verdammten großen Klappe. Nur Ihr Gesicht, Mr. Daddy-oh, werde nur ein bißchen Ihr Gesicht bearbeiten, und keiner wird mehr Lust haben, Sie anzugucken.«

Noch eine Reihe, rechnete sich Rick aus. Noch eine Reihe weiter zurück. Griff. Schwung. Eine. Reihe. Noch.
Die Klasse verfolgte gebannt die beiden Gestalten. West trieb Rick den langen Gang zurück, schlich auf den Fußsohlen, Schritt für Schritt, wartete darauf, daß Rick mit dem Rücken an die Tafel stieß. Belazi wälzte sich am Boden und stöhnte wieder.
Und Rick zählte die Schritte. Nur noch ein paar. Nur ... noch ... ein paar ...
»Hätten mich nich' schlagen sollen, Mr. Daddy-oh«, spottete West. »Ist nicht nett, wenn Lehrer ihre Schüler so schlagen, Mr. Daddy-oh. No Sir, ist gar nicht nett, wenn ...«
Der Stuhl krachte auf Wests Brust, daß ihm die Luft wegblieb. Er kam schnell und kraftvoll, mit der Wucht einer Schlange, die ihre Giftzähne in das Opfer schlägt. Rick hatte sich umgedreht, als wolle er wegrennen, und dann den Stuhl fest gepackt. Er pfiff in einem sauberen, mächtigen Bogen durch die Luft, und West hielt unwillkürlich die Arme vors Gesicht. Der Stuhl krachte auf seine Brust und schleuderte ihn zurück. Er schrie vor Überraschung und Schmerz auf, als Rick über den Stuhl hinwegsprang und schwer auf seiner Brust landete. Das Messer klirrte zu Boden, Rick drückte Wests Schultern mit den Knien zu Boden und schlug ihm unbarmherzig übers Gesicht.
»Hier, West, hier, hier, hier«, quetschte er durch die Zähne. West drehte den Kopf von einer Seite auf die andere, versuchte, der Kaskade von Hieben zu entgehen, die in schnellem Ansturm auf seine Backen prasselten.
»Hier, du widerlicher Bengel!« Und West drehte den Kopf zur Seite und rief: »Greg, das Messer! Pack das Messer!«
Das Messer, erinnerte sich Rick plötzlich! Wo ist das Messer? Was hat er mit dem ...
Sonnenlicht fiel mit kaltem Glitzern auf Metall, und Rick sah einen Moment hoch, erwartete Miller dort zu finden, erwartete Wests Freund. Über ihm stand Belazi, seine Faust hielt das Messer fest umklammert. Er grinste läppisch und zeigte seine kariösen Zähne. Er spuckte Rick kräftig an, und dann war da ein einziger Farbmischmasch: blauer Stahl und das Gelb von Belazis Haar, das Blut auf Wests Lippe, die braunen Holzdielen und Ricks Anzug aus

grauem Tweed. Die Klasse rief etwas, und Wests Lippen schienen zu zucken.

Rick trat nach Belazi und fühlte das schwere Leder seiner Schuhe gegen des Jungen Schienbein schlagen. West führte etwas im Schilde und fummelte an Ricks Arm. Ein plötzlicher Schmerz begann in Ricks Schulter und lief seinen Arm hinunter, Stoff gab mit einem schnarrenden Ratschen nach, und Blut floß hell über den grauen Tweed.

Vom Boden aus sah Rick, wie das Messer zurückblitzte, mit dem Belazis Hand zu einem neuen Stoß ausholte. Er sah Wests harte geballte Fäuste, sah Belazis tierischen Blick und wieder das Messer, drohend und scharf, mit Blut besudelt, das auf den braunen, kalten Holzfußboden tropfte.

Der Lärm wurde lauter, und Rick suchte in Gedanken nach einem Bild der römischen Arena, er versuchte aufzustehen und fühlte Schmerz durch seinen rechten Arm brennen, als er ihn belastete.

Er hat zugestochen, dachte er entsetzt. *Belazi hat zugestochen.*

Und das Geschrei wurde zu einem wilden Crescendo, Hände bewegten sich mit furchtbarer Schnelligkeit, Augen glühten in kochender Wut, Leiber wälzten sich, und Haß erstickt alles in einer schweißigen, wirren Umarmung.

Nun ist es aus, dachte Rick, nun ist es aus.

»Laß ihn zufrieden, du blöder Hund«, schrie Miller.

Laß wen zufrieden, dachte Rick. Wen? Ich habe doch gar nicht ...

»Hinterlistiges Schwein«, rief Levy, »du gemeines, hinterlistiges Schwein!«

Wer, dachte Rick. Was ...

Miller packte sich West energisch und stieß ihn zurück gegen einen Tisch. Rick sah ihm verdutzt zu, sein rechter Arm brannte vor Schmerzen. Er sah Morales durch ein Labyrinth zuckender, kämpfender Leiber, Morales, der die unflätige Tonbandrede gehalten hatte, sah Morales ein Buch gegen Belazis Messerhand schmettern. Das Messer klirrte mit einem seltsamen Ton zu Boden. Belazis Hand griff danach, aber Santini trat mit dem Absatz darauf. Das Messer verschwand in einem Gewühl von Händen, Belazi war es los. Rick starrte auf den braunen Fleck am Boden, wo das Messer gelegen hatte.

Wer ist jetzt dran? dachte er. Wer ist jetzt an der Reihe, den Lehrer niederzustechen?

West versuchte, sich von dem Tisch wegzustrampeln, gegen den Miller ihn stemmte. Erin ballerte Miller die Faust auf die Nase. Mit einer Hand riß er den Kopf des größeren Jungen wieder vor und schlug abermals zu.
Langsam dämmerte es Rick. Mit ungläubigen Augen sah er zu.
Belazi rappelte sich hoch und sprang auf ihn los. Eine feste Mauer schien vor ihm aufzuwachsen, weil Carter und Antoro sich der vorstürzenden Gestalt entgegenwarfen und sie zurückstießen. Sie fielen über Belazi her — Carters rotes Haar zuckte wie ein roter Blitz —, hielten Belazis Arme fest und droschen mit wütenden Fäusten auf ihn ein.
Sie kämpfen für mich! Nein, sagte sich Rick, nein. Aber doch. Sie kämpfen für mich! Gegen West. Gegen Belazi. Für mich. Für mich, o mein Gott, für mich.
Seine Augen zwinkerten nervös, als er mühsam wieder auf die Beine kam. Belazi und West waren jetzt überwältigt. Rick warf einen kurzen Blick auf sie und sagte dann: »Wir ... wir wollen sie zu Mr. Small hinunterbringen.« Seine Stimme war sehr leise.
Antoro kam zu ihm und machte große Augen, als er die bläulich verfärbte Wunde an Ricks Arm sah.
»Mann, ist das 'n Schnitt«, sagte er.
Rick berührte seinen Arm vorsichtig mit der linken Hand. Er war klebrig und naß, Hemd und Jacke waren von einem dunklen Bräunlich-Rot verschmiert.
»Meinen Bruder haben sie auch mal so mit dem Messer bearbeitet«, meinte Maglin.
Die Jungen hielten West und Belazi immer noch fest, aber sie schienen nicht sonderlich an den beiden Übeltätern interessiert zu sein.
Einen Augenblick durchzuckte Rick ein Schreck. Diesen kurzen, schrecklichen Augenblick lang bildete er sich ein, die Jungen wären ihm gar nicht wirklich zu Hilfe gekommen, sondern hätten einfach die Gelegenheit zu einer Prügelei ergriffen. Und dann fiel ihm ein, wessen Stimme er zuerst gehört hatte, die Stimme, die gerufen hat: »Laß ihn zufrieden, du blöder Hund!« Er sah in die um ihn versammelten Gesichter und begegnete Millers Blick, aber er wurde aus Millers Gesicht nicht klug.
»Ich ... ich glaube, wir bringen sie jetzt besser zu Mr. Small hin-

unter«, sagte er. Er starrte die Jungen an, versuchte, in ihren Gesichtern zu lesen, versuchte vor allem, in Millers ernstem Gesicht zu lesen, suchte nach etwas in ihren Augen, das ihm sagte, er sei endlich an sie herangekommen, auf andere Weise an sie herangekommen als bei dem ›Einundfünfzigsten Drachen‹. Er konnte nichts erkennen. Ihre Gesichter waren ausdruckslos, ihre Blicke ungerührt.

Er überlegte, ob er ihnen danken solle. Wenn er nur wüßte! Wenn ihm nur die richtigen Worte einfielen, Worte, die den Kampf besiegelten.

»Ich ... ich bringe sie hinunter. Glaube, Sie ... Sie machen jetzt am besten alle Mittagspause.«

»Das ist bestimmt nur 'ne leichte Wunde«, sagte Kruger; Miller stand dabei und sagte nichts.

»Ja«, pflichtete Rodriguez bei.

»Sie können jetzt alle zum Essen gehen«, sagte Rick. »Ich möchte Belazi und West ...«

Die Jungen rührten sich nicht. Sie standen mit ernster Miene da und sahen Rick verschlossen an.

»... zum ... Direktor hinunterbringen«, beendete Rick seinen Satz.

»'ne verdammt leichte Wunde«, sagte Taglio.

Und dann trat Miller aus dem Kreis der Gesichter heraus einen Schritt vor, er wählte seine Worte sorgfältig, und sein Gesicht war ernst: »Vielleicht sollten wir 'nen Strich unter die Sache ziehen, ja? Vielleicht sollten wir einfach alle essen gehen?«

Rick sah Miller an, und wieder trafen sich ihre Blicke. Er maßte sich nicht an, ihn zu verstehen. Er wußte nur, daß West die von Miller gezogene Grenze überschritten und Miller vor eine Wahl gestellt hatte. Er konnte entweder mit West die Grenze überschreiten, oder er konnte helfen, West wieder über die Grenze zurückzudrängen. Er hatte sich dafür entschieden, Rick zu helfen. Er hatte für ihn gekämpft, nun war der Kampf vorüber, und gemäß seinem unergründlichen Kodex stellte er sich nun wieder gegen Rick.

Es lag etwas Eigenartiges in Millers Blick; das Lächeln, das gewöhnlich sein Gesicht beherrschte, war verschwunden. Seine Augen waren forschend, und sein ganzer Körper schien gestrafft, angespannt, abwartend. Er wandte den Blick nicht von Ricks Gesicht, und dieser Blick flehte, flehte mit stummer Eindringlichkeit. Rick starrte ihn an, und verstand erst nicht und dann begriff er plötzlich, daß Miller nicht den bequemen Weg gewählt hatte, als er in den Kampf gegen West eingriff. Miller hatte eine Wahl getroffen, und diese Wahl hatte ihn zum erstenmal auf den schweren Weg geführt.

Und nun war eine andere Wahl zu treffen, Rick erwog sie sorgfältig, und seine Augen hielten Millers Augen im Kreis der umgebenden Gesichter fest. Es würde die Dinge verdammt erleichtern, wenn er die Jungen einfach alle zum Essen schickte und unter die Sache mit Belazi und West einen Strich zog. Es würde die Dinge genauso erleichtern, wie es sie erheblich erleichtert hätte, wenn er bei dem Vergewaltigungsversuch damals nicht eingegriffen hätte. Es wäre leicht, so leicht, zu sagen »na schön, Schwamm drüber«, und dann den Unterricht weiterzuführen, wie er es neuerdings tat. Es wäre leicht, sehr leicht. Die Jungen hätten alle einen prima Kampf gehabt, und Dadier hätte sich als prima Bursche gezeigt, wenn er unter die Geschichte einen Strich zöge und keine Schwierigkeiten machte.

Die Jungen umringten Rick und Miller, West grinste breit und unverschämt, und alle waren still und warteten. Sie hatten Millers Vorschlag gehört und sahen nun, wie Rick und Miller einander anstarrten. Und sie wußten nicht, daß der eine eine Entscheidung traf und der andere auf diese Entscheidung wartete. Sie warteten selbst, aber nicht so wie Miller, und sie wußten nicht, daß Rick eine der schwersten Entscheidungen seines Lebens traf.

Als er endlich sprach, sprach er zu Miller. Er sprach nicht streng oder barsch oder vorwurfsvoll. Er brüllte nicht, und er flüsterte nicht. Er sagte es im normalen Unterhaltungston, er sah Miller dabei gerade ins Gesicht, und er hätte ebensogut über etwas ganz anderes sprechen können, hätte ebensogut neben Miller an der Arbeitsbank stehen und ihm etwas erklären können.

Er sagte: »Ich bringe sie hinunter, Miller.« Miller sagte nichts, und Rick fügte noch hinzu: »Ich muß es.«

Miller starrte ihn noch einen Moment lang an, der Kreis von Gesichtern schien zu verschwimmen, und Rick zweifelte, ob er die richtige Wahl getroffen hatte. Und dann verzog sich eins der Gesichter zu einem Lächeln, und das war Millers Gesicht, und Miller sagte: »Natürlich, Mr. Dadier.« Und dann rief er: »Also los, hauen wir ab.«

Der Kreis verharrte für einen Augenblick, und Rick schob Belazi und West vor sich her, unsicher, ob er Widerstand zu erwarten habe. Aber die Jungen traten zur Seite und ließen ihn durch, und Rick ging mit erhobenem Kopf an ihnen vorbei.
Er war nicht überrascht, als hinter ihm eine Stimme in höchstem Falsett piepste: »O Daddy-oh! Du bist ein Hä-eld!«
Aber eine zweite Stimme schrie: »Halt doch dein loses Maul!« und Rick lächelte, als er mit Belazi und West vor sich auf den Flur trat. Er erinnerte sich, was er vorher gedacht hatte, vor dem Kampf, erinnerte sich, daß er gedacht hatte: nur ein Kind, mehr will ich nicht, nur eins, das etwas mitnimmt, ein Kind, auf das ich hinweisen und sagen kann: »Ich habe ihm den Weg gezeigt«, daß es sich dann gelohnt hätte, wenn er das nur sagen könnte.
Und darum breitete sich das Lächeln über sein ganzes Gesicht, und er ging in Smalls Büro hinunter, lächelte den ganzen Weg über, lächelte glücklich, weil die zweite Stimme, die er gehört hatte, Gregory Miller gehörte.

14

Solly Klein stand am schwarzen Brett im Lehrereßraum und deutete mit seinem stummeligen Zeigefinger auf die Schulseite der *World-Telegram-Sun*.
»Wieder eine Namensliste«, sagte er. »All die armen Tröpfe, die dieses Jahr das Volksschulexamen gemacht haben!« Er schüttelte den Kopf, tappte mit den Fingern auf die angeheftete Seite und ging dann zum Tisch zurück. »Die werden auch nie schlau«, sagte er. »Jedes Jahr werden sie für dumm verkauft.«
»So wie Sie«, sagte Louis Savoldi und blickte von seinem Tee auf.
»Ich wurde auch für dumm verkauft, sehr richtig«, antwortete Solly. »Hätte ich gewußt, was ...«
»Ach hätt', ach hätt' ich doch gewußt«, sagte George Katz lächelnd.
»Lesen Sie lieber Ihr Geschichtsbuch«, sagte Solly.
Rick kam über den Aufgang hinter der Turnhalle herein, blieb am Kühlschrank in der Küche stehen, öffnete ihn und suchte seine Milch.
»Ich habe Ihre Milch, Dadier«, rief Manners vom Tisch.

Rick nickte, schloß den Kühlschrank und ging dann in den Eßraum. »Da wäre die fröhliche Runde ja mal wieder beisammen«, sagte er lächelnd.
»Wir sollten eigentlich von jetzt an zwei Büchsen bekommen«, meinte Manners. »Ich habe die hier schon fast leer.«
»Sie sind ein Säufer«, erklärte Rick ihm.
»Ich kann nichts dafür«, entschuldigte sich Manners. »Ich trinke nun mal gern Milch.«
»Das kommt daher«, sagte Katz scherzend, »daß Sie zu früh entwöhnt worden sind.«
»Ich bin nie entwöhnt worden«, antwortete Manners verschmitzt. »Nichts liebe ich mehr als die Brust.«
»Sie schulden mir das Geld für die Büchse«, sagte Rick. »Und die von gestern haben Sie auch noch nicht bezahlt.«
»Warten Sie bis zum Zahltag«, sagte Manners. »Ich bin etwas knapp.«
»Hohe Finanzpolitik an der Manual Trades«, sagte Solly mürrisch. »Bankiers unter sich. Wie hoch ist die Rechnung inzwischen, Dadier? Zwölf Cent?«
Rick lächelte. »Um der Wahrheit die Ehre zu geben, es sind sechsundzwanzig Cent. Milch ist gestiegen.«
»Sechsundzwanzig Cent sind heutzutage viel Geld«, sagte Savoldi traurig.
»Überweisen Sie ihm einfach Ihr Gehalt, Manners«, sagte Solly. »Das müßte die Schuld gerade decken.«
»Er findet sich lustig«, sagte Savoldi, der mit einer seitlichen Kopfbewegung auf Solly deutete.
»Wer, ich?« fragte Solly. »In dieser Schutthalde gibt es nichts Lustiges, aber schon gar nichts. Außer dem Boß. Der ist 'ne Wucht.«
»Er ist gar nicht so übel«, sagte Katz.
»Er ist ein Prinz«, sagte Solly trocken.
»Nein wirklich. Er ist gar nicht so schlecht.«
»Sage ich doch. Ein Prinz. Sie sollten ihn in ein Königreich schicken, wo Prinzen gefragt sind.«
»Ich finde jedenfalls, er macht seine Sache hier nicht schlecht«, sagte Katz unerschütterlich.
»Niemand macht seine Sache schlecht«, meinte Savoldi.

»Mit Ausnahme von Ihnen, Lou«, sagte Solly.
Savoldi zuckte die Achseln. »Wie kann man hier seine Sache schlecht machen?« fragte er. »Wer überall seine Sache schlecht macht, macht sie hier immer noch gut.«
»Endlich ist der Groschen gefallen«, sagte Solly. »Er unterrichtet hier jetzt seit achtzig Jahren und fängt eben an, weise zu werden.«
»Ich bin von Natur aus weise«, sagte Savoldi.
»Es ist durchaus möglich, seine Sache hier gut zu machen«, sagte Rick leise.
»Mal wieder typisch Dadier«, meinte Solly. »Dadier, seien Sie lieber vorsichtig, oder Sie enden noch als Direktor.«
»Das wäre ihm gerade recht«, sagte Savoldi traurig. »Stimmt's, Dadier?«
»Ich stürze mich förmlich auf dieses Ziel«, antwortete Rick lächelnd.
»Man erkennt sie sofort, diese Heißsporne«, sagte Solly kopfschüttelnd. »Ich habe sofort gesehen, daß Sie einer sind, Dadier. Deshalb tragen Sie Ihren Arm jetzt auch in der Binde.«
»Er heilt«, sagte Rick achselzuckend.
»Alles heilt«, antwortete Savoldi.
»Die Zeit heilt alle Wunden«, steuerte Katz bei.
»Es sei denn, sie nehmen eines Tages 'ne selbstgebastelte Pistole. Dann versuchen Sie mal, Ihr Loch im Kopf zu heilen«, sagte Solly.
»Bei mir nehmen sie keine selbstgebastelte Pistole«, sagte Rick zuversichtlich.
»Ihr Wort in Gottes Ohr«, seufzte Solly.
»Das glaube ich auch nicht«, meinte Katz. »Dadier ist ein guter Lehrer.«
»Und ob!« sagte Rick.
»Doch, doch, das sind Sie«, beharrte Katz. »Sie hätten sehen sollen, wie er mit den Kindern bei der Weihnachtsaufführung umgegangen ist.«
»Spukt Ihnen die Aufführung immer noch im Kopf herum, Katz?« fragte Solly Klein. »Das Semester ist in ein paar Tagen zu Ende, und er redet immer noch von Weihnachten.« Solly schüttelte den Kopf.
»Er glaubt noch an den Weihnachtsmann«, sagte Manners.
»Wo ist Ihr Schlips, Katz?« fragte Savoldi. »Kein Schlips heute?«

»Er läßt sich gehen«, sagte Solly.
»Es war eine sehr hübsche Krawatte.« Katz war ein wenig verlegen.
»Niemand behauptet das Gegenteil«, sagte Solly. »Es *war* eine sehr hübsche Krawatte.«
»Was haben Sie denn dagegen, daß ich sie trug?« fragte Katz.
»Nichts. Aber Sie hätten Sie ablegen sollen, nachdem Sie Ketchup, Kaffee und Senf darauf gekleckert hatten.«
»Ich habe nie etwas darauf gekleckert«, sagte Katz beleidigt.
»Wie gefiel Ihren Schülern der Schlips, Katz?« fragte Manners.
»Sie fanden ihn sehr hübsch«, antwortete Katz, immer noch gekränkt.
»Die können doch Schlipse nicht von Kreuzrittern unterscheiden«, sagte Solly.
»So doof sind sie nun auch wieder nicht«, widersprach Rick.
»Ach nee?«
»Ich glaube, nicht.«
»Weil Sie sie alle lieben, Dadier. Nichts ist so dazu angetan, Liebe und Hingabe zu wecken, wie eine kleine Messerstecherei.«
»Dadier ist ein Held von Beruf«, sagte Savoldi.
»Er verhindert Vergewaltigungen und Messerkämpfe«, sagte Manners, »und ist ferner für Weihnachtsfeiern, Ausflüge und Picknicks zuständig.«
»Auch für *Bar-Mizwas?*« fragte Solly.
»Die auch«, sagte Rick lächelnd.
»Was ist ein Bar-Mizwa?« fragte Savoldi naiv. »Ein Irish-Stew?«
»Ja«, sagte Solly, »in Geschenkpackung.« Er stand plötzlich auf, ging ans Fenster und starrte auf den roten Ziegelbau in einiger Entfernung. »Sie haben schon Leute hineingesetzt«, sagte er.
»Ich finde es unangebracht, über Dadiers Messerkampf Witze zu machen«, sagte Katz, der in Wirklichkeit meinte, es sei unangebracht, über seine Krawatte Witze zu machen.
»Wer macht Witze?« fragte Solly. »Dadier ist ein sehr tapferer Mann.«
»Ein Missionar«, sagte Manners.
Solly drehte sich scheinbar überrascht herum. »Sind Sie auch immer noch da, Manners? Ich dachte, Sie unterrichteten längst an der Julia Richmond.«

»Die Sache läuft«, erklärte Manners lächelnd.
»Es war«, sagte Katz gedankenvoll, »eine mutige Tat.«
»Was?« fragte Solly.
»Dadiers Messerkampf.«
»Bestimmt. Ihr müßt alle sehr mutig sein, wenn ihr euch aufschlitzen lassen wollt.«
»Sie reden darüber, als wäre es gar nichts«, sagte Katz ernst. »Als bedeutete es absolut nichts.«
»Schnittwunden bedeuten für Helden nichts«, sagte Manners. Er schnippte mit dem Finger über eine imaginäre Schnittwunde. »Nur 'ne Schramme.«
»Das ist Dadiers Verhängnis«, sagte Savoldi traurig. »Er ist ein Held von Beruf.«
»Nein«, sagte Rick lächelnd, »ich bin weiter nichts als ein Lehrer.«
Solly drehte sich einen Moment am Fenster um und sah Rick eigenartig an. »Ja«, sagte er. »Ein Lehrer.«
Die Männer waren eine Weile still. Solly kam vom Fenster, klemmte einen Daumen hinter seinen Hosenträger und wies mit dem Zeigefinger der freien Hand auf Rick.
»Wissen Sie, was ein Lehrer ist, Dadier?« fragte er.
»Was ist ein Lehrer?« fragte Rick und lieferte das Stichwort.
»Ich werde es Ihnen sagen, Dadier. Sie nehmen sich so ein Balg. Sie nehmen es sich, solange es noch in der Wiege liegt. Sie nehmen sich dieses Balg, das nicht bis drei zählen kann, das sich noch nicht einmal die Nase putzen kann. Sie nehmen es sich her und ...«
Rick saß und hörte zu, wie Solly seine Theorie entwickelte.
Saß da und hörte zu. Er empfand die Wärme und Geborgenheit im Raum und nahm die Gesichter der anderen Männer wahr, die alle verfolgten, was Solly redete, wie er manchmal lachte und am eigenen Reden Freude hatte. Er saß und hörte zu, und er war sehr glücklich hier im Kreis der Mittagsrunde, die Sollys Reden lauschte.
Aber er war nicht böse, als das Läuten die Mittagspause beendete und den Beginn der fünften Stunde verkündete, und er lächelte, als Solly sagte: »Nun denn, zurück in die Salzminen.«

Roman

Knaur

Taschenbücher

Band 1154
224 Seiten
ISBN 3-426-01154-9

In einer Universitätsstadt in Colorado wird ein Attentat vorbereitet: Einige Professoren haben einen Berufskiller aus New York angeworben, der einen bekannten Politiker töten soll. Doch der »Killer«, der sich Arthur Sachs nennt, ist im Metier des Tötens reichlich unerfahren, er ist ein mittelmäßiger Rechtsanwalt, der den Mord aus persönlichen Motiven begehen will: Er hat seinen ältesten Sohn in Vietnam verloren. Schon bald bricht die Tarnung des Rechtsanwalts zusammen, denn seinem Geschäftspartner, der von der Familie alarmiert worden ist, gelingt es, den Verschwundenen aufzuspüren. Und dann wird Sachs auch noch von anonymer Hand eine Liste zugespielt, die sämtliche Lebensdaten aller an der Verschwörung Beteiligten enthält. Blind vor Haß bringt er dennoch eine Sprengladung an der Brücke an, die das Opfer zu einer bestimmten Stunde überqueren soll...

Roman

Knaur

Taschenbücher

Band 1295
320 Seiten
ISBN 3-426-01295-2

Es geht hochpolitisch zu in diesem Roman, der im Ölland Mexiko und in den USA spielt. Mexikanische, arabische und israelische Öl- und Machtinteressen spannen die »kleinen Leute« in ihre Strategien ein. Der Konflikt zwischen Palästinensern und Israelis wirkt sich bis in die intimsten Beziehungen aus, Geheimdienste und Doppelagenten treiben ihr verwirrendes, gefährliches Spiel.
Felix Maldonado wird gegen seinen Willen in die dramatischen Ereignisse verwickelt, er wird gelenkt, manipuliert und muß erkennen, daß selbst seine persönlichsten Gesten gesteuert werden. Er bezahlt mit dem Verlust seiner Identität. Am Ende schließt sich der Kreis, und alles beginnt von vorne.